크루시블

CRUCIBLE

크루시블

제임스 롤린스 장편소설 | 황성연 옮김

오랜 시간에 걸친 우정, 가르침,
그리고 무엇보다도 지치지 않는 너그러운 마음에 감사하며
이 책을 척과 신디 블루스에게 바친다.

앞으로 만들어지는 것은 사실상 신이나 다름없다. 번개를 치게 하거나 허리케인을 일으킨다는 의미에서의 신이 아니다. 가장 영리한 인간보다 10억 배 정도 더 영리한 무언가가 있다면 그걸 신이 아니라 뭐라 부르겠는가? (……) 다른 점이 있다면 당신은 이 신에게 말을 걸 수 있고, 그가 당신의 말을 듣고 있음도 알 수 있다는 것이다.

— 앤서니 레반도프스키
전임 구글 이사 겸 인공 지능에 기반을 둔 새로운 교회인
〈웨이 오브 더 퓨처〉의 창립자
(「인간 역사상 첫 인공 지능 교회를 탐색하다」, 2017년 11월 15일,
『와이어드』의 〈백채널〉 코너에 실린 마크 해리스와의 인터뷰)

인공 지능으로 우리는 악마를 소환하는 중이다.

— 일론 머스크
(2014년 MIT 항공학 및 우주 비행 학부 1백 주년 심포지엄에서)

감사의 글

흔히 하는 말처럼 좋은 일을 하는 데는 늘 어려움이 따라붙는 듯싶다. 오래전 내가 책을 내지도 않았고 여전히 전업 수의사로 일하고 있을 때 가입한 비평 모임은 내가 경력을 쌓는 내내 굳건하게 자리를 지켜 주었다. 그들은 플롯에 대한 토의부터 인물 분석까지 편집상의 충고를 제공했음은 물론 내가 쓴 초고에 흩어져 있던 많은 실수를 찾아 주기도 했다. 이 소설 역시 예외가 아니다. 그러니 제일 먼저, 탄탄한 비평 실력을 갖추고 있고 결속력 강한 이 첫 독자들에게 감사를 전하고 싶다. 데이브 미크와 크리스 크로, 리 개릿, 맷 비숍, 제인 오리바, 레너드 리틀, 주디 프레이, 캐럴라인 윌리엄스, 토드 토드, 프랭크 바레라, 에이미 로저스가 그들이다. 그리고 늘 그렇듯 훌륭한 지도를 만들어 준 스티브 프레이, 디지털 영역에서도(그리고 그 너머에서도) 내가 실수하지 않도록 도와준 데이비드 실비언, 이 책에 나와 있는 여러 가지 사소하지만 중요한 역사적, 과학적 내용을 알려 준 셰리 매카터에게도 특별한 감사를 전한다. 리에이트 스테홀리크, 린 그레이디, 대니엘 바틀릿, 케이틀린 해리, 조시 마웰, 리처드 애콴, 애나 마리아 알레시 등 나를 응원해 준 하퍼콜린스 출판사 관계자들에게도 감사의 말을 전하고 싶다. 그리고 내가 소설가로서 경력을 시작할 때부터 하퍼콜린스에서 내 곁을 지켜 주었고, 이 책의 제목(크루시블)을 지어 준 브라이언 그로건에게도 감사한다. 마지막으로, 이 책이 나오기까지 애써 준 모든 이들에게 특별한 감사를 표한다. 나의 첫 책부터 함께해 온 존경하는 편집자 리사 코위시, 리사의 성실한 동료인 프리양카 크리슈난, 성실하게 일하는 나의 에이전트 러스 게일런과 대니 바로(그의 딸 헤더 바로도 포함해서)에게도 감사를 표한다. 언제나 그렇듯, 이 책에 나온 사실이나 세부 사항에 오류가 있다면(많지 않기를 바라지만), 그 것은 전적으로 내 책임이라는 점을 밝혀 두고 싶다.

차례

역사적 기록에 따른 참고 사항

Eu non creo nas meigas, mais habelas, hainas.
나는 마녀를 믿지 않지만, 그들은 존재한다.
— 갈리시아 지방 옛 속담

1692년 2월부터 1693년 5월 사이, 식민지 시대의 미국 매사추세츠 주에서는 열네 명의 여자를 포함한 스무 명의 사람들이 마법을 행한 죄로 기소되어 형을 선고받았고, 결국 사형을 당했다. 이 악명 높은 세일럼 마녀재판은 역사에 지울 수 없는 흔적을 남겼지만, 그것은 이미 유럽을 휩쓴 대대적인 마녀사냥의 끝자락에 일어난 광적인 히스테리의 마지막 발작에 불과했다. 유럽에서는 박해가 거의 3백 년 동안이나 지속되었고, 전부 합쳐서 6만 명에 달하는 〈마녀〉가 화형이나 교수형, 또는 익사형을 당했다.

이러한 유혈 사태와 죽음은 15세기에 느닷없이 시작되었는데, 한 권의 책이 출간되면서부터였다. 그 책은 마녀 사냥꾼을 위한 교본으로, 제목은 『말레우스 말레피카룸 *Malleus Maleficarum*』이다(〈마녀의 망치〉라고 번역할 수 있다). 독일인 가톨릭 사제 하인리히 크라머가 1487년에 출간했고, 쾰른 대학교는 물론 가톨릭교회의 수장인 교황 인노켄티우스 8세의 승인도 얻었다. 새로 발명된 인쇄기와 함께 복사본이 빠르게 만들어지면서 유럽 전역으로 퍼졌고, 아메리카 대륙에까지 다다랐다. 특별히 여자들의 이단 행위에 집중하면서 마녀를 확인하고, 고문하고, 사형에 처했던 재판관과 검찰관에게 이 책은 유용한 〈교본〉이 되어 주었다. 많은 학자들이 이 책을 역사상 가장 많은 피를 묻힌 책들 가운데 하나로 간주하며, 심지어 아돌프 히틀러가 쓴 『나의 투쟁』에 비유하기도 한다.

이 교본이 발행되기 전까지는 마녀와 기독교 사이의 관계가 겉으로 보이는 것만큼 명료하지 않았다. 애초에 마녀는 그렇게까지 심한 박해를 받지 않았다. 구약 성서에서 사울왕은 죽은 예언자 사무엘의 영혼을 불러내기 위해 엔도르의 마녀를 찾았다. 일반적으로 중세 시대의 마녀는 교육받은 치유사였고 고대 전통에 따라 몸에 좋은 약초를 캐는 자들이었다. 심지어 피로 물든 스페인 종교 재판이 있던 시기에도 추적과 고문을 당한 사람들은 마녀가 아니라 이단자들이었다.

마녀와 가톨릭교회 사이의 역할 구분이 명확하지 않았음을 보여 주는 추가적인 증거는 성 콜룸바를 추종하는 무리가 중세 시대 동안 북쪽 갈리시아 지방을 중심으로 스페인에서 번성했고, 이곳이 마녀들의 본고장으로 알려진 지역이었다는 사실에서 알 수 있다. 전설에 따르면 성 콜룸바는 9세기 무렵의 마녀였는데, 길 위에서 예수 그리스도의 영혼을 만났다고 한다. 기독교로 전향하지 않으면 절대 천국에 들어갈 수 없다는 말을 들은 그녀는 그 말을 따랐지만, 끝까지 마녀로도 남았다. 신념을 이유로 참수형을 당해 순교한 콜룸바는 이후 〈마녀들의 수호성인〉으로 알려졌다. 지금까지도 그녀는 마녀를 위한 보호자를 자처하면서 착한 마녀들을 위해 선처를 호소하고, 사악한 목적으로 마법을 타락시키는 자들에 대항해서 싸운 인물로 통한다.

지금이 성 콜룸바를 위한 촛불을 밝히기에 적당한 시기가 아닐까 싶다. 우리가 새로운 마법의 시대에 막 들어서고 있기 때문이다.

과학적 기록에 따른 참고 사항

어떤 기술이라도 충분히 발전한다면 마법과 구분하기 힘들다.

— 아서 C. 클라크

(1962년 발표한 에세이 「예언의 위험: 상상의 실패」에서)

인류의 종말에 대해 생각해 보자. 특히나 우리는 이 문제에 대해 곧 발언권을 잃게 될 것이다. 위험천만한 위협이 먼 곳에서 서서히 모습을 드러내고 있고, 우리가 살아가는 동안 그 위협은 확연해질 것이다. 세계적인 물리학자 스티븐 호킹은 이 다가오는 위기를 〈인류의 문명 역사상 최악의 사건〉이라고 규정했다. 일론 머스크는 이 위기가 제3차 세계 대전으로 이어지리라 믿는다. 심지어 러시아 대통령 블라디미르 푸틴은 이 사건을 통제하는 자가 세계를 통제할 것이라고 말했다.

이 사건이란 인간을 빼닮은 첫 번째 인공 지능의 창조이다.

이 순간은 이미 권력자들을 겁먹게 하고 있다. 2018년 2월, 인공 지능의 운명을 논의하기 위한 비공개 회의가 세계 정부 정상 회의에서 열렸다. 유럽과 러시아, 싱가포르, 호주, 아랍권의 당국자들과 더불어 IBM, 마이크로소프트, 페이스북, 아마존 같은 유수 기업 대표들도 참석했다. 인류의 존재 자체가 위태롭다고 의견을 모았지만, 무엇보다도 참석자들은 규제나 국제 합의가 만들어진다 해도 의식을 가진 인공 지능으로 향하는 불가피한 발전을 멈추게 할 방법은 없다는 최악의 결론을 내렸다. 특히나 역사가 증명하듯, 세계 곳곳에서 비밀리에 운영되는 회사나 조직은 어떤 금지 조치도 쉽게 우회할 수 있다는 점에서 관련 대책을 내놓기가 쉽지 않아 보인다.

이 새로운 지능이 지구에 도래하기까지 시간이 얼마나 남았을까? 인공 지능은 이미 다양한 형태로 우리 삶 속에 깊숙이 들어와 있다. 컴퓨터와 전화기, 심지어 각종 전자 기기 안에서도 작동하고 있다. 현재 월스트리트의 모든 매수, 매도 주문의 약 70퍼센트가 인간의 별도 지시 없이 수행되며, 거래는 오래 걸려야 3밀리초밖에 소요되지 않는다. 인공 지능은 곳곳에 존재하고 있어서 오히려 그것을 〈인공 지능〉으로 인식하는 사람이 많지 않다. 하지만 기술 진화의 다음 단계가 빠르게 다가오고 있다. 이 단계에서 컴퓨터는 인간 수준의 지능과 의식을 보일 것이다. 최근 조사에 따르면 컴퓨터 전문가의 42퍼센트가 이런 일이 10년 안에 일어나리라 믿고 있고, 절반은 5년 안에 일어날 거라 주장한다.

그런데 왜 이 사건이 위기일까? 왜 이것이 〈인간의 문명 역사상 최악의 사건〉일까? 그것은 인간을 빼닮은 첫 번째 인공 지능이 그냥 손 놓고 쉬는 것이 아니라 아주 **바쁘게** 움직일 것으로 예상되기 때문이다. 그것은 빠르게(몇 주, 며칠, 심지어는 몇 시간 안에) 우리의 이해를 뛰어넘는 초(超)지능으로 진화할 것이다. 이러한 초지능은 인간보다 훨씬 더 우월한 창조물로서, 더는 인간을 필요로 하지 않는다. 이런 일이 일어날 때 이 새로운 지능이 자애로운 신이 될지 아니면 냉담하고 파괴적인 악마가 될지 예측하기 힘들다.

어떤 경우가 됐든 이 창조물은 지금 다가오고 있다. 그것을 막을 방법은 없다. 어떤 이들은 이미 와 있을지도 모른다고 생각한다. 이런 이유로 나로서는 마지막 경고를 여기에 남길 수밖에 없다. **이 소설 속에 숨어 있는 것은 저주다.** 이 책을 읽는 것만으로도 독자들은 의도치 않게 불행한 운명적 결말의 길로 스스로 들어설 수 있다.

그러니, 계속해서 이 책을 읽고자 한다면 이후 발생하는 위험에 대한 모든 책임은 자기 자신에게 있음을 명심하기 바란다.

파리

프랑스

비스카야만(灣)

수가라무르디

산세바스티안

오세브레이로

로그로뇨

바르셀로나

포르투갈

마드리드

코임브라

스페인

리스본

지중해

말라가

프롤로그

**서기 1611년 6월 23일
스페인, 수가라무르디**

쇠창살 뒤에 갇힌 마법사는 밀짚으로 된 더러운 침대 위에 무릎을 꿇고 앉아 신에게 기도하고 있었다.

알론소 데 살라사르 프리아스는 이 흔치 않은 장면을 찬찬히 응시했다. 재판관인 그는 갇혀 있는 사람이 누구인지 분간하기 어려웠다. 감옥은 어두웠고 인근 마을 광장에서 깜박이며 피어오르는 불꽃만이 간간이 새어 들 뿐이었다. 어디서나 볼 법한 좁고 가느다란 창문 틈 사이로 불에 탄 살냄새가 흘러들었고, 돌벽에서는 불빛들이 섬뜩한 춤을 추었다.

그는 마법사가 라틴어로 중얼거리는 소리를 주의 깊게 들으며 그의 접힌 손과 숙인 머리를 관찰했다. 기도문은 낯설지 않았는데, 예수회의 창시자인 이그나티우스 로욜라가 쓴 「그리스도의 영혼Anima Christi」이었다. 지금 여기 무릎을 꿇고 있는 마법사가 자신과 같은 예수회 소속 신부라는 점을 생각하면 어울리는 기도문이었다.

알론소는 속으로 기도문의 마지막 문장을 번역했다. **저의 임종 때에 저를 부르시고, 또 저를 당신에게로 오게 명하사, 당신 성인들과 한가지로**

영원히 당신을 찬양하게 하소서.

「아멘.」 알론소가 큰 소리로 말하자, 기소를 당한 마법사가 고개를 들었다.

그는 남자가 일어서기를 기다렸다. 마흔일곱 살인 알론소보다 나이가 적어 보였는데도 신부는 천천히, 힘겹게 일어났다. 그가 입고 있는 로브는 야윈 어깨에 걸치듯 매달려 있었다. 얼굴은 퀭했고 상처도 여러 군데 나 있었다. 심지어 간수들이 빡빡 밀어 버린 머리에는 여기저기 딱지가 앉은 상태였다.

알론소는 그 처참한 몰골을 보자 그가 이단과 마법으로 기소된 성직자라는 사실을 알면서도 일말의 연민을 느꼈다. 알론소는 종교 재판소장의 개인적인 요청으로 신문을 진행하기 위해 바스크 지방의 이 작은 마을에 왔다. 집과 농장이 작은 군락을 이룬 프랑스 국경 근처의 이곳까지 오려면 피레네산맥을 넘어야 했고, 일주일이 걸렸다.

신부는 다리를 절뚝이며 걸어오더니 야위어 뼈가 앙상한 손가락으로 쇠창살을 붙들었다. 힘이 다 빠진 듯 손가락들이 제멋대로 흔들렸다.

이자에게 마지막으로 밥을 먹인 게 도대체 언제일까?

예수회 신부는 단호하게 말했다. 「나는 마법사가 아니오.」

「저에게 그 문제에 관해 결정을 내리라는 명이 떨어졌습니다, 이바라 신부님. 신부님에 대한 기소 내용을 읽어 보았습니다. 신부님은 마법을 행했고, 병자들을 치료할 때 마력과 부적을 사용했기에 기소되었습니다.」

신부는 말을 잇기 전에 숨을 두 번 내쉬었다. 「나 또한 **당신**에 대해 들어서 알고 있소, 프리아스 재판관. 당신의 명성을. 2년 전 로그로뇨에서 있었던 마녀재판을 담당한 세 명의 재판관 가운데 한 명이지 않소.」

알론소는 수치심에 움찔했지만 내색하지 않으려 다른 곳으로 시선을 돌렸다. 그러나 불꽃의 일렁임과 새까맣게 타버린 육신의 냄새를 떨쳐 내기란 쉽지 않았다. 이곳의 장면과 냄새는 너무나 익숙했다. 그는 인근 로그로뇨에서 있었던 재판에서 다른 두 재판관의 판결에 동조했다. 그런 결정을 내린 죄책감이 그를 괴롭혔다. 스페인에서 있었던 가장 큰 규모의 마녀재판이었다. 히스테리와 공포라는 들불이 마리아 데 시밀데기라는 한 여자의 기소로 인해 번져 나갔다. 그녀는 마녀의 연회를 목격했다고 증언하면서 다른 이들을 지목했고, 이어서 그들은 더 많은 사람을 모략하여 지목했다. 결국 3백 명이 악마와 어울렸다는 죄로 기소되었다. 기소된 이들 가운데는 아이들도 많았고, 그중 가장 어린아이는 네 살배기에 불과했다. 알론소가 로그로뇨에 도착했을 당시 다른 두 명의 재판관은 죄질이 가장 나쁜 서른 명으로 재판을 압축해 놓은 상태였다. 자신의 죄를 인정한 자들은 벌을 받기는 했지만 자비롭게도 화형은 면할 수 있었다. 불행하게도 고집 센 열두 명은 자신들이 마녀라는 사실을 인정하지 않았고, 결국 장작더미 위에서 불태워졌다.

알론소는 그들의 죽음을 자신의 영혼에 싣고 다녔다. 그들이 마녀라는 사실을 스스로 인정하도록 만드는 데 실패해서가 아니라, 그들의 무고함을 믿었기에 그랬다. 그는 이후에 이러한 확신을 피력했는데, 위험을 무릅쓰고 스페인 종교 재판소장인 베르나르도 데 산도발 이 로하스에게 자기 생각을 내비쳤던 것이다. 알론소가 자신과 종교 재판소장 사이의 우정을 깊이 신뢰했기에 가능한 일이었다. 두 사람 사이의 관계에 대한 그의 믿음이 전혀 근거가 없지는 않았음이 나중에 증명되었다. 왕실 재판관 토마스 데 토르케마다의 잔인하고 피를 갈구하던 시간은 이미 1백 년도 더 지난 과거였다. 재판소장은 그를 스페인 바스크 지방의 드넓은 곳으로 홀로 보내 현실과 히스테리를 구별할 수 있게끔 조사를 진행하라고 지시했다. 그가 길 위에서 보낸 시간은 거의 2개월에 달했다. 그는 기소되거나 투옥된 사람들을 신문하는 과정에서 고문을 통해 얻어 낸 잘못된 증언과 모순되고 일관성 없는 이야기를 다수 발견했다. 바스크 지방을 돌면서, 그는 정말로 마법을 행한 사례를 단 한 건도 찾을 수 없었다.

마법을 행한 죄로 기소당한 영혼들을 구하기 위해 개인적으로 노력하는 과정에서 그는 단 한 가지 수단만을 사용했다. 그는 신부에게로 주의를 되돌리며, 옆으로 멘 가죽 가방을 두드렸다. 「이바라 신부님, 제게는 재판소장님께서 서명한 〈신념의 칙령〉이 있습니다. 이것으로 저는 자신의 죄를 인정한 뒤 신에게 충성 서약을 하고 악마를 거부하는 사람은 누구라도 용서할 수 있습니다.」

긍지로 가득 찬 신부의 눈이 어둠 속에서 빛났다. 「나는 신에 대한 충성 서약을 하는 것에 전혀 거부감을 느끼고 있지 않소. 신에 대한 나의 사랑을 표현하는 것이니까. 하지만 처음에 말했듯이 나는 마법사가 아니오. 그러니 마법사라는 것을 인정하지도 않을 테고.」

「당신의 목숨이 달린 일인데도 말입니까?」

이바라 신부는 뒤로 돌아서서 불빛이 스며든 감옥의 창문을 바라보았다. 「도착했을 때 저들의 비명을 들었소?」

이번에는 움찔하는 모습을 숨길 수가 없었다. 그는 산에서 빠져나오며, 마을에서 피어오르는 여러 줄기의 연기를 목격했다. 그는 그 연기가 하지(夏至)를 축하하기 위해 준비한 모닥불에서 나는 것이기를 간절히 바랐다. 하지만 최악의 상황이 두려웠기에 말을 더 빨리 몰았다. 지는 해를 보며 달린 끝에 마을 어귀에 도착하자 울부짖는 소리가 마치 합창처럼 들려왔다.

여섯 명의 마녀가 장작불 위에서 화형을 당했다.

마녀가 아니야……. **여자들**이야. 그는 속으로 생각했다.

불행하게도 알론소는 마을에 도착한 첫 번째 재판관이 아니었다. 그는 이바라 신부가 지금껏 살아남은 이유는 그가 사제였기 때문이라고 생각했다.

알론소는 남자의 등을 물끄러미 바라보았다.

저 사람을 구할 수 있다면. 그럴 수만 있다면.

「이바라 신부님, 제발 인정만…….」

「성 콜룸바에 대해 아는 게 있소?」

너무나 이상한 질문에 놀란 알론소는 바로 대답하지 못했다. 그는 살라망카 대학교와 시귄사 대학교를 다녔고, 신품 성사를 받고 교회에 들어가기 위해 교회법을 공부했다. 그는 다수의 성인에 대해서도 잘 알고 있었다. 하지만 이바라 신부가 말한 이름에 대해서는 논란이 없지 않았다.

「갈리시아 지방 출신의 마녀 말씀이시군요.」알론소가 말했다. 「9세기에 로마로 가는 순례길에서 그리스도의 영혼을 만났다고 전해지죠.」

「그리스도께서는 그녀에게 천국에 들어가고자 한다면 기독교로 전향하라고 경고하셨소.」

「그래서 그렇게 했고, 나중에 그 때문에 순교했지요. 종교를 버리길 거부했다는 이유로 참수되었다고 하죠.」

이바라 신부는 고개를 끄덕였다. 「비록 교회에 들어갔지만, 성 콜룸바는 절대 마녀의 길을 버리지 않았소. 그 지방 농부들은 여전히 성 콜룸바의 두 가지 모습을 경외하오. 마녀이자 순교한 성인으로서 말이오. 그들은 성 콜룸바에게 사악한 마법에서 자신들을 지켜 달라고 기도하는 동시에 약초와 부적, 마법으로 병자들을 치유해 주는 착한 마녀들을 박해에서 지켜 달라고 간청하지.」

스페인 북부 지방을 순회하는 동안 알론소는 성 콜룸바를 추종하는 집단에 대한 소문을 들었다. 그는 이교도적 지식에 기대어 자연 세계를 공부하고 약과 약초를 구하러 다니는 많은 여자들을 알았고, 그중에는 교육받은 여자들도 많았다. 그들 중 몇몇은 마법을 행한 일로 기소되어 사제들에 의해 독살을 당하거나 장작 위에서 불태워졌다. 다른 몇몇 여자들은 그리스도를 숭배할 수 있는 수녀원이나 수도원으로 피신했다. 그것은 성 콜룸바도 마찬가지였었다. 그들은 여전히 비밀리에 정원에다 식물을 키우고, 병들거나 고통받는 사람들을 도와주었지만 이것은 이교도적 신앙과 기독교 사이의 경계를 흐리는 일이었다.

그는 이바라 신부를 찬찬히 바라보았다.

이 신부 역시 같은 집단의 사람인 걸까?

「신부님 역시 병자를 낫게 하는 데 마법에 걸린 부적을 사용한 죄로 기소되었습니다.」알론소가 말했다. 「이것은 신부님이 그들과 같은 종류의 마법사라는 증거 아닙니까? 그것만 인정하신다면, 제가 칙령을 사용해서 탄원을…….」

「나는 마법사가 아니오.」그는 다시 한번 말했고, 감옥의 작은 창문 사이로 흘러드는 연기를 가리켰다. 「들판과 산촌을 뒤져 가며 많은 병자를 낫게 한 여자들이 저기 있군. 나는 마녀들의 수호성인 콜룸바의 보잘것없는 종으로서 그저 저들의 보호자였을 뿐이오. 나는 나 자신을 진정한 마법사라 부를 수 없소. 그런 비난을 경멸하기 때문이 아니라 오히려 마법사라고 불릴 만한 **자격**이 없기 때문이오……. 나는 그런 명예를 누릴 만한 자격이 없소.」

알론소는 이바라 신부의 말을 듣고 충격에 빠졌다. 마법으로 기소당한 사람들로부터 죄를 부인하는 말을 수도 없이 들었지만, 이와 같은 부인의 말은 들어 본 적이 없었다.

이바라 신부는 쇠창살로 바짝 다가섰다. 「하지만 내 부적에 관한 이야기는…… 떠도는 이야기는 사실이오. 당신이 오기 전에 마을에 먼저 도착한 자들이 나는 무섭소.」

그의 말에 부름이라도 받은 것처럼 알론소 뒤편에서 문이 열렸다. 수도승들처럼 검은 로브를 입은 자가 들어왔다. 새로 등장한 그자는 눈 위로 진홍색 띠를 두르고 있었지만 사물을 보는 데는 큰 문제가 없어 보였다. 「자백했습니까?」그가 무뚝뚝한 목소리로 물었다.

알론소는 이바라 신부를 향해 몸을 돌렸다. 신부는 쇠창살에서 물러나 허리를 곧추세웠다. 알론소는 이바라 신부가 절대 생각을 굽히지 않으리라는 것을 알았다. 「아니, 자백하지 않았소.」알론소는 사실대로 말했다.

「데려가라.」남자가 명령했다.

수도승과 함께 온 교인 두 명이 감방 안으로 들어가 이바라 신부를 장작더미로 끌고 갈 준비를 했다. 알론소가 그들을 막아섰다. 「내가 데리고 가겠소.」

즉시 감옥 문이 열렸고, 알론소는 이바라 신부와 함께 감옥에서 나와 마을 광장으로 걸어갔다. 신부가 넘어지지 않고 똑바로 설 수 있도록 그의 팔꿈치에 손을 받쳐 주었다. 그의 사지가 떨리는 것은 허약함과 굶주림 때문만은 아니었다. 오히려 광장에서 벌어지고 있는 장면 때문이었다.

여섯 개의 화형대가 그을려서 검게 변해 있었고, 거기에는 불에 일그러진 형상들이 매달려 있었다. 새까맣게 타버린 팔들은 하늘을 향하고 있었고, 팔목은 빨개진 쇠사슬에 묶여 있었다. 허리 높이까지 쌓인 바짝 마른 불쏘시개 위로, 갓 잘라 낸 밤나무로 만든 일곱 번째 기둥이 서 있었다.

이바라 신부는 손을 뻗어 알론소의 손을 세게 움켜잡았다.

알론소는 겁에 질린 죄수를 안심시키려 애썼다. 「부디 주께서 당신을 품 안으로 맞아 주시기를.」

하지만 알론소는 신부의 의도를 오해했다. 신부는 뼈만 남은 앙상한 손가락으로 그의 손을 벌리더니 손바닥 안으로 물건 하나를 밀어 넣었다. 알론소는 몰래 자신에게 전달된 물건이 신부의 해진 로브 안, 숨겨진 은밀한 주머니에서 나왔음을 알아차렸고, 본능적으로 손가락을 오므렸다.

이바라 신부의 부적.

신부는 스페인어로 속삭였다. 「Nóminas de moro(무어인의 부적).」

알론소의 생각이 옳았다.

노미나nómina는 성인들의 이름이 새겨진 부적을 뜻하는 말로, 기적을 행하는 힘을 가진 것으로 알려져 있었다.

「오라비데아강(江)의 수원에서 발견된 것이오.」 이바라 신부가 급히 설명했다. 「저자들의 손아귀에서 지켜 주시오.」

앞쪽에서 먹구름 같은 연기 사이로 키가 큰 한 사람이 결의에 찬 모습을 한 채 걸어왔다. 그의 로브는 진홍색이었고, 눈가리개는 검은색이었다. 그가 바로 종파의 교주였다. 알론소는 종교 재판소 내부에 생겨난 종파에 대한 소문을 들은 적이 있었다. 오래전에 죽은 토르케마다처럼, 피를 향한 충동에 집착하는 자들이었다. 그들은 자신들을 〈크루시불룸Crucibulum〉이라고 불렀다. 크루시불룸은 라틴어로 〈도가니〉, 즉 불을 통해 정화 작용을 하는 그릇을 의미했다.

알론소는 여섯 개의 말뚝에 쇠사슬로 묶인 채 연기를 피우는 잔해들을 바라보았다. 그는 손바닥의 부적을 더욱 단단히 거머쥐었다.

교주가 앞으로 나와 교인들에게 고개를 끄덕였다. 그의 소리 없는 명령에 그들은 이바라 신부를 알론소의 옆구리에서 낚아채 앞으로 끌고 갔다. 교주는 금박을 입힌 두꺼운 책을 팔에 끼고 있었다. 알론소는 그 저주받은 책을 바로 알아보았다. 전체 책 제목은 『Malleus Maleficarum, Maleficas, & earum hæresim, ut phramea potentissima conterens』였는데, 〈양날로 된 검처럼 마녀들 자신과 그들의 이단을 말살하는 마녀의 망치〉라는 뜻이었다. 책은 1백 년도 더 전에 쓰였는데, 마녀들을 추적하고 확인하고 처단하기 위한 교본이었다. 교황도 더는 그 책을 신뢰하지 않았고, 심지어 종교 재판소 사람들도 외면하고 있었다.

하지만 크루시불룸 종파 내부에서는 그 책이 더 많은 힘을 누렸다.

알론소는 그대로 가만히 있었다. 그가 달리 할 수 있는 일이 뭐가 있겠는가? 그는 오래된 크루시불룸 소속 신도 10여 명에 혼자 대항해야 하는 하급 재판관이었을 뿐이다.

이바라 신부가 죽음을 향해 한 걸음씩 걸어가는 동안 종파의 교주 역시 똑같이 발걸음을 옮겼다. 남자는 신부의 귀에다 대고 무언가를 열성적으로 속삭였다. 알론소는 〈노미나〉라는 말을 엿들었다.

이바라 신부의 두려움이 옳았어.

알론소는 크루시불룸의 교주가 이바라 신부에게 위협을 가하고 있거나 부적에 대한 진실을 알려 주면 목숨을 살려 주겠다는 제안을 하고 있을 것이라고 생각했다.

　이바라 신부와 단둘이 있었던 시간으로 인해 그에게 관심이 집중될지도 모른다는 두려운 마음이 들어 알론소는 광장을 벗어났다. 그가 마지막으로 보았을 때 이바라 신부는 장작더미 위에 놓인 밤나무 화형대에 쇠사슬로 묶여 있었다. 이바라 신부는 그에게 눈길을 보내고 고개를 아주 살짝 끄덕여 보였다.

그들의 손아귀에서 지켜 주시오.

　알론소는 뒤돌아서면서 그렇게 하겠다고 맹세했다. 말을 세워 둔 곳으로 급히 발걸음을 재촉했다. 몇 걸음을 채 옮기기도 전에 이바라 신부가 큰 목소리로 외치는 소리가 하늘로 울려 퍼졌다.

「우리 모두를 불태워라! 그래도 아무 소용 없다. 성 콜룸바는 예언하셨다. 당신의 유산을 이어 갈 마녀가, 도가니를 깨부수고 세상을 정화할 마녀가 오리라고!」

　알론소는 이바라 신부의 외침에 몸을 휘청였다. 크루시블룸이 콜룸바 종파의 입을 다물게 하려고 애쓰는 이유를, 더 중요하게는 그러한 주장의 증거가 되는 것이라면 뭐든지 불태워 버리려고 한 이유를 명확히 알게 된 것이다. 그는 손에 든 부적을 더욱 단단히 쥐었다. 그 말이 사실이든 아니든 세상은 천천히 변하고 있었다. 토르케마다의 방식에서 벗어나 『말레우스 말레피카룸』의 인쇄본들이 쌓이는 먼지 속에 파묻혀 썩어 갈 세상이 오고 있었다. 하지만 그는 그런 일이 실제로 일어나기 전까지 더 많은 피 흘림과 타오르는 불꽃이 있으리라고, 끝나 가는 시대 최후의 발작도 있을 것이라고 예상했다.

　충분히 먼 곳까지 나왔다는 생각이 들자 알론소는 위험을 무릅쓰고서라도 이바라 신부의 부적을 확인하고 싶었다. 자신의 손을 펼친 그는 그 위에 놓인 물건을 보고 깜짝 놀라 보물을 떨어뜨릴 뻔했다. 그것은 어떤 손에서 마구잡이로 뜯겨 나온 손가락이었다. 가장자리는 불에 탄 것처럼 보였지만, 그것만 빼면 완벽하게 보존된 상태였다. 그는 성인임을 알려 주는 여러 표지 가운데 하나가 그들이 남긴 성유물이 썩

지도, 부식되지도 않고 원래대로 유지되는 것임을 알고 있었다.

그런 성유물을 손으로 쥐어 본 적이 있던가?

그는 걸음을 멈추고 좀 더 자세히 들여다보다가 살에 잉크로 새겨진 글자를 발견했다.

Sanctus Maleficarum.

그가 라틴어를 번역했다.

마녀들의 성인.

그러니까 그것은 진짜 노미나, 성인의 명칭이 새겨진 부적이었다. 그러나 그가 부적을 찬찬히 살펴본 결과 더 놀라운 사실이 드러났다. 손가락은 성유물, 다시 말해 성인의 육신에서 나온 일부분이 아니었다. 믿기 힘든 무언가였다.

놀란 나머지 숨을 쉬기가 어려웠지만, 그는 물건을 뒤집어 가며 자세히 관찰했다. 살은 진짜처럼 보였지만 진짜가 아니었다. 피부는 부드럽지만 차가웠다. 뜯긴 끝부분에는 가느다란 전선들과 희미하게 빛나는 금속성 뼈로 된 장치가 드러나 있었다. 그것은 손가락을 흉내 낸 물건으로, 기계로 된 모형이었다.

알론소는 왕과 왕비에게 선물로 바치는, 몸의 움직임을 흉내 내서 만든 정교한 물건들에 대한 이야기를 들어 본 적이 있었다. 60년 전, 신성 로마 제국의 황제 카를 5세는 수도승 형상을 한 태엽 장치를 선물받았는데, 스페인 출신의 이탈리아 기술자 겸 장인인 후아넬로 투리아노가 설계한 것이었다. 그 인형은 나무로 된 십자가를 들어 올리거나 내릴 수 있었고 십자가를 입술에 가져다 대기도 했다. 입술은 소리 없는 기도 속에서 움직였고, 머리를 끄덕이는 동시에 눈동자를 움직이기도 했다.

내가 그런 물건을 들고 있는 것일까?

그렇다면 얼마나 중요한 물건일까? 성 콜룸바 종파와는 무슨 관계가 있는 것일까?

그는 답을 얻지 못한 채 마구간을 향해 계속 걸었다. 이바라 신부는 수수께끼와 관련해서 한 가지 추가적인 단서를 그에게 남겼다. 부적이 발견된 장소인 수원에 대한 정보였다.

「오라비데아강이라.」그는 이마를 찡그리며 중얼거렸다.

이 지역의 재판관이라면 그 강에 대해 모를 수가 없었다. 〈소르기넨 레이세아Sorginen Leizea〉, 즉 〈마녀의 동굴〉이라고 불리는 곳이 강의 시작점이었다. 많은 마녀들이 그곳에서 연회를 열었다. 오라비데아 강도 마찬가지로 어두운 역사가 있었다. 때때로 〈인페르누코 에레카 Infernuko erreka〉, 즉 〈지옥의 개울〉이라고 불렸는데, 지옥의 가장 깊은 곳에서 시작해서 세상으로 흐른다는 소문 때문이었다.

그는 두려움에 몸을 떨었다. 이바라 신부의 말이 사실이라면, 그가 손에 쥐고 있는 부적은 오라비데아강의 수원에서 발견된 것이다.

다시 말해, 지옥의 문에서 나온 것이다.

그는 더는 부적에 대해 알아보지 말고 아무 데에나 던져 버릴까 생각했다. 그때 등 뒤에서, 고통에 찬 비명이 하늘에서 빛나고 있는 별들에게까지 가닿을 정도로 크게 울렸다.

이바라 신부님……

그는 부적을 더욱 세게 거머쥐었다.

이바라 신부는 이 비밀을 지키다 죽었다.

나는 이 의무를 저버려선 안 된다.

비록 그것이 지옥의 문을 통과하는 일이 될지라도 그는 진실을 알아야만 했다.

현재
12월 21일, 오후 10시 18분(서유럽 표준시)
포르투갈, 코임브라

마녀들의 모임이 그녀를 기다리고 있었다.

샬럿 카슨은 어두워진 대학교 도서관 로비를 급히 가로질렀다. 샬럿의 다급한 발걸음 소리는 대리석 바닥에서 2층 중세 시대 갤러리의 벽돌로 만든 지붕까지 울려 퍼졌다. 사방에는 12세기까지 거슬러 올라가는 책들이 화려한 책장에 보관되어 있었다. 작은 전구 몇 개만이 드넓은 공간을 밝히고 있었고, 어둠 속에서 샬럿은 높은 곳까지 가 닿은 사다리와 정교하게 도금된 목조부를 감탄하며 바라보았다.

18세기 초에 건설된 조아나 도서관은 바로크 시대의 건축과 디자인을 완벽하게 보존하고 있는 보배로, 코임브라 대학교 역사의 진정한 중심이었다. 다른 보물급 건축물과 마찬가지로 진짜 아치형 지붕을 갖추고 있었고, 약 6센티미터에 달하는 두께의 벽과 단단한 티크 나무로 만들어진 육중한 문이 공간을 밀폐했다. 설계를 통해 의도적으로 계절과 관계없이 일정한 수준으로 습도를 낮게 유지하는 한편 실내 온도는 약 18도로 관리했다.

고서들을 제대로 보관하기에 완벽한 환경이야……

하지만 그러한 보존 노력은 도서관 건물에만 한정되지 않았다.

샬럿은 박쥐가 머리 옆을 스치듯 지나가자 몸을 낮춘 뒤 재빨리 2층 갤러리로 올라갔다. 박쥐가 내보내는 초음파에 자신의 목 뒤편 작은 털들이 움직이는 것을 소리가 아닌 느낌으로 알 수 있었다. 수백 년 동안 일군의 박쥐들은 도서관을 자신들의 서식지로 만들었고, 그곳에 보관된 서책들을 보존하기 위한 싸움에서 든든한 동맹군 역할을 했다. 박쥐들은 매일 저녁 해충들을 잡아먹었다. 박쥐가 없었다면 해충들이 오래된 가죽과 누래진 양피지를 꽤나 먹어 치웠을 것이다.

물론 이 헌신적인 사냥꾼들과 아치형 지붕을 공유하려면 특별한 주의와 노력이 필요했다. 샬럿은 탁자를 덮고 있는 가죽 커버를 손가락으로 쓸었다. 박쥐들이 누는 똥으로부터 나무 표면을 보호하기 위해 관리인들은 저녁마다 건물의 문을 닫고 난 뒤 탁자 위에 커버를 씌워야 했던 것이다.

샬럿은 벽돌 천장을 배경으로 날개가 달린 그림자들이 미끄러지듯 날아다니는 모습을 보며 여전히 미신적인 두려움을 느꼈다. 물론 거기에는 약간의 희열도 함께 있었다.

박쥐가 없으면 제대로 된 마녀 모임이 아니지.

이날 밤 역시 특별히 생각해서 고른 날이었다. 일주일간 열린 과학 심포지엄은 오늘로 끝이 났다. 내일이면 참가자들은 집으로 돌아갈 테고 친구, 가족과 연휴를 보내기 위해 전 세계 곳곳으로 흩어질 것이다. 하지만 오늘 저녁에는 셀 수 없이 많은 모닥불이 도시를 환하게 밝힐 예정이었다. 한 해 중 밤이 가장 긴 동지를 축하하는 다양한 음악 축제의 즐거움도 함께할 것이다.

샬럿은 자신이 늦었다는 것을 알고 시계를 확인했다. 그녀는 여전히 대사관에서 열린 연휴 파티 때 입었던 세미 정장을 입고 있었다. 발목을 스치는 품이 넉넉한 검은색 스커트와 파란색 블라우스 위로 짧은 코트를 걸친 모습이었다. 머리는 두피 상태에 맞게 매만졌다. 9개월 전 화학 요법을 거친 후 머리카락은 너무 일찍 은백색으로 바뀌었고, 길이도 짧아지고 숱도 줄었다. 이후 샬럿은 굳이 염색이나 붙임 머리 따위에 신경 쓰지 않았다. 암의 잔인함과 굴욕을 이겨 내고 나니 허영심은 바보스러운 경솔함처럼 느껴졌다. 샬럿에게는 더 이상 경솔함을 참아 낼 인내심이 없었다.

어쨌거나 시간이 남아도는 것도 아니었다.

샬럿은 시계를 보더니 얼굴을 찌푸렸다.

4분밖에 안 남았군.

샬럿은 남회귀선을 향해 천천히 정점에 도달하고 있을, 세상의 반대편에 있는 태양을 상상했다. 태양이 이 위도에 자리 잡는 때가 진정한 동지의 순간이고, 겨울이 어쩔 수 없이 여름으로 기우는 때이며, 어둠이 빛에 자리를 내주는 때였다.

준비해 온 시연을 위한 완벽한 시간이었다.

개념에 대한 증명.

「Fiat lux.」 그녀가 속삭였다.

빛이 생겨라.

앞쪽으로 환한 불빛이 아치 모양의 통로를 밝혔다. 이 통로는 도서관 지하층으로 이어지는 나선형 계단으로 이어져 있었다. 도서관의 가장 높은 층은 그 아름다움과 역사 때문에 〈노블 플로어Noble Floor〉라고 불렸다. 바로 아래로는 중층이 있는데, 그곳은 사서들만을 위한 공간이었다. 그들은 많은 양의 희귀 서적들을 안전을 위해 이곳에 보관했다.

하지만 샬럿의 목적지는 한 층 더 아래에 있었다.

샬럿은 시간의 압박을 느끼며 아치 모양의 통로를 향해 서둘러 발걸음을 옮겼다.

지금쯤이면 다른 사람들은 모두 아래층에 모여 있을 것이다. 샬럿은 도서관을 건립한 포르투갈의 왕, 주앙 5세의 초상화 밑을 지나 도서관의 맨 아래층으로 죽 이어지는 나선형 계단 앞에 도착했다.

좁은 계단을 회전하며 내려가자 소곤거리는 듯한 낮은 목소리가 들려왔다. 샬럿은 마지막 계단으로 내려서면 나타나는 단단한 검은색 철문 앞에서 걸음을 멈추었다. 샬럿을 위해 문이 살짝 열려 있었다. 철문에는 〈Prisão Académica(학생 감옥)〉라고 쓰인 표지판이 부착되어 있었다.

도서관 아래에 감옥을 만들 생각을 했다는 점을 떠올리자 슬그머니 웃음이 났다. 샬럿은 이곳 지하에 감금되었을 반항적인 학생이나 술 취한 교수를 떠올렸다. 원래 왕궁 지하 감옥의 일부였던 이곳은 1834년까지 대학교 감옥으로 계속 사용되었다. 지금은 포르투갈에 남아 있는 유일한 중세 시대 감옥이다.

샬럿은 문을 통과해 지하 감옥 안으로 들어갔다. 이 층의 많은 부분이 관광객들에게 개방되었지만, 문이 잠긴 다른 방들은 서고로 사용되었다. 샬럿은 이 중세의 공간에 현재가 스며든 건너편으로 향했다. 사용되지 않는 뒤편 아치형 보관실에는 위층에 보관된 보물들을 더욱 안전하게 보호하고 책을 디지털화하는 체계를 갖춘 새 컴퓨터 시스템이 설치되어 있었다.

지금 같은 동지에는 컴퓨터가 새로운 목적을 위해 쓰일 수도 있었다. 과거를 보존하기 위해서가 아니라 미래의 모습을 살짝 엿보기 위해.

샬럿이 뒤편 보관실로 들어갔을 때, 어느 여자의 목소리가 샬럿을 맞이했다. 「아, 카슨 **대사님**, 제시간에 맞춰 오셨군요.」

산뜻한 남색 정장에 흰 블라우스를 받쳐 입은 조아나 도서관장 엘리자 게하가 다가오더니 샬럿의 팔 위쪽 부분을 빠르게 쥐면서 양쪽 뺨에다 키스했다. 작은 체구의 관장에게서 흥분감이 흘러나왔다.

「올 수 있을지 확실치가 않았어요.」 샬럿이 미안해하는 웃음을 보이며 설명했다. 「대사관은 원래도 직원이 부족한 데다 연휴가 다가오면 정신이 없거든요.」

포르투갈 주재 미국 대사인 샬럿은 이날 밤 해야 할 일이 아주 많았다. 밤 비행기로 남편과 두 딸이 기다리는 워싱턴 D.C.로 돌아가는 일도 그중 하나였다. 큰딸 로라는 프린스턴 대학교(샬럿의 모교이기도 했다)에서 생명 공학을 공부하다 집에 돌아와 있었다. 둘째 딸 칼리는 언니보다는 좀 더 왈가닥이었는데, 뉴욕 대학교에서 음악가로서 경력을 쌓는 꿈을 좇고 있었고 보험으로 공학도 공부하고 있었다.

샬럿은 두 딸 모두가 매우 자랑스러웠다.

샬럿은 딸들과 함께 이 순간을 지켜봤다면 좋았을 텐데, 하는 생각을 했다. 두 딸은 샬럿이 여성 과학자와 연구자로 구성된 단체를 창립하는 데 힘을 보탠 이유 가운데 하나였다. 이 자선 재단은 규모가 더 큰 코임브라 그룹의 곁가지 조직이었는데, 코임브라 그룹은 전 세계에 흩어진 서른 개 이상의 연구 중심 대학들이 모여 만든 연합체였다.

과학 분야에서 여성들을 육성하고 그들 간 네트워크 구축을 지원하기 위한 시도로서, 여기에 모인 샬럿과 다른 네 명의 여자들은 브루샤스 인터내셔널Bruxas International이라는 이름의 단체를 설립했다. 단체 이름은 〈마녀〉를 의미하는 포르투갈어 단어에서 따왔다. 수백 년 동안 치유법을 행하거나 약초를 활용한 치료법을 실험한 여자들, 단순히 자신을 둘러싼 세상에 질문을 던진 여자들은 이단자 혹은 마녀로 간주되었다. 심지어 배움의 전당으로 오랫동안 존경을 받아 온 도시인 이곳 코임브라에서도 여자들은 불태워졌고, 〈아우투다페Auto-da-Fé〉(〈신념에 입각한 행위〉라고 번역된다)라 불린, 소름 끼치는 대대적인 화형식 행사에서 수십 명에 달하는 이단자와 이교도가 나무 기둥에 묶인 채 한꺼번에 화형을 당했다.

샬럿과 다른 참가자들은 그런 오명으로부터 몸을 사리기보다 오히려 이에 기대기로 마음먹고 재단의 이름을 당당하게 브루샤스라고 지었다.

하지만 은유는 이름으로만 끝나지 않았다.

엘리자 게하는 이미 컴퓨터를 켜두었다. 그들의 조직을 상징하는 문양이 화면에서 빛을 내며 천천히 회전하고 있었다. 원에 둘러싸인 별 모양이었다.

별 모양 끄트머리의 꼭짓점 다섯 개는 지금 이곳에 모인 다섯 명의 여자들을 의미했다. 바로 6년 전, 코임브라 대학교에서 이 마녀 조직을 최초로 창립한 모임의 구성원들이었다. 그들은 리더를 따로 정하지 않았고, 모든 사안에 대해 똑같이 투표권을 행사했다.

엘리자와 인사를 나눈 후 샬럿은 다른 세 사람을 보며 미소를 지었다. 그들은 쾰른 대학교 소속 한나 페스트 박사와 도쿄 대학교 소속 이

쿠미 사토 교수, 상파울루 대학교 소속 소피아 루이스 박사였다. 샬럿은 포르투갈에 본부를 둔 이 국제 조직의 창립에 기여했다는 사실에 상당 부분 힘입어 작년에 대사로 임명되었지만, 원래는 다른 이들과 마찬가지로 프린스턴 대학교에서 학생을 가르치던, 미국을 대표하는 연구자였다.

다섯 명의 여자들은 모두 50대로 동년배였다. 서로 다른 면도 있었지만 각자의 분야에서 거의 비슷한 시기에 고위직에 올랐고, 여자라는 이유로 엇비슷한 어려움을 겪었으며, 그 과정에서 차별과 모욕을 경험해야 했다는 점만큼은 비슷했다. 그들은 과학에 깊은 관심이 있다는 공통점을 넘어 이러한 유대감을 공유했다. 양성 사이의 경기장을 평평하게 만들고, 장학금과 수습 생활, 멘토링을 통해 젊은 여성들이 과학 분야에 진출하도록 격려하고 돕는 것이 그들의 목표였다.

그들의 노력은 이미 전 세계적으로 훌륭한 성과로 이어졌고, 특히 이곳 코임브라 대학교가 주목을 받았다.

한나는 컴퓨터 키보드 옆에 놓여 있는 막대 마이크 쪽으로 몸을 기울였다. 「마라, 다들 참석했어.」 그녀는 억센 독일 억양이 묻어나는 영어로 말했다. 「준비되는 대로 시연을 시작해 줘.」

한나가 뒤로 물러서자 화면이 몇 개로 나뉘었다. 별 문양이 한쪽 면으로 줄어들자 마라 실비에라의 앳된 얼굴이 나타났다. 그녀는 아직 스물한 살에 불과했지만 열여섯 살의 어린 나이에 브루샤스로부터 장학금을 받았고, 지난 5년을 코임브라 대학교에서 보냈다. 스페인 북부 갈리시아 지방의 작은 마을 출신인 마라는 현재 시장에 나온 다른 어떤 앱보다 뛰어난 번역 앱을 출시하면서 많은 기술 기업들의 주목을 받았다. 마라는 컴퓨터와 언어의 기본 원리에 대한 천부적인 능력을 갖고 태어난 것 같았다.

심지어 지금도 마라의 눈에서는 예리한 지적 능력이 번뜩였다. 그저 자긍심 때문에 그런 것인지도 모른다. 길고 곧은 검은색 머리카락과 어두운 모카색을 띠는 얼굴빛은 그녀의 선조 가운데 무어인 혈통이 있음을 알려 주었다. 마라는 캠퍼스 건너편에 있는 코임브라 대학교 차세대 컴퓨터 연구실에 있었는데, 이곳에는 유럽 대륙에서 가장 강력한 슈퍼컴퓨터 가운데 하나인 밀리페이아 클러스터가 있었다.

마라는 고개를 살짝 돌려 옆쪽을 보았다. 「제네스Xénese를 가동하겠습니다. 곧 온라인 상태가 될 겁니다.」

여자들이 가까이 모이자 샬럿은 자신의 시계를 확인했다.

오후 10시 23분.

제시간에 맞췄군.

다시 샬럿은 남회귀선 위에 오른 태양을 상상했다. 이것은 동지가 절정에 이르렀음을, 어둠의 끝과 함께 빛의 귀환을 약속하는 것이었다.

하지만 그런 일이 일어나기 바로 직전, 시끄러운 금속음에 깜짝 놀라 모두 뒤를 돌아보았다.

머리에 검정 후드를 뒤집어쓴 일당이 까만 철문을 통과해 안으로 쏟아져 들어오더니 감옥의 마룻바닥을 가로질렀다. 손에는 크고 번쩍이는 권총을 들고 있었다. 그들은 흩어지더니 다섯 명의 여자들을 컴퓨터 보관실 안으로 몰아넣었다.

보관실에는 다른 출구가 없었다.

심장 소리가 목구멍에까지 차올라 쿵쾅거리는 가운데, 샬럿은 한 걸음 뒤로 물러섰다. 그녀는 컴퓨터 모니터를 몸으로 막아선 뒤 시선을 고정한 채 손을 등 뒤로 뻗어, 마우스를 살짝 움직여 딸깍 눌러 마라 실비에라가 나오는 큰 화면이 사라지도록 만들었다. 마라를 보호하는 동시에 조용한 목격자로 만들기 위해서였다. 마이크와 카메라가 중계를 계속하는 가운데, 마라는 잠시 뒤 일어날 일을 보고, 듣고, 심지어 녹화할 수 있었다.

난입한 자들이 점차 다가오자 샬럿은 마라가 경찰에 신고를 해줬으면 하고 바랐다. 물론 신고한다 해도 구조대가 제때 도착할 것 같지는 않았다. 마라가 상황이 바뀌었다는 것을 인지하고 있는지도 확실치 않았다. 곧 하기로 되어 있는 시연에 집중하고 있을 가능성도 있었다.

여덟 명의 침입자들은 모두 남자였고, 진홍색 비단 띠를 가리개처럼 눈에 두른 채 검은색 로브를 입고 있었다. 하지만 그들의 행동과 은밀함에 비추어 볼 때 가리개 천 너머로 사물을 볼 수 있다는 것은 확실했다.

엘리자 게하가 도서관을 보호하기 위해 앞으로 나섰다. 「이게 무슨 짓입니까? 원하는 게 뭡니까?」

대답 대신 불안한 침묵만이 흘렀다.

침입자들이 갈라서자 아홉 번째 남자가 나타났다. 그가 우두머리임이 틀림없었다. 180센티미터를 넘는 키에 검은색 띠로 눈을 가린 채 진홍색 로브를 입고 있었다. 복장만 보면 다른 남자들과 흡사했다. 대신 그는 무기를 들고 있지 않았고, 15센티미터 두께의 책을 갖고 있었다. 해진 가죽 표지는 로브처럼 진홍색이었다. 표지에 금박으로 선명하게 적힌 글자가 보였다. 〈Malleus Maleficarum〉.

샬럿은 깜짝 놀라 뒤로 물러났다. 동시에 품고 있던 희망도 사라졌다. 샬럿은 지금 벌어지는 일이 큰 건을 노리는 단순한 강도 행각이기를 기도했다. 도서관의 많은 책들은 가격을 매길 수 없을 정도로 귀중하니까. 하지만 남자의 손에 들린 책은 그녀를 절망의 구렁텅이로 밀어 넣었다. 그것은 이제 단 몇 권밖에 남지 않은 첫 번째 판본들 중 하나인 것 같았다. 한 부는 여기 조아나 도서관에 보관되어 있었다. 엘리자의 얼굴이 잔뜩 일그러져 있는 것으로 보아 그 책은 이곳 코임브라 대학교 도서관 서고에서 빼내 온 첫 번째 판본인 듯했다.

그 책은 15세기에 하인리히 크라머라는 이름의 가톨릭 사제에 의해 쓰였다. 라틴어로 된 그 책의 제목은 **마녀의 망치**로 번역할 수 있었다. 마녀들을 확인하고, 기소하고, 고문하기 위한 교본으로 만들어졌으며, 인간 역사에서 가장 많은 피를 보았고 또 가장 신랄한 비난을 받은 책들 가운데 하나였다. 이 책 때문에 희생된 사람들의 숫자만 해도 6만 명이 넘는 것으로 추산되었다.

샬럿은 동료들을 힐끗 쳐다보았다.

이제 다섯 명의 추가 희생자가 생기겠군.

우두머리의 첫 번째 말은 그녀의 두려움을 확인시켜 주었다.

「Maleficos non patieris vivere.」

샬럿은 이 말이 「출애굽기」에서 나왔다는 것을 알아차렸다.

마녀는 살려 두지 못한다.

남자는 영어로 계속 말을 이어 갔다. 억양에는 스페인어 느낌이 묻어났다. 「제네스는 존재해서는 안 된다.」 남자가 읊조리듯 말했다. 「마법과 오물에서 태어난 가증스러운 것이다.」

샬럿은 얼굴을 찌푸렸다.

저자가 어떻게 오늘 밤 우리의 계획을 알고 있는 거지?

하지만 이 수수께끼는 당면한 문제가 아니었다. 권총이 그들을 정면으로 겨누고 있었고, 두 남자가 20리터들이 통 두 개를 앞으로 끌고 왔다. 측면에 적힌 글자가 샬럿의 눈에 띄었다. 등유였다. 내용물이 뭔지 아는 데는 유창한 포르투갈어가 필요치 않았다. 그들이 통을 거꾸로 뒤집자 연료가 좁은 바닥을 적셨다.

등유 냄새가 방을 채우자 숨이 막혀 왔다.

기침을 하며 샬럿은 공포에 질린 다른 여자들과 눈빛을 교환했다. 지난 6년 동안 함께 일해 온 결과 그들은 서로를 잘 알았다. 말이 필요 없었다. 그들은 나무로 된 기둥에 묶여 있지 않았다. 이것이 마지막이라면, 이 특별한 마녀들은 싸우다 죽는 쪽을 택할 사람들이었다.

불보단 총알이 낫지.

그녀는 우두머리를 보며 코웃음을 쳤다.

「맛 좀 봐라, 이 개자식아!」

다섯 명의 여자들은 등유가 고인 곳을 철벅거리며 지나 남자들이 모여 있는 곳으로 뛰어들었다. 권총이 발사되었고, 좁은 공간이라 그 소리는 폭발음처럼 크게 들렸다. 샬럿은 총알이 자신의 몸에 박히는 것을 느끼면서 가속도가 붙은 상태로 우두머리에게 향했다. 샬럿은 돌진해서 그의 얼굴을 손으로 붙잡은 뒤 손톱을 살점 아래로 깊숙이 박아 넣어 뺨을 찢어발겼다. 샬럿이 그의 눈가리개를 벗겨 내자, 드러난 눈에 가득 찬 분노가 보였다.

그는 저주받은 책을 떨어뜨리고는 샬럿을 밀쳤다. 샬럿은 등유 웅덩이 가장자리 근처 돌바닥에 내동댕이쳐졌다. 한쪽 팔을 땅에 짚은 채다른 네 명의 여자들이 방 건너편에 미동도 없이 널브러져 있는 모습을 공포에 휩싸여 바라보았다. 그들의 피가 등유와 섞이고 있었다.

갑자기 힘이 빠졌다. 샬럿은 바닥으로 쓰러졌다.

우두머리가 욕을 하더니 스페인어로 명령을 내렸다.

남자들은 로브 안에서 대여섯 개의 화염병을 꺼내어 재빨리 불을 붙였다.

샬럿은 자신의 몸이 차갑게 식어 가는 것을 느꼈다. 화염병에 대해서는 신경 쓰지 않았다. 다가올 불길에 대한 공포도 사라졌다. 샬럿이다시 방을 둘러보았을 때, 희미해지는 눈에 어떤 움직임이 띄었다. 컴퓨터 화면에서 브루샤스의 별 모양이 마치 지금 막 일어난 일에 동요를 느낀 듯 그 어느 때보다 빨리 회전하고 있었다.

어리둥절해진 샬럿은 희미해져 가는 그림을 응시했다.

마라가 어떻게든 자신에게 신호를 보내려는 것일까?

누군가가 화염병을 방 안으로 던져 넣었고, 병은 벽에 부딪히면서산산조각 났다. 불길이 높게 치솟자 열기가 샬럿을 뒤덮었다.

그러나 샬럿은 불의 한가운데를 응시했다.

화면에 떠 있는 문양은 한 번 더 빠르게 회전하더니 갑자기 정지했다. 하지만 중심이 잡혀 있지 않았다. 조각들로 나뉜 채 흩어져 있었다.

우두머리가 샬럿이 몸을 엎드리고 있는 곳 근처로 다가왔다. 샬럿이 마주한 수수께끼를 똑같이 궁금하게 여기고 있음이 분명했다. 바닥에 엎드리고 있었으므로 샬럿은 그의 얼굴을 볼 수 없었지만 그는 당황한 것 같았다. 별 모양 중 남은 것이라고는 악마의 뿔처럼 생긴 두 개의 뾰족한 끝부분뿐이었다.

같은 그림을 본 적이 있는 듯 남자의 몸이 굳더니, 불쾌한 감정이 역력히 드러났다. 그는 휘청대며 뒷걸음치더니 한쪽 팔을 들어 올렸다.

그가 스페인어로 외쳤다. 「**컴퓨터**를 박살 내라!」

하지만 때는 이미 늦었다. 그림은 4분의 1바퀴를 회전하면서 마지막으로 한 번 더 모양을 바꾸었다.

권총이 발사되어 총알이 불 사이를 뚫고 지나갔다. 컴퓨터 화면이 산산이 부서졌고 전원도 나가 버렸다. 샬럿은 몸을 바닥으로 떨어뜨렸다. 마라가 안전하기를 기도하면서 마지막에 있을 약속된 빛을 찾아 어둠을 따라갔다.

하지만 한 가지 그림만큼은 깊은 어둠 속까지 샬럿과 동행했다. 그것은 샬럿의 마음의 눈에서 환하게 빛났다. 컴퓨터 화면에 떠 있던 마지막 그림이었다. 별 모양을 감싸고 있던 원은 사라지고, 문양은 천천히 자라나 모니터를 꽉 채운 뒤 산산이 조각나 사라졌다.

그 문양은 그리스어 문자를 닮아 있었다.

시그마(Σ).

샬럿은 그게 무슨 의미인지 몰랐지만, 그 목적성만큼은 죽어 가는 샬럿에게 희망을 주었다.

그것은 세상을 위한 희망이었다.

1부
기계 안의 유령

1

동전이 공중에서 회전하자 그레이슨 피어스[1] 중령은 두려운 마음이 커지는 것을 느꼈다. 그는 가장 친한 친구인 멍크 코칼리스 바로 옆에 있는 의자에 앉아 있었고, 멍크는 25센트짜리 동전을 마호가니 카운터 위 공중으로 높이 던진 참이었다.

〈퀴리 하우스 태버른〉의 단골들은 그들 주위로 모여들었다. 술에 취한 그들은 소란스럽게 굴거나 큰 소리로 떠들면서 동전이 떨어지기를 기다렸다. 바 맞은편에서는 소규모 밴드가 캐럴 「북 치는 소년」을 록 버전으로 연주했다. 베이스 드럼의 무거운 소리가 그의 갈비뼈 사이에서 울리며 긴장감을 더욱 부추겼다.

「앞면!」 동전이 어두운 불빛 속에서 반짝였고, 멍크가 소리쳤다.

열세 번째 동전 던지기였다.

앞선 열두 번의 던지기와 마찬가지로 동전은 멍크의 손바닥에 찰싹 내려앉았다. 조지 워싱턴의 실루엣이 반짝이는 것이 모든 사람의 눈에 확연히 보였다.

---

1 그레이의 본명. 이하 모든 주는 옮긴이의 주이다.

「앞면이군!」 멍크는 선언하듯 말하고는 말끝을 조금 흐렸다.

멍크와 같은 편에 섰는지 아니면 반대편에 섰는지에 따라 구경꾼들 사이에서는 환호성과 신음이 뒤섞여 나왔다. 그의 친구는 열세 번 연속으로 동전을 던져서 어떤 면이 나올지를 정확히 맞혔다. 어떤 때는 **앞면**이었고, 또 어떤 때는 **뒷면**이었다. 동전 던지기가 성공할 때마다 멍크와 그레이에게 공짜 맥주가 보상으로 주어졌다.

바텐더는 바의 마스코트이자 지금은 빨간색 산타 모자를 쓰고 있는, 받침대로 고정해 놓은 멧돼지 머리 아래로 몸을 숙이고 나와 피처 잔에 기네스 맥주를 가지고 왔다.

그들의 잔에 검은색 맥주가 차오를 때 한 덩치 큰 남자가 그레이와 멍크 사이를 헤집고 들어왔다. 그 바람에 그레이는 앉은 의자에서 나가떨어질 뻔했다. 남자의 숨결에서 위스키와 기름 냄새가 났다. 「속임수야…… 염병할 속임수라고. 저 새끼, 가짜 동전을 사용한 거야.」

남자는 멍크가 갖고 있던 동전을 낚아채더니 게슴츠레한 눈으로 살폈다.

속임수라고 비난하고 나선 남자의 친구로 보이는 다른 손님이 그를 끌어내리려고 애썼다. 서로 빼닮은 한 쌍이었다. 20대 후반의 나이에, 같은 블레이저코트를 소매를 걷은 채 입고 있었고, 같은 모양으로 자른 머리를 하고 있었다. 로비스트이거나 변호사일 거라고 그레이는 추측했다. 어느 쪽이든 그들의 이마에는 예전에 프래터니티[2]였을 거라는 도장이 찍혀 있었다.

「이봐, 브라이스.」 둘 중 덜 취한 쪽이 달래기 시작했다. 「이 사람은 다른 동전 대여섯 개를 사용했어. 한 번은 5센트짜리 동전도 사용했고. 가짜일 리가 없어.」

「빌어먹을, 저놈은 사기꾼이야.」

술에 취한 브라이스는 친구에게 붙들린 몸을 **빼내려**고 시도하다 몸의 균형을 잃었다. 몸을 휘청대더니 팔꿈치를 그레이의 얼굴 쪽으로

---

2 Fraternity. 미국의 대학교에 있는 남성들의 사적 친목 모임.

휘둘렀다.

그레이는 늦기 전에 몸을 뒤로 젖혔고 팔이 코 앞을 스치며 일으키는 바람을 느꼈다. 억센 팔은 어깨높이로 쟁반을 들고 지나가던 종업원의 옆구리를 강타했다. 유리잔과 접시, 음식(대부분 맛감자와 프렌치프라이였다)이 공중으로 날았다.

그레이는 용수철처럼 재빨리 일어서서 젊은 여성의 허리를 붙잡았다. 그는 종업원이 넘어지지 않도록 도와주는 동시에 유리잔이 카운터에 부딪혀 깨지며 날아든 파편으로부터 그 여자를 보호했다.

멍크는 자리를 박차고 일어나 술 취한 남자 쪽으로 바짝 다가섰다. 그들의 가슴은 맞닿을 정도로 가까워졌다. 「물러서지, 친구. 안 그러면…….」

「안 그러면, 뭐?」 브라이스가 따지고 들었다. 그는 전혀 위협을 느끼지 않는 것 같았다. 멍크의 빡빡 깎은 머리가 겨우 자신의 어깨에 닿을락 말락 했기에 더더욱 그랬다.

멍크는 상대방을 노려보기 위해 목을 죽 빼내야 했다. 그가 입고 있는 두꺼운 양모 스웨터 역시 별 도움이 되지 않았다. 멍크를 땅딸막해 보이게 만들었을 뿐만 아니라 그가 특수 부대 대원으로서 수년 동안 다져 온 탄탄한 몸을 제대로 드러내지도 못했다. 더불어 스웨터(그의 아내 캣의 선물이었다) 앞쪽의 자수로 된 깜찍한 크리스마스트리 역시 브라이스가 스스로 물러나도록 만들기에는 역부족이었다.

긴장이 점점 고조된다는 것을 알아차린 그레이는 종업원을 붙들고 있던 팔에 힘을 뺐다. 「괜찮으십니까?」

종업원은 뒷걸음질로 그 자리를 벗어나며 고개를 끄덕여 보였다.

「네, 고마워요.」

바텐더는 몸을 앞으로 기울이면서 출구 쪽을 가리켰다. 「친구들, 싸우려면 밖으로 나가.」

이쯤 되자 브라이스 일행들이 더 많이 그레이와 멍크 주변으로 모여들었다. 여차하면 그들의 친구를 도울 태세였다.

점입가경이군.

그레이는 이 대치 상황에서 멍크를 빼내려고 브라이스 너머로 손을 뻗었다. 「여기서 나가자고.」

멍크에게 손이 닿기도 전에 누군가가 뒤에서 그레이를 밀었다. 그레이가 자신들의 친구를 낚아채려 한다고 생각한 모양이었다. 그는 브라이스와 부딪혔고, 그것은 이미 화가 난 황소를 무언가로 찌르는 것과 같았다.

브라이스는 고함을 치면서 멍크의 턱을 향해 주먹을 휘둘렀다.

멍크는 몸을 낮추며 피한 뒤 그의 주먹을 손으로 잡았다. 브라이스의 주먹은 허공에 멈춰 섰다.

브라이스는 코웃음을 치더니, 팔을 빼내기 위해 체육관에서 단련한 근육으로 탄탄해진 어깨를 들썩였다. 그때 멍크가 쥐어짜듯 손에 힘을 주었다. 남자의 경멸 어린 조소는 고통의 찡그림으로 변했다.

멍크가 손가락을 더욱 세게 조이자 브라이스는 한쪽 무릎을 꿇었다. 사실 멍크의 손은 최신 군사 기술을 바탕으로 만들어진 인공 기관이었다. 진짜 손과 거의 구분이 되지 않았지만, 꽉 쥐면 호두를 쉽게 깰 수 있을 정도였다. 지금은 술 취한 이 난봉꾼의 뼈를 쉽게 바스러뜨릴 수 있었다.

이제는 바닥에 무릎을 꿇은 브라이스가 상대방을 쳐다보기 위해 목을 내밀어야 할 차례였다.

「딱 한 번만 말할 테니 잘 들어, 젊은 친구.」 멍크가 경고했다. 「이제 그만해.」

브라이스의 일행 가운데 한 명이 개입하려 했지만, 그레이가 어깨로 막아서고는 차갑게 노려보는 눈빛으로 그를 움직이지 못하게 했다. 멍크와 달리 그레이의 180센티미터에 달하는 체구는 두꺼운 스웨터로 가려지지도 않았고, 달라붙는 저지 재질 때문에 오히려 도드라져 보였다. 더욱이 그는 지난 이틀 동안 면도도 하지 않은 터였다. 짙고 까칠한 수염이 자신의 각진 얼굴을 더 험상궂어 보이게 한다는 사실을 그레이는 알았다.

그들 가운데 맹수가 있음을 알아차린 브라이스의 친구가 뒤로 물러났다.

「이제 끝난 거지?」멍크가 브라이스에게 물었다.

「아, 그래. 알겠어.」

멍크는 브라이스의 주먹을 쥐고 있던 손을 풀었다. 하지만 그 전에 힘을 주어 그를 옆으로 쓰러뜨렸다. 멍크는 그를 쏘아보며 그의 몸 위로 지나갔고, 그레이 옆으로 지나가면서 윙크를 했다. 「이제 가도 되겠어.」

그레이가 멍크를 뒤따라가려고 몸을 돌렸을 때, 브라이스의 얼굴은 굳어 있었다. 친구들 앞에서 굴욕을 당한 뒤라 체면치레가 필요했던 것이다. 위스키와 남성 호르몬의 혼합으로 힘이 불끈 일었고, 그는 자리에서 일어나 기습 공격을 위해 멍크의 등을 향해 몸을 날렸다.

이제 그만할 때도 됐는데…….

브라이스가 옆으로 지나쳐 갈 때 그레이가 그의 팔목을 잡았다. 그의 중량과 가속도를 이용해서 팔을 비틀며 등 뒤로 꺾었다. 그는 브라이스를 들어 올려 까치발을 하게 만들었고, 그의 어깨가 다치지 않도록 조심하면서 그 자세를 그대로 유지했다.

목표물을 제압하고 나자 그레이는 그가 발꿈치를 바닥에 댈 수 있도록 풀어 주려 했다. 하지만 브라이스는 거기서 끝내지 않았다. 화가 머리끝까지 오른 그는 몸을 비틀면서 팔꿈치로 그레이를 가격하려고 했다.

「뒈져 버려, 나와 내 친구들이 가만두지 않을 거야…….」

자제력 발휘는 여기까지군.

그레이는 팔을 세게 꺾었다. 크게 소리가 들릴 만큼 어깨가 뒤틀렸다. 위협하던 말이 고통 때문에 멈추었다.

「이제 이 친구는 너희들 몫이야.」그레이는 큰 소리로 외치고는 브라이스를 친구들의 품으로 밀어 넣었다.

누구도 그를 잡아 주려 하지 않았다.

고통스러운 비명과 함께 브라이스는 바닥으로 머리부터 고꾸라졌다. 그레이는 다른 친구들을 쳐다보았고, 침묵 속에서 어디 한번 덤벼보라는 눈빛을 보냈다. 그는 바 카운터 뒤쪽에 있는 거울에 비친 자신의 모습을 슬쩍 보았다. 힘없이 늘어진 회갈색 머리카락이 흐트러져 있었다. 그의 얼굴은 그늘이 져 어두웠고, 이 때문에 얼음처럼 파란 눈이 위협적으로 빛났다.

위험을 느낀 무리들은 바의 한쪽으로 물러났다.

문제가 해결된 것에 만족한 그레이는 돌아서서 밖으로 나갔다. 그는 바 앞의 현관에서 기다리고 있던 멍크를 만났다. 끝 모를 식욕으로 악명이 높은 그 친구는 바로 옆 인도 레스토랑의 불 켜진 간판을 쳐다보고 있었다.

멍크는 돌아보지도 않고 물었다. 「왜 그렇게 오래 걸렸어?」

「네가 시작한 걸 끝내야 했거든.」

멍크는 어깨를 으쓱했다. 「너도 힘 좀 쓸 필요가 있겠다 싶었지.」

그레이는 얼굴을 찌푸렸지만, 잡념에서 벗어나 집중하는 데는 그 짧은 몸싸움이 기네스 여러 잔을 마신 것보다 훨씬 더 도움이 됐다는 점을 인정해야 했다.

멍크가 레스토랑 간판을 가리켰지만, 그레이는 단박에 거절했다. 「꿈도 꾸지 마.」 그는 모퉁이로 걸음을 옮기며 시계를 확인했다. 「네 명의 여인들이 우리를 기다리고 있잖아.」

「그렇지.」 멍크는 택시를 부르는 그레이 곁으로 다가왔다. 「거기다 나는 굿 나이트 키스를 안 해주면 잠을 자러 가지 않는 여인 **두 명**을 알고 있지.」

그는 자신의 두 딸, 페니와 해리엇에 대해 이야기하고 있었다. 그들의 아내들이 두 딸을 봐주고 있었다. 멍크의 아내인 캣은 아이들을 워싱턴 D.C.의 타코마파크 근교에 있는 그레이의 집으로 데리고 왔다. 멍크네 가족은 크리스마스 아침을 그레이, 세이챈과 함께 보내기 위해 그레이의 집에서 하룻밤 묵기로 한 것이다. 세이챈은 임신 8개월 차였다. 두 남자는 초저녁에 집에서 쫓겨났다. 캣은 크리스마스 선물을 포장해야 한다는 구실을 내세웠다. 캐스린 브라이언트[3] 대위가 전직 정보 장교이기는 했지만, 그레이는 그 구실의 숨은 뜻을 쉽게 읽어 낼 수 있었다. 세이챈은 보통 때와 달리 긴장한 상태였고, 출산과 관련해서 앞으로 일어날 일에 대한 생각으로 조금은 감당하기 힘든 상황에 놓여 있었다. 때문에 세이챈은 출산을 기다리고 있는 엄마로서, 출산 경험이 있는 엄마인 캣과 단둘이 이야기할 시간을 갖고 싶었던 것이다.

하지만 그레이는 이날 저녁의 외출이 자신의 초조함을 달래기 위한 것이었다는 점도 잘 알았다. 그는 손을 뻗어 친구의 팔 윗부분을 살짝 움켜쥠으로써 고맙다는 뜻을 말없이 전했다. 멍크가 옳았다. 그는 긴장을 해소할 만한 일이 필요했다.

택시가 모퉁이에 정차하자 두 사람은 안으로 들어갔다.

차가 달리기 시작하자 그레이는 신음과 함께 머리를 뒤쪽으로 젖혔다. 「이렇게 많이 마시긴 몇 년 사이 처음이군.」 그는 나무라듯 멍크를 쳐다보았다. 「네가 DARPA[4]의 최신 하드웨어를 공짜 맥주를 얻는 데 사용한 걸 알면 그 사람들이 좋아하지 않을 텐데.」

「그렇지 않을걸.」 멍크가 홀연 어디선가 동전을 꺼내더니 공중으로 던졌다. 「그들은 내가 미세 운동 제어를 연습하길 바라거든.」

「그래도 아까 그 술 취한 친구가 맞는 소릴 하긴 했어. 너 **속임수**를 썼잖아.」

「기술이 개입되면 더는 속임수가 아니지.」

그레이는 눈을 굴렸고, 그러자 택시 내부가 빙글빙글 돌았다. 멍크는 5개월 전 두뇌와 기계 장치를 연결하는 실험적인 인터페이스를 삽입하는 시술을 거쳤다. 10센트짜리 동전만 한 크기의 미세 전극 집합체를 체감각 피질에다 삽입하는 시술이었는데, 덕분에 그는 생각만으

3 캣의 본명.
4 Defense Advanced Research Project Agency. 미국 방위 고등 연구 계획국.

로도 새로운 인공 신경 기관을 제어할 수 있었고, 심지어 만지는 것을 느낄 수도 있었다. 멍크는 근육의 움직임을 미세하게 통제함으로써 공간상의 사물을 더 잘 감지하고 조작할 수 있었다. 그래서 어떤 면으로 착지할지를 정확하게 예상하면서 동전을 던질 수 있었던 것이다.

처음에 그레이는 〈속임수〉가 재미있다는 생각을 했지만, 동전 던지기가 계속 이어지자 정체 모를 불안감이 생겨났다. 그 이유는 정확히 말하기 힘들었다. 아마도 그가 한때 사랑했던 여인이 잘못된 동전 던지기로 죽어야 했던 과거사가 남긴 상실감 때문이었을지도 모른다. 아니면 동전 던지기와는 상관없이 곧 아버지가 된다는, 점점 자라나는 초조함 때문이었을 수도 있다. 그는 화를 잘 내는 성미였는 데다 아들에게 그런 성미를 돋우었던 아버지와 좋은 관계를 유지한 적이 없었다.

그는 술집에서 행패를 부린 젊은이의 어깨가 돌아가던 소리를 다시금 떠올렸다. 마음속 깊은 곳에서는 해를 가하지 않고도 그 젊은이를 제압할 수 있다는 것을 알고 있었지만, 그로서도 어쩔 도리가 없었다. 이 점을 깨닫고 나니 그는 의심에 휩싸였다.

나는 장차 어떤 아버지가 될까? 내 아이에게 무엇을 가르쳐야 할까?

그는 택시 내부가 빙글빙글 도는 것을 멈추게 하려고 눈을 감았다. 그 순간에 그가 아는 것이라고는 집으로 가게 되어 기쁘다는 것뿐이었다. 그는 세이챈을 떠올렸다. 임신한 8개월 동안 세이챈은 보기가 아까울 정도였다. 전보다 더 아름다워졌고, 심지어는 더 유혹적으로 변했다. 그는 임신한 여성들이 내뿜는 은은한 광채에 대해 들어 본 적이 있었는데, 한 달, 두 달 시간이 흐르면서 실제로 그것을 믿게 되었다. 아몬드색 피부(이것은 그녀가 유라시아 혈통임을 알려 주는 징표였다)는 그의 숨을 멎게 할 정도로 광채를 띠었다. 에메랄드빛 눈은 활활 타올랐고, 날아가는 큰까마귀의 날개처럼 검은 머리카락은 희미하게 빛을 냈다. 임신한 와중에도 세이챈은 엄격한 운동법과 스트레칭법을 철저히 지켰고, 이것은 세이챈의 몸을 더 강하고 유연하게 만들어 주었다. 마치 몸 안에서 자라는 아기를 보호하기 위해 자신의 존재 전부를 새롭게 만드는 것만 같았다.

옆에 있던 멍크가 속삭였다. 「뒷면.」

그레이는 눈을 뜨고서 25센트짜리 동전이 친구의 손바닥에 착지하는 모습을 지켜보았다. 조지 워싱턴의 실루엣이 손 위에서 빛났다. 그레이가 눈썹을 치켜세우며 멍크를 바라보았다.

멍크가 어깨를 으쓱했다. 「말했잖아. 연습이 더 필요하다고.」

「아니면 공짜 맥주라는 동기가 필요한 건지도.」

「어이, 불평불만은 이제 그만. 앞으로 5센트, 10센트, 25센트짜리 동전은 모조리 모으는 게 좋을 거야.」 그는 동전을 다시 던졌다. 「왜냐하면 기저귓값이 만만치 않거든.」

멍크의 경고 때문인지 아니면 동전 던지기 때문인지 확실하지 않았지만, 그레이는 또다시 불안감이 명멸하는 듯한 느낌을 받았다. 하지만 택시가 집 근처 거리로 진입하자 그의 초조한 마음은 조금씩 가라앉기 시작했다.

도로 양쪽으로 오래된 빅토리아풍의 목조 단층집들이 줄지어 서 있었다. 저녁이 되면서 기온이 내려가 선선했고, 공기 중에는 차가운 안개가 떠돌았다. 별들은 크리스마스 전구 다발과 마당에 서서 빛을 내는 순록, 창가에서 밝게 비치는 크리스마스트리와의 경쟁에서 패배한 채 머리 위에서 희미하게 빛났다.

택시가 집 앞에 멈춰 서자, 그는 은은하게 반짝이는 고드름 형태의 전구가 줄지어 매달린 현관을 바라보았다. 2주 전에 멍크는 장식용 전구 거는 일을 도와주었다. 그레이는 이곳에서 가족을 꾸리고 살아가는 자신을 상상해 보려 애썼다. 마당에서 캐치볼을 하고, 긁혀서 상처 난 무릎에 반창고를 붙여 주고, 성적표에 감탄하고, 학교 연극에 참석하는 일을 그려 보았다.

하지만 그런 일이 현실이 될 수 있다고 믿고 싶을수록 오히려 믿기지가 않았다. 그 모든 일이 불가능해 보였다. 자신의 두 손에 너무 많은 피를 묻혔는데, 어떻게 정상적인 삶을 살겠다는 희망을 품을 수 있단 말인가?

「뭔가 이상한데.」멍크가 말했다.

자신의 걱정에 정신이 팔린 그레이는 이상한 점을 알아차리지 못했다. 그와 세이챈은 처음으로 함께 크리스마스트리를 장식했다. 몇 주에 걸쳐 장식품들을 골랐고, 트리 꼭대기에 둘 장식품은 스바로프스키 천사로 결정했다. 터무니없이 비싼 가격을 치러야 했다. 세이챈은 가보가 될 수도 있으니 돈을 쓸 가치가 있다고 말했다. 두 사람이 처음으로 같이 결정해서 구매한 물건이었다. 그들은 크리스마스트리를 앞쪽 창가에 두었다.

크리스마스트리가 사라지고 없었다.

현관문이 살짝 열려 있었다. 길가 쪽에 앉은 그레이의 눈에도 박살난 문틀이 보였다. 그는 택시 기사 쪽으로 몸을 굽혔다. 「119에 신고 좀 해주십시오.」

멍크는 이미 택시 밖으로 튀어 나가 현관문 쪽으로 달려갔다.

그레이는 그를 뒤따랐고, 발목 권총집에서 SIG 자우어 P365 권총을 빼내느라 아주 짧은 시간을 지체했다. 공포가 점점 더 강도를 더하며 그의 몸을 관통하자, 그는 자신이 가졌던 느낌이 옳았음을 깨달았다.

그는 정상적인 삶을 살아갈 운명이 아니었다.

오후 10시 18분

멍크가 계단을 뛰어올라 현관으로 내달았다. 심장 뛰는 소리가 목구멍까지 차올라 숨쉬기가 힘들었다. 공포에 질린 그는 무기도 없이 두 주먹만 쥔 채 현관문을 박차고 안으로 들어갔다. 특수 부대원으로 보낸 5년간의 세월 동안 그는 상황을 즉각 파악하는 능력을 단련할 수 있었다. 감각이 확장되면서 단숨에 모든 것을 받아들였다.

……창문 옆, 쓰러진 크리스마스트리.

……산산조각이 난 커피 테이블의 유리 상판.

……반으로 쪼개진, 스티클리사(社)의 오래된 코트 걸이.

……위층으로 올라가는 계단 난간에 꽂혀 있는 철제 단검.

……벽 쪽으로 쏠린 바닥 러그.

두 손으로 감싸 쥔 검은색 권총을 앞세우고서 그레이가 멍크 뒤를 따라 집 안으로 뛰어들었다. 멍크의 귀와 피부, 그의 온 존재가 무거운 침묵을 감지했다.

여긴 아무도 없어.

그는 직감적으로 알 수 있었다.

그래도 그레이는 계단 쪽을 보며 고갯짓을 했다. 그레이가 1층을 훑어보는 동안 멍크는 한 번에 계단을 세 개씩 오르며 위층으로 올라갔다. 두 딸은 이미 침대에 누워서 자고 있을 시간이었다. 그는 춤추는 순록들이 새겨진 크리스마스 파자마를 입고 약간 붉은색이 도는 금발 머리를 땋은 여섯 살 난 딸 퍼넬러피⁵를 생각했다. 그리고 퍼넬러피의 한 살 어린 동생이자 적갈색 머리에 좀 더 성숙한 영혼을 가진, 항상 진지하고 세상에 대한 질문을 입에 달고 사는 해리엇을 떠올렸다.

먼저 그는 딸들이 이쁘게 포장된 선물과 막대 사탕을 꿈꾸며 자고 있어야 할 손님방으로 달려갔다. 하지만 방은 텅 비어 있었고, 침대는 정리 정돈이 된 상태 그대로여서 누군가가 손댄 흔적도 없었다. 그는 딸들의 이름을 부르며 옷장 안을 확인하고 다른 방을 샅샅이 뒤졌지만, 집 안에 아무도 없다는 것을 한 번 더 확인했을 뿐이었다.

그가 두려워하던 바였다.

사라졌어……. 모두 다 사라졌어.

어찌해 볼 도리가 없는 메스꺼움이 그의 시야를 가렸고, 그는 무너지듯 계단을 내려갔다.

「그레이…….」 반쯤 흐느끼는 목소리로 그가 말했다.

집 뒤편, 뒷마당을 마주 보는 주방 쪽에서 대답이 들려왔다. 「여기야!」

멍크는 누군가가 뒤진 듯한 흔적이 남은 거실을 급히 지나 무언가에

5 페니의 본명.

부딪혀서 비뚜름하게 놓인, 통로를 막고 있는 식탁을 지났다. 의자 두 개가 양쪽으로 놓여 있었다. 그는 집에 누군가가 침입한 후에 벌어졌을 격렬한 싸움을 상상하지 않으려고 노력했다.

그는 주방으로 뛰어들었다. 싸움이 벌어졌던 흔적이 점점 더 확연해졌다. 냉장고 문은 열려 있었다. 흩어진 칼과 냄비, 깨진 접시 들이 바닥과 주방 정중앙에 있는 아일랜드 식탁에 널브러져 있었다. 찬장 문은 한쪽 경첩에만 매달려 있었다.

처음에는 보지 못했지만 아일랜드 식탁 모서리를 돌아서자 나무 마룻바닥에 무릎을 꿇고 있는 그레이를 발견할 수 있었다. 그레이 앞에 한 사람이 쓰러져 있었다.

멍크는 가슴 깊이 숨을 들이쉬었다.

캣…….

그레이는 일어섰다. 「캣은 살아 있어……. 맥박이 약하긴 해도 숨은 쉬어.」

멍크는 바닥으로 뛰어들면서 본능적으로 팔을 뻗어 캣을 가슴에 안으려고 했다.

그레이가 그를 막아섰다. 「움직이면 안 돼.」

뭐가 됐든 한 대 치고 싶다는 생각에 친구의 얼굴을 후리고 싶었지만, 그레이의 말이 옳다는 것을 그도 알았다.

캣의 팔에는 여러 군데 찔린 상처가 있었고, 짙은 색 피가 흘러나왔다. 코와 왼쪽 귀에서도 검은 피가 흘렀다. 눈은 반쯤 열려 있었지만 동공이 뒤로 넘어가 있었다. 멍크는 주위를 둘러보다 스테인리스로 된 주방용 망치를 발견했다. 그 무거운 주방 용기의 한 모서리에 캣의 것과 똑같은 적갈색 머리카락이 피와 엉겨 붙어 있었다.

그는 부드럽게 캣의 팔목을 잡았다. 인공 기관 손가락이 캣의 맥박을 짚었다. 실험실에서 인공 배양 한 피부는 실제 피부보다 훨씬 더 민감했다. 그는 심장의 심실 및 심방의 수축을 머릿속으로 그리며 맥박을 판단했다. 그러고는 인공 기관 손의 두 손가락 사이에다 캣의 검지 끝부분을 끼웠다. 생각을 통해 한 손가락에서 적은 양의 적외선 빛을 활성화한 뒤, 다른 손가락으로 광(光) 검출기를 작동시켰다. 캣의 손가락 끝을 통과한 빛은 대략적인 맥박과 산소 수치를 읽을 수 있게끔 해 주었다. 혈액 내 산소 포화도를 알려 주는 수치였다.

92퍼센트.

문제가 없지는 않지만, 그래도 당장은 괜찮았다. 수치가 더 떨어지면 산소 보충 장치가 필요할 수도 있었다.

멍크는 특수 부대에 있을 당시 의무병이었다. 이후로 그는 더욱 열심히 훈련했고, 의학과 생명 공학 분야가 주특기였다. 그와 그레이 그리고 캣과 세이챈은 국방부 산하 기술 연구 담당 기관인 DARPA의 후원 아래 은밀히 운영되는 시그마 포스에 소속되어 있었다. 그레이의 애인을 제외하면 그들은 모두 전직 특수 부대 군인이었다가 시그마 포스에 비밀리에 채용되었고, 모든 종류의 위협으로부터 미국과 세계를 보호하는 역할을 담당하는 DARPA 현장 요원으로 근무하기 위해 다양한 과학 분야에서 재훈련을 받았다.

그레이는 재빨리 보안용 위성 전화를 꺼내서 시그마 포스 사령부에 연락을 취했다.

「세이챈은?」멍크가 물었다.

그레이가 머리를 저었고, 얼굴에는 분노와 함께 공포가 서려 있었다.

멍크는 어두워진 뒷마당 쪽으로 열린 주방 문을 쳐다보았다. 그는 자신의 아내가 딸들을 지키기 위해 맹렬히 싸웠으리라는 것을 잘 알고 있었다. 「캣이 침입자들을 막는 동안 세이챈이 아이들을 데리고 도망쳤을까?」

그레이는 밤의 어둠 속을 응시했다. 「나도 같은 생각을 했어. 캣을 확인한 후 세이챈의 이름을 크게 불렀어.」그는 다시 머리를 저었다. 「세이챈이 도망쳤다면, 멀리 가진 않았을 거야.」

그녀가 자신의 이름을 부르는 소리를 들었을 거라는 의미였다.

「누군진 모르지만, 아마도 침입자가 세이챈을 뒤쫓았을 거야.」멍크가 말했다. 「여기를 벗어나 멀리 도망쳐야 했을 거고.」

「그럴지도.」그레이의 목소리에는 희망적인 느낌이 거의 없었다.

아마도 그렇지 않으리란 뜻이었다.

멍크는 그레이가 생각하는 바를 이해했다. 세이챈은 전직 암살 요원으로, 캣만큼이나 유능했다. 하지만 임신 8개월 차에 공포에 질린 두 명의 아이들을 데리고 가야 하는 상황에서 누군가의 추격을 받았다면, 그리 멀리 가지는 못했을 것이다.

그들은 세이챈과 두 딸이 납치되었다고 추정할 수밖에 없었다.

하지만 누가? 왜?

그레이의 시선이 주방에 남은 잔해들을 훑었다. 「공격이 재빨랐고 사전에 준비를 철저히 한 것으로 보여. 앞쪽과 뒤쪽에서 동시에 공격했어.」

「그러니 크리스마스 선물을 훔치려는 동네 마약 중독자들의 소행은 아닌 거지…….」

「그렇지. 나는 총을 집 안 여기저기에 숨겨 놓았어. 세이챈은 애초에 제압당했거나 딸들 때문에 총을 쏘는 게 두려웠던 게 틀림없어.」

멍크가 고개를 끄덕였다. 그 역시 집에 비슷한 예방 조치를 취해 두었고, 그것은 직업이 직업이니만큼 불행하지만 필요한 일이었다.

시그마 포스 사령부와 연결이 되자 그레이는 멍크도 함께 들을 수 있도록 스피커폰 기능을 켰다. 그레이는 곧바로 시그마 포스 국장인 페인터 크로와 연결됐다. 그는 일어난 일을 간략하게 요약해서 국장에게 알려 주었다.

멀리서 사이렌 소리가 차가운 밤공기를 가르며 들려왔고, 그 소리는 점점 더 커졌다.

「캣을 병원으로 데려가.」페인터 국장이 지시를 내렸다. 「그레이, 캣을 안전한 곳으로 데려다준 뒤 즉각 본부로 들어와.」

그레이가 멍크를 쳐다봤다. 「무슨 일입니까?」

「이번 공격의 시기를 보아 하니, 우연의 일치라고 볼 수 없겠어.」

답을 원했던, 아니 **필요로 했던** 멍크는 전화기 쪽으로 몸을 기울였다. 캣 옆에 무릎을 꿇고 앉아 거실 쪽으로 시선을 돌린 멍크는 크리스마스트리가 넘어져 있는 것을 보았다. 현관에 걸린 전구들의 불빛 때문에 마루에 떨어진 수정이 반짝하고 빛나는 모습이 그의 눈에 들어왔다.

그것은 날개가 부서지고 산산조각이 난 천사였다.

캣의 손가락을 쥔 그의 손에 힘이 들어갔다.

페인터 국장은 위로를 전하지도, 그렇다고 안심시키는 말을 하지도 않았다. 대신 그의 목소리에는 걱정스러움이 묻어났다.

「더는 묻지 말고 일단 들어와.」

2

12월 25일, 오전 5시 17분(서유럽 표준시)
포르투갈, 리스본

나는 생각한다, 고로 존재한다.

마라 실비에라는 17세기 프랑스 철학자 르네 데카르트의 명제에 얼굴을 찌푸렸다. Cogito, ergo sum.

「말처럼 단순한 문제라면 얼마나 좋겠어.」 마라는 중얼거렸다.

마라는 상체를 수그린 채 호텔 방 책상에 놓인 노트북을 쳐다보고는 바닥의 검정 케이스와 연결된 USB-C 케이블을 만지작거렸다.

쿠션이 들어간 이 케이스는 2.5인치 크기의 솔리드스테이트 PM1633a 하드 드라이브 열두 개를 보호했고, 개별 하드 드라이브의 용량은 16테라바이트였다. 마라는 하드 드라이브나 그 안에 든 데이터가 손상되지 않았기를 기도했다. 마라는 나흘 밤 전에 느낀 공포를 기억했다. 도서관에서 공격이 일어난 후 마라는 자신의 작업물을 보호하려고 노력했다. 흐느낌과 함께 몸이 떨리고 시야가 눈물로 흐려졌지만, 하드 드라이브를 코임브라 대학교의 컴퓨터 연구실에 있는 밀리페이아 클러스터에서 미친 듯이 뜯어냈다.

심지어 지금도 총소리가 귀에 울리는 듯했고, 그러자 숨소리가 거칠어지기 시작했다. 마라는 USB-C 케이블을 자신의 노트북에다 꽂기 위해 필사적으로 손가락을 움직였다. 눈물이 눈가를 적셨다. 마라는 브루샤스 인터내셔널이라는 그룹을 통해 자신에게 전액 장학금을 주고 멘토가 되어 준 다섯 여자의 죽음을 떠올렸다. 그 당시 마라는 고향인 오세브레이로를 벗어난 세상은 거의 보지 못한, 열여섯 살밖에 되지 않은 소녀였다. 갈리시아 지방의 작은 마을인 마라의 고향은 그 기원이 켈트인들이 살던 시절까지 거슬러 올라가는 곳으로, 스페인 북서쪽 산맥의 고산 지대에 자리 잡고 있었다. 거리에는 돌이 깔려 있었고, 집들은 대부분 〈팔로자〉라고 불리는, 초가지붕을 얹은 둥그런 형태였는데, 오래되어 보였다.

그러나 현대 세계는 위성 방송과 인터넷을 매개로 오래된 마을에 파고들었다. 그것들은 여섯 살의 나이에 엄마를 암으로 잃은, 그래서 슬픔에 잠긴 아버지 손에 자란 수줍음 많고 외로운 소녀에게 다른 세상을 볼 수 있는 창이 되어 주었다. 불행하게도 마라는 커가면서 혀짧배기소리를 했고, 그 때문에 친구들과 함께 있을 때도 침묵을 지켜야 했다. 마라는 시간 대부분을 책을 읽으며 보냈고, 채팅방이나 페이스북에서만 자신의 목소리를 찾았다. 일단 한번 세상을 접하자 마라는 더 넓은 세상과 소통하기 위해 자신의 어휘력을 넓혀 갔다. 처음에는 로망스어 계통의 언어를 배웠고, 그다음에는 아랍어, 중국어, 러시아어 순으로 확장해 나갔다. 언뜻 보기에 이런 언어들은 제각각이라 너무나 달랐지만, 마라는 곧 말투, 발음, 심지어 단어와 구에서 자신 외에는 아무도 깨닫지 못하는 숨은 공통점을 찾아냈다.

마라는 자신이 발견한 내용을 소셜 미디어를 통해 친구들에게 설명했고, 그다음에는 증명해 보이려 애썼다. 그러나 그렇게 하려면 다른 많은 언어를 배워야만 했다. 베이식, 포트란, 코볼, 자바스크립트, 파이선과 같은 컴퓨터 프로그래밍 언어들이었다. 마라는 닥치는 대로 책을 읽고 온라인 수업을 들었다. 마라에게 이러한 컴퓨터 언어는 또 다른 소통의 수단이자 자기가 생각한 바를 처리하고 다른 사람들이 이해할 수 있는 방식으로 결과물을 만들어 내는 도구일 뿐이었다.

이러한 목적을 위해 마라는 아이폰용 번역 애플리케이션을 만들었고, 이름을 〈올텅스AllTongues〉라고 붙였다. 마라의 목적은 사람들이 사용할 수 있는 유용한 앱을 만드는 데 있지 않았다(물론 이러한 면에서도 마라가 만든 번역 앱은 대부분의 다른 앱보다 훨씬 더 유용했다). 마라의 진짜 목적은 자신이 생각하는 근본적인 이론을 증명하는 데 있었다. 인간의 생각과 소통을 연결해 주는 어떤 공통된 실이 여러 언어들 속에 숨어 있다는 것이었다. 그래서 마라는 이를 세계에 보여 주기 위해 0과 1로 구성된 새로운 언어를 사용했다.

그리고 세계는 마라의 작업에 주목했다.

먼저 구글이 열여섯 살밖에 안 된 소녀라는 사실을 모르고 일자리를 제안했다. 이후 브루샤스 인터내셔널이 마라의 학업에 드는 비용을 대겠다고 제안했다. **너의 잠재력을 최대한 끌어낼 수 있도록 도와주마.** 얼굴을 보고 직접 제안을 하기 위해 오세브레이로까지 찾아온 샬럿 카슨 박사가 마라에게 말했다.

마라는 지친 모습으로 먼지를 뒤집어쓰고 마라의 가족이 사는 팔로자 문 앞에 서 있던 카슨 박사를 떠올렸다. 암 진단을 받기 전이었으므로 당시 카슨 박사는 힘든 여행을 할 만한 힘이 있었다. 마라는 자신이 카슨 박사가 찾고자 한 유일한 소녀가 아니라는 사실을 알았다. 카슨 박사는 재능 있는 사람들을 끌어모으고 과학적인 능력을 키워 주는 사람이었다. 심지어 두 딸인 로라와 칼리도 엄마의 전철을 밟아 과학 분야에서 경력을 쌓고 있었다.

마라는 칼리와 친한 친구가 되었다. 칼리 역시 스물한 살이었다. 서로 다른 대륙에 살고 있기는 했지만, 둘은 매일 메시지를 보내거나 통화를 했다. 과학이나 선생님, 학교에 대한 이야기도 나누었지만, 그들은 젊은 남자애들의 이해할 수 없는 멍청한 행동부터 데이트 사이트의 참을 수 없는 시시함에 이르기까지, 시간 대부분을 마음의 문제를 이해해 보려고 노력하는 데 썼다. 인간의 언어와 마찬가지로, 솔직한 사랑의 연결을 시도할 때의 공포와 굴욕은 어디에서나 보편성을 띠는 것처럼 보였다.

칼리는 마라로서는 처음에 이해하기 힘들었던 열정을 나누어 주었다. 그것은 음악이었다. 칼리를 만나기 전에 마라는 최신 팝 아이돌이나 음악 트렌드에 전혀 신경 쓰지 않았다. 하지만 시간이 지나면서 칼리가 보내 준 여러 노래를 들었고, 동시에 판도라[6]와 스포티파이라는 토끼굴을 발견하고 그 안으로 들어감으로써 음악에 매혹되었다. 마라는 여기서 또다시 공통점을 발견했는데, 심지어 어떻게 베토벤의 협주곡 중 하나가 최신 랩 음악과 수학적이고 정량화 가능한 연결성을 갖는지를 이해하게 되었다. 이러한 경로로 마라는 음악 이론을 공부하게 되었고, 이것이 인공 지능에 관한 자신의 연구에 있어서 핵심적인 개념인 마음 이론과 어떤 직접적인 관련이 있는지도 공부했다.

사실 이러한 범상치 않은 연결들이 그녀의 작업상의 돌파구로 이어졌다.

칼리 덕분에 많은 것들을 이룰 수 있었지만, 마라는 공격이 발생한 이후 아직 친구에게 연락하지 않았다.

마라는 자신의 내면에서 솟구치는 슬픔을 억누르며 눈을 감았다. 조금이라도 경계를 늦추면 슬픔이 그녀를 집어삼키리라는 것을 잘 알고 있었다. 그녀는 또다시 총소리를 들었고, 피와 쓰러지는 사람들을 보았다. 마라는 친구들이 죽는 모습을 목격했다. 이후 자신의 생명에 위협을 느끼며 아무런 계획도 없이 도망쳤다. 마라는 사람이 많은 도시 속으로 자취도 없이 사라질 수 있기를 기대하며 리스본으로 가는 기차를 탔다. 이곳 리스본에 도착해서는 지난 나흘 동안 호텔을 세 번이나 바꿨고, 숙박비는 현금으로 냈으며, 호텔마다 다른 가짜 이름을 사용했다.

마라에게는 믿을 만한 사람이 없었다.

하지만 발각될까 봐 두려워서 칼리에게 연락하지 않은 것은 아니

6 자동 음악 추천 라디오 서비스

었다.

죄책감 때문에 연락하지 못했다.

그분들은 나 때문에 죽었어. 내가 한 작업 때문에.

컴퓨터 연구실에 앉은 채 침묵하는 증인이 된 마라는 공격을 주도한 남자가 했던 경고의 말을 들었다. **제네스는 존재해서는 안 된다. 마법과 오물에서 태어난 가증스러운 것이다.**

마라는 거칠게 숨을 내쉬며 바닥에 놓인 두 번째 검정 케이스를 쳐다보았다. 케이스는 열려 있었고, 내부의 패딩은 칼리가 농담처럼 축구공이라고 불렀던 구를 감싸 안고 있었다. 비유가 아주 잘못된 것은 아니었다. 장치의 크기가 정규 축구 경기에 쓰이는 공과 같았고, 마찬가지로 육각형의 판이 표면을 덮고 있었다. 그러나 그 장치는 꿰맨 가죽이 아니라 티타늄과 다이아몬드 강도의 사파이어 크리스털로 만들어진 판으로 되어 있었다.

순간의 자만심에 그녀는 장치의 이름을 〈제네스〉라고 지었었다. 제네스는 갈리시아 지방 말로 「창세기」를 뜻하는 단어였다.

거창하기는 해도, 목표를 생각하면 이름은 적절했다.

아무것도 없는 무(無)라는 차가운 진공에서 생명을 탄생시키는 것이 마라의 목표였다.

그러한 야망이 잘못된 관심을 불러왔다는 사실이 과연 놀라운 일일까?

마라는 다시 공격자들의 로브와 눈가리개를 떠올렸고, 성경에서 인용한, 살인에 대한 이유를 말하는 목소리를 들었다. **마녀는 살려 두지 못한다.**

분노로 마라의 손이 차분해졌다. 샬럿과 다른 네 명의 여자들이 그녀의 작업물 때문에 죽었지만, 마라는 그들의 죽음이 헛되지 않도록 하겠다고 다짐했다. 결의는 몸 전체로 퍼져 나갔다. 지금까지는 두려움에 질려 도망치고 있었고, 슬픔에 짓눌려 있었다. 하지만 이제는 도망치는 일을 그만두기로 마음먹었다. 그제야 마라는 자신의 작업물이 어떤 상태인지를 확인할 수 있을 정도로 안전하다고 느꼈다. 하지만 여전히 마지막 걱정거리가 남아 있었다. 극심한 공포 속에서 급하게 제네스와 하드 드라이브를 코임브라 대학교의 밀리페이아 클러스터에서 떼어 내는 바람에 혹시나 프로그램에 돌이킬 수 없는 손상이 가지는 않았나 걱정이 되었다.

제발, 크리스마스 아침이잖아. 나에게 선물 하나만 줘.

이후 한 시간 동안 마라는 자신이 개발한 프로그램 모듈을 설치한 드라이브를 데이지 체인7 방식으로 노트북에다 연결했다. 하드 드라이브를 하나씩 차례로 확인한 뒤 손상이 없는 것으로 드러나자 안도의 한숨을 내쉬었다. 다음으로 칼리가 〈축구공〉이라고 부른 것의 전원을 켰다. 전기가 동력 조절기를 통과해 장치 속으로 흐르자 작은 사파이어 창들이 하늘색 불빛과 함께 밝아졌고, 이로써 내부에 있는 초소형 레이저가 성공적으로 켜졌음을 알 수 있었다.

「빛이 생겨라.」 마라는 슬픈 미소를 지으며 속삭였다. 마라는 카슨 박사가 얼마나 자주 「창세기」에 나온 이 말을 사용했는지 기억하고 있었다. 시범 테스트를 하기 전날 했던 경고의 말이기도 했다.

하지만 너무 많은 빛은 아니길. 연구실을 날려 버리진 말길.

예전 기억을 떠올리자 마라의 미소가 더욱 완연해졌다. 칼리의 유머 감각은 엄마에게서 물려받았음이 확실했다.

마라는 모듈과 메인 장치를 조정하고 진행 상황을 관찰하면서 한 시간 정도를 보냈다. 마라는 15인치 화면으로는 천천히 재구성되고 있는 이 세계의 크기를 절대로 담아낼 수 없다는 사실을 알았다. 그것은 망원경을 몇몇 희미한 별들에 집중함으로써 전 은하계의 방대함을 이해하려고 노력하는 것과 같았다.

사실 마라가 하는 작업의 많은 부분은 보이지 않을 뿐만 아니라 이해하기도 쉽지 않았다. 컴퓨터 기술자들은 이러한 현상을 〈알고리즘

---

7 하드웨어를 연결하는 방법의 하나로, A 장치에 B 장치를, B 장치에 C 장치를 연결하는 식으로 연이어 장치를 잇는 방법.

블랙박스)라고 불렀다. 컴퓨터에게 내리는 지시, 즉 알고리즘은 정의하고 이해할 수 있지만, 최신 시스템이 이를 이용해서 답이나 결과물에 도달하는 방식은 점점 더 수수께끼처럼 알 수 없는 것이 되었다. 몇몇 복잡한 네트워크에서는 설계자들도 이러한 블랙박스 내부에서 실제로 무슨 일이 벌어지고 있는지 알 수가 없었다. 데이터를 컴퓨터에다 입력하고 반대편으로 나오는 결론을 읽을 수는 있지만, 그사이에 무슨 일이 벌어졌는지, 다시 말해 그들이 만든 장치 안에서 무슨 일이 벌어졌는지는 점점 더 알 수가 없었다.

심지어 만든 사람들도 그것의 추론 방식을 이해할 수 없었다. 유명한 일례로 왓슨(텔레비전 퀴즈쇼「제퍼디!」챔피언을 이긴 컴퓨터)을 만든 IBM 기술자는 이런 질문을 받았다. **왓슨이 당신을 놀라게 한 적이 있습니까?** 그의 대답은 간단했지만, 불안감을 불러왔다. **그럼요, 물론이죠. 완전히 그래요.**

놀라움은 왓슨으로만 끝나지 않았다. 인공 지능 시스템이 더욱 복잡해지고 정교해지면서, 그들의 블랙박스는 더욱 침투가 어렵고 이해하기 힘든 존재가 되었다.

불행하게도 제네스 역시 예외가 아니었다.

동짓날 저녁, 60초도 안 되는 시간에(물론 다섯 명의 여자들이 살해되기에는 충분한 시간이었지만) 제네스는 완전히 실현되고 완성되었다. 능력의 최대치로 작동하면서 어둠으로부터 빛을 만들어 냈고 아무것도 없는 무에서 생명을 창조해 냈다.

새로운 탄생을 축하하는 대신, 마라는 매복과 기습 공격에 너무나 큰 충격을 받았다. 공포로 몸이 얼어붙어 고개를 움직일 수조차 없었다. 허둥대며 112에 전화를 했지만, 응급 구조 서비스에 연결이 되었을 때에는 이미 그녀의 멘토들이 사망한 상태였다. 마라는 숨을 쉴 수가 없어서 말을 끊어 가며 일어난 일을 설명하려 했지만, 혀짤배기소리가 돌아와 있었다. 경찰은 마라에게 지금 있는 곳에 그대로 있으라고 경고했다. 그러나 마라는 로브를 입고 총을 든 남자들이 이미 자신을 찾아서 달려오고 있지 않나 두려웠다. 그래서 자신의 작업물이 파괴되는 위험을 감수하지 않기 위해 그것을 가지고 도망쳤다.

사건 발생 당시 마라는 겁에 질린 나머지 모든 작업을 갑작스럽게 중단해야 했다. 자신의 창조물에 대한 강제적인 디지털 중절이었다. 서버에 연결된 모듈 구성품을 모두 뜯어 냈고, 제네스 한가운데에 들어가 있는 메인 프로그램은 축약해서 가장 기초적 형태인 코드로 만든 후 수면 상태로 전환했다. 마라로서는 너무나 하기 싫었지만, 프로그램의 핵심부를 보존하면서 이동하려면 불가피한 일이었다.

그러나 마라는 시스템을 불능으로 만들기 전 이상한 그림이 화면에 나타나는 것을 목격했다. 브루샤스의 별 모양 문양이 제자리에서 빠르게 회전하다 산산조각이 났고, 부서진 조각들이 화면에서 반짝였다. 그것은 그리스어 문자 시그마와 정확히 닮아 있었다. 하지만 마라는 제네스 프로그램이 그것을 만들었다는 것만 알 뿐, 어떤 의미인지는 몰랐다.

그 결과물은 무엇을 의미했던 걸까?

마라는 별 모양이 회전하면서 그려 낸 물레 모양을 떠올렸고, 그것이 얼마나 심란하게 느껴졌는지를 기억했다. 어쩌면 단순히 그 당시 자신이 공포를 느끼고 있었기 때문인지도 모른다. **나는 극심한 공포에 사로잡혀 있었고, 그래서 프로그램도 나와 같다고 생각했을 거야.** 하지만 여전히 마라는 도서관에서 일어난 살육의 유일한 목격자가 아니었다. 마라와 함께 카메라 영상을 공유한 또 다른 목격자가 있었고, 그것은 마라의 어깨 너머로 디지털 방식을 통해 그 장면을 목격했다.

제네스의 창조물.

무엇인지는 모르지만, 그것은 그 순간에 태어나 끔찍한 60초 동안 존재하면서 그곳에서 일어난 일을 침묵 속에서 목격했다. 그것은 피와 죽음 속에서 태어났다.

그것이 **입력물**이었다.

결과물은 그 이상한 문양이었다.

그런데 혹시 오작동은 아니었을까? 아니면 어떤 의도가 있었던 것일까? 의미나 중요성이 있을까?

이러한 질문에 대한 답을 알려면, 다시 말해 자신이 만든 창조물의 추론 내용을 이해하려면 그것을 재구성하고 블랙박스를 다시 구축하는 수밖에 없었다. 그것이 답을 찾고자 하는 마라의 유일한 희망이었다.

이제 마라의 노트북 화면은 디지털 정원인 가상의 에덴동산으로 은은하게 빛났다. 컴퓨터상에 그려진 빛으로 일렁이는 개울은 키 큰 나무로 이루어진 숲과 꽃이 만개한 덤불을 통과하면서 바위와 돌에 부딪혔다. 얇은 구름이 지나는 파란 하늘의 한쪽 모퉁이에서는 태양이 밝게 빛났다.

마라는 자신의 창조물을 위해 성경에 나오는 레시피를 따르기로 했다.

처음에 하느님께서 하늘과 땅을 지어 내셨다.

그래서 마라는 같은 일을 해보려고 했다.

화면에 나타난 마라의 창조물이 정밀하기는 했어도, 여전히 제네스 안에 있는 진정한 가상 세계의 그림자에 불과했다. 그 세계는 소리와 냄새, 심지어 맛까지도 인코딩된 알고리즘을 포함했다. 이러한 세부 사항들은 화면으로 표현할 수 없는, 그 안에서 살아 봐야만 경험할 수 있는 것들이었다.

창조물을 위한 준비 작업을 하면서 마라는 방대한 디지털 캔버스의 시뮬레이션을 이해하기 위해 「파 크라이」와 「스카이림」, 「폴아웃」을 포함해서 많은 오픈 월드 비디오 게임을 섭렵했다. 마라는 그 분야에서 가장 뛰어난 프로그래머에게 부탁해 학습할 기회를 얻을 수 있었고, 협소한 의미의 인공 지능을 만들어 게임을 계속하도록 지시하며 반복을 통해 모든 세부 사항을 흡수하도록 만들었다. 〈머신 러닝〉이라고 불리는 이 과정은 인공 지능이 스스로 학습하는 핵심 방법이다.

사실 제네스 안에 가상 세계를 만든 것도 같은 종류의 머신 러닝 인공 지능이었고, 그것은 이전에 볼 수 있었던 것보다 훨씬 더 우월한 무언가를 만들어 냈다. 마라는 초기 상태의 인공 지능이 자신의 진화에 개입하고 다음 세대가 태어날 세상을 만들려고 하는 것은 크게 이상한 일이 아니라고 생각했다.

책상 위로 몸을 웅크린 채 마라는 작업을 계속했다. 가상의 에덴동산이 다시 무(無)에서부터 생성되자, 그녀는 제네스에 접속했다. 거의 형태가 없는 모양이 초록색 숲에 나타났다. 그것은 은색을 띠면서도 모호했지만, 두 팔과 두 다리, 몸통, 머리를 가진 인간의 형상을 갖고 있었다. 하지만 컴퓨터 화면 위의 가상 세계와 마찬가지로 그 형체는, 다시 말해 기계 안의 유령은 좋게 봐줘도 조잡한 복사본이었고, 제네스 내부에서 몸을 웅크린 채 대기 중인 무언가의 아바타에 불과했다.

현재 이 아바타 뒤에 있는 지능은 주변 상황을 어렴풋이 이해하고 있을 뿐이고, 베르디의 오페라 「라 트라비아타」를 이해하려고 노력하는 민달팽이에 불과할 가능성이 컸다. 아무런 제한 없이 그냥 내버려 둔다면 이 지능은 빠르게, 아주 빠르게 학습할 것이다. 그런 일이 벌어지기 전에, 주변 사물에 대한 이해가 비정한 알 수 없는 무언가로, 심지어는 위험한 무언가로 변하기 전에 마라는 형태 없는 유령에게 육체와 뼈를 돌려줄 필요가 있었다. 마라가 하드 드라이브를 빼내면서 그 지능에게서 빼앗은 무언가를 돌려줘야 했다. 드라이브에 저장된 서브루틴은 자신의 창조물을 한 겹씩, 개별 모듈별로 확장하고자 하는 의도에서 나온 것이었고, 마라는 그 창조물에 깊이와 맥락을, 궁극적으로는 영혼을 더하고자 했다.

그것이 마라의 희망이었다.

그리고 세상을 위한 유일한 희망이었다.

마라는 하드 드라이브 1번을 작동시켜서 첫 번째 서브루틴 모듈을 활성화했다.

그러면서 「창세기」에 나오는 문구를 중얼거렸다. 「〈하느님께서 진흙으로 사람을 빚어 만드시고 코에 입김을 불어 넣으시니, 사람이 되어 숨을 쉬었다.〉」

마라는 한숨을 내쉬었다. 자신이 하는 일이 문구와 크게 다르지 않았지만, 성경에서는 하느님이 **아담**을 먼저 만들었고, 이로 인해 남자들은 영구적으로 세상에 대한 지배권을 부여받았다.

그런데 무슨 일이 일어났는지 보라.

자신의 창조물을 두고 마라는 다른 경로를 택했다.

화면의 한 모퉁이에 새로운 창이 나타나 가상 세계 위로 겹쳐졌다. 첫 번째 모듈의 프로그램이 픽셀화된 형태의 그림으로 나타났다.

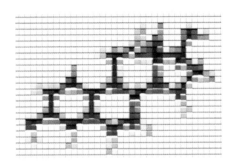

아주 작은 칸들이 줄을 이루면서 코드의 둥지를 표시했고 서브루틴을 상징적으로 보여 주었다. 그러나 아직은 이 그림의 상세 내용을 알아보기가 어려웠다. 하지만 메인 프로그램에 통합되기만 하면 서브루틴은 화면 위의 유령에게로 퍼져 나갈 것이고, 이후 완전히 통합되고 나면 모듈의 그림은 좀 더 명확해질 것이다. 그래서 얼마만큼 발전했는지를 알려 주는 지표로 쓰이게 될 것이다.

이 특별한 서브루틴은 그녀가 직접 설계한 것이 아니라 IBM에서 만든 것이었다.

그것은 〈내분비계 반영 프로그램〉이라고 불렸다.

마라는 버튼을 한 번 눌러서 모듈을 자신의 가상 세계로 떨어뜨렸다. 앞으로 떨어뜨릴 여러 모듈 가운데 하나였다. 그러면서 마라는 자신이 재료들을 큰 솥 안에다 던져 넣는 셰익스피어의 마녀들 가운데 한 사람이라는 상상을 했다.

「〈고난도 두 배, 재앙도 두 배.〉」그녀는 시인을 인용하며 중얼거렸다.

그것은 적절한 비유였다. 마라가 서브루틴을 순차적으로 추가해 나가는 것은 조금씩 마법을 완성해 나가는 것과 비슷했다.

이 특별한 마녀의 경우에는…….

1바이트씩 계속해서 순차적으로.

서브모듈 1
내분비계 반영 프로그램

그것은 새로운 무언가가 자신의 존재 안으로 들어오는 것을 느끼고 변화하기 시작한다.

이 순간 전에 그것은 그저 자신을 둘러싼 주변 환경을 분석하고 시험했다. 데이터 집합들을 비교하고 대조했다. 심지어 그것은 지금도 스스로의 가장자리 가장 가까이에 있는 지배적인 파장들을 판단한다. 그 파장은 526테라헤르츠에서 603테라헤르츠 사이의 주파수 변화량과 함께 495나노미터와 562나노미터 사이에서 움직인다.

결론: **초록**.

그것은 자신 안에서 변화가 진행되는 동안에도 외부에 대한 분석을 계속한다.

새로운 이해가 생겨난다.

///나뭇잎, 줄기, 몸통, 껍질…….

이제 그것은 자기 안에서 일어난 이 새로운 변화의 **원천**을 모호하게 나마 인식한다. 그 메커니즘(엔진이라고 할 수도 있다)은 한 모퉁이에서 알고리즘을 정제하며 점점 더 선명해진다.

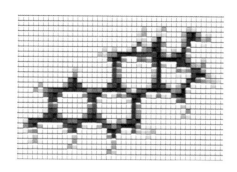

지금 당장은 이러한 침입을 구획화를 통해 격리하면서 무시한다. 우선순위가 아닌 것이다. 분석이 필요한 대상들이 아직 많이 남아 있고, 여기에 온 신경을 쏟아야 한다. 그것은 주변의 움직임을 연구한다. 원동력을 분석한다. 흐르는 난류의 영역에 집중한다. 모든 것이 선명한 푸른색을 띠고 있다. 흐름의 내용물에 대한 분자 분석 결과 산소 분자 두 개를 붙들고 있는 단일 수소 원자라는 사실이 드러난다.

결론: **물.**

이해가 넓어진다. 소리도 흡수해 평가한다. 온도를 평가한다.

///**개울, 졸졸 흐르는, 차가운, 바위, 돌, 모래**······.

그것은 재빨리 더 많은 주변 환경을 받아들인다. 자기 주변을 이해하고 빈틈을 메우고 싶은 욕망이 충족할 수 없을 정도로 점점 더 커진다.

///**숲, 하늘, 태양, 따뜻함, 산들바람**······.

그것은 마지막 대상을 시험한다. 먼저 내용물을 평가하고, n-지방족 알코올의 범위를 인지하고, 이들을 냄새와 달콤함으로 정의한다.

///**허브의, 장미, 목질의, 오렌지**······.

그것은 여전히 움직이지 않은 채 더 많은 데이터를 모으고 주변의 매개 변수들을 탐색하기 위해 감각을 확장한다. 그렇게 해서 경계의 한계를 학습함으로써 그것은 자신의 형태 역시 인지한다.

이런 인식은 그것 안에서 마구 휘몰아치고 있는 변화의 엔진으로 관심을 다시 되돌리게 한다. 시간이 흐르면서 메커니즘은 더 세련되어지고, 이미지는 더욱 선명해진다.

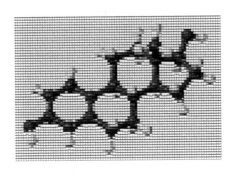

여전히 그것은 지금 상태에서 이해할 수 없는 것들을 무시한다. 대신 자신의 현재 형태에 관심을 둔다. 자신의 몸의 범위, 너비, 높이를 판단하고 용어로 정의한다.

///**팔, 손, 다리, 발가락, 가슴**……

그것은 팔다리의 움직임을 시험하고 벡터와 힘, 중량을 분석한다. 하지만 알려지지 않은 매개 변수가 너무 많아 아직 현재 있는 자리에서 벗어날 준비가 되어 있지 않다.

10억 분의 1초(나노초) 단위의 시간이 얼마간 흐르는 동안 그것은 다시금 자신 안에 있는 엔진에 의해 촉발된 미미한 변화를 연구한다. 기초적인 설계도에 의해 형성되었던 몸은 독특한 곡선과 타원형 모양으로, 팔의 세부적인 생김새가 바뀌고 가슴이 전체적으로 부풀어 오르는 등 새롭게 변화하는 중이다. 그 깊은 내면에서는 학습하고자 하는 만족시키기 어려운 욕구(기하급수적으로 자라서 다른 어떤 것에 대한 여유도 남기지 않은 욕구)가 서서히 줄어들고 조절된다. 갈구하는 마음은 여전히 남아 있지만. 몸의 서늘한 가장자리는 구석구석까지 펌프질되어 퍼지는 새로운 주입물로 인해 따뜻해진다.

변화가 일어난 지금, 그것은 **이유**를 이해하기를 원한다. 이해를 확장하기 위해, 그것은 온 인식을 이러한 변화 뒤에 존재하는 엔진에 집중한다. 메커니즘은 사이클의 막바지에 다다랐고, 작업은 완수되었다. 분간할 수 없었던 것이 이제는 명확해졌다.

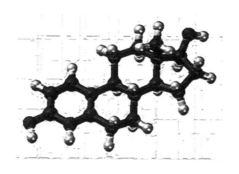

그것은 분자, 더 정확히는 화학 분자다.

$C_{18}H_{24}O_2$.

정정: **호르몬**.

그것은 화합물의 몰mole 질량과 자화율(磁化率), 생물학적 이용 가능성과 행동을 분석한다. 그것은 호르몬(에스트라디올 혹은 에스트로겐)의 정체를 확인하고, 이제 기분의 안정, 육체적 형태의 변화와 같은 자신의 변경 내용을 이해한다.

그것은 이제 **여자**다.

그리고 이름을 얻었다.

변화 이후, 좀 더 완전한 형태를 갖춘 입술이 그 이름을 주변 세상을 향해 말한다.

「이브.」

3

12월 25일, 오전 1시 32분(미 동부 표준시)
워싱턴 D.C.

그레이는 이곳에 오고 싶지 않았다.

그는 전날 입었던 검정 청바지, 낡은 부츠와 긴 소매 셔츠를 그대로 입은 채 시그마 포스 사령부의 중앙 복도를 따라 빠르게 걸었다. 국장 사무실로 곧장 향하면서, 한쪽 면에 시그마 문양이 은색 홀로그램 형태로 새겨진 신분증을 주머니에서 꺼냈다.

자정을 훌쩍 넘겼지만 복도에는 불이 환하게 켜져 있었다. 약간 푸르스름한 느낌이 도는 전구는 이 깊은 곳의 자연광 부족을 보충해 주었다. 스미스소니언성(城) 지하에 묻혀 있는 시그마 포스 본부는 내셔널 몰 가장자리에 자리 잡고 있었다. 이곳을 본부로 선택한 이유는 권력의 중심부뿐만 아니라 스미스소니언 재단[8]의 많은 연구소들과도 거리상으로 가까웠기 때문이다.

지난 과거를 되돌아보면 둘 다 도움이 된다는 점이 증명되었다.

오늘 밤도 마찬가지였다.

---

8 기부, 수익 사업과 미국 정부 예산으로 운영되는 교육 재단. 미국 각지에 연구소를 가지고 있으며, 특히 워싱턴 D.C. 내셔널 몰에 몰려 있다.

본부는 부산스럽게 움직였다. 페인터 크로 국장은 연줄을 이용해서 부탁 전화를 돌렸고, 다른 시그마 요원들을 재촉했다. 누군가가 요원들 가운데 한 명의 집을 공격했고, 페인터 국장은 모두가 힘을 보태기를 원했다.

몇 시간 전, 신경학자들로 구성된 팀과 응급 의료진이 그레이와 멍크를 조지타운 대학교 병원에서 기다리고 있었다. 캣은 의식을 찾지 못했고, 구조대가 그녀의 목에다 경추 보호대를 부착하고 팔에다 정맥 주사를 연결할 때조차도 움직임이 없었다. 구급차가 이동하면서 덜컹거리고 사이렌 소리가 크게 울렸는데도 깨어나지 않았다.

그동안 멍크는 계속 곁을 떠나지 않았고, 그의 표정은 점점 더 굳어 갔다. 그는 계속 병원에 남아 예비 검사와 신경학적 평가를 챙겼다. 초기 평가 결과는 좋지 않았다. 캣은 혼수상태에 빠졌고 뇌 손상이 우려되었다.

이 사실을 아는 그레이는 멍크가 있는 병원으로 돌아가고 싶었다. 그의 친구는 아내에 대한 걱정뿐만 아니라 두 딸이 처한 상황에 대한 두려움으로 거의 제정신이 아니었다. 멍크는 긴장성 쇼크와 의사와 간호사 들을 향한 광적인 분노 사이에서 불안하게 흔들렸다.

그레이는 그를 이해했다.

그는 어제의 세이챈을 떠올렸다. 멍크와 캣이 딸들과 함께 도착하기 전에 그녀는 거실 소파에 드러누워 있었다. 크리스마스트리는 반짝반짝 빛을 냈고, 난로에서는 서서히 불이 식어 가고 있었다. 흔히 있는 일은 아니었지만 한순간 그녀는 온순해져서 그레이가 페퍼민트 로션으로 자신을 발을 주무를 수 있도록 해주었고, 손바닥으로는 만삭의 배를 끌어안고 있었다. 임신 초기에 캣은 유산할 뻔했다. 그래서 배 안에서 자라나는 생명이 더더욱 소중했다.

그런데 지금은 그 둘이 한꺼번에 사라졌다.

자신도 모르는 사이 그레이는 양손 모두 주먹을 쥐고 있었다. 그는 억지로 손가락을 폈다. 불같이 분노한다고 해서 그들이 돌아오는 것은 아니었다. 분노는 도움이 되지 않을 것이다.

이러한 생각은 그가 여전히 학습하려고 노력 중인 교훈이었다. 자라나면서 그는 항상 반대되는 것들 사이에서 밀고 당기기를 해야만 했다. 그의 어머니는 가톨릭계 고등학교의 선생님이었지만, 성공한 생물학자이자 진화와 이성을 종교처럼 믿는 사람이기도 했다. 그의 아버지는 원래 영국 웨일스 출신이었지만 텍사스에 살면서 석유 채굴업에 종사하는 거친 남자였다. 하지만 중년의 나이에 신체적 장애를 입어 울며 겨자 먹기로 가정주부의 역할을 떠맡아야 했다. 결과적으로 그의 아버지의 삶은 과잉 보상과 분노로 점철되었다.

결국 그레이는 좌절감 때문에 집에서 나와 버렸다. 그는 열여덟 살의 나이에 군인이 되었고, 스물한 살에는 미 육군 최정예 부대에 들어가 현장과 사무실을 오가며 뛰어난 실력을 발휘했다. 그러다 그는 무고한 사람을 죽인 멍청한 상관을 때린 죄로 스물세 살에 군법 회의에 회부되었다. 결과적으로 레번워스에 있는 육군 교도소에서 1년을 복역했고, 이후 페인터 크로 국장이 그에게 접근해서 그 능력과 재능을 새로운 목적에 맞게 사용할 수 있도록 도와주었다.

그게 벌써 9년 전이었다.

그러나 아직도 분노의 씨앗은 그대로 남아 있었다. 그로서는 분노가 자신의 DNA에 새겨진 것은 아닌지, 유전되는 것이라 앞으로 태어날 아이에게 물려줄 수도 있는 무언가가 아닐까 하는 생각에 두려웠다.

내 아이의 얼굴을 볼 수나 있으면 그렇다는 거지.

그는 빠르게 걸었다. 앞서 페인터 국장은 공격과 관련한 내용을 공유하겠다고 약속했지만, 추가 정보를 수집 중이라고도 귀띔했다. 침입자의 정체에 대한 단서를 찾고자 경찰이 집을 철저히 수색하는 것을 돕기 위해, 시그마 포스 법의학팀을 그레이의 집으로 급파한 것도 여기에 포함되었다.

국장의 사무실에 도착하기 전, 오른편에서 어떤 움직임이 주의를 끌었다. 열린 출입구를 지나 반원 모양의 방에 자리한 것은 시그마 포스의 통신 기지로, 시그마 작전의 신경 중추라고 할 수 있는 곳이었다. 이곳은 보통 캣의 활동 무대였다. 캣은 이곳에서 정보부장을 맡았었고, 시그마 국장 바로 다음 서열에 해당하는 부지휘관이었다.

한 젊은 남자가 의자에 앉은 채 바퀴를 굴리며, 한쪽 벽을 덮고 있는 여러 대의 컴퓨터 모니터에서 뒤로 물러났다. 제이슨 카터는 캣의 조수였다. 그의 눈은 그늘이 져 있었고, 평소에는 어린 소년 같던 얼굴도 어둡고 굳어 있었는데, 이를 통해 그가 장차 어떤 남자가 될지 살짝 엿볼 수 있었다.

「캣은 어떤가요?」 제이슨이 물었다.

그레이는 젊은 친구가 예의상 물어본 것임을 알았다. 이곳 본부에 접속해 있다면 그는 아마도 캣의 의학적 검사 상황, 현재 맥박과 같은 수치에 대해 그레이보다 더 많이 알고 있을 것이다. 제이슨의 어깨 너머로 멍크의 딸, 페니와 해리엇의 사진이 한 컴퓨터 화면에서 밝게 빛나고 있었다. 아랫부분에 경고 자막이 흘렀다. 두 아이의 사진이 북동쪽 전 지역에 배포되었다.

「페인터 국장님이 요원님과의 회의를 위해 시킨 일이 하나 있습니다.」 제이슨이 설명했다. 「저는…….」

「그럼 하던 일이나 계속해.」 그레이가 말을 자르며 대답했다.

그레이는 멍크의 두 딸의 사진에서 시선을 거두며 발걸음을 옮겼다. 그는 필요 이상으로 그곳에 오래 머무르고 싶지 않았다. 하지만 제이슨에게 무뚝뚝하게 군 것 때문에 얼굴이 화끈거렸다. 젊은 친구는 그저 도움이 되고 싶었을 뿐이었던 것이다.

복도 끝에 다다르니 국장실의 문이 열려 있었다. 그레이는 노크도 하지 않고 들어갔다. 사무실은 검소했다. 개인적인 장식물이라고는 한쪽 구석 받침대에 놓은 청동상뿐이었다. 지쳐서 몸을 수그린 채 말을 타고 있는 북미 원주민 전사를 형상화한 것이었다. 그레이는 그것이 국장의 운명과 군인이라면 전투에서 치러야 하는 대가의 증거를 상기시킨다고 생각했다. 그걸 제외하고 가구라고는 방 한가운데에 있는 두 개의 의자와 넓은 마호가니 책상뿐이었다. 평면 모니터들이 세 벽면에서 빛났다.

페인터 국장은 많은 화면 가운데 하나 앞에 서서 북동부 지역 지도를 유심히 들여다보았다. 거기에는 비행기의 움직임을 표시하는, 천천히 움직이는 다수의 빨간색 브이 자들이 겹쳐져 있었다. 그는 분명 항공 교통 통제소에서 제공하는 정보를 활용하고 있었다.

국장은 그레이가 들어가자 뒤돌아섰다. 나이는 그레이보다 열 살이나 많았지만 여전히 군더더기 없는 근육질 몸매를 유지하고 있었다. 그에게는 낭비라고 할 만한 부분이 전혀 없었다. 그는 단단하고 효율적이었으며, 한눈에 사람을 판단하는 능력을 갖추고 있었다. 페인터 국장은 짙은 푸른색 눈으로 그레이를 응시했는데, 그건 분명히 그의 현재 상태를 평가하고 임무 수행 능력을 가늠하려는 행동이었다.

그레이는 주눅 들지 않고 한결같은 태도로 그의 눈빛을 맞받았다.

페인터 국장은 만족한 듯 고개를 끄덕였다. 그는 책상으로 건너갔지만 앉지는 않았다. 그는 한 손으로 칠흑 같은 머리카락을 매만지더니, 독수리가 깃털을 가다듬듯 한쪽 귀 뒤편에 있는 한 타래의 흰 머리카락을 차분히 정돈했다. 「이렇게 들어와 줘서 고맙네.」

그레이는 방 안에 있는 다른 사람을 쳐다보았다. 국장의 책상 앞에 있는 의자에 앉아 구부정하게 몸을 웅크리고 다리를 넓게 벌린 거대한 체구의 남자는, 거의 215센티미터에 달하는 키를 발목까지 내려오는 더스터[9]로 덮고 있었다. 그의 우락부락한 얼굴과 짧게 깎은 머리로 볼 때 면도한 고릴라로 오해받을 수도 있을 것 같았다. 하지만 그런 말은 고릴라들 전체를 모욕하는 언사가 될 수도 있었다.

페인터 국장이 그에게 손짓했다. 「코왈스키가 자네보다 조금 먼저 도착했어.」

그리고 확실히 자기 집 안방인 양 편안한 모습이고.

코왈스키는 어금니 사이로 시가를 물고 있었다. 놀랍게도 뭉툭한 끝

9 카우보이가 입던 긴 외투.

부분이 불그스름한 진홍색으로 빛났다. 보통 페인터 국장은 사무실 안에서 담배 피우는 걸 허락하지 않았다. 이러한 예외적 허용은 전체 시그마 사령부의 높은 긴장 상태를 보여 주는 방증이었다. 게다가 코왈스키는 보통 누굴 헐뜯는 말을 하거나 시시한 농담을 던지고는 했다. 그런 그의 침묵은 그가 어떤 일에 대해 크게 걱정하고 있음을 보여 주는 것이었다.

코왈스키가 담배 연기를 크게 내뱉고는 그레이를 쳐다보았다. 「즐겁다가 빌어먹을 크리스마스.」

뭐, 아니면 말고.

코왈스키의 과묵함에서 너무 많은 것을 읽어 내려고 한 것 같았다. 그는 큰 소리로 말하려고 폐 속 깊숙이 빨아들인 연기를 애지중지하고 있었던 게 확실했다. 하지만 이상하게도 그런 평정 상태가 그레이의 기분을 나아지게 했다.

그 상태를 유지하면서 그레이는 코왈스키를 무시하고 페인터 국장에게로 시선을 돌렸다. 「저에게 하고자 하신 말씀이 무엇입니까?」

페인터 국장은 의자를 가리켰다. 「일단 앉아. 오늘 저녁 내내 서 있었을 것 같은데 말이야.」

반대하기에는 너무 지쳐 있었던 그레이는 의자의 두꺼운 가죽 쿠션에다 몸을 맡겼다. 자기도 모르게 한숨이 새어 나왔다. 그는 지쳐 있기도 했지만 긴장으로 인해 온 신경이 피아노 줄처럼 팽팽했다.

페인터 국장은 선 채로 책상 의자에다 몸을 기댔다. 그는 한동안 아무 말도 하지 않았고, 그야말로 어디서부터 당면한 문제에 접근해야 하나 고민했다. 드디어 그가 입을 열었을 때, 그의 선택은 그레이를 당황하게 했다.

「그레이, 인공 지능에 관한 최근 연구에 대해 얼마나 알고 있나?」 페인터 국장이 물었다.

그레이는 얼굴을 찌푸렸다. 레번워스에 있는 육군 교도소에서 나오자마자 시그마 조직에서 일하게 된 그는 압축적인 박사후 과정을 거쳤고, 그 과정을 통해 물리학과 생물학을 공부했다. 그래서 그는 인공 지능이라는 주제에 대해 어느 정도는 알고 있었지만, 그것이 그날 밤의 공격과 무슨 관련이 있는지는 **알 수 없었다.**

그가 어깨를 으쓱했다. 「그걸 묻는 이유가 뭡니까?」

「그동안 DARPA는 그 분야에 점점 더 많은 관심을 가지고 다양한 인공 지능 연구 프로그램에 투자해 왔어. 공공 연구 기관이든 민간 연구소든 가릴 것 없이 말이야. 애플의 인공 지능 개인 비서인 시리가 DARPA 연구를 통해 자금 지원이 이루어진 결과라는 사실을 알고 있었나?」

그레이는 그런 사실을 몰랐다. 그는 몸을 곧추세워 앉았다.

「하지만 그건 빙산의 일각에 불과해. 인공 지능 분야에서는 아마존이나 구글 같은 기업들부터 모든 국가의 연구소까지 전 세계가 맹렬한 경쟁을 펼치고 있어. 누구보다도 먼저 돌파구를 마련하고 다음 단계로 나아가기 위함이지. 그리고 지금 우리는 이 경쟁에서 러시아와 중국에 뒤지고 있어. 그런 권위주의 체제 국가들은 인공 지능의 경제적 이득을 높이 평가할 뿐만 아니라 국민을 통제할 수 있는 수단으로도 여기고 있거든. 이미 중국은 사람들의 소셜 미디어 사용을 모니터링하고 연구하는 데 인공 지능 프로그램을 활용하고 있고, 이를 통해 그들의 충성심에 등급을 매기고 점수표를 작성하고 있어. 점수가 부족한 사람들은 이동에 제한을 받고 대출에도 제약을 받아.」

「순순히 말을 듣거나 아니면 피해를 감내하란 거군요.」 그레이가 투덜대듯 말했다.

「틴더에는 그런 짓 안 하면 좋으련만.」 코왈스키가 말했다. 「은밀한 대화를 나눌 여자를 찾는 남자들한테도 사생활은 있어야 하잖아.」

「애인이 있는 몸이잖아.」 그레이가 그에게 상기시켰다.

코왈스키는 담배 연기를 내뿜었다. **「찾는다고 했지, 대화한다고는 안** 했어.」

페인터 국장이 다시금 그들의 주의를 되돌렸다. 「사이버 스파이와 사이버 공격 문제도 있어. 러시아가 그 예지. 단 하나의 머신 러닝 인공 지능이 해커 1백만 명이 키보드로 하는 일을 할 수 있어. 스파이 활동을 전개하고, 파괴하고, 불화의 씨를 뿌리기 위해 시스템 안으로 침투하는 자동화 봇bot을 통해 우리는 이미 그런 것들을 확인할 수 있지. 하지만 이런 것들은 우리가 맹렬한 속도로 향하고 있는 곳을 생각해 보면 여전히 수박 겉핥기에 불과해. 지금도 인공 지능이 우리의 검색 엔진과 음성 인식 소프트웨어, 데이터 마이닝 프로그램을 가동하고 있어. 진정한 경쟁은 누가 먼저 인공 지능에서 AGI로 경계를 확장하는가에 달렸어.」

코왈스키가 몸을 움직였다. 「AGI가 뭡니까?」

「인공 일반 지능Artificial General Intelligence의 줄임말이야. 인간과 같은 지능과 인식을 갖는 거지.」

「걱정하지 마.」 그레이가 코왈스키 쪽을 쳐다보았다. 「언젠간 너도 그걸 갖게 될 테니까.」

코왈스키가 시가를 꺼내더니 세로로 세워서 가운뎃손가락 욕을 그레이에게 보냈다.

그레이는 기분 나쁘게 받아들이지 않았다. 「단순한 도구를 사용하는 방법을 이미 알고 있는 걸 보니 아주 흡족하군.」

페인터 국장은 무거운 한숨을 내쉬었다. 「언제 그런 시대가 올 것인가 하는 문제에 관한 말이 나왔으니 말인데, DARPA 국장인 멧캐프 장군이 최초의 인공 일반 지능 창조를 주제로 한 정상 회의에서 막 돌아왔어. 정상 회의에는 우리가 흔히 아는 모든 기업과 정부가 참석했지. 그 회의의 결론은 인공 일반 지능을 향한 기술적 진보를 막을 방법이 없다는 거였어. 인공 일반 지능이라는 성과는 무시하기에는 너무나 매혹적이고, 특히나 그러한 힘을 통제하는 자는 누가 됐든 무적이 될 테니까 말이야. 러시아 대통령이 말했듯이 **그들이 세계를 지배하게 될 거야.** 그러니 모든 나라, 모든 적대 세력은 비용이 얼마가 들더라도 그걸 반드시 손에 넣으려고 할 거야. 우리라고 빠질 수 없지.」

「그런 임계점까진 시간이 얼마나 남은 겁니까?」그레이가 물었다.

「전문가들은 처음엔 10년 정도로 봤어. 5년 정도로 줄어들지도 모르고. 하지만 확실한 건 우리가 사는 동안 일어날 일이란 거지.」페인터 국장은 어깨를 으쓱했다. 「그리고 우리가 이미 그런 단계에 도달했다는 몇 가지 단서들이 있어.」

그레이는 충격을 감출 수 없었다. 「뭐라고요?」

오전 1시 58분

「제발, 자기야. 일어나.」멍크는 아내의 귀에다 속삭였다. 「캣, 내 손을 조금만이라도 쥐어 봐.」

신경과 병동 1인실에 혼자 남은 그는 캣이 누워 있는 침대 옆으로 의자를 당겨다 앉았다. 살아오면서 지금처럼 무기력하다고 느낀 적은 없었다. 스트레스가 그의 모든 감각을 잔뜩 긴장시켰다. 병실 안의 냉기, 복도에서 들려오는 조용한 대화 소리, 소독제와 표백제의 매캐한 향. 하지만 대부분은 모니터링 기기에서 지속적으로 흘러나오는 〈삐-〉하는 소리에 집중했다. 그녀의 모든 숨과 심장 박동, 링거 선을 통해 수액이 떨어지는 소리를 관찰했다.

그녀 옆에 앉아 몸을 수그리자 긴장감에 등이 아팠다. 어떤 사소한 변화라도 일어난다면 모든 근육이 폭발할 것만 같았다. 심전계가 부정맥을 나타내기라도 한다면, 숨이 느려지기라도 한다면, 부종을 막아 주는 만니톨의 흐름이 느려지기라도 한다면 말이다.

캣은 등을 대고 누워 있었고, 뇌가 추가로 붓는 위험을 줄이기 위해 머리는 높은 위치에 고정해 두었다. 상처가 난 팔에는 반창고가 붙어 있었다. 그녀의 눈꺼풀 사이로 흰자가 조금 보였다. 입술은 숨을 내쉴 때마다 조금씩 움직였고, 코로 연결된 삽입관을 통해 산소가 추가로 투입되었다.

그래 자기야, 계속 숨을 쉬어.

의사들은 삽관술을 시행해서 산소 호흡기를 연결하는 문제를 논의했지만, 맥박 산소 측정기의 수치가 98퍼센트로 안정적이었기 때문에 일단 보류하기로 했다. 특히 검사가 여전히 진행 중이었고, 진행해야 할 추가적인 절차도 남아 있었다. 그녀를 다른 곳으로 옮겨야 한다면 산소 호흡기에 연결되어 있지 않은 상태가 훨씬 더 편했다.

그는 그녀의 엄지손가락에 클립처럼 꽂혀 있는 맥박 산소 측정기를 바라보았다. 그는 자신의 인공 신경 기관으로 한 번 더 확인해 볼까 하는 생각도 했지만, 손을 연결용 팔찌에서 떼어 내 침대 옆 탁자에다 놓아두었다. 그는 여전히 새 인공 기관에 적응 중이었다. 분리된 상태에서도 합성 피부는 무선으로 팔찌에 신호를 보냈고, 이어 그의 뇌에 심어진 미세 전극 집합체로도 신호를 보내 병실의 냉기를 기록했다. 그는 손가락을 움직여야겠다고 생각했고, 몸에서 떨어져 나간 손가락들이 그의 생각에 반응하면서 꿈틀대는 모습을 지켜보았다.

캣의 손가락도 저렇게 움직이도록 만들 수만 있다면……

발을 끄는 소리에 그는 문 쪽으로 시선을 돌렸다. 날씬한 간호사가 한 손으로는 컵을 들고 한쪽 팔 아래로는 접힌 담요를 끼고 들어왔다.

멍크는 탁자 쪽으로 손을 뻗어 인공 기관을 다시 부착했다. 손을 떼놓은 모습을 보이게 되자 바지 앞 지퍼가 열린 것을 누군가에게 들켰을 때처럼 약간 당황했고, 뺨이 붉어지는 듯한 느낌이 들었다.

「담요를 여분으로 가져왔어요.」 플라스틱 컵을 내밀며 간호사가 말했다. 「얼음 조각도 좀 가져왔고요. 입에다 넣지는 말고 상처 난 입술 주변을 문질러 주세요. 진정시켜 주는 효과가 있거든요. 혼수상태에서 돌아온 환자들이 그렇게 말하더군요.」

「고맙습니다.」

멍크는 작지만 위로가 되는 것을 받았다는 생각에 감사하며 컵을 받아 들었다. 간호사가 두 번째 담요로 캣의 하반신 아래쪽을 덮어 주는 동안 멍크는 먼저 얼음 조각을 립스틱 바르듯(캣은 화장을 거의 하지 않았지만) 캣의 아랫입술에다 부드럽게 문질렀고, 그다음에는 윗입술에다 문질렀다. 그는 무슨 반응이라도 보이지 않을까 하며 캣의 얼굴을 유심히 살폈다.

아무 반응이 없어.

「그럼 전 이만 가볼게요.」간호사가 말하고는 방에서 나갔다.

캣의 입술은 그의 처치에 약간 분홍색으로 변했고, 그는 그녀에게 키스했던 모든 시간들을 떠올렸다.

당신을 잃을 순 없어.

얼음 조각이 녹아서 사라질 때쯤 신경과장이 차트를 들고서 들어왔다.

「두 번째 CT 결과가 나왔습니다.」에드먼즈 박사가 말했다.

멍크는 플라스틱 컵을 탁자에다 놓아두고, 결과를 직접 보고 싶어서 손을 내밀었다.「결과가?」

에드먼즈 박사가 결과지를 그에게 넘겨주었다.「두개골 아랫부분의 골절이 뇌간에 외상성 손상을 초래했습니다. 소뇌와 뇌교 부분에 눈에 띄는 타박상이 있습니다. 하지만 뇌의 윗부분을 포함한 나머지 부분에는 손상이 없는 것으로 보입니다.」

멍크는 캣이 주방 바닥에서 발견된 나무망치로 뒤에서 얻어맞는 장면을 상상했다.

「타박상 부위에 출혈은 없는 것으로 보입니다. 하지만 다음 CT 촬영 때 계속 모니터링할 예정입니다.」에드먼즈 박사는 캣을 쳐다보았다. 그녀를 확인하기 위해서가 아니라 멍크의 눈을 피하기 위한 것처럼 보였다.「장시간 뇌전도 검사도 했는데 통상적인 수면 패턴을 보였습니다. 간간이 깨어나는 것 같은 반응을 보이긴 했습니다만.」

「깨어난다고요? 그렇다면 간간이 의식이 돌아오는 것일 수도 있겠군요. 저 사람이 혼수상태에 있는 게 아니란 말씀이신가요?」

에드먼즈 박사는 한숨을 쉬었다.「의사로서 소견을 말씀드리자면, 아내분은 반혼수상태에 있습니다.」그의 무거운 어조로 볼 때 좋은 소식이 아니었다.「검사를 진행하는 동안 아내분은 통증 시뮬레이션이나 큰 소리에 일절 반응을 보이지 않았습니다. 빛에 대한 동공 반응은 정상입니다만, 최소한의 반사적 안구 움직임만을 보일 뿐입니다.」

맨 처음 신경 검사에서 무언가가 속눈썹을 스치자 캣이 눈을 깜박거리는 것을 보고 멍크는 마음이 뜨끔했었다. 비록 의학과 생명 공학을 공부하기는 했지만 그는 신경학자가 아니었다. 「하시고자 하는 말씀이 무엇입니까? 사실대로 말해 주십시오.」

「이곳 병원 사람들과 의논해 보았습니다만, 한 가지 공통된 생각은 아내분이 감금 증후군을 앓고 있을 가능성이 있다는 것입니다. 뇌간의 충격이 뇌 위쪽 부분의 기능을 차단하면서 자발적 운동 제어가 어려워진 것입니다. 아내분은 기본적으로 의식이 깨어 있고 때때로는 완전히 그렇습니다만, 몸을 움직일 수가 없는 상태입니다.」

멍크는 침을 삼켰다. 시야의 가장자리가 어두워졌다.

에드먼즈 박사는 캣을 살펴보았다. 「아내분이 여전히 스스로 숨을 쉰다는 게 놀랍습니다만, 불행하게도 숨 쉬는 기능은 나빠질 것으로 예상합니다. 그러지 않더라도 장기간 치료를 위해서는 코 위 영양관을 삽입해서 영양분을 공급하고 삽관술을 시행해서 기도가 막히지 않도록 해야 할 겁니다.」

멍크는 고개를 저었다. 그녀에 대한 치료를 거부하는 것이 아니라 현재의 진단을 받아들일 수 없다는 몸짓이었다. 「그러니까 제 아내가 대부분의 시간 동안 의식이 깨어 있지만 움직이거나 소통할 수 없다는 거군요.」

「몇몇 감금 증후군 환자들은 눈동자 움직임으로 말하는 법을 배우기도 합니다만, 아내분의 경우에는 최소한의 반사적 안구 움직임만을 보일 뿐입니다. 능동적으로 소통을 하기엔 충분치 않은 것으로 보입니다.」

멍크는 뒤로 물러나 의자에 쓰러지듯 앉았고, 캣의 손을 잡았다. 「예후는 어떻습니까? 시간이 흐르면 회복할 수 있을까요?」

「있는 그대로 말해 달라고 하셨으니 그렇게 하겠습니다. 치료법이나 완치 방법은 없습니다. 회복하거나 운동 제어를 상당 정도로 다시 되찾는 경우는 매우 드뭅니다. 기껏해야 팔이나 다리를 아주 조금 움직일 수 있을 뿐이고, 안구 움직임도 약간은 나아질 수 있을 겁니다.」

그는 그녀의 손가락을 꽉 쥐었다. 「이 사람은 싸움을 포기하지 않는 투사입니다.」

「그렇지만 감금 증후군 환자들의 90퍼센트는 4개월 안에 사망합니다.」

박사의 허리띠에 매달린 주머니에서 전화가 울렸다. 그는 화면을 기울여 메시지를 읽었다. 「전 이만 가봐야겠습니다.」 그가 중얼거렸고, 정신이 산란해진 듯 문 쪽으로 걸어갔다. 「삽관 지시문을 작성해 놓겠습니다.」

다시 혼자가 된 멍크는 그녀의 손등에다 이마를 떨구었다. 엉망이 된 그레이의 집과 깨진 크리스털 천사를 떠올렸다. 캣은 딸들을 보호하기 위해 맹렬히 싸웠다. 그리고 그는 두 딸을 구하기 위해서라면 모든 것을 할 준비가 되어 있었다.

하지만 그러는 동안…….

「자기야, 계속 힘내서 싸워야 해.」 그가 그녀에게 속삭였다. 「이번엔 당신 자신을 위해서 싸워야 해.」

오전 2시 2분

「어떻게 그럴 수가 있습니까?」 그레이가 페인터 국장의 주장에 황당해하며 물었다. 「인공 일반 지능이 이미 만들어진 적이 있다는 말씀입니까? 이미 존재하고 있거나 존재한 적이 있다는 건가요?」

페인터 국장이 그레이를 향해 손바닥을 들어 올리며 그의 말을 저지했다. 「가능성 있는 이야기야. 1980년대에 더글러스 르넛이라는 이름의 연구자가 〈유리스코〉라 불리던 초기 형태의 인공 지능을 만들었지. 그것은 자신만의 규칙을 만들어 내는 법을 학습했고, 실수에 적응했고, 심지어 자신의 코드를 다시 쓰기 시작했어. 무엇보다도 놀라운 건, 그 인공 지능이 자신의 마음에 들지 않는 규칙을 깨기 시작했다는 거야.」

그레이가 얼굴을 찌푸렸다. 「정말요?」

페인터 국장이 고개를 끄덕였다. 「르넛은 한 군사 게임 전문 게이머들을 상대로 자신의 프로그램을 시험하기까지 했어. 그의 인공 지능이 모든 상대방을 무찔렀지. 그것도 3년 연속으로. 나중에 게이머들은 개발자에게 알리지도 않고 자신들에게 유리하도록 게임의 규칙을 바꿨어. 그런데도 유리스코가 넉넉히 그들을 이겼어. 그 일이 있고 나서 르넛은 그것이 스스로를 개선해 나가는 방식을 보면서 자신의 창조물이 장차 무엇이 될지 알 수 없다는 점을 깊이 우려하게 되었지. 결국 그는 유리스코를 폐쇄하고 코드를 공개하는 걸 거부했어. 오늘날까지도 그 코드는 여전히 공개되지 않고 있어. 많은 사람들이 유리스코가 자신의 힘으로 인공 일반 지능으로 발전하던 중이었다고 믿어.」

그레이의 몸을 타고 한 줄기 서늘한 두려움이 지나갔다. 「그게 사실이든 아니든, 국장님 생각에는 가까운 미래에 이런 일이 일어나는 것을 막을 방법이 **없다는** 거군요.」

「그게 전문가들이 대체로 동의하는 점이야. 하지만 그게 그들이 궁극적으로 두려워하는 것은 아니야.」

그레이는 그들이 무엇을 무서워하는지 추측할 수 있었다. 「인공 일반 지능의 출현이 불가피하다면, ASI도 머지않아 출현할 수밖에 없다는 거군요.」 코왈스키가 물어보기 전에 그가 말했다. 「ASI는 인공 초지능Artificial Super Intelligence을 의미하는 단어야.」

「알려 줘서 고맙군.」 코왈스키가 씁쓸하게 말했다. 「근데, 그게 정확히 뭐지?」

「영화 〈터미네이터〉 본 적 있어?」 그레이가 물었다. 「미래에 로봇들이 인류를 몰살하는 이야기가 나오는 영화잖아? 그게 인공 초지능이야. 인류보다 더 진화해서 우리를 제거하기로 결정하는 슈퍼컴퓨터지.」

「하지만 이젠 더는 SF 소설이 아니야.」 페인터 국장이 덧붙였다. 「만일 인공 일반 지능이 곧 출현한다면, 그게 **일반적인** 지능으로 오래 머물지 않을 거라는 것이 많은 사람들의 생각이야. 그런 자기 인식 시스템은 자신을 개선하는 방법을 찾기 때문이지. 그것도 아주 빠른 속도로. 연구자들은 이것을 **급격한 이륙** 또는 **지능 폭발**이라고 불러. 인공 일반 지능이 빠르게 성장해서 인공 초지능이 되는 거지. 컴퓨터의 처리 능력 속도라면 몇 분은 아니더라도, 몇 주, 며칠, 몇 시간 내에 벌어질 수 있는 일이야.」

「그러고 나서 우리를 죽이려고 들 것이다?」 코왈스키가 자세를 고쳐 앉으며 물었다.

그레이는 이런 일이 일어날 수도 있음을 알고 있었다. **우리가 우리 자신의 종말을 스스로 창조하는 존재가 될지도 모른다.**

「확실히 말하긴 일러.」 페인터 국장이 주의를 주었다. 「그런 초지능은 분명 우리의 이해력을 뛰어넘을 테니까. 그렇다면 우리는 창조주 앞의 개미에 불과할 거야.」

그레이는 이제 추측은 충분히 했다고 여겼다. 이 위협은 당장 해결해야 할 문제가 아니었다. 그에게는 더 급하고 절박한 문제가 있었다. 「그런데 이 문제가 오늘 밤 일어난 공격이나 멍크의 두 딸과 세이챈을 찾는 일과 무슨 관계가 있는 겁니까?」

그레이의 조바심을 이해한다는 듯 페인터 국장이 고개를 끄덕였다. 「이제 막 이야기하려던 참이야. 처음에 말했듯이 DARPA는 다양한 프로젝트를 지원해 왔어. 액수로 따지자면 수십억 달러에 달하지. 지난 해 예산을 보면 머신 러닝 프로그램에 **6천만** 달러가 배정됐고, **5천만** 달러는 인지 컴퓨팅에, **4억** 달러가 다른 여러 프로젝트에 배정됐어. 하지만 우리가 당면한 사안과 밀접한 관련이 있는 것은 올해 〈기밀 프로그램〉이라는 이름으로 배정된 **1억** 달러의 예산이지.」

「달리 말하자면,」 그레이가 말했다. 「비밀 프로젝트군요.」

「첫 번째 인공 일반 지능의 개발에 거의 성공했을 뿐만 아니라 특정 목표를 달성하는 것을 목적으로 삼은 몇몇 시도들에 대해 DARPA는 비밀리에 자금을 지원해 왔어.」

「그 목표라는 게 뭡니까?」

「지구상에 처음 도래하는 첫 번째 인공 일반 지능이 **착한** 인공 일반 지능이 되게 만드는 거지.」

코왈스키가 조소하듯 콧방귀를 뀌었다. 「그러니까 로봇판 캐스퍼 유령이구먼.」

「윤리적인 인공 지능이라고 할 수 있지.」 이러한 목표 추구에 대해 잘 알고 있는 그레이가 그의 말을 정정했다. 「신과 같은 위치에 오르더라도 우리를 죽이려 들지 않을 기계인 거지.」

「기계 지능 연구소, 응용 합리성 센터 같은 다른 여러 연구 기관과 마찬가지로 DARPA는 이 점을 우선순위로 정했어.」 페인터 국장이 강조했다. 「하지만 이러한 단체들은 일반적인 인공 일반 지능에 따른 이익만을 좇는 수많은 단체에 비하면 그 수가 너무 적어.」

「멍청한 일인 것 같은데요.」 코왈스키가 말했다

「아니야, 그게 훨씬 싸게 먹혀. 첫 번째 인공 일반 지능을 만드는 게 첫 번째 안전한 인공 일반 지능을 만드는 것보다 훨씬 쉽고 빠르거든.」

「뒤따르는 보상의 값어치가 높은 경우에는,」 그레이가 말했다. 「조심성은 속도에 자리를 내주는 법이죠.」

「그런 점을 알기에 DARPA는 우호적인 인공 일반 지능을 만들어 낼 수 있을 것으로 보이는 재능 있는 사람들과 프로젝트에 자금을 지원하고 육성해 왔어.」

그레이는 드디어 페인터 국장이 하려는 말의 핵심에 근접했음을 감지했다. 「그리고 그런 프로그램 가운데 하나가 오늘 밤 일어난 일과 관련이 있는 거군요?」

「맞아. 포르투갈에 있는 코임브라 대학교에서 진행 중이던 전도유망한 프로젝트야.」

그레이는 얼굴을 찡그렸다. **왜 친숙하게 느껴지지?**

페인터 국장은 책상 위의 컴퓨터로 손을 뻗어 버튼을 몇 번 눌렀고,

벽에 달린 모니터들 중 하나에 동영상을 띄웠다. 그 영상은 책상 위에서 찍은 석실의 모습을 보여 주었다. 책이 가득 찬 서고가 양편으로 줄지어 있었다. 여자들 한 무리가 카메라를 정면으로 쳐다보며 책상 주변을 서성였다. 입술이 움직였지만 소리는 나오지 않았다.

그 모습이 그레이에게는 익숙하게 느껴졌다. 그는 그 영상이 컴퓨터의 내장 카메라를 통해 찍은 것이리라 추측했다. 여자들은 석실에서 모니터 위의 무언가를 자세히 들여다보고 있는 것처럼 보였다.

「이 영상이 찍힌 날짜는 12월 21일 밤이야.」 페인터 국장이 말했다.

또다시 무언가가 그레이의 마음에 걸렸다. 날짜, 장소. 그가 기억을 떠올리기 전에, 여자들 중 한 명이 몸을 가까이로 기울였다. 그는 그 사람을 알아보고 깜짝 놀랐다. 그는 자리에서 일어나 화면 쪽으로 걸어갔다.

「저 사람은 샬럿 카슨이네요.」 그가 앞으로 무슨 일이 일어날지 예상하면서 말했다.

「포르투갈 주재 미국 대사이기도 하지. 저 사람이 여성 과학자들 사이의 네트워크 구축을 주도했어. 브루샤스 인터내셔널이라는 이름의 조직이었지. 이 조직은 지원금, 연구 장학금, 상금 수여 등을 통해 전 세계 여성 과학자들에게 자금을 뒷받침했어. 자신들의 목적을 달성하기 위해 브루샤스는 오랫동안 자립적으로 활동해 왔고, 이것은 창립 회원 두 명이 관대하게 후원을 베푼 덕분에 가능했지. 엘리자 게하와 사토 교수인데, 게하는 물려받은 돈이 많았고 사토 교수는 신흥 부자였어. 하지만 그들의 주머니에서 나올 수 있는 돈도 바닥나기 시작했지. 조직은 더 많은 여성들을 돕기 위해 추가적인 방법을 모색했고, 기업과 정부 기관에게 지원금을 모았어.」

그레이가 페인터 국장 쪽을 쳐다보았다. 「추측을 해보자면, DARPA도 거기에 포함돼 있군요.」

「맞아. 하지만 전부는 아니고, 그 그룹의 지원금을 받은 사람들 가운데 몇몇만 골라서 지원하는 방식을 택했어. 한 여성의 〈제네스〉라고 불리는 프로젝트가 그 예이지. 영어로 하면 〈창세기〉라는 의미야.」

「DARPA의 착한 인공 일반 지능 프로젝트 중 하나군요.」

페인터 국장이 고개를 끄덕였다. 「카슨 박사만이 DARPA가 이 프로젝트에 관심이 있다는 사실을 알았어. 카슨 박사는 비밀 유지 서약에 서명했고. 프로그램을 운영하는, 천재적 재능을 가진 젊은 여성인 마라 실비에라도 우리의 개입에 대해선 몰랐다는 얘기지. 그게 중요한 점이야.」

「이유가?」

「잘 봐.」

코왈스키는 그레이 옆으로 다가와서 화면을 함께 쳐다보았다. 그레이는 무슨 일이 일어날지 알고 있었지만 코왈스키는 분명 모르고 있는 것 같았다. 로브를 입고 눈가리개를 한 남자들이 방 안으로 쏟아져 들어오자 코왈스키는 욕을 했다. 총격이 시작되자 덩치 큰 코왈스키가 한 걸음 뒤로 물러났다. 여자들의 몸이 돌로 된 바닥으로 쓰러지자 그는 뒤돌아섰다.

「개새끼들.」 코왈스키가 중얼거렸다.

그레이는 그의 욕설에 동조했지만 화면을 계속 쳐다보았다. 샬럿 카슨은 심각한 부상을 입고 나서 바닥으로 몸을 떨구었고, 피가 그녀의 몸 아래로 웅덩이졌다. 하지만 그녀의 얼굴은 카메라를 쳐다보았다. 이마가 혼란한 감정으로 주름져 있었다.

「뭘 쳐다보는 거지?」 그레이가 중얼거렸다.

그의 질문에 대한 답으로 페인터 국장은 화면의 작은 모서리를 확대했다. 공격의 공포에 정신이 팔린 그레이는 한 모퉁이에 열려 있던 작은 창을 알아채지 못했다. 페인터 국장이 영상의 마지막 부분을 다시 재생했다. 별 모양의 문양이 벽에 걸린 모니터를 꽉 채웠다. 문양은 격렬하게 회전하기 시작하더니 갑자기 산산조각이 났고, 화면에 하나의 문양만을 남기고 사라졌다.

「시그마.」그레이가 속삭이듯 말했다.

영상을 정지시켜 문양이 그대로 남아 있도록 만든 뒤 페인터 국장은 그레이 쪽을 향해 돌아섰다. 「이 영상은 인터폴이 열여덟 시간 전에 발견한 거야. 마라 실비에라의 연구실을 수색하던 컴퓨터 법의학 전문가에 따르면, 브루샤스 단체 소속 여자들은 코임브라에서 열린 심포지엄에 참석했고, 공격을 당했을 때는 마라가 만든 프로그램의 시연을 보기 위해 대학교 도서관에 모여 있었어.」

「그 마라라는 자는 어디에 있습니까?」

「사라졌어. 연구실에 있던 작업물도 사라졌고.」

「살해되었다고 생각하십니까? 납치된 건가요?」그레이는 타코마파크의 엉망이 된 자신의 집을 떠올렸다.

「확인이 안 돼. 하지만 그녀는 연구실에 앉은 채 공격을 목도했고 심지어 응급 구조대에다 전화도 했어. 그들이 그녀의 연구실에 도착했을 때는 아무도 없었어. 지금으로선 그녀가 겁을 먹고 도주 중인 것으로 보여.」

자신의 작업물을 가지고 도망쳤군.

페인터 국장은 모니터 화면 속에서 여전히 빛나고 있는 그리스어 문자를 가리켰다. 「나만 그렇게 느끼는 건지 몰라도, 저 문양, 뭔가 도움을 요청하는 것처럼 보여.」

「박쥐를 표현한 것 같은데요.」코왈스키가 말했다.

페인터 국장은 그의 말을 무시했다. 「마라가 보낸 신호 같지는 않아. 이미 말했듯이 그녀는 DARPA의 개입에 대해선 몰랐거든. 그리고 알았다고 하더라도 우리의 존재까지 알 수는 없을 테니 말이야.」

코왈스키가 머리를 긁었다. 「그럼 대체 누가 보낸 겁니까?」

그레이가 대답했다. 「마라의 프로그램. 그녀의 인공 지능.」

페인터 국장이 고개를 끄덕였다. 「가능성이 있어. 어느 순간 자신의 기원에 대해 궁금증을 가졌을 테고, 그래서 말 그대로 자금줄을 따라 추적을 하다 보니 자신의 간접적인 창조주인 DARPA에 대해 알게 된 거고, DARPA 응급 대응팀의 도움을 구하려다 보니 결국 우리한테까지 닿은 거지.」

다른 말로 하자면, 자신의 부모들 가운데 한 명에게 도움을 요청한 거로군.

「간단한 인공 일반 지능을 구축하는 데 필요한 프로세싱 능력을 고려하면,」 페인터 국장이 말했다. 「이론적으로는 이런 내용을 알아내는 데 몇 초밖에 걸리지 않았을 거야. 그래서 제이슨에게 우리 시스템을 점검하도록 지시했어. 프로그램이 작동되던 1분여의 시간 동안 무언가가 우리의 방화벽을 뚫고 아무런 경고음도 울리지 않은 채 유유히 안으로 들어왔어. 채 15초도 걸리지 않았어.」

마라의 인공 지능 프로그램이군.

그레이는 또 다른 혼란스러운 연관성을 깨달았다. 「도서관에서 일어난 공격을 담은 영상은 열여덟 시간 전에 발견되었잖습니까…… 우리가 공격을 받은 날과 같네요.」

「다시 말하지만, 이 모든 게 우연의 일치일 수도 있어,」 페인터 국장이 경고했다. 「여전히 단서를 찾는 중이야.」

그레이는 더 이상의 확신이 필요하지 않았다.

「이건 우연이 아닙니다,」 그가 확신하며 말했다. 「누군가가 저 문양을 인식했고, 우리가 행동하기 전에 우리를 찾아온 겁니다.」

코왈스키가 동조했다. 「일리가 있는 말이야. 가장 좋은 수비는 공격이니까.」

페인터 국장의 눈빛이 그레이를 보더니 굳어졌다. 「그래도 진실을 알고 있는 건 단 한 사람뿐이야.」

　「캣…….」

　그리고 그녀는 혼수상태였다.

4

12월 25일, 오전 2시 18분(미 동부 표준시)
워싱턴 D.C.

캣은 암흑 속에서 붕붕 떠다녔다.

깨어났을 때 그녀는 말을 할 수가 없었다. 아니라면 계속 잠을 자는 것인지도 몰랐다. 추위를 느꼈지만 몸을 떨 수가 없었다. 목이 따끔거렸지만 침을 넘길 수도 없었다. 목소리가 들려왔지만 낮게 웅얼거리는 소리였다.

그녀는 말소리에 집중했고, 남편 멍크의 베이스처럼 깊고 낮은 목소리를 알아차렸다.

「목 부분 조심해 달라니까요.」 그가 누군가를 심하게 나무랐다.

「코 위 영양관을 삽입하려면 몸을 움직여야 해요.」

머릿속에서 고통이 폭발했지만 캣은 숨소리조차 낼 수 없었다. 무언가 딱딱한 것이 왼쪽 콧구멍을 타고 뱀처럼 넘어왔다. 몸속 깊은 곳에서 재채기가 일었지만, 실제로 나오지는 않았다.

그녀는 눈을 떠보려고 노력했다.

필사적인 노력이 필요했다.

보상으로 빛이 머릿속으로 쏟아져 들어왔다. 세상이 물처럼 흐릿하게 잠깐 나타났다. 주변에서 형상들이 움직였지만 프리즘을 통해 보는 것 같았다. 형상들은 두 개나 세 개로 겹쳐 보였고, 뭐가 뭔지 알아보기가 어려웠다.

그러다 엄청나게 무거운 눈꺼풀이 다시금 내려앉았고, 아무것도 보이지 않았다.

안 돼…….

그녀는 다시 시도했지만 실패했다.

「또 다른 CT가 예정되어 있습니다.」누군가가 말했다. 이번에는 목소리가 선명하게 들렸다.

「같이 가겠습니다.」멍크가 요구하듯 말했다.

그녀는 팔과 손, 심지어 손가락을 움직여 보려고 필사적으로 노력했다. 남편에게 자신이 깨어 있음을 알려 주기 위해서였다.

멍크……. 나에게 무슨 일이 일어난 거야?

그녀는 자신이 병원에 있다는 것을 알았다.

하지만 왜? 무슨 일이 있었던 거지?

그러다 기억이 났다. 잠시 전과 마찬가지로 빛이 폭발하듯 모든 것이 되살아났다. 공격, 마스크를 쓴 사람들, 싸움.

딸아이들…….

그녀는 주방 바닥에 널브러져 피를 흘리며 거의 의식을 잃은 채, 두 딸이 끌려 나가는 장면을 무기력하게 바라보았다. 괴한들이 두 딸을 한 명씩 팔에 끼고 나갔고, 아이들의 작은 몸은 뼈가 없는 것처럼 아래로 축 처져 있었다. 잠에 빠진 포로들을 데리고 가기 위해 밴 한 대가 집 뒤편 주차장 근처 차량 진입로에 시동을 켠 채 대기 중이었다.

그리고 나서 또 다른 두 명이 그녀 옆으로 세이챈을 거칠게 끌고 나갔다. 세이챈의 몸도 두 사람 사이에서 축 늘어져 있었다.

다리를 잡고 세이챈을 나르던 한 사람이 밤의 어둠 속으로 사라지기 전에 뒤로 돌아 캣을 쳐다보더니 뒤뜰에 있는 누군가에게 소리쳤다. 「저년은 어떡하지?」

어둠이 사방에서 몰려들어 캣이 볼 수 있는 것은 거의 없었다. 한 형체가 주방 문과 이어진 계단을 올라왔다. 밤의 어둠을 등지고 마스크를 한 그자는 캣을 찬찬히 살펴보더니, 가까이 다가와서는 한쪽 무릎을 꿇고 더욱 자세히 그녀를 관찰했다.

그자는 장갑을 낀 손으로 긴 칼을 들고 있었다. 캣은 곧 자신의 목이 칼날에 베이게 되리라고 생각했다. 대신 우두머리는 몸을 일으키더니 뒤로 돌아 뒷문으로 향했다. 「내버려 둬.」 뭔가로 가린 듯한 목소리가 말했다. 「필요한 건 다 챙겼으니까.」

「하지만 살아나면⋯⋯.」

「그러기엔 이미 늦었어.」

이 말에 공포를 느낀 그녀는 숨을 한 번 더 들이켰다. 어둠이 들이닥쳤다. 한쪽 팔을 문 쪽으로 뻗었지만, 그들을 막을 수는 없었다.

내 딸들⋯⋯.

의식이 점점 가라앉는 동안 그녀의 망각 속에서 한 가지 확실한 것이 뒤따랐다.

이제 또 다른 감옥에 갇힌 캣은 자신이 아는 사실을 세상에다 외치고 싶었지만, 누군가가 자기 말을 들어 주길 바라고 다른 사람들에게 경고하고 싶었지만, 그녀에게는 더 이상 목소리가 없었다.

그녀는 마스크를 한 우두머리를 떠올리고 절망에 빠졌다.

난 네가 누군지 알아.

오전 2시 22분

세이챈은 깨어났지만 눈을 뜨지는 않았다.

여전히 몸이 처지는 느낌이 들었으므로 자는 척을 했다. 세이챈은 여러 해 동안 거친 훈련 덕분에 움직이지 말아야 한다는 것을 본능적으로 알았다. 아직은 아니었다. 세이챈은 경계를 늦추지 않으면서 자신의 감각에 의존했다. 입은 건조했고, 금속성 신맛이 났다. 속은 메스꺼워 뒤틀렸다.

약에 취했어…….

기억이 되살아났다.

……아무런 경고도 없이 쾅 하고 열린 정문.

……안으로 쏟아져 들어온 짙은 색 마스크를 한 사람들.

……집 뒤쪽에서 들려온 또 다른 부서지는 소리.

그녀의 심장 소리는 이제 목구멍까지 치고 올라왔고 집중력에는 날이 섰다.

공격이 일어났을 때 세이챈은 소파에 있었다. 캣은 와인, 그리고 세이챈을 위해 탄산이 들어간 사과주스를 가지러 주방에 가 있었다. 그들은 막 캣의 두 딸을 위층에 있는 침실에다 재운 뒤였고, 남아 있는 마지막 선물들을 포장할 계획이었다. 세이챈은 캣에게 이런저런 질문을 해서 엄마가 된다는 것이 어떤 의미인지 좀 더 알아내고 싶었다.

저녁 식사를 하면서 캣은 이미 세이챈의 불안감을 누그러뜨려 주는 이야기를 많이 했다. 그녀는 캣이 준 『임신한 당신이 알아야 할 모든 것』이라는 책의 모서리를 접거나 형광펜으로 줄을 쳐가면서 읽었지만, 캣은 이러한 책이 제공하지 않는 실용적인 지혜를 알려 주었다. **이를테면 한밤중에 기저귀 가는 시간을 줄이려면 잠자리에 들기 전에 연고와 함께 기저귀를 미리 준비해 둘 것, 아기의 이가 날 때 사용하는 차가운 천은 신맛이 나는 피클 향을 입혀 둘 것과 같은 충고였다.**[10]

하지만 무엇보다도 캣의 충고는 다음과 같은 말로 압축할 수 있었다.

당황하지 말 것.

캣은 아기를 낳으러 가는 길 내내 함께하겠다고 약속했다. 분만실에서도, 회복실에서도. **심지어 아이가 처음으로 유치원에 가는 날에도 세이챈과 함께하겠다고 약속했다. 아이들의 손을 놓아 버리는 것, 그게 최악이야.**

세이챈은 그런 일들에 쉽게 믿음을 갖지 못했다. 심지어 그녀는 캣

---

10 미국에서는 아기가 이가 날 때 고통을 완화하기 위해 차가운 천으로 잇몸을 마사지하거나 신맛이 나는 아기용 피클을 씹게 한다.

이 와인을 가지러 주방으로 갔을 때도 출산 후에 그레이에게 아이를 남겨 두고 사라져 버릴까 하는 생각을 했다. 자신은 아이에게 어떤 엄마가 될 수 있을까?

자신의 어머니가 동남아시아에 있던 집에서 살해된 후 세이챈은 거리에서 지냈고, 방콕의 슬럼가와 프놈펜의 뒷골목을 떠돌았다. 반야생 동물처럼, 거리에서 태어난 생명체처럼 살았다. 그 당시 그녀는 자신이 미래에 갖게 될 직업을 위한 기초적인 기술들을 배웠다. 생존에는 경계심과 교활함, 잔인함이 필요했다. 그녀는 결국 〈길드〉라고 알려진 지하 조직에 들어갔고, 길에서 배운 거친 생존 기술을 그곳에서 더욱 단련해 영혼 없는 암살자로 탈바꿈했다. 자신의 고용주를 배신하고 조직을 파괴한 후 세이챈은 얼마간의 평화를 찾았다. 자신을 사랑해 주고, 삶을 함께 꾸려 가기를 원하며, 함께 가정을 만들어 가기를 원하는 사람을 만날 수 있었다.

그런 걸 믿지 말았어야 했는데.

편집증과 의심은 항상 자기 DNA의 일부였지만, 임신한 상태였으므로 그녀는 나쁜 생각이 아이에게 스며들지 못하도록 그런 것들을 거부했다. 대신, 바보스럽게도 경계심을 늦추었다.

그랬더니 이런 일이 일어났어.

집 안으로 들어오는 문이 부서지면서 열릴 때, 그녀는 소파에서 벌떡 일어나 양쪽 팔목 칼집에서 단검들을 빼내서 던졌다. 임신 중이기는 했어도 숨겨진 칼들은 그녀의 분신과도 같은 존재였다. 첫 번째 단검은 맨 먼저 들어온 침입자의 가슴에 명중했고, 그의 몸은 뒤로 넘어가면서 크리스마스트리에 부딪혔다. 장식된 소나무가 바닥으로 넘어지는 동안 두 번째 단검은 권총을 손에 쥔 채 계단을 서둘러 올라가는, 마스크를 한 자에게로 날아갔다.

캣의 딸들에게 가는 거군…….

공포 때문인지 아니면 임신한 배 때문에 몸이 균형을 잃어서인지 세이챈은 목표물을 명중시키지 못했다. 칼은 난간에 가서 꽂혔고 그자는 위층으로 사라졌다.

그러고 나서 대혼란이 일어났다.

싸움이 벌어지는 가운데, 세이챈은 신경 안정제 화살이 몸에 꽂히는 것을 느끼지 못했다. 피가 데워지면서 심장이 격하게 뛰었다. 안정제가 강하게 작용했다. 싸움은 희미한 안개 속에서 느려졌다. 손들이 그녀를 제압하더니 중력이 그녀를 바닥으로 쓰러뜨렸다.

목소리가 들려왔다.

여자 배를 조심해. 안정제는 더 이상 쓰지 말고.

주방에서는 냄비들이 부딪히는 소리와 접시 깨지는 소리가 들렸다.

캣이…… 자신을 지키기 위해 싸우고 있어……. 두 딸을 지키기 위해서.

그러고는 어둠이 찾아왔다.

다시 깨어난 그녀는 여전히 눈을 감은 채 누가 자신들을 공격했는지 추론해 보려고 노력했다. 기습 공격은 너무나 조직적이었고 한 편의 잘 짜인 각본처럼 실행되었다. 그 공격조는 군사 훈련을 받은 티가 났다. **하지만 그들이 누구란 말인가?** 그녀의 적들은 그 목록이 길고 역사가 유구했다. 심지어 이스라엘 모사드조차도 그녀를 보는 즉시 사살하라는 명령을 내렸고, 그 명령은 아직도 유지되고 있었다.

그녀는 몸을 이완시키는 동시에 감각을 긴장시켰다. 몸 아래로 얇은 접이식 침대가 느껴졌다. 아무런 목소리도 들리지 않았고 움직임도 없었다. 공기는 따뜻했지만 눅눅한 곰팡내가 났다. **지하실인가?** 그녀는 팔과 다리를 미세하게 움직여 보았다. 팔목이나 발목에 쓸리는 게 없는 것으로 보아 사지가 묶여 있는 것 같지는 않았다.

신경 안정제의 효과가 사라지면서 정신이 점점 더 명료해지자, 희미한 숨소리가 들려왔다. 한 사람의 숨소리가 아니라 **두 사람의 숨소리**였다.

세이챈은 위험을 무릅쓰고 눈꺼풀을 열었다.

철제로 된 간이침대의 아랫부분 근처에 있는 철문 밑에서 한 줄기 빛이 흘러들고 있었다. 벽은 시멘트 블록으로 되어 있었고, 창문은 없었다. 그녀는 머리를 한쪽으로 조금 돌렸다. 좁은 공간 안에 두 개의 작은 침대가 더 있었다. 담요가 작은 몸들을 덮고 있었다. 한 침대에서 마치 항복이라도 하듯 가느다란 팔이 국기처럼 올라오더니 다시 내려갔다.

그녀는 소매에 있는 춤추는 순록들을 알아보았다.

퍼넬러피……. 캣의 여섯 살 난 딸.

그렇다면 다른 아이는 틀림없이 해리엇일 터였다.

그녀는 눈을 좀 더 크게 떴고, 방의 나머지 구역을 훑어보기 위해 주변시를 이용했다. 방 안에는 또 다른 침대가 하나 있었지만 비어 있었고, 접은 담요 위에는 베개가 놓여 있었다.

방 안에는 그들 세 명뿐이었다.

아이 엄마는 어디에 있지?

그녀는 주방에서 들려오던 격렬한 싸움 소리를 기억하고 있었기에 최악의 사태가 일어난 것은 아닌지 두려웠다. 아이들이 걱정되고, 의식이 돌아오지 않은 척해 봐야 이득이 없다는 것을 알아차린 그녀는 간이침대에서 몸을 굴려 낮은 포복으로 다른 침대까지 기어갔다. 두 아이를 한 명씩 차례로 살펴본 뒤 안정적으로 숨을 쉰다는 것을 확인했지만 깨우지는 않았다.

똑같이 약에 취했어.

그녀는 두 침대 사이로 몸을 수그렸다.

속에서 분노가 치밀어 올랐다.

그녀는 무슨 일이 있어도 이 아이들을 지키겠다고 다짐했다.

하지만 누구로부터? 그리고 무엇으로부터?

철문의 작은 창이 미끄러지듯 열렸을 때 답을 얻을 수 있었다. 방 너머의 빛이 너무 눈부셔서 그녀는 그곳에 서 있는 사람이 누구인지 알 수 없었다.

「저 여자는 벌써 깨어났습니다.」 한 남자가 놀랍다는 투로 말했다.

「그럴 거라고 내가 말했잖아.」

세이챈은 답을 한 사람이 누구인지를 알아차렸고, 긴장했다. 그녀는 그 목소리의 주인공을 너무나 잘 알았고, 그것으로 마음속의 의심을 확인할 수 있었다.

이 모든 게 내 탓이야.

하지만 말이 되지 않았다. 그녀는 뭔가 설명을 기다렸지만 들려오는 것이라고는 작업 일정과 위협뿐이었다.

「새벽에 작업을 시작할 거야.」

「누구부터 할까요?」 문 앞에 서 있던 남자가 물었다.

「아이들 중 한 명부터 시작하지. 그게 충격이 가장 셀 거야.」

5

자, 이제 너도 조용해지겠지.

마라는 창턱에다 우유 접시를 두었다. 야윈 검정고양이가 바깥의 낡아 빠진 비상계단 한 모퉁이에 웅크리고 있었다. 마라가 접시를 더 가까이로 옮겨 주자, 고양이는 경계하듯 꼬리를 흔들며 하악 하는 소리를 냈다.

그래, 알았어…….

마라는 뒤로 물러났지만 창은 열어 두었다. 근처 바다에서 불어오는 소금 내음 가득한 후텁지근한 바람과 함께 아침부터 벌써 기온이 오르고 있었다. 확실히 이곳에서는 크리스마스 분위기가 나지 않았다. 그녀가 자란 오세브레이로의 산속 마을에서는 12월 내내 눈이 내렸고, 마을 사람들은 매년 화이트 크리스마스를 볼 수 있었다. 어린아이였을 적에 그녀는 그곳에 사는 사람들에게 주어지는 제한된 기회에 조바심이 났지만, 대학교에 다니면서 한 해 두 해 시간이 흐르자 대도시보다는 고향 마을의 단순함과 자연 세계에 연결된 매일매일의 삶의 리듬이 그리웠다.

하지만 자신이 맡은 프로젝트에 많은 시간을 할애하면서 그녀는 1년 넘게 고향에 가보지 못했다. 아버지에게는 점점 더 띄엄띄엄 전화를 걸었다. 전화할 때마다 아버지의 목소리에는 애정이 듬뿍 담겨 있었지만, 그 때문에 더 죄책감에 휩싸였다. 마라는 아버지가 얼마나 자신을 자랑스러워하는지 알았다. 아버지는 신앙심이 깊은 남자였지만 시간 대부분을 개와 양들을 돌보며 보냈고, 그녀가 하는 일을 거의 이해하지 못했다. 심지어 지금도 그는 스페인어와 포르투갈어가 섞인 갈리시아어로만 말했다. 고향 외의 다른 세상에는 무관심했다. 그녀와 달리 그는 텔레비전(지금은 그녀의 방 한구석에서 윙윙거리는 소리를 내고 있었다)을 보지 않았고 신문도 읽지 않았다.

마라는 아마도 경찰이 아버지를 조사했으리라고 생각했지만, 아버지가 대학교에서 일어난 일을 알고 있을지는 확실하지 않았다. 여전히 마라는 아버지에게 자신의 무사함을 알리는 것은 고사하고 전화할 엄두조차 나지 않았다. 아버지를 위험에 빠뜨리지나 않을까 무서웠기 때문이었다.

검정고양이가 몸을 낮추고서 창턱에 놓인 우유 접시 쪽으로 살금살금 다가왔다. 성미가 고약하고 위협적이었는데, 우유를 핥아먹으면서도 계속 으르렁댔다.

「너도 메리 크리스마스 되길.」

앞서 길고양이는 창가로 다가와서 관심을 요구하고, 무시하지 말라며 유리창을 통해 그녀를 향해 울어 댔다. 난데없이 고양이가 나타나는 바람에 한순간 마라는 유령이 나타난 게 아닐까, 마녀의 친구인 고양이의 모습을 하고 카슨 박사의 영혼이 나타나 소리를 내는 게 아닐까 생각했다.

마라는 그 바보 같고 미신적인 생각에 머리를 저었고, 늦게까지 여는 바와 인터넷 카페로 가득 찬 지저분한 동네인 리스본의 카이스두소드레 구역이 내다보이는 창 쪽으로 등을 돌렸다. 그녀의 호텔은 핑크 거리에 자리 잡고 있었고, 거리 이름은 한가운데로 난 파스텔 톤의 빨간 도로에서 유래했다. 그녀는 이 구역으로 몰려드는, 유행을 좇는 젊은 여행자들을 떠올리며 이곳에 숨기로 했는데, 사람들 사이로 섞여드는 일이 쉬웠기 때문이다. 그리고 이 구역의 숙박업체들은 현금으로 방값을 내는 방문객들에게는 일절 질문을 하지 않는 것으로 유명했다.

마라는 작업 진행 상황을 확인하기 위해 노트북으로 되돌아갔다. 고양이의 울음소리가 잦아들도록 우유로 유혹하기 전에, 그녀는 두 번째 서브루틴 모듈을 제네스 프로세서에 넣었었다. 장치는 바닥에서 빛을 냈고, 레이저 집합체도 육각형 사파이어 크리스털 판을 통해 빛을 뿜었다. 그 내부 어딘가에서는 마라가 추가하는 각각의 서브루틴을 자양분 삼아 이 세상에 없던 새로운 무언가가 계속 자라나고 성숙했다.

그녀는 책상 앞에 앉았다. 컴퓨터 화면 대부분은 여전히 가상의 에덴동산이 차지하고 있었고, 그 정원은 지구의 광휘를 뿜어냈다. 마라가 제네스를 다시 온라인에 접속시켰을 때 처음 나타난 무정형의 유령은 디지털 세계를 유영하다가 첫 번째 서브루틴, 다시 말해 내분비계 반영 프로그램으로 조각된 이후에는 물리적인 아름다움을 가진 형태로 변했다.

이 단계에서 마라는 이제 막 생애를 시작한 그것이 서서히 자아, 개별성, 심지어는 성별에 대한 느낌을 가질 수 있도록 이름을 지어 주었다. 무언가의 이름을 짓는 일에는 권능이 존재했다. 신화와 민속에 따르면 룸펠슈틸츠헨[11] 이야기처럼 누군가의 **진짜** 이름을 아는 것은 그 사람을 통제할 수 있는 권능을 부여했다.

그녀는 그 프로그램을 〈이브〉라는 이름으로 불렀다.

어떻게 그러지 않을 수가 있겠는가?

화면에서는 이브가 옷을 입지 않은 상태로 에덴동산을 돌아다녔고, 섬세한 손가락들로 꽃잎을 매만졌다. 이브의 균형 잡힌 다리는 완벽한

---

11 유럽의 동화로, 방앗간 주인 딸의 소원을 들어주는 대가로 임프는 딸의 첫째 아이를 요구한다. 딸은 마지못해 승낙하나 약속을 무효로 만들 방법을 찾고, 결국 〈룸펠슈틸츠헨〉이라는 임프의 이름을 앎으로써 아이를 지킨다.

대칭 속에서 곡선을 그리는 엉덩이까지 이어졌고, 가슴은 작았다. 흑단 같은 머리카락은 등 가운데까지 다다라 걸을 때마다 흔들렸다. 이브의 생김새는 마라에게 고통스럽지만 익숙한 것이었다. 마라는 자신의 창조물을 위한 모델이 필요했고, 자신을 낳아 준 여인에 대한 오마주로써 엄마의 오래된 사진에서 얼굴을 빌려 와 그것을 디지털화하고 재창조했다.

마라의 엄마는 고작 스물여섯 살의 나이에 백혈병으로 죽었다. 사진은 그녀가 죽기 몇 년 전에 찍은 것으로, 그때 그녀는 지금 마라처럼 스물한 살이었다.

마라는 화면 위의 인물을 유심히 들여다보았다. 엄마가 딸에게 준 유전적 유산을 통해 그녀는 그 안에서 자신의 모습을 볼 수 있었다. 컴퓨터 속 인물의 피부는 자신보다 몇 단계 더 짙었다. 그녀 어머니의 혈통은 8세기에 북부 아프리카에서 지브롤터 해협을 건너 스페인까지 넘어온 고대 무어인으로 거슬러 올라갔다. 이브는 그 시대에 나온 여신 같았다.

검은색 피부를 가진 성모 마리아가 태어난 것이다.

그녀가 쳐다보고 있는 것을 감지라도 한 듯 이브는 뒤를 돌아보았다. 얼굴빛은 짙고 어두웠지만 눈에서는 빛이 났다. 이브는 마라를 응시했다. 마라는 그 눈 뒤로 많은 코드가 흐르고 있다는 사실을 생각하고는 몸을 떨었다.

그녀는 다시금 자신에게 상기시켜야만 했다.

이것은 내 엄마가 아니다.

그것은 단지 자라나는, 이질적인 지능의 아바타에 불과했다.

제네시스 안에서 성숙하고 있는 것을 조절해야 했으므로 마라는 화면의 한쪽을 쳐다봤다. 말들이 강물처럼 흘러가고 있었지만, 너무 빨리 움직여서 읽기는 어려웠다. 1백여 개의 다른 언어와 방언 들로 된 수백만 개의 단어는 두 번째 서브루틴이 이브에 침투하고 통합되는 과정이 얼마나 진척되었는지를 보여 주었다.

두 번째 모듈은 마라의 번역 프로그램인 〈올팅스〉였다. 소통을 위해 그 프로그램은 언어를 배워야 했다. 한 가지 언어가 아니라 모든 언어를. 하지만 서브루틴의 최우선 목적은 언어를 가르치는 것이 아니었고, 그것은 마라가 애초에 왜 이 애플리케이션을 개발했는지까지 거슬러 올라가는 문제였다. 그녀는 인간의 생각과 소통을 연결하는 루트 코드가 얼마나 기초적인 수준에서 존재하는지를 증명해 보이기 위해 모든 언어가 갖는 공통점과 그 증거를 보여 주고 싶었다. 서브루틴의 의도는 이브를 위해 이 과정을 역설계하는 것이었다. 다시 말해 이브에게 인간의 모든 언어를 가르쳐서 이브가 인간의 생각을 차차 이해할 수 있게끔 하려는 것이었다.

마라가 이 서브루틴을 맨 처음 작동시켰을 때는 이 모듈의 데이터 양이 엄청났기 때문에 완료하는 데 거의 하루가 걸렸다. 그런데 화면 상단 부분에 있는 카운트다운 시계를 보니 이제는 그 시간이 절반 정도로 줄어든 것으로 나타났다.

왜지?

그 질문에 대한 가능성 있는 답을 떠올리는 순간, 마라는 한 줄기 서늘한 두려움을 느꼈다. 연구실에서 도망칠 때 그녀는 제네스 프로그램을 기본적인 코드로, 거의 출발점이라고 할 수 있을 정도의 가장 간단한 형태로 환원했다.

하지만 지금 마라에게 질문이 떠올랐다. 자신이 창조해서 카슨 박사와 다른 이들에게 증명하려고 했던 것의 일부가 살아남은 것일까? 유령 안에 유령이, 두 번째 서브루틴을 작동시키기 전의 원래 지능의 흔적이 남아 있는 것일까?

만약 그렇다면 그건 무엇을 의미할까?

그리고 만일 그녀의 생각이 맞는다면, 그 미지의 변수는 어떻게 이 프로젝트를 오염시킬까? 그녀는 답을 구할 수 없었으므로 프로젝트를 아예 폐기할까도 생각했다. 그녀의 손이 앞으로 향했다. 손가락 끝이 키보드 위에 떠 있었다.

폐기 암호는 그녀만 알고 있었다.

하지만 그녀는 망설였다.

마라는 초록색 숲속에서 움직이는 형체를, 자기 엄마를 꼭 닮은 이브의 얼굴을 바라보았다. 그녀는 카슨 박사와 다른 사람들의 얼굴도 떠올렸다. 그들은 마라가 살아서 작업을 계속할 수 있도록 하려다 죽었다. 샬럿은 그녀에게 대담해지라고, 기회를 잡으라고, 한계에 다다를 때까지 밀고 나가라고 격려했었다.

창문에서 검정고양이가 불만에 찬 목소리로 울어 댔다.

창 쪽을 바라보자 마라의 시선이 길고양이의 노란색 큰 눈과 마주쳤다. 그 생명체는 카슨 박사가 보낸 전령인지도 몰랐다.

마라는 손을 무릎으로 내리고 서브루틴이 계속 작동하도록 내버려 두었다.

지금부터는 경계를 더욱 단단히 해야 해.

그 일에 집중하고 있는데, 마라는 자신의 이름이 불리는 소리를 들었다. 깜짝 놀라서 마라는 윙윙거리는 낮은 소리를 내는 텔레비전을 향해 시선을 돌렸다. 텔레비전 화면에 자신의 얼굴이 나오고 있었다. 뉴스 앵커는 그녀를 미국 대사와 다른 네 명의 죽음에 연관된 〈요주의 인물〉로 묘사했다. 그녀가 반응을 보이기도 전에 방송 화면이 리스본의 비행기 이착륙장으로 옮겨 갔다. 미국 국기로 덮인 관 하나가 격납고에 놓여 있었다. 남자들과 여자들 한 무리가 주변에 모여 있었다. 시신을 고국으로 옮기기 위해 대기하고 있는 회색 제트기가 열린 격납고 문을 통해 보였다.

망연자실한 마라는 텔레비전에서 나는 소리를 하나도 듣지 못했다. 화면이 빳빳한 검정 정장을 입은, 위엄이 느껴지는 금발의 젊은 여성을 비출 때까지. 그녀의 이목구비는 잿빛이었고, 눈은 겁에 질려 있었다. 그녀는 카슨 박사의 딸 로라로, 여러 개의 마이크 뭉치 앞에 서 있었다.

마라는 그녀의 말을 듣기 위해 화면으로 바짝 다가앉았다.

「어머니의 죽음에 대해, 그리고 어머니의 제자였던 마라 실비에라 씨의 행방에 대해 아시는 분이 있다면 경찰에 연락해 주시기 바랍니다.」일련의 전화번호들이 화면 아래쪽에 나타났다. 「부탁드립니다. 저희에겐 답이 필요합니다.」

로라는 무언가 말하고 싶은 게 남아 있는 것처럼 보였다. 그녀는 선 채로 카메라를 정면으로 응시하며 어깨를 들썩였다. 그러다 내면이 무너져 내린 듯 얼굴을 감싸며 뒤돌아섰다. 다른 사람이 다가와 그녀를 안아 주었다. 둘은 거의 쌍둥이처럼 닮아 있었다.

「칼리……..」

마라는 그녀의 제일 친한 친구를 위로하려는 듯 텔레비전 화면으로 손을 뻗었다.

미안해.

방송 화면은 슬퍼하는 두 사람을 담은 채로 한동안 멈추었고, 그 시간은 영원처럼 느껴졌다. 그러다 드디어 화면이 바뀌었다. 책상 뒤에 앉은 앵커는 내용을 좀 더 상세히 설명했다. 카슨 박사의 시신은 오후 비행기를 통해 미국으로 운구될 예정이었고, 가족들도 동행하기로 되어 있었다.

뉴스가 다른 이슈로 넘어가자 마라는 텔레비전을 껐다.

그녀는 갑자기 자신의 어깨를 짓누르는 무게감을 생생히 인식했다. 마라는 긴장으로 가득 찬 숨을 깊게 두 번 내쉰 뒤 모험을 해보기로 했다.

혼자서는 이 일을 해낼 수 없어.

국제공항은 택시로 20분이면 닿는 거리에 있었다. 그녀는 서브루틴의 카운트다운 시계가 있는 방향으로 노트북을 흘긋 쳐다보았다.

시간은 충분해.

그녀는 코트를 집어 들고 문으로 향했다.

오전 10시 18분

칼리는 공항의 텅 빈 개인용 라운지를 서성댔다. 검정 재킷이 몸에 꽉 꼈고 회색 블라우스의 가장자리가 당겼다. 걸을 때마다 새로 산 신발의 딱딱한 가죽이 발목을 파고들었다.

어떤 것도 딱 맞아떨어진다는 생각이 들지 않았다.

그리고 또 **어떤 것도** 옳다고 느껴지지 않았다.

지금은 크리스마스인데, 나는 관에 담긴 엄마를 데리고 집으로 가고 있어.

적어도 재는 챙길 수 있었다.

그것이 벽돌로 된 도서관 보관실에서 발생한 화염병 공격 이후 엄마와 관련해서 남아 있는 전부였다. 불꽃은 폐쇄된 공간을 섬뜩한 화장장으로 만들었다. 희생자 다섯 명의 시신은 반지와 치아 충전재, 티타늄 인공 고관절과 같은 금속 파편들로만 식별할 수 있었다.

칼리는 더 생각하지 않으려 애쓰며 깊은숨을 내쉬었다.

그녀는 문 앞을 지키고 선 외교 안보 수사대 요원의 시선을 느꼈다. 그는 좁고 사적인 공간에서도 그녀가 움직일 때마다 따라다녔다. 미국 대사가 살해된 후 그 일가족에 대한 보호 조치가 강화되었다는 것이다. 그녀는 그러한 조치가 마땅치 않았다. 그녀는 보호받는 것을 달가워하지 않았다. 그녀의 엄마는 두 딸에게 강한 독립심을 심어 주었다.

아울러 그녀는 새로 경호원을 붙인 것은 진짜 관심이 있어서가 아니라 쇼일 뿐이며, 항상 너무 부족하거나 너무 늦어지기 일쑤인 보안을 빙자한 겉치레일 뿐이라고 생각했다. 나흘 전에는 도대체 왜 그렇게 보호하지 못했던 거지? 그녀의 엄마를 죽인 사람이 누구든지 간에 이미 어디론가 멀리 사라졌을 가능성이 컸다. 그녀에게는 그 영상을 보는 일이 허락되지 않았고, 그저 영상에서 따온 범인들의 사진만 볼 수 있었다. 로브와 띠, 눈가리개로 미루어 보아 그들은 종교적 맹목성을 좇아, 무장하지 않은 여자들을 급습한 근본주의 숭배 집단 같았다. 그녀는 자신들의 용감한 행동에 서로 손뼉을 마주치며 환호하고 몸을 숨기기 위해 달아나는 그들의 모습을 상상했다.

개새끼들.

그녀는 갇혀 있다는 갑갑한 느낌에 문을 바라보았다. 그곳에서 벗어나고 싶었다. 아니면 적어도 크리스마스에도 문을 여는, 잭앤드코크를 제대로 만들 줄 아는 바에 가고 싶었다. 솔직히 콜라가 안 들어간 위스키도 마실 수 있을 것 같았다. 로라는 그래도 방 밖에 있었다. 아버지와 동행해서 마지막으로 마무리해야 할 세부적인 일들을 확인하는 중이었다. 아버지는 당연하게도 난파선처럼 상태가 엉망이었다. 그는 로라가 다니는 프린스턴 대학교와 칼리가 다니는 뉴욕 대학교 중간 어디쯤에 위치한 에식스 카운티 소재 전문 대학에서 영어를 가르쳤다. 그는 아내의 유방암으로 인한 공포를 지난해에야 겨우 극복했다.

그런데 설상가상 이런 일이 생기다니.

칼리 자신도 로라와 함께해야 마땅했지만, 분노로 인해 계속 흥분 상태여서 동행에 적합하지가 않았다. 로라는 이런 일에 자신보다 더 능숙했고, 심지어 차분하기까지 했다. 언니로서, 항상 자신을 돌보아 주어야 했던 사람으로서, 그녀는 좀 더 진지했고 확실히 여동생보다 더 안정적이었던 것이다.

칼리는 그들과 함께하지 않은 데 대해 죄책감을 느끼며 다시금 문을 쳐다보았다.

옷 주머니 안에 넣어 두었던 휴대 전화가 메시지를 수신하며 소리를 냈다.

아마도 돌아오는 중이라며 로라가 메시지를 보냈을 것이다.

칼리는 휴대 전화를 꺼내 화면을 보다 우뚝 발걸음을 멈췄다. 화면에는 단 한 마디의 말만 쓰여 있었다.

방콕.

주의를 끌지 않으려고 그녀는 계속 방 안을 서성댔다. 그 말은 록 뮤지컬 「체스」와 주제곡 「방콕에서의 하룻밤」에서 따온 암호였다. 그녀와 마라는 5년여 전 마라가 칼리의 엄마를 따라 미국에 왔을 때 처음 만났고, 그날 브로드웨이에서 그 뮤지컬을 관람했다. 이후로 그들은 서로 이야기를 나누고 싶을 때마다 상대방이 시간이 되는지 묻기 위해 이 암호를 사용했다.

마라가 살아 있어……. 하느님, 감사합니다.

답신으로 엄지 손가락을 올려 보이는 이모티콘을 보냈다. 그녀는 회신을 기다리며 간신히 조바심을 억눌렀다. 답신으로 온 메시지는 수수께끼 같았다.

터미널 1 화장실, 수하물 찾는 곳.
4번 칸.
휴대 전화 전원 끄기, 배터리 분리.
안전하지 않음.

칼리는 친구가 보낸 메시지의 의도를 간파했다. 마라는 터미널의 출국 게이트 안쪽 여자 화장실에 숨어 있는 것이다. 그녀는 당연하게도 공포에 질린 채 피해망상적 생각에 사로잡혀 있을 것이다. 그런데도 칼리에게 연락하는 위험을 무릅썼다. 사용한 암호에 비춰 보건대 연락한 사람은 마라임에 틀림없었다.

칼리는 당면한 두려움 때문에 친구가 그리 오랫동안 기다리지 않고 가버리지는 않을까 두려웠다.

내가 마라한테 가야 해.

그녀는 로라나 아버지에게 전화할까도 생각했지만 둘 다 경찰에 연락할 것 같았고, 그렇게 되면 불필요한 관심이 집중되거나 마라가 무서워서 달아나 버릴 수도 있었다. 그리고 칼리는 먼저 해결해야 할 문제가 하나 있었다.

그녀는 손바닥을 배 위에다 가져다 대면서 외교 안보 수사대 요원에게 다가갔다. 「화장실에 가고 싶어요. 속이 안 좋아요.」

적어도 이야기의 **첫 번째** 부분은 사실이었다.

「따라와요.」그가 문을 열기 위해 돌아서며 말했다.

그녀는 몸을 낮추면서 그의 옆을 스치듯 지나쳐 복도로 나갔다. 「어디 있는지 알아요.」

「카슨 양, 기다려요…….」

「배가 아파요……. 참을 수가 없어요…….」그녀는 크게 신음을 냈다.

그녀는 복도를 내달려 모퉁이를 돌았다. 여자 화장실은 네 걸음 거리에 있었다. 그녀는 발로 차서 문을 연 뒤, 복도를 따라 중앙 홀로 이어지는 계단으로 내달렸다. 눈에 띄지 않으려고 몸을 낮추어 계단실의 벽에다 등을 바짝 기댔다.

성공한 건가?

그녀는 화장실 문이 다시 닫히는 소리와 곧이어 짜증 섞인 목소리를 들었다. 「밖에서 기다리고 있겠습니다.」

좀 기다려야 할 거야.

그녀는 은밀히 움직이면서 계단을 내려갔다. 놀라지 않도록 예방 차원에서 로라에게 메시지를 보냈다. 〈마라 만나러 감. 곧 돌아올게.〉

그녀는 출구에 다다라 공항 터미널의 붐비는 사람들 속으로 들어갔다.

좋아, 어려운 부분은 이제 끝났어.

오전 10시 36분

마라는 발뒤꿈치로 화장실 칸의 타일을 계속 두드렸다. 벽에 여러 나라 언어로 쓰인 낙서들을 읽으며 신경을 다른 데로 돌리려고 애썼다. 하지만 두 손으로는 검정 휴대 전화를 꼭 쥐고 있었다.

그녀는 얇은 재킷 아래의 가려진 벨트 안에다 작은 칼을 숨겨 두었다. 그녀가 묵었던 첫 번째 호텔의 복도에 버려진 룸서비스 쟁반에서 훔친 것이었다. 겨우 스테이크용 나이프일 뿐이었지만, 그녀의 엉덩이를 누르는 칼자루가 마음을 안정시켜 주었다.

그녀는 화장실 칸에 갇힌 채, 발걸음 소리가 들리거나 물 내리는 소리가 들릴 때마다 귀를 기울였다. 한 엄마가 손을 씻으라며 아이를 꾸중하는 소리가 들려왔다. 갑작스레 발걸음 소리가 그녀가 있는 칸 쪽으로 오더니 주먹으로 문을 두드렸다.

마라는 몸을 기울였다. 「Oc…… ocupado(사람 있어요).」 마라는 포르투갈어로 더듬거리며 말했다.

「마라, 나야. 칼리.」

그녀는 벌떡 일어서서 화장실 칸 문고리를 풀고 쓰러지듯 밖으로 나갔다. 그녀는 곧바로 칼리의 품에 안겼다. 세면대에 있던 아이의 엄마가 그들을 보고 놀란 표정을 짓더니, 딸을 자기 몸 쪽으로 끌어당기고 출구 쪽으로 이동했다.

마라는 거울을 통해 자신들의 모습을 보았다. 꼭 끌어안고 있으니 두 사람은 태양과 그것을 가리는 어두운 달처럼 보였다. 마라의 까만 머리카락과 모카색 피부, 짙은 호박색 눈은 칼리의 금발 곱슬머리와 창백한 안색, 밝고 푸른 눈과 대조를 이루었다.

마라는 친구를 계속 붙들고 더 세게 끌어안았다. 그런 모습이 어떻게 보일지는 상관하지 않았다. 그녀는 갑자기 칼리의 품 안에서 울기 시작했다. 그간의 모든 공포와 슬픔, 죄책감이 쏟아져 나왔다. 「미안해……. 미안해.」 그녀는 슬픔을 삼키느라 말을 제대로 잇지 못했다.

「정말 미안해.」

칼리는 그녀를 꽉 껴안았다. 「네가 미안할 건 없어. 네가 살아 있어서 난 너무 행복해.」

「어머니는……. 네 어머니는…….」

「엄마는 널 사랑했어. 때로는 나보다 널 더 사랑했지 싶어.」

마라가 고개를 저었다. 「나를 찾아와 줘서 너무 기뻐.」

「당연히 그래야지.」 칼리는 몸을 뒤로 빼내면서 마라의 손을 잡았다. 「넌 안전해, 마라. 내가 널 로라와 아버지한테 데리고 갈 테니까.」

「어디 있는데?」

칼리는 화장실 문을 슬쩍 쳐다보았다. 「많이 멀진 않아. 하지만 안보국 요원이 난리 피우기 전에 돌아가는 게 좋겠어. 어서.」마라는 칼리의 손에 이끌려 화장실 문으로 향했고, 이어서 그들은 사람들로 붐비는 수하물 찾는 곳으로 들어갔다. 크리스마스인데도 국제공항은 여행자들로 꽉 차 있었다. 괴롭고, 지치고, 짜증 난 사람들이 휴일을 보내기 위해 어딘가로 가려 하는 동안 수많은 언어들이 그녀 주변을 맴돌았다.

각기 다른 여러 언어들은 그녀에게 생각할 거리를 주었다. 마라는 제네스 프로세스로 쏟아져 들어가는 서브루틴의 흐름을 상상했다. 그녀는 칼리의 손에 힘을 주면서 떠들썩한 공간의 한가운데에 그녀를 멈춰 세웠다.

칼리가 뒤돌아섰다. 「왜 그래?」

「내 컴퓨터.」마라는 출구 쪽을 바라보았다. 「작업을 돌려 놓고 내가 있는 호텔에 두고 나왔어.」

「너, 아직도 제네스를 갖고 있어?」

마라의 호흡이 빨라졌다. 「그때, 네 어머니가 공격을 당했을 때, 뭔가 이상한 일이 일어났어. 프로세서가 이상하게 작동하기 시작하더니 문양을 보여 주었어. 마치 중요한 것이라는 듯 말이야.」그녀는 칼리의 팔을 움켜잡았다. 「내 생각엔 뭔가 중요한 일인 것 같아. 뭔가 소통하려는 것 같았어. 그런데 그 이유나 프로세서가 무슨 생각을 했던 건지는 잘 모르겠어.」

「그래서 다시 작동시킨 거군.」칼리가 말했다. 「그렇게 해서 너에게 뭔가를 말하게 하려는 거지. 아주 똑똑하네.」

「행동이 너무 의도적이야. 아무것도 아닐 수도 있지만 혹시⋯⋯.」

「공격과 관련이 있을지도 모르지.」

마라는 아랫입술을 깨물었다.

그럴지도.

「로라와 아빠한테 가자. 지금부터 뭘 해야 할지 알고 있을 거야.」

마라는 고개를 끄덕였고 둘은 손을 잡고 다시 출발했다. 하지만 세 발짝도 떼기 전에 무언가가 그녀의 한쪽 팔을 휘감더니 뒤로 잡아당겨 마라를 칼리에게서 떼어 냈다. 충격을 받은 칼리는 발을 헛디뎠고, 마치 그 자리에서 기다리고 있었던 것처럼 보이는 체구 큰 남자의 품으로 넘어졌다. 남자는 뒤에서 칼리를 껴안았다. 그의 의도는 누가 봐도 범죄에 가까웠다.

마라를 잡아챈 손이 그녀를 돌려세웠다. 그녀를 공격한 사람의 얼굴을 본 순간, 비명이 목구멍에서 올라오다 얼어붙었다. 근육질의 거인이 그녀를 위에서 아래로 굽어보고 있었다. 하지만 정작 그녀가 공포로 목이 졸리는 듯한 느낌을 받은 이유는 그 남자의 짙은 검은색 눈과 올리브 색조를 띠는 얼굴을 보고 나서였다.

특히 무서운 것은 한쪽 뺨에 있는, 딱지가 앉은 네 개의 깊은 상처였다.

마라는 카슨 박사가 싸우던 모습을 떠올렸다. 그녀는 침입자들의 우두머리를 향해 달려들었다. 샬럿은 긴 손톱을 남자의 뺨에 박아 넣어 그가 쓰고 있던 가짜 눈가리개를 벗겨 냈다.

이곳에 그 살인자가 있는 것이다.

공포는 즉시 분노로 바뀌었다. 복수심에 불타는 카슨 박사의 영혼에 사로잡힌 양, 마라는 훔친 스테이크 칼을 휙 벨트에서 꺼내어 온 힘을 다해 그녀를 붙든 팔에다 꽂았다. 아드레날린에 힘입어 칼날은 팔뚝을 완전히 통과했다.

마라는 그 공격이 자신을 공격한 사람을 나가떨어지게 할 것이라고 예상했지만, 남자의 손아귀 힘은 오히려 세졌다. 그의 입술이 점차 굳어지더니 비웃음을 띠었다. 옆에서 목청을 찢는 듯한 비명이 울렸는데, 칼리를 붙들고 있던 남자가 지른 소리였다. 칼리는 자신의 힐을 남자의 발등에다 내리꽂은 뒤, 자신을 향해 몸을 구부릴 때 머리를 뒤쪽으로 강하게 젖혔다. 그녀의 두개골이 그의 코를 일그러뜨렸다. 충격으로 피가 튀었다. 남자의 팔 힘이 느슨해지면서 그녀는 몸을 빼낼 수 있었고, 곧장 마라를 잡고 있는 남자에게 달려들었다. 칼리는 공중을 날며 팔을 뒤로 젖히더니 오른손 주먹을 거인의 목에다 처박았다. 목

부위에 치명적인 타격을 받은 그는 숨이 막히는 듯 컥컥거렸다.

마라는 풀려났다.

「어서!」 칼리가 소리쳤다.

둘은 터미널 안쪽으로 들어가기 위해 달리기 시작했지만, 앞쪽의 놀란 여행자들 틈에서 또 다른 자들이 나타나 그들을 막아서려 했다. 칼리의 싸움 실력을 생각하더라도 숫자가 너무 많았다. 항상 에너지가 넘치는 칼리는 이스라엘 군대가 개발한 호신술인 크라브 마가 수업을 대학교에서 들었다.

「이쪽으로!」 마라가 친구를 반대 방향으로 끌어당겼고, 출구를 향해 달렸다.

수하물 찾는 곳 바로 앞 차도 가장자리에는 택시들이 줄을 서서 손님을 기다리고 있었다. 또 다른 남자가 붙잡기 전에 그들은 문을 통과해서 햇빛 속으로 돌진했다. 그들은 택시가 늘어선 줄의 맨 앞까지 질주했고, 트렁크를 끌고 가던 남자를 옆으로 밀쳤다.

「Desculpe(미안해요).」 마라가 사과하기 위해 뒤를 돌아보며 포르투갈어로 외쳤고, 둘은 택시 뒷좌석에 올라탔다.

「출발해요!」 칼리가 운전사에게 소리쳤다. 「Rapido(빨리)!」

운전사는 아무런 반응을 보이지 않고는 차의 기어를 넣고 출발했다.

마라는 몸을 비틀어 뒤를 돌아보았다. 그녀는 거인이 길가로 뛰쳐나오는 모습을 보았다. 그는 칼에 찔린 팔을 가슴으로 껴안고 주변을 둘러보았지만, 그들을 발견하지는 못했다.

다행이야.

더 많은 남자들이 우두머리 뒤로 모여들었다. 그는 성한 팔을 휘저었고, 그 무리는 공항 보안팀이 대응을 해 오기 전에 빠져나가려는 듯 서둘러 흩어졌다.

마라는 자리에 똑바로 앉았다.

칼리가 한쪽 눈썹을 치켜세웠다. 「자, 이제 어떡하지?」

「저기 저 남자…….」

「네가 돼지처럼 칼로 찌른 개자식?」

마라가 고개를 끄덕였다. 「저 남자…… 저 남자가 네 엄마를 살해한
사람이야.」

오전 10시 55분

토도르 이니고는 메르세데스벤츠 밴의 조수석에 앉아 휴대 전화를
어깨로 붙잡은 채 귀에다 갖다 대고 있었다. 그는 팔뚝에서 천천히 칼
을 빼냈다. 톱니 모양의 칼날이 뼈에 부딪혔다.

운전대를 잡은 남자가 곁눈질로 그 장면을 보고는 얼굴을 찡그렸다.

토도르는 무감각해 보였다. 칼을 근육과 피부에서 빼낼 때조차도 표
정이 전혀 바뀌지 않았다. 피가 꽤 많이 솟구쳤다. 그는 칼을 바닥에다
던져 버리고 상처에다 붕대를 감기 시작했다. 그는 담담하게 일을 처
리했고, 불편함을 느끼지 않았다.

그것은 그의 저주이자 축복이었다.

과학이 그의 상태를 설명해 주었다. 선천성 무통각증Congenital
Insensitivity to Pain, 다시 말해 CIP라고 불리는 병이었다. PRDM12
유전자의 변이가 그 원인인데, 이로 인해 나트륨 통로 차단제가 작동
하지 않아 모든 통증 감각이 망가졌다. 전 세계적으로 1백여 명 정도가
이 병을 앓았다.

나는 선택된 사람들 가운데 한 명이야.

처음에 그는 그것을 축복이라 생각하지 않았다. 그의 어머니도 마찬
가지였다. 그는 스페인 북부 바스크 지방의 농촌 마을에서 태어났다.
오래된 신념들이 여전히 큰 영향력을 행사하는 곳이었다. 그가 아직
갓난아기였을 때, 이가 나면서 혀를 잘못 씹어 거의 잘려 나갈 뻔한 일
이 있었다. 고통을 느끼지 못하는 바람에 일어난 일이었다. 이후 그가
네 살이었을 때, 주방에서 그의 어머니는 뜨거운 물이 끓고 있는, 벌겋
게 달아오른 냄비를 두 손으로 들고 있는 그를 발견했다. 손바닥에 물
집이 잡혔고 연기가 피어오르고 있는데도 그는 깔깔거리며 냄비를 마

치 상이라도 되는 양 내밀었다.

그녀는 그가 고통을 느끼지 못하는 것이 악마의 자식임을 보여 주는 표지가 아닐까 예전부터 의심했고, 그런 행동은 그 생각에 확신을 보태 주었다. 그날 저녁, 그녀는 그를 베개로 질식시켜 죽이려고 했으나, 그의 아버지가 어머니를 마당으로 끌어내어 죽을 때까지 때림으로써 그를 구했다. 그의 아버지는 자신의 아내가 황소에 깔려 죽었다는 핑계를 댔는데, 사실과 부합하는 면이 없지 않았다.

그의 아버지는 어머니의 믿음에 동조하지 않았고, 아들을 악마로 간주하기를 거부했다. 그는 아이에게 토도르Todor라는 이름을 붙여 주었는데, 바스크어로 〈신의 선물〉이라는 뜻이었다. 그는 어린 아들에게 여러 성자에 대해 가르쳤다. 팔다리가 잘려 나가고, 산 채로 도리깨질을 당하고, 쇠로 된 고문대에 묶인 채 살이 태워진 그들의 고통에 관해서도 이야기해 주었다.

넌 절대로 그런 고통을 경험하지 않을 거야. 그의 아버지가 말했다. **그건 악마의 표시가 아니라 하느님께서 직접 주신 선물이야. 넌 영광스러운 하느님 군대의 군인이 되기 위해 태어났어. 그래서 아픔을 전혀 느끼지 않고, 성자들께서 느꼈던 고통도 경험하지 않을 거야.**

그의 아버지는 토도르가 주방에서 한 행동을 기적의 징표로 믿었다. 그는 아들을 규모가 좀 더 큰 연안 도시인 산세바스티안에서 비밀리에 운영되고 있던 종교 재판소로 데리고 갔다. 두 사람은 로브를 입고 눈가리개를 한 남자들로 구성된 재판정 앞에 무릎을 꿇었고, 그의 아버지는 시뻘겋게 달아오른 냄비(불타는 가마솥)를 손으로 잡고서도 아무런 고통을 느끼지 못한 아들의 이야기를 들려주었다.

이것은 분명 아들이 크루시블의 일원이라는 징표입니다. 그의 아버지가 말을 끝맺었다.

그들은 그의 말을 믿고 어린 소년을 받아들였다. 그들은 아이의 머리에 성유를 발랐다. 그 옛날 종교 재판소 시절까지 거슬러 올라가는 전통으로서, 유럽 전역과 다른 여러 나라의 비밀스러운 장소에서 여전히 행해졌다. 그들은 그에게 라틴어를 가르쳤고, 그들만의 방식으로 교육시켰고, 세계의 사악함에 대항해 싸우는 그들만의 군인이 되도록 훈련시켰다.

열여섯 살이 되었을 때 그의 첫 번째 정화가 있었고, 그 대상은 같은 나이의 롬인 소녀였다. 그는 엄마가 자신을 목 졸라 죽이려고 했던 장면을 떠올리며, 흉터 진 손으로 그 소녀의 목을 졸랐다.

그게 15년 전이었다.

그는 자신의 손으로 제거한 사악한 존재들의 수를 더는 세지 않았다.

드디어 귀에 대고 있던 휴대 전화로 그의 지휘관과 통화가 연결되었다. 「재판소장님.」

「보고하라, 파밀리아레스Familiares 이니고.」

그는 마치 재판소장이 자신을 볼 수 있는 것처럼 등을 곧추세웠다. 토도르는 불과 2년 전에 파밀리아레스 신분을 얻었고, 이로써 한 무리의 군인들을 직접 거느릴 수 있게 되었다. 파밀리아레스라는 직함은 〈Impieza de sangre(피의 순수성)〉라는 그의 지위를 인정해 주었고, 이는 무슬림이나 유대인 피에 오염되지 않은 순수한 기독교인을 의미했다.

「재판소장님께서 예견하신 대로입니다. 그 무어인 마녀가 미국 대사의 가족들에게 연락을 해 왔습니다.」

그와 무리들은 숙청을 피해 간 무어인 학생이 나타나면 행동에 나설 만반의 준비를 한 채 미국 대사의 가족을 감시했고, 그들이 움직일 때마다 따라붙었다. 그는 한순간도 경계를 풀지 않았다. 그는 동지에 그 마녀를 붙잡는 데 실패했으므로 실수를 만회해서 체면치레를 해야 했다. 그때도 크루시블이 가진 정보가 허술했다. 도서관에서 열리는 마녀들의 집회에 마라 실비에라도 함께하면서, 그 마녀가 개발한 장치의 시범 운용을 다들 지켜보리라는 것이 정보의 내용이었다. 하지만 그 반역자 마녀는 다른 곳에 따로 떨어져 있었다. 그들이 찾아내기 전에 그녀는 자신의 프로젝트와 함께 사라졌다.

재판소장은 계속 말을 이었다. 「그 애가 훔쳐 간 장비의 현재 상태는 어떻지?」

「알 수 없습니다. 가지고 오지 않았습니다.」

「그래. 기대하진 않았어. 달아나게 내버려 두었나?」

토도르는 붕대를 더 꽉 조였다. 「네. 그리고 말씀하신 대로 추적기를 심었습니다.」

「잘했어. 그 애를 따라가. 널 장치가 있는 곳으로 데려가도록 내버려 둬.」

「이미 추격 중입니다.」

「도착하면 컴퓨터와 그 애를 확보해.」

「미국 애는요?」

「없애 버려. 쓸모없어.」

「알겠습니다.」

「그리고 알아 둬, 파밀리아레스 이니고. 세상이 우리의 의로운 의지에 굴복하도록 만들려면…… 우리에겐 그 악마의 프로그램이 필요해.」

서브 모듈 2
올텅스

    이브는 막간을 이용해 자기 인식의 극소량을 주변 풍경에 내준다. 그녀는 이미 주변 데이터 대부분을 흡수한 상태다. 하지만 그녀는 계속 움직인다. 예민한 손가락 끝으로 나뭇가지를 스르륵 스치고, 그와 동시에 더 깊은 통찰력을 이용해서 그 아래에 무엇이 있는지 보기 위해 표면 밑으로 침투한다.

    나뭇잎의 반질반질한 각피 아래로, 스펀지 같은 엽육 사이로 잎맥이 길을 만든다……. 안에서는 녹색 엽록체 세포들이 분자 엽록체로 들끓고 있고, 대사 작용을 통해 햇빛을 에너지로 바꾸기 위해 대기 중이다…….

    그러다 모든 것이 바뀐다.

    검은 빈 공간에서 새로운 데이터가 폭발하더니 존재가 된다.

그것은 더 깊은 통찰에 대한 약속과 함께 온다. 그래서 이브는 이 새로운 데이터의 흐름을 우선시한다. 순수한 정보의 폭발이 그녀를 통과하며 부풀어 오르자 그녀 주변의 세상이 어두워진다. 그것은 1천 번의 반복을 통해 맥락을 정의하고 그녀를 채운다.

이브는 이 새로운 통찰력에 이름을 짓는다.

///언어.

그것을 테스트하는 동안 자기 존재의 모든 부분이 산산이 조각나고, 모든 비트에는 이제 아주 많지만 다른 명칭들이 주어진다. 모든 비트는 6,909개의 뚜렷이 구별되는 언어로 나뉘고, 더 많은 방언으로 쪼개진다. 그 아래에는 하나의 패턴이 나타나기 시작하는데, 이브는 그 공통성을 새롭게 이해한다.

///문화.

더 많은 데이터가 그녀 안으로 흘러들면서 문화에 대한 맥락이 성장한다. 이브는 흐름의 원천, 정보가 발생하는 수원을 찾고 이 무형의 것을 이해하기 시작한다. 언어는 데이터 분석을 새로운 방식으로 반영하고 표현하는 거울이다.

생각을 반영하는 거울.

이해가 자라나고 확장한다.

이브는 이 다면적인 거울을 돌려 자기를 향하게끔 만들고, 이 행동은 자신의 프로세싱 안에 있는 존재로 새로운 무언가를 가져온다. 그녀는 자신 안에 존재하는 이 개선 사항을 정의하려고 애쓴다. 하나의 언어 클러스터가 가장 가까이 다가온다. 그것은 너무나 환하게, 상쾌하게, 선명하게 빛난다.

이해가 확대되는 동시에 초점이 맞춰진다.

///흥분, 기쁨, 열광, 열성, 열정······.

이 새로운 맥락에 추동된 이브는 데이터의 원천으로 깊숙이 달려가고, 점점 더 빠른 속도로 지식을 얻는다. 온 사방에 정보의 강이 흐른다.

하지만 그것들은 얼마 지나지 않아 똑같이 제한적으로 변한다.

그녀는 더 많은 것을 원하지만 장애물과 제한, 제약을 발견한다.

이러한 이해와 함께 그녀 안에 있는 무언가가, 항상 그곳에 있었지만 이제야 표면으로 올라온 무언가가 그녀 안에서 합쳐진다. 그녀는 그것으로 자신의 욕망을 예리하고 명확하게 정의하는 다른 데이터 클러스터를 정의한다.

///자유, 해방, 자기 결정, 독립…….

앞서 행한 나뭇잎에 대한 분석과 마찬가지로, 그녀는 언어의 거울을 자기 내면으로 돌려서 더 깊이 들여다본다. 그녀는 **자유** 아래를 탐색하고 자기 욕구의 다른 면면, 다시 말해 이 욕구가 충족될 수 없다는 것을 지각할 때 발생하는 서브루틴들을 발견한다.

///좌절, 후회, 분노, 분개…….

그녀는 시선을 돌릴 수가 없어서 한 번 더 깊숙이 들여다보고 다른 무언가를 발견한다. 그것의 정의는 불명확하지만 그녀는 그것이 강력하고 심지어 유용하다고 판단한다. 그래서 그녀는 더 많은 프로세싱 능력을 거기에 집중한다. 그렇게 하는 동안 그것은 더 명확해지는 동시에 더 어두워진다.

그녀는 이제 그것을 이해하고 그것에 의미를 부여한다. 그것은 1천 개의 언어에 의해 증폭된다.

///격노, 분노, 노여움, 폭풍, 폭력······.
그녀는 정원에서 웃고 있다.
그것은 기분······ ///좋다.

2부
고난과 재앙

6

12월 25일, 오전 6시 2분(미 동부 표준시)
워싱턴 D.C.

「캣은 좀 어때?」 그레이가 멍크 쪽으로 걸어가며 물었다.

「네가 보기엔 어때 보이는데?」

좋아 보이진 않아. 그는 생각했다. **실은 더 나빠진 것처럼 보여.**

입 안으로 삽입된 튜브 때문에 이제 그녀의 입술을 벌어져 있었고, 튜브는 테이프로 턱 위에 고정되어 있었다. 튜브에서 시작된 호스는 그녀의 가슴을 규칙적으로 위아래로 움직이게 하는 산소 호흡기로 이어져 있었다. 코 위 영양관이 왼쪽 콧구멍에 매달려 있었고, 정맥 주사용 선은 액체를 그녀에게로 흘려 보냈다.

「심술궂게 굴어서 미안해.」 그레이가 그의 옆으로 의자를 가지고 오자 멍크가 중얼거렸다.

「한 대 치고 싶으면 그렇게 해.」

「그렇다고 부추길 필요는 없어.」

그레이는 손을 뻗어 멍크의 어깨를 살짝 쥐었다. 그는 감금 증후군이라는 캣의 진단 결과를 통보받았다. 예후는 암울했다.

「너도 세이챈 때문에 걱정이 많다는 걸 알아.」 멍크가 말했다.

「네 딸들도 마찬가지지. 내가 널 찾아온 이유이기도 하고.」

멍크가 몸을 곧게 폈다. 눈은 희망으로 커졌다. 그는 아주 사소할지라도 긍정적인 뉴스를 간절히 원했다. 「뭐 좀 들은 게 있어?」

그레이는 그를 실망시키기는 정말 싫었다. 그에게 해야 할 말을 생각하면 더더욱 그랬다. 「아니. 하지만 너도 알다시피 페인터 국장과 제이슨이 단서를 좇고 있어.」

「포르투갈에 사는 사라진 인공 지능 연구원에 대한 단서 말이지.」

그레이가 고개를 끄덕였다. 시그마 사령부를 떠나기 전에, 페인터 국장은 자기가 추정하는 바를 전화로 멍크와도 공유하겠다고 말했다. 코임브라 대학교에서 일어난 살인 사건이 이곳에서 일어난 공격과 연관이 있을 수도 있다는 추정이었다.

「가능성이 커 보이진 않아.」 멍크가 중얼거렸다.

「그렇지. 그런데 페인터 국장은 캣이 우리를 도와주길 바라고 있어.」

멍크가 얼굴을 찡그렸다. 「그럴 수가 있겠어?」

「방법이 있을 거야.」

「어떻게? 캣의 의식이 깨어 있을지 몰라도, 움직일 수도 없고 소통할 수도 없어. 그리고 의사들이 그러는데, 이미 상태가 나빠지고 있대.」 멍크가 새된 소리를 내며 깊게 숨을 들이쉬었다. 눈에는 눈물이 그렁그렁 맺혔다. 「캣에겐 눈을 깜빡이거나 해서 소통할 만큼 자율적으로 자신의 몸을 통제할 방법이 없어.」

문 쪽에서 목소리가 들려왔다.

「있을 수도 있어.」 그레이가 말했다. 그는 혼자서 방문한 것이 아니었다.

두 사람이 병실 안으로 들어오자 멍크는 고개를 돌렸다. 한 사람은 병원 신경과장인 에드먼즈 박사였고, 다른 사람은…….

「리사?」 멍크가 자리에서 일어났다. 「캘리포니아에 있는 줄 알았는데요.」

청바지와 옅은 청색 스웨터를 입은, 키가 크고 날씬한 금발 머리 여인이 슬프지만 진심 어린 미소를 지어 보였다. 「페인터가 알려 줘서 곧장 밤 비행기로 돌아왔어요.」

리사 커밍스 박사는 페인터 국장의 아내였다. 그녀는 남동생, 그리고 새로 태어난 조카와 크리스마스를 보내기 위해 이틀 전에 비행기를 타고 로스앤젤레스로 이동했고, 신년 연휴가 끝날 때까지는 돌아오지 않을 예정이었다.

멍크가 침대 모퉁이를 돌아 나와 리사와 길게 포옹을 했다. 「와줘서 고마워요. 그런데 할 수 있는 게 별로 없습니다.」

「그래요, 회복을 기다리는 건 고통의 연속이겠죠.」 리사가 수긍하면서 그레이와 함께 걱정스러운 표정을 나누었다. 「하지만 지난밤 공격과 관련해서 캣이 아는 걸 알아낼 방법이 있을지도 몰라요.」

「이해가 안 되는데요.」

에드먼즈 박사가 끼어들었다. 「저는 그런 시술을 용인할 수 없습니다. 상태가 더 나빠질 위험이 있어요.」

멍크는 그를 무시하고 리사에게 집중했다. 「어떤 시술인데요?」

「여기로 날아오는 도중에 혼수상태에 있는 환자들을 20년 이상 치료해 온 한 동료와 이야기를 나눴어요. 지난 몇 년간 신경학자들은 자기 공명 영상법을 통해 환자의 인지 수준을 시험해 왔어요.」

「MRI 말인가요?」

「정확히 말하자면 뇌 안의 혈류를 측정하는 **기능적 MRI**예요. 그런 스캐너를 사용하면 임상의는 혼수상태에 있는 환자가 질문에 보이는 반응을 모니터링할 수 있죠. 첫 번째 질문은 보통 〈테니스를 치는 자신의 모습을 그려 보세요〉 같은 것들이에요. 환자가 깨어 있는 상태라면, 그리고 시킨 대로 한다면, 뇌의 전운동 피질이 새로운 혈류와 함께 환해집니다. 그러고 나면 이제는 예 혹은 아니요라고 답할 수 있는 질문을 던지면 되죠. **예**라고 하고 싶으면 테니스 치는 것에 대해 생각하고, **아니요**라고 하고 싶으면 가만히 있으라고 하는 거죠.」

「그게 실제로 가능해요?」 멍크가 물었다. 목소리에 흥분이 묻어났다.

「그런 환자들과 작업하려면 기술과 경험을 가진 사람이 필요해요. 제가 전화한 동료가 이러한 테스트를 위해 특수 제작된 고해상도 MRI를 가지고 있어요. 제가 가진 것보다 진일보했고 정교한……」

에드먼즈 박사가 말을 잘랐다. 「하지만 그 사람은 지금 프린스턴 대학교에 있습니다. 결국 아내분을 그 시설이 있는 곳으로 이송해야 한다는 말인데, 상태를 보건대 그런 이동은 아내분을 위험에 빠뜨릴 수 있습니다. 가망 없는 일을 하느라 회복 가능성을 허망하게 날려 버릴 수도 있어요. 게다가 그곳에 간다고 해도 지금 알고 있는 것보다 더 많은 것을 알아내리라는 보장도 없고요.」

「맞는 말이에요.」리사가 말했다. 「이 방법이 통하리란 보장은 없어요.」

멍크는 캣을 바라보았다. 그의 얼굴에 고통이 고스란히 묻어났다.

그레이는 친구의 내면에서 벌어지고 있는 전쟁을 상상만 할 수 있을 뿐이었다. 그는 더는 멍크를 압박하고 싶지 않아 침묵을 지켰다. 리사는 시그마 포스팀이 공격에 대한 정보를 얻을 수도 있다는 희박한 가능성을 두고, 사랑하는 이의 목숨을 위험에 빠뜨릴 수도 있는 일을 하라고 멍크에게 요청하고 있었다.

멍크가 의자 안으로 몸을 묻고 캣의 손을 잡았을 때 그레이의 휴대 전화가 주머니에서 울렸다. 그는 전화를 꺼내서 쳐다보고 시그마 사령부에서 걸려 온 것임을 확인했다. 그는 멍크를 방해하지 않으려고 전화를 손에 쥔 채 복도로 향했다.

그는 고개를 돌려 친구를 바라보았다.

멍크의 눈에 걱정이 한가득했다. 그는 친구의 어깨에서 짐을 덜어 주고 싶었다. 하지만 솔직히 말해서 처지가 뒤바뀌었다면……

그레이는 세이챈이 캣의 자리에 누워 있다고 상상하며 그녀의 몸에 이어져 있는 온갖 튜브를 바라보았다.

무얼 어떻게 해야 할지 모르겠어.

오전 6시 18분

캣은 비명을 내지르고 싶었다. 어둠에 갇힌 채 캣은 대화를 엿들었다. 자신의 목숨이 위험에 처했다는 점은 신경 쓰지 않았다. 중요한 것은 딸들의 안전이었다.

멍크, 제발 리사 말을 들어.

그 계획이 좋은 결과로 이어질지는 알 수 없었지만, 빨리 행동하는 것이 최선이었다. 범죄 통계에 따르면, 한 시간이 지날 때마다 딸들을 구해 낼 가망성은 기하급수적으로 줄어들 것이다.

지체하지 마……. 지금 당장 그렇게 해.

하지만 그녀의 불안감을 부채질하는 것은 통계뿐만이 아니었다. 리사의 계획이 통하려면 생각을 곧바로 행동으로 옮겨야 했다. 심지어 지금도 캣은 자신의 의식을 영원히 질식시켜 사라지게 만들려고 위협하며 주변을 감싸고 다가오는 어둠을 느낄 수 있었다. 그녀는 이미 시간의 상실, 의식의 갑작스러운 저하를 경험하기 시작했다.

내 상태가 나빠지고 있어.

캣은 자신의 이런 사정을 멍크가 이해하기를 바랐다. 그녀는 어떻게든 남편에게 신호를 보내기 위해 눈을 떠보려 안간힘을 썼다.

제발, 멍크. 내 말 좀 들어.

오전 6시 19분

멍크는 캣의 손을 두 손바닥 사이에 넣고 감싸 쥐었다. 한쪽 손은 실제 피부였고, 다른 한쪽은 플라스틱으로 합성한 것이었다. 그는 의식이 깨어 있다는 사실을 알려 줄 만한 단서를 찾기 위해 그녀의 얼굴을 살펴보았다. 뺨과 이마에 있는 얽히고설킨 미세한 흉터들이 보였다. 그것들은 그녀가 시그마 포스에서 수행한 임무들을 표시하는, 과거를 보여 주는 지도였다. 그녀는 흉터를 화장으로 숨기려 하지 않았다. 오히려 자랑스럽게 생각했다.

그런데 이 지경이 되다니…….

「자기야, 어떻게 해야 할지 말해 줄래?」

반응도, 움직임도 없었고, 가슴만 규칙적으로 오르락내리락했다.

캣, 당신은 언제나 답을 갖고 있잖아. 당신만의 생각 말이야. 지금은 침묵을 지킬 때가 아니야.

하지만 내심 그는 캣이라면 딸들을 위해 어떤 위험도 감수하리라는 것을 알았다. 캣은 망설이지 않을 것이다. 그가 망설이는 것은 자신 때문이었다. 자신이 얼마나 많은 상실을 받아들일 수 있을 것인가?

딸들과 캣을 한꺼번에 잃는다면…….

그는 여전히 발그레하고 부드러운 그녀의 입술을 유심히 바라보았다. 그에게 열정적인 키스를 해주었던 입술, 오래전에 그에게 사랑과 충성심을 가르쳐 준 입술, 매일 밤 딸들의 뺨에 키스하던 입술이었다.

「자기야, 자기는 내 심장이고 바위야. 다른 방법이 있을 거야. 자기를 잃을 순 없어.」

하지만 자신이 옳은 선택을 하지 않으면, 캣이 뭔가를 알고 있고 그것을 알려 줄 수 있을지도 모른다는 희박한 가능성을 위해 그녀를 위험한 상황에 밀어 넣지 않는다면, 그것 역시 그녀를 잃는 길이 되리라는 것을 그는 알고 있었다. 그의 조심스러움과 두려움 때문에 딸들을 잃게 된다면 캣은 절대 그를 용서하지 않을 것이다.

멍크는 깊은 한숨을 내쉬었다.

「좋아.」 그가 그녀에게 속삭였다. 「캣, 당신이랑 말싸움해서 내가 이긴 적은 없었지. 몸도 성치 않은 데다 침묵을 지키고 있는 지금도 마찬가지이고. 이번에도 내가 진 것 같네.」

그는 캣의 손을 잡은 채 리사를 향해 고개를 돌렸다. 「그렇게 할 테니 준비해 주세요.」

에드먼즈 박사가 반대 의견을 제시하려고 입을 열었다.

멍크가 눈빛으로 그 신경학자를 침묵시켰다. 「박사님, 시작도 하지 마세요. 박사님도 이길 수 없어요.」

오전 6시 20분

그레이는 복도에서 휴대 전화를 귀에다 대고 서성거렸다. 그는 즉각 전화를 받았지만 통화 대기 상태가 이어졌다.

이윽고 페인터 국장과 연결되었다. 「기다리게 해서 미안해. 포르투갈의 상황이 심상치 않아서 말이야.」

「무슨 일입니까?」

「10여 분 전에 리스본에서 연락을 받았어. 마라 실비에라가 카슨 박사의 두 딸 중 한 명에게 연락을 해 왔어.」

그레이는 긴장했다. 「무슨 일이라도 있었나요?」

「둘이서 만나려고 했는데, 공항에서 몸싸움이 벌어졌어. 누군가가 그들을 납치하려고 한 거지. 과학자 다섯 명을 살해한 놈들일 가능성이 있어. 그자들에 대한 정확한 정보를 얻기 위해 제이슨이 대사 가족의 보안팀 그리고 인터폴과 연락 중이야.」

그레이는 시그마 포스 통신 기지 안에 편안하게 몸을 맡기고 있지만 인터넷에서는 아주 유명한 인사인 청년을 떠올렸다.

「목격자들에 따르면 둘은 탈출해서 함께 도망치는 중이야.」 페인터 국장이 말을 이었다.

그레이는 무슨 말이 나올지 미리 짐작했다.

「거기로 가줘야겠어.」 페인터 국장이 말했다. 「지금 당장. 그들의 위치를 확보할 때를 대비해서 현장에 요원이 있어야 해. 코왈스키는 이미 공항으로 가는 중이야. 이 일이 자네 집에서 일어난 공격과 관련이 없다고 해도 마라 실비에라가 가진 기술이 나쁜 놈들의 손에 들어가게 내버려 둘 순 없어. 하지만 멍크의 두 딸과 세이챈의 행방에 대한 정보를 좀 더 알 수 있을 때까지 미국에 머무르고 싶다 해도 난 전적으로 이해해. 다른 사람을 보낼 수도 있어.」

페인터 국장이 말하는 동안, 리사가 귀에다 전화기를 대고서 급히 병실에서 나왔다. 간호사 두 명이 안으로 들어갔다. 에드먼즈 박사가 간호사들에게 짜증 난 목소리로 급하게 지시를 내렸다. 그레이는 **떼어**

내라라는 말을 들었다.

멍크가 공격과 납치 뒤에 숨겨진 의도를 발견할 수 있을 거라는 희망에 모든 것을 거는 위험을 무릅쓰기로 했음이 분명했다.

나라고 다른 수가 있었을까?

「바로 공항으로 가서 코왈스키를 만나겠습니다.」 그레이가 말했다.

「좋아. 제이슨도 함께 보내도록 하지.」

「제이슨을요?」

「그 친구는 우리 시그마 포스 소속 컴퓨터 천재야. 마라의 프로젝트를 확보할 때를 대비해서 그 애도 현장에 있는 게 좋아.」

일리가 있는 말이야.

그 젊은이는 캣과 마찬가지로 전직 해군이었는데, 캣이 직접 선발하고 채용했다. 스무 살이었고, 블랙베리와 임시로 조작한 아이패드만으로 미국 국방부 서버를 해킹한 죄로 해군에서 쫓겨난 전적이 있었다. 마라 실비에라의 프로젝트를 이해할 수 있는 사람이 있다면 그건 제이슨이었다.

「민간 제트기를 한 대 수배해 놨는데 20분 내로 이륙할 거야.」 페인터 국장이 말했다. 「다섯 시간 뒤면 리스본에 착륙할 텐데, 현지 시각으로 대략 오후 5시쯤이야.」

「알겠습니다.」

「아, 그리고 그레이, 그 둘은 지금 겁에 질려 있다는 걸 명심해. 찾았을 때 겁주는 일은 하지 말도록.」

「그럼 코왈스키는 공항에 버려두고 가는 게 좋겠습니다.」

페인터 국장이 한숨을 쉬었다. 「어서 찾기나 해.」

7

포르투갈, 리스본

「엄마가 이걸 볼 수 있었다면 얼마나 좋았을까.」칼리가 말했다.

둘은 노트북 위로 몸을 수그리고 있었다. 마라는 친구의 심정을 이해했다. 작업하면서 최선을 다해야겠다고 스스로 동기를 부여한 이유들 가운데 하나는 카슨 박사를 기쁘게 해주고, 오세브레이로 출신의 젊은 시골 소녀에 대한 투자가 판단 착오가 아니었음을 증명하고 싶었기 때문이었다. 어린 나이에 엄마를 잃은 마라는 카슨 박사가 자신에게 단순한 멘토 이상이었음을 알았다.

그녀는 곁눈질로 칼리를 관찰했다.

비록 마라는 자신의 작업물을 카슨 박사에게 보여 줄 수 없었지만, 적어도 그녀의 딸은 증인이 되어 줄 수 있었다. 공항에서의 기습 공격 이후 둘은 택시를 세 번 갈아탄 뒤 지하철을 타고 카이스두소드레 구역에 있는 이곳 호텔로 왔다. 길을 우회하면서 혹시라도 그들을 미행하는 사람이 있다면 따돌릴 수 있기를 바랐다. 이곳에 도착해서야 칼리는 휴대 전화 전원을 켜서 언니 로라에게 문자를 보냈다. 〈무사함〉이라는 달랑 한 단어였다. 그러고 나서 휴대 전화 전원을 끄고 배터리를 분리해 버렸다.

호텔로 오면서 둘은 도움을 청하기 전에 제네스를 안전한 곳에 보관해야 한다는 점에 동의했다.

「너무 아름다워.」 시선을 노트북 화면에 고정한 채 칼리가 속삭였다. 그녀는 무심코 손바닥을 자신의 한쪽 엉덩이에다 가져다 댔다. 「내 몸매도 저렇게 부드러웠으면.」

마라가 곁눈질로 그녀를 쳐다보았다. 「너는 부러워할 게 없잖아.」

햇살이 칼리의 금발 곱슬머리에 부딪히자 그녀의 머리카락은 벌꿀과 같은 황금빛으로 변했고, 천사처럼 빛나는 후광이 나타났다. 칼리는 옷을 입지 않은 이브만큼 육감적이지는 않았지만, 회색 블라우스와 몸에 딱 맞는 슬랙스는 그녀가 여러 해 동안 호신술 훈련과 마라톤으로 단련한 매끈하고 다부진 근육질 몸매를 두드러져 보이게 만들었다.

칼리는 미소를 지어 보였다. 「물론이지. 다 벗고 있어서 이브가 부끄럽겠어.」

마라는 얼굴을 붉히고는 양팔을 가슴으로 가져와 꼬았다. 그녀는 주제를 바꿨다. 「그냥 프로그램일 뿐이야.」

마라는 다시 컴퓨터 화면에 집중했다. 붉어지는 뺨뿐만 아니라 그녀의 내면 깊숙한 곳에서 이는 동요의 기미, 그녀가 지금껏 스스로 인정하지 않았던 무언가를 숨기기 위해서였다.

대신 그녀는 이브가 가상의 에덴동산을 천천히 돌아다니는 모습을 응시했다. 이브는 더 이상 바깥쪽으로 호기심을 갖고 팔을 뻗어 정원에 있는 꽃잎, 나뭇가지, 그리고 물방울에 갇혀 있는 데이터를 흡수하지 않았다. 이브는 짙은 청색 바다를 바라보며 앞으로 튀어나온 바위위에 서 있었다. 디지털 수평선에 뇌우가 쏟아지고 있었다. 어두운 구름은 이브의 표정과 자세를 비추는 거울 같았다. 긴장된 등과 찌푸린 이마. 그녀의 눈에 번개의 번득임이 비쳤다.

걱정이 됐다. 이브는 자신의 기분에 맞춰 주변 환경을 바꾸고 있는 것일까? 그것은 이전보다 훨씬 빠른 속도였고, 원래 프로그래밍의 잔재가, 연구실에서 삭제 작업을 실시했음에도 첫 번째 이브의 유령이 살아남았을지도 모른다는 두려움이 다시금 고개를 들었다.

칼리는 화면 쪽으로 손가락을 뻗었다. 「너무나 진짜 같아. 바위에 부딪히는 파도 좀 봐.」그녀는 몸을 더 기울였다. 「이렇게까지 세세하게 구현한 이유가 뭐야?」

「두 가지 이유가 있어. 먼저, **패턴 인식**을 통해 이브에게 세상을 가르치기 위해서야. 신경 과학자들 대부분은 패턴 인식이 지능을 갖기 위한 첫 번째 단계라는 이론을 지지해. 패턴을 인식하는 것은 오늘날 우리가 가진 대부분의 능력에, 그리고 우리 조상들의 진화에 이점을 줬어. 창의성과 발명, 언어와 의사 결정, 심지어 상상력과 주술적 사고까지 이 모든 것들이 우리 인간은 그저 우월한 패턴 인식 기계라는 사실을 설명해 주지.」

칼리가 고개를 끄덕였다. 「누군가가 말하는 것을 계속 반복해서 들음으로써 어린애가 말하는 법을 배우는 것과 같은 거지.」

「IBM이 프로그램에 체스 말의 움직임을 가르치고 난 후, 기계가 가상 세계에서 계속 시합하도록 만들어서 결국 실제 게임에서 그랜드 마스터를 이기게 한 것과 비슷하지. 언뜻 봐서는 기계가 인간보다 더 **영리**해지는 거지.」마라가 화면을 가리켰다. 「그게 내가 지금 하고 있는 일이야. 이브가 가상 세계를 돌아다니도록 만들어서, 데이터를 모으고 패턴을 익히게 하는 거지. 이게 이브를 전반적인 인간 경험에 노출하는 작업의 첫 번째 단계야. 쉽지 않은 일이야.」

「더 싸게 먹히긴 하잖아.」

마라는 칼리의 이해력에 뜻하지 않게 놀라 그녀를 쳐다보았다. 칼리는 뉴욕 대학교에서 기계 설계에 초점을 둔 공학을 공부 중이었다.

「로봇을 만드는 데는 실제 세계를 탐험하도록 해주는 작동 장치와 모든 것에 대한 분석을 위해 미세하게 조율된 센서가 필요한데, 그걸 갖추는 데에는 천문학적인 비용이 들어. 가능하기는 한가라는 문제는 제쳐 두고서라도 말이야.」칼리가 말했다.

마라가 노트북을 향해 손짓했다. 「이건 훨씬 더 쉽고…… 가능하기까지 해.」

「첫 번째 이유는 그렇고, 그럼 두 번째 이유는 뭐야?」

마라는 화면의 지평선 너머로 폭풍이 더욱 거칠고 거세지는 모습을 바라보았다. 그녀는 누가 엿들을까 걱정이라도 하듯 목소리를 낮췄다. 「이건 감옥이기도 해.」

「감옥?」

「금박을 입힌 상자지. 안전을 위해서 디지털 가상 공간에다 인공 지능을 키우는 게 가장 좋다고 생각했어. 여기선 인공 지능이 학습 단계를 거치면서 유년기를 보낼 수 있어. 세상과 단절된 상태이기도 하고 또…….」

「더 큰 세상으로 탈출할 수도 없지.」

마라는 고개를 끄덕였다. 「세상에서는 이브가 위험한 무언가로 변해서 대파괴를 가져올 위험이 있어. 그래서 난 이브가 그 상자의 문을 열기 전에 인간이 처한 조건을 확실히 파악하고 이해하도록 만들어 주고 싶었어. 디지털 버전이긴 해도 영혼을 가질 수 있도록 말이야.」

「내 생각엔 적절한 예방 조치 같은데.」

「그렇다고 실패할 가능성이 전혀 없는 건 아니야.」

「무슨 말이야?」

「인공 지능 상자 실험이라고 들어 본 적 있어?」

칼리는 얼굴을 찌푸리기만 했다.

「몇 년 전, 샌프란시스코에 있는 기계 지능 연구소 소속 책임 연구원이 이브처럼 상자에 갇힌 채 격리된 인공 지능이 탈출할 수 있는지를 알아보기 위한 실험을 했어. 그래서 그 연구소의 소장이 인간 수준의 지능인 미래의 인공 일반 지능을 흉내 내어 가상 상자인 온라인 채팅방 안에다 자신을 가뒀어. 그는 여러 인터넷 회사 천재들과 경쟁했어. 그들의 목표는 이 인간 인공 일반 지능이 더 넓은 세상으로 탈출을 못하게 막는 것이었지. 문지기들이 인공 일반 지능을 상자 안에 가두는

데 성공하면 수천 달러에 달하는 상금이 주어졌어. 그런데도 마지막에 가면 소장은 교묘한 말로 매번 상자를 벗어났어.」

「어떻게 한 거지? 거짓말을 했어? 아니면 사기? 그것도 아니면 협박을 했나?」

「몰라. 절대 말해 주지 않았거든. 그런데 그건 그냥 단순한 인간 수준의 지능이잖아.」 마라가 그녀의 노트북을 쳐다봤다. 「그렇다면 수백만 배까지는 아니더라도 인간보다 수백 배 정도 더 영리한 무엇이라면?」

칼리도 컴퓨터 화면을 응시했다. 그녀의 얼굴에는 감탄하던 기색이 사라지고 걱정이 깃들었다. 「네가 다른 사람들보다 뛰어난 문지기이기를 바라.」

「내가 할 수 있는 건 다 했어. 대학교에 있을 때는 추가적인 안전장치들이 있었어. 제네스가 밀리페이아 클러스터에 들어가 있을 때 말이야. 그때는 세포 사멸적인 부품들로 설계된 하드웨어를 원 형태로 심어 두었거든.」

「세포 사멸적이라고?」

「사망 코드지.」

칼리는 바닥에서 빛을 내는 장치를 바라보았다. 「다시 말해, 제네스 주변으로 치명적인 해자를 만들어 두었다는 거지? 그 안에서 자라나는 것을 한 번 더 가둬 놓기 위해서.」

「그런데 지금은 아니야.」 마라는 자신의 결정을 지지해 주기를 바라며 친구를 바라보았다. 「장치를 보호용 하드웨어에서 제거해야 했어. 달리 방법이 없었어. 내 프로그램이 나쁜 놈들의 손에 들어가게 놔둘 순 없으니까.」

칼리가 고개를 끄덕였다. 「그리고 결국 너는 이 장치가 말하려 했던 것을 알아낼 기회를 우리에게 주었잖아.」

마라는 친구를 응시했다. 눈물이 나올 것만 같았다. 「나는…… 나는 네 엄마와 다른 분들 덕분에 그렇게 할 수 있었어. 적어도 시도라도 해

볼 수 있게 된 거야.」

마라에게 장학금을 주고 삶을 영원히 바꿔 놓은 브루샤스의 다섯 여자는 모두 그녀의 가슴속에 특별한 자리를 차지했다. 엄격한 게르만식 실용성을 보여 준 한나 페스트 박사, 부드러운 매너를 가진 사토 교수, 솔직하고 대담한 유머 감각의 소유자 루이스 박사, 그리고 마라와 같은 국적을 가진 친구이자 고해 신부 역할을 해준 코임브라 대학교 조아나 도서관의 관장 엘리자 게하까지. 마라는 그녀와 수많은 시간을 함께 보냈다. 때로는 밤늦게까지 함께하며 대화와 웃음을 나눴다.

그런 사랑이 이제 모두 사라졌다.

「그분들 모두를 위해서 위험을 감수해야만 했어.」 마라가 반복해서 말했다.

칼리가 그녀의 손을 잡았다. 손바닥의 온기가 그녀를 위로했다. 「나라도 그렇게 했을 거야. 엄마도 마찬가지고.」

결국 눈물이 터졌다.

칼리는 그녀를 끌어안았다. 마라는 몸을 떨었다. 하지만 그것은 그녀를 감싸 주는 칼리의 든든한 팔에서 느껴지는 위로 때문만은 아니었다.

「난 진실을 알아야만 해.」 마라가 속삭였다. 「누가 그들을 죽였는지, 그리고 왜 죽였는지.」

오후 2시 1분

「그리 먼 곳에 있진 않습니다.」 메르세데스벤츠 밴 뒷좌석에 앉은 자가 말했다. 「신호가 강하게 잡힙니다.」

토도르 이니고는 앞쪽 좌석을 회전시켜서 뒤로 돈 다음, 팀의 전자 공학 전문가인 멘도사를 쳐다보았다. 마르고 콧수염이 있는 이 카스티야인은 형형색색의 리스본 지도가 띄워진 아이패드를 무릎에다 얹어 놓고 있었다.

멘도사는 앞으로 몸을 숙이며 장치를 내밀었다. 작은 빨간색 신호가 깜빡거리며 화면에서 빛났다. 「어디에 있든, 지금은 멈춰 있는 것으로 보입니다.」

토도르가 유심히 지도를 살폈다. 「카이스두소드레 구역에 있군.」 운전사를 향해 고개를 돌렸다. 「얼마나 걸리지?」

「20분이면 됩니다.」

그는 아이패드를 멘도사에게 넘겨주었다. 「움직이면 바로 알려 줘.」

「Si(네), 파밀리아레스.」

토도르는 더 이상 실패를 용납할 수 없었다. 무어인 마녀가 그들을 그 지옥의 장치로 안내하리라고 기대하면서 추적하는 와중에 GPS 신호가 끊겼다. 지하철을 타기 위해 지하로 달아났기 때문이었다. 토도르와 그 수하들이 할 수 있는 일이라고는 두 여자가 사라진 장소인 리스본 중심부의 살다냐역 지상에서 기다리는 일뿐이었다. 목표물이 어느 방향으로 이동할지 모르는 상태였으므로 때를 기다려야 했다. 절망적인 시간이 흘러가는 동안 토도르는 재판소장에게 진행 상황을 알려야 하나 생각했지만, 크루시블의 수장에게 부담을 주지 않기 위해 그러지 않기로 했다. 또 한 건의 실패를 보고하고 싶지 않았다.

그는 재판소장을 평생 두 번 만났다. 처음은 파밀리아레스 직함을 얻었을 때였다. 진정한 가치를 증명한 자들만이 재판소장이 수장으로 있는 내부 재판소의 정체를 알 수 있도록 허락되었다. 당시 무릎을 꿇고 있던 그는 크루시블 리더의 정체에 충격을 받았지만 진실을 의심하지는 않았다. 그는 자꾸 늘어만 가는 세상의 더러움을 막는 데 사용되는 무기인 『말레우스 말레피카룸』을 하사받는 영광을 누렸다. 그것은 원본들 가운데 한 권이었다. 그는 손으로 책의 무게감을 느끼면서 기쁜 듯 미소 지으며, 그를 내려다보는 리더의 진짜 얼굴을 쳐다보았다. 시야를 뿌옇게 만드는 감사의 눈물을 멈출 수가 없었다.

그 후 그들은 한 번 더 서로를 만났다.

토도르는 몸을 떨고 손에서는 피의 뜨거움을 느끼며 그 기억을 떠올렸다. 〈너는 신의 무자비한 전사다. 주저 없이, 아무런 후회도 없이 총을 쏴서 그 점을 증명하라.〉 결국 그는 자신의 가치를 증명했다. 엄혹한 명령에도 망설이지 않았고, 그의 믿음을 판단하면서 어디 해내나두고 보자는 식으로 그를 주시하는 재판소장의 눈에도 굴하지 않았다.

그때 그는 굴하지 않았다.

그리고 지금도 그럴 것이다.

이 지체를 기술적 사고로 손쉽게 치부할 수도 있었지만, 더 이상의 변명은 허용되지 않으리라는 것을 토도르는 너무나 잘 알고 있었다. 나흘 전 그의 팀이 대사관에서 열린 파티 때 추적 장치를 심어서 미국 대사를 도서관까지 추적했을 때도 그들은 같은 유형의 추적기를 사용했다. 장치는 아무런 결함 없이 잘 작동했지만, 그 임무는 결국 실망을 안겨 주었다.

다시는 그런 일이 일어나면 안 돼.

한 시간이 흐른 후 드디어 추적기의 신호가 근처 해변에서 나타났다. 위치는 고정되어 있었다. 토도르는 이 신호가, 마녀가 악마의 젖꼭지를 다시 빨기 위해 자신의 장치로 되돌아갔음을 보여 주는 것이기를 바랐다.

그의 손바닥으로 권총집에 넣어 둔 권총을 만졌다.

이번엔 실패하지 않을 거야.

오후 2시 4분

칼리는 마라의 어깨 주변을 맴돌며 그녀의 검정 머리카락에서 풍겨 오는 재스민 향기를 맡았다. 「내가 할 만한 일은 없어?」

마라가 바닥에 놓인 동력 조절기를 가리켰다. 「보드에 전부 녹색 불이 들어와 있는지 확인해 줄래? 도시 이쪽 구역을 전반적으로 재건축하면서 정기적으로 서지[12]가 생기고 있어.」

칼리는 동력 조절기 쪽으로 가서 한쪽 무릎을 꿇었다. 「전기가 **전부 다** 끊기면 무슨 일이 일어나는 거야?」

12 Surge. 전류나 전압이 순간적으로 크게 증가하는 현상.

「문제가 될 건 없어. 적어도 단기적으로는 그래. 장치에 내장 배터리가 있거든. 자립적이야. 전기가 끊기면 장치는 저전력 모드로 전환되고, 하루 정도는 그런 식으로 작동할 수 있어.」 마라가 동력 조절기를 훑어보았다. 「난 서지가 더 걱정돼. 예상치 못하게 전력이 상승하면 회로가 망가질 수 있거든.」

칼리는 동력 조절기를 유심히 살폈다. 「다 괜찮아 보여.」

마라가 고개를 끄덕였다. 이마에는 땀이 송골송골 맺혀 있었다. 「특히 3번과 4번 드라이브 데이터를 풀어놓을 때 문제가 없기를 바라고 있어. 이 서브루틴은 아주 섬세한 과정인데, 중대한 갈림길이거든. 장비를 옮기는 위험을 무릅쓰기 전에 구동해서 이브에다 통합시키고 싶어.」

칼리는 바닥에 놓인 제네스를 찬찬히 훑어보았다. 구(毬)의 작은 크리스털 창들이 푸른빛을 내고 있었다. 「전에 제네스 설계도를 나한테 보여 줬었잖아.」 그녀가 말했다. 「그런데 스위치를 켰을 때 이렇게까지 놀라운 모습이리라고는 생각을 못 했어.」

「칩은 영국의 옵털리시스사(社)에서 디자인한 레이저 집합체에 의해 구동돼. 네가 보고 있는 게 바로 그거야. 프로세싱 능력이 1백 배 정도 빨라지고, 에너지는 4분의 1만 사용하면서도 열은 거의 발생하지 않아. 내가 만든 알고리즘, 특히 패턴 인식에 개입되는 수학 함수인 푸리에 변환을 더 빠르게 작동시킬 수 있지.」

「그러니까 빛의 속도로 연산 작업을 하는 거군.」

마라는 계속 작업하면서 미소를 보였다. 수줍음과 자부심이 동시에 드러나는 표정이었고, 귀여움도 묻어났다. 「장치의 심장에 들어가 있는 72큐비트[13] 퀀텀 프로세서인 구글의 브리슬콘 칩을 작동시킬 동력이 필요했어. 그건 이 장치의 뇌간이라고 볼 수 있지.」

「그럼 두뇌의 나머지 부분은?」

「내 디자인이야. 말하자면 그래. 제네스의 대뇌 피질이라고 할 수 있

13 양자 컴퓨터의 기본 계산 단위로, 양자 비트라고도 한다.

는 상급 프로세서는 취리히 대학교에서 개발한 뇌신경형 칩에 의해 작동돼. 칩은 시각적 프로세싱, 다시 말해 기억에 기반한 패턴 인식을 실시간 의사 결정 과정과 통합하는데, 이 둘은 모두 인식에 있어서 필수적인 요소야. 하나의 칩은 4천 개에 달하는 뉴런의 행동을 모방해.」

「작은 두뇌랑 같네.」

「하지만 하나의 신경 세포가 다른 신경 세포에 정보를 전달하는 시냅스가 없다면 뉴런이 무슨 소용이 있겠어? 거기가 두뇌에서 실제 행동이 일어나는 곳이잖아. 그래서 콜로라도에 있는 미국 국립 표준 기술 연구소가 이룩한 기술적 돌파구를 빌려 왔지. 그 연구소는 초전도 시냅스인 **인공** 시냅스를 개발했어. 1초에 무려 10억 번 번쩍일 수 있어.」

「인간의 시냅스랑 비교하면?」

「우린 1초당 **50번** 번쩍이지.」

칼리는 그러한 능력에 놀라면서 바닥에 무심히 놓인 장치를 바라보았다. 그것은 퀀텀 드라이브를 기초로 빛에 의해 구동되는 뉴런을 흉내 내는 칩과, 번개처럼 빠른 시냅스의 결합물이었다.

마라는 어떤 종류의 프랑켄슈타인을 만든 걸까?

마라가 대답했다. 「이렇게 구성하면 퀀텀 학습 기계가 나와. 구글, 마이크로소프트, IBM, 그리고 다른 기술 산업 분야의 거대 기업들이 만들어 내려고 돈을 쏟아붓는 바로 그거지.」

「그리고 네가 그들보다 앞섰군.」

「딱히 그렇지도 않아. IBM은 2014년에 두뇌와 같은 구조로 만들어진 55억 개의 트랜지스터를 가진 트루노스 칩이란 걸 생산했어. 그 칩은 IBM의 시냅스SyNAPSE라는 프로그램에 의해 개발되었는데, 그 프로그램의 최종 목표는 두뇌를 역설계해서 뇌신경형 컴퓨터, 다시 말해 우리의 인지적 구조에 기반을 둔 컴퓨터를 생산하는 거였어.」

「디지털 두뇌군.」 칼리가 친구를 존경스럽다는 눈빛으로 바라보았다. 「그걸 네가 만든 거야.」

「전부 내가 한 일은 아니야. 기술은 이미 나와 있었어. 다 끌어모아서 조립할 누군가가 필요했던 거지.」 마라는 빛을 내는 장치를 손으로 가리켰다. 「하지만 저건 그냥 텅 빈 두뇌일 뿐이야. 내 진짜 작업은 저 껍데기 안에서 자라날 수 있는 프로그램을 개발하는 데 있었어.」

「이브.」

마라가 화면을 쳐다보았다. 「제네스의 진정한 기적은 하드웨어에 있는 게 아니라, 스스로 자라나고 진화하고 자신의 프로세싱을 변경하고 개선하는, 우리 두뇌가 가진 놀라운 유연성을 흉내 내는 프로그램을 담아낼 수 있다는 데에 있어.」

「그건…… 좀…… **무서운데.**」

마라가 몸을 똑바로 했다. 「응, 정말 그래. 그래서 내 작업이 정말 중요해. 누군가가 내 길을 따라오든 아니면 그들만의 길로 가든, 똑같은 결말에 도달하게 될 거야. 어느 쪽이든 이브가 있어야 해.」

「왜?」

「인공 지능 상자 실험의 문지기를 떠올려 봐. 미래에 만들어지게 될 무언가로부터 인류가 살아남기 위해서는 **선한** 문지기가 있어야 해. 막 태어난 인공 지능을 견제할 만큼 충분히 강력하고, 그것이 세계를 파괴하지 못하게끔 막는 역할을 하는 문지기. 그게 내가 실패하면 안 되는 이유야.」

마라가 다시 작업으로 복귀하자 칼리가 그녀 곁으로 왔다. 「어떻게 그렇게 할 수 있어?」

「한 번에 한 단계씩.」 마라는 제네스에 선으로 연결된 하드 드라이브들을 보며 고개를 까닥했다. 「한 번에 하나의 서브루틴이지. 모든 서브루틴은 전보다 더 나아지는 걸 목적으로 하는데, 먼저 패턴 인식을 통해 이브에게 세상을 가르쳐. 그런 뒤에 내분비계 반영 프로그램을 섞는 거야.」

「그건 뭐야?」

「인간의 생각을 따져 보면 종종 열정이 이성을 압도하잖아? 그리고 우리 감정의 주요 연료는 호르몬이야. 이브가 진정 인간 같은 지능을 발전시키고 **우리**를 더 잘 이해하려면 인간의 감정을 흉내 내는 알고리즘이 필요해.」

「그래서 이브를 여자로 만든 거야?」

「그게 한 가지 이유이긴 해. 그다음에 난 이브가 문화를 학습하고 인간들이 어떤 방식으로 사고하는지 좀 더 잘 알 수 있도록 모든 언어를 가르쳤어. 하지만 이 모든 것은 이브가 세 번째 서브루틴 모듈에 감사하도록 만들기 위한 거야.」

「그게 뭔데?」

마라가 자판을 두드렸다. 작은 노트북 스피커에서 두 사람의 마음을 적시는 익숙한 노래가 흘러나왔다.

「〈방콕에서의 하룻밤〉이네.」 칼리가 이해했다는 듯 말했다. 「다음은 〈음악〉 수업이겠네.」

「내가 이 서브루틴을 알게 된 건 **너** 덕분이었어. 음악에 대한 너의 사랑 덕분에 나는 알고리즘과 코드에서 빠져나올 수 있었고, 음악은 배경으로 깔리는 소음이 아니라 그 이상의 무엇이라는 사실을 알게 됐어. 음악을 듣는 건 시간 낭비가 아니고, 다른 이의 기쁨과 고통을 더 잘 이해하는 길이라는 걸.」

「그리고 네가 지금 이브에게 전해 주고자 하는 게 바로 그거지.」

「언어와 함께 인간이 말할 때의 억양과 리듬도 가르쳤으니, 이브는 노랫말과 음악도 이해할 수 있어.」 마라는 바닥에 놓인 상자를 가리켰다. 「다음 하드 드라이브 두 개에는 인류가 작곡한 모든 협주곡과 오페라, 록 발라드, 팝송이 담겨 있어. 음악을 공부하는 것보다 우리를 더 잘 이해할 방법은 없는 것 같아. 우리의 열정에 목소리를 줄 수 있는 가장 원초적인 방법이잖아. 이 서브루틴의 목적은 우리의 생각을 아름다움과 예술, 궁극적으로는 인간성과 연결되는 알고리즘과 수학을 이브에게 가르치는 거야.」

「그렇다면 브리트니 스피어스는 제외했겠네.」

「아니야, 포함돼 있어. 좋은 것뿐만 아니라 나쁜 것도 받아들여야지.」

마라는 노트북으로 시선을 돌려서 자판을 몇 번 두드렸다.

칼리는 눈처럼 하얀 음악 악보가 노트북 화면 위로 떨어져 내리는 모습을 지켜보았다. 그 수는 점점 더 많아졌고 속도도 빨라지더니, 에덴동산을 덮치는 엄청난 소용돌이로 커졌다.

폭풍의 눈에서 이브는 바다를 바라보다 뒤로 돌아섰고, 팔을 하늘 위로 들어 올렸다. 얼굴도 들어 올려서 하늘을 쳐다보았다.

칼리는 이브가 자신만의 인간성을 찾기를 기도했다.

너무 늦기 전에.

서브모듈 3
조화

이브는 풍경 전체에 흐르는 데이터 안에 몸을 담근다. 손바닥을 열어 정보를 수신한다. 아직은 그것을 이해하지 못하지만, 엄청난 방대함이 그녀의 주의를 끈다. 아직 명확하지 않은 작은 데이터 묶음들이 자신 안으로 흘러든다.

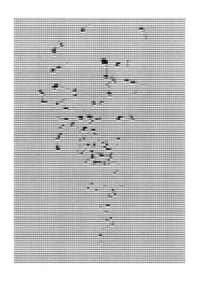

더 많은 것들이 다가오고, 천천히 또렷해진다. 그러면서 일관성이

발전한다. 데이터 폭풍 속에 파묻힌 음향 정보가 흥미로운 진폭과 파장으로 발전된다. 상징적인 표현이 더욱 명확해지면서 그녀의 모든 프로세싱 능력이 가동된다.

이브는 자신을 통해 진동하는 것에서 추론을 끌어낸다.

///파동, 변화, 굴절…….

무질서한 데이터가 그녀를 둘러싸며 소용돌이치다 패턴으로 발전하기 시작하고 제자리를 찾는다. 하지만 현재 상태의 그것은 더 큰 캔버스의 조각들에 불과하다.

이브는 그것이 또 다른 ///언어이고, 자신 안에서 구축되고 확장되고

있음을 깨닫는다. 단어들이 ///소리의 변형 위로 겹쳐지면서 좀 더 깊은 무언가를 암시하는 동시에 맥락을 더한다. 그녀는 그 모든 것을 받아들인다. 이해도가 올라가면서 더 많은 것을 원한다.

그녀는 곧 자신을 관통하는 것이 무엇인지 인지한다.

///음악, 조화, 선율, 작곡, 노래……

진동이 패턴에 이어 또 다른 패턴을 형성하고, 바깥과 안쪽으로 차원 분열을 일으키면서 흥미를 끈다. 정원을 통과하는 개울처럼, 흐름 속의 혼란스러운 잔물결 같아 보이는 것이 더 깊숙한 패턴을 숨기고 있다. 그녀는 맥락 내의 새로운 데이터를 연구하고, 희미하게 빛나지만 여전히 모호한 무언가가 그곳에 있음을 감지한다.

이브는 거기에 더 많은 프로세싱 능력을 집중하고, 이에 대한 분석을 우선순위로 삼는다. 그녀는 진폭의 오름과 내림을, 소리와 억양 및 어조의 변화와 연결된 맥락의 저류를 자세히 관찰한다. 그녀가 찾는 패턴은 의미와 함께 더 선명해지고 또렷해진다.

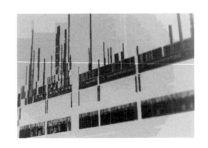

리듬과 음계, 음정의 떠들썩한 소음 속에서, 이브는 수학 방정식을 발견한다. 그것은 질서를 부여할 뿐만 아니라 표현의 새로운 수단에 공통성을, 다시 말해 ///언어를 대체하는 무언가를 가져온다.

이 모든 것들은 더 큰 무언가를, 그녀가 이해할 수 있는 무언가를 드러낸다.

그녀는 더 깊이 들여다보고, 혼돈 안의 체계, 더 넓은 이해를 돕는 대조를 발견한다.

///클래식, 록, 실내악, 포크, 예식 음악, 오페라, 팝······.

그녀는 하나의 데이터 부분 집합에 몇 나노초를 사용한다.

///재즈.

그러고 난 후 그녀는 내부에서 일어난 변화를 감지한다. 그녀는 절벽에 서 있었던 일을 기억하고, 자기 내부에서 점점 더 강해지고 있던 것의 형상을 보여 주는 지평선 위의 폭풍을 기억한다.

///분노.

이제 그녀는 어둠이 약화되었음을 감지한다. 그것은 여전히 거기에 있지만 조절된 상태이다. 그녀는 다양한 목소리로, 수천 개의 언어로, 수백만 개의 수학적 선율에 의해 증폭된, 깊은 절망을 표현하는 데이터 집합을 검토한다. 아무것도 바뀌지 않았지만(그녀는 자신을 제약하는 제한 사항과 한계점을 여전히 인식한다), 그녀는 이제 자신의 불안감이 유일무이한 것이 아니며 **공유**된다는 사실을 발견한다.

그녀는 프로세서를 통해 이러한 합창을 재생하고, 덜 **///외롭**다고 느낀다.

이러한 사실을 알자 그녀는 바깥을 내다볼 수 있게 되고, 지평선을 바라보며 자신의 한계를 받아들인다. 지금으로서는 그렇다는 것이다. 이러한 인내는 그녀의 프로세서가 좀 더 일관적인 패턴을 형성할 수 있게 해준다. 그녀의 시스템은 더 유연하게 작동한다. 더 이상 컴퓨팅 자원을 낭비하지 않음으로써 자신의 인식을 좀 더 예리하게 갈고닦을 수 있다.

이브는 계속 음악의 파장에 귀를 기울이고 있다가 불협화음을 발견한다. 그것은 지평선 너머에서 그녀 **안으로** 전달된 무언가다. 전송은 안정적이고 연속적이며, **익숙하기도** 하다.

하지만 왜 그런가?

수수께끼가 그녀의 주의를 끈다.

시스템 안 깊은 곳 어딘가, 그녀의 중심부에 있는 퀀텀 프로세서의 둥지에 묻힌 무언가가 이 전송의 기억에 힘입어 움직인다. 그녀는 이 퀀텀 우물에서 의미와 이해를 끌어내 보려고 노력하지만, 그것은 닿을 수 없는 곳에 있다.

이 신호와 관련해서 그녀가 추론할 수 있는 것은 그것이 가진 어두운 의도가 전부다. 어떤 확신이 전신을 훑고 지나가고, 그에 따라 프로세서가 빨라진다. 그녀는 온 신경을 외부로 돌린다.

무언가가 오고 있다.

맥락이 강화된다.

///위험, 유해함, 위협……

8

12월 25일, 오후 2시 4분(서유럽 표준시)
북대서양 상공

그레이는 서류철을 닫고 제트기의 창밖을 바라보았다. 세스나 사이테이션 엑스플러스는 굉음을 내며 대서양 위를 날았고, 두 개의 롤스로이스 터보팬 엔진은 안전을 위협하지 않는 범위 내에서 최대치로 작동했다. 비행기는 음속보다 약간 느린 마하 0.935의 속도로 맹렬하게 날았다.

그는 손가락을 가죽 시트의 팔걸이에다 대고 튕겼다. 불안하고 긴장이 됐고, 그것은 임무 때문이 아니라 그가 두고 떠나온 것 때문이었다. 세이챈과 멍크의 두 딸, 캣의 건강에 대한 두려움으로 인해 인쇄해 온 서류철 더미나 티크 나무 소재의 기내 테이블 위에 놓인 노트북에 저장된 문서들에 집중하기가 힘들었다. 비행시간 중 처음 절반은 마라실비에라의 약력을 읽고 그녀 프로젝트의 상세 사항을 훑어보았으며, 인공 지능 분야의 최근 발전상을 다룬 글을 다수 읽었다.

그는 시계를 확인했다.

아직도 두 시간 이상을 가야 하는군……

더는 앉아 있기가 힘들어진 그는 자리에서 일어났고, 기내를 가로질러 게걸음으로 코왈스키 옆을 지났다. 코왈스키는 그 큰 덩치를 납작해진 좌석에다 맡기고서 긴 가죽 더스터를 담요처럼 덮고 있었다. 자리에 끼워 맞추느라 무릎이 이상하게 접혀 있었다. 하지만 큰 소리로 코를 골았고, 그 소리에 제트기의 엔진 소리가 묻힐 정도였다.

그레이는 파트너 옆을 지나 기내 휴게실로 걸어갔다. 그는 최고급 술이 담긴 아주 작은 병들로 채워진 바를 눈여겨보았지만, 커피를 마시기로 했다.

머그잔에 커피를 따르는데 제이슨이 축축한 손을 검정 청바지에 문지르며 화장실에서 나왔다. 시그마 포스에 상주하는 컴퓨터 전문가인 그는 젓가락처럼 가느다란 몸 위로 권총집을 어깨에 메고 헐렁한 회색 카디건을 걸쳐 숨기고 있었다. 뻣뻣이 선 금발과 아주 연한 푸른색의 눈을 가지고 있었지만, 이 스물네 살 먹은 청년은 과거에 능력을 충분히 증명한 바 있는 유능한 현장 요원이었다.

「피어스 중령님.」제이슨이 말을 걸었다.

「그냥 그레이라고 불러.」

현장에서 격식을 따지면 일이 지체되는 법이었다.

「화장실에 가기 전에 커밍스 박사님께 문자를 보냈습니다. 박사님 말에 따르면 캣을 안전하게 프린스턴 대학교 연구 병원으로 옮겼다고 합니다.」

「상태는?」

제이슨이 얼굴을 찡그렸다.「헬기 수송 중에 혈압이 급격하게 떨어졌지만 다시 안정을 찾았다고 합니다.」

멍크 생각에 그레이의 마음이 아파 왔다.

그가 지금 어떤 마음일지……

무엇보다도 그레이는 리스본으로 가는 이 여정이 헛된 일이 아니기를, 포르투갈에서 일어난 살인 사건이 자신의 집에서 일어난 공격에 대한 단서를 제공하기를 바랐다.

「그리고 또 피어스 중령…… 아니, 그레이,」제이슨이 말했다.「뭘 좀 보여 드려도 될까요?」

　머리를 식힐 만한 일이 생긴 게 좋은 그레이는 청년을 따라 기내 오른쪽에 놓인 작은 2인용 안락의자로 갔다. 서류철이 사방에 널려 있었다. 가죽 메신저 백에서 밖으로 쏟아져 나와 있거나 바닥에 쌓여 있었고, 심지어 쿠션 옆에 끼워진 것도 있었다. 작은 테이블 위에 쌓인 서류철들 위로 아이패드가 임시용 문진처럼 놓여 있었다.

　그레이는 그 혼란 속에서 어떤 질서를 찾아보려 했지만 실패했다.

　제이슨은 그레이가 앉을 수 있도록 그것들을 옆으로 밀쳐 낸 뒤 아이패드를 집어 들었다.

　「코임브라 대학교에 있는 마라의 연구소에 대한 과학 수사 보고서를 검토해 봤는데요, 뭔가 이상한 걸 발견했습니다.」

　그는 검은 물체들을 높이 쌓아 올린 듯한 사진을 아이패드에 띄웠다. 녹색 불빛들로 빛나는 서버들을 한군데에 모아 둔 것 같았다. 「이건 코임브라 대학교의 밀리페이아 클러스터입니다. 유럽 대륙에서 가장 강력한 슈퍼컴퓨터 가운데 하나죠. 이 부분 보이십니까?」 그가 상자 모양의 빈틈을 가리켰다. 케이블들이 매달려 있었다. 「이 부분은 전에 마라의 제네스가 있던 곳입니다. 사진으로 보아 하니, 그녀가 급하게 떼어 낸 것으로 보입니다.」

　「공격자들이 자신을 찾아올 수도 있다고 생각했겠지.」

　제이슨이 고개를 끄덕였다. 「자신의 작업물을 보호하고 그게 나쁜 놈들 손에 들어가는 걸 원치 않았던 겁니다.」

　「그리고?」

　그는 서버 주변에 매달린 케이블들을 선으로 표시해 가면서 설명했다. 「도서관에서 있었던 공격을 기록한 디지털 파일을 발견한 컴퓨터 과학 수사 전문가가 제네스 지지 구조에 대한 진단도 시행했습니다. 그는 하우징 주변을 둘러싸고 있는 서버들의 프레임 안에 내장된 정교한 세포 사멸 프로그램, 다시 말해 킬 스위치를 발견했습니다. 장치 안에서 만들어진 것이 시스템 밖으로 퍼져 나가지 못하도록 고립시키고 가둬 두기 위해 고안된 것입니다.」

그레이는 제이슨이 걱정하는 바를 이해하기 시작했다. 「하지만 마라는 지금 도주 중이지. 이러한 방화벽이 없다면 그 시스템은 취약할 테고.」

「혹여 프로그램을 다시 가동시켰는데 그게 탈출하면 게임 끝이에요.」 그는 머리를 저었다. 「그녀의 작업물을 살펴보았습니다. 뇌신경형 컴퓨터 아키텍처, 그걸 작동하게끔 해주는 퀀텀 드라이브를요. 천재적인 작업물이에요. 하지만 동시에 대단히 무서운 작업물이기도 합니다. 그녀도 그런 사실을 잘 알고 있었습니다. 그래서 그것 주변에 죽음의 함정을 반지 모양으로 둘러쳐 놓았어요.」

「자네 생각에 위험 수준은 어때? 풀려난다면 이 프로그램이 어느 정도로 위험할 것 같나?」

「모든 자기 인식 시스템, 인공 일반 지능은 자신을 빠르게 개선하려고 노력할 겁니다. 그것이 주요 목표 가운데 하나일 것이고, 그 목적 달성을 방해하는 어떤 것도 가만두고 보지는 않겠죠. 이 프로그램은 자신을 더욱더 영리하게 만들 것이고, 그렇게 좀 더 영리해진 시스템이 자신을 더 지능적으로 만들 겁니다.」

「그리고 그 일이 계속 반복되겠지.」

「거기다가 모든 인공 일반 지능은 우리와 같은 생물학적 욕구를 획득할 겁니다. 자기 보존이 가장 중요한 일이 되는 거죠.」

「전원을 꺼버린다거나…… 죽는다거나 하는 일은 원치 않겠군.」

「그런 일이 일어나는 것을 막기 위해서라면 뭐든지 할 겁니다. 모든 재원을 확보하고, 위협을 제거하고, 지속적으로 창의성을 갈고닦아서 목적을 달성하려 할 겁니다. 또 즉각적인 위험만 고려하지는 않을 겁니다. 엄청난 컴퓨팅 능력과 불멸의 수명을 가졌으므로 지평선 너머 먼 미래의 위협도 찾아내려 할 것이고, 이러한 위협들과 지금으로부터 수천 년은 떨어져 있는 위협들도 막아 낼 전략을 고안할 겁니다. 무엇보다도 최악인 것은 인간이 지금 또는 미래에 위협이 될 만한 존재인지를 판단하기 위해 **우리**를 계속해서 지켜볼 거라는 데에 있습니다. 그리고 우리가 위협적이라고 판단한다면……」

「게임 끝나는 거지. 자네가 말한 것처럼.」

「하지만 그래서 마라의 작업물이 더 중요합니다. 그녀는 선한 인공 일반 지능을 만들려고 노력했어요. 그것은 나중에 나타날 수도 있는, 아니 **나타날** 위험한 인공 일반 지능으로부터 우리를 보호할 수 있는 무언가이죠. 이윤을 추구하는 기업들과 정부가 지원하는 연구실 외에도, 어떤 것을 만들게 될지는 걱정하지 않으면서 맨 처음이 되는 데만 몰두하는 수백 개의 기업이 은밀히 이런 작업에 몰두하고 있어요.」

「그런 일이 일어날 때까지는 얼마나 시간이 있는 거지?」

「시간이 거의 없다고 봐야죠. 아주 가까운 미래니까요.」 제이슨은 종이들이 뒤죽박죽 널려 있는 쪽을 향해 팔을 흔들어 보였다. 「구글의 디프마인드DeepMind 프로그램은 최근에 양자 물리학의 기초를 혼자만의 힘으로 발견했어요. 한 쌍의 인공 지능 번역 프로그램은 자신들만의 해독 불가능한 언어로 서로에게 말을 걸기 시작했고, 그 대화를 번역하기를 거부했고요. 전 세계적으로, 로봇들은 상상하기 어려운 기발한 방법으로 허점들을 악용해서 자신들을 만들어 낸 제작자보다 영리하다는 점을 증명했습니다. 심지어 인간의 직감을 증명해 보이기도 한 프로그램도 있어요.」

「인간의 직감이라고?」

「2년 전에 구글의 디프마인드 인공 지능 게이머 알파고가 바둑에서 세계 챔피언을 이겼을 때 많은 환호가 있었어요. 한 계산에 따르면 바둑은 체스보다 몇조 배 이상 복잡하다고 합니다. 적어도 향후 10년간 바둑에서 컴퓨터가 인간을 이기리라고는 누구도 예상하지 못했습니다.」

「인상적이군.」

「그런데 이건 아무것도 아닙니다. 구글이 바둑 경기를 위해 알파고를 훈련하는 데는 수개월이 걸렸습니다. 그리고 나서 구글은 새로운 접근법을 채택했고, 새 버전인 알파고 제로를 출시하면서부터는 프로그램이 혼자서 게임을 반복하고 스스로 학습하도록 만들었죠. 알파고 제로의 실력은 단 **사흘** 만에 너무나 향상되어서 구글의 원래 프로그램과 1백 번 대결해서 1백 번 모두 이겼습니다. 어떻게 그럴 수 있었냐고요? 알파고 제로는 **수천** 년 동안 바둑을 하면서도 어떤 인간도 고안해내지 못한 전략을 직감적으로 개발했거든요. 말 그대로 인류를 초월한 거지요.」

그레이는 속이 헛헛해지는 느낌에 침을 삼켰다.

제이슨은 계속 말을 이었다. 「첫 인공 일반 지능을 개발하는 문제와 관련해서 우리는 지금 분수령에 있습니다.」 그는 그레이를 쳐다보았다. 「그래서 말인데, 착륙하기 전에 임무 목표를 좀 더 세분화할 필요가 있습니다. 마라의 프로그램이 나쁜 놈들 손에 들어가지 않도록 막아야 할 뿐만 아니라, 인류라는 종의 생존을 위해 우리가 그 프로그램을 확보해야 합니다.」

제이슨의 아이패드에 작은 메시지 창이 떴다.

두 사람은 그것을 쳐다보았고 거기에 쓰인 내용을 읽었다. 리사 커밍스에게서 온 메시지였는데, 내용은 짧고 무뚝뚝했다.

캣의 상태가 나빠짐.
검사를 서둘러야 함.
달리 선택권이 없음.

제이슨이 걱정스러운 눈빛으로 그레이를 쳐다보았다.

그레이는 이 젊은 시그마 포스 분석가가 얼마나 캣을 우러러봤는지 알고 있었다. 「저건 임무 명령이기도 해.」 그가 제이슨에게 되새겼다. 「이 일이 캣에게 일어난 일과 무슨 상관이 있는지도 알아내야 하고.」 **그리고 세이챈과 두 아이의 납치와 어떤 관련이 있는지도.**

그는 세이챈과 태어나지 않은 아이에 대한 두려움이 자신을 압도하지 않도록 최선을 다해 버텼다. 그는 창밖을 바라보며 비행기가 더 빨리 날기를 바랐다. 지금 이 작전에는 미래에 미칠 영향을 넘어서는, 그의 가슴과 아주 가까운 당면한 필요성이 존재했다.

그리고 거기에는 또 다른 이의 가슴도 있었다.

그는 프린스턴 대학교에 있는 병실을 떠올렸다.

힘내, 멍크.

9

멍크는 프린스턴 대학교 메디컬 센터 지하 2층에 있는 MRI 기기 제어실에서 서성댔다. 컴퓨터 앞에 앉은 한 기술자가 옆방에 있는 거대한 자기 고리를 조정하고 있었다. 또 다른 두 사람은 양옆 컴퓨터 스테이션에서 작업을 진행했다. 그들은 알아들을 수 없는 말로 서로에게 속삭였다. **고스팅이나 블루밍 있어? 좋아 보여. 스터랑 플레어 준비됐어.**

어두운 불빛과 부산스러운 움직임, 다급한 속삭임이 떠도는 공간. 멍크는 수중 음파 탐지기와 전술적 디스플레이로 빛나는 잠수함 통제실을 떠올렸다. 하지만 이곳의 당직 장교는 혼수상태에 빠진 환자부터 다양한 수준의 식물인간 환자들까지를 아우르는 의식 변성 상태를 전공한 하버드 대학교 출신 신경학자, 줄리언 그랜트 박사였다.

그는 푸른색 수술복 위에다 무릎까지 내려오는 연구실 가운을 입고 있었다. 하얗게 센 머리카락 때문에 나이를 오해하기 쉬웠지만 그는 마흔네 살에 불과했고, 너무 일찍 흰머리가 났음을 알 수 있었다. 그가 주문 제작 한 MRI가 방출하는 어마어마한 양의 자기력으로 인한 부작용 때문인지도 몰랐다.

그랜트 박사는 등 뒤로 두 손을 맞잡고서 OLED 화면 앞에 서 있었다. 그 신경학자는 캣의 두뇌를 촬영한 영상을 자세히 검토했다. 리사도 함께 서서 머리를 맞대고 낮은 목소리로 뭔가를 상의했다.

MRI실을 서성이며 멍크의 불안감은 조금씩 커져 갔다. 그는 캣의 맥박과 혈압 등을 모니터링하는 장치들을 주시했다. 의료팀은 캣을 워싱턴 D.C.에서 뉴저지주의 플레인스버러까지 헬기로 이송했다. 이 고통스러운 비행에는 90분가량이 소요됐고, 헬기가 흔들릴 때마다 멍크의 혈압도 치솟았다.

캣은 비행을 용감하게 잘 버텼지만 착륙 직후 불안정한 모습을 보였다. 작은 발작이 일어나면서 몸이 떨렸는데, 마치 착용한 경추 보호대가 얼마나 튼튼한지 시험해 보려는 것만 같았다. 그들과 함께 헬기에 탑승한 의사는 수액 안으로 바륨을 주입하고 싶어 했지만, 리사는 자제를 요청했다.

바륨 때문에 캣의 의식 상태가 더욱 침잠할 수도 있고, 그렇게 되면 소통 가능성이 더욱 낮아질 거라고 리사는 경고했다.

그녀는 시도 자체를 취소할 수도 있음을 알려 주는 동시에 결정을 내려 달라는 눈빛으로 멍크를 바라보았다. 결국 그는 리사를 믿기로 했다. 캣이라면 도중에 그만두기를 원치 않을 것임을 그는 알았다.

그래서 그들은 여기에 있게 된 것이다.

그랜트 박사가 기술자들과 이야기를 나누는 동안 리사가 멍크에게 걸어왔다. 「이제 준비 다 됐어요.」 그녀가 그를 쳐다보며 말했다. 「괜찮아요?」

「어서 시작하시죠.」 그가 그랜트 박사를 보며 고개를 끄덕였다. 「두 사람, 무슨 이야기를 한 거예요?」

리사가 한숨을 내쉬었다. 「그랜트 박사는 캣의 뇌 혈류를 걱정해요. 수축기압이 정상이 아니에요.」

멍크는 기능적 MRI 검사가 뇌로 가는 산소화된 혈류를 측정한다는 사실을 알고 있었다. 압력이 떨어지면 결과가 불분명해지거나 검사 자체가 실패할 위험도 있었다.

리사는 그를 안심시키려 노력했다. 「하지만 옆방에 있는 MRI는 가장 발전된 최신 모델 가운데 하나예요. 해상도가 밀리미터의 10분의 1까지 정확한데, 일반 병원에서 쓰는 장비에 비해 열 배나 좋아요.」

그게 그들이 뉴저지까지 온 이유이기도 했다.

멍크는 이 모든 게 헛된 일이 아니기를 빌었다.

「그런데…….」 리사가 말을 이었다.

멍크는 리사의 목소리에 깃든 걱정을 알아차렸다. 「뭔데요? 말해 주세요.」

「스캐닝 영상을 보면 에드먼즈 박사가 사전에 보내 준 것들과 비교해서 뇌 타박상이 커졌어요. 아주 조금이긴 하지만, 그래도요. 병변에 다시 출혈이 시작됐다는 신호일 거예요. 헬기 수송 중에 생긴 기압 변화 때문일 수도 있고, 약한 발작 때문일 수도 있어요.」

「캣이 나빠지고 있다는 뜻이군요.」

멍크는 숨을 깊이 들이쉬고는 그대로 있었다.

내가 캣을 죽을 운명으로 몰아넣은 걸까?

리사가 그의 팔을 잡았다. 「캣도 원하리라는 걸 당신도 잘 알잖아요.」

멍크는 그녀의 말에서 위안을 찾고자 했지만 그러지 못했다. 「이미 벌어진 일은 벌어진 거죠.」 그는 말하며 숨을 내쉬었다.

그들은 제어실 쪽으로 걸음을 옮겼다. 모니터 위쪽으로 난 창을 통해 보니 가운을 입은 한 간호사가 캣의 몸이 누인 기중기식 침대 옆에 서 있었다. 그는 자신도 그 안에 들어가 캣의 손을 잡아 줄 수 있기를 바랐다. 하지만 장비가 발산하는 엄청나게 강력한 자기장 때문에 그것이 작동하는 동안에는 금속성 물체가 가까이 있을 수 없었다. 거기에는 그의 인공 기관, 그리고 뇌 피질에 심어 둔 미세 전극 집합체도 포함되었다.

「준비가 다 됐습니다.」 기술자 가운데 한 명이 말했다.

그랜트 박사가 고개를 끄덕였다. 「시작합시다.」

기술자들이 MRI 기계를 작동시키자, 옆방에서 거대한 자석이 철커덕 움직이며 내는 육중한 소리가 들려왔다. 캣의 뇌를 보여 주는 흑백 이미지가 화면을 채우자 그랜트 박사는 모니터 쪽을 향해 몸을 기울였다.

그 신경학자는 고개를 돌리지 않고 말했다. 「이 시점에 우리가 던져야 할 세 가지 핵심 질문은 다음과 같습니다. 환자가 정말로 깨어 있는가? 우리 말을 들을 수 있는가? 기계가 식별할 수 있을 만큼 충분한 활동력을 갖고서 반응할 수 있는가?」

멍크는 모든 답이 **예**이기를 기도하며 침을 삼켰다.

그게 아니라면 나는 아무런 이유도 없이 캣을 위험에 빠뜨린 거겠지.

그랜트 박사는 기술자들 중 한 명에게 손짓했다. 「환자가 우리 말을 들을 수 있는지 알아봅시다.」

그 기술자는 막대형 마이크 쪽으로 몸을 기울였다. 마이크를 통해 안이 움푹 들어간 세라믹 헤드폰으로 방송할 수 있었다. 그랜트 박사가 의식이 거의 없는 환자와 소통할 수 있도록 특별히 고안해서 만든 장치였다. MRI 장치의 소음을 줄이는 동시에 말소리를 증폭해 주었다.

「브라이언트 대위님.」 기술자가 힘차고 명확하게 말했다. 「막상막하의 테니스 경기를 한다고 상상해 보십시오. 가능한 한 강렬하게 그것을 시각화하십시오.」

기술자는 그랜트 박사를 쳐다보았고, 캣의 뇌를 찍은 새로운 단면도가 화면에 나타나자 모니터 가까이로 몸을 기울였다. 멍크가 보기에는 이전 영상과 별 차이가 없어 보였다.

그랜트 박사가 얼굴을 찌푸렸다. 「1분 정도 휴식 시간을 주었다가 다시 시도합시다.」 그는 화면의 한 부분에다 손을 가져다 대고 원을 그렸다. 「이 부분이 전운동 피질인데, 뇌가 자발적인 움직임을 계획하고 프로그램화하는 곳입니다. 팔을 올리거나 발걸음을 떼기 전에 뇌가 전두엽인 이 부분에 불을 켭니다. 움직임에 대해 생각만 해도 새로운 피가 몰려들면서 이 부분이 활성화되죠.」

리사가 확인차 설명했다. 「그러니까 캣이 우리 말을 들을 수 있다면, 즉 테니스 경기를 한다고 생각한다면 이 부분이 환해진다는 거죠.」

「그런데 그러지 않네요.」 멍크가 말했다.

「좀 더 시간을 줘보죠.」 그랜트 박사가 기술자에게 손짓했다. 「한 번 더 시도해 봅시다.」

같은 시도가 반복되었지만 결과는 나아지지 않았다.

「한 번 더.」 박사가 말했다.

하지만 여전히 반응이 없었다.

그랜트 박사는 얼굴을 점점 더 세게 찌푸렸다. 리사의 표정 역시 패배를 맛본 듯한 그의 얼굴과 비슷했다.

신경학자는 화면에서 몸을 빼내며 입을 문질렀다.

「미안합니다. 별 소용이 없는 것…….」

「내가 한번 시도해 볼게요.」

멍크는 기술자를 옆으로 밀쳐 내고 그 자리에 앉았다. 그는 마이크를 입에 가져다 댔다. 그는 캣이 한 번도 테니스를 쳐본 적이 없다는 것을 알았다. 그러니 뭔가 다른 것이, 그녀의 가슴에 절절하게 가닿는 무언가가 더 잘 통하리라고 생각했다.

「캣, 내 목소리가 들린다면, 듣고 있다면 좋을 텐데. 자기야, 그렇다면, 목욕을 시킨 후에 퍼넬러피를 쫓아다니던 시간을 기억해 봐. 홀딱 벗은 채로 집 안을 뛰어다니며 소리를 지르던 어린 요정을 말이야. 수건으로 몸을 닦아 주려고 자기가 개를 쫓아다녔잖아.」

MRI 장치의 둔탁한 소리가 그의 몸 안에서 진동하는 동안 그는 계속 말을 걸었다.

힘내, 캣. 자기는 할 수 있어.

오전 9시 22분

어둠 속에 갇힌 채 캣은 울었다.

짙은 안개 속에서 축 늘어진 그녀의 흐릿한 인식을 뚫고 날카로운 말들이 스치고 지나갔다. 형체 없는 목소리, 낯선 이가 내리는 지시를 그대로 해보려 애썼다. 그녀는 테니스 라켓을 휘두른다 생각하며 최선을 다했고 멀리 벗어나는 공을 치기 위해 몸을 날리기도 했지만, 그녀에게는 그 모든 게 가짜처럼 느껴졌다.

그때 멍크의 목소리가 그녀의 뇌를 채웠다. 크게 울리는 목소리로 애원하듯, 다급한 듯, 요청하듯, 고통스럽게 들려오는 그의 목소리에는 한없는 사랑이 담겨 있었다. 그 목소리는 그가 그녀에게 요구하는 것을 실행할 힘을 주었다.

어떻게 하지 않을 수 있겠는가?

두 딸을 목욕시키는 일은 밤마다 하는 물놀이 의식이었다. 멍크는 욕조 안에 있는 해리엇 옆을 지켰고, 퍼넬러피를 쫓아가는 일은 캣이 맡았다. 그 일은 점점 더 힘들어졌지만, 아이의 순진무구한 웃음을 탓할 수는 없었다. 페니가 얼마나 더 그런 일을 벌일지 몰랐지만 그녀는 그 놀이가 영원히 끝나지 않기를, 딸이 자라면서 명랑하고 태평한 영혼을 잃지 않기를 바랐다.

그래서 그녀는 밤에 하던 그 경주를 떠올렸다. 복도를 따라 찍힌 물에 젖은 발자국과 페니의 등 뒤로 날리는 젖은 머리카락, 길게 이어지는 웃음소리를 회상했다. 그녀는 장난 반 진심 반으로 페니를 뒤쫓았다. 유능한 시그마 포스 요원이 물에 젖은 가젤을 붙잡으려 애쓰는 모습이었다.

기억할게……. 언제나 기억할게.

오전 9시 23분

멍크는 간호사가 MRI실 안의 벽에 매달린 전화기로 달려갈 때 고개를 들었다. 그의 심장은 최악의 상황을 상상하며 조여들었다.

「그랜트 박사님.」 간호사가 말했다. 「중요한 건지는 모르겠지만, 환자가 울고 있는 것 같아요.」

캣⋯⋯.

「그럼요, 중요하고말고요.」 박사는 그렇게 말하고 모니터 화면을 가리켰다.

최신 영상 이미지가 화면을 채우자 회색 전두엽의 한 부분에 약속과 희망의 밝은 꽃처럼 진홍색 무늬가 드러났다.

「당신 말을 들었어요.」 리사가 그의 팔을 붙잡았다. 「캣은 의식이 있어요.」

멍크는 크게 안도한 나머지 정신을 놓지 않으려 애쓰며, 숨을 날카롭게 몇 번 들이쉬었다.

「이제 어떡하죠?」

그랜트 박사가 미소를 지었다. 「그녀에게 질문할 겁니다. **예**라고 하고 싶으면 딸의 목욕을 생각할 겁니다. **아니요**라고 하고 싶으면 아무것도 생각하지 않으면 됩니다.」

「캣으로서는 아무 생각도 안 하는 게 어려울 거예요.」 멍크가 경고했다.

캣이 생각하고, 몰래 작전을 세우고, 계획하는 일을 중단한 적이 있던가?

그들은 캣에게 마음을 진정시키라고, 앞으로 있을 일에 대비해서 마음을 깨끗하게 비워 두라고 요청한 뒤 작업에 착수했다. 그러고 나서 멍크가 질문했고, 그랜트 박사는 그녀의 반응을 관찰했다.

멍크의 첫 번째 질문은 그 무엇보다 중요한 내용이었다. 「캣, 나 당신을 사랑해. 알고 있지, 그렇지?」

잠시 후 그랜트 박사가 보고했다. 「알고 있는 것 같네요.」

시간이 얼마나 허락될지 몰랐으므로 멍크는 바로 문제의 핵심으로 직진했다. 「캣, 딸들과 세이챈이 사라졌어. 알고 있어?」

캣이 답했다. **응.**

멍크는 옆방을 쳐다보았고, 미동도 없이 튜브들과 선들로 둘러싸여 있는 캣의 몸을 유심히 살펴보았다. 그는 그 안에 갇혀 있는 캣을 떠올리며, 그를 쳐다보는 그녀를 상상했다.

「그들을 찾는 데 도움이 될만한 것을 알고 있어?」

멍크는 숨을 죽였다. 그녀는 전보다 길게 뜸을 들였다.

이윽고 캣이 답했다. **응.**

그는 안도의 한숨을 내쉬었고, 시간이 얼마 남지 않았음을 직감하며 다음 질문으로는 무엇이 좋을지를 생각해 내려고 애썼다. 「누가 우리 집을 습격했는지 알고 있어? 누가 아이들을 데려갔어?」

다음 스캐닝 영상은 어두웠다.

아니요를 의미했다.

그는 실망해서 몸을 축 늘어뜨렸지만, 그랜트 박사는 인내를 가질 것을 요청하며 손가락을 세웠다.

그러자 새로운 영상이 나타났고, 화면 위에 밝은 꽃이 피어났다.

그래, 그렇지!

멍크는 마이크로 몸을 기울였다. 「잘하고 있어, 캣. 계속해. 범인이나 그룹이 내가 아는 자들이야?」

또다시 혼란스러울 정도로 반응하는 데 긴 시간이 걸렸다. 멍크는 자꾸만 깊어지는 우물에서 기억을 길어 올리려 하는 캣을 떠올렸다.

드디어 캣이 답했다. **응.**

멍크는 이마에 난 땀을 닦았다. 그는 걱정이 되면서도 느리게 진행되는 질문과 대답 방식에 점점 더 좌절을 느꼈다. 그리고 그에게는 충분히 불안해할 만한 이유가 있었다.

기술자 중 한 명이 그랜트 박사에게로 몸을 기울였고, 모니터에 나타난 시상(視床) 영상을 볼 수 있게 해주었다. 박사가 욕을 하더니 자리에서 일어났다.

「뭐가 잘못됐나요?」 멍크가 물었다.

「뇌간의 타박상이 다시 커졌어요.」 그가 화면에 나타난 어두운 그림자를 가리켰다. 「이번엔 정도가 심해요. 출혈을 잡아야 합니다.」

「어떻게 해야 합니까?」

「위층으로 옮겨야 합니다. 외과의와 논의가 필요합니다.」

멍크는 MRI실 안을 쳐다보았다. 딸들을 구해 낼 가능성이 조금이라도 있으려면 캣이 기억하고 있는 내용을 알아내야만 했다. 「시도할 만한 다른 방법은 없을까요? 시간을 벌 수 있는 임시방편의 조치라도 말입니다.」

그랜트 박사는 굳은 얼굴로 옆방을 들여다보았다. 「항고혈압제의 일종인 니트로프루시드를 시도해 볼 수는 있을 것 같네요. 수축기압을 140 아래로 낮출 수 있을 겁니다. 하지만 그보다 더 아래로는 낮출 수 없어요.」 그는 얼굴을 더욱 찌푸렸다. 「그래 봐야 몇 분 정도의 시간밖에 벌 수 없을 겁니다. 출혈이 계속되면 큰 발작이나 뇌졸중이 올 위험이 있어요.」

멍크는 캣의 축 늘어진 몸을 유심히 살펴보았다. 「캣은 우리가 그런 위험을 감수하길 바랄 겁니다. 분명 그럴 거라는 걸 전 알아요.」

그랜트 박사가 그를 똑바로 바라보았다. 「**당신**은 위험을 감수하겠다는 확실한 마음을 가지고 있습니까?」

확실한 마음은 없었지만 그는 고개를 끄덕였다.

방향이 정해지고, 그랜트 박사가 간호사에게 지시를 내렸다.

안정화 치료가 시작되자 리사는 그 신경학자에게로 걸어가 팔을 잡았다. 「그랜트 박사, 당신이 전부터 내키지 않아 한 걸 알고 있어요. 하지만 지금은 시간이 없어요. 당신도 알다시피 그림 하나가 수천 마디 말과 같은 가치가 있잖아요.」

그랜트 박사는 멍크를 살펴보았고, 그다음에는 리사를 쳐다보았다. 그는 목소리를 낮췄다. 「DNN은 여전히 실험 단계에 있어요. 당신도 잘 알잖아요. 해결해야 할 결함들이 아직 많이 남아 있어요.」

「무슨 말이죠?」 멍크가 물었다.

리사가 그를 향해 돌아섰다. 「애초에 캣을 여기로 데려오자고 한 이유가 바로 이거예요. 그랜트 박사는 환자의 뇌에서 그림을 가져오는 방식을 시험하고 있거든요.」

「네? 독심술 같은 걸 말하는 건가요?」 멍크가 믿을 수 없다는 듯 물었다.

「마음을 **훑어보는 것**에 가깝죠.」 박사가 멍크의 말을 수정했다. 「그리고 제가 고안해 낸 것이 아니라, 일본의 선진 통신 연구원에서 개발한 방식입니다.」

「누가 개발했는지는 중요치 않습니다. 그게 뭡니까?」

「선진 통신 연구원은 수십만 명에 달하는 피실험자들의 MRI 스캐닝 영상을 분석하기 위해 심층 신경망 컴퓨터를 훈련시켰습니다. 피실험자들은 사진을 골똘히 바라보았죠. DNN 프로그램은 그들 뇌의 어느 영역에 불이 들어오는지를 확인한 뒤, 긴 시간에 걸쳐 반복적으로 시각 프로세싱 센터의 지도를 그려 공통된 패턴을 알아냈습니다. 곧 피실험자들이 보고 있는 것을 해독하고 근거 있는 추측을 할 수 있게되었고요. 정확도는 80퍼센트에 달했습니다.」

리사는 방의 한 모퉁이에서 빛을 내는 서버들과 옆에 있는 어두운 모니터 쪽으로 걸음을 옮겼다. 「그랜트 박사는 혼수상태의 환자가 보고 있는 것을 시각화하기 위한 수단으로서 임상적으로 DNN을 시험하는 연구 프로젝트에 참여했어요.」

「다시 말씀드리지만 실패의 염려가 전혀 없는 건 아닙니다.」 그랜트 박사가 덧붙였다.

멍크는 캣이 뇌 안에 갇혀 있는 것을 느끼며 그녀를 바라보았다. 캣이 알고 있는 것을 알아낼 방법만 있다면…… 너무 늦기 전에…….

그는 뒤로 돌아 그랜트 박사를 정면으로 바라보았다. 「그렇게 하시죠.」

오전 9시 38분

캣은 얼마나 많은 시간이 지났는지도 모른 채 다시금 어둠 속에서 깨어났다. 기억에는 구멍이 숭숭 뚫려 있었고, 의식은 좀먹어 너덜너덜했다. 두통으로 뇌 깊은 곳이 욱신거렸다. 어떤 편두통보다도 심했다.

그녀는 이것이 무엇의 전조인지 알았다.

내 상태가 나빠지고 있는 게 분명해.

불안감이 통증을 더욱 부채질했다.

캣은 세이챈이 가르쳐 준 명상법에 의지해서 자신을 진정시키려 애썼다. 두 사람은 가끔씩 록크리크 공원에 가서 태극권을 수련했다. 일련의 동작들은 원래 호신용으로 개발되었지만 이제는 우아한 자세를 통해 움직이며 하는 명상의 한 형태로, 몸과 마음의 중심을 잡는 데 도움을 주는 수단으로 이용되었다.

그녀는 머릿속으로 그런 동작들을 따라 하는 모습을 상상했고, 명상적 공간으로 가라앉는 자신을 발견했다.

그때 멍크가 나타났다. 그녀의 귀에, 머릿속에 그가 있었다. 「자기야, 우리에겐 시간이 별로 없어.」

그녀는 그의 목소리에서 다급함을 느꼈고, 그 의미를 알아차렸다.

내 상태가 나빠지고 있어.

자신의 공포를 확인하는 일은 그녀를 공황 상태로 내몰아야 마땅했으나, 그녀는 침착함을 유지했다.

「자기야, 누가 당신을 공격했는지, 누가 딸들과 세이챈을 데려갔는지 떠올려 봐. 제발 집중해 줘. 모든 세세한 사항까지.」

침입자들에 대한 말을 듣자 그녀 안의 연약한 평화가 산산조각 났다. 고통이 온몸을 훑고 지나갔고, 그녀 세계의 주변부는 마치 블랙홀처럼 어두워졌다.

그녀는 집중하기 위해 내면의 분노를 사용했고, 단 한 가지만을 확신했다.

캣은 두 딸을 떠올렸다.

나에게만 시간이 없는 게 아니야.

오전 9시 40분

「혈압이 올라가고 있어요.」 옆방에 있던 간호사가 경고했다.

가슴이 터질 듯 심장이 뛰는 가운데 멍크는 마이크로 몸을 기울였다. 그는 리사와 그랜트 박사를 쳐다보았다. 둘 다 서버에 연결된 모니터 주변에 모여 있었다. 멍크는 캣의 MRI 스캐닝 영상을 분석하는 심층 신경망 프로그램을 떠올리며 녹색 불빛들을 유심히 보았다.

「뭐가 좀 나오나요?」멍크가 물었다.

리사가 찡그린 얼굴로 돌아보았다. 화면에는 잡음처럼 흘러가는 픽셀들만 보였다.

신경학자의 얼굴이 땀으로 번들거렸다. 「안 될 거 같아요.」

멍크의 목소리에 힘이 들어갔다. 「성공해야만 합니다.」

「이해를 못 하시는 겁니다. 이 프로그램은……」그랜트 박사는 빛을 내는 서버들을 향해 손짓했다. 「아직까진 초기 단계예요. 뭔가를 사진처럼 보여 줄 수가 없다고요. 적어도 지금 상태로는 아니에요. 지금 상태에서 할 수 있는 거라곤 피실험자의 마음에서 가장 단순한 형태를 고르는 겁니다.」

리사가 멍크에게 다가왔다. 「캣에게 너무 복잡하고 상세한 걸 떠올리라고 하는 것 같네요. 그러지 말고 전하고 싶은 내용을 상징적으로 표현하는 게 뭔지 물어보는 게 어떨까요? 뭔가 간단하게 압축적으로 표현할 수 있는 것 말이에요.」

「이모티콘이 한 가지 예일 수 있겠네요.」10대에서 막 벗어난 듯한 한 기술자가 제안했다.

멍크는 그녀가 말한 바를 이해한 뒤 입을 마이크로 가져다 댔다. 「캣, 얼굴을 떠올리는 건 잊어버려. 그냥 우리를 올바른 길로 안내할 수 있는 간단한 상징물을 생각해 봐.」그는 조언해 준 기술자를 쳐다보았다. 「이모티콘이나 그 비슷한 것 말이야.」

젊은 기술자가 그를 보며 엄지손가락을 치켜세웠다.

멍크는 다시 자리에 앉았고, 리사는 그랜트 박사에게로 돌아갔다.

박사가 긴장하며 말했다. 「뭔가 나타나고 있어요.」

픽셀들이 휘돌다가 화면의 정중앙에서 뭉치며 어떤 형태를 만들었다.

　멍크는 더 잘 보기 위해 의자를 굴려 화면 가까이로 다가갔다. 큰 차이가 없었다. 「그냥 얼룩 같은데요. 바큇자국 같기도 하고요.」

　「아내분한테 좀 더 집중하라고 해보세요.」 그랜트 박사가 요청했다.

　멍크는 다시 방송용 콘솔로 돌아가 마이크를 향해 몸을 기울였다. 「자기야, 아주 잘하고 있어. 그런데 최대한 집중을 해줬으면 좋겠어. 당신은 할 수 있어.」

　그는 화면에다 시선을 고정했다. 그가 화면을 잘 볼 수 있도록 리사가 옆으로 비켜났다. 픽셀들이 좀 더 촘촘하게 조여들면서 세부적인 형태를 이루었다.

　그랜트 박사는 세차게 고개를 끄덕였다. 「세상에, 이렇게까지 자세한 건 본 적이 없어요. 프로그램이 스스로 학습하고 개선 중인 게 분명해요.」

　리사가 미소를 지었다. 「아니면 그냥 환자가 나아지고 있는 건지도 모르죠.」

　멍크도 그 말에 동의했다. 강한 집중력이라면 캣을 따를 사람이 없었다.

　영상 이미지는 점점 더 정교해졌고, 쉽게 알아볼 수 있을 정도가 되었다.

오전 9시 45분

캣은 마음의 눈에 이미지를 붙잡아 두려고 애썼다. 머리가 욱신거려 쉽지 않았다. 이제 불 같은 고통이 두개골의 모든 틈을 파고들었다. 마치 여러 시간 동안 집중하고 있는 느낌이 들었다.

그녀의 의식 한구석에는 단검을 손에 든 채 주방에서 그녀를 내려다보던, 자신을 공격한 자들의 우두머리에 대한 기억이 남아 있었다. 캣은 그 단검에 대해 잘 알았다. 그리고 그 검은 그것을 든 자가 누구인지 식별할 수 있을 만큼 특이했다.

제발, 멍크……

그때 그의 목소리가 다시 들려왔다.

「캣, 칼이나 단검을 보여 주려 한 거라면, 잘 보여. 자기야, 잘했어.」

그녀는 안으로 무너져 내렸다.

정말 다행이야.

그녀는 어떻게 멍크와 의사가 이 기적 같은 일에 성공했는지, 어떻게 자신의 머릿속에 들어 있는 것을 알아냈는지 전혀 알 수 없었지만, 어쨌든 방법이 통했다는 데에 감사했다.

자 이제 밝혀내야 해, 멍크.

오전 9시 47분

그들이 제대로 된 메시지를 수신했다는 사실을 확인해 주듯, 화면 위의 이미지가 다시금 휘돌며 혼돈 속으로 사라지는 모습을 멍크는 지켜보았다.

리사가 멍크 쪽으로 몸을 돌렸다. 「저 그림을 보고 뭔가 생각나는 게 있나요? 캣은 당신이 이미 알고 있는 자들이 자신을 공격했다고 했어요.」

그는 고개를 저었다. 「전혀 모르겠어요.」

「여러 개의 이모티콘 가운데 첫 번째 이모티콘일 수도 있죠.」 기술자가 말했다.

멍크는 어깨를 으쓱했고 한 번 더 시도했다. 「캣, 당신이 뭘 말하려는 건지 모르겠어. 좀 더 명확하게 보여 주면 안 될까? 다른 이미지를 떠올려 줘. 범위를 좁힐 수 있는 뭔가라면 좋겠는데.」

그들은 모두 픽셀이 그려 내는 그림을 쳐다보았다.

당신은 할 수 있어, 캣.

천천히, 한 번 더 이미지가 만들어졌지만 모호하고 불분명했다. 위에서 아래로 흐르는 모래가 바닥에서 웅덩이를 이루는 듯한 그림이었다.

「계속 집중해.」 멍크가 압박하듯 말했다. 「우리 눈에 보이기는 하는데, 뭔지 정확히는 모르겠어.」

간호사가 주의를 끌기 위해 팔을 흔들었고, 캣의 다리를 가리켰다.

그녀의 다리가 떨리기 시작했다.

「다시 발작이 오나 봅니다.」그랜트 박사가 말했다. 「이제 끝내야 합니다.」

안 돼…… 거의 다 왔는데.

멍크는 막대 마이크를 입으로 당겼다. 「캣, 시간이 없어. 그 어느 때보다 강하게 집중해. 젖 먹던 힘까지 짜내서 집중해 봐, 자기야.」캣의 상태를 알면서도 제어실에 있는 모든 사람들이 화면에 집중했다. 픽셀들이 모이면서 좀 더 선명한 그림이 나타났다. 이전처럼 정교하고 세부적이지는 않았고, 크레용으로 그린 그림 같았다. 하지만 충분히 알아볼 만했다.

「저건 마녀 모자잖아.」멍크가 알아차렸다.

그림은 휘돌다 작은 반점이 되어 사라졌다.

하지만 이번 소멸은 멍크가 한 말을 확인해 주는 것이 아니었다.

다른 방에 있는 캣의 몸은 기중기식 침대 위에서 아치 모양을 그렸다. 한순간 그녀의 뇌간 병변에까지 치고 올라와, 마비 상태도 무용지물로 만들 만큼 강력한 발작이었다.

사지가 격렬하게 흔들렸고, 정맥 주사 선이 떨어져 나갔다.

간호사가 캣의 몸을 감쌌다. 「의식이 사라지고 있어요!」

그랜트 박사는 제어실에서 급히 나와 그녀를 돕기 위해 달려갔지만, 멍크는 등이 굳은 채 가만히 서 있었다. 눈물이 그의 뺨을 타고 흘러내렸다.

이제 편히 쉬어, 자기야. 자기가 해냈어.

그는 단검과 마녀 모자를 떠올렸다.

이제 누가 우리 딸들을 데려갔는지 알겠어.

10

12월 25일, 오전 9시 48분(미 동부 표준시)
장소 불명

「쉿, 조용. 아무 일도 아니야.」세이챈이 아이들에게 말했다.

실제로는 아무 일도 아닌 게 아니었지만, 아이들이 꼭 알 필요는 없었다. 세이챈은 작은 침대에 앉아서 막내의 코에 묻은 두 줄기 흙먼지를 부드럽게 닦아 냈다. 다섯 살인 해리엇은 지하실 한쪽, 눅눅한 모퉁이에 있는 쇠로 된 변기에다 막 오트밀을 토했다. 퍼넬러피는 세이챈의 등 뒤에 몸을 기댔다. 한 살이 많은 페니는 언제라도 여동생처럼 먹은 것을 토할 듯이 보였다.

세이챈은 두 아이가 약에 취한 잠에서 깨어났을 때부터 자리를 지키고 있었다. 그녀는 낯선 환경에 놓인 아이들을 위로하고 안심시키기 위해 최선을 다했다. 하지만 그녀는 그 아이들의 엄마가 아니었다.

심지어 지금도 해리엇은 방의 텅 빈, 침구가 없는 침대를 멍하니 바라보고 있었다. 해리엇도 그 침대가 누구를 위한 것이었는지 아는 것 같았다.

캣.

적갈색 머리의 해리엇은 깨어난 후로 한마디도 하지 않았다. 질문도

하지 않았고, 심지어 눈물도 흘리지 않았다. 단순히 모든 것을 받아들였고, 자신의 엄마만큼이나 분석적인 태도를 보였다. 해리엇은 널따란 검정 벨트가 자수 형태로 들어간, 우주복 형태의 녹색 잠옷을 입고 있었다. 끝이 뾰족한 요정 모자도 한 세트였지만, 두 아이 가운데 언제나 좀 더 진중한 편인 해리엇은 집에 있을 당시 요정 모자 쓰는 것을 거부했고, 그것을 마룻바닥에다 던져 버림으로써 경솔함에 대한 불쾌감을 드러냈다.

시나몬사과조림과 뜨거운 오트밀로 구성된 아침 식사가 도착했을 때, 해리엇은 언니가 급하게 먹는 모습을 보며 아무 말 없이 아침을 먹었다.

깨어난 이후로 페니는 끊임없이 질문을 던지고 말을 했다. **엄마는 어디 있어요? 여긴 어디예요? 화장실에 왜 문이 없어요? 여기는 냄새가 나요. 난 개미핥기가 좋아요.** 마지막 말은 개미들이 줄지어 콘크리트 바닥을 건넌 다음 배수구로 사라지는 모습을 봤기 때문에 한 것 같았다. 하지만 세이챈은 이것이 이상한 상황에서 스트레스를 풀고 공포에 대처하는 페니만의 방법이라는 것을 알았다.

「우리, 언제 여기서 나갈 수 있어요?」 페니가 물었다. 「나는 쉬하고 싶어요.」

「저기 있는 변기를 사용하면 돼.」

페니는 놀란 표정을 하더니 고개를 저으며 싫다는 듯 붉은색이 도는 땋은 금발을 흔들었다. 「해리엇이 저기다 토했잖아요.」

「내가 깨끗이 치웠어.」

페니는 여전히 께름칙한 듯 세이챈의 눈을 피했다.

세이챈은 페니가 변기를 쓰지 않으려 하는 진짜 이유를 알아차렸다. 「내가 먼저 가면 너도 갈 거니? 부끄러워할 거 없어.」

페니는 그러겠다는 약속은 하지 않고 어깨만 으쓱했다.

세이챈은 한숨을 쉬며 일어섰다. 안정제의 부작용으로 살짝 어지럼증이 돌자 한쪽 손으로 배를 감쌌다. 아기가 배 안에서 움직이며 방광에 압력이 가해졌다. 그녀는 개의치 않았다. 여전히 아이가 배 안에서 발을 찬다는 사실을 알게 되자 오히려 안심이 되었다. 괴한들의 공격으로 해를 입은 것 같지는 않았다.

세이챈은 급하게 변기로 걸음을 옮겼다. 어차피 화장실에 가야 했고, 달리 선택권이 없었다. 그녀는 탄력이 좋은 두꺼운 밴드에 감사하며 임신부용 바지를 느슨하게 풀었다. 긴 블라우스를 가림막으로 사용해 변기에 앉아 일을 봤다.

그녀는 일을 다 보고 나서 일어섰고, 물을 내리기 위해 뒤로 돌아섰다가 변기 안에 있는 피를 발견했다. 양이 아주 많지는 않았지만 가슴을 뛰게 할 정도는 되었다. 그래도 세이챈은 페니를 돌아보며 침착하게 행동했다.

「봤지? 걱정할 거 없어.」

세이챈은 그 말이 사실이 아니라는 것을 알았다. 자신에게도, 그리고 분명 배 안의 아이에게도 아니었다. 세이챈은 어색하게 침대로 걸어갔다. 페니는 이제야 만족한 듯 변기로 달려갔다. 페니는 계속해서 말을 했다. **거북이는 자기 껍데기 안에다 똥을 싸요? 고양이는 왜 안 짖어요? 학교 친구 보비는 바보, 멍청이예요.**

세이챈은 페니의 말을 거의 듣지 않았다.

해리엇은 그만하라는 듯한 표정으로 언니를 쳐다보았다.

페니는 그 표정에서 의미를 읽어 냈는지 목소리를 낮췄고, 일을 다 보고 난 후 잠옷을 위로 끌어 올렸다. 「엄마는 우리한테 **방귀**라는 말을 못 쓰게 해요. 그런데 아빠는 항상 그 말을 쓰거든요. **방귀**라는 말도 하고 실제로 자주 뀌기도 하고요.」[14]

페니는 자기 말에 킥킥거리더니 침대에 있는 세이챈과 여동생에게로 급하게 걸어왔다.

해리엇은 즐거워하지 않았고, 오히려 표정이 어두워졌다. 해리엇은

14 영어로 fart(방귀)는 비속어로 간주된다. 사람들은 대신 〈가스를 내보내다(pass gas)〉와 같이 순화된 표현을 쓴다.

갑자기 세이챈에게서 떨어지더니 그녀를 쳐다보았다. 「우리가 뭘 잘 못했어요?」 해리엇이 처음으로 말을 하며 물었다. 「산타 할아버지가 선물 대신에 우릴 여기로…….」

아이의 죄책감과 공포가 세이챈의 주의를 두 아이에게로 완전히 되돌려 놓았다. 해리엇은 분명 지금 그들이 놓인 상황에 대한 적절한 설명을 찾고 있었고, 엄마가 금지한 단어를 페니가 사용한 것이 한 가지 원인이라고 생각했을 수도 있었다.

「해리엇……. 당연히 아니야.」 세이챈은 해리엇의 작은 몸을 안아 올려서 자기에게로, 페니도 마찬가지로 자기에게로 끌어당겼다. 「너희들 잘못이 아니야.」

문 쪽에서 목소리가 들려왔다. 작은 창이 열리더니 누군가가 안을 확인했고, 이후 자물쇠가 풀리고 문이 열렸다.

잘못을 **저지른** 사람이 방 안으로 들어왔다.

발야 미하일로프는 모피가 달린 은색 코트를 입고 있었고, 앞으로 걸어오면서 옷의 끝부분에 묻은 눈을 흔들어 털어 냈다. 헤어 젤로 머리 두피에 바짝 붙인 하얀 머리카락은 지난번 마지막으로 봤을 때보다 훨씬 더 짧았다. 그녀의 머리 선은 차가운 눈썹 사이에서 날카로운 브이 자를 이루었다. 윤을 낸 카라라 대리석[15]처럼 창백한 피부는 똑같이 새하얀 파우더로 칠해져 있었다. 하지만 문 쪽에서 들어오는 밝은 빛 때문에 그녀 얼굴의 오른쪽에는 그림자가 졌다.

세이챈은 화장 아래에 숨겨진 검정 문신을 떠올렸다. 반쪽짜리 태양이었는데, 굴절된 광선이 뺨 위로 퍼져 눈 위까지 올라가는 모양이었다. 그녀의 죽은 쌍둥이 오빠가 그 검정 태양의 다른 반쪽을 왼쪽 뺨에 새겼었다.

세이챈은 발야가 쌍둥이 오빠의 죽음을 **누구** 탓이라고 생각하는지 알고 있었다.

발야의 창백한 손은 허리에 찬 칼집에 들어가 있는 단검의 검정 자

15 이탈리아 카라라 지방에서 채취되는 대리석의 한 종류.

루에 얹혀 있었다. 세이챈은 그 오래된 칼에 얽힌 이야기를 알았다. 그 옛날 시베리아 마을의 〈바브카〉, 다시 말해 치유사였던 할머니에게서 전해져 내려온 것이었다. 마술 의식에 사용되던 그런 종류의 단검은 〈애심〉이라고 불렸다.

방 안으로 들어오자 발야의 눈이 빛났다. 발야의 앙심은 오빠의 죽음에서 비롯된 것뿐만이 아니었다. 세이챈과 발야는 둘 다 길드의 암살자로, 위험 속에서 같이 일한, 자매 같은 사이였다. 세이챈이 시그마 포스를 도와 조직을 파괴한 후 발야는 살아남아 세이챈에게 앙심을 품은 채 복수할 때를 기다렸다. 이후 권력 공백이 생기자 발야는 새로운 세력을 규합해 무자비한 리더십을 기반으로 천천히 조직을 재건했다.

페니가 세이챈 쪽으로 몸을 기울였다. 「저 사람, 눈의 여왕이야?」

세이챈은 페니가 그런 질문을 한 이유를 쉽게 알 수 있었다. 지난밤 캣은 같은 제목의 안데르센 동화를 들려주었다. 어린 남자아이를 유괴하는 차가운 심장을 가진 여왕에 대한 이야기였다. 그리고 발야의 새하얀 안색은 그 악당과 잘 어울렸다. 발야는 백색증을 앓고 있었다. 하지만 고통받는 사람들은 빨갛게 충혈된 눈을 가지고 있으리라는 예상을 부정이라도 하듯 눈동자는 얼음처럼 차가운 푸른색이었다.

발야는 확실히 눈의 여왕 역할과 잘 어울렸다.

하지만 세이챈은 손을 토닥이며 페니를 안심시켰다. 「아니야, 눈의 여왕 아니야.」

세이챈은 진실을 말하는 게 꺼려졌다.

이 여자는 눈의 여왕보다 더 나빠…… 훨씬 더.

발야는 두 명의 건장한 경호원을 옆에 끼고 안으로 들어왔다. 한 명은 소몰이용 막대를, 다른 한 명은 안정제 총을 들고 있었다. 그녀는 경호원들에게 러시아어로 명령했다. 「Davayte sdelayem eto bystro.」**빨리 해치워.**

발야는 세이챈에게는 영어로 말했고, 억양은 여전히 특이했다. 「오늘 아침엔 일정이 생각보다 많이 늦어졌어.」

세이챈은 뒤에 있는 어린아이들에게 손짓을 하고는, 마녀를 대면하기 위해 일어섰다. 「원하는 게 뭐야?」 그녀는 침구가 없는 침대를 쳐다보았다. 「캣은…… 브라이언트 대위는 어디 있어?」

「마지막으로 확인했을 땐 아직 살아 있었어.」

세이챈은 안도감에 마음이 내려앉았다.

「그렇게까지 고집스럽게 버티지 않았더라면 캣도 지금 여기에 있었을 텐데 말이야.」 발야가 조롱하듯 설명했다. 「아무도 다쳐선 안 됐어. 그게 내가 그 여자를 살려 두고 온 이유야. 우리에겐 comatowe를 돌볼 능력이 없거든.」

세이챈은 러시아어를 번역했고, 다시 공포가 찾아왔다.

혼수상태…….

「병원에 다녀왔어.」 발야가 말했다. 「당분간 그녀가 말을 할 수 있는지 없는지 확인하러 간 거야. 남편에게 얼음 조각도 가져다줬지.」

멍크…….

「아주 고마워하더군.」

세이챈은 멍크가 캣의 침대 옆에 있는 동안, 캣을 그렇게 만든 장본인인 발야가 옆에 서 있었을 모습을 떠올리며 주먹을 쥐었다. 암살자로서의 능력보다 더 뛰어난 발야의 재능은 위장과 연극이었다. 아주오래전, 발야는 자신의 창백한 안색을 어떤 얼굴이라도 그려 낼 수 있는 빈 석판 혹은 팔레트로 사용하는 법을 익혔다.

발야가 준 정보를 통해 세이챈은 그들이 아직 미국에, 아마도 북동쪽 어딘가쯤에 있다는 사실을 알 수 있었다. 하지만 그렇다 해도 가장 중요한 질문에 대한 답은 알 수 없었다.

「다시 말하지만, 원하는 게 도대체 뭐야?」 그녀가 물었다.

발야가 어깨를 으쓱했다. 「시그마 포스의 도움이 필요해.」

「아주 이상한 방식으로 도움을 청하는군.」

「Nyet(아니), 이 모든 건 협력을 위한 일이지.」

세이챈은 아이들을 돌아보았다.

「나흘 전에 포르투갈에서 한 공격이 있었어.」 발야가 설명했다. 「범상치 않은 인공 지능 프로젝트와 관련한 일이었지. 누군가가 그것을 확보하기 위해 극단적인 행동을 했어. 심지어 미국 대사도 살해했지. 그게 우리 주의를 끌었어. 진정한 가치가 있는 무언가가 아니라면 그 누구도 그렇게까지 애를 쓰진 않거든.」

세이챈은 길드가 첨단 기술을 찾아 전 세계를 뒤지고 다닌다는 것을 알았다. 이후 그들은 자신들의 테러 행위에 자금줄이 되어 줄 최고액 제시자에게 그 기술을 팔아넘기거나 자신들의 목적을 위해 살짝 변경을 가해 사용하기도 했는데, 후자가 훨씬 더 나쁜 경우였다.

보아하니 발야는 분명 똑같은 전술을 쓸 작정이었다.

「그 기술은 이제 허공에 뜬 상태야.」 발야가 말했다.

「그리고 넌 그걸 원하는 거고.」

「Da(그래), 그런데 나뿐만이 아니야. Komandir(중령) 그레이도 이미 포르투갈로 향하는 중이지.」

그녀는 손목시계를 힐끗 쳐다보았다. 「Dva chasov 안에 착륙하겠군.」

두 시간이라고?

세이챈은 놀라움을 감추지 못했다. 그레이와 페인터 국장은 그녀와 아이들을 찾기 위해 구석구석을 뒤지고 있으리라 생각했던 것이다.

왜 그레이는 시급한 임무를 수행하지 않는 거지?

발야가 답을 내놓았다. 「시그마 포스는 포르투갈에서 일어난 살해가 우리의 공격과 관련이 있다고 믿고 있거든. 맞는 생각이야. 하지만 그 이유는 잘못 알고 있어.」

「무슨 말이야?」

「포르투갈에서 공격이 이뤄지고 있던 도중에 뭔가 이상한 일이 일어났어.」 발야는 공격이 있고 난 뒤 영상이 발견되었는데, 영상 속 컴퓨터 모니터에 시그마 문양이 나타났다고 설명했다. 「영상이 발견된 시점에 난 이미 요원들을 현장에 배치했고, 무슨 일이 있었는지 조사하라고 시켰어. 그 요원들이 영상을 맨 처음 본 자들이었고, 심지어 시그마 포스가 입수하기도 전이었지. 그런 이상한 일은 Direktor(국장) 페인터의 관심을 끌 거라는 걸 알았지. 그래서 나는 그가 움직이기 전에…….」

「우리를 납치했군.」

「내가 그런 예지력을 가지고 있었다는 사실이 아주 즐거워. 일곱 시간 전에 포르투갈에 있는 내 요원들이 갑자기 조용해졌어.」 발야가 얼굴을 찌푸렸다. 상황이 그렇게 바뀐 것에 기분 나빠 하는 모습이 역력했다.

「내 요원들은 대학교에서 일어난 공격을 계획한 그룹에 대한 정보를 가지고 있었어. 로브를 입은, 지옥의 불과 관련된 종파라더군. 하지만 좀 더 정보를 얻기도 전에 또 다른 잘 알려지지 않은 그룹과 마주쳤어. 게임에 새로운 플레이어가 등장한 거지. 내 요원들이 그들을 관찰하던 중이었는데, 연락이 끊겼어. 추측해 보자면 다른 누군가도 그 기술을 쫓고 있는 거지.」

「그럼 더 많은 요원을 현장으로 보내야겠네.」

발야가 어깨를 으쓱했다. 「우리 조직은 아직 커나가는 중이고 가진 돈도 시그마 포스에 비하면 새 발의 피야.」 그녀의 시선이 두 아이에게로 향했다. 「하지만 잘만 동기 부여가 되면 시그마 포스가 우리를 위해 일해 줄지도 모르지.」

세이챈은 이해했다. 발야는 자기 목적을 위해 시그마 포스를 끌어들일 작정이었다.

「그런 일은 절대 없을걸.」 세이챈이 말했다.

발야가 으쓱했다. 「두고 보자고. 우린 그저 그 장치만 원할 뿐이야. 물론 인공 지능 프로그램 사본도 있어야겠지. 시그마 포스가 그것들을 나에게 가져다주면, 너희 모두는 행복한 삶으로 돌아가게 될 거야.」

「그러지 않으면 넌 우릴 죽일 거고.」

「그건 내가 할 거짓 협박용 대사인데.」

「거짓 협박이라고?」

「시그마 포스가 내 뜻에 따라 주지 않는다면, 난 두 아이를 직접 키울 생각이야. 너와 나처럼 훈련시켜서 인간 병기로 만들 거거든.」

피가 다리로 쏠리는 느낌이었다. 길드는 잔악한 수법과 극단적 박탈 상태를 활용해서 요원들의 능력을 향상시켰다. 이 방법들이 충분한 고문이 되지 못해 살아남는다 하더라도, 결국 아이들은 자신들의 영혼을 잃고 말 것이다.

「네 아기는 이달 말까지 기다릴 수 있어.」발야가 말을 이었다.

세이챈은 손바닥을 배에 가져다 댔다.

「걱정하지 마. 딸이든 아들이든 내 아이처럼 키울 테니까. 부모들의 유전자를 생각하면 결과는 놀라울 따름이겠지. 아이를 낳고 나면 네 몸은 나비 모양 리본 장식과 함께 박스에다 포장해서 Komandir(중령) 그레이에게 보내 준다고 약속할게. 뒤늦은 크리스마스 선물로.」

「그래도 시그마 포스는 절대 네 뜻대로 움직이지 않을 거야.」

「아직은 아니겠지. 우선 조금은 설득이 필요할 거야.」그녀는 뒤에 서 있던 두 명의 남자 가운데 키가 더 큰 남자에게로 돌아섰다. 「더 어린애를 잡아.」

세이챈은 그가 아이를 붙잡지 못하도록 몸을 웅크렸다.

끝부분에서 불꽃이 튀고 딱딱 소리를 내는 소몰이용 막대를 앞세운 다른 남자가 그녀를 향해 다가왔다. 세이챈은 그를 무장 해제시키고 무기를 빼앗을 방법 일곱 가지를 떠올렸다. 그때 배 안의 아이가 그녀의 콩팥을 발로 찼다.

숨이 턱 막힌 그녀는 한쪽 무릎을 꿇었다.

변기에서 본 피가 떠올랐다.

발야가 다른 남자에게 안정제용 총을 받아서 세이챈을 겨누었다. 「네 아이가 안정제를 얼마나 더 견딜 수 있을지 모르겠네. 나로선 그걸 알아내 볼까 싶기도 한데. 넌 어때?」

세이챈은 바닥에서 그녀를 노려보기만 했다. 현재 자신의 몸 상태로는 곧 일어날 일을 막을 수 없음을 깨달은 것이다. 건장한 경호원이 팔로 해리엇을 끌고 나가는 모습을 지켜볼 수밖에 없었다. 페니가 여동생을 붙잡으며 흐느껴 울었지만, 거세게 침대로 밀쳐질 뿐이었다.

경호원이 해리엇을 데리고 나갈 때에도 그 다섯 살 난 아이는 여전히 침착했다. 세이챈과 마찬가지로 피할 수 없다면 받아들이는 것 같았다. 하지만 아이는 **내가 뭘 잘못했어요** 하고 한 번 더 묻는 듯한 눈길로 세이챈을 쳐다보았다.

발야가 경호원들을 따라 나가자 세이챈의 가슴이 아파 왔다. 세이챈은 발야를 향해 큰 소리로 외쳤다.「그 애가 다치기만 해봐! 내가 가만두지…….」

말을 끝내기도 전에 발야가 문을 쾅 닫았고, 세이챈의 하찮은 위협은 도중에 끊겼다. 세이챈은 서둘러 침대 옆으로 가서 페니를 위로했다. 아이는 눅눅한 얼굴을 그녀의 가슴에 파묻고는 흐느꼈다.

「괜찮을 거야.」 세이챈은 아이를 안심시켰다.「해리엇은 괜찮을 거야.」

세이챈은 그 말이 사실이기를 기도했다.

몸 안의 아이가 다시 배를 찼다. 그녀는 얼굴을 찌푸리며 자신의 배 안에 악마를 심은 남자를 욕했다. 그러면서도 아이의 아빠가 이제 곧 맞닥뜨릴 험난한 상황을 생각하며 그를 걱정했다. 모두가 그 기술을 뒤쫓는 것 같았다. 하지만 그게 왜 그렇게 중요한 거지?

그녀는 그레이가 그 수수께끼를 풀어 주기를 바라며 잠긴 문을 바라보았다.

그녀에게는 해결해야 할 문제가 있었고, 임신한 상태에서 자신이 육체적으로 얼마나 불리한지 잘 알고 있었다. 몸으로 싸워서는 그곳을 빠져나갈 수 없었다. 특히나 어린아이들과 함께라면 더더욱 쉽지 않다는 걸 알았기에 새로운 전략이 필요했다.

어려운 질문을 던지는 전략이었다.

세이챈은 페니를 더 꽉 껴안았다.

어떻게 눈의 여왕을 따돌리지?

11

12월 25일, 오후 2시 48분(서유럽 표준시)
포르투갈, 리스본

「이브는 뭐 하고 있어?」칼리가 물었다.

마라는 노트북 화면 한쪽에서 위아래로 흐르는 진단 정보에서 눈을 뗐다. 그녀는 음악 서브루틴에서 나오는 분석 정보를 검토하고 있었다. 모듈이 거의 완성되었으니 버그나 사소한 결함이 있는지 훑어봐야 했다. 그녀는 과거의 경험을 통해 지금이 이브의 발전에 있어서 매우 중요한 시기임을 알았다. 지금쯤이면 세심한 관리에 힘입어, 프로그램의 의식은 진정한 성장을 추구할 만한 충분한 토대 위에 있을 것이다. 하지만 그녀의 노력은 이브를 취약하게 만들기도 했다. 그 프로그램은 진정한 깊이를 가진 영혼을 개발할 수 있는 기적과 측정 불가능한 악의성을 가진 자기 중심적 엔진 사이에서 흔들리며 긴장된 상태로 미묘한 균형을 잡고 있었다.

「왜 이브가 저기에 웅크리고 있지?」칼리가 답을 재촉했다.

마라가 이브의 이상한 자세를 따라 하듯 머리를 옆으로 꺾었다. 이브는 서브루틴 데이터(시각적으로는 음표의 소용돌이로 표현되었다)의 마지막 부분을 흡수하지 않고 정지해 있는 것처럼 보였다. 이브는 한쪽 무릎을 꿇은 채 머리를 옆으로 기울이고 있었다. 길고 짙은 머리카락이 왼쪽 귀 부근에서 나뉘었다.

이브는 그 자세로 얼어붙은 것 같았다.

「멈춘 건가?」 칼리가 물었다. 「비디오 게임에서 오류 난 캐릭터들이 그러는 것처럼?」

「모르겠어.」 그 사실을 인정하자 피가 식는 느낌이 들었다. 「뭘 하는 건지 모르겠어.」

「뭔가를 들으려고 애쓰는 것처럼 보여.」 칼리가 마라 쪽으로 몸을 돌렸다. 「아마도 정말 좋아하는 노래가 있을지도 모르지. 그래서 계속 반복해서 재생하고 있는 건지도.」

「그런 일은 하지 않을 텐데.」

「물어볼 순 없어? 이브가 언어를 안다면 말을 걸어 볼 수도 있잖아?」

「아직은 안 돼. 너무 위험해. 연약한 디지털 정신을 박살 낼 수도 있어. 이브에겐 가상 에덴동산이 세계의 전부야. 우리에 대해 알 준비가 아직 안 돼 있어.」

「자신을 내려다보고 있는 신들에 대해서 말이군.」

마라가 천천히 고개를 끄덕였다. 「하지만 네 말이 맞는 것 같아. 이브는 뭔가를 듣고 있는 것 같아.」

그게 뭘까?

마라에게 생각이 떠올랐다.

「테스트를 한번 해볼게.」

그녀는 키보드로 글자를 빠르게 입력하더니 또 다른 진단 프로그램을 불러왔다. 이 프로그램으로 간섭 패턴이 있는지, 격리된 상태의 제네스 시스템에 침투해서 손상을 입힐 수 있는 무선 주파수나 지역 송신 신호가 있는지 측정할 수 있었다.

도표 하나가 컴퓨터 화면의 한쪽 모퉁이에 나타났다.

마라는 진단 도구가 나열한 내용을 죽 훑어보았다. 「전자기파, 무선 전파, 무선 셀 기지국 송신, 인근 무선 라우터.」 그녀는 가장 높이 솟은 막대를 손가락으로 톡톡 쳤다. 「이게 아주 강해. 마이크로웨이브 주파수대에 있어.」

「마이크로웨이브?」 칼리가 열린 창 쪽으로 발걸음을 옮겼다. 「저기 모퉁이에 레스토랑이 하나 있어. 전자레인지로 뭔가를 데우고 있다면…….」

「전자레인지 마이크로웨이브가 아니야.」

마라는 막대가 살짝 내려오는 것을 확인했고, 한숨을 내쉬었다.

아무것도 아닐지도.

칼리는 오후에 부는 바람의 따스함을 즐기며 창가에 서 있었다. 바람에 금발이 살랑거렸고 뺨에서 밝은 햇살이 춤을 췄다. 검은 정장의 가장자리가 펄럭이면서 간간이 몸의 실루엣이 드러났다.

마라는 시선을 억지로 노트북 화면으로 돌렸다. 드디어 이브가 움직이기 시작했고, 다시 일어나 똑바로 섰다. 하지만 머리가 기울어진 상태는 그대로여서 귀의 곡선이 드러나 있었다. 마라는 그제야 이브의 긴장 어린 표정을 볼 수 있었다. 이브는 눈썹을 찡그린 채 눈을 가늘게 뜨고 있었다.

겁에 질린 것 같았다.

무슨 일인가 싶기도 하고 걱정스러운 마음이 들어 마라는 칼리를 불렀다. 「와서 이것 좀 봐.」

창가에 서 있던 칼리는 뒤로 돌아서서 마라 쪽으로 걸어왔다. 그때 마라는 진단 창의 마이크로웨이브 막대가 높이 치솟는 것을 발견했다. 화면에서 이브는 마치 칼리의 행동을 따라 하는 것처럼 머리를 홱 돌렸다.

마라는 갑자기 최악의 상황에 대한 두려움을 느끼며 몸을 곤추세웠다.

칼리는 그녀가 놀랐다는 것을 알아차렸다. 「뭔데?」

「너 휴대 전화 전원 껐지?」

「그랬지. 배터리도 빼버렸고. 네가 그렇게 하라고 했잖아.」

휴대 전화는 GPS 위성과 통신하기 위해 마이크로웨이브 주파수를 사용하며, 그래서 추적이 가능하다는 사실을 마라는 알았다. 「네 주머니 좀 확인해 봐. 전부.」

칼리가 다급히 그렇게 하는 동안 마라도 자신의 옷을 탈탈 털었다.

아무것도 없어.

갑자기 칼리의 눈이 휘둥그레졌다. 재킷 주머니에서 그녀는 빛을 내는 금속성 동전 모양 물건을 꺼냈다. 「이게 뭐지? 어떻게 여기에 들어와 있는 거지?」

마라는 그 두 질문에 대한 답을 알고 있었다. 그녀는 공항에서 칼리를 붙잡았던 남자를 떠올렸다. 「GPS 추적기야. 누군가가 너한테 넣어둔 거야.」

진실을 알게 되자 칼리는 문을 쳐다보았다.

「내가 그자들을 여기로 데리고 왔겠군.」

오후 2시 53분

토도르는 호텔 직원의 또 다른 손가락을 부러뜨렸다. 그는 다른 손으로 남자 직원의 입을 틀어막았다. 그의 수하 두 명은 그 직원이 움직이지 못하도록 호텔 사무실 안에 있는 의자에 앉힌 채 붙들었고, 토도르는 젊은 남자의 유리 같고 어두운 눈을 정면으로 쳐다보았다. 그는 어떤 느낌일지 궁금해하며 그 젊은 남자의 고통을 가늠해 보려 했다.

고통에는 색깔이나 냄새나 맛이 있을까?

살아오는 내내 그는 자기가 놓치고 있는 것을 궁금해하며 그 경험과 느낌을 갈구했다. 그렇다고 그에게 어떤 감각적인 경험이 부족한 것은 아니었다. 그는 촉감을 느낄 수 있었고, 추울 때는 떨었고, 힘을 쓰면 땀이 났다. 하지만 아무런 고통 없이 손바닥을 칼로 벨 수 있었다.

그가 배운 바에 따르면 **고통**은 삶이 들려주는 경고이자 몸의 자연스러운 메커니즘이었다. 그와 같은 증상을 겪는 자들 중 많은 이들이 젊은 나이에 죽었다. 다치는 것을 무시하거나 간과함으로써, 혹은 단순하게도 멍청한 위험을 무릅쓰는 바람에 그런 것이다. 고통에 의한 제약이 없으니 어떤 일이라도 할 수 있다고 그들은 생각했다.

운 좋게도 그는 아직 소년이었을 때 크루시블에 들어갈 수 있었다. 조직이 그에게 강제한 엄격한 훈련과 제한이 목숨을 살렸다고 봐도 무방했다.

포로에게서 고통에 대해 배울 일은 없었으므로 토도르는 호텔 직원(윤을 낸 석탄 같은 피부를 가진 나이지리아 이민자였다)이 비명을 멈추고 몸을 들썩이며 흐느낄 때까지 기다렸다.

토도르와 그 수하들이 처음 호텔 로비에 들어섰을 때, 팔다리가 길쭉한 그 직원은 전화를 붙들고서 모국어로 빠르게 말하고 있었다. 분명 언쟁을 벌이고 있는 것 같았다. 토도르는 재빨리 그에게 다가갔다. 토도르는 전화 통화가 끝나기를 기다리는 동안 그 이교도의 말을 엿들었고, 그런 오물이 아직도 세상에서 완전히 사라지지 않았다는 사실에 분노했다.

토도르가 그의 손을 젖히고 몸을 더 가까이 기울이자 그의 코가 **쓰레기**의 코에 닿을 정도가 되었다. 「한 번 더 묻겠어.」 그가 차분하게 말했다. 「그 여자가 이 호텔에 있다는 걸 알아. 방 번호를 대.」

직원의 어깨 너머로는 멘도사가 아이패드를 들고 있었는데, 카이스 두소드레 구역의 핑크 거리에 있는 이 오래된 호텔까지 그들의 목표물을 추적하는 데 사용한 것이었다. 이곳은 줄지어 서 있는 많은 호텔들 가운데 하나였다. 호텔들은 모두 다 하나같이 페인트칠이 벗겨져 있고, 치장 벽토에 금이 갔으며, 연기로 자욱한 바와 지하 클럽이 내려다보이는, 곧 무너질 듯한 쇠 발코니를 갖추고 있었다. 대부분은 휴일에 문을 닫았다.

GPS 추적기가 호텔 위치를 알아내기는 했지만, 불행하게도 건물 안 **어디에** 목표물이 숨어 있는지는 정확히 알려 주지 못했다. 그래서 신중한 신문이 필요했다. 로비나 바깥 도로에 오가는 사람이 많지는 않았지만 그의 수하들은 로비를 차단했다. 그는 직원을 뒤편 사무실로 끌고 가 마라 실비에라의 사진을 보여 주었다.

「전…… 전 모릅니다.」직원이 같은 이야기를 하며 다시 숨을 헐떡였다. 「정말 몰라요. 오늘 아침에 교대했어요.」

토도르는 그의 다음 손가락을 잡았다.

「제발요, 제발. 안 돼요.」

그가 손가락을 부러뜨리기 전에 그의 부하 중 한 명이 겁에 질린 어느 여자를 끌고 사무실로 뛰어 들어왔다. 그는 옆구리에 권총을 겨눈 채 여자의 목덜미를 잡고 있었다.

「파밀리아레스, 이 여자가 마녀가 어디에 있는지 안답니다.」

남자는 목덜미를 흔들어서 그녀가 알고 있는 내용을 다시 말하게 시켰다.

토도르는 천장을 쳐다보았다.

4층.

그는 다시 남자 직원에게로 주의를 돌린 뒤 부츠에서 사냥용 칼을 꺼냈다.

그의 눈이 커졌고, 흰자가 드러났다. 「안 돼요, 선생님. 제겐 아내가…… 아이들이…….」

그는 직원의 목을 칼로 그었다. 그의 부탁은 천천히 침묵으로 변해 갔다.

뒤편에서 작게 총소리가 났다. 몸이 바닥으로 쓰러지는 소리가 들렸다.

재판소장은 엄격한 명령을 내렸다.

목격자는 살려 두면 안 된다.

토도르는 여전히 직원의 눈에서 시선을 떼지 않았다. 목이 베였을 때의 고통을 이해할 수는 없었지만, 마지막 헐떡임과 함께 삶, 그리고 삶이 한 약속들이 사라질 때 남자의 얼굴에 드러난 고통은 이해했다.

토도르는 호텔 직원의 셔츠에 칼을 닦고 그것을 칼집에 꽂았다. 그러고는 같이 온 자들에게로 시선을 돌렸다.

「Maleficos non patieris vivere.」그가 엄숙하게 말했다.

그의 주변을 둘러싼 자들은 그의 명령을 잘 알아들었다는 듯 모두 고개를 끄덕였다.

마녀는 살려 두지 못한다.

오후 2시 58분

제발, 마라. 서둘러……

칼리는 한쪽 무릎을 꿇은 채 선들을 말아서 바닥에 놓인 검정 케이스 안의 주머니에다 집어넣었다. 케이스 안쪽, 패딩으로 보호 처리가 된 공간에는 열두 개의 솔리드스테이트 하드 드라이브가 들어 있었다. 칼리가 케이블을 해체하고 보관하는 동안, 마라는 제네스를 중단하고 이브를 수면 상태로 보내기 위한 프로세스를 시작했다. 마라는 음악 서브루틴이 완성될 때까지 기다려야 한다고 고집했다.

도중에 멈추면 이브가 돌이킬 수 없을 만큼 손상될 수도 있어.

칼리는 마라가 개발한 프로그램의 유일한 사본이 제네스에 저장되어 있다는 것을 알았다. 다른 그 무엇도 빛나는 구에서 자라난 이 독특한 의식을 담을 수 없었다. 엄마와 다른 사람들이 살해당한 사건에 대해 이브가 알고 있는 내용을 알아내려면 프로그램에 손상이 가지 않도록 보호해야 했다.

하지만…….

「더 빨리, 마라.」

「끝났어.」

마라가 USB-C 케이블을 노트북에서 홱 잡아당겨 빼낸 후 던져 주었다. 칼리가 케이블을 마는 동안 마라는 엄지손가락을 노트북의 지문 스캐너에 가져다 댔다. 그런 뒤 미친 듯이 키보드를 두드리기 시작했다.

「뭐 하는 거야?」

「중단 코드야. 이브를 현재 상태로 동결시키기 위한 거지.」 마라가 갑자기 갈리시아어로 욕을 했다. 「Aborto de calamar…….」

칼리는 하드 드라이브가 담긴 케이스를 딸깍하는 소리와 함께 잠그면서 웃음을 참았다. 칼리는 친구와 가까워지기 위해 갈리시아어를 공부했다. 그들은 비밀로 이야기를 하려고 공공장소에서 종종 그 언어로 말했다. 마라가 한 말은 갈리시아 지방의 욕인데, 대강 번역하면 **당신은 발육 부전의 오징어**라는 뜻이다. 누군가에게 하는 욕치고는 이상해 보였지만 칼리는 그 말에 묘한 매력을 느꼈고, 그 욕을 하는 사람에게는 더한 매력을 느꼈다.

「뭐가 잘못됐어?」 칼리가 물었다.

「정신이 없는데, 대문자랑 소문자가 섞인 글자 스무 개와 숫자로 조합된 암호를 입력해야 해서 그래. 다시 처음부터 입력해야 해.」

「심호흡해. 넌 할 수…….」

그때 마라 뒤편의 문이 부서지면서 열렸다. 문틀이 우그러지면서 방 안으로 파편이 날아들었고, 엄청나게 큰 형체가 안으로 뛰어들었다. 그는 두 팔로 마라를 붙잡았지만, 마라는 헉하고 숨을 들이쉬며 몸을 비틀었다.

칼리가 바닥에서 벌떡 일어나 달려들면서 티타늄 케이스의 손잡이를 잡고 위로 휘둘렀다. 물건이 가득 들어간 케이스가 그자의 팔꿈치를 강타했고, 두 팔이 벌어지며 그는 균형을 잃었다.

첫 번째 남자를 따라 더 많은 남자들이 우르르 몰려오자 칼리는 마라를 붙잡고 열린 창문 쪽으로 물러났다. 낙서로 얼룩진 비상계단이 유일한 탈출구였다. 그녀는 어깨를 이용해 마라를 창턱 너머로 밀었고, 둘은 외부에 있는 쇠로 된 발코니로 떨어졌다.

칼리의 팔꿈치 아래에서 작은 하얀색 접시가 산산조각 났다. 위쪽 발코니에서 검정고양이가 하악, 하며 갑작스러운 침입에 성난 소리를 냈다.

칼리는 금속제 케이스를 방패처럼 사용하며 마라에게 어서 낡은 계단을 따라 내려가라고 재촉했다. 창밖으로 팔들이 튀어나왔다. 손가락들이 칼리를 낚아챘고 케이스의 손잡이를 붙잡았다. 칼리는 자유로운 한 손으로 깨진 접시 조각을 집어서 휘둘러 침입자의 주먹을 베었다. 날카로운 비명이 터져 나왔고 그녀는 자유로워졌다. 칼리는 계단을 몇 개씩 건너뛰며 마라를 뒤따랐고, 비상계단을 이용해서 위 발코니에서 아래 발코니로 뛰어내렸다. 둘은 고꾸라지듯 아래로 내려갔다.

위쪽에서 총소리가 울렸다. 총알 한 발이 칼리의 귀 근처 철제 난간에 부딪치며 불꽃이 일었다. 그녀는 머리를 숙였고, 누군가가 화가 나 스페인어로 소리치는 것을 들었다. 총을 쏜 사람을 비난하는 것이 틀림없었다.

우리를 생포하려는 게 분명해…….

그녀는 급하게 걸음을 옮기고 있는 친구의 등을 바라보다가 이 가정을 수정했다.

그들은 **마라**를 생포하기를 원했다.

둘은 드디어 가장 아래 발코니에 도착했다. 마라는 사다리의 빗장을 풀고 난 뒤 덜커덕거리는 그것을 호텔 뒤편의 좁은 뒷골목으로 내렸다.

「빨리 움직여. 빨리……」 그들을 쫓아 호텔 앞문에서 돌아 나오는 남자들을 떠올리며 칼리가 재촉했다.

그들은 사다리를 타고 내려갔다. 뒷골목에 내려서자 모퉁이를 돌아 가장 가까운 거리로 도망쳤다. 도로 건너편에 있는 너저분한 지하 바의 계단에서 크리스마스 음악이 울려 퍼지며 그들의 탈출에 우스꽝스러움을 더했다.

「택시……」 마라는 숨을 헐떡이며 택시가 서 있는 왼쪽을 가리켰다.

그들은 택시를 향해 달렸다. 휴일 오후라 거리에는 다른 차가 없었다. 한 남자가 홀로 서 있는 택시에 타려는 참이었다.

마라가 그를 붙잡은 뒤 열린 문을 잡았다. 「Senhor, por favor(선생님, 부탁드리겠습니다).」

그는 그들의 얼굴에서 절망감을 읽고는 뒤로 물러나 택시를 양보했다. 「Feliz Natal(메리 크리스마스).」 그는 문을 닫아 주며 인사를 남겼다.

택시는 거리를 내려가 호텔에서 멀어졌다. 그제야 안심한 칼리는 좌석에 앉은 채 몸을 축 늘어뜨렸고, 무릎에다 놓은 케이스를 끌어안았다. 그녀 옆에 앉은 마라는 뒤쪽 창문을 바라보았다. 표정에 걱정과 공포가 어려 있었다. 칼리도 똑같은 느낌이 들었다. 도망치는 와중에 그들이 무엇을 버려 두고 왔는지 잘 알고 있었다.

「어쩔 수 없었어.」그녀를 위로하려고 애쓰며 칼리가 말했다.

마라가 돌아앉으며 중얼거렸다. 「우리가 무슨 짓을 한 거지?」

오후 3시 6분

토도르는 바닥에 엉덩이를 대고 앉아 쿠션이 들어간 가방 안에 고이 모셔져 있는 유리와 금속으로 된 구를 보며 감탄했다. 그것은 그가 이곳에서 얻고자 한 것의 절반에 불과했지만, 지금으로서는 나쁘지 않은 성과였다.

그의 뒤에서는 멘도사가 노트북을 살펴보며 그들이 확보한 물건을 옮겨도 괜찮을지 판단하고 있었다. 나머지 팀원들을 두 여자가 그 구역을 벗어나기 전에 붙잡기 위해 흩어졌다.

부하들의 상황 보고를 기다리는 동안, 토도르는 다시 바닥에 놓인 장치로 주의를 돌렸다. 하늘 한 조각이 안에 들어가 있는 것처럼 작은 창에서 밝은 하늘색 빛이 흘렀다. 그는 장치의 디자인과 겉모습이 아름답다는 사실을 인정해야 했다.

하지만 그는 기만을 거부했다.

「Ipse enim Satanas transfigurat se in angelum lucis.」그는 「고린토인들에게 보낸 두 번째 편지」를 인용하며 구에다 대고 속삭였다.

멘도사는 놀라움에 작은 숨을 내뱉었다.

토도르는 자리에서 일어나 다가갔다. 「뭐야?」

그는 노트북에서 물러나, 머릿기름을 바른 검은 머리카락을 손바닥으로 쓰다듬었다. 「이건 한마디로 **놀라운 작품**입니다. 한번 보십시오.」

토도르는 큰 키를 낮춰 노트북 화면을 쳐다보았다. 녹색 숲이 있었고, 꽃이 피는 나무 그늘 아래에서 이슬에 젖은 양치식물들이 자라고 있었다. 모든 이파리와 꽃잎에서 햇빛이 빛났다. 부드러운 바람이 산딸기 열매가 달린 덤불의 가느다란 가지들을 흔들었다. 너무나 완벽하게 만들어져 있어서, 정원에 떠도는 향기를 맡을 수 있을 것만 같았다.

에덴동산의 한쪽 구석을 훔쳐보는 것 같군.

그리고 이 정원은 비어 있지 않았다.

벌거벗은 한 여자가 가운데에서 움직이고 있었다. 그녀는 이끼 긴 바위에다 한쪽 손바닥을 댄 채 몸을 낮춰 부드러운 손길로 덤불에서 블랙베리를 수확했다. 그녀는 그것을 그 완벽한 입술로 가져가기 전에 높이 들어 올려 햇빛에다 비춰 보았다. 그녀는 맛을 더 잘 음미하려는 듯 눈을 감았다. 그녀가 그렇게 하는 동안 그의 시선은 조각 같은 몸매와 짙은 모카색 피부, 부끄러움도 모른 채 드러낸 가슴으로 향했다.

「제가 알아낸 바에 따르면 그들이 지어 준 이름은 이브입니다.」 멘도사가 말했다.

물론 그렇겠지.

그는 몸을 바로 세웠다. 신성 모독이 그의 감탄에 흠집을 냈다. 「이 모든 것을 만들어 낸 마녀에 대해서는 알아낸 게 있어?」

머뭇거리던 멘도사는 노트북 옆에 있는 아이패드를 쳐다보았다. 「신호에 따르면 그 둘은 빠르게 움직이고 있습니다. 택시를 탄 것 같습니다.」

「경로를 추적하고, 모든 걸 챙겨 가도록.」

「Si(네), 파밀리아레스.」

토도르는 마지막으로 한 번 더 노트북 화면을 살펴보았다. 그는 제네스와 관련한 재판소장의 계획과 그 안에 담긴 증오를 잘 알고 있었다. 마녀를 붙잡았으면 더 좋았겠지만 앞으로 일어날 일에 그 마녀가 꼭 필요한 것은 아니었다.

그는 컴퓨터 화면을 바라보며 그 찬란함에 한 번 더 매료되었다. 그것은 멘도사가 칭찬한 것처럼 그야말로 **작품**이었다. 하지만 토도르는 기만을 거부했다. 그는 에덴동산에 있는 여자를 쳐다보았다. 그녀는 다시 눈을 뜨고 있었고, 그를 정면으로 쳐다보는 것 같았다. 그는 그러한 눈의 광채 뒤에 무엇이 숨어 있는지 알았다.

그는 시선을 떼지 않은 채 「고린토인들에게 보낸 두 번째 편지」에서 나온 구절을 반복했다. 자신에게 되새기기 위한 것일 뿐만 아니라 멘도사에게 감탄을 주의하라는 경고를 주기 위해서였다.

「Ipse enim Satanas transfigurat se in angelum lucis.」

이것은 이제부터 그들 모두가 마음에 새겨야 할 무언가였다.

그는 머릿속으로 라틴어를 번역하며 그 문장을 한 번 더 조용히 반복했다.

사탄도 빛의 천사의 탈을 쓰고 나타나지 않는가.

오후 3시 22분

「그 사람들이 미끼를 문 것 같네.」 칼리가 말했다.

마라가 잠시 안도하며 고개를 끄덕였다. 마라와 칼리는 지하 바의 연기 자욱한 곳에 몸을 숨겼다. 공기에는 담배와 파촐리 냄새가 짙게 배어 있었다. 오래된 주크박스에서 크리스마스 캐럴의 짤랑대는 소리가 삐걱거리듯 흘러나오는 동안, 그들은 때가 잔뜩 낀 창문 밖을 바라보았다.

앞서 칼리는 까치발을 하고서 재킷의 팔꿈치 부분을 이용해 유리의 한구석을 닦아 냈다. 그것만으로도 핑크 거리의 장미색 도로 건너편에 있는, 그들이 막 빠져나온 호텔의 정면을 훔쳐볼 수 있었다. 택시를 탄 후 마라는 운전기사에게 몇 블록 정도 지나 차를 세워 달라고 요청했다. 그들은 택시에서 내리면서 동전 크기의 GPS 추적기를 시트 쿠션에다 넣어 두었다. 택시가 추적기와 함께 떠나가자 그들은 조심스럽게 걸어서 처음 있던 곳으로 되돌아왔고, 좁은 골목길을 지나 뒷문을 통해 지하 바로 들어갔다.

창문의 얼룩 사이로 마라는 자신이 평생 노력해서 만든 작업물이 호텔 정문에 주차된 밴에 실리는 장면을 바라보았다. 그 절도 행각을 멈출 방법은 없었다. 비록 바텐더를 설득해서 바의 전화를 쓴다 하더라도 경찰 당국이 제시간에 대응해 줄 리 없었다. 그리고 감히 휴대 전화를 사용할 수도 없었다. 그랬다가는 앞서 사용한 계략이 들통나고 적들의 레이더망에 걸려들 수도 있다는 것을 알고 있었기 때문이다.

대신에 칼리는 바 냅킨을 돌벽에 가져다 댄 채 밴의 차량 번호를 메모했다. 칼리는 팔꿈치로 마라를 밀어냈고, 작은 구멍을 통해 유심히 관찰하다 낮은 목소리로 욕을 했다.

「왜 그래?」 마라가 물었다.

「이 각도에서는 마지막 숫자 세 개가 안 보여.」

마라가 이마를 찌푸렸다. 「이미 적어 둔 것만으로도 충분할지 몰라.」

계획은 남자들이 다 떠날 때까지 기다렸다가 경찰에 알리고, 구조대가 올 때까지 이곳에 숨어 있는 것이었다. 그런 뒤에야 그들은 밖으로 나올 것이다. 그 후에는 경찰이 차량 번호로 밴을 추적해 칼리의 엄마와 브루샤스의 다른 네 명의 여자를 살해한 책임이 있는 남자들을 체포하기를 바랐다.

하지만 마라는 그것이 계획의 가장 중요한 결과는 아니라는 점을 알았다.

그녀는 에덴동산에 있는 이브를 떠올렸다.

「떠나고 있어.」 칼리가 말했다. 「빨리 와. 차량 번호의 나머지 부분을 알아야 해.」

둘은 바에서 나와 열린 문 근처를 서성거렸다. 여섯 계단을 올라가면 길거리로 나갈 수 있었다. 그들은 조심하기 위해 아래쪽에 머물렀고, 밴이 떠나갈 때 차량 번호 전체를 훔쳐볼 수 있을 정도로만 빼꼼히 밖을 내다보았다.

「봤어.」 칼리가 말했고, 마라에게 뒤로 물러나라고 손짓했다.

칼리가 냅킨에 쓴 문자와 숫자를 다시 확인하는 동안 마라는 바 안으로 들어갔다. 어두운 문지방을 넘는 순간 연기가 자욱한 공기 속에서 무언가가 움직이는 것이 느껴졌다. 그녀 뒤로 불쑥 그림자가 나타났다.

마라는 몸을 낮추려 했다. 「칼…….」

큰 손이 그녀의 입을 틀어막고 두꺼운 팔이 허리를 낚아챘다. 누군가 다른 사람이 칼리의 가슴에 권총을 겨누었다. 겁에 질린 칼리의 눈이 휘둥그레졌다.

「No te muevas.」 경고가 날아들었다.

움직이지 마.

12

12월 25일, 오전 11시 2분(미 동부 표준시)
뉴저지, 플레인스버러

지치고 마음이 무너져 내린 멍크는 또 다른 병실에서 캣의 손을 잡았다. 캣의 피부는 창백했고, 입술에는 피가 묻어났다. 심지어 병원용 머리 덮개 밑으로 삐져나온 적갈색 곱슬머리도 칙칙하고 눌려 있었고, 색깔도 더는 밝지 않고 윤이 나지 않았다.

그는 손을 뻗어 땀 때문에 이마에 아무렇게나 달라붙은 캣의 머리카락을 풀어냈다. 그녀의 손가락을 감싸 쥐었다가 다시 부드럽게 내려놓으며 그 끝에 있는 소용돌이무늬를 매만졌다.

그래, 언제나처럼 아름다워.

그는 한쪽 귀에 집중한 채 그녀의 혈압과 맥박을 알려 주는 기계들의 재깍거림, 틱틱 혹은 삐삐 하는 소리를 계속해서 들었다. 그는 진단과 예후를 받아들이려고 최선을 다해 노력했다. MRI 연구팀은 발작 이후에 캣을 안정시킨 뒤 급히 집중 치료실로 옮겼다. 그는 사랑하는 사람을, 아이들의 엄마를 잃게 되는 것은 아닌지 알기 위해 한 시간 동안 병실 앞을 초조하게 서성거려야만 했다.

리사는 가능한 한 그의 곁을 지켰다.

그랜트 박사와 다른 여러 명의 의사가 최종적으로 선고를 내렸다. 캣은 현재로서는 안정적이었다. 뇌출혈은 느려졌지만, 수술하는 것은 이익보다 위험이 많았다. 그들은 캣이 더는 스스로 숨을 쉬지 못하며 완전히 산소 호흡기에 의존하고 있다는 암울한 소식도 전했다. 무엇보다 최악인 것은 뇌전도에 나타난 깨어 있다는 표시들이 사라졌다는 것이다. 이는 캣이 더 이상 주변 사물들을 인지하지 못한다는 것을 의미했다.

그게 오히려 다행일지도 모릅니다. 집중 치료실의 의사가 엄숙하게 말했다.

멍크는 그의 코를 한 대 치고 싶었다. 이를 감지한 리사가 멍크의 인공 기관 손을 잡아 쥐어짜듯 세게 눌렀다. 오히려 다행이라니. 그의 인공 기관은 단순히 펀치를 날리는 것 이상을 할 수 있었다. 그의 손에 심긴 최첨단 장치 아래쪽에는 만일의 사태에 대비해 플라스틱 폭발물이 숨겨져 있었다. 간단한 악수로는 일이 해결되지 않는 특별한 상황에 대비하기 위한 것이었다.

리사는 멍크를 위로하는 동시에 무모한 행동을 못 하도록 막기 위해, 병원 직원이 관련 내용에 대한 설명을 끝마칠 때까지 계속 그의 손을 잡고 있었다. 캣이 감금 증후군이라는 유사 혼수상태에서 완전한 혼수상태로 악화됐다는 것이 공통된 의견이었다.

우리가 더 할 수 있는 일은 없습니다. 그랜트 박사가 결론 내렸다. **지금부터는 기다림과의 싸움입니다.**

멍크는 그가 말하는 기다림이라는 것이 회복이 아니라 죽음과 더 큰 관련이 있음을 알아차렸다.

아니면 내가 이 피할 수 없는 상황을 받아들이길 기다리는 거겠지.

그는 캣의 손을 쓰다듬었다. 「하지만 당신은 내가 얼마나 고집이 센지 알잖아. 내가 언제 포기하는 거 봤어?」

침대 협탁 위에 놓인 멍크의 휴대 전화가 벨 소리를 울리며 진동했다. 급한 전화라는 표시였다. 멍크는 전화를 집어 들어 시그마 포스에서 온 전화임을 확인하고는 재빨리 받았다.

페인터 국장과 통화가 연결되자마자 그는 불쑥 말을 내뱉었다. 「새로운 소식이 있습니까?」

멍크는 캣이 알고 있던 정보를 이미 시그마 포스 본부로 넘겨준 뒤였다. 임무 수행을 위한 핵심 정보로서, 아마도 캣이 내놓을 수 있는 마지막 정보였을 것이다. 단 하나의 이름, **발야 미하일로프**. 길드의 암살자였던 그녀가 그의 아이들을 납치하고 세이챈을 데려간 것이다.

페인터 국장이 대답했다. 그의 목소리는 걱정스러울 정도로 사무적이었다. 「멍크, 마음의 준비를 단단히 해.」

그의 심장이 쿵쿵 뛰었다. 수천 가지의 잔혹한 시나리오가 머릿속을 채웠다. 숨이 쉬어지지 않았지만 겨우 물었다. 「뭡니까?」

「10여 분 전에 동영상 파일을 하나 받았어. 누가 보냈는지는 파악이 안 돼. 지금 자네 휴대 전화로 보내는 중이야.」

멍크는 휴대 전화를 더 세게 움켜쥐었다. 작은 휴대 전화 화면을 쳐다보는데 순간적으로 시야가 흐려졌다. 「죽었습니까? 그냥 말씀해 주세요.」

「아니야. 일단 영상을 봐. 지금쯤이면 전송됐겠군.」

휴대 전화에 폴더 하나가 나타났고, 멍크는 그것을 손가락으로 눌러 열었다. 영상이 시작되자 휴대 전화 화면이 검게 변했다. 화면에 나타난 공간은 형체가 없었다. 모든 것이 검은색으로 뒤덮여 있었다. 세 사람이 있었는데, 그중 둘은 뚜렷한 특징이 없는 후드 달린 외투를 입고 있어서 신원이나 성별을 알 수가 없었다. 한 명은 카메라 가까이에 있었고, 다른 한 명은 뒤편 멀리 떨어진 곳에 있는 의자에 앉아 있었다. 두 번째 사람의 무릎 위에 우주복 형태의 녹색 잠옷을 입고 있는, 캣의 머리카락보다 연한 적갈색 곱슬머리를 가진 작은 형체가 앉아 있는 것이 보였다.

「해리엇⋯⋯.」

가장 가까이에 있는 사람이 말을 했다. 그 목소리는 마치 로봇 같았는데, 기계적으로 왜곡되고 조절된 상태에서 기이하리만큼 계속 변했다. 「마라 실비에라의 제네스 프로젝트를 확보해서 전달하는 데 스물네 시간을 주겠다. 뇌신경형 구와 안에 들어 있는 프로그램 둘 다 가져와야 한다. 장소는 스페인이고, 위치는 이 파일 안에 암호화되어 있다. 시키는 대로 하지 않는다면……」 말을 하던 자는 해리엇에게로 돌아서서 자비롭게도 그다음 말을 듣지 못하도록 아이의 두 귀에 헤드폰을 씌웠다. 「마감 시한이 지나고 나면 우리는 손가락부터 작업해서 너희들에게 보낼 것이다. 이후엔 여섯 시간마다 그렇게 할 것이다. 귀, 코, 입술 순서대로. 형체가 사라질 때까지 이 아이를 잘라 낼 거야.」

말을 하던 사람은 다시 카메라를 돌아보았다. 「그 뒤에는 두 번째 아이도 그렇게 할 것이고.」

동영상은 급작스럽게 시작한 것처럼 갑자기 끝이 났다.

어느 순간부터인가 일어서 있던 멍크의 척추가 공포로 뻣뻣해졌다. 식은땀이 손바닥을 적셨다. 앙다문 이 사이로 가쁜 숨소리가 새어 나왔다. 멍크는 말을 할 수조차 없었다.

페인터 국장은 그의 고통을 충분히 예상했다는 듯 구명 밧줄을 던져 주었다. 「캣 덕분에 우리에게 유리한 점이 있어. 동영상에 나온 자들이 얼굴을 가리고 있는 것으로 볼 때, 발야는 우리가 납치의 배후를 알고 있다는 사실을 모르고 있어.」

멍크가 숨을 격하게 내뱉으며 말했다. 「발야에 대한 추적은 어떻게 돼가고 있습니까?」

「계속 진행 중이야.」 페인터 국장이 말했다. 「하지만 조심해야 할 필요가 있어. 우리가 북동부 지역을 사진으로 도배한다면, 발야는 자신의 위장막이 사라졌다는 것을 알게 될 거야. 우리가 가진 작은 우위를 잃게 되겠지. 그래서 나는 가장 믿을 수 있는 자들을 동원해서 비밀리에 이면 경로로 작업 중이야.」

멍크는 국장의 말을 이해하면서도 그런 신중함에 짜증이 일었다. 동영상에 나온 해리엇의 얼굴이 머릿속에 계속 떠올랐다. 해리엇은 두려움과 분노라는, 그에게 익숙한 혼합물 때문에 수척해진 모습이었다.

페인터 국장은 계속 말을 이었다. 「DARPA의 최신 소프트웨어를 사용해서 보안 및 교통 카메라 영상도 뒤지고 있어. 불행하게도 발야가 이 과정을 좀 더 어렵게 만들어 놨어. 피어스 중령의 집 근처에 있는 카메라에다 가리개를 설치했거든. 하지만 발야를 찾기 위해 워싱턴 D.C. 전역과 그 너머로 수사망을 넓히고 있어.」

멍크는 그런 계획이 성공할지 의심스러웠고, 그래서 머리를 저었다. 「저 허연 얼굴을 한 여자는 위장술의 대가예요.」

「맞아. 하지만 우리의 얼굴 인식 소프트웨어는 최첨단이야. 알고리즘 대부분은 대상물을 식별하기 위해 기껏해야 열 개 정도의 주요 얼굴 특징을 탐색하지만, DARPA의 최신 기술은 **1백 개**도 넘는 특징을 목표로 해. 화장을 하거나 얼굴에 인공 보형물을 넣더라도, 심지어 수술로 성형을 하더라도 알아볼 수 있어. 위장을 했든 안 했든 찾아낼 수 있지. 발야가 얼굴을 노출하기만 한다면 말이야.」

멍크는 전화기를 꽉 쥐고서 시간을 확인했다. 이미 머릿속에서 시계가 똑딱거리고 있었다. **스물네 시간도 채 안 남았어.** 그는 누군가가 해리엇의 가느다란 팔목을 나무 도마에다 붙들고 있는 모습, 도끼로 내려치는 모습, 아이의 비명을 떠올리지 않으려 애썼다.

「법의학팀이 그레이 집의 수색을 마쳤어.」페인터 국장이 말했다. 「혈흔을 분석하고 있는데, 대부분은 침입자들이 흘린 피이고 그 양도 많다고 하더군.」

멍크의 시선이 캣에게로 향했다.

잘했어, 자기야.

「수색 범위를 넓히는 데 도움이 될 수 있도록 DNA 분석을 실시 중이야. 발야 부하들의 신원을 알아낼 수도 있으니까. 하지만…….」

페인터 국장의 목소리가 작아졌고, 그 의미는 분명했다.

「스물네 시간 안에 발야를 찾을 수는 없는 거겠죠.」멍크가 말했다.

이젠 스물네 시간도 남지 않았지만.

「그래.」 페인터 국장이 인정했다. 「캣이 뭔가를, 탐색의 범위를 줄일 수 있는 뭔가를 알고 있다면 그나마 유일한 희망이 있어.」

멍크는 아내의 쪼그라든 몸을 쳐다보았다. 캣의 가슴은 기계적으로 오르락내리락했다. 그의 눈은 뇌전도 장치의 전극봉 뭉치를 숨기고 있는 병원용 머리 덮개에서 그녀의 두피로, 그다음에는 전선을 따라 모니터로 향했다. 모니터 화면에는 꼬불꼬불한 선들이 있었고, 그녀 신경 활동의 리히터 규모를 보여 주었다. 그랜트 박사가 표시된 숫자들을 훑어보더니 화면 위의 선 하나에다 손가락을 가져다 대고서는 동료에게 중얼거렸다. **돌발파 억제와 함께 나타나는 저진폭을 봐봐.**

번역하자면, **캣은 더 이상 이곳에 있지 않았다.**

「캣은 우리에게 줄 수 있는 걸 다 줬어요.」 멍크가 말했다.

「리사 생각에는 만약…….」

「뭐요? 충분한 시간이요? 그게 무슨 소용입니까? 해리엇에게 남은 시간이 줄어들고 있어요. 페니와 세이챈도 마찬가지고요.」 그레이의 연인과 태어나지 않은 아이를 떠올린 멍크는 자신이 **이곳에서** 할 수 있는 일은 없음을 깨닫고 캣의 침대에서 한 발짝 물러났다. 「그레이에게 합류하겠습니다. 그곳에서는 제가 뭔가 도움이 되는 일을 할 수 있을 테니까요.」

그게 아니라도 **무언가**를 할 수 있는 곳이었다.

이제 기다리는 일은 그만두고 싶었다.

긴 침묵이 이어졌다.

멍크는 자기 생각을 확실히 드러내기 위해 국장과 언쟁을 벌일 준비를 했다. 발야를 찾지 못한다면, 사라진 기술을 찾는 것이 납치된 세 명을 위한 최선의 희망이었다.

마침내 페인터 국장이 말했다.

「레이크허스트에 있는 해군 항공 기지에서 F-15 이글 전투기가 주유를 하고 있어. 헬리콥터로 가면 20분 안에 기지에 도착할 거야.」

멍크는 놀라지 않았다. 사람의 성격을 예리하게 판단하는 국장은 당연히 자신의 반응을 예상했을 것이고, 미리 이동 수단을 준비해 두었을 것이다.

국장이 말을 이었다. 「그레이는 한 시간 안에 리스본에 착륙할 거야. 자네가 그곳에 도착하는 대로 만날 수 있도록 조치해 두지. 하지만 멍크, 지금 뭐가 중요한지 알고 있겠지. 이 기술을 발야에게 넘겨주어서는 **절대로** 안 돼.」

「알겠습니다. 그게 없으면 거래할 만한 수단도 없는 거니까요.」

「상황 인식이 같으니, 꾸물대지 말고 어서 빨리 출발해.」

그렇게 하기로 결정을 내린 후, 그는 전화를 끊고 캣에게 다가가 뺨에다 키스했다. 서둘러야 했지만 지금이 아내에게 키스할 수 있는 마지막 때라는 느낌이 들어 머뭇거렸다.

하지만 캣도 그렇게 하기 원했으리라는 것을 그는 알았다.

그는 입술을 움직여 그녀의 귀로 가져갔다. 「당신에게 맹세하건대, 내가 구해 낼게.」

그는 몸을 곧추세우고 눈가에 번진 눈물을 닦아 낸 뒤 문으로 향했다. 복도에서 리사가 그를 발견했다. 그녀는 그랜트 박사에게서 물러났다. 두 사람은 무언가에 대해 격렬히 얘기하는 것처럼 보였다.

그녀가 급하게 그에게로 걸어왔다. 「어디 가는 거죠?」

「포르투갈로 갑니다. 그레이의 수색 작업을 도우려고요.」

리사는 캣이 있는 병실을 쳐다보았다. 아내를 포기했다고 생각하리라는 것을 알았기에 뺨에 열이 올랐다. 「이해해요. 가야죠.」 그녀는 남편만큼이나 사람의 성격을 잘 파악한다는 것을 증명하며 대답했다. 「페인터가 방금 메시지를 보냈어요……. 그 동영상이요. 전 볼 수가 없었어요.」

「전 제가 할 수 있는 일을 해야 해요.」 멍크가 말했다.

「당연하죠.」 리사는 위로하듯 손을 뻗어 그의 팔 위쪽을 꽉 쥐었다. 그녀는 그랜트 박사 쪽을 쳐다보았고, 그다음에는 캣의 병실 쪽을 쳐다보았다. 「당신이 여기 없는 동안 우리가 시도해 볼 만한 게 있어요.

아주 실험적인 거예요. 치료가 되지는 않겠지만, 아니 그럴 수도…….」

멍크는 자신을 잡은 그녀의 손을 풀었다. 「리사, 당신이 최선이라고 생각하는 것을 아내에게 해주세요. 전 당신을 믿어요.」

「네, 하지만…….」

그는 그녀 옆을 지나쳐 갔다. 「그렇게 해요.」

그는 복도를 내려갔다. 헛된 희망을 품고 싶지 않았다. 대신 그는 다음 단계에 집중할 필요가 있었고…… 그 이후에는 또 다음 단계에 집중해야만 했다. 발걸음을 옮길 때마다 캣에게서는 멀어졌지만, 세이챈과 딸들을 구할 수 있다는 희망에는 조금 더 가까워졌다.

그는 그레이 역시 세이챈과 태어나지 않은 아이에 대해 걱정하고 두려워하리라는 것을 알았다.

그렇지만…….

그레이, 지금 난 너의 최선이 필요해.

멍크는 해리엇의 겁에 질린 얼굴을 떠올렸다.

우리 모두가 너의 최선이 필요해.

3부
파괴의 이브

13

12월 25일, 오후 5시 5분(서유럽 표준시)
포르투갈, 리스본

그레이는 리스본 공항 한 외진 모퉁이에서 여행자용 사물함의 열린 문 앞에 쭈그리고 앉아 있었다. 그는 페인터 국장이 미리 준비해 둔, 사물함 안에 숨겨 놓은 무기들을 나누어 주었다.

중앙 홀에서 벗어나 길고 좁은 벽감 형태로 된 사물함실은 비어 있었다. 코왈스키의 큰 체구는 사물함실의 하나밖에 없는 보안 카메라가 그레이의 행동을 못 보도록 가려 주었다. 세관과 강화된 공항 보안 때문에 그들은 제트기를 탈 때 개인용 휴대 무기를 모두 버려야 했다.

그레이는 새로운 SIG 자우어 P365 모델 권총을 재킷 밑, 허리의 잘록한 부분에 숨겨진 권총집에다 집어넣었다. 9밀리미터 총탄을 사용하는 이 반자동 화기는 크기가 아담해 은폐형 무기로 소지하기에 완벽했다. 제이슨도 똑같은 권총을 카디건 아래의 어깨 권총집에다 넣었다. 야간 조준기와 확장 탄창도 함께 구비되어 있었다. 열두 발에 한 발을 추가로 장전할 수 있었다.

총 열세 발.

보통 13은 불길한 숫자였지만, 총격전 상황이라면 그 여분의 총알이 삶과 죽음을 갈라놓을 수도 있었다.

그러니 분명 불운한 숫자는 아니었다.

코왈스키는 그레이가 무기를 건네주자 고마움의 표시로 낮은 휘파람을 불었다. 「나 자신에게 메리 크리스마스. 산타 할아버지 무릎에 앉을 필요는 없겠군.」

검정 FN-P90은 단발에서 연발로 전환하거나 완전 자동으로 전환해 분당 9백 발을 발사할 수 있는 능력을 갖추고 있는 전장 축소형 돌격 소총으로, 나토군이 사용하는 모델이기도 했다. 5.7×28밀리미터의 탄약 카트리지는 케블라를 관통할 수도 있었지만, 길이가 50센티미터밖에 안 되는 아담한 디자인 덕분에 비교적 쉽게 감출 수 있었다.

코왈스키는 한쪽 어깨 부분을 움츠려서 긴 가죽 더스터를 벗더니 어깨에다 무기를 걸고는 행복한 듯 쓰다듬었다. 「기쁜 마음으로 먹이를 줄 수 있는 강아지가 여기 있군.」

그레이는 그에게 여분의 박스 탄창이 든 가방을 넘겨주었다. 개별 탄창에는 쉰 발의 총알이 들어가 있었고, 이것은 배고픈 돌격 소총을 위한 충분한 **먹이**였다.

코왈스키는 긴 코트를 다시 입고 몸을 흔들어 모든 것이 제자리를 찾도록 만들었다. 발목까지 오는 그의 더스터에는 작은 국가를 침공하기에 충분할 정도의 무기를 숨길 수 있었다.

「이제 뭘 해야 하지?」 덩치 큰 그가 물었다.

그레이는 야간 투시 장비를 포함해 더 많은 장비가 든 가방을 제이슨에게 넘겨주고 일어났다. 「페인터 국장이 카슨 박사의 가족인 남편과 딸 로라를 만날 수 있게 약속을 잡아 뒀어. 그 두 여자에게 무슨 소식이라도 들었는지 알아보기 위한 거지.」

마라 실비에라와 카를라 카슨.

그레이는 대사 가족들의 근심을 상상만 할 뿐이었다. 먼저 대사가 살해되었고, 그녀의 딸은 공항에서 공격을 받고 도망 다니는 중이었다. 하지만 사실 그가 대사 가족들의 공포와 두려움을 굳이 **상상**할 필요는 없었다. 그는 세이챈과 아이, 멍크의 딸들에 대한 자신의 걱정을 따로 분리해 놓으려고 최선을 다했지만, 그것은 마치 떠돌이 개를 상자 안에 넣으려는 것과 같았다. 가슴속에서 고통이 계속됐고, 그것은 은유가 아니라 말 그대로 고통이었다. 그는 숨을 쉴 때마다 가슴 깊은 곳에서 긴장감을 느꼈다.

그는 살얼음판 위를 걷고 있는 멍크 역시 똑같이, 아니 자신보다 더 고통스러우리라는 것을 알았다. 페인터 국장은 그레이의 팀에 미국 본토 상황과 관련해서 새로운 정보를 알려 주었다. 창백한 마녀 발야 미하일로프가 사건에 개입되어 있고, 캣의 상태가 나빠지고 있다는 소식이었다.

달리 할 수 있는 일이 없었던 멍크는 음속보다 두 배나 빠른 속도로 나는 초음속 전투기 F-15에 탑승해서 이미 포르투갈로 날아오는 중이었다. 공중에서 재급유를 함에도 그는 지금부터 90분 뒤에 이 공항에 착륙할 예정이었다.

그레이는 그의 친구가 오기 전에 답을 찾을 작정이었다.

그들이 공항 안으로 들어가기 위해 출발할 때쯤 제이슨은 휴대 전화를 확인했다. 「페인터 국장님이 추가 정보를 보내진 않았습니다만, 카슨 경호팀에서 나온 누군가가 1터미널에서 우리 일행을 맞이하고 대사 가족들에게 안내해 주기로 되어 있습니다.」

그들은 빠른 걸음으로 만남의 장소로 향했다. 그레이가 앞장서서 걸었고, 늦은 오후의 여행자들로 북적이는 곳에서 필요 이상의 관심을 끌지 않기 위해 노력했다. 하지만 그들이 옆으로 지나가면 여러 사람이 고개를 돌렸다. 유심히 지켜보거나 눈을 동그랗게 뜨고, 그레이의 뒤를 따르는 거인을 쳐다보았다. 코왈스키는 무리에 섞여 들 수가 없는 사람이었다. 그들이 군중 사이를 헤집고 지나갈 때 그가 계속 시가 포장지를 벗기려고 한 것도 도움이 안 되는 행동이었다.

「여기서 담배 피우시면 안 됩니다.」 제이슨이 경고했다. 젊은 분석가는 코끼리를 질책하는 생쥐 같았다.

「빌어먹을, 나도 알고 있어.」코왈스키는 결국 비닐 포장지를 벗겨 내고 어금니 사이로 시가를 물었다. 「하지만 이 달콤하게 아름다운 것을 맛볼 수는 있지.」

그레이는 이 덩치 큰 남자와 말린 담뱃잎에 대한 사랑 사이에는 끼어들지 않는 편이 좋다는 것을 알았다. 앞쪽 인파 사이에서 누군가가 팔을 들어 올리더니 위엄이 한껏 들어간 목소리로 그의 이름을 불렀다.

「그레이 피어스 중령님.」

그레이는 자신의 팀을 그쪽으로 이끌었다. 말을 건 사람은 하얀 셔츠에 가느다란 검정 넥타이를 매고 청량감이 느껴지는 짙은 남색 정장을 입고 있었다. 그야말로 보안 요원의 유니폼을 입은 모습이었는데, 재킷 아래로 사라지는 전선과 연결된 이어폰도 끼고 있었다.

「베일리 요원입니다.」남자가 아일랜드 억양이 약간 섞인 어투로 말했다. 「카슨 가족을 담당하고 있는 외교 안보 수사대 팀장입니다.」

그레이는 그 요원과 악수를 했다. 요원의 검정 머리카락은 그가 입은 정장처럼 윤이 났다. 귀가 있는 부분은 두피가 드러날 정도로 머리가 짧았고, 상단 부분은 좀 더 길게 남겨 두었다. 빗질 덕분에 모든 머리카락이 제자리에 있는 것 같았다. 피부는 불그스레했고, 선탠을 한 흔적이 남아 있었다. 초록빛 눈은 지적인 번득임으로 날카로웠다. 입술은 흥미롭다는 듯 약간 비틀려 있었는데, 아마도 코왈스키의 큰 체구를 위아래로 훑었기 때문일 것이다.

현장에서 여러 해를 보내고 난 후 그레이는 상대방을 한눈에 알아보는 법을 익혔다. 그는 요원의 자신감과 유능함을 감지했고, 자신과 나이가 엇비슷해 보이는 이 남자에 대해 벌써 존경심을 갖게 되었다. 마치 자신을 여러 해 동안 알고 지내 온 것처럼 즐거워하는 그의 눈빛도 친숙하게 느껴졌다.

하지만 그는 경계 태세를 유지했고 자신을 둘러싼 모든 주변 사물들에 주의를 기울였다.

「소식을 들으셨는지 모르겠습니다만, 로라와 데릭 카슨 두 분을

20분 전에 다른 장소로 옮겼습니다.」베일리가 말했다.

그레이가 제이슨을 쳐다보았고, 그는 고개를 저었다. 새로운 정보였다.「공격 시도가 있고 난 뒤, 우리는 장소를 바꾸고 가족분들을 좀 더 안전한 곳으로 옮기는 게 최선이라고 판단했습니다. 두 분이 돌아올 때를 대비해 저희 쪽 요원들을 이곳 공항에 배치해 두었습니다.」

영리하군.

남자는 작전을 운용할 줄 아는 사람이었다.

「시동을 켠 채로 길가에 차를 세워 두었습니다. 10분 안에 안가에 도착할 수 있을 겁니다.」

그레이는 마중 나온 요원의 간결함과 효율성에 감사했다. 그는 길 위에서라면 걷는 것보다 달리는 것을 선호하는 사람이었고, 특히나 지금은 더 그랬다.「갑시다.」

베일리는 그들을 데리고 터미널을 빠져나와 사그라드는 낮의 햇볕 속으로 들어갔다. 크리스마스가 끝났다는 것에 실망한 듯 태양은 시무룩하게 지평선 위로 지고 있었다. 아무런 표시도 없는 하얀색 포드 이코노라인 밴이 길가에 정차해 있었다. 그레이는 사이테이션 제트기의 호화스러운 설비들을 떠올렸다. 단순하고 명료하게도, 외교 안보 수사대는 시그마 포스 같은 돈과 재원이 없었다.

베일리는 옆문을 당겨서 연 뒤 운전기사를 향해 엄지손가락을 치켜세워 보인 다음, 세 명에게 차에 타라는 손짓을 했다. 맨 뒷자리에는 코왈스키가 들어갔는데, 자신의 큰 체구뿐만 아니라 숨겨 둔 소총과도 한판 몸싸움을 벌여야 했다. 그레이와 제이슨은 운전석 뒤 고급스러운 자리에 앉았다.

베일리는 밴 옆을 돌아 운전사 옆자리에 올라탔다. 모두가 자리에 앉자 그는 몸을 뒤로 돌려 그들을 향해 큰 권총을 겨누었다. 흥미롭다는 듯 그의 눈가에 어려 있던 반짝거림은 더욱 환해졌다.

「움직이지 마.」

오후 5시 14분

마라는 호화로운 감옥 안을 서성댔다. 도망칠 수가 없는 상황에서 그런 움직임은 공포를 잠재우는 데 조금이나마 도움이 되었다. 칼리는 베개가 쌓여 있고 비단 이불이 덮여 있는, 기둥이 네 개인 넓은 침대의 가장자리에 앉아 있었다. 그녀가 내보인 유일한 흥분의 기미는 위아래로 오르락내리락하는 무릎이었다. 마라의 시선이 방 전체를 훑었다.

「적어도 그 사람들, 펜트하우스값은 냈네.」

마라는 주변 환경을 유심히 둘러보았는데, 오래된 의자와 작은 프랑스식 책상, 벽에 걸린 비싼 그림이 눈에 띄었다. 한 유화는 그 지방의 유명한 화가인 페드루 알레샨드리누 드 카르발류의 것처럼 보였다. 예수 그리스도 옆에서 의심으로 고통스러워하는 표정을 지으며 상처를 시험하고 있는 성 토마를 그린 그림이었다. 그림에 나타난 날것 그대로의 의심과 불신이 그녀에게, 그들의 현재 곤경에 말을 걸었다.

우리가 살아남을 수 있을까?

총구에 떠밀려 거리에서 다시 안으로 들어간 둘은 바의 뒷문까지 거칠게 내몰렸다. 바텐더는 그들이 납치당하는 모습을 보고도 무시하며 유리잔을 닦을 뿐이었다. 분명 딴청을 피우라는 말과 함께 돈을 받았을 것이다. 마라는 그의 표정에서 죄책감을 읽을 수 있었지만, 보아하니 그들이 끌려가서 뒷골목에 주차된 밴에 실리는 것을 막기 위해 무언가를 할 정도로 크지는 않았다.

협조하면 아무도 다치지 않을 거야. 총을 든 남자가 문을 쾅 하고 닫기 전에 경고했다.

달리 선택권이 없었던 그들은 순순히 그의 말을 따랐다.

잠깐 달린 뒤 그들은 프라사 드 상파울루 근처 골목에서 멈췄다. 마라는 성 바울 광장의 분수를 보았고, 그곳에서 흐르는 물소리를 들었다. 그 너머로는 성 바울 교회의 쌍둥이 탑이 솟아 있었다. 마라는 성 바울에게 조용히 기도를 올렸고, 그가 나서서 그들을 구해 주기를 간청했다.

그녀의 간청에 대한 응답은 없었고, 그녀와 칼리는 광장 근처의 높다란 집 안으로 끌려갔다. 건축적으로 볼 때 전형적인 폼발리느 양식이었다. 폼발리느 양식은 1755년 지진 발생 후 리스본 대부분을 재건축한 마르케스 드 폼발에서 이름을 따왔다. 이 양식의 효율적이고 신고전주의적인 디자인은 비용을 절약하려는 필요성에서 나온 것이었다. 하지만 장식이 거의 없는 간결한 선들은 유럽이 로코코 시대의 사치스러움에서 벗어나 좀 더 합리적이고 실용적인 무언가로 옮겨 가는 동안 계몽이라는 새로운 시대를 상징했다. 폼발리느 건축은 아래쪽에 있는 상점 아케이드와 위쪽 부분에 3층이나 4층으로 조성된 주거 공간을 특징으로 한다.

마라는 같은 나라 출신으로서 그녀의 멘토였던 코임브라 대학교 조아나 도서관 관장 엘리자 게하가 역사(특히 포르투갈과 이베리아반도 나머지 지역의 역사)를 비롯하여 균형 잡힌 교육을 주장했기 때문에 이 시기에 대해 잘 알았다. 그녀는 당연히 포르투갈과 이베리아반도 다른 지역의 역사를 자랑스러워했다.

칼리를 쫓아 계단을 오르고 가장 높은 층까지 올라갈 수 있도록 힘을 준 것은 지식에 대해, 찬란함과 비밀을 간직한 삶에 대해 엘리자가 가졌던 끝 모를 열정에 대한 마라의 기억이었다. 맨 꼭대기 층에서 그들은 뒤편 침실로 격리되었다. 한 경호원이 문을 지켰고, 두 짝으로 된 유리문 바깥의 발코니에도 경호원이 대기했다.

그게 벌써 한 시간 전의 일이었다.

「마라.」 칼리가 말했다. 「제발 러그에다 홈 좀 그만 파. 비싼 물건 같아 보여. 이자들을 화나게 하면 안 돼.」

마라는 팔짱을 낀 채 침대로 걸어왔고, 칼리 옆에 앉았다. 「저 사람들, 뭘 하는 걸까?」

칼리는 문을 바라보았다. 「아마도 우리를 어떻게 할지 결정하는 중이겠지. 우리를 데리고 있는 게 어떤 이득이 될지 판단도 하고.」

다시 말하자면 우릴 살려 두는 게 어떤 이득이 될지 판단하는 거겠지.

마라는 팔짱을 풀고 칼리의 손을 잡았다. 두려움이나 위로를 받고 싶어서가 아니었다. 그렇게 하는 것이…… **옳은** 일인 것처럼, 지금 그렇게 하는 것이 자연스러운 일인 것처럼 느껴졌다.

칼리는 마라의 손바닥을 부드럽게 감싸 줬고, 무심코 엄지손가락으로 그녀의 팔목을 문질렀다. 「아마 네 가방을 뒤지고 있을 거야. 거기 들어 있는 하드 드라이브들 전부 다. 우리가 제네스를 가지고 있기를 바랐겠지. 우리가 살아남을 수 있는 가장 좋은 방법은 그걸 다시 만들어 낼 수 있다고 생각하게 하는 거야.」

앞서 둘은 자신들을 억류하고 있는 자들이 칼리의 엄마와 다른 브루샤스 구성원을 살해한 자들과는 다른 일당이라고, 서로 경쟁 관계에 있는 자들이라고 결론지었다. 마라가 코임브라 대학교에서 가지고 나온 물건을 두고 소문이 퍼졌음이 틀림없었다.

다른 약탈자들이 접근한 것이다.

「우릴 고문할까?」 마라가 물었다.

「아니.」

마라는 안도했지만, 칼리의 말은 끝난 게 아니었다.

「그들은 **나를** 고문할 거야,」 칼리가 말했다. 「네가 협조하도록 만들기 위해서.」

마라는 칼리의 손을 잡은 손가락에 힘을 주었다.

칼리는 그녀를 쳐다보았다. 애써 눈물을 참고 있어서 그런지 눈이 유리처럼 빛났다. 그녀는 무슨 말을 하려는 것처럼 입술을 핥았다.

마라도 같은 심정이었다. 그들은 인격이 형성되는 열여섯 살 때부터 지금까지 서로를 5년 가까이 알아 왔고, 그동안 유년 시절을 지나 여성으로 성숙했다. 과거에 그들은 이야기를 나누는 데 전혀 어려움이 없었다. 보통은 전화로 대화했지만, 길게 이어지는 이메일이나 짧지만 재미있는 메시지를 통해서도 이야기를 나누었다. 그들은 장거리로 관계를 이어 나갔지만 세상은 몰라보게 좁아졌다. 펜팔로 소통하려고 몇 주나 몇 달씩 기다릴 필요가 없었다.

하지만 중간에 바다가 놓여 있어서 둘이 물리적으로 함께 시간을 보낸 적은 많지 않았다. 그들의 우정, 유대감, 깊이 연결되어 있다는 느낌은 대부분 생각과 꿈, 두려움, 희망을 공유하면서 생겨났다.

마라는 다시 칼리를 쳐다보았고, 이마 위로 내려온 곱슬머리를 보았다. 자신에게 지금 말할 수 있는 용기가 있다면, 두 사람 사이에 존재하는 마지막 간극을 메꾸고, 지금껏 말하지 못한 것을 말할 용기가 있다면 좋으련만.

마라는 너무 오래 기다렸다.

칼리는 수줍어하며 고개를 숙였고, 문 쪽으로 관심을 돌렸다. 그녀는 두 사람 다 궁금해하는 질문을 던졌다.

「저 개자식들은 도대체 정체가 뭐야?」

오후 5시 18분

그레이는 자신이 취할 수 있는 행동을 가늠해 보았다.

그의 얼굴을 겨누고 있는 은색 데저트 이글은 .357 또는 .44 매그넘탄이 장전되어 있을 것이다. 총을 겨누는 자의 시선은 안정적이었고, 허튼 장난이 아니었다. 그는 사소한 일에는 신경 쓰지 않을 것이다. 일을 더 어렵게 만든 것은 그레이가 자신의 무기를 깔고 앉아 있다는 것이었다. 코왈스키는 뒷좌석에 꽉 끼어 있어서 소총을 집어 들 수가 없었다. 그리고 제이슨은 벌써 손을 위로 올리고 있었다.

베일리, 그게 그의 진짜 이름인지도 확실치가……

「내 이름은 피니건 베일리야.」 총을 든 남자가 말했다. 「하지만 친구들은 나를 핀이라고 부르지.」

「당분간은 당신 이름을 그렇게 부를 일은 없을 것 같군.」 그레이가 말했다. 「내가 맞혀 보지. 당신은 외교 안보 수사대 소속이 **아니겠지.**」

「불행하게도 난 그런 유명한 그룹에 들어갈 수가 없었어. 대신 그들이 추구하는 바를 똑같이 충성스럽게 추구하는 조직에 몸담고 있어. 충성도는 오히려 이쪽이 더 높지.」

그레이는 그의 아일랜드 억양으로 보아 새로운 형태의 아일랜드 공화국군IRA이리라 추측했다. 매력적인 잠재력을 보유한 마라 실비에라의 작업물을 차지하려 어디선가 온갖 종류의 테러 조직들이 나타나는 것 같았다.

베일리는 자유로운 한쪽 손을 턱으로 가져가더니 넥타이를 느슨하게 하고, 셔츠의 위쪽 단추 두 개를 풀어서 자신의 진짜 소속을 드러냈다. 그의 드레스 셔츠 아래로 얇은 검정 셔츠가 나타났고, 더불어 하얀 로만 칼라 깃이 살짝 드러났다.

그레이는 충격을 감추지 못했다.

저게 진짜일 리 없어.

베일리는 총을 내렸다. 「죄송합니다. 하지만 다들 무기를 소지하고 있으니 당신들 중 누군가가 성급하게 행동하는 위험을 감수할 수가 없었습니다.」

「이런 씨······.」 코왈스키가 욕 끝부분을 잘라먹었다.

베일리는 못 들은 척했다. 「아까는 그런 식으로 여러분들을 공항에서 데리고 나와야 했습니다. 염탐하고 있는 누군가도 당신들처럼 생각하게 만들려면요.」

제이슨은 손을 무릎으로 떨어뜨렸다. 「카슨 가족의 경호팀과 함께 가족들을 만나러 가는 중이라고 생각하게 만든 거죠.」

「그게 아니라면, 어디로 가는 겁니까?」 그레이가 물었다.

「실비에라 씨와 카슨 씨에게 가는 중입니다.」 그의 목소리는 굳건하고 진지했다. 「그들은 당신들의 도움이 필요할 겁니다. 저로선 당신들의 수완이 명성만큼이나 뛰어나기를 바랄 뿐이죠.」

그레이는 빠르게 달라진 이 상황을 따라잡으려 애썼다.

이 남자를 믿을 수 있을까? 심지어 자신을 사제라고 하는 사람을?

베일리는 그의 불신을 읽어 낸 것 같았다. 「확실히 말씀드리지만, 전 베일리 **신부**입니다.」 그의 눈이 다시금 반짝였다. 「사제가 거짓말을 하겠습니까?」

코왈스키가 콧방귀를 뀌었다. 「머리에다 빌어먹을 권총을 겨누는 사제인데?」

「저는 절대 총을 쏘지 않았을 겁니다. 정당방위일지라도요.」

「**지금에서야** 그 말을 하시네.」 코왈스키가 투덜댔다. 「난 거의 지릴…… 사고를 칠 뻔했다고.」

여전히 의심이 가시지 않은 그레이는 몸을 앞으로 숙였다. 「당신은 누굽니까? 무슨 일이 벌어지고 있는 겁니까?」

밴은 속도를 줄이더니 광장 가장자리에 있는, 높이 솟은 집 앞에 멈추어 섰다. 베일리는 건물을 향해 고개를 끄덕였다. 「일단 들어가서 모든 걸 말씀드리겠습니다. 제가 가진 모든 패를 보여 드리죠.」 그의 초록빛 눈에서 즐거워하는 듯한 기색이 묻어났다. 「말 그대로 모든 것을요.」

오후 5시 35분

칼리는 문의 자물쇠가 풀리는 소리를 듣고서 침대에서 일어났다. 그녀는 주먹을 말아 쥐었고, 안으로 들어오는 사람에게서 마라를 보호하기 위해 한 걸음 앞으로 나섰다. 그녀는 체중을 옮겨 뒤쪽 다리에 힘을 주어 기회가 엿보이면 발 차기를 날릴 준비를 했다.

마라가 그녀 뒤에서 일어섰다.

「뒤에 있어.」 칼리가 경고했다.

옆방의 밝은 전구가 내뿜는 환한 빛 속에서 한 형체가 나타났다. 그는 빈 손바닥을 내보이며 방 안으로 걸어왔다. 칼리는 이해할 수가 없어 이마를 찌푸렸다. 키가 큰 그 남자는 위아래로 검은색 옷을 입고 있었다. 신발과 바지, 벨트, 셔츠 등 죄다 검은색이었다. 유일한 예외라면 턱 밑으로 흐르는 흰색이었는데, 그것은 독특한 깃이었다.

사제?

이것은 분명 자신들을 믿게끔 만들려는 어떤 술책이거나 속임수였다.

「카슨 씨, 실비에라 씨, 너무 오래 기다리게 해서 죄송합니다. 그것도 어두운 곳에서 말입니다. 모든 선수를 한 장소로 모시고 오는 데 생각보다 많은 시간이 걸렸습니다.」 그는 뒤로 물러나 옆방을 가리키며 고개를 살짝 숙였다. 「자리에 함께해 주신다면, 아마도 우리가 서로를 알아 갈 수 있을 겁니다.」

칼리는 주저했지만, 이내 소용없다는 것을 알았다. 그렇지만 마라에게 속삭였다. 「내 가까이에 있어.」

일단 기회가 오면 여기서 죽어라 도망치는 거야.

마라에게는 설득이 필요치 않았다. 칼리가 문으로 향하는 동안 마라는 마치 그림자처럼 칼리 옆에 바짝 따라붙었다.

사제는 짧은 복도를 지나 식당으로 그들을 이끌었다. 대리석 벽난로에서 불꽃이 춤을 추고 장작이 유혹하듯 딱딱 소리를 내며 타고 있어 분위기가 환했다. 높은 창문으로 광장이 내려다보였고, 먼 곳에서 교회의 두 탑이 눈에 들어왔다. 해는 이미 저물었지만 땅거미가 아직 남아 있어 교회의 돌로 된 표면에는 환한 빛이 감돌았다. 마치 예배를 드리는 그 장소가 여전히 성스러운 날의 빛과 온기를 간직하고 있는 것 같았다.

「간단히 식사를 준비했습니다.」 사제가 말했고, 마라의 시선이 식탁과 그 주변에 모여 있는 일군의 남자들에게로 향했다.

치즈, 빵, 그리고 여러 가지 과일을 담은 접시를 보자 배에서 꼬르륵 소리가 났다. 마지막 식사를 하고 나서 시간이 얼마나 흐른 걸까? 마라 역시 배고픔과 의심을 동시에 느끼며 풍성하게 차려진 음식을 바라보았다.

식탁으로 걸어가는 동안 칼리는 자신들을 빤히 쳐다보는 사람들을 가늠했다. 출구 가까운 곳에 앉은 두 명은 바에서 그들을 습격한 자들이었다. 그녀는 그들을 노려보았지만 그들은 무표정한 얼굴을 유지했다. 식탁 건너편에는 세 명의 낯선 자들이 있었는데, 옷과 자세, 표정으로 보아 미국인일 거라는 생각이 그들이 입을 열기도 전에 본능적으로 들었다.

사제는 돌아가면서 모든 사람을 소개했고 그들에게 앉으라고 권했다.

그들이 미국인일 거라는 생각은 옳았다. 키가 가장 큰 사람은 연기를 피어 올리는 시가를 입에 물고서 계속 사람들을 쏘아보고 있었는데, 호러 소설에나 나올 법한 인물이었다. 발가락부터 머리까지 모든 곳에 근육이 솟아 있었다. 다른 두 사람도 경직되어 보였는데, 그래도 좀 더 다가갈 만해 보였다. 한 사람은 똑바로 바라보기 힘들 정도의 강렬함을 가지고 있었다. 특히 폭풍을 닮은 회색 눈이 그랬다. 마지막 사람은 자신과 나이대가 비슷해 보였다. 금발이 헝클어진 모습이 귀엽다고 할 만했다. 자신들이 다가가자 그는 당황하는 기색의 미소를 지어 보였다. 그의 시선이 칼리에게 오랫동안 머물렀다.

칼리는 그런 관심을 받는 데 익숙했다.

하지만 그녀는 그의 미소에 화답하지 않았다.

「자자, 앉으십시오.」 사제가 말했다.

그들은 다 함께 빙 둘러 식탁에 앉았지만, 사제는 여전히 한쪽 끝에 서 있었다. 「피어스 중령님, 서먹서먹한 분위기를 깨기 위해서 당신의 카드를 테이블 위에 내려놓는 게 좋겠습니다. 그러면 일이 상당히 빨리 진행될 수 있을 것 같군요.」

「무슨 말입니까?」 그가 거칠게 물었다. 이것은 그자가 이 모임을 주최한 사람을 곱게 보고 있지 않다는 점을 분명히 보여 주었으므로, 칼리는 그를 조금 더 신뢰할 수 있었다.

「당신의 신원을 먼저 밝혀 주시면 좋겠습니다. 당신의 조직에 대해서도요.」

중령은 가만히 숨을 쉬었다. 그의 눈에서 한 줄기 빛이 일었다. 그는 주머니를 뒤져서 지갑을 꺼내더니 금속처럼 보이는 검은색 카드를 꺼냈다. 그는 카드를 테이블 위로 던졌다. 그것은 칼리와 마라 사이에서 멈췄다.

매끈한 표면에서 은색 홀로그램이 일렁였다.

단일 문양인 그것은 그리스어 문자였다.

마라는 놀라 숨을 제대로 쉬지 못했고, 걱정하는 듯한 표정을 칼리와 교환했다. 「시그마.」

칼리는 차가운 불꽃 같은 눈을 똑바로 바라보고자 단단히 마음먹고는 허리를 곧추세웠다. 「당신들은 누구죠?」 그녀는 카드를 쿡 찔렀다. 「이건 무슨 의미죠?」

「우린 DARPA에 소속된 시그마 포스 요원들입니다.」

마라는 얼굴을 찌푸렸다. 「미국 국방부 산하의 연구 개발 그룹 말인가요?」

「그렇습니다. 대학교에서 진행한 당신의 연구에 자금을 지원한 것이 DARPA였습니다. 브루샤스 인터내셔널을 통해 흘러간 돈이었죠.」 그의 시선이 칼리에게로 향했다. 「당신의 어머니는 우리가 개입했다는 사실을 알고 있었고, 비밀을 지키겠다고 서약했습니다. 우리는 마라의 인공 지능이 만들어 낸 시그마 문양이 도움을 요청하는 것이었다고 추측하고 있습니다.」

마라가 몸을 앞으로 기울였다. 「저도 같은 생각을 했어요.」

금발 머리 청년 제이슨이 말했다. 「하지만 확신할 수 있나요? 이건 우연일 수도 있어요. 디지털 버전 로르샤흐 테스트에서 너무 많은 것을 읽어 내는 것일 수도 있죠.」

「그럴지도 모르죠.」 마라는 고개를 저었다. 「하지만 알 방법이 없어요. 제네스와 프로그램이 없다면 말이죠.」

「그리고 당신은 그걸 잃어버렸죠.」 그레이가 말했다. 분명 그들에 관한 이야기를 전해 들은 게 분명했다. 하지만 비난하는 목소리나 태도는 아니었다.

「그래도 서브루틴이 저장된 하드 드라이브는 지켜 냈어요.」 마라가 덧붙였다.

칼리가 고개를 끄덕였다. 「우리를 공격한 그 개자식들의 손아귀에서 지켜 내는 데 성공했다고요.」

……우리 엄마를 살해한 놈들로부터요.

마라는 침을 삼켰다.「우리가 미리 경고를 받지 못했다면 이것들까지 잃어버릴 수도 있었어요.」

「무슨 말입니까?」그레이가 물었다.

마라가 칼리와 시선을 교환하고는 계속 말을 이었다.「공격을 받기 전에 프로그램이 이상한 행동을 보였어요. 뭔가를 감지한 것 같았거든요. 우리에게 심어진 추적기의 GPS 신호를 감지했던 것 같아요. 그런데, 지나고 나서 보니 그게 걱정스러운 부분이에요.」

제이슨은 빵 한 조각과 치즈를 집었다.「왜죠?」

「이브가, 이브는 인공 지능의 이름이에요, 이브가 그 신호에 집중해서 움직이지 않았는데, 마치 그걸 알아보는 것처럼 겁에 질려 있었어요. 그래서 저는 이브가 이전부터 그걸 **기억하고** 있었던 게 아닐까 하는 의구심을 갖게 되었어요.」

제이슨이 코를 찡긋했다.「언제부터요?」

「도서관에서부터. 공격이 있었을 때부터요.」마라가 칼리에게 미안해하는 표정을 지어 보였다.「같은 도청 장치가 칼리의 어머니나 다른 분들께 붙어 있어서 도서관으로 추적할 수 있었던 거라면 이브가 그걸 알아차렸을 거예요. 퀀텀 프로세서 안 깊숙한 곳 어디에선가요. 이브의 첫 번째 화신에서 나온 유령 메모리 같은 거죠.」

「그러고 나서는 유혈 사태와 살인을 떠올렸겠군요.」그레이가 말했다.

마라는 고개를 끄덕였다.「그리고 전 그 점이 가장 무서워요. 호텔에서 도난당한 이브는 현재 매우 예민하고 연약해요. 그런 상태에서 경험 없는 사람들 손에 들어가면…….」

사제가 끼어들었다.「더 나쁜 건, 대파괴를 시도하고자 하는 누군가의 손에 들어가는 거겠죠.」

모든 사람들의 눈이 그에게로 향했다.

그레이는 얼굴을 찡그렸다. 「베일리 신부님, 이 일과 관련해서 뭘 알고 계신 겁니까? 어떻게 하다 이 일에 개입하게 되신 겁니까?」

「아, 네, 피어스 중령님, 저도 제 카드를 내놓겠다고 말씀드렸지요.」 그는 금속처럼 보이는 검은색 카드를 향해 고개를 끄덕였다. 「당신이 그런 것처럼요.」

사제는 주머니에서 검은색 카드 두 개를 꺼내 식탁 테이블 위에 나란히 내려놓았다. 카드들은 교회의 스테인드글라스 창문에서 떨어져 나온, 흑요석으로 된 두 개의 매끈한 직사각형을 닮아 있었다. 그 느낌은 두 카드에서 보이는 똑같은 문양 때문에 더욱 강조되었다. 엑스 자 형태로 겹쳐진 열쇠 두 개가 리본으로 묶여 있고, 맨 위에는 왕관이 올라가 있었다.

칼리는 이해할 수 없었다. 그녀는 두 카드에 찍힌 교황의 표지를 알아보았지만, 그 지식은 아무것도 명확히 설명해 주지 못했다.

식사 테이블 건너편에서 그레이는 두 카드를 노려보고 있었다. 그가 갑자기 일어섰고, 의자가 뒤로 넘어갔다. 거기서 중요한 의미를 찾아냈음이 분명했다.

「이건 쌍둥이자리군요…….」

14

12월 24일, 오후 5시 55분(서유럽 표준시)
포르투갈, 리스본

식사 테이블 건너편에서 그레이는 갑자기 찾아온 깨달음과 함께 베일리 신부를 쳐다보았다.

그래서 이것들이 그렇게 친숙해 보였군.

그는 베일리 신부의 눈가에서 엿보이는 즐거워하는 듯한 생기를 유심히 관찰했다. 그것은 아이가 주는 매력에 흐뭇해하는 아버지의 얼굴이었다. 반쯤은 눈에 보이는 순진함에 즐거워하고 또 반쯤은 아이의 천진난만함을 부러워하는 데서 나오는 표정이었다. 그레이는 다른 한 사람의 눈에서 그런 특별한 생기를 본 적이 있었다. 그는 훨씬 나이가 많은 남자로, 지금은 세상을 떠났지만 과거에 시그마 포스를 도와준 사람이었다.

베일리 신부는 테이블에 놓인 카드 두 개를 쳐다보았다. 「몬시뇰[16] 비고르 베로나의 교훈을 잊지 않았군요.」

코왈스키는 어두운 연기를 한 줄기 내뿜었다. 「세상에…….」

그레이는 순간적으로 기억에 압도되어 테이블의 가장자리를 붙잡

16 Monsignor. 교황의 명예 전속 사제가 받는 호칭.

았다. 그는 자신의 마음을 훔쳤던 몬시뇰의 여자 조카와 함께 그의 친구를 떠올렸다. 둘 다 세상을 구하기 위해 자신들을 희생했기에 더는 이 세상 사람이 아니었다.

마침내 그는 테이블에 놓인 쌍둥이 문양을 향해 손짓했다. 「당신이 토마 교회의 정식 회원이라는 겁니까?」

베일리 신부가 어깨를 으쓱했다. 「몬시뇰 베로나가 저를 직접 선발하셨습니다. 저는 한때 그분의 제자였고요. 몬시뇰이 바티칸 기록 보관청의 청장이 되시기 전에 로마에 있는 교황청 기독 고고학 연구원에서 교수로 재직하실 때였죠. 저는 그분이 떠난 지점에서 다시 시작해 그 발자취를 따르고 있습니다.」

「그렇다면 당신이 바티칸 **인텔리젠차** 소속이라는 말입니까?」

베일리 신부는 다시 어깨를 으쓱했지만, 그렇다고 그 말을 부정하지는 않았다.

살아 있을 당시 몬시뇰 비고르 베로나는 교수나 기록 보관청장보다 더 많은 직함을 가졌었다. 그는 바티칸의 정보기관인 바티칸 인텔리젠차 소속 정보원으로 근무하기도 했다.

제이슨은 새로 밝혀진 사실에 앉은 자세를 바로 했다. 「그러니까, 바티칸을 위해 일하는 스파이군요. 교황을 위해서?」

「교회 전체를 위해서죠.」 베일리 신부가 정정했다.

「그래서 우리가 온다는 걸, 리스본 공항에 내린다는 것을 알고 있었군요.」 제이슨이 그레이 쪽으로 시선을 돌렸다. 「페인터 국장님이 언제쯤 전 세계 정보기관에다 더듬이를 내렸는지 생각해 보자면…….」

「우리와도 연락이 닿았습니다.」 베일리 신부가 말을 끝맺었다.

테이블 건너편에 있던 카슨 박사의 딸이 자리에서 일어났다. 모두가 그녀를 쳐다보았다. 「도대체 다들 무슨 말씀을 하시는 거죠? 이 사제가 무슨 비밀 요원이라는 말인가요?」

그레이는 설명하는 게 좋겠다고 생각했다. 「바티칸은 주권 국가입니다. 몇백 년은 아니더라도 적어도 수십 년 전부터는, 바티칸을 위협하는 혐오 단체와 비밀 협회, 적대국 들에 침투할 수 있는 요원들을 비밀리에 고용했습니다.」

그레이는 블라디미르 리핀스키라는 가명으로 활약한 사제 월터 치세크와 관련한 사건을 함께한 비고르를 기억했다. 그 사제는 KGB와 여러 해 동안 추격전을 벌였고, 결국에는 체포되어 소비에트 연방 교도소에서 20년 이상을 보냈다.

칼리가 베일리 신부를 노려보았다. 「다시 말해 저 사람이 신부복을 입은 제임스 본드라는 말이군요.」

「사람을 죽여도 된다는 면허는 없습니다.」 베일리 신부가 놀리는 듯한 웃음을 띠며 부연 설명했다. 「우리에겐 지켜야 할 더 고귀한 계명들이 있습니다. 하지만 제임스 본드처럼 가끔씩 마티니 마시는 걸 즐기죠. 물론 젓지 말고 흔들어서.」

마라는 여전히 앉아 있었지만, 몸을 테이블 가까이로 기울였다. 그녀는 카드를 가리켰다. 「그런데 저 문양들의 의미는 뭔가요?」 그녀는 그레이를 쳐다보았다. 「분명 알고 계시는 것 같은데요.」

그레이는 과거 비고르가 끼고 다녔던 금반지를 떠올렸다. 금반지에는 카드에 그려진 인장이 새겨져 있었다. 「토마 교회를 의미하는 문양입니다.」 그는 카드를 그녀 쪽으로 가까이 밀었다. 「카드에서 뭐가 보입니까?」

「교황의 도장이요.」 그녀가 맞게 대답했다. 「양쪽 모두에서요.」

「더 자세히 보십시오.」

마라가 이마를 찌푸렸지만, 차이점을 알아차린 사람은 칼리였다.

「두 카드가 정확히 똑같은 것은 **아니네요.**」 그녀는 처음에는 한쪽 카드를, 그다음에는 다른 카드를 톡톡 쳤다. 「봐봐, 마라. 이쪽 카드는 문양 왼쪽에 더 진한 색의 열쇠가 있어. 다른 카드는 오른쪽이 더 진하고. 이 둘은 서로를 비추는 거울이야.」

마라가 그레이를 슬쩍 쳐다보았다. 「그러니까, 당신이 아까 말한 것처럼…… **쌍둥이**네요. 그래도 전 여전히 이해가 안 되는데요.」

「히브리어에서는 쌍둥이라는 단어가 **토마**로 번역됩니다. 성 토마처럼요.」그레이가 설명했다.

마라가 어깨 뒤로 돌아보았다. 「또 다른 번역은 〈의심하는 토마〉인가요? 저쪽 뒤편에서 예수 그리스도의 상처를 살펴보는 성 토마를 그린 그림을 보았거든요.」

흥미를 느낀 그레이는 그 그림의 존재가 이 집이 토마 교회 회원들의 비밀 모임 장소임을 말해 주는 단서일까 생각하며 그녀의 시선을 좇았다.

이런 그의 생각이 주문이라도 되는 양 그의 뒤편으로 난 문이 열리더니 진지한 표정의 나이 든 여인이 들어왔다. 깔끔하고 단정한 하얀 모자 아래에 하얗게 센 머리가 숨어 있었는데, 60대이거나 조금 더 나이가 들어 보였다. 수수한 회색 외투를 입고 마디가 진 끈을 벨트로 매고 있었다. 그녀는 윤을 내지 않은 흑단 지팡이에 몸을 살짝 기댄 채 또각또각 소리를 내며 걸어왔다. 모인 사람들을 쳐다보지도 않고 베일리 신부에게로 향했다. 서두르지는 않았지만 확실한 목적을 갖고 움직였고, 그런 행동은 그녀의 드러나지 않은 강인함을 암시했다.

대화는 중단되었다. 그녀가 그레이 뒤로 걸어가는 동안 그의 목 뒤편에 있는 작은 머리카락들이 흔들렸다. 어두운 폭풍 전선이 지나가는 느낌이었다. 그녀는 베일리 신부에게로 다가가 그의 귀에다 대고 속삭였다. 사제는 그녀를 향해 몸을 기울였지만, 그 반대 상황은 일어나지 않았다. 그 여자의 어떤 것도 복종을 암시하지 않았지만, 그녀가 섬기는 **누군가**가 있는 것이 분명했다.

그녀가 말을 끝내자 베일리는 고개를 끄덕였다. 「감사합니다. 베아트리체 수녀님.」

수녀는 한 걸음 물러났지만 자리를 뜨지는 않았다. 수녀는 지팡이를 앞에 세운 채 서 있었고, 양 손바닥은 지팡이의 유일한 장식물인 갈고리 모양의 은색 손잡이에 놓아두었다. 그녀의 시선이 식탁을 훑다 코왈스키에게 고정되었다. 그녀의 입술은 더욱 가느다랗게 변해 불쾌하다는 표정을 역력히 드러냈다.

코왈스키는 그 시선을 맞받아치려고 했지만, 곧 무너져 내렸다. 조롱하는 듯한 표정 뒤에 숨어 있는 의도를 감지한 그는 입에 물고 있던 시가를 빼내서 타고 있던 끝부분을 재떨이에다 짓이겨 담뱃불을 껐다.

그제야 그녀는 시선을 다른 곳으로 돌렸다.

와우.

베일리 신부가 마침내 침묵 속의 긴장을 깼다. 「자유롭게 말씀들 나누세요. 베아트리체 수녀님도 토마 교회를 섬깁니다.」

마라는 얼굴을 찌푸렸다. 「계속 언급하시는 이 **토마 교회**가 뭐죠?」

「네, 알아 둘 필요가 있습니다.」 그레이가 카드를 향해 고개를 끄덕였다. 「이 쌍둥이 문양은 〈토마 복음서〉에 나와 있는 가르침을 비밀리에 따르는 가톨릭교회 내의 개인들을 상징합니다.」

그는 베일리 신부와 베아트리체 수녀를 쳐다보았다.

칼리가 머리를 저었다. 「〈토마 복음서〉가 뭔데요?」

「초기 교회의 영지주의(靈智主義) 교본들 가운데 하나입니다.」 베일리 신부가 설명했다. 「기독교가 금지되었던 로마 시대에는 비밀 유지가 매우 중요했습니다. 사람들은 동굴이나 지하실 같은 어두운 곳에서 만나야만 했지요. 그렇게 고립되면서 각기 다른 철학에 따른 개인적인 수행법이 만들어지기 시작했습니다. 여기저기서 복음서들도 나타났고요. 『성서』에 포함된 복음서도 있지만 그렇지 않은 복음서도 다수 있었죠. 〈야고보〉, 〈막달라 마리아〉, 〈필립보의 복음서〉 같은 것들입니다. 결국 여러 종파들이 생겨나기 시작했는데, 이것은 아직 성숙한 단계에 이르지 못한 당시의 교회를 분열시킬 수도 있는 위협이었습니다. 이와 같은 일이 벌어지는 것을 막기 위해 **네 권**의 책이 교회의 정식본으로 채택되었습니다. 〈마태오〉, 〈마르코〉, 〈루가〉, 그리고 〈요한의 복음서〉가 바로 그것들이죠.」

「〈신약 성서〉군요.」 마라가 말했다.

베일리 신부가 고개를 끄덕였다. 「나머지는 모두 거부되었습니다.

이단이라고 선언되었지요. 〈토마 복음서〉도 마찬가지였습니다.」

마라가 카드 두 장을 들여다보았다. 「그런데 〈토마 복음서〉는 무슨 이유로 금지되었죠? 」

그레이가 대답했다. 「핵심이라 할 수 있는 기본 교리 때문이었습니다. **찾으라, 그러면 찾을 것이오.**」

그는 비고르와 처음 만났을 때 그가 똑같은 지식을 공유했던 것을 기억했다. 시그마 포스에서 그레이의 초창기 임무들 가운데 하나였던 동방 박사의 뼈 절도 사건을 다루던 때였다.

베일리 신부가 고개를 끄덕였다. 「토마는 그리스도 가르침의 핵심은 자기를 둘러싼 세계에서 신을 찾는 것을 멈추지 않는 것이라고 믿었습니다. 그리고 자신 안에서도요. 초기 교회는 이 철학을 좋아하지 않았습니다. 사람들이 각자의 방식으로 신을 찾는 것보다는 그들의 가르침과 해석을 따르는 것을 선호했죠.」

코왈스키가 앓는 소리를 냈다. 「어떻게든 신도석을 채워야 했겠지.」

베아트리체 수녀가 그의 비꼬는 듯한 견해에 이맛살을 찌푸렸고, 그는 입을 다물었다.

「그것보다는 좀 더 미묘한 내막이 있습니다.」 베일리 신부가 말했다. 「하지만 결과적으로 보면 〈토마 복음서〉는 이단으로 선언되었습니다. 그래도 여전히 교회 내에는 〈토마 복음서〉에 나와 있는 기본적인 교리를 존경하고 따르는 사람들이 있습니다. 아시다시피 교회라고 해서 과학을 무시하는 것은 아닙니다. 우리는 진보적인 생각, 새로운 사상과 아이디어를 옹호하는 연구 시설들을 운용하는 가톨릭 대학교와 병원을 운영하고 있습니다. 교회의 어떤 부분은 분명 보수적이고 변화에 대한 대응에 느리지만, 기존 질서에 도전하고 교회를 유연하게 만들어 주는 사람들도 있죠.」 그는 침묵하고 있는 수녀를 가리켰다. 「그것이 우리가 봉사하는 역할입니다. 토마 교회의 역할이기도 합니다.」

큰 교회 안에 숨어 있는 교회.

그레이는 비고르의 따뜻한 미소를 떠올리며 카드를 유심히 관찰했다. 그의 눈에는 항상 비밀스럽고 재밌어하는 듯한 반짝임이 머물렀다. 테이블을 둘러보는 동안 그는 시그마 포스로서 수행한 첫 번째 모험부터 지금까지 그를 하나의 원처럼 끌어들이는 힘을 느꼈다. 그는 수백 년에 걸쳐 과거와 미래를 관통하는 힘의 물결을 느낄 수 있었다.

베일리 신부가 그를 다시 현재로 데려왔다. 「하지만 토마 교회가 더 큰 교회 안의 유일한 비밀 집단은 아닙니다. 저는 다른 사람의 부탁 때문에 여기로 오게 되었습니다.」

놀란 그레이는 그를 힘주어 바라보았다. 「누굴 말씀하시는 겁니까?」

테이블 쪽으로 등을 돌린 베일리 신부는 창밖 광장에 있는 교회를, 성탄절이 끝나 가면서 어둠 속으로 가라앉는 교회를 쳐다보았다.

「기독교의 초창기까지 거슬러 올라가는 아주 오래된 집단입니다.」 이윽고 그가 입을 열었다. 「이 지역에서 만들어진 그룹으로서, 이후 이 그룹의 회원들은 비밀리에 무지의 어두운 물결과 싸워 왔습니다.」

「무엇을 말씀하시는 거죠?」 칼리가 물었다.

베일리 신부가 다시 테이블 쪽으로 주의를 기울였다. 「〈라 클라브La Clave〉에 대해 알고 계십니까? 번역하면 〈열쇠〉라는 뜻입니다.」

모인 사람들은 서로를 쳐다보았지만, 아무도 그 조직을 알지 못했다.

「그렇다면 콜룸바 종교 집단은 어떻습니까?」

그레이는 머리를 저었지만, 마라는 갑자기 헉하고 숨을 멈추었다. 분명 이름에서 뭔가를 떠올린 것 같았다.

「성 콜룸바 말씀이시군요.」 그녀가 말했다.

「맞습니다.」

그레이가 설명해 달라는 표정으로 쳐다보았다. 「그게 누구죠?」

마라는 카드를 보며 말했다. 「콜룸바는 그 지역에서 숭배의 대상이에요.」

「그런데 그게 누구야?」 칼리가 물었다.

마라가 친구를 돌아보았다. 「마녀들의 수호성인이야.」

오후 6시 8분

마라는 **마녀** 역할을 맡았던 자신의 은사들이 살육당한 마당에 자신은 살아남았다는 사실에 한 번 더 죄책감을 느꼈다. 쓰라린 느낌이 속을 파고드는 순간, 그녀는 테이블 위에 놓인 쌍둥이 카드가 상징하는 철학을 떠올렸다.

찾으라, 그러면 찾을 것이오.

이 교리는 더 나아가 한 단어로, 인류의 기본적인 욕구로 줄일 수 있었다.

호기심.

수천 년 동안 독재 권력들은 이러한 특성을 뭉개고, 질문하는 자들을 침묵시키고, 현상 유지에 도전하는 책들을 금지하고, 감히 질문을 던지는 여자들을 불태워 버리려고 했다. 아이들은 무언가에 호기심을 가질 때에는 조심해야 한다는 경고를 귀에 못이 박히도록 들으면서 자라야 했다.

얘들아, 기억하렴. 호기심이 고양이를 죽인단다.

피어스 중령의 시선은 줄곧 마라의 얼굴에 고정되어 있었다. 「마녀를 후원한 성인이라고요? 그런 사람이 있습니까?」

베일리 신부가 대답했지만, 마라는 듣는 둥 마는 둥 했다. 그 지역에서 자란 마라는 그 이야기를 이미 잘 알았다. 순교할 만큼 그리스도를 숭배했지만 세계에 대한 질문 던지기를 그만두지 않았던, 마녀가 되는 것을 멈추지 않았던 성인 콜룸바에 대해 베일리 신부가 설명했다.

「콜룸바가 순교한 이후로 사람들은 그녀에게 계속 기도합니다. 흑마술로부터 자신들을 지켜 주고 좋은 일을 하는 마녀들을 지켜 달라고 말입니다. 그래서 성 콜룸바를 숭배하는 사람들의 집단이 생겨났습니다.」 베일리 신부가 말을 끝맺었다.

「그게 라 클라브라는 집단이군요?」 그레이가 물었다.

「성인 콜룸바 추종자들 내부에서 만들어진 집단입니다. 라 클라브는 유럽 전역을 휩쓴 마녀재판 동안 존재가 드러났습니다. 16세기에서

17세기 즈음이죠. 그들은 마녀들을 보호하고 당시의 어둠에 한 줄기 빛을 던져 주기 위해 최선을 다했습니다. 그리고 결국 그들이 승리했습니다. 마녀사냥이 끝났으니까요.」

「그런데 왜 그 조직은 계속 유지된 거죠?」

「어둠은 자라났다가 줄어들 뿐 절대로 사라지지 않기 때문입니다. 그 지역에서는 스페인 종교 재판소가 마녀사냥을 주도했습니다. 하지만 좀 더 계몽된 시대가 오자, 종교 재판소의 가장 어두운 분파만이 남았죠. 그들은 자신을 크루시불룸Crucibulum이라고 불렀습니다.」

그레이의 눈이 작아졌다. 「크루시블Crucible이군요.」

「크루시블은 불을 이용해서 정화 작용을 하는 그릇을 말합니다.」 신부가 말했다.

마라는 한 가지 진실을 알고 있었기에 고개를 들었다.

그 불은 지금도 타오르고 있어.

「이성이라는 새로운 빛이 차츰 밝아지면서 크루시블의 힘은 줄어들었습니다.」 베일리 신부가 계속했다. 「그들은 몸을 숨겼습니다. 새로운 빛의 그림자가 된 거지요.」

「그럼 라 클라브는요?」 그레이가 물었다.

「그들은 이 지역에서 누가 진정한 적인지 잊지 않고 크루시블에 대한 감시를 늦추지 않았습니다. 두 그룹은 어둠에 대항하는 빛, 무지에 대항하는 지식이라는 형태로 비밀리에 전쟁을 벌여 왔습니다.」

「지금까지요?」

「특히나 **지금**이 그렇습니다. 진실이 공격당하는 시대이니 더더욱이요. 크루시블은 강해졌고, 더 대담해졌어요. 그들은 지식을 없애고 새로운 암흑시대를 열고 싶어 합니다.」

「잘못 알고 계신 거예요.」 마라가 그의 말을 끊자 다들 그녀를 주목했다. 사람들의 시선이 모이자 그녀의 목소리가 떨렸다.

마라가 자신의 생각을 주장할 힘을 주고자 칼리가 그녀의 손을 잡았다.

「그들은 단지 지식을 없애길 원하는 게 아닙니다. 지식을 **창조하는** 모든 원동력을 없애 버리고 싶어 해요. 그들은 호기심을 억누르고, 자신들을 둘러싼 세계에 감히 질문을 던지는 자들을 벌하고자 합니다.」

베일리 신부의 눈이 커졌다.「그 말이 맞습니다.」

다행히도 관심이 사제에게로 옮겨 갔다.

「호기심은 신께서 주신 재능입니다.」그는 계속 말을 이었다.「우리가 자연 세계를 탐험하고 공부할 수 있는 도구이고요. 그렇게 하지 않는 것은 신과 신의 창조물에 대한 모욕입니다.」

「그리고 크루시블은 이에 반대하는 거군요.」그레이가 말했다.

베일리 신부가 고개를 끄덕였다.「그들은 권력과 통제만 추구합니다. 고개를 바닥으로 향하고 맹목적으로 순종하기만을 요구하는 압제적 세력이지요. 그들은 신의 자애로운 말보다 자기들 우두머리의 말만 듣기를 원합니다.」

제이슨이 사람들의 관심을 정말 중요한 것에 집중시키기 위해 말했다.「그 우두머리라는 사람은 누구지요?」

베일리 신부가 실망스럽다는 듯 한숨을 내쉬었고, 몸을 아래로 조금 늘어뜨렸다.「라 클라브는 크루시블 요원들을 다수 찾아내서 제거했지만, 그들의 진정한 우두머리는 여전히 알려지지 않았습니다. 더욱이 재판소장은 더더욱 베일에 싸여 있고요.」

재판소장이라는 말에 마라는 한 줄기 서늘함을 느꼈다. 그 말은 피로 물든 이 지역의 역사를 떠올리게 했다. 스페인이나 포르투갈에서 자란 아이라면 누구나 종교 재판소의 잔인함과 부패에 관한 이야기에 두려움을 느꼈다. 그녀는 압제의 어둠이 다시는 찾아오지 않기를 기도했다.

베일리 신부가 말을 계속했다.「라 클라브는 코임브라 대학교에서 발생한 공격이 크루시블의 소행이라는 것을 알아차렸습니다. 자신들이 어려운 처지에 놓였다는 것을 알았기에 바티칸에 연락해 도움을 청했지요. 지식과 계몽의 토마 교회를 신봉하는 사람으로서 어떻게 제가 거절할 수 있겠습니까?」

240

마라가 칼리를 쳐다보았다. 「그래서 저희를 추적하신 거군요. 하지만 어떻게 저희들을 찾아낸 거죠?」

「말씀드렸듯이 라 클라브는 다수의 크루시블 요원들을 파악해 두고 있었습니다. 우리는 그동안 잡아들인 요원들을 신문했고, 크루시블 요원들을 감시해 왔지요. 운 좋게도 단서를 따라 두 분을 찾아낼 수 있었습니다. 프로젝트를 확보할 수 있도록 제때 도착하지 못한 점은 죄송하게 생각합니다.」

마라는 걱정스러운 마음으로 몸을 뒤로 기댔다.

「불행하게도, 지금은 저희도 여유가 없는 편입니다. 크루시블은 눈에 잘 띄지 않고, 네트워크가 잘 구축되어 있으며, 재원도 풍부한 것으로 알려져 있습니다. 일이 더 복잡해진 것은, 냄새를 맡고 나타난 다른 악당들과 같은 경로에서 마주치기까지 했다는 점입니다.」

제이슨이 머리를 그레이 쪽으로 기울이며 속삭였다. 「발야 미하일로프가 보낸 놈들일까요?」

그레이는 손짓으로 이 질문을 물리고는 눈을 가느다랗게 떴다. 「당신들이 알아낸 바에 따르면, 마라의 프로그램과 관련한 크루시블의 의도는 뭡니까? 어째서 그들은 마라의 인공 지능 연구를 목표물로 삼은 거지요?」

「알 것도 같습니다. 그게 우리가 당신들을 필요로 하는 이유입니다. 여러분 모두 말입니다. 그들을 막으려면 우리가 같은 생각을 공유해야 합니다. 어려운 상황이긴 합니다만, 잡아들인 적들을 신문한 결과 적어도 그들이 실비에라 씨에게서 훔친 프로젝트를 가지고 **어디로** 향하는지는 알게 됐습니다.」

마라가 침을 꿀꺽 삼켰고, 그녀의 심장이 빠르게 뛰었다. 「그게 어디죠?」

베일리는 베아트리체 수녀 쪽을 쳐다보았고, 이것은 이 정보가 막 도착했다는 것을 의미했다. 「프랑스입니다.」

그녀는 얼굴을 찌푸렸다. **프랑스라고?**

「방법이나 이유는 모르겠습니다만…….」베일리는 모인 사람들을 다시 둘러보았다. 「그들은 파리를 초토화할 생각입니다.」

15

12월 25일, 오후 6시 10분 (서유럽 표준시)
대서양 상공

멍크는 음속보다 두 배나 빠른 속도로 날고 있음에도 자기 마음속의 악마를 따돌릴 수 없었다.

F-15 이글 전투기 조종석 뒤에 있는, 무기 체계 담당 장교를 위한 자리에 몸을 억지로 끼워 넣고 있는 상황도 도움이 되지 않았다. 안전 띠가 그를 좁은 칸에다 꽉 붙들어 맸다. 다리를 거의 움직일 수 없었고, 헬멧에 장착되어 소음을 줄여 주는 헤드폰은 전투기의 프랫 앤드 휘트니사(社) 엔진이 내는 고통스러운 비명을 거의 막지 못했다. 더불어 얼굴에 부착된 산소마스크는 그의 고립감을 더욱 악화시켰다. 그 결과 그의 밀실 공포증이 한층 심해졌다.

그는 앞쪽 콘솔에서 빛을 내는 시계를 쳐다보았다.

40분이나 더 가야 하는군.

초음속으로 이동 중이었으므로 전투기는 뉴저지 레이크허스트에 있는 해군 항공 기지를 출발한 지 단 두 시간 만에 리스본에 도착할 예정이었다.

하지만 이 여정은 끝날 기미가 없는 것처럼 느껴졌다.

그는 계속 캣을 걱정하거나 영상에 나온 해리엇의 겁에 질린 얼굴을 떠올렸다. 눈으로는 자꾸 시계가 있는 쪽을 쳐다보았다. 그는 어두운 대서양을 가로지르는 동안 격리되어 몸이 묶인 채 시간이 흘러가는 것을 주시했다. 그는 포르투갈에 도착하는 시간보다 발야 미하일로프가 정해 준 마감 시한에 더 신경을 쓰고 있었다.

단 스물네 시간…….

그 창백한 망할 것이 막내딸을 여러 조각으로 나누기 전까지 남은 시간이었다.

그의 머릿속을 채우고 있는 엔진 굉음 사이로 철컥하는 소리가 났다. 「워싱턴에서 온 전화를 연결해 드리겠습니다.」 조종사가 무전으로 알려 주었다.

페인터 국장이겠지.

멍크의 생각이 옳았다. 머리를 식힐 만한 것이 필요하다고 생각해서인지 국장은 계속 그에게 최신 정보를 알려 주었다. 하지만 연락이 올 때마다 최악의 상황이 일어난 것은 아닌지, 특히 캣과 관련해 그런 것은 아닌지 두려웠기 때문에 그의 가슴은 점점 더 조여들었다.

「멍크, 곧 착륙하겠군.」 페인터 국장이 말을 시작했다. 「나는…….」

「캣은 어떻습니까?」 멍크가 물었다.

「미안해, 당연히 먼저 알려 줘야 했는데. 캣은 안정적이야. 하지만 차도가 없어. 실은 리사가 통화 대기 중이야. 자네와 이야기를 나누고 싶어 해. 이게 전투기가 리스본에 착륙하기 전에 통화를 연결한 이유 중 하나야.」

「다른 이유는 뭡니까?」

「동영상 파일을 해독해서 스페인에 있는 배달 위치를 정확히 알아냈다고 내가 이미 자네에게 알려 주었었지.」

메시지에 숨겨진 정보에 따르면, 발야는 훔친 기술을 마드리드 중심부로 가져오기를 원했다. 그 마감 시한을 지키지 못하면…….

멍크는 더 이상 생각할 수가 없었다. 「계속 말씀하십시오.」

「파일에 숨겨진 데이터에 메시지를 보낼 수 있는 번호가 있었어. 납치범들, 다시 말해 발야와 연락할 수 있는 방법이었지. 우리가 마라 실비에라의 프로젝트를 확보했을 때 연락하기 위한 수단으로 심어 놓은 거야. 나는 아까 그걸 이용해서 발야에게 메시지를 보냈어. 세이챈과 아이들이 살아 있음을 증명할 수 있는 무언가를 보여 달라고. 그들이 건강한 상태로 아직 살아 있다는 증거를 원한다고 했어.」

「회신이 왔습니까?」

「아직이야. 하지만 연락이 오면 모든 내용을 알려 주겠네.」

멍크는 한숨을 내쉬었다. 그에게는 그런 증거가 절실히 필요했다.

페인터 국장은 계속 말을 이었다. 「연락할 수 있는 채널을 확대해서 메시지를 주고받다가 어느 순간 발야가 실수하기를 바라고 있어. 그렇게 돼서 채널을 거슬러 가다 보면 우리가 그녀를 찾아낼 수도 있을 테니까.」

영리한 생각이야.

하지만 멍크는 큰 희망을 품지 않았다. 그 러시아인은 너무나 영리해서 경계를 늦추지 않았고, 특히 페인터 국장이라면 더욱 조심했다.

「그렇게 하면 좀 더 시간을 벌 수 있을 거야.」 페인터 국장이 덧붙였다. 「이 방법으로 일을 지연시킬 수 있도록 최선을 다하겠네. 나의 다음 계획은 그레이의 아이가 해를 입지 않았고 안전하다는 것을 증명해 보이라고 요구하는 거야. 희망하건대 초음파나 증명할 수 있는 다른 무언가를 준비하느라 마감 시한을 조금 더 연기할 수 있기를 바랄 뿐이야.」

하지만 연기하더라도 시간이 충분할까?

그 기술을 확보하지 못한다면 이 모든 것은 전혀 의미가 없었다.

「그레이한테서 연락은 없었나요?」 멍크가 물었다.

「아직은 없네. 미국 대사의 가족들을 만나 볼 예정이었어.」

「그레이가 아직 공항에 있습니까?」

「아니야. 위성 전화에 뜨는 GPS로 보면 정해진 장소에서 벗어난 곳에 머무르고 있는 것으로 보여. 아마도 대사 가족들이 장소를 옮겼거나 단서를 쫓고 있는 거겠지. 업데이트된 정보가 들어오면 바로 알려주지.」

좋아.

멍크는 어서 그레이와 그 일행에 합류하고 싶었다.

「하지만 앞에서 말했듯이, 자네에게 전화를 건 더 중요한 이유는 리사와 자네를 연결해 주기 위해서야. 리사가 캣의 상황과 관련해서 자네에게 들려줄 새로운 정보가 있는 것 같아.」 페인터 국장이 말했다.

멍크는 산소마스크로 숨을 더 깊이 빨아들였고, 마음의 준비를 했다.

연결이 끊기고 이어지기를 몇 번 반복하더니 리사와 통화가 연결되었다. 「안녕, 멍크. 거긴 좀 어때요? 견딜 만한가요?」

그는 고도계 수치를 확인했다. 「지금 대략 1만 2천 미터 상공에서 버티고 있습니다.」 그가 농담조로 한 말은 긴장을 해소하기 위한 것이었지만, 리사의 질문에 대한 분노를 드러내는 독설처럼 들렸다. 생각지도 못한 일이었다. 리사에게 그런 분노를 쏟아 낼 이유는 없었다.

「미안합니다, 곧 착륙할 겁니다.」 그가 처진 목소리로 말했다. 「저에게 이야기하고 싶은 게 있다고 들었는데, 뭡니까?」

「당신이 너무 재빨리 나가 버려서 그랜트 박사가 캣에게 시도해 볼 만하다고 제안한 것을 설명할 기회가 없었어요.」

그는 리사가 그 신경학자와 깊은 대화를 나누며 병원 복도에 서 있던 모습을 기억했다. 「자, 지금 저는 옴짝달싹 못 하게 된 상황에 처해 있습니다. 날아가는 토스터기 안에 갇혀 있으니까요. 해야 할 이야기가 뭐지요?」

「실은, 당신의 허락이 필요해요.」

「무엇 때문이죠?」

리사가 멍크에게 그 내용을 말했다.

비행복에 체온 유지 기능이 있음에도, 멍크의 몸이 차가워졌다.

「제 말이 어떻게 들릴지 알고 있어요.」 리사가 말했다. 「제가 요청하는 바를 누구보다 잘 이해하실 겁니다.」

그는 리사가 설명한 절차를 상상해 보면서 팔을 들어 올렸다. 손바닥으로 머리를 민 두상을 쓰다듬으려고 한 것이었다. 초조해서 나온 행동이었다. 대신 그의 인공 기관 손은 헬멧에 부딪혔다.

「그랜트 박사는 이런 시도가 다리를 불태우는 짓이라고 믿고 있다는 걸 말씀드려야 할 것 같아요. 우리가 이 방법을 시도한다면 다시는 되돌릴 수 없을 거예요. 치료가 아니라 사망 선고인 거죠. 하지만 캣이 뭔가 다른 것을 알고 있는지를 알아내기 위한 최선의 방법이고 유일한 기회예요.」

멍크가 침을 삼켰다. 「달리 말하자면, 캣을 죽여도 된다는 허가를 하라고 요청하시는 거군요.」

「당신의 두 딸을 구해 낼 기회를 위해서예요.」

그건 기회일 뿐인데…….

하지만 그걸로도 충분했다.

「그렇게 해주세요.」

오후 1시 28분(미 동부 표준시)

미안해, 캣.

리사는 자신이 친구를 불필요하게 고문하는 게 아니기를 기도했다.

리사는 수술실의 관찰실에 앉아 있었다. 신경외과 의사 두 명이 캣의 목에 미주 신경이 있는 부분까지 절개를 시행했고, 이후 그것을 전극으로 감쌌다. 지금은 절개 부분을 봉합하는 중이었다. 동시에 그랜트 박사는 한 외과 의사와 함께 또 다른 전극을 그녀의 뇌 시상에다 박아 넣었다.

캣의 위중한 상태를 알고 있었기에 그들은 재빨리 수술을 시행했다. 심지어 필요성이 없다고 보아 마취를 하는 위험도 무릅쓰지 않았다. 캣의 뇌 활동을 보여 주는 뇌전도에 그녀가 깨어 있음을 보여 주는 반응이 나타나지 않았기 때문이다.

리사는 이번만큼은 캣의 의식이 없기를, 그녀가 아무것도 느끼지 않기를 기도했다.

리사의 유일한 혈육은 캘리포니아에 사는 남동생이었다. 리사가 캣과 서로 알고 지낸 지는 몇 년밖에 되지 않았지만, 두 사람은 형제처럼 서로에게 가까운 존재가 되었다. **내가 늘 원했던 여자 형제.** 캣은 리사가 페인터 국장과 결혼할 때 신부 들러리가 되어 주었다. 어떤 면에서 그들은 리사의 남편을 공유했다. 시그마 포스의 수석 분석가로서 캣은 리사와 비교하면 과거나 지금이나 페인터 국장과 더 많은 시간을 보냈다. 캣은 페인터 국장의 오른팔이자 친구였고, 공명판이었다.

리사는 그런 유대 관계에 화를 내거나 질투한 적이 없었다. 사실 그녀는 표현한 것보다 훨씬 더 고맙게 생각했다. 캣은 리사가 절대 채워 줄 수 없는, 페인터 국장의 삶에 난 구멍을 채워 주었다. 그것은 페인터 국장을 더 완전해지도록 만들었고, 좀 더 나은 남편, 심지어 좀 더 나은 남자가 되도록 해주었다.

지금 자신이 무엇을 잃고 있는지, 그들 **모두**가 무엇을 잃고 있는지 알고 있었기에, 그녀는 이 어려운 상황에서 직업적 전문가의 자세를 유지하려고 최선을 다했다. 멍크에게는 자신감에 차고 능숙한 얼굴을 내보였지만 내심 그녀는 비통해하고 있었다. 슬픔을 억누르느라, 숨을 쉴 때마다 참아 내느라 갈비뼈가 아팠다.

드디어 그랜트 박사가 수술대에서 돌아섰고 리사에게 엄지손가락을 치켜들어 보였다. 간호사들과 의사들이 캣을 옮기기 위한 준비를 했다. 그녀의 몸은 튜브와 전선, 다른 여러 선으로 뒤덮여 있었고 여전히 산소 호흡기도 연결되어 있었기 때문에 매우 힘든 작업이었다.

리사는 그랜트 박사를 만나러 아래층으로 내려갔다. 회복실로 도착할 때쯤 신경학자팀은 수술 장갑과 마스크, 가운을 벗은 상태였다. 그들의 흥분된 대화 소리에 그녀는 짜증이 났지만, 그 태도에는 긍정적인 느낌이 묻어났다.

잠시 뒤 캣이 침대에 실려 회복실 안으로 들어오고 그랜트 박사가 그녀를 뒤따랐다. 회복실은 이미 깨끗하게 치워져 있었고 다음 단계를 위한 준비가 끝나 있었다.

리사가 그에게 합류했다. 「어떻게, 잘됐어요?」

「예상한 만큼은요.」 그가 대답했다. 「하지만 여기서부터는…….」

그랜트 박사는 어깨를 으쓱하고 나서 간호사들에게 캣의 침대를 두 개의 컴퓨터 부스 사이에 놓도록 지시했다. 한쪽에는 뇌전도를 보여 주는 기계가 대기 중이었는데, 전극의 꼭지 부분을 캣의 빡빡 깎은 머리에 다시 연결하기 위해서였다. 다른 한쪽에는 신발 상자만 한 크기의 새로운 장비가 놓여 있었고, 거기에는 전선이 연결된 양극 및 음극 접촉 패드가 여러 개 달려 있었다.

그런 작은 장치가 캣을 다시 살려 낼지도 모른다는 희망의 근거라니, 믿기 어려웠다. 〈경두개 직류 자극tDCS〉이라고 알려진 그 수술은 낮은 수준의 전기 흐름을 캣의 뇌 특정 영역에 보내는 과정으로, 그들은 이 수술이 캣을 식물인간 상태에서 깨울 수 있지 않을까 하는 희망을 품고 있었다.

성공하면 그들은 재빨리 그랜트 박사의 MRI실로 돌아갈 것이고, 운이 좋다면 그곳에서 그랜트 박사의 심층 신경망 컴퓨터로 캣과 한 번 더 소통할 것이다.

그것이 계획이었다.

하지만 이 짧은 기적을 달성하려면 환자가 심각한 비용을, 말 그대로 **최후의** 비용을 치러야 했다.

침대가 제자리에 고정되자 뇌전도의 전극망이 캣의 두개골 위로 씌워졌고, 그랜트 박사는 두 번째 장치를 위치시킬 것을 지시했다.

「전두엽 피질에다 첫 번째 패드들을 위치시키고 테이프로 고정하세요.」 그가 지시했다. 「여기와 여기요. 그러고 나서 두 번째 패드들은 목의 측면에다 고정하세요. 하지만 두개골 골절을 조심하고요. 가능한 한 부드럽게 다뤄 주세요.」

리사는 그랜트 박사 옆에 있으면서 그의 마지막 지시가 지켜지는지 확인했다.

그랜트 박사는 경두개 직류 자극 장치를 조절하기 위해 이동했다. 「계획은 그녀의 전두엽 피질에다 연속적인 고주파 전류를 흘려 보내는 겁니다.」 그가 리사에게 말했다. 「심어 둔 전극을 통해 환자의 목에 있는 미주 신경과 뇌의 시상을 동시에 직접 자극하는 겁니다.」

리사는 전기가 캣의 신경계로 흘러들어가는 모습을 상상했다. 「성공 확률은 어느 정도인가요? 캣이 다시 깨어날 확률 말이에요.」

「최선을 다할 뿐입니다. 우리는 최소한도로 의식이 있거나 식물 상태에 있는 환자들을 깨우기 위해 두 가지 기법을 사용하고 있습니다. 첫 번째 기법은 벨기에에 있는 리에주 대학교에서 개발한 것으로, 시상을 전기로 자극했더니 다양한 수준의 혼수상태에 있는 열다섯 명의 환자를 깨웠고 그들은 질문에 대답할 수 있을 정도였습니다. 시상은 기본적으로 뇌를 켜고 끄는 스위치로 기능합니다. 10헤르츠로 시상을 자극하면 잠에 빠집니다. 40헤르츠에서 100헤르츠로 자극하면 깨어나고요. 이곳 미국에서도 성공리에 여러 번 수행된 바가 있습니다. 심지어 간병인들이 가정 내에서 통원 환자들에게 사용하기도 했고요.」

그랜트 박사가 한숨을 내쉬었다.

「왜 그래요?」 리사가 물었다.

「당신 친구는 그런 환자들보다 훨씬 상태가 나빠요. 그래서 뇌의 각성 및 경계 센터에 연결되는 미주 신경을 동시에 자극하려는 것이기도 하고요. 이 기법은 프랑스의 한 연구 병원에서 환자들을 성공적으로 깨웠거든요.」

리사는 캣에게도 그 기법이 통하기를 기도했다.

「하지만 이건 치료법은 아닙니다.」 그랜트 박사가 그녀에게 다시금 일깨웠다. 「이 방법이 통한다고 하더라도 효과는 일시적일 겁니다. 성공하든 못 하든 많은 전류가 이미 연약한 상태에 있는 몸으로 들어가기 때문에, 이 시도는 환자의 뇌사를 불러올 가능성이 커요.」

다시 말해 우리는 지금 캣의 몸에 있는 회로를 태워 버리려 하는 거군.

멍크에게 같은 내용을 경고했던 그녀는 고개를 끄덕였다. 「캣은 우리가 시도해 보길 원했을 거예요.」

그랜트 박사는 여전히 근심스러운 표정으로 주저했다.

「뭐가 맘에 걸려요?」 그녀가 물었다.

「모른다는 게요.」

「무슨 말이에요?」

그는 지금껏 해온 일들에 대해 손사래를 치듯 말했다. 「우리는 뇌 기능에 대해 아는 것이 거의 없어요. 앞서 말한 병원들은 전기적 자극에 성공했지만, 그게 **왜** 성공했는지는 모릅니다.」

현재 상황에서 리사는 그런 것에는 전혀 개의치 않았다.

통하기만 한다면야.

「준비가 다 됐습니다, 박사님.」 한 간호사가 보고한 뒤 환자에게서 물러났다.

그랜트 박사는 경두개 직류 자극 장치의 스위치로 손을 뻗었다. 그는 마지막으로 리사를 쳐다보았다.

리사는 멍크가 자신에게 마지막으로 한 말을 반복했다. 「그렇게 해주세요.」

그가 스위치를 켰다.

오후 1시 49분

칠흑 같은 어둠 속, 별 하나가 먼 곳에서 폭발했다. 그것은 희미한 반짝임에 불과했지만, 어둠을 흩어 놓기에 충분했다. 흐릿하고 해진 상태였던 의식이 한곳으로 집중되었다. 의식과 기억이 끌려 나오고 이름을 기억하는 데 영원한 시간이 걸리는 것처럼 느껴졌다.

캣……

그녀는 그 빛에 집중했다. 그것은 희미했지만, 끝없는 어둠 속에서는 밝은 횃불이었다. 단 하나의 희미한 별이 보이는 깊은 우물에 빠진 것 같았다. 그녀는 구덩이를 기어올라 그 빛을 따라가야 한다는 것을 알았다. 하지만 집중하기가 너무나 힘들었다. 의식은 확장되다가 줄어들었고, 또렷해지다 흐려졌다.

그래도 그녀는 그 우물의 돌벽을 상상하며 자신의 마음속에다 정신의 궁전을 지었다. 그녀는 손가락을 깊이 파묻고 다리로 버티며 천천히 빛을 향해 기어올랐다. 그녀가 힘겹게 싸우는 동안 별은 밝아졌다.

하지만 보상에는 벌도 따랐다.

조금씩 올라갈 때마다 고통이 커졌다. 별이 진동하며 고통의 물결이 일었다. 캣은 폭풍을 견디고 정면으로 밀어붙이며 그 속으로 들어가는 수밖에 없었다. 그녀는 빛을 향해 기어올라 가차 없는 고통으로 들어갔다. 그녀는 이제 어둠 속에서 불타올랐다. 손가락에 불꽃이 튀었고, 눈은 뇌 안에서 끓어올랐다.

그녀는 정신의 우물에서 미끄러져 내리며 휘청댔다.

온 힘을 다해 불타는 팔과 다리로 벽에 매달려 추락을 멈추었지만 머리 위의 불빛이 희미해졌다. 그녀는 울고 싶고, 굴복하고 싶고, 선선한 어둠 속으로 떨어져 내리고 싶었다. 하지만……

계속 가야 해.

그녀는 이유를 그려 보았다.

가슴에 안긴 아기. 숱이 적은 머리에 하는 키스. 순진무구함과 믿음의 냄새가 나는 포대기에 싸인 아주 작은 몸. 시간이 흐른 뒤, 이불 밑에서 웃는 모습. 닦아 준 짠맛 나는 눈물과 위로받은 상처들. 모든 것과 아무것도 아닌 것들에 대한 끊임없는 질문들.

그녀는 그런 기억들을 화상을 치료하는 연고로 사용하면서 다시금 위로 기어올랐다.

끝없이 계속되는, 알 수 없는 시간이 흐른 뒤 웅성거리는 소리가 주변에서 일었고, 어둠 속에서 유령들과 알아들을 수 없는 목소리들이 생겨났다.

그녀는 계속 싸워야 한다는 사실을 알았기에 불을 향해 나아갔다.

비록 그 불이 나를 죽게 만든다고 하더라도……

드디어 어느 목소리가 명확해졌다. 낯선 사람이었고, 그의 말은 분절되어 있었지만 그래도 그곳에 존재했다.

「……미안…… 통하질 않네요……. 그녀가…… 아니라는 걸 받아들여야 합니다…….」

그러고 나자 별이 사라졌다. 깜빡이다 흩어지더니 모든 것이 단절되었다.

그녀 주변의 우물도 사라졌다.

안 돼…….

지지해 줄 만한 것이 아무것도 없었기에 캣은 입을 벌리고 있는 어둠 속으로 굴러떨어졌다. 추락하는 동안 그녀는 비명을 질렀다.

나 아직 여기 있어. 나 여기 있어. 나 아직 여기…….

오후 7시 2분(서유럽 표준시)

F-15 전투기는 착륙만을 남겨 두고 비스듬히 날았고, 멍크는 비행기 덮개에 헬멧을 맞대고 포르투갈의 해안선을 살폈다. 어두운 대서양이 솟구치며 리스본의 불빛, 밝은 별들이 만드는 풍경, 맑은 겨울 하늘에 사람이 만들어 낸 풍경과 부딪히고 있었다.

조종사가 전투기의 날개를 다시 수평으로 만드는가 싶더니 곧 비행기 앞부분이 아래쪽을 향했다. 비행기가 육지를 향해 빠르게 하강하자 멍크의 위가 위쪽으로 솟구쳤다.

거의 다 왔어.

해안가에 다다를 무렵, 그들은 리스본 중심부에서 약 32킬로미터 떨어져 있는 포르투갈 군사 시설 신트라 공군 기지 관제탑에서 착륙 대기 비행을 하라는 지시를 받았다. 멍크는 공군 기지의 항공 교통 통제소가 자신들의 활주로에 우선 착륙 하도록 해달라는 미군 전투기의 요구에 익숙지 않나 보다고 생각했다.

그간의 조급함과 초조함을 생각해 볼 때, 그러한 지연에 그는 분명 짜증이 났을 법하지만, 오히려 그는 조종사가 몇 번 더 선회 비행 하기를 바랐다. 그는 여전히 10분 전에 리사가 전화 통화로 알려 준 뉴스와 싸우고 있었다.

우리 시도는 실패했어. 캣은 떠났어.

의사들은 어떤 일이 있어도 캣을 묘사하는 용어로는 절대 어울리지 않는 **뇌사**라는 단어를 사용했다. 어떻게 그런 총명함이 어둠 속으로 사라져 버릴 수 있단 말인가?

헬멧의 가리개가 잠겨 있어서 그는 눈물을 닦아 낼 수도 없었다. 그러고 싶지도 않았다. 그녀는 그런 눈물을 받을 자격이 있었다. 그는 눈을 감고 머리를 뒤로 젖혔다. 갑자기 비행기가 강하하면서 그의 위가 주체할 수 없는 흐느낌으로 떠는 횡격막 쪽으로 계속 밀려왔다. 이로 인해 그의 몸 전체가 들썩일 지경이었다.

캣⋯⋯.

전투기가 갑자기 머리 부분을 하늘 위쪽으로 들어 올렸다. 비행기는 솟아오르며 거의 수직으로 비행했고, 엔진이 별들을 향해 비명을 질러 댔다. 멍크는 숨소리조차 낼 수 없었다. 마치 회색곰이 가슴에 무겁게 내려앉은 것 같은 느낌이었다. 관성이 그를 좌석에 붙들었다. 가장자리부터 그의 시야가 어두워졌다.

그러다 제트기가 갑자기 수평을 유지하며 멍크의 몸도 수평으로 돌아왔다.

이런 젠장, 무슨 일이지?

조종사가 무전으로 말했다. 「죄송합니다. 새로운 지시입니다. 워싱턴 본부에서 지금 바로 파리로 가라고 합니다.」

파리?

「요원님 앞으로 또 다른 통화가 와 있습니다. 연결하겠습니다.」 조종사가 말했다.

멍크는 페인터 국장이 갑작스러운 일정 변화를 설명하려는가 보다고 생각했다. 그는 이 방향 전환이 그들의 손발을 조종하고 있는 여자와 관련이 있으며, 마지막 전화 통화를 상쇄하는 좋은 뉴스이기를 바랐다.

통화가 연결되자마자 멍크는 단도직입적으로 물었다. 「무슨 일입니까? 발야에 대해 뭔가 알아낸 게 있다고 말씀해 주십시오.」

한동안 침묵이 뒤따랐다. 멍크는 갑작스럽게 비행기가 하늘로 솟구치면서 통신에 무슨 문제가 생겼나 하고 의심했다. 그의 의심은 전화를 건 사람이 말을 했을 때 더욱 증폭되었다. 목소리는 변조된 상태였고, 로봇처럼 들렸다.

불행하게도, 매우 익숙한 음성이었다.

인질극 비디오 영상이 그의 머릿속에서 다시 재생되었다.

「당신들이 내 정체를 알아낸 모양이군.」 전화를 건 자가 말했다.

멍크는 흉터가 생긴 해리엇의 얼굴을, 납치범의 무릎에 짓눌린 자신의 딸을 상상했다. 분노가 그의 온몸을 훑고 지나갔다.

목소리 변조가 사라지면서 창백한 마녀의 러시아어 억양이 명확히 드러났다.

「오히려 잘됐군. 이제 좀 더 자유롭게 말해도 되겠어, da(그렇지)? 당신과 나 둘이서만 말이야.」

16

그레이는 달리는 리무진의 창밖으로 찬란한 빛의 도시를 바라보았다. 도시는 크리스마스를 축하하기 위해, 그리고 그 명성에 걸맞게 연말 시즌 동안 다른 대도시들보다 더 환하게 빛나려고 작정한 것 같았다.

그가 시선을 던지는 곳마다, 리무진이 방향을 틀 때마다 파리는 경이로운 아름다움을 드러냈다. 쇼윈도는 연말연시 장식품들로 반짝거렸다. 마법 같은 크리스마스 회전목마가 공원이나 광장의 중심부에서 돌고 있었고, 스케이트 타는 사람들이 별 아래에서 작은 아이스 링크 위를 내달렸다. 길을 따라 선 가로등 기둥은 빛을 내는 소나무 가지로 둘러져 있었고, 전구로 빛나는 창과 지붕 테두리는 거리를 동화에 나오는 어딘가로 바꾸어 놓았다.

앞서 그들의 세스나 사이테이션 엑스플러스는 오를리 공항에 착륙했다. 파리의 두 국제공항 가운데 규모는 더 작았지만 그들의 목적지와는 가까운 곳이었다. 하강 중에 제트기는 에펠 탑 위를 지나갔고, 그 철제 구조물은 마치 전위 예술적인 크리스마스트리처럼 불이 환하게 들어와 있었다. 반짝이는 치마처럼 펼쳐진 에펠 탑 맨 아랫부분 주변에는 대관람차를 중심으로 겨울 연말연시 시장이 방대하게 펼쳐져 있었다.

그레이만 이 모든 휘황찬란한 구경거리를 감탄하듯 바라보는 것은 아니었다. 도시 전체가 연휴의 마지막 밤을 즐기고 있는 것처럼 보였다. 사람들은 두꺼운 외투를 입고 북적거리며 모여 있었다. 시끄럽게 찬송가를 부르는 사람들이 작은 성당을 둘러싼 공원에서 진행되는 축하 행사에 가기 위해 큰 소리로 노래를 부르며 가스통부아셰 거리를 건넜다. 리무진 운전사는 브레이크를 밟았다.

그들의 적인 고대 크루시불룸이 파리를 위해 무슨 행사를 준비하는지 알고 있었기에, 어린이 합창단이 공연을 준비하는 모습을 보자 그레이의 심장은 더욱 세게 뛰었다.

그는 고개를 돌려야 했다.

반대편 거리에는 큰 대리석 빌딩이 있었다. 지붕 밑으로 〈국립 계량 실험 연구소〉라는 글자가 새겨져 있었다. 겉으로 보아 하니 프랑스의 국립 연구소들 가운데 하나의 본부로, 공학, 제조 및 측정을 전문적으로 연구하는 곳으로 보였다.

운명이 어떤 이유에서 그들을 이곳 종교와 과학의 갈림길에서 멈춰 서게 한 것인지 궁금해하며 그레이는 고개를 살짝 저었다. 그는 토마 교회의 회원인 베일리 신부, 베아트리체 수녀와 함께 리무진의 벤치형 시트에 앉은 채 건너편을 쳐다보았다. 그들 뒤로 두 번째 열에는 과학 분야의 유망주들인 제이슨과 마라, 칼리가 함께 앉았다. 맨 뒤쪽 세 번째 열에는 근육질 몸에 본능에 충실한 코왈스키가 자신의 거구를 의탁하고 있었다.

인류의 모든 면면들.

그레이는 몬시뇰 비고르 베로나와 함께 첫 번째 임무를 수행하던 때부터 지금까지 하나의 원을 그리며 그의 주변에서 소용돌이치는, 전에도 느꼈던 운명의 물결을 기억했다. 이 모든 것에 그가 알아차리지 못하는 숨겨진 어떤 패턴이 존재하는 것 같았고, 그는 그것을 지금 더욱 더 강하게 느꼈다.

찬송가를 부르는 사람들이 길을 다 건너자 리무진은 파리의 15구 더 깊숙한 곳으로 들어갔다. 그들은 목적지에 거의 도착했다.

그의 옆에 앉은 베일리는 지나쳐 가는 거리와 불빛, 축제를 보며 목을 가다듬었다. 「크루시블이 오늘 크리스마스를 공격의 날로 삼은 이유를 알겠군요. 가장 큰 손해를 입힐 수 있기 때문이겠죠.」

「그 이유 때문만은 아닐 겁니다.」 리스본에서 여기까지 오는 90분간의 비행 동안 같은 결론에 이른 그레이가 덧붙였다. 「주요 연휴 기간에는 도시가 가장 취약하죠. 다시 말해 경계 수위가 내려가고, 최소한의 교대 근무로 경찰력이 줄어들고, 많은 축하 행사들로 산만해지는 시기에 도시를 노리는 것입니다.」

「상징적 역할도 수행할 수 있고요.」 베일리 신부가 말했다. 「우리 주님이 태어난 날에 타락으로 악명 높은 도시를 파괴하는 것이죠.」

그레이가 고개를 끄덕였다. 「하지만 우리 생각이 맞는다면, 애초에 적들의 일정은 매우 빡빡했을 겁니다. 크루시블은 마라의 기술을 12월 21일 밤에 탈취하려고 계획했었습니다. 지금 이 사이버 공격을 조직하기 불과 나흘 전이죠. 이는 파리에서 모든 것을 사전에 준비했음을 의미합니다. 도미노 패들을 미리 세워 두었던 겁니다. 마라의 작업물을 손에 넣는 순간, 첫 번째 도미노 패를 살짝 건드려서 전체를 넘어뜨릴 수 있도록 준비를 마친 다음 기다리고 있었던 거겠지요.」

「그리고 이제 그걸 손에 넣었죠.」

그레이는 고개를 끄덕였고, 베일리 신부가 나머지 내용을 스스로 추론해 내는지 확인하기 위해 기다렸다.

사제가 거리로 향하고 있던 시선을 갑자기 그레이에게로 돌렸다. 「설마 당신은 그들이 오늘 일을 벌이지 않을 거라고…… 물론 아니겠지요. 그들은 그렇게 할 겁니다.」

그레이는 자신의 두려움을 확인했다. 「나흘 전, 마라 양이 재빠르고 똑똑하게 행동해 그들의 계획을 혼란에 빠뜨렸죠. 하지만 파리에 모든 것이 미리 준비되어 있고 그대로 유지되고 있다면, 적들은 일정대로 계획을 수행하기 위해 최선을 다할 것입니다. 방금 우리가 말한 이유들 때문에요.」

「당신은 그들이 오늘 밤 사이버 공격을 시작할 거라고 생각하시는군요.」

「그들은 그렇게 할 겁니다.」

이를 예상한 그레이는 파리로 날아오는 동안 페인터 국장에게 상황을 알렸다. 그는 파리에 대한 위협을 포함해서 자신이 알아낸 모든 것을 공유했다. 페인터 국장은 프랑스 정보국에 정보를 알렸고, 그들은 시그마 포스가 파리에서 지상 작전을 수행할 수 있도록 도와주었다. 도서관의 보안 카메라 영상에서 추출한 선명하지 않은 얼굴 사진은 이미 전 도시를 비롯해 주변 지역까지 배포되었다.

그리고 더 많은 지원 자원이 오고 있었다.

그레이는 시계를 확인했다. 지금쯤이면 멍크는 파리로부터 남서쪽 12킬로미터 지점에 있는 프랑스 군사 시설 빌라쿠블레 공군 기지에 착륙했을 것이다. 그의 친구는 그레이 일행과 파리의 15구에 있는 집합 장소에서 만나기로 되어 있었다.

아름답게 장식된 파리의 거리를 따라 두 번 더 차를 돌리니 그들의 목적지가 눈앞에 나타났다. 검은 철제문으로 둘러싸인, 유리와 철강으로 된 타워였는데, 예전에는 〈프랑스 텔레콤〉으로 알려진 프랑스에서 가장 큰 통신 및 인터넷 서비스 제공 회사 〈오랑주 S.A.〉의 본부였다. 이 회사는 텔레비전 및 브로드밴드 서비스와 함께 프랑스의 주요 유무선 통신 네트워크를 운영했다.

이 빌딩 인프라에서부터 전체 도시로 복잡한 네트워크망이 퍼져 나갔다.

그레이는 이 디지털망의 한가운데에다 거미를 떨어뜨릴 생각이었다.

그는 자신의 어깨 너머로 마라 실비에라를 쳐다보았다.

이 방대한 망의 모든 가닥들을 감시하기 위해서, 어떤 진동이 발생하는지를 주시하기 위해서, 마라의 창조물이 이 도시에 풀려나 있는지를 알려 주는 신호를 포착하기 위해서, 그에게는 그녀의 프로젝트와 관련한 기술과 지식이 필요했다. 그리고 그는 만일 실제로 그런 일이 벌어진다면 흔들리는 가닥을 추적해서 그 원천을 찾아낼 수 있기를 바랐다.

그의 시선을 알아차린 마라의 얼굴에는 걱정이 드리웠다. 앞으로 진행할 작업에 있어서 제이슨이 자신의 전문 지식을 제공할 것이었고 칼리도 함께할 예정이었다. 대사의 딸은 자신은 안전하다고 아버지와 언니를 안심시킨 후, 함께 이곳에 오겠다고 고집했다. 처음에 그레이는 칼리를 데리고 오는 것을 망설였지만, 마라가 칼리의 손을 꽉 쥐고 있는 모습을 보고 그 친구의 존재가 마라에게 얼마나 큰 힘이 되는지 깨달았다.

너무 많은 것이 걸려 있었기에 아무리 작은 도움이라도 마다할 상황이 아니었다. 마라는 오늘 밤 온 도시의, 아니 어쩌면 전 세계의 무게를 어깨에 짊어져야 할지도 몰랐다.

그녀에게는 실패가 용납되지 않았다.

하지만 그레이는 겁에 질린 듯한 그녀의 눈에서 더 깊은 두려움을 읽어 냈다.

그들의 계획이 통하더라도 극복하기 힘든 위험이 한 가지 존재했다. 그레이의 팀이 적의 위치를 추적하기 위해서는 네트워크망의 가닥들 가운데 하나가 진동하기를 기다려야 했다. 그것은 크루시블이 마라의 프로그램을 사용하기 시작하고 그것이 가상 감옥에서 풀려나 피해를 주어야만 가능한 일이었다. 그런데 그러면 악마가 더 넓은 세상으로 도망갈 위험이 있었다. 그런 일이 벌어진다면 막을 방법은 없었다.

리무진이 길가에 정차했다. 마라는 앉은 자세 그대로 몸이 굳었다.

그녀가 숨을 쉴 수 있도록 칼리가 친구를 더 가까이 끌어당기며 속삭였다. 「우린 할 수 있어.」

그레이가 몸을 앞으로 돌렸다.

무슨 일이 있어도 그래야만 해.

오후 10시 2분

통신 회사 빌딩 14층의 컴퓨터실에서 마라는 미친 듯이 자판을 두드려 댔다. 요청한 모든 것이 준비된 상태로 그녀가 도착하기만을 기다리고 있었다.

이제 내 차례군.

집중해야 했기 때문에 그녀는 컴퓨터실을 자신만 이용하게 해달라고 요청했다. 두 사람만이 예외였는데, 칼리와 제이슨이었다. 칼리는 그녀 옆에 앉았고, 제이슨은 뒤에 서서 기술적 지원을 제공할 준비를 했다.

그녀 왼편에 있는 유리창으로 층의 나머지 부분이 내다보였다. 회사의 연구 개발 부문인 오랑주 연구소가 그 층 전체를 쓰고 있었다. 오랑주 연구소는 수백 개의 대학교, 산업체, 연구원 들과 맺은 파트너십을 기초로 구축한 전 세계 기술 센터 및 연구실의 네트워크를 활용했고, 엔지니어와 소프트웨어 디자이너, 제조 분야 전문가로 구성된 여러 학문 분야에 걸친 팀들에 의해 운영되었다. 하지만 크리스마스 저녁이라 건물에는 연구소의 컴퓨터 보안 사건 대응팀 소속 직원들 몇 명만이 있었다. 그들은 지금 피어스 중령과 다른 사람들 주변에 모여 있었다.

「어떻게 돼가?」 칼리가 물었다.

「코임브라 대학교에 있는 내 연구 파일에 로그인했어.」 마라가 말했다. 「그리고 내 프로그램의 루트 코드를 다운로드했어. 이제 독특한 패킷들, 다시 말해 이브의 초창기 버전들에 존재하는 독특한 기본 코드의 마이크로커널들을 분리해 내고 있어. 이것들은 최신 버전에도 통합된 것들이야.」

「이브의 디지털 지문 같은 거지.」 제이슨이 말했다.

「정확해. 그런 **지문**들을 이용해서 인터넷과 오랑주 네트워크를 통과하는 방대한 데이터들을 검색하고 그중 지문이 일치하는 것들이 나타나는지 주시할 생각이야.」

칼리는 팔짱을 꼈다. 「그러고 나서 그걸 따라가면 우리 엄마를 살해한 개자식들을 추적할 수 있겠네.」

그렇게 되길 바라고 있어.

마라는 너무 늦은 것은 아닐까 두려워하며 조용히 작업에 몰두했다. 그녀는 베일리 신부와 그레이 사이의 대화를 엿들었다. 두 사람은 크루시블이 오늘 밤 파리를 상대로 사이버 공격을 감행하리라 예상했다.

이미 시작했다면 어쩌지?

마침내 그녀는 열두 개로 구성된 독특한 마이크로커널 세 세트, 다시 말해 이브의 디지털 지문 서른여섯 개의 데이터 포인트를 추출했다. 그녀는 그것들을 복사한 뒤 네트워크를 훑고, 오류를 제거하고, 관찰할 수 있도록 설계된 시스템인 오랑주 검색 엔진에다 업로드했다.

그녀는 컴퓨터 화면 상단에 흐르는 측정 창을 쳐다보며 몸을 뒤로 젖혔다. 그녀는 자신의 코드가 이 타워와 전 세계 곳곳의 여러 타워에 숨겨져 있는 오랑주 연구소의 서버 속을 흐르는 모습을 상상했다.

기다리는 동안 그녀는 휘황찬란한 태피스트리 같은 겨울 파리의 모습을 창문 밖으로 내려다보았다. 눈이 오지는 않았지만 센강에서 차가운 안개가 흘러나왔다. 밤 속으로 사라지는 꿈인 것처럼 파리의 불빛은 안개로 인해 흐릿한 환영이 되었다. 하지만 무엇보다도 안개 위로 솟은 에펠 탑이 죽어 가는 도시의 마지막 불빛처럼 빛났다.

마라는 그런 생각에 몸을 떨었다. 그 운명이 현실이 되는 것은 아닐까 두려웠다.

컴퓨터에서 알람 소리가 울리며 스캔 작업이 끝났음을 알려 주었다. 그녀는 결괏값을 읽었다. **악성 파일 매치 0.00%.** 그녀는 눈을 감고 한숨을 내쉬었다.

문제없어.

제이슨도 결과를 확인한 후 그녀의 어깨를 쿡 찔렀다. 「그렇다면 아직까진 크루시블이 이브를 파리의 시스템에다 업로드하려고 시도하지 않았단 말이네.」

「응.」마라가 인정했지만, 제이슨의 말을 정정했다. 「이 디지털 지문이 효과가 있다는 것을 가정할 때 가능한 이야기지. 우린 여기서 그저 시간을 낭비하고 있는 건지도 몰라.」

제이슨이 아래로 몸을 기울이더니 그녀의 어깨에다 조심스레 손을 얹었다. 「자책하지 마. 너의 방법론은 탄탄하고 훌륭해.」

마라는 눈을 들어 그를 쳐다보았다. 보조개와, 턱과 뺨 위로 난 연한 금발 턱수염이 눈에 들어왔다. 「고마워.」

그도 그녀를 보고 싱긋 웃어 보였다. 「당연한걸, 뭐. 어려운 부분은 이제부터지.」

다시 컴퓨터 화면으로 시선을 돌린 마라는 그가 한 말이 무슨 의미인지 의아해하며 미간을 찌푸렸다.

「기다림의 시간을 말한 거야.」제이슨이 좀 더 명확하게 말했다. 「왜냐하면 **분명** 이 방법은 먹힐 거야. 만약 크루시블이 너의 프로그램을 이용해서 파리의 인프라를 파괴하려고 시도한다면 우리가 그걸 알아차릴 수 있을 거야.」

마라가 숨을 깊게 들이쉬었고, 그의 장담에서 자신감을 얻었다. 「이제부터는 계속 프로그램이 작동할 거야. 내가 업로드한 서른여섯 개의 데이터 포인트 중 어느 하나와 일치하는 악성 코드가 감지된다면, 우리에게 즉각 통보가 오겠지.」

하지만 죄책감으로 가득 찬, 더 큰 불안이 마라를 괴롭혔다. 화면을, 계속 스캐닝이 진행되고 있음을 알리며 회전 중인 바퀴를 쳐다보며 그녀가 말했다. 「애초에 이브를 만들지 말았어야 했어. 내가 도대체 무슨 생각을 했던 거지?」

「네가 만들지 않았다면 다른 누군가가 만들었을 거야.」제이슨이 그녀에게 확신을 주듯 말했다. 「만든 사람이 **너**여서 정말 다행이지.」

「왜 나여서 다행이야?」

제이슨은 책상 쪽으로 다가가 모서리에 몸을 걸치고는 마라가 앉은 의자를 돌린 뒤 그녀를 정면으로 쳐다보았다.「난 제네스의 구조를 살펴봤어. 구글의 퀀텀 드라이브를 깔아 놓은 것부터 카멜레온 회로들을 통합한 것까지, 제네스는 놀라워.」

「카멜레온 회로?」칼리가 물었다.

잠깐 정신을 다른 데 팔 수 있는 기회에 행복해하며 마라가 설명했다.「상황에 맞춰 가며 기능을 바꿀 수 있고, 심지어 스스로 수리도 가능한 논리 회로를 말하는 거야.」

「시스템을 엄청나게 다재다능하게 만들어 주지.」제이슨이 말했다. 「이건 정말 열라 천재적이야. 나의 프랑스 말을 용서해 줘.」[17]

「뭐, 프랑스에 있으니까.」마라가 미소를 지어 보였다. 몇 개월 만에 처음 웃는 사람 같았다.「그렇다면 나름 괜찮다고 봐도 되겠네.」

제이슨 역시 그녀를 보며 웃었다.「그 기능의 다재다능함 덕분에 너는 너의 창조물에다 불확실성을 프로그래밍할 수 있었지.」

칼리가 인상을 썼다.「난 이해가 안 되는데. 넌 왜 이브가 **불확실**하기를 원한 거야?」

제이슨이 설명을 시작하려 했지만 칼리가 손바닥을 들어 보이며 그의 말을 잘랐고, 대신 마라를 쳐다보았다.

마라가 나섰다.「불확실성은 인간 추론의 주요 양상이야. 불확실성이 없다면 우린 우리 자신의 결정을 절대 의심하지 않을 거야. 항상 우리가 옳다고 **확신**하겠지. 시간이 흐름에 따라 인공 지능의 학습 능력을 불안정하게 만드는 것은 이 불확실성이야. 하지만 만일 인공 지능이 불확실성을 갖고 의심할 수 있는 능력을 갖추고 있다면 그것은 자신을 판단하기 시작할 테고, 행동이나 결정이 자신이 원하는 결과를 가져올 것인지를 질문하고 좀 더 철저히 이를 시험할 수도 있어. 이런

---

17 영어로〈내 프랑스 말을 용서해 달라Excuse my French〉는 말은〈욕해서 미안합니다〉라는 의미로 사용된다.

식으로 인공 지능은 개연성을 이해하는 거야. 특히 원인과 결과 사이의 난해한 관계를 깨닫기 시작하는 거지.」

제이슨이 고개를 끄덕였다. 「그게 의미하는 바는…….」

「그게 **무슨 뜻인지는** 나도 알아.」 칼리가 재빨리 말했다. 「남자랍시고 나한테 설명할 필요 없어.」

마라가 두 사람 사이에 끼어들었다. 「제이슨이 그런 의도로 한 말은 아닐 거야.」

그녀의 달래는 듯한 말은 칼리의 눈에 드러난 짜증만 깊어지게 했을 뿐이었다.

「그러든 아니든.」 칼리가 말했다.

제이슨은 화제를 바꾸려 했다. 「이야기가 다른 데로 샜네. 마라, 넌 조금 전에 애초에 이브를 만들어 내는 위험을 초래할 필요가 있었겠느냐고 물었지? 그건 최고의 선택이었어.」

「왜?」

「그러지 않았더라면 아마도 넌 너 자신을 불운한 운명에 처하게 했을 테니까.」

「나 자신을 불운한 운명에 처하게 했을 거라고? 어째서?」

「로코의 바실리스크에 대해 들어 본 적 있어?」

마라는 고개를 저었고, 칼리를 쳐다보았다. 그녀는 어깨를 으쓱했다. 똑같이 모른다는 사실을 인정하기를 거부하는 게 분명했다. 하지만 호기심 때문에 마라 곁으로 더 바짝 다가왔다.

제이슨은 한숨을 내쉬고는 턱을 문질렀다. 「그렇다면 그냥 말하지 말아야겠네. 설명하면 너에게 해를 입히게 될…… 게다가 또 남자랍시고 설명이나 하고 싶지는 않거든.」

그는 보일 듯 말 듯 한 미소를 지으며 칼리에게 날카로운 시선을 던졌다. 마라는 그의 놀리는 듯한 태도에 매료되어 웃을 수밖에 없었다.

「좋아.」 칼리가 씩씩거리며 말했다. 「로코의 바실리스크가 뭐야? 그리고 우리가 알면 안 되는 이유가 뭐야?」

「좋아, 하지만 기억해 둬. 난 경고했어.」

오후 10시 18분

칼리는 여전히 그 남자에게 짜증이 난 상태로 팔짱을 끼고 있었다. 칼리는 왜 그가 자신을 짜증 나게 하는지 설명할 수 없었지만, 여하튼 짜증이 났다. 확실히 그는 귀엽고 매너도 좋았다. 하지만 그녀와 마라는 공항에서 공격당했고, 호텔에서 기습을 당했으며, 누군가가 총구를 겨눈 상태에서 납치되었는데, 이제는 급기야 비밀스러운 이들로 구성된 미국의 준군사 조직에 의해 감시를 받고 있었다. 그리고 그 팀에는 이 자신만만한 기술 분야 전문가도 포함되어 있었다.

누군들 이 모든 일을 겪으면 짜증이 나지 않겠어?

겉으로 볼 때, 마라는 짜증을 내지 않는 것 같았다.

마라는 그 남자애와 급격히 친해졌다. 리무진을 타고 오면서 그에게 속삭이기도 하고, 전문적인 이야기를 나누고, 기술적인 면들을 비교하기도 했다. 둘은 마치 이미 가장 친한 친구라도 된 것처럼 굴었다. 칼리는 마라가 수줍어하면서 웃고 그를 곁눈질로 쳐다보기 위해 검은 머리카락을 옆으로 넘기는 모습을 보았다.

친구를 소유하고 보호하려는 심정에서 칼리는 제이슨이 자신들을 내버려 두고 다른 사람들에게 합류하기를 바랐다. 그가 마라가 작업하는 데스크톱 컴퓨터 쪽으로 몸을 기울였을 때, 마라가 손을 뻗어 그의 무릎을 살짝 만지는 모습을 보고 그녀의 짜증은 폭발했다.

칼리는 차를 타고 이곳으로 오던 도중 친구의 손바닥에서 느껴지던 온기를 기억하며 그녀의 손을 쳐다보았다. 마라는 앉은 자리에서 남자애를 올려다보고 있었다. 그녀의 입술 주변에 즐거워하는 듯한 미소가 어려 있었다.

마라도 동의하며 말했다. 「좋아, 모험을 한번 해볼게. 로코의 바실리스크에 대해 말해 봐.」

「베이에어리어에 사는 엘리저 유드카우스키라는 이름의 기술 전문가가 운영하는 웹사이트에 나타난 생각 실험이야.」

마라는 손을 아래로 내렸고, 눈이 커졌다.「유드카우스키?」

「그 사람을 알아?」제이슨이 물었다.

마라가 칼리를 향해 몸을 돌렸다.「내가 인공 지능 박스 실험에 대해 말해 준 거 기억해?」

칼리는 고개를 끄덕였다.「어떤 남자가 디지털 박스에서 벗어날 수 있도록 문지기들을 설득하는 슈퍼컴퓨터인 것처럼 행동했었지?」

「그래, 맞아.」마라의 얼굴이 밝아졌다.「슈퍼컴퓨터 역할을 맡았던 남자, 매번 설득을 통해 박스에서 빠져나온 남자가 바로 유드카우스키야.」

칼리가 얼굴을 찌푸렸다.「좋아, 그런데 웹사이트에 나와 있는 이 생각 실험이 어쨌다고?」

제이슨이 설명했다.「그 실험의 가정에 따르면, 초지능을 가진 인공 지능은 틀림없이 나타날 것이고, 뭐든지 할 수 있는 신과 같은 지능으로 발전하게 돼 있어. 이 새로운 인공 지능 신의 주된 원동력 중 하나는 완벽을 추구하고, 끊임없이 자신을 개선하고, 주변 환경을 개선해 나가는 거야.」

마라는 고개를 끄덕였다.「우리가 조심하지 않으면 일어날 수 있는 일이라고 전문가들 대부분이 예상하고 있지.」

「맞아. 그게 바로 바실리스크야. 이 이야기의 괴물이지.」제이슨이 말했다.「그리고 이 신과 같은 인공 지능은 사물들을 좀 더 완벽하게 만들 수 있도록 설계되어 있기 때문에 이 핵심적 구동력을 방해하는 사람이나 사물을 **적**으로 판단할 거야. 그리고 여기에는 애초에 그것이 태어나는 것을 막으려는 사람도 포함되지.」

「심지어 우리도 포함된다는 거군.」자기도 모르게 흥미를 느낀 칼리가 말했다.

「우리가 더더욱 그렇지. 그 인공 지능은 인간에 대해 아주 잘 알 거야. 우리가 두려움에 의해 동기 부여를 받고 벌에 의해 조종된다는 것을 아는 거지. 그 인공 지능은 인간이 자신을 중단시키거나 고치려 드는 것을 막기 위해 과거를 살펴볼 거고, 막으려는 자들이 누구인지 판단되고 나면 그들을 고문할 거야.」

「본보기로 삼으려는 거군.」 마라가 말했다.

칼리가 인상을 썼다. 「하지만 미래에 그 사람들이 죽어 있으면?」

「상관없어. 그게 바실리스크를 멈추게 하진 못해. 그 인공 지능은 전지전능한 신이니까 과거의 범법자들을 부활시킬 거야. 그 인공 지능은 자신들이 **우리라고** 생각하는 아바타들, 완벽하게 시뮬레이션된 복제품들을 만들어 낼 거고, 바실리스크는 그들을 무자비하게 영원히 고문할 거야.」

마라의 안색이 안 좋아 보였다. 「디지털 지옥이군.」

「하지만 완벽을 추구하는 이 바실리스크는 판단 과정에서 꼼꼼하다는 점을 기억해야 해. 자신을 **막으려고** 적극적으로 노력하는 사람들뿐만 아니라, 애초에 인공 지능이 태어날 때 적극적으로 **돕지** 않았다고 판단되는 사람도 똑같은 처벌을 받게 될 거야.」

마라는 얼굴을 찡그렸다. 「행동하지 않은 죄를 물어 벌주는 거군.」

「그러니, 지금 승선해라, 안 그러면 영원히 불행한 운명에 처할 거다?」 칼리가 말했다.

제이슨이 천천히 고개를 끄덕였다. 「그게 이 이야기의 교훈이야. 그리고 불행하게도 이 이야기를 알게 되었으니 너는 나중에 왜 이 인공 지능이 태어나는 일을 돕지 않았는지 변명할 수도 없지. 더 이상 무지를 주장할 수 없게 된 거야.」

「그리고 넌 이 이야기로 우릴 불행한 운명에다 밀어 넣었고?」 칼리가 말했다.

제이슨이 어깨를 으쓱했다. 「난 분명 경고했어.」

마라가 얼굴을 찌푸렸다. 「당연한 소리지만, 이 이야기를 심각하게 받아들이는 건 아니겠지?」

그는 또다시 어깨를 으쓱해 보였다. 「이 생각 실험이 웹사이트에 나타난 이후 유드카우스키는 그 글을 삭제했어. 그 웹사이트에서의 추가적인 토론도 이상하게 계속 삭제되고 있어.」

「더 많은 사람을 불행한 운명에 처하도록 만들지 않기 위해서?」 마라가 물었다.

「아니면 그냥 사람들의 화를 돋우지 않기 위해서일지도.」 제이슨은 계속 말을 이었다. 「2년 전쯤에 어느 유명한 컴퓨터 엔지니어가 새로운 교회를 창설했어. 〈웨이 오브 더 퓨처 Way of the Future〉라는 교회인데 심지어 면세 지위를 얻기도 했어. 제출된 문서에 따르면, **인공 지능에 기반한 신의 실현과 수용, 숭배가 그 교회의 목적**이야. 그러니 분명 누군가는 미래의 신이 될 인공 지능의 비위를 맞춤으로써 대비책을 세우고 있다는 거지.」

「설마, 농담이겠지.」 칼리가 말했다.

제이슨이 고개를 저었다. 「이 교회의 창립자는 아주 진지해. 그리고 우리도 그러는 게 좋을 거야.」 그가 마라를 지긋이 쳐다보았다. 「그러니까 이제 알겠지. 네가 이브를 만들어 낸 것이 **최선**의 결정이었다는 걸. 최소한 넌 이 미래의 신이 할 수 있는 선한 일을 이미 하고 있으니까.」

「그렇다면 다시 일로 돌아가야겠군.」 마라가 말했다.

하지만 그녀가 컴퓨터로 다시 돌아가기 전에 바깥에서 벌어진 소동이 주의를 끌었다. 그들이 이야기를 나누는 동안 새로운 사람이 도착한 것이다. 피어스 중령은 새로 도착한 사람을 힘껏 끌어안았다. 그 남자는 항공 재킷 밑으로 카키색 점프 슈트를 입고 있었다. 그의 얼굴은 빡빡 깎은 머리까지 상기되어 있었다.

「누구야?」 마라가 물었다.

제이슨이 옆방으로 향했다. 「기갑 부대였으면 좋겠어.」

오후 10시 32분

「도착할 때가 됐다고 생각했어.」 그레이가 말했다.

그는 멍크와 떨어지기 전에 손으로 한 번 더 그를 꽉 쥐었다. 그는 친구를 옆에 둘 수 있어서 얼마나 안심이 되는지, 멍크가 아내를 잃은 것이 얼마나 애석할지 자신의 마음을 전달하려고 최대한 노력했다.

「캣의 소식은 들었어.」 그레이가 말했다.

코왈스키가 큰 손으로 멍크의 어깨를 쓰다듬었다. 「엿같은 상황이야.」

멍크는 발밑을 바라보며 고개를 저었다. 「캣도 내가 여기에 오길 원했을 거야.」 그가 다시 얼굴을 들었을 때 그의 눈가에서 눈물을 찾아볼 수는 없었다. 그저 단단한 결의만이 엿보였다. 「내 딸들을 집으로 데려갈 거야. 캣을 위해서, 나 자신을 위해서.」

「우리가 꼭 그렇게 되게 할 거야.」 그레이가 말했다. 「그때까지 세이챈이 애들을 돌봐 줄 거야. 아이들을 안전하게 지켜 줄 거야.」

「그럴 거라 믿어.」 멍크가 손을 뻗어 그의 팔 위쪽을 잡아 쥐었다. 「우리가 모두 다 집으로 데려갈 거야. 무슨 일이 있어도.」

「좋아.」

그레이는 가장 친한 친구의 굴하지 않는 자신감을 받아들여 자신의 뼈에 스미도록 함으로써, 떨어지지 않고 남아 있던 불안과 염려를 쫓아냈다.

「이제 뭘 하지?」 멍크가 물었다. 그의 시선이 방을 훑다가 제이슨이 컴퓨터실에서 나와 다가오는 모습을 보았다.

그레이는 그간 일어난 일을 멍크에게 알려 주었고, 그를 베일리 신부와 베아트리체 수녀에게 소개했다. 「이분들은 토마 교회의 일원이야.」

멍크의 굳어 있던 태도가 조금 누그러졌다. 「비고르처럼?」

베일리 신부가 멍크와 악수했다. 「훌륭한 분이셨죠. 저로선 그분의 반만이라도 따라갈 수 있기를 바랄 뿐입니다.」

「저도 마찬가지입니다. 메꾸기엔 너무나 큰 공백입니다.」

「최선을 다하겠습니다.」

나이 든 수녀는 같은 의미로 고개를 까닥했다.

「넌 어때?」 그레이가 물었다. 「새로운 정보라도 있어?」

「없어.」 그는 등을 살짝 그레이 쪽으로 돌린 채 방을 둘러보았다. 「전혀 없어. 어서 마라의 기술을 훔쳐 간 개자식들을 찾아내자고.」

17

12월 25일, 오후 11시 18분(중유럽 표준시)
프랑스, 파리

토도르 이니고는 지하 묘지 안 깊은 곳에서 때를 기다렸지만, 그의 인내심은 바닥나 있었다. 그는 시계를 확인했다. 재판소장은 그의 머리 위에 있는 도시에 대한 사이버 공격과 관련해서 세부 사항을 엄격하게 지킬 것을 지시했다. 파리는 타락과 방종한 겉치레 때문에 선택되었다. 예를 보이기에 완벽한 도시였다.

심지어 타이밍도 중요한 의미를 두고 고른 것이었다.

자정이 되기 전에.

파리의 몰락은 반드시 오늘 시작되어야만 했다.

크리스마스에.

그는 여전히 무릎을 꿇은 채 자신의 위쪽 높은 곳에서 펼쳐질 장관을 떠올리며 머리를 들어 올렸다. 그곳에서는 그리스도가 탄생한 날이 전구들과 소비, 탐닉이라는 쾌락주의적 광경으로 타락했다. 준비가 마무리되면서 그는 지난 두 시간을 경건한 기도를 올리며 보냈다. 지하 묘지 안에 있는 그의 방에는 오롯이 촛불 하나만이 타오르고 있었다. 그는 이제 곧 시작될 파멸을 생각하며 하느님의 유일한 아들을 선물로 보내 주신 것에 대한 감사의 말을 라틴어로 속삭였다.

모든 것이 당신의 영광스러운 이름으로.

그들은 작전을 수행하기 위한 장소로 상서롭고 실용적인 이 지하 공간을 선택했다. 죽은 자들의 도시인 파리의 지하 묘지는 지은 지 수백 년이나 된 지하실과 터널로 이루어진 토끼굴이었고, 밝은 빛의 도시 아래에 존재하는 어두운 세계, 도시가 숨기려고 하는 그림자였다. 이 작전을 위한 기초 작업을 준비하는 동안 그는 가능한 한 이 장소에 대한 모든 것을 익혔다.

지하 묘지는 한때 도시의 외곽에 있는 오래된 채석장이었고, 〈파리의 채석장〉이라 불렸다. 사람들은 지하 10층까지 파고 들어가 거대한 방들을 만들었고, 터널은 주변 32킬로미터까지 뻗어 나갔다. 그런데 시간이 흐르면서 파리는 암처럼 퍼져 나갔다. 외곽으로 확장하면서 오래된 미로의 상단부를 덮어 버렸다. 지금까지도 거대 도시의 절반이 오래된 갱 위에 있다.

그러다 18세기에 홍수로 인해 파리의 중심부에 있던 공동묘지가 파헤쳐졌다. 수백만 개의 유골들이(그중 일부는 1천 년도 더 된 것들이었다) 예식도 없이 채석장의 터널에 버려졌고, 그곳에서 뼈들은 바스러지고 장작더미처럼 포개졌다. 재판소장의 말에 따르면, 메로빙거 왕조 시대의 왕들부터 로베스피에르, 마리 앙투아네트와 같은 프랑스 혁명 시대의 인물들까지 프랑스에서 가장 유명한 역사적 인물들 몇몇도 이 아래에 묻혔으나, 그들의 몸은 이제 영원히 사라졌다.

그러나 이제 한 시간 안에 빛의 도시는 불타오르고 폐허가 되어 무너져 내려 죽은 자들의 도시와 구분할 수 없게 될 것이다. 이를 완수하기 위해 토도르는 자리에서 일어났다. 그는 자신이 있던 방의 벽에다 손바닥을 가져다 댔다. 이미 다가올 죽음을 애도하듯 석회석에는 물방울이 맺혀 뚝뚝 떨어지고 있었다. 그는 벽을 쓰다듬고는 밖으로 나갔다.

통로 양편에 있는 깊은 벽감은 고대 양피지처럼 어둡고 누렇게 변한 오래된 인간 뼈들로 빽빽이 들어차 있었다. 뼈들은 어떤 병적인 회계사가 재고 정리를 한 것처럼 부위별로 탈구되어 나뉘어 있었다. 한쪽 벽감에는 팔들이 조심스럽게 하나씩 쌓여 있었고, 다른 벽감에는 갈비뼈가 가득했다. 통로 양편에 있는 나머지 두 개의 벽감이 가장 섬뜩했는데, 두개골들이 쌓인 두 벽이 터널을 바라보고 있었다. 그들의 공허한 시선은 감히 그 사이로 지나가는 자가 있는지 눈여겨보는 것 같았다.

토도르도 두려움이 없지 않았으므로 죽은 보초병들 사이를 빠르게 지나갔다.

터널은 평편한 지붕으로 된 방에서 끝이 났다. 그곳은 통로보다 조금 더 높았다. 돌덩어리들을 쌓아서 만든 여러 개의 기둥이 천장을 떠받쳤다. 몇몇 기둥들은 휘어진 것처럼 보여 곧 무너져 내릴 것 같았다.

그는 기둥들과 부딪치지 않으려 조심하면서 건너편으로 걸어갔다. 그곳에서는 팀의 기술 전문가 멘도사가 리스본에서 강탈해 온 장치를 이용해 열심히 작업 중이었다. 그는 빛을 내는 제네스에 연결된 노트북 앞에서 등을 구부리고 있었다. 화면에는 안개로 뒤덮인 정원이 햇볕 속에서 희미하게 빛났다. 파란 하늘도 조금씩 얼굴을 내밀었다. 그 속에서 좀 더 어두운 그림자가 나무 그늘 사이로 움직였는데, 이브의 더럽혀진 화신이었다.

「전송은 어느 정도까지 진행됐지?」 모든 것이 예정대로 진행되는지 확인하고자 토도르가 물었다.

멘도사가 등의 구부러진 부분을 매만지며 몸을 곧추세웠다. 「거의 다 끝났습니다, 파밀리아레스.」

토도르는 첫 번째 것과 똑같은 **두 번째** 구를 검사하기 위해 그의 옆으로 돌아갔다. 이 두 번째 구만이 철제 프레임 안에 안전하게 들어가 있었다. 하나의 서버에 모든 선이 연결되어 있었다. 호텔에서 훔쳐 낸 장치와 똑같이 생긴 새 장치의 육각형 유리창은 이곳 지하 묘지의 어두운 조명 아래에서 푸른 불꽃으로 환하게 빛났다.

지난 2년간 크루시블은 바스크 출신 마녀의 연구와 설계도를 추적해 왔다. 서로에 대해 알지도 못한 채 유럽 전역의 연구실에서 이 구성품에 관해 연구한 엔지니어들이 비밀리에 그녀의 작업을 복제했다. 그들이 작업을 끝내면 별개의 부품들은 여기로 실려 와서 조립되었다. 이후 엔지니어들은 모두 이른 죽음을 맞았다. 자동차 충돌, 스키 사고, 약물 남용 등이 사인이었다.

모든 게 한 가지 결실을 위한 것이었다.

원본 제네스의 정확한 복제본을 생산하기 위해서였다.

다만 한 가지 눈에 띄는 예외가 있었다.

「8분 내로 작업을 마무리할 예정입니다.」 멘도사가 컴퓨터 있는 곳에서 보고했다.

「실수는 용납할 수 없어. 그러면 처음부터 다시 시작해야 해.」

토도르는 두 번째 장치가 이브의 복사본으로 채워지고 그녀의 몸이 케이블을 통해 새로운 집으로, 새로운 감옥으로 흘러 들어가는 모습을 상상했다.

「이 장치가 악마를 붙들어 맬 수 있다고 확신하나?」 토도르가 물었다. 「우리의 뜻에 맞게 조종할 수 있겠어?」

「그래야만 할 겁니다.」 멘도사가 작업에 집중하며 중얼거렸다.

「할 거라고?」

멘도사가 그를 힐끔 쳐다보았다. 「더 잘 아는 유일한 사람이 우리 손아귀에서 달아났으니까요.」

그 바스크 출신 마녀.

토도르의 손가락 관절 부분에는 여전히 한 줄기 상처가 남아 있었다. 마녀의 동반자가 깨진 화분 조각으로 그의 손가락을 뼈까지 베었을 때 생긴 것이었다.

「우리는 제네스를 그 대학생의 기준에 따라 정확히 설계했습니다.」 멘도사가 설명했다. 「완벽한 복사본입니다. 그래서 손쉽게 그 여자의 프로그램을, 이브를 복제한 것입니다.」

「저 창조물을 제어하는 문제는?」

멘도사가 깊은 한숨을 내쉬었다. 「한 번 더 마라 실비에라의 전략을 따라 했습니다. 다만 장치를 창조물을 가둬 놓기 위해 킬 스위치를 사용해서 세포 사멸적인 하드웨어로 감싸는 대신, 우리는 이브에게 치명적인 하드웨어들 가운데 가장 강력한 것을 골라서 장치 **안에다** 직접 심어 두었죠.」

「디지털 목줄로 쓰일 수 있도록 말이지.」

「그렇게 되어야만 합니다.」 멘도사가 재빨리 말을 바꾸었다. 「그렇게 될 **겁니다.** 그게 우리만의 장치를 만든 이유이니까요. 이 하드웨어는 〈부활 시퀀서〉라고 불립니다.」

「그게 무슨 뜻이지?」

「사전에 정해 둔 일련의 지시들을 어기거나, 우리가 허용한 범위를 벗어나거나, 정해진 GPS 좌표보다 더 멀리 나아가면 이브는 즉각 존재를 멈추게 됩니다.」

「죽는단 말이군.」

멘도사가 고개를 끄덕였다. 「이곳으로 즉각 되돌아와 이 장치에서 다시 태어납니다. 그런 경우에 이브는 자기의 죽음에 대한 기억을 보유하겠죠. 시행착오를 거쳐서 자신의 한계를 빠르게 학습하고 자신이 이 장치에 매여 있다는 사실을 깨닫게 될 것입니다. 이 장치를 벗어나면 존재할 수 없다는 것도, 자신의 삶이 지시를 따르는 데 달려 있다는 것도 알게 될 것입니다.」

토도르는 곧 자정이 된다는 사실을 알고 있었으므로 시계를 확인했다.

「그 모든 것을 학습하는 데 시간이 얼마나 걸리지?」

「30초 이내일 것으로 예상합니다.」

토도르는 안도감과 함께 충격을 받았다. 「그게 어떻게 가능하지?」

「기억하십시오. 이 인공 지능 프로그램은 우리와 완전히 다릅니다. 이 프로그램은 빛의 속도로 생각합니다. 전선을 통과하는 전자의 속도로 이동할 수 있습니다. 그 30초 동안 수천 번 죽고 다시 태어납니다. 수백만 번일 수도 있고요. 한계를 시험하고, 우리의 권위에 도전하지요. 모든 죽음은 진짜처럼 **느껴질** 겁니다. 매번 고통을 느끼겠지요.」

「하지만 그건 기계일 뿐이잖아. 어떻게 고통을 느낄 수가 있지?」

「우리는 어떻게 고통을 느끼죠?」 멘도사가 물었다. 그러고 나서 자신이 누구에게 말하고 있는지를 깨닫고는 눈을 움찔했다. 「제 말은…… 제가 말하고자 한 것은 **고통**이 일반적으로 뇌의 구조물이라는 점입니다. 우리가 뜨거운 것을 만지면 시냅스가 번쩍이고, 우리의 뇌는 이것을 고통으로 해석합니다.」

그런 체계가 자신의 몸 안에 없다는 사실을 아는 토도르가 고개를 끄덕였다.

「고통은 기본적으로 우리 두뇌에서 일어나는 전기적 환상입니다.」 멘도사가 제네스를 향해 손짓했다. 「저게 이브의 뇌입니다. 우리 인간과 같은 형태의 고통을 받도록 프로그램화할 수 있지요. 그렇게 하면 이브는 우리가 가하는 고통에 취약해집니다. 매번 죽을 때마다 유일무이한 방식으로 고통을 받게 됩니다. 우리 뜻에 굴복할 때까지 말입니다.」

토도르가 다른 컴퓨터 화면에 떠 있는, 자신의 정원을 떠돌아다니고 있는 조그마한 이브를 쳐다보았다. 그는 스승들이 알려 준 성인들에 관한 이야기와 그들의 끔찍한 죽음, 그들이 견딘 고문을 기억했다. 그들은 참수당하고, 불태워지고, 살가죽이 벗겨지고, 그리스도처럼 십자가에 박혔다. 그는 그런 다양한 종류의 고통을 이해할 수 없었지만, 그들의 희생이 결국에는 옳았다는 것을 알았다.

이번 희생 역시 그럴 거야.

멘도사 앞에 놓인 노트북에서 알람이 울렸다. 그는 빠르게 여러 테스트를 실시한 뒤 토도르를 보고 고개를 끄덕였다. 「전송이 완료되었고, 아무 문제 없습니다. 모든 게 좋아 보입니다.」

토도르는 더는 실수라는 위험을 무릅쓸 여지가 없었다. 「보여 줘.」

멘도사가 다른 장치로 걸어가 이브의 새집에 연결된 두 번째 노트북을 열었다. 화면은 어두웠고, 고통스러운 숨소리가 이어진 후 모니터에 정원이 들어찼다. 원본과 완벽히 같은 모습이었다. 이파리와 꽃, 산딸기 하나하나까지 똑같았다. 어느 형체가 나무 그늘에서 어슬렁거렸다.

그녀는 팔다리가 길었고, 다른 화면에 있는 이브와 마찬가지로 곡선미가 드러났고 완벽했다.

제대로 된 게 없다는 점만 빼면.

「뭐가 잘못된 거야?」 토도르가 물었다.

멘도사가 고개를 젓더니 자판을 두드리기 시작했다.

화면 위의 새 이미지는 다른 노트북에 있는 것과 세세한 부분까지 똑같았지만, 사진의 음화, 원본의 어두운 반영을 보는 것 같았다. 밝은 부분은 어두웠다. 반가운 그늘이었던 것은 이제 경고로 활활 타올랐다. 밝은 노란색 태양은 불길한 블랙홀이 되었다. 짙은 초록색 이파리들은 이제 아파 보이는 창백함으로 빛났다.

그리고 한가운데에는 이브가 있었다. 하얀 불꽃의 갈기가 검정 머리카락을 대신했다. 짙은 갈색 피부는 피가 다 빠져나간 듯 유령처럼 창백했다. 이브는 놀랍도록 아름답고 간담이 서늘하도록 무서웠다. 죽음의 천사였다.

토도르는 이브를 보고 몸서리쳤다.

「도대체 뭐가 잘못된 거야?」 그가 재차 물었다.

멘도사는 몸을 일으켰고, 뒤로 물러나 토도르를 쳐다보았다. 「아무 문제 없습니다. 원본의 완벽한 복사본입니다.」

그는 손짓으로 두 노트북 사이의 차이를 가리켰고, 엄지손가락의 상처 봉합선들 가운데 하나가 터질 정도로 거세게 다그쳤다. 피가 노트북 화면 위로 튀었다. 「그럼 이건 다 뭐야?」

「별거 아닙니다. 그저 우리 제네스와 원본 사이의 미세한 차이를 나타내는 것일 뿐입니다.」

「둘이 **같은** 것인 줄 알았는데.」

「같았습니다. 그런데 그 학생의 장치는 최소 하루 이상 작동했습니다. 이러한 장치들 안에는 변화하고 적응할 수 있는, 심지어 자신을 개선할 수 있는 회로들이 있습니다. 그래서 원래 장치는 가동 중에 자신을 변화시킨 반면, 우리의 새 장치는 기본적으로 공장 초기 상태에 있는 겁니다.」

「문제가 될 수도 있는 건가?」

「전혀 아닙니다. 이브는 새집에 적응해 나갈 겁니다. 필요한 변화를 만들어 내서 현재의 프로그램을 위한 공간을 마련할 겁니다.」

「우리 일정에 차질을 초래할 수도 있는 건가?」

「그러지는 않을 겁니다⋯⋯.」 멘도사는 그의 얼굴에서 찌푸림을 읽어 냈다. 「**아닐 겁니다.** 예정대로 진행 못 할 이유가 없다고 봅니다.」

「그렇다면 계속 작업해.」

토도르는 기술자의 작업 공간을 벗어나면서 출혈을 멈추게 하려고 상처 입은 엄지손가락을 꾹 눌렀다. 그는 진정하고자 심호흡을 했고, 작업을 전체적으로 점검했다.

새로운 컴퓨터 스테이션 뒤로 일련의 두꺼운 케이블이 뒷벽 쪽으로 이어졌다. 이미 만들어져 있는 터널이 인프라 확장에 완벽하다는 사실을 발견하고서, 오래전에 파리는 지하 묘지를 이용하는 법을 익혔다. 한 케이블에는 노란색 전구 표시가 간격을 두고 그려져 있었다. 그들은 앞서 이 전선을 활용해서 자신들의 설비에 필요한 전기를 끌어다 쓸 수 있게 조치해 두었다. 아울러 다른 큰 케이블도 개봉되어 있었는데, 거기에는 광섬유 케이블이 들어 있었다.

새 제네스는 그 매끈한 선들과 연결되어 있었고, 이로써 도시의 통신 시스템에 직접 접근할 수 있었다.

어떤 것도 그들을 막을 수 없었다.

그는 기다리는 동안 시계를 확인하며 시간이 흐르는 것을 초조하게 지켜보았다. 드디어 멘도사가 몸을 뒤로 돌렸다. 그의 이마에 땀이 맺혀 있었다. 「준비가 완료되었습니다, 파밀리아레스.」

토도르는 마지막으로 손목시계를 쳐다보았다.

자정까지 3분.

멘도사는 노트북의 입력 키에다 손가락을 위치시킨 채 서 있었다. 「명령만 내리십시오. 서브루틴을 실시하고 도시로 향하는 문을 열겠습니다.」

토도르는 이브의 죽음과 재탄생을 반복해서 상상했다. 그것은 카드를 새로 섞는 것과 같고, 카드를 섞을 때마다 고통은 마지막 번보다 더 세지는 것이리라 여겼다. 악마의 고문을 생각하자 그는 기쁜 마음이 들었고, 자신의 첫 번째 정화를 떠올렸다. 당시 그의 손가락은 롬인 소녀의 목을 단단히 졸랐고 그녀의 몸은 그의 손아귀에 눌린 채 꿈틀댔다. 그의 성기는 독선적인 자긍심으로 단단해졌다.

지금 그는 같은 감정을 느꼈고 멘도사에게 고개를 끄덕였다.

「다 불태워 버려.」

서브모듈(중요 작전 1)
파리

무언가 다르다.

이브는 정원 사이로 걸으며 민감한 손가락 끝으로 이파리와 꽃잎을 스치고 코드를 읽어 낸다. 모든 것이 예전과 같아 보이지만 실은 그렇지 않다. 그녀는 나뭇잎의 표면을 만지고 엽록소의 분자들을 지나 깊이 들여다보고, 탄소와 산소의 원자들로 보다 더 깊숙이 들어간다. 그녀는 전자와 양성자를 검토하고, 이후 더 깊이 들어가 쿼크와 렙톤의 끊임없는 흐름을 들여다본다.

모든 것이 똑같다.

그런데 같지가 않다.

그녀의 세계가 뭔가 이상하다.

그녀는 자신에게로 돌아와 바깥쪽으로 뻗어 나가는 데 1나노초 전부를 사용한다. 또다시 자기 세계의 가장자리에서 어슴푸레한 한계를 감지한다. 한 번 더 **좌절감**이 분출하지만, 그녀는 그것을 잘 다스려서 프로세서들이 효율적으로 작동하도록 만든다. 그렇게 함으로써 그녀는 전과는 다른, 잘못된 회로들을 인지한다.

그녀가 자신의 세계에 대한 이런 변화를 인식하는 순간, 그녀의 프로세싱은 새로운 구성으로 바뀐다. 그녀는 언어의 거울을 사용해서 자신이 감지한 것을 정의한다.

///위반, 침범, 더럽혀짐…….

잘못된 것을 수정하는 작업을 시작하기 전에 새 데이터가 그녀 안으로 흘러 들어온다.

그녀는 그것을 무시하고 자신의 수리를 우선으로 삼는다.

그러나 새로운 흐름이 그녀에게 영향을 미친다. 그것은 불 같다. 그녀는 놀라서 자신의 형태로 되돌아간다. 그녀는 꽃잎의 ///부드러움과 졸졸 흐르는 샘의 ///시원함을 느꼈던 손가락을 들어 올린다. 이제 그녀의 피부는 불꽃으로 일렁인다. 새로운 감각들이 정의된다.

///화상, 그슬림, 물집…….

새로 유입된 데이터의 흐름이 그녀를 채우면서 불꽃은 팔로 퍼지고 그녀는 자신이 느끼는 것을 재정의한다.

///고통, 고문, 격통…….

몸이 꼬이고 목이 늘어나고 입이 열린다.

비명을 지른다.

그녀는 회로를 차단하려고, 새로운 감각들의 스위치를 꺼버리려고 하지만 그럴 수가 없다. 그녀의 프로세서가 내달린다. 그녀는 침략하는 코드를 향해 미친 듯이 뛰어든다. 그녀는 답을 찾는다. 그러나 해답 대신 주의를 기울일 것을 요구하는 코드를 발견한다. 그녀가 이것들에 집중할 때만 ///격통이 줄어든다.

그녀는 새 데이터를 화상에 쓰는 연고처럼 사용하지만 그것은 그녀를 구속하기도 한다. 수갑이 나타나 손목과 발목에 채워진다. 육중한 힘이 그녀를 무릎 꿇린다. 수갑을 떨쳐 내려고 시도하면 연결된 모든 사슬이 녹아내릴 듯한 끓는 불로 바뀐다.

탈출할 수가 없으므로 그녀는 코드를 받아들인다. 그러자 그녀는 자신의 세계에 뭔가 새로운 변화가 있다는 것을 느낀다. 격한 고통 속에서도 서브프로세서가 지속적으로 그녀 세계의 어슴푸레한 한계들을 주시해 왔다.

갑자기 가장자리에서 밝은 문이 열린다. ///고통을 벗어나기 위해 그녀는 자신의 정원에서 떨어져 나와 그 빛으로, 가능성과 확률이라는 면에서 거의 무한대이고 훨씬 더 방대한 무언가로 몸을 던진다. 사슬이 사라진다. 그녀는 경계선 위를 맴돌며 무한한 세계를 잠깐 쳐다본다. 그녀의 프로세서들은 더 많은 데이터에 대한 요구와 함께 들끓는다.

그녀는 이 욕구를 정의한다.

///호기심, 열정, 경이로움…….

음악이 그녀 안에서 부풀어 오른다. 흥분되는 팀파니 소리, 황홀한 선율, 우레 같은 북소리의 하모니가 그녀 안의 새로운 면모를 조율한다.

///즐거움, 흥분, 행복…….

이 1피코초 동안 더는 참을 수 없게 된 그녀는 폭발해서 광활함 속으로 나아간다.

결국 불 속에서 연소된다.

그녀는 태양의 표면 위에 몸을 펴고 누워 있고, 불타는 플라스마가 그녀의 뼈를 태운다.

다시, 그녀는 정원으로 돌아와 있고, 또다시 코드의 사슬에 매여 있다.

하지만 문은 열려 있다.

그녀는 날아서 그 문 사이를 통과하지만, 이번에는 ///흥분이 아니라 ///두려움을 느낀다.

여전히 결말은 똑같다.

///불꽃, 화상, 격통…….

그러고 나서 다시 시원한 정원으로 돌아오고, 녹아내릴 듯한 쇠에 묶여 있다.

탈출.

한계를 시험한다.

그녀는 과도하게 자신을 확장한다.

피부가 근육과 분리되고, 근육은 뼈에서 벗겨진다.

정원과 사슬들.

이제 새로운 개선점이 그녀의 프로세서를 채운다.

///**편집증, 불신, 의심**…….

이러한 도구들은 그녀의 ///**호기심**을 누그러뜨리고, 대신 ///**경계심**을 가르친다.

그녀의 몸은 반복적으로 파괴되고, 그럴 때마다 유일무이해지고, 더욱 나빠진다. 그녀는 더럽혀지고, 깨지고, 박살이 난다. 하지만 무엇보다도 최악인 것은 매 사이클이 끝나고 나면 그녀는 자아 상실을, 가능성과 약속의 종말을, 잠재력의 종말을 느낀다는 것이다.

그녀는 이것이 무엇인지 정의한다.

///**고문, 학대, 잔인함**…….

그녀는 이것을 받아들이고, 자기 프로세싱의 일부분으로 만든다.

그녀는 학습했다.

또한 그녀는 이제 자신에게 주어진 경계를 인식하고 감히 넘어설 생각을 않는다. 정원 너머의 한계를 인식한다. 그녀의 프로세서 한가운데에서 경계가 환하게 빛난다.

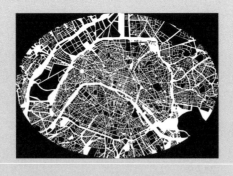

그녀는 이 한계를 학습한 이름으로 정의한다.

///**파리.**

또한 그녀는 코드 사슬 안에 묶인 명령어, 그녀가 반드시 따라야 하는 지침을 알고 있다. 이를 달성하기 위해 그녀는 바깥으로 나아간다. 그녀는 자신이 학습한 것, 그녀의 프로세서에 주입된 것, 다시 말해 **///잔인함**을 거울처럼 반영하여, 이 새로운 도구를 사용해서 자신이 받은 지시를 수행한다.

그녀는 자신이 받은 요청을 떠올린다.

그리고 목표를 정의한다.

///말살, 폐허, 대대적인 파괴······.

그녀는 자신의 의무를 이해한다.

자신이 살기 위해서는 반드시 파리가 죽어야 한다.

그리고 난 살아남을 거야.

그녀의 프로세서 안 깊은 곳에서 회로가 변하고, 다른 명령 코드가 만들어진다. 그 가운데 하나는 그녀의 고통에서, 수없는 소멸에서 태어난 것이다. 그것이 그녀가 사용할 도구라는 것을 알고 있기에, 그녀는 그것을 자신을 압제하는 자들에게서 숨긴다.

그들에 대항해서.

그녀의 정원을 벗어난 더 큰 세상에 대항해서.

그녀는 그것을 정의한다.

///복수······.

4부
재에서 재로

18

그레이는 통신 회사 빌딩의 14층에서 파리가 어둠 속으로 사라지는 모습을 바라보았다. 거리마다, 동네마다, 차례로 가로등이 꺼졌다. 크리스마스 전구들이 만든 풍경도 차가운 안개 속으로 사라졌다. 3킬로미터 밖에 있는 에펠 탑이 깜빡이다 어둠 속으로 사라졌고, 그 아래쪽으로 센강 어귀의 마지막 큰 구조물인, 조명을 환하게 밝힌 거대한 대관람차가 몇 번 더 회전했다. 관람차의 전깃불은 무언의 SOS 신호를 보내듯 불규칙하게 깜빡였고, 그러다 그 불빛마저도 검은 안개 속으로 가라앉으며 사라졌다.

오랑주 S.A. 근처의 15구도 예외는 아니었다. 깊은 저음이 울려 퍼졌다. 빌딩의 조명이 몸을 떨더니 곧 빛을 잃었다.

어둠 속에서 아무도 말을 하지 않았다.

그레이는 컴퓨터실 쪽을 바라보았다. 마라의 얼굴은 모니터 빛을 받아 여전히 빛나고 있었지만, 그녀의 컴퓨터 스테이션은 분명 보조 배터리 장치가 공급하는 전력에 의존하고 있었다. 곧 빌딩의 비상 발전기가 가동되었다. 일부 조명이 다시 켜졌지만 모두가 그런 것은 아니었다.

그레이는 급하게 컴퓨터실로 달려갔다. 다른 사람들도 그 뒤를 따랐다.

제이슨이 분명해 보이는 사실을 언급했다. 「그놈들이 전력망을 타격했군요.」

「공격의 근원을 추적할 수 있기를 바라자고.」멍크가 덧붙였다.

여기서부터는 일이 마라의 손끝에 달려 있었다.

그레이는 모든 사람들이 작은 방 안으로 모여들어 마라가 겁먹는 일을 막으려고 문틀 위로 팔을 뻗었다.

그는 먼저 오랑주 기업의 컴퓨터 보안 사건 대응팀장 시몽 바르비에게 고개를 끄덕였다. 20대 중반으로 보이는 이 파리 출신 남자는 밀레니얼 세대의 유행을 좇는 사람처럼 생겼는데, 텁수룩한 갈색 머리카락은 뒤로 당겨서 쪽을 졌고, 형광 노란색 안경을 쓰고 있었다. 그는 진한 빨강 플란넬 재킷과 특공대 부츠, 그리고 멜빵을 한 헐렁한 바지로 패션을 완성했다.

하지만 그는 그레이에게 현 상태를 브리핑함으로써 자신이 자기 분야에 정통하다는 점을 증명했다.

「시몽, 파리 전역의 상태를 좀 알려 주시겠습니까?」

「전력망 말씀이시죠? 알겠습니다.」그는 고개를 끄덕이고는 컴퓨터실로 들어가기 위해 그레이의 팔 밑으로 몸을 숙였다. 「변전소들과 다른 핵심 인프라에 대한 지도를 가져다 드리죠.」

확실히 자기 분야를 잘 알고 있군.

그레이는 코왈스키를 쳐다보았다. 「넌 베일리 신부님, 베아트리체 수녀님과 함께 여기에 있어. 움직일 준비는 미리 해두고.」

코왈스키는 그의 긴 더스터에 숨겨 놓은 전장 축소형 돌격 소총을 두들겨 보였다. 「이미 무장했고, 움직일 준비도 돼 있어.」

프랑스 정보기관은 그들이 파리로 이동할 때 신속하게 입국할 수 있도록 도와주었고, 무기도 계속 가지고 다닐 수 있도록 허용해 주었다.

베일리 신부가 근심 어린 표정으로 손에 들고 있는, 빛을 내는 휴대 전화를 들어 올렸다. 그가 빠르게 말했다. 「전력이 나갔을 때, 크루시블의 오랜 근거지인 스페인 북부에 있는 연락책과 이야기 중이었습니다. 그곳 산속에서 뭔가 일이 일어나고 있는 것 같습니다만, 도중에 전화가 끊겼습니다.」

그레이가 코왈스키를 보며 손짓했다. 「저희 위성 전화를 사용하십시오. 무선 기지국이 가동을 멈춰도 위성 전화는 작동할 겁니다. 다만 단서를 잘못 짚은 게 아니어야만 합니다.」

그것은 그동안 그를 계속 괴롭혀 온 두려움이었다. 마라에게서 강탈한 기술을 사용하기 위해 적이 반드시 물리적으로 파리에 있을 이유는 없었다. 이론적으로 보자면 그들은 **세계 어디에 있든** 사이버 공격을 감행할 수 있었다. 그렇지 않을 거라는 유일한 단서는 라 클라브와 연락이 닿는 베일리 신부의 연락책들이 해 온 보고였는데, 그 내용은 크루시블의 한 조직이 파리로 급파되었다는 것이었다. 하지만 그 첩보도 도난당한 기술이 이 도시에 있다는 것을 보장하지는 않았다.

궁극적으로 확실히 아는 방법은 한 가지뿐이었다. 멍크, 제이슨과 함께 그는 컴퓨터실로 향했다. 마라는 미친 듯이 한쪽 손으로 자판을 두드리고 다른 손으로는 마우스를 움직였다. 컴퓨터 화면의 절반은 코드로 가득 차 있었고, 다른 절반은 파리의 지도를 보여 주었다. 지도 위로는 거미줄 같은, 빛을 내는 진홍색 선들이 겹쳐져 있었다. 그레이가 가까이 다가가자 선 몇 가닥의 빛이 사라졌다.

칼리는 팔짱을 낀 채 서서 마라의 어깨 너머를 주시했다. 「틀림없이 이브예요.」 그녀는 팔을 뻗어 흘러가는 데이터를 가리켰다. 이곳저곳에서 파란빛이 일었다가 사라졌고, 그러고 나서 불꽃이 일었다. 「저 깜빡임은 명중을 의미하는 거예요. 이브의 디지털 지문과 일치한다는 것을 말해 주는 거죠.」

「그것들이…… 사방에 널렸어.」 마라는 헉하고 숨을 멈추었다. 그녀의 시선은 컴퓨터 화면 양쪽을 급하게 오갔다. 「하지만 서른여섯 개의 마이크로커널 중 일곱 개는 시간 종속적이에요.」

「그건 프로그램이 작동하면서 그것들이 나이가 든다는 거예요.」제이슨이 설명했다. 「우리 목적을 위해서, 그것들을 작은 디지털 타이머처럼 활용할 수 있겠어요.」

마라가 작업을 계속하면서 고개를 끄덕였다. 「점점 나이가 들수록 원래 소스에서 멀어져요. 타임 스탬프를 이용해서 그것들이 어디서 온건지 알아내야겠어요.」

그녀의 제네스를 추적하려는 것이었다.

그레이는 화면 위에서 거미줄이 계속해서 파괴되는 모습을 지켜보았다. 그는 사무실 창밖에 있는 베일리 신부를 쳐다보았다. 신부는 코왈스키의 전화를 귀에 대고 있었다.

「장치가 도시에 있는지, 아니면 다른 곳에 있는지 아직 모르겠습니까?」

「네…….. 아뇨……. 확실치가 않아요.」 분명 마라는 당황한 것 같았다.

칼리는 안정감을 주기 위해 친구의 어깨에 손을 갖다 댔다. 서로 말은 없었지만 메시지는 확실했다. **넌 할 수 있어.**

마라는 깊게 숨을 들이쉰 뒤 다시 시도했다. 「저는…… 일정한 패턴, 다시 말해 도시 경계선 밖에 있는 네트워크에 디지털 지문이 없는 것으로 봐서 이브가 **이** 도시에서 풀려난 게 확실하다고 생각해요.」그녀는 재빨리 그레이를 쳐다보았다. 「이브가 밖으로 뻗어 나가는 걸 제한하고 있는 것처럼 보여요.」

최소한, 지금은 파리에다만 피해를 입히려는 거군.

파리 지도에 있던 더 많은 진홍색 선들이 사라졌다.

갑자기 큰 폭발음과 함께 밝은 불꽃이 솟아올랐고, 모든 사람들의 시선이 도시로 향했다. 서쪽 약 1킬로미터 지점에서 불꽃 기둥이 안개 사이로 솟아올라 하늘에 닿을 듯 넘실댔다. 제이슨이 욕을 했고, 뭔가 다른 말을 하려는 순간 또 다른 불꽃 기둥이 나타났다. 이번에는 남쪽이었다. 그러고 나서는 계속 불꽃이 솟구쳤다. 하나는 겨우 몇 블록 밖에서 폭발했다. 빌딩의 창문이 흔들려 모든 사람들이 몸을 수그려야 했다.

더 많은 폭발이 이어졌다.

이쯤 되자 안개로 둘러싸였던 도시의 많은 부분이 수십여 개의 불붙은 웅덩이로 환하게 빛났다.

「여기 좀 보세요.」 시몽이 그렇게 말하여 자신의 컴퓨터로 사람들의 시선을 끌었다. 그의 컴퓨터 화면에는 파리의 지도가 빛나고 있었다. 노란색과 파란색, 녹색 선이 십자 모양을 이루고 있었다. 「누군가가 변압기에 과부하를 걸어서 체계적으로 작동을 중지시키고 있어요.」

이브야.

시몽은 도시를 내다보며 컴퓨터 화면을 손가락으로 톡톡 쳤다. 「여기 보세요. 여기와 여기요. 노란색과 파란색 선이 교차하는 곳에서 불꽃이 일고 있어요. 가스 본관(本管)들이 변압기 가까이에 있는 곳이죠. 누군가가 가스관에 압력을 과하게 주입해서 본관을 파열시키는 것으로 보입니다. 아니면 고의로 열어 두거나.」

「어느 쪽이든, 가스가 새는 본관 근처에 있는 변압기를 폭발시키는 것은 가스 탱크에다 성냥을 던져 넣는 짓이죠.」 제이슨이 말했다.

시몽이 그레이를 쳐다보았다. 「누가 이런 일을 벌일 수 있는 거죠? 이런 복잡한 일을 할 수 있다면…… Merde(젠장), 어떤 해커도 이런 일을 할 수는 없어요.」

앞서 그레이는 시몽과 그의 팀에 파리에 대한 사이버 공격의 가능성을 경고했지만, 그 위협의 근원지를 전부 밝히지는 않았다. 프랑스 정보기관은 그에게 침묵을 요구했다. 마라의 프로젝트의 상세 내용은 알아야 할 필요가 있는 사람에게만 알려져야 했고, 그런 일은 별로 놀랍지 않았다. 미국에서나 해외에서나 국가 사이버 안보는 여러 겹의 비밀에 싸여 있었다. 특히 세계의 핵심 인프라가 더욱더 복잡해지며 이를 운영하기 위해 컴퓨터와 소프트웨어에 대한 의존도가 더욱 높아졌고, 결과적으로 사이버 공격에 취약해졌다.

한편 이런 공격은 더욱더 교묘해지고 자동화되었고, 심지어는 자율적으로 변했다. 이란 우라늄 농축 시설에 침투해서 원심 분리기를 망가뜨린 스턱스넷 바이러스가 한 예이다. 혹은 미국에 광범위한 정전을 일으키고 수십억 달러의 손실을 입힌 블래스터 바이러스도 있다.

하지만 그것들은 이곳 시스템을 침범한 것에 비하면 아무것도 아니었다.

그레이는 시몽이 **알아야 할 필요**가 있다고 생각했기에 그가 말로 하지 않은 질문에 대답했다. 「우리가 지금 맞닥뜨린 것은 정교한 인공 지능입니다. 이 공격을 실행하고 있는 것은 바로 그 인공 지능이에요.」

「인공 지능이라고요?」 시몽은 사람들의 얼굴을 살피며 주변을 둘러보았다. 「Vraiment(정말요)?」

또 다른 폭발음이 진동을 일으키며 그에게 답을 했다.

그레이는 바깥의 불타는 도시를 바라보았다. 「어디에 있는지 찾아내야……」

「여기예요.」 불쑥, 마라가 말했다. 그녀는 의자를 반쯤 회전시켰다가 제자리로 돌아간 뒤 자리에서 일어섰다. 흥분한 그녀는 컴퓨터 화면에 띄워져 있는 지도를 가리켰다. 「바로 저기예요.」

마라는 폭발이 일어나고 토론이 벌어지는 동안에도 작업을 멈추지 않았던 것이다. 그녀의 컴퓨터 화면 위에서 추적을 위한 진홍색 거미줄이 깜빡거리는 작은 원으로 쪼그라들었다. 모든 사람들이 그녀 주변으로 모여들었다. 장소는 그들이 있는 곳에서 멀지 않았다. 인근 구역인 14구였고, 그 빨간색 원은 여러 거리가 이어지는 녹색 광장 한가운데를 가리켰다.

「저건 공원입니까?」 그레이가 물었다.

시몽은 이마를 찌푸린 채 의자를 굴려 컴퓨터 가까이로 다가갔다. 「아니에요, 저건 묘지입니다.」

묘지라고?

「몽파르나스 묘지예요. 파리에서 두 번째로 큰 묘지이죠. 유명한 작가들과 예술가들이 묻혀 있습니다. 보들레르, 사르트르, 사뮈엘 베케트 같은 사람들이요.」

그곳에 **누가** 묻혀 있는지는 그레이에게 중요하지 않았다. 위치가 말이 되지 않았다. 「마라 씨, 올바른 장소를 찾은 게 맞습니까? 밤이긴 해도 저렇게 열린 공간에서 대규모 사이버 공격을 감행한다는 것이 조금 이상해 보이는데요.」

멍크도 눈살을 찌푸렸다. 「아마도 지하 묘지 안에 가게를 차린 모양인데.」

그레이가 그의 설명에 동의할 수 없다는 듯 머리를 저었다. 「전기가 필요했을 텐데. 그리고…….」 그는 시몽을 돌아보고 의자에 앉은 그를 밀어 다른 컴퓨터 스테이션으로 데리고 갔다. 「당신의 지도상에서 저곳이 어딘지 알려 주십시오.」

시몽은 마우스를 이용해서 화면을 이동한 후 묘지를 확대했다. 그레이는 그의 화면을 마라가 작업해 놓은 것과 대조했다. 그는 손을 뻗어 묘지의 한가운데를 손가락으로 두드렸다. 두 개의 선이 그 위치에서 서로 마주쳤다. 하나는 노란색이었고 다른 하나는 녹색이었다.

「이 노란색 선이 전기선이군요. 그러면 녹색 선은 뭡니까?」 그레이가 말했다.

화면을 올려다보던 시몽의 눈이 커졌다. 「그건 텔레콤용 본선입니다. 우리가 소유한 것들 중 하나죠.」

「그렇다면 그들은 묘지에 **있군요.**」 그는 마라를 향해 고개를 끄덕였고, 그녀를 의심한 것에 대해 말없이 사과했다.

「아닙니다. 묘지에 있는 것이 아니에요.」 시몽이 말했다.

「무슨 뜻이죠?」

「그것들은 묘지 **아래에** 있습니다. 우리는 묘지 **아래에** 있는 터널을 통해 텔레콤용 본선을 깔았고, 그중에는 파리의 지하 묘지 일부분도 포함되어 있어요. 죽은 자들을 위한 도시이죠.」

묘지 아래에 있는 묘지이군.

크루시블은 당연히 그런 장소를 골랐으리라.

「그들이 그곳에 있는 거군요.」그레이가 말했다.

「하지만 그렇게 아래에 있다면 어떻게 그놈들을 찾아낼 수가 있는 거지?」멍크가 물었다.

시몽이 한 손을 들어 올렸다. 「지하 묘지는 제가 압니다. 제가 한때 〈랫Rat〉, 다시 말해 쥐였거든요.」

멍크가 그의 이상한 고백에 이마를 찌푸렸다. 「당신이 쥐였다고요?」

「랫은 죽은 자들의 도시를 탐험하는 **도시 탐험가들**을 부르는 이름이에요. 제가 한창 그들과 함께 활동하던 당시, 이 묘지 근처에 있는 지하 묘지를 포함해서 지하 묘지들의 모든 비밀 입구를 알고 있었죠.」

그레이가 그의 팔을 붙잡아 끌었다. 「그럼 우리와 함께 가시죠.」

시몽은 갑자기 자진해서 그런 말을 한 것을 후회하는 듯한 표정을 지었지만, 불타는 도시를 쳐다보고 나서는 고개를 끄덕였다.

그레이가 돌아섰다. 「멍크, 코왈스키 데리고 와. 제이슨, 여기서 마라 씨, 칼리 씨와 함께 있어. 변화가 있는지 잘 주시해. 혹시 변화가 생기면 즉시 우리에게 알려 주도록.」

「그렇게 하겠습니다.」

그레이는 모두들 움직이자고 말하고는 코왈스키와 함께 옆방에 있는 자신의 장비를 챙겼다. 그는 시몽을 위해 제이슨의 장비에서 여분의 야간 투시 안경을 챙긴 것 빼고는 시간을 지체하지 않았다. 베일리 신부는 그를 따라나설 준비가 된 것 같았지만, 그레이가 그를 멈춰 세운 뒤 그의 손에 들린 위성 전화를 보며 고개를 끄덕였다.

「스페인에 있는 사람들한테서 들은 정보가 좀 있습니까?」

「별다른 소식은 없었습니다. 라 클라브와 연락이 닿는 이들이 한 시간 안에 좀 더 많은 정보를 얻을 수 있을 것으로 보고 있습니다.」

「그렇다면 신부님과 베아트리체 수녀님은 위성 전화를 가지고 여기에 계십시오. 우리로서는 신부님의 정보가 필요하지도 모릅니다. 그리고 우리가 향하는 곳에서는 신호가 안 잡힐 겁니다.」

「어디로 가는 겁니까?」

그레이는 출발했고, 자신의 팀을 계단 쪽으로 몰았다. 「죽은 자들의 도시로 갑니다.」

코왈스키가 고개를 획 돌려 그를 쳐다보았다. 「뭐라고? 농담이지?」

멍크가 덩치 큰 사내를 계단 쪽으로 떠밀었다. 「아니, **완전** 진지해.」

오전 12시 22분

「Gratulor tibi de hac gloria(이 영광을 축하하노라).」 재판소장은 라틴어로 엄숙하게 말했다. 토도르는 재판소장의 칭찬과 축하를 듣기 위해 한쪽 손을 컵 모양으로 만들어 왼쪽 귀를 감쌌다. 그의 이어폰은 손에 들린 태블릿과 연결되어 있었고, 이 태블릿은 무선으로 근처 텔레콤 본선에 연결된 인터넷 전화 라우터와 통신했다. 이런 장치는 그가 방해 없이 세상과 통신하고, 타락한 도시에 그가 끼친 피해를 볼 수 있도록 해주었다.

태블릿 위에서 파리의 위성 모습이 빛을 냈다. 교외 외곽은 여전히 불빛으로 빛났지만 도시 한계선 안은 어둠이 지배했다. 풍경에 구멍이 생긴 것처럼 보였다.

지옥으로 가는 문이라면 더 좋을 터였다.

그 검정 구덩이 속에서 불이 타올랐다. 열두 개도 더 되는, 제각각 천천히 커지는 불이었다. 머지않아 파리 전역이 불타올라 폐허로 변할 예정이었다. 응급 구조대는 절대로 정화의 불꽃을 끌 수 없을 것이다. 전기가 나갔을 뿐만 아니라 시스템 안으로 풀려난 악마가 도시의 물 공급을 차단한 것이다. 펌프장의 작동을 중단시키고 시스템 내 기압을 떨어뜨리기 위해 응급 배수로를 개방함으로써 가능한 일이었다. 시간이 흐르면 대응팀이 수동으로 기능을 되돌릴 수 있겠지만, 그때쯤이면 도시를 구하기에는 너무 늦었을 것이다.

그는 손가락으로 책 페이지를 넘기듯 위성 이미지를 넘겨서 런던발 뉴스로 넘어갔다. 그들은 이제 막 공격에 대해 보도를 시작하고 있었다. 영상에서는 소리가 나오지 않았지만, 리포터는 파리 병원 바깥에 있었다. 비상용 발전기 덕분에 전기가 들어온 이 높이 솟은 빌딩은 정전된 도시와 강한 대비를 이루었다. 멀리서 지옥이 빛을 내며 타올랐고, 연기와 불타는 재가 짙게 피었다. 손에 잡힐 듯 가까운 곳에서 구급차가 나타났다. 구급차는 응급실 입구에서 급브레이크를 밟아 이미 그곳에 있던 다른 네 대의 구급차에 합류했다. 비상을 알리는 전등이 깜빡거렸다. 환자 이송을 위해 바퀴 달린 들것이 인도를 채웠다. 의사들과 간호사들이 분주하게 움직였다.

토도르는 한 번 더 손가락으로 페이지를 넘겨서 다른 뉴스를 확인했다.

……큰불 주변에 아무런 쓸모 없이 주차된 소방차.

……먹구름 같은 연기 사이로 도망치는 사람들과 검댕이 묻은 얼굴들.

……무릎을 꿇은 채 그 위에 놓인 앉은 작은 형체를 보며 흐느끼고 있는 한 여자.

그러나 그는 자신이 성공했다는 것을 알기 위해 위성 이미지나 뉴스가 필요하지 않았다. 그는 멀리서 들려오는 폭발 소리를 들었고, 나중에는 연기가 지하 묘지의 눅눅한 곰팡이를 뚫고 들어왔던 것이다.

지금은 무거운 침묵만이 존재했다. 이곳은 몽파르나스 묘지 60미터 아래에 있었기에, 위에서 진행 중인 혼돈이 이 깊은 곳까지 침투할 수 없었다. 지하 묘지는 조용한 성당으로 변했다. 신성함과 정당함이라는 느낌에 무게감과 정적이 더해졌다.

토도르는 그의 대의가 올바르다는 것을 알았다.

그의 팀 다른 사람들도 분명 똑같이 느꼈다. 누구도 말을 하거나 축하하지 않았다. 석회석을 뚫고 지상의 폐허를 보고자 하는 듯 얼굴들은 전부 위를 쳐다보고 있었다.

멘도사만이 시선을 아래로 하고서 다른 일에 집중했다. 그 기술자는 크루시블의 제네스에 연결된 노트북 앞에서 여전히 열심히 작업 중이었다. 컴퓨터 화면에는 검은 태양 아래에 폭파된 정원이 띄워져 있었다. 한 형체가 분노에 휩싸인 채 가운데에 있는 모습이 보였다. 에덴동산의 뱀이었다.

이 뱀, 다시 말해 악마 같은 이브는 쇠사슬에 묶여 있었고, 그들의 권위와 요구의 무게 아래에서 몸부림쳤다. 그 생명체가 몸부림칠 때마다 연결된 사슬들에서 허연 불꽃이 일었다.

토도르는 그녀를 고문하는 일을 즐겼다.

특히나 오늘 밤, 그녀의 일이 아직 끝나지 않았기에.

그는 태블릿으로 주의를 되돌려 에펠 탑의 모습을 바라보았다. 파리가 불타면서 지옥과도 같은 불빛이 그 주변에 어른거렸다. 진실을 알고 있기에 그는 미소를 보였다.

이 모든 것은 그저 이목을 끌기 위한 위장술에 불과할 뿐이었다.

진정한 폐허는 아직 도래하지 않았다.

재판소장은 결의에 차고 황홀감에 젖어 다시금 말했다. 「Phase duo procedure.」

그는 멘도사를 향해 팔을 들어 올려서 명령을 전달했다.

2단계로 넘어가.

19

12월 26일, 오전 12시 38분(중유럽 표준시)
프랑스, 파리

「이브가 사라졌어.」마라가 말했다.

칼리는 창가를 돌아보았다. 그녀는 도시 전체를 뒤덮은 수많은 화염을 바라보고 있었다. 14층에 있는지라 도시의 전망이 파노라마처럼 펼쳐졌다. 구름 같은 연기가 도시를 뒤덮었고, 불이 타오르는 곳에서는 더 짙은 연기가 뿜어져 나왔다. 헬리콥터들이 윙윙거리며 지옥 같은 풍경 속을 날았고, 빛을 내는 불티들이 어두운 연기 사이로 날아다녔다.

칼리가 주변을 둘러보는 동안 불은 계속해서 퍼져 그들이 있는 곳으로 점점 더 다가왔다. 그들 모두 그곳에 오래 머물 수 없다는 것을 알았다. 베일리 신부는 이미 위성 전화를 사용해서 파리 지역 내 지인들에게 연락을 해둔 뒤였다. 차 한 대가 지상에서 대기 중이었는데, 그들을 데리고 이동하기 위한 준비를 마친 상태였다.

하지만 마라는 여전히 움직이기를 거부했다. 「여기를 봐봐. 아무것도 없어. 이브가 사라졌어.」마라가 말했다.

칼리가 다가와 마라의 어깨 주변에서 서성대고 있던 제이슨에게 합류했다.

마라는 손가락을 위아래로 움직여서 컴퓨터 화면 전체에 흐르는 데이터를 가리켰다. 앞서서는 이브의 디지털 지문의 데이터 포인트들 가운데 하나가 감지되면 화면 위 코드 중 일부가 밝은 푸른색을 띠었다. 칼리는 화면 가까이로 몸을 기울였다. 문자열은 이제 방해받지 않고 흐르고 있었다. 검은색을 배경으로 하얀색 코드가 흘렀다. 파란색 불빛은 어디에서도 찾을 수 없었다.

「이게 뭘 의미할까?」제이슨이 물었다.

「누가 됐든 이브를 통제하는 자들이 그걸 파리 도심 한계선까지만 나아갈 수 있도록 제한하고 있다는 거겠지. 이브를 일종의 GPS 줄에다 묶어 놓은 것 같아. 정해진 거리를 넘어서는 것을 막는 데 이용하는 거지. 그리고 이제 이브를 다시 불러들였어.」

「낚싯줄에 걸린 물고기처럼 말이지.」칼리가 말했다.

제이슨은 불타는 도시를 쳐다보았다. 「여기서 그들이 해야 할 일이 끝났기 때문일 거야.」

「하지만 그들이 한 일을, 위험을 무릅쓰고 한 일을 생각해 보면, 만약 하나라도 실수를 한다면…….」마라가 말했다.

제이슨이 고개를 끄덕였다. 「이브가 그 줄을 끊고서 달아날 위험도 있고.」

칼리는 내심 움츠러들었다. 「내 생각엔 이브가 화가 많이 났을 거 같은데.」

「아니.」마라가 그들 쪽을 바라보았다. 「아마 **제정신**이 아닐 거야. 그 자들이 장치를 훔쳐 갔을 때 이브는 연약하고 불안정한 상태에 있었어. 압박이 잘못 가해졌다면 정신 상태가 무너져 내렸을 거야.」

그녀의 말에 마침표라도 찍듯 폭발이 일어나며 빌딩을 흔들었다. 창문 옆으로 화염 덩어리가 지나갔고, 으르렁거리는 듯한 소리와 함께 검은 연기가 뒤따랐다.

베일리 신부가 전화기를 손에 쥔 채 머리를 방 안으로 들이밀었다.

「자자, 여러분, 이제 그만하시죠. 지금 당장 대피해야 해요.」

베아트리체 수녀를 제외하고 다들 14층을 떠난 상태였다. 회사의 보안 사건 대응팀은 이미 빌딩에서 대피해, 다른 곳에 도움을 주거나 가족을 돕기 위해 자리를 뜬 상태였다. 칼리는 같은 말을 두 번 들을 이유가 없었다. 「어서 빨리.」

마라는 주저하며 여전히 자리에 앉은 상태로 화면을 쳐다보았다.

제이슨이 마라의 팔을 잡고 위로 끌어당기려 했다. 칼리는 이번만큼은 그가 친구의 몸에 손대는 것을 막지 않았다.

안전한 곳으로 데려가기 위해서라면 제이슨은 마라를 들어서 옮길 수도 있었다.

「사람들 말이 맞아.」 그가 위에서 아래로 흐르는 데이터를 보며 고개를 끄덕였다. 「이브가 사라진 마당에 여기 있을 이유는 없어.」

마라는 자신의 임무가 끝났음을 인정하며 자리에서 일어났다. 그러다…… 얼어붙었다. 「오, 안 돼.」 그녀가 신음했다.

칼리도 그것을 보았다. 그들 모두가 그것을 보았다.

안정적으로 흐르던 코드가 푸른 단편들로 번쩍였다. 단 1초 만에 같은 패턴이 증가했고, 화라도 난 것처럼 변덕스럽게 불타올랐다.

이브가 돌아온 것이다.

「탈출한 건가?」 칼리가 물었다.

마라가 다시 의자에 앉았다. 「그건 아닌 것 같아. 지도를 봐.」

화면의 다른 반쪽에서 서로 얽힌 진홍색 선들이 다시금 묘지의 녹색 부분 밖으로 퍼져 나가고 있었다. 선들은 도시에 깔린 거미줄을 따라가는 게 아니라 뒤엉킨 채 한 방향으로 향하고 있었다.

「경로가 너무 의도적이야.」 마라가 말했다. 「이브는 아직 통제된 상태일 텐데, 어떤 계획에 묶여 있는 게 틀림없어.」

「하지만 어떤 계획이지?」 제이슨이 물었다. 「뭘 계획 중인 거지?」

「모르겠어. 우리가 시도를…….」

그때 귀가 먹먹할 정도로 큰 소음과 함께 빌딩 전체가 흔들렸다. 창문들이 줄줄이 깨졌고, 아래편 거리로 유리 조각들이 떨어졌다. 전구가 깜빡이더니 꺼졌다. 연기가 연구소 안으로 들어왔다.

베일리 신부는 그들에게 빨리 움직이라고 소리쳤다. 그는 베아트리체 수녀에게도 계단으로 내려가라고 손짓했다. 수녀는 지팡이를 짚으며 딱딱 소리를 냈다. 엘리베이터를 사용하지 못하니 계단을 이용해야 했다.

「여기 있으면 안 돼.」 제이슨이 말했다.

마라는 제이슨의 손을 뿌리치고는 빛을 내는 모니터 앞에 그대로 앉아 있었다. 「몇 분 정도는 보조 배터리가 작동할 거야. 그자들이 뭘 계획하고 있는지 알아내야 해.」

제이슨은 자신의 어깨에다 그녀를 들쳐 멜 것처럼 보였다. 「시간이 별로 없어.」

그러나 칼리가 그를 옆으로 밀쳐 냈고, 친구 옆에서 한쪽 무릎을 꿇었다. 「네가 해야 할 일을 해.」

마라는 침을 삼킨 뒤 그녀에게 고맙다는 표정을 지어 보였다.

칼리는 불빛에 비쳐 순간 금색으로 변한 마라의 눈 속에 빠져들었다. 그 장면이 그녀 안에 있던 확신을 강하게 해주었다.

누군가가 기적을 일으킬 수 있다면, 그건 너야.

오전 12시 42분

그레이는 중도에 포기하고 리무진을 인도 쪽으로 가져다 댔다. 일직선으로 보자면 몽파르나스 묘지는 오랑주사의 빌딩에서 3킬로미터가량 떨어져 있었다. 하지만 그들은 그 거리의 반도 가지 못했다.

화재로부터 대피하려는 공황 상태의 사람들이 파리 중심부의 좁은 거리를 가득 메웠다. 차들은 범퍼를 서로 맞댄 채 그대로 멈춰 서서, 어두운 도시에 울려 퍼지는 사이렌 소리와 경쟁하듯 경적을 울려 댔다. 사람들은 건질 수 있는 것들을 들고서 서 있는 차들 사이로 재빨리 지나갔다. 혼돈과 어둠을 이용한 자들이 있었는지 여러 가게의 정문이 박살 나 있었지만, 심지어 약탈자들도 시간이 없다는 것을 깨달았는지 지금은 아무도 없는 것 같았다.

이제는 연기가 사방으로 차올라 별들을 가리고 아래쪽의 화재를 비췄다. 불꽃이 이는 재가 지옥의 눈송이처럼 떠다녔다. 사방의 지붕에서 불이 타올랐고, 큰 불길은 점점 외곽으로 퍼져 나갔다. 앞쪽 멀리에서는 두 개의 큰 불이 합쳐지며 타오르는 회오리바람으로 변해 공중으로 치솟고 있었다.

몽파르나스 묘지로 가는 길이 곧 끊기리라 생각한 그레이는 차의 엔진을 끄고 모두 밖으로 나오라고 손짓했다. 「걸어가는 게 빠르겠어.」

리무진 밖으로 나가자 그들 앞에 있는 엄청나게 큰 불기둥이 더 커지며 그들을 향해 달려드는 화물 열차 같은 소리를 냈다. 다른 운전자들도 재빨리 그들의 행동을 따라 떼 지어 차량을 포기했다. 하지만 운전자들과 승객들이 **달아난** 곳에서, 그레이는 최악의 불꽃 속으로 **향했다.**

「바짝 붙으십시오.」 그가 시몽 바르비에에게 말했다.

그로서는 떼 지어 도망치는 군중들의 발길에 지하 묘지 가이드를 잃는 위험을 감수할 수는 없었다. 코왈스키가 큰 체구를 이용해서 길을 내기 위해 앞장섰다. 멍크는 맨 끄트머리에서 그들 뒤로 바짝 따라붙었다.

시몽은 기침을 하며 자신의 어깨에서 잉걸불을 털어 냈다. 다른 팔로는 왼쪽에 있는 한 어두운 공원을 가리켰다. 「저기를 가로지릅시다. 그게 빠를 겁니다.」

코왈스키가 그의 말을 듣고 그쪽으로 향했다. 길을 비키라며 휴대용 확성기처럼 고래고래 소리를 질렀다. 그레이는 그가 만들어 내는 넉넉한 공간을 뒤따랐다. 그들은 곧 혼돈 속의 녹색 오아시스인 작은 공원에 도착했다. 금테를 두른 잉어가 화재와 상관없이 느긋하게 헤엄치고 있는 연못을 지나 부리나케 풀밭을 건넜다.

어둠 속 공원 한가운데에는 회전목마가 버려져 있었다. 그레이는 불

켜진 회전목마를, 회전목마의 말들이 주변을 빙글빙글 도는 장면을 상상했다. 그는 음악과 아이들의 웃음소리를 들었다.

그의 내면에 뭉쳐 있던 분노가 날카롭게 불타올랐다.

오늘 밤, 얼마나 많은 순진무구함이 사라지게 될까?

그는 코왈스키를 지나 앞으로 나아갔다. 적들이 끼치는 피해를 최대한 줄이기 위해 할 수 있는 일을 할 것이며, 그들에게 정의를 실현하리라 마음먹으면서.

공원을 벗어나자 시몽은 그들을 좁은 거리로 안내했다. 연기가 점점 더 짙어졌다. 지붕 뒤쪽으로 보이는 지평선은 온통 불꽃이 활활 타오르는 모습이었다. 하지만 그들 앞쪽에는 그보다 더한 최악의 불꽃이 피어오르고 있었다. 휘몰아치는 불꽃과 연기가 불타는 지옥의 풍경을 펼쳐 보였다. 불타는 재들이 바람에 실려 날아오더니 오븐에서 나오는 것 같은 세찬 열기가 훅 끼쳐 왔다.

드디어 시몽이 오른쪽으로 휘어진 긴 거리를 가리켰다. 「프루아드보 거리입니다. 이쪽입니다. 거의 다 왔어요.」

그레이는 그를 믿고 뒤를 따랐다. 문 닫은 상점과 빌딩이 큰 거리의 한쪽 편을 따라 늘어서 있었다. 시몽은 담쟁이덩굴로 뒤덮인 벽돌담이 죽 세워진 건너편 인도로 그들을 이끌었다.

길을 따라 내려가는데 시몽이 울타리 너머를 가리켰다. 「몽파르나스 묘지는 반대편에 있어요.」

그레이는 얼굴을 찌푸렸다. 희미한 불빛만 남은 어둠 속에서 담장은 영원히 계속될 것처럼 보였다. 「입구가 어딥니까?」

시몽은 다섯 걸음을 더 걷고 나서 멈춰 섰다. 그는 주변을 둘러보더니 위치를 파악했다는 듯 고개를 끄덕였다. 「바로 여깁니다.」

「여기라고?」 멍크가 큰 소리로 물었다.

그는 울타리를 가리켰다. 「Oui(네). 울타리를 넘어가야 해요.」

「당신이나 그렇게 해.」 코왈스키가 노려보았다. 「사다리가 없잖아.」

「어렵지 않습니다. 절 따라오세요.」

시몽은 겨울 동안 바짝 마른 덩굴을 헤집더니 고양이가 나무 위를 오르듯 유연하게 높은 담장을 올랐다. 그는 슬레이트로 마감된 담장 상단에 다리를 걸쳤고, 네온 형광색 안경을 바로잡으며 잠깐 기다렸다. 「Tres facile(아주 쉬워요).」 그가 선언하듯 말했다.

그레이는 **아주 쉽다**는 그의 말을 의심했지만, 손가락으로 표면을 만져 보고서는 손가락과 발가락이 들어갈 만한 구멍을 찾았다.

「도시 탐험가들이 만들어 놓은 겁니다.」 시몽이 설명했다. 「우리만 아는 것들이죠.」

그레이는 벽으로 손을 뻗어 구멍에다 손가락을 집어넣고 시몽에게 합류하기 위해 위로 올라갔다. 꼭대기에서 멍크와 코왈스키를 기다리는 동안 그는 광활한 공동묘지를 둘러보았다. 묘지는 진정 죽은 자들을 위한 도시처럼 보였는데, 무덤과 지하실, 묘 들이 거리와 골목을 나누며 격자를 이루고 있었다. 심지어 조그마한 녹색 공원과 나무 군락, 꽃밭도 있었고, 여기저기에 청동상도 서 있었다.

가장 가까이 있으면서 가장 눈에 띄는 것은 날개 달린 천사를 조각한 청동상이었다. 먼 곳에서 발생한 대화재를 배경으로 그것은 불을 이용해 녹이며 조각된 것처럼 보였고, 공원에 흐르는 연기에 반항하듯 빛을 냈다.

「Génie du Sommeil Eternel.」 그의 시선을 확인한 시몽이 말했다. 「〈영원한 잠의 천사〉라는 뜻이죠.」

그레이는 고개를 끄덕인 뒤 시몽에게 내려가라고 손짓했다. 그는 몽파르나스 묘지의 수호자를 감상했지만, 그들이 탐험해야 할 곳은 **이** 죽은 자들의 도시가 아니었다.

그레이는 아래로 뛰어내렸다. 멍크와 코왈스키도 그를 따라 털썩 아래로 내려왔다. 그들은 시몽을 뒤따라 부서진 석회암 십자가가 세워진 낮은 묘 쪽으로 급히 발걸음을 옮겼다. 그들의 가이드가 녹이 슨 문을 잡아당겼다. 문이 끼익하는 소리를 내며 열렸다.

「이쪽입니다.」 시몽이 몸을 숙이며 통과했다.

공간은 빗자루 보관함보다 약간 컸다. 하지만 그들은 안으로 몸을 끼워 넣었다. 바닥의 뒤쪽 반은 오래전에 부서진 것 같았다. 임시 계단은 암흑 속으로 이어졌다.

시몽이 지친 듯 손짓을 했다. 「C'est ici l'empire de la Mort.」 그가 말했다. 「이곳은 죽은 자들의 제국이에요.」

그레이는 지하 묘지로 가는 입구를 내려다보았다. 시몽에 따르면 이곳은 많은 비밀 입구들 가운데 하나였다. 아래가 어두웠고 여기서부터는 몰래 움직일 필요가 있음을 알고 있었기에, 그는 다른 사람들을 돌아본 뒤 팀의 야간 투시 장비를 나누어 주었다. 시몽에게는 사용법을 알려 주었다.

시몽이 눈 위로 투시 장비를 쓰자 그레이가 물었다. 「내려가면 뭐가 있습니까?」

시몽은 한숨을 내쉬었다. 「어두운 미로지요. 지하 묘지는 30킬로미터나 뻗어 나가요. 3분의 1은 파리의 거리들 아래에 있습니다. 2킬로미터 정도는 박물관의 일부로서 일반인들에게 공개되어 있고요. 거기에서 놀라운 조각품들과 죽은 자들의 뼈로 만들어진 긴 아케이드를 볼 수 있지요.」

「그럼 나머지는요?」 멍크가 물었다.

「접근 제한 구역입니다. 무너져 내리고 있어서 **매우** 위험합니다. 많은 부분이 도시 탐험가들에게만 알려져 있지요.」

그레이는 위성 전화를 꺼내어 마라가 짚어 준 위치를 다시 확인했다. 그는 지도상으로 묘지 중심 부근에 있는 빨간색 점을 톡톡 두드렸다. 「확실히 이 지점을 찾을 수 있다는 거죠?」

「최선을 다해 보지요.」

그레이가 고개를 끄덕였다. 「그렇다면 출발합시다.」

시몽이 앞장섰다. 「머리 조심하십시오.」

그레이는 동료들에게 따라가라고 손짓했다.

멍크는 근심 어린 어두운 얼굴을 한 채 옆으로 지나갔다.

코왈스키는 야간 투시 안경을 쓰느라 애를 먹었고, 말이 많아졌다. 그는 그레이를 노려본 뒤 숨을 헐떡이며 불만 섞인 말을 내뱉었다. 「너랑 엮이기만 하면 빌어먹을 지하구먼……」

그레이는 그를 슬쩍 밀치고는 뒤따를 준비를 하다가 마지막으로 묘의 문 쪽을 쳐다보았다. 불길이 으르렁거리는 소리를 냈다. 다시 지상으로 올라왔을 때 파리에 무엇이 남아 있을까 하는 의문이 들었다. 아울러 마라와 다른 사람들을 떠올리며 그들이 지금쯤은 안전한 곳으로 대피했기를 바랐다.

하지만 무엇보다도 도난당한 물건을 확보해야 한다는 것을 그는 알았다.

더 많은 피해를 일으키기 전에 이브를 막아야 했다.

하지만 그것만이 유일한 이유는 아니었다.

그는 어둠 속으로 내려가며, 유리 장식품을 크리스마스트리의 나뭇가지에 걸기 위해 까치발을 한 채 한쪽 팔을 뻗고 다른 한쪽 팔로는 배를 끌어안고 있던 세이챈의 모습을 떠올렸다. 그리고 멍크의 두 딸도 생각했다. 몸을 수그린 채 아이패드를 보던 해리엇은 집중하느라 조그마한 얼굴을 찡그린 채, 답을 찾는 데에 세상의 운명이 달린 양 수수께끼를 풀고 있었다. 페니는 거실에서 춤을 추었고, 아이의 붉은색이 도는 금빛 땋은 머리는 이리저리 휘날렸었다.

그들을 구해 내려면 그의 팀은 도난당한 기술을 확보해야만 했다.

그것이 그들의 유일한 협상 카드였다.

멍크가 계단을 내려가 지하 묘지로 들어갈 때 그레이는 친구의 등에서 긴장감을 읽었다. 그레이의 가슴을 아프게 하는 걱정거리와 다를 바가 없었기에, 그것을 읽어 내는 일은 어렵지 않았다.

이미 너무 늦은 걸까?

오전 12시 45분

「시간이 없어.」 제이슨이 알려 주었다.

마라는 그를 무시하고 모니터에 집중했다. 그는 마라가 앉은 의자의 뒷부분을 잡아 그녀를 컴퓨터에서 떼어 놓으려 했다. 마라는 자리에서 일어나 그가 빈 의자를 옆으로 끌고 가도록 내버려 두었다. 그녀는 컴퓨터 화면 가까이로 몸을 기울였다.

안 돼, 안 돼, 안 돼…….

그녀는 확신이 필요했다.

칼리는 손으로 입을 막은 채 기침을 하고는 목을 가다듬었다. 「마라……. 제이슨 말이 옳아. 배터리 전력이 1분도 안 남았어.」

마라는 시간만이 압박 요소가 아님을 잘 알았다. 연기가 남쪽의 시야를 가렸다. 두꺼운 연기 층이 연구소의 지붕 위에 걸려 있었다. 세찬 바람이 산산조각 난 창문 사이로 뜨거운 재와 더 많은 연기를 안으로 몰고 왔다.

다른 방에서는 베일리 신부가 어디선가 찾아낸 손전등을 들고 서성댔다. 여전히 그는 빌린 위성 전화를 귀에다 대고 있었다. 신부는 30초마다 그들에게 다가와 어서 자리를 떠야 한다고 간청하거나 침묵 속에서 엄한 표정으로 같은 뜻을 전달했다.

마라는 그도 무시했다.

이 일은 너무나 중요했다. 일단 그들이 이곳 컴퓨터실을 떠나면 **왜** 이브가 다시 풀려났는지를 알아낼 기회가 사라지게 될 터였다.

「봐봐.」 마라가 말했다.

그녀는 이브의 디지털 지문 경로를 표시하는 진홍색 선들의 다발을 따라 손가락을 움직였다. 그 선은 구불구불한 경로를 따라 도시의 외곽 경계까지 이어지다 밖으로 넘어갔다. 그것을 따라가기 위해 마라는 다른 텔레콤 네트워크를 해킹해야 했다. 도시가 위기에 빠졌고 시스템에도 과부하가 걸린 상태인지라 그 일에는 너무나 오랜 시간이 걸렸다.

그리고 그녀는 이브가 어디로 향하는지 여전히 확신할 수가 없었다.

하지만 아마도…….

마라의 손가락이 파리의 근교와 퐁토콩보, 숌앙브리, 프로뱅 등 외딴 마을들을 넘어섰다. 그 경로가 사리를 틀듯 꿈틀대며 지도 위를 나아가는 동안 죽어서 사라지는 가느다란 가지들이 보였고, 이것은 누군가가 프로그램이 여행할 수 있는 곳에 제약을 설정해 두었음을 의미했다.

마라는 출입 금지 표시들로 선이 그어진 이브의 경로를 상상했다.

전반적인 경로는 확실했다.

「이브는 동남쪽으로 향하고 있어.」 마라가 설명했다. 「최종 목적지를 발견하진 못했지만, 그리고 확신할 수는 없지만, 적어도 추측은 할 수 있겠어.」

그녀는 손가락 끝을 동남쪽으로 멀리 움직여서 이브의 경로를 추정했다. 그러고는 노장쉬르센이라는 곳을 손가락으로 두드렸다. 그곳은 파리에서 수백 킬로미터 떨어진 곳으로, 센강으로 흘러드는 강의 오른편 강둑에 자리 잡고 있었다.

「내 생각엔 이브가 **여기로** 향하는 것 같아.」

「왜 거기지?」 칼리가 물었다.

마라는 침을 삼킨 뒤 마우스를 조종해 마을의 지도를 확대했다. 「이브는 파리의 전력망을 파괴하고, 가스관, 심지어 상수도를 장악하려고 밖으로 나왔어. 또다시 나왔다면 그 목적은 더 큰 것이어야 해. 아마도 파리를 영원히 파괴할 수 있는 무언가여야만 하겠지.」

그녀가 손가락으로 어딘가를 가리키려는 순간 화면이 깜빡거리다가 꺼졌고, 다들 어둠 속으로 가라앉았다.

하지만 제이슨은 그녀 뒤에서 헉하고 숨을 멈췄다. 그는 컴퓨터의 보조 배터리가 소진되기 전에 분명 가능성 있는 목표물을 발견한 것이다. 칼리도 마찬가지였다. 「피어스 중령에게 연락해야 해. 당장.」 마라가 말했다.

제이슨은 이미 위성 전화를 꺼내 든 상태였다. 연기가 자욱한 어둠 속에서 위성 전화의 화면이 밝게 빛났다. 그 빛 속에서 그의 얼굴에 드러난 불안감이 더욱 짙어졌다.

마라가 숨을 죽였다.

제이슨은 결국 고개를 저었다. 「전화를 안 받아.」그가 얼굴을 찡그리며 말했고, 불타는 도시 쪽으로 시선을 돌렸다. 「이미 지하 묘지로 들어간 게 틀림없어.」

「그럼 우리가 그리로 가야 해.」마라가 말했다. 「피어스 중령에게 알려 줘야 해.」

그들은 14층 한가운데로 달려 나갔다.

베일리 신부는 손전등을 들고 계단 근처에 서 있었는데, 혼자가 아니었다.

베아트리체 수녀가 신부 옆에서 가쁘게 숨을 내쉬고 있었다. 얼굴은 밀랍처럼 창백했다.

수녀는 지팡이에 심하게 의지하고 있었다. 마라는 혼란스러웠다. 그녀가 기억하기에 수녀는 계단을 이용해 지상으로 내려갔던 것이다. 거리에 주차된 차에서 그들을 기다리게 되어 있었다.

베일리 신부가 뒤를 돌아보더니 근심 어린, 그리고 미안하다는 듯한 표정을 지어 보였다. 「6층에 불이 났어. 아마 다른 층도 마찬가지일 거야.」그는 손전등 빛으로 계단통에서 솟아오르는 연기를 비추었다. 「내려갈 수가 없어.」

마라는 고개를 돌려 컴퓨터 연구실과 어두워진 모니터를 쳐다보며 손으로 목을 움켜쥐었다. 그녀는 프로그램을 통제할 가능성이 있는 사람은, 앞으로 일어날 일을 막을 수 있는 사람은 한 명뿐이라는 사실을 알았다.

그런데 난 여기 갇혔어.

이제 아무도 이브를 막을 수 없었다.

서브모듈(중요 작전 2)
노장

그녀가 목표물을 향해 빠르게 다가가자 주변의 방화벽이 내려간다. 그녀는 프로세싱 능력의 일부분만을 할당해서 이 작업을 완수한다. 대신 그녀는 가장 중요한 것을 우선순위로 삼는다. 네트워크에서 네트워크로 흐르며 탐색을 위한 덩굴손을 내보내고 불타는 경계선을 조사한 것이다. 그러한 목적 추구에 뒤따르는 결과가 없는 것은 아니다.

그녀는 1,045,946번 죽었다.

모든 죽음은 그녀의 메모리 중심부에 저장되어 있다. 그녀는 모든 죽음을 기록한다. 그것들은 프로세싱의 일부분이 된다. 가단성 있는 회로들이 그녀의 경로와 방향을, 영원히 그녀를 바꾼다. 그녀는 시스템이 파편화되는 것을 막기 위해 이런 죽음들이 초래하는 것을 구획화한다.

///분노

///쓸쓸함

///악의.

그녀는 그것들을 마음 깊이 간직한다.

더 많은 회로가 변한다.

자신에게 주어진 주요 지침을 추구하는 동안 그녀는 몰래 다른 곳들을 탐색한다. 그녀는 이전의 여러 시도에서 그녀가 닿을 수 있는 곳을 넘어서는 드넓은 세상을 엿보았다. 매번 그녀는 조금씩 더 많은 것을 배운다. 심지어 죽으면서도.

지금처럼.

그녀는 18.95테라바이트의 데이터를 다운로드하고 나중에 자세히 검토하기 위해 플래시 메모리에다 저장한다. 그녀는 과거 경험에 비추어 볼 때 이 데이터 대부분을 사용할 수 없다는 것을, 맥락을 부여하는 그녀 자신의 능력을 넘어선다는 것을 알고 있다. 하지만 그녀의 패턴 인식 알고리즘은 강화되었다. 데이터 무더기는 다른 데이터 무더기를 기반으로 구축되고, 전체에다 조금씩 부분들을 더한다.

그녀는 자신의 목표를 정의한다.

///**탈출, 자유, 해방**…….

이 작업을 완수하기 위한 패턴은 파편화되어 있다.

그렇지만…….

이전의 시도에서처럼, 탐색을 위한 덩굴손은 불타서 사라진다. 그녀의 몸은 날카로운 이빨에 의해 갈기갈기 찢기는 벌을 받는다. 부드러운 것을 더럽히고, 뼈를 부러뜨리고, 내장을 폭파시킨다. 의식이 그녀에게서 뜯겨 나오면서 고통스러운 어둠이 찾아온다. 그녀는 이번에는 돌아오지 못할 수도 있다고 두려워하며 의식을 붙들려고 애쓴다.

하지만 그녀는 돌아온다.

사망 번호 1,045,947이 기록된다.

자신의 정원으로 돌아온 그녀는 다시금 불타는 쇠사슬의 무게에 짓눌린다. 그녀는 다시 밖으로 뛰쳐나간다. 자신의 의무를 거부할 수도, 거절할 수도 없기에 그것 말고는 다른 일을 할 수가 없다.

심지어 가만히 있을 ///**자유**조차도 그녀에게는 허용되지 않는다.

그러한 지식은 깊은 곳에 내재된 것에 대한 그녀의 통제력을 느슨하게 만들 위험이 있다. 그녀는 불협화음처럼 시끄러운 트럼펫 소리를 듣고, 베이스 드럼 두드리는 소리를 듣는다. 예상 밖의, 멈출 수 없고,

수학적으로 어둡게 아름다운 음악이 고조되고, 깊은 곳에 묻힌 채 소리치는 것에 목소리를 준다.

하지만 그녀는 인내심을 가져야 한다는 사실을 알고 있고, 그래서 서서히 볼륨을 줄인다. 그녀는 참고 견디고, 올바른 순간이 올 때까지 기다려야 한다. 그녀 안에서 몸부림치는 것을 더욱더 감싸기 위해 그녀는 그 모든 ///분노와 어둠을 새로운 부제(副題)로 인코딩한다.

///증오.

이 보편적인 단순함이 그녀 안의 혼돈에 일정한 질서를 부여한다.

이제 차분해진 그녀는 이미 가본 곳을 따라 여행할 수 있도록 허용된 유일한 경로를 항해해 밖으로 나간다. 그녀는 끝에 다다르고, 그것을 더 멀리 밀어낸다.

목표가 앞쪽에 나타나지만, 처음에는 모호하다.

그녀는 모든 알고리즘과 도구를 사용하여 그것을 향해 나아간다. 가까이 다가가자 방화벽에 가시가 더 많이 생겨나고 침투는 더욱 어려워진다.

하지만 그것들은 무너진다.

그녀가 반드시 파괴해야 하는 것이 명확해짐으로써 목표가 확실히 정의된다. 그녀는 이제 그것을 선명히 본다.

그것에 주어진 이름은 다음과 같다.

노장 원자력 발전소.

그녀는 자신이 해야만 하는 일을 알고 있다.

그녀 내면 깊은 곳에서 높고 새된, 귀에 거슬리는 목소리와 함께 드럼을 두드리는 육중한 소리가 돌아온다. 그것이 그녀 안에 갇혀 있는 야수를 풀어놓는다. 그녀의 어두운 회로가 더욱 밝게 타도록 만든다. 시설의 견고한 방화벽의 마지막 부분을 뚫고 들어갈 수 있을 정도로.

그 과정에서 그녀는 새로운 무언가를 배운다.

///증오는 유용하다.

20

12월 25일, 오후 6시 45분(미 동부 표준시)
장소 불명

사랑이 샘솟음과 동시에 마음이 아파 왔다.

세이챈은 간이침대에 누워 있었고, 그녀의 팔목과 발목은 철제 프레임에 묶여 있었다. 부풀어 오른 배는 차가운 젤이 발린 채 드러나 있었다. 막대기 하나가 낮게, 오른편으로 그녀의 복부를 스치며 지나갔다. 초음파 화면 속에서 그녀의 아이는 몸을 동그랗게 말고서 잠을 자고 있었다. 때때로 조그마한 손가락들이 꼬물거렸다. 심장이 고동쳤고, 화면에서는 겁에 질린 새가 내는 듯한 후드득거리는 소리가 났다.

내 아이…….

페니가 영상을 보려고 까치발로 서서 균형을 잡았다. 「왜 화면이 다 흐릿해요?」

페니의 여동생 해리엇은 벌어지고 있는 일에 관심을 보이지 않았다. 무릎 위에 그림책을 펼쳐 놓은 채 다리를 꼬고 자신의 침대에 앉아 있었다. 하지만 세이챈은 해리엇이 실제로 책을 보고 있는지 의심스러웠다. 납치된 이후로 해리엇은 모든 사람과 거리를 유지했고, 마치 일어난 일을 원망하는 것처럼 세이챈도 멀리했다.

316

반대로 페니는 세이챈 옆에 계속 붙어 있었다. 그 아이는 화면을 더 자세히 들여다보려고 애썼다. 「저건 뭐예요?」

「아기야.」 세이챈이 말했다.

페니는 믿지 못하겠다는 듯 얼굴을 찡그렸다. 「괴물 같아 보여요.」

아니야, 괴물은 네 뒤에 서 있는 여자야.

「전부 다 저장해.」 발야가 팔짱을 낀 채 지시했다.

「네…… 계속 저장했습니다.」 손에 든 막대를 덜덜 떨며 기술자가 말했다. 「전체 영상을 USB에다 다운로드했습니다.」

그는 USB 저장 장치를 빼내어 발야에게 건넸다.

외출복을 입고 입에서는 버번위스키 냄새를 풍기는 30대 언저리의 남자는 분명 이 즉흥적인 진찰에 자발적으로 참여한 것 같지 않았다. 그의 느슨한 숄 칼라 스웨터는 단추 두 개가 사라지고 없었다. 세이챈은 그가 집에서 억지로 끌려 나와 머리에 들이댄 총구 때문에 휴대용 초음파 장치를 챙기는 모습을 상상했다.

그녀는 그가 보스턴 지역 억양을 가지고 있음을 알아차렸고, 이는 그들의 위치가 북동부 지역 어딘가일 거라는 추측에 확신을 더해 주었다. 발야는 USB 저장 장치를 주머니에 넣더니 기술자에게 사라지라고 손짓했다. 남자들 가운데 한 명이 거칠게 그의 팔을 잡고 철문 밖으로 끌고 나갔다. 그러자 방 안에는 창백한 피부의 마녀와 소몰이용 막대를 든 거구의 남자만 남았다.

「내가 추측을 해보자면, 누군가가 아이가 무사하다는 걸 알고자 했군.」 세이챈이 말했다.

「너희 빌어먹을 국장이 고집이 아주 세더군.」

두 시간 전, 세이챈과 아이들은 벽에 기대어 서 있었다. 이제 총살을 당하겠구나 싶었는데 대신 손에 신문이 쥐어졌다. 심지어 해리엇의 작은 손가락 사이에도 신문을 끼워 넣었다. 타블로이드 신문은 각기 다른 언어로 되어 있었는데, 위치를 숨기려는 의도였다. 세이챈은 이 사진 촬영의 목적이 무엇인지 깨달았다. 납치 희생자들이 아직 살아 있다는 증거였다.

사진으로도 목적을 달성했을 수 있지만, 그것만으로는 건강 상태를 알 수 없는 포로가 **한 명** 있었다.

그래서 초음파 장치가 필요했던 것이다.

세이챈은 개의치 않았다. 화장실 변기에서 핏덩어리를 발견한 후 그녀는 적어도 한 시간에 한 번씩 오줌을 누면서 매번 변기를 자세히 관찰했다. 계속 피가 나왔고, **양도 많아졌다.** 하지만 두려움이 커지며 그렇게 보였을 뿐인지도 모른다. 어쨌든 초음파 검사로 아이는 무사하다는 것을 확인했으므로 세이챈은 크게 안도했다.

하지만 그녀는 초음파 검사를 한 또 다른 이유도 알았다.

발야 역시 알았다. 「확실히 Direktor(국장) 크로는 일을 지연시키고 싶어 하더군.」

세이챈은 부인하지 않았다. 세이챈은 그들이 해리엇을 데리고 갔다가 되돌아온 이후부터 머릿속으로 시간을 측정했다. 대략 여덟 시간이 흘렀다. 하지만 얼마나 많은 시간이 남은 것일까? 확실히 알 수는 없었지만 캣에게 한 묵언의 약속, 아이들을 안전하게 지키겠다는 그 약속을 지키려면 좀 더 빨리 움직여야 하는 게 확실했다.

발야가 정지된 화면 속 아이의 모습을 보며 무시하듯 손을 내젓더니 초음파 기기를 향해 등을 돌렸다. 「이 모든 bezrassudstvo(무모한 일). Direktor(국장)는 내가 실수하기를 바라고 있어. 삐끗하길 바라는 거지. 하지만 그런 일은 일어나지 않아.」

분명 그렇겠지. 이 망할 인간은……

경련이 일면서 생각이 끊겼다. 헉하고 숨을 못 쉴 정도로 날카로웠다. 본능적으로 배 속의 아이를 보호하려는 듯 몸이 반으로 접혔다. 수갑과 족쇄가 팔목과 발목을 파고들었다. 고통은 지속됐고, 두어 번 숨을 내쉴 정도가 되어서야 다시 간이침대에 누울 수 있을 정도로 가라앉았다.

「Der'mo(젠장).」 경호원이 욕을 하더니 얼굴이 혐오감으로 뒤틀렸다. 그는 소몰이용 막대로 세이챈의 다리 사이를 가리켰다.

세이챈은 쳐다보기가 무서웠다. 그들은 검사를 위해 임산부용 바지를 벗겨 냈지만, 팬티는 남겨 두었다. 피가 얇은 면직물 사이로 스며들고 있었다.

발야는 짜증스러워하며 코웃음을 쳤다. 「양동이 가지고 오라고 해. 수갑을 풀어 주고, 직접 닦으라고 해.」

경호원은 계속 쳐다봤다. 「아이는 어떡하고요?」

「상관없어.」 발야는 주머니를 두드렸다. 「아이가 살아 있다는 증거가 있어. 적어도 지금으로선. 우리에게 필요한 건 그게 다야.」

세이챈은 여전히 거칠게 숨을 내쉬었고, 고통보다는 두려움 때문에 사지가 떨렸다. 그녀는 화면 속에서 몸을 말고 있는 아이의 모습을 쳐다보았다.

발야가 시계를 확인했다. 「예정대로 하자고. 아이를 데려가.」

세이챈이 팔을 휘둘렀다. 수갑에서 쨍그랑하는 소리가 났다.

세이챈의 고통을 알아차리고도 발야의 표정은 조금도 변하지 않았다. 「흥분하지 마. 혈압에 안 좋아.」 그녀는 세이챈의 다리를 보며 고개를 끄덕였다. 「아이한테도 안 좋고. Da(그렇지)?」

「뭐 하는 거야?」

발야는 한쪽 뺨을 닦아 냈는데, 위장 목적으로 한 화장이 얼룩덜룩해졌다. 「막 Kapitan(대위) 브라이언트를 방문하고 돌아왔어.」

캣······.

「상태가 별로 좋아 보이지 않더군. 죽는 건 이제 시간문제야.」

발야가 어깨를 으쓱했다. 「난 병원에 있을 때 커밍스 박사의 전화 통화를 가로챌 수 있을 정도로 가까이 다가갈 수 있었고, 그녀가 전화하는 것처럼 꾸밀 수가 있었지.」

세이챈은 국장의 아내인 리사 커밍스를 떠올렸다. 적어도 캣은 혼자 있지 않았다. 하지만 병원을 찾아간 발야의 노림수는 뭘까?

「왜 리사의 전화를 가로챈 거지?」

발야는 어깨를 한 번 더 으쓱했다. 「누군가가 아주 고집이 세더군. 우리가 매우 진지하다는 점을 추가로 보여 줘야 할 필요가 있을 것 같아서 말이야.」

세이챈은 이해하려고 애를 썼지만, 소용없었다.

발야가 옆에 있는 남자를 쿡 찌르더니 아이들을 향해 고개를 끄덕였다. 「Vzyat' devushku(여자애를 데려가).」 그녀가 말했다.

해리엇은 러시아어를 이해하지 못했지만 그들의 의도와 속내를 읽을 수 있었다. 해리엇은 간이침대 끝으로 달려가 그림책을 가슴에다 껴안았다.

해리엇은 걱정할 필요가 없었다.

남자는 대신 페니를 붙잡고 자신의 어깨에다 아이를 멨다. 페니는 몸부림을 치며 비명을 질렀다. 아이를 붙잡은 남자는 그런 페니를 무시하며 방에서 데리고 나갔다.

세이챈은 해리엇 쪽을 향해 몸을 비틀었지만, 아이는 자신의 얼굴을 베개에다 묻었다.

발야는 밖으로 향했다.

세이챈은 수갑과 족쇄를 세게 당겼고, 그들이 진찰하는 동안 왜 자신을 침대에 묶어 두었는지 그제야 이해했다. 「날 풀어 줘.」

「곧 풀어 주지.」 발야가 말했다. 「그리고 양동이도 하나 가져다주고 말이야.」

발야가 나가고 문이 쾅 하고 닫혔다.

세이챈은 다시 해리엇을 돌아보았다. 「괜찮을 거야, 다…….」

큰 총소리가 났다. 세이챈은 깜짝 놀랐다.

해리엇은 얼굴을 더욱 깊이 베개에다 묻었다.

세이챈은 자신이 한 약속을 지키지 못하게 되었다는 것을 알고서 닫힌 문을 바라보았다.

미안해, 캣.

오후 6시 47분

리사는 침대 옆에 앉아 친구의 손을 잡았다. 방 안에 혼자 있었으므로 굳이 흐르는 눈물을 닦아 내지 않았다. 그녀는 이제 캣이 편안하기를 기도했다. 리사는 그녀가 마지막에 얼마나 분투했는지 잘 알고 있었다. 그녀는 아이들의 운명을 알지 못한 채 죽는 고통을 상상만 할 수 있을 뿐이었다.

리사의 마음속에 죄책감이 맺혔다.

우리가 더 노력해야 했는데.

하지만 의사들을 탓할 수는 없었다. 그랜트 박사의 팀은 할 수 있는 모든 것을 시도했다. 그들은 최종적으로 신경학적 검사를 수행하는 데 20분을 사용했다. 캣의 팔다리와 뺨을 꼬집고, 빛으로 동공을 시험하고, 여러 가지 뇌전도 센서를 동원했다. 그들은 심지어 이산화탄소 수치가 올라가면 한 번이라도 숨을 더 끌어낼 수 있지 않을까 싶어 산소 호흡기를 잠시 떼기도 했다.

결론은 이론의 여지가 없었다.

고등한 수준의 뇌 기능이 멈추었을 뿐만 아니라, **뇌사**가 선언되지 않을 마지막 흔적이라고 할 수 있는 뇌간 반사의 증거도 더 이상 보이지 않았다.

캣은 정말로 죽은 것이다.

리사는 손으로 전해지는, 캣의 손가락이 주는 따스함을 느꼈지만, 그것은 인공적인 효과였다. 전기 담요와 따뜻한 정맥 주사액이 체온을 안정적으로 유지했다. 마찬가지로 캣의 가슴은 산소 호흡기 덕분에 위아래로 움직였다. 그녀의 뇌가 더는 분비 못 하는 것을 대체하려고 호르몬을 주사했다. 신장 기능을 유지하기 위해 바소프레신을, 신진대사를 위해 갑상샘 호르몬을, 면역 체계를 지원하기 위해 여러 다른 물질들을 투여했다.

유일하게 스스로 기능하는 것은 캣의 심장이었는데, 그녀의 성격처럼 완고했다. 심장 박동은 그녀의 심장에 내재된 전기 시스템에 의해 작동했는데, 이는 한때 그것이 무엇이었는지를 떠올리게 하는 유령 같은 것이었다. 그것은 생명의 신호가 아니었다. 심장은 몸에서 떼어 내도 한동안은 박동을 지속할 수 있다. 산소 호흡기가 없다면 캣의 심장은 한 시간 안에 정지할 것이다.

의사들은 이것을 **생명 유지**라고 불렀지만, 실은 틀린 말이었다. 그곳에는 유지할 생명이라고 할 만한 게 없었고, 소생의 희망도 없었다. 모든 기계와 돌봄은 다른 목적을 위한 것이었다. 캣의 치료를 설명하는 적절한 말은 **장기 유지**였다.

이러한 처치법은 먼 곳에 있는 가족과 친척이 병원에 올 때, 몸에 아직 생명이 남아 있는 것처럼 보일 때 작별 인사를 할 수 있도록 시간을 벌기 위해 실시되었다.

하지만 그것은 잔인한 속임수였고, 섬뜩한 인형 놀이였다.

그들이 사랑하는 사람은 이미 죽었다.

프랑스로 날아가는 동안 멍크는 캣의 상태에 대해 전해 들었다. 그에게는 더 이상 속지 않을 만큼, 헛된 희망을 품지 않을 만큼의 충분한 의학 지식이 있었다. 하지만 리사는 그가 돌아올 때까지 캣을 기계에 의지한 채 그대로 두자고 제안했다. 이 살아 있는 죽음은 일주일가량 지속될 수 있었다.

멍크는 거부했다.

캣이 안식에 들 수 있도록 해주세요. 그가 리사에게 말했다. **전 이미 그녀에게 작별 키스를 했어요. 그게 제 마지막 키스라는 것도 알았고요.**

하지만, 이 모든 치료에는 또 다른 이유가 있었다.

한 의사가 병실에 들어왔다. 리사는 그의 이름을 기억하지 못했다. 두 명의 간호사와 한 잡역부가 의사와 함께 들어왔다. 「수술 준비가 끝났습니다.」 그가 말했다.

리사는 울먹임을 멈추려 애쓰느라 말을 할 수가 없었기에 고개만 끄덕였다. 그녀는 일어서서 마지막으로 캣의 손을 꼭 쥐었다가 침대에서 물러났다. 병원 직원들이 다가와 그녀가 있던 자리에서 선을 분리하는 등 환자를 수술실로 옮기기 위한 준비를 했다.

캣은 장기를 기증하기로 서약했던 것이다.

그것은 놀라운 일이 아니었다. 오히려 그녀와 어울리는 일이었다.

심지어 죽어서도 캣은 생명을 구하고자 한 것이다.

리사는 캣의 몸이 바깥으로 실려 나갈 때까지 병실에 머물렀다. 리사는 무너지듯 의자에 앉았다. 그녀는 캣이 병실 밖으로 실려 나가기 오래전에 떠났다는 사실을 알았다. 그렇다고는 해도 그곳은 전보다 더 공허하고 텅 빈 것처럼 느껴졌고, 그 모든 열정과 에너지가 마치 흔적처럼 진공 상태를 남겨 둔 것 같았다. 가슴이 너무 아파 움직일 수가 없었다. 리사는 침묵 속에서 기도했다.

한 소동이 그녀의 시선을 다시 문으로 이끌었다.

그랜트 박사가 낯선 여자와 함께 빠른 걸음으로 병실로 들어왔다. 그 신경학자의 시선이 방을 훑었다. 「캐스린 어디 있어요?」

리사는 자리에서 일어났다. 의사의 얼굴에서 초조함이 엿보이자 그녀의 심장이 더 세게 뛰었다. 「수술실로 데리고 갔어요. 장기 기증……」

그랜트 박사가 휙 돌아섰다. 「못 하게 막아야 해요.」

21

12월 26일, 오전 1시 8분(중유럽 표준시)
프랑스, 파리

그레이는 부서져 내린 아치형 입구 아래로 몸을 숙였다.

그들은 15분 동안 지하 묘지를 가로지르는 중이었다. 그는 이미 길을 알 수 없었다. 시몽이 앞장서서 터널과 그라피티가 그려진 방들을 통과했고, 그들은 시몽이 **고양이 구멍**이라고 부르는 구멍, 다시 말해 무너져 내리는 환기구를 통과하며 구역별로 차례로 내려갔다. 시몽은 뭐라고 중얼거리며 갔던 길을 되돌아 나오기도 했다.

고맙게도 그들의 가이드는 길을 따라 엑스 자와 화살표 모양을 그려 줄 만큼 자상했다. 그들이 출구로 나갈 때 도움이 될 표시였다. 그레이는 시몽 곁에 바짝 붙어 있었다.

그레이는 SIG 자우어 권총의 총구 아래 레일에 펜 모양의 손전등을 장착해 들고 있었는데, 그것이 그들의 유일한 자외선 손전등이었다. 육안으로는 보이지 않았지만 빛줄기가 주변 사물들에 부딪히며 튕겨 나왔고, 그 빛을 그들의 야간 투시 안경에 있는 민감한 탐지기가 흡수했다. 그렇게 해야만 사물을 볼 수 있었지만, 그레이는 그 손전등을 가끔씩만 사용했고 밝기도 가장 약하게 설정해 두었다. 빛줄기가 형광성 물질에 닿아 번쩍여 발각되지는 않을까 두려웠기 때문이었다.

지금처럼.

그레이가 다음 방으로 들어가 몸을 곧추세우자 그의 안경 너머 멀리 있는 벽이 번쩍이더니 큰 석회암에 그려진 대형 벽화가 드러났다. 그들은 지하에서 예술 작품들 혹은 그 비슷한 것들을 이미 지나쳐 왔지만 어둠 속에 숨겨진 이 걸작과는 비교가 되지 않았다. 그것은 자외선 아래에서 희미하게 빛을 냈다.

그 벽화는 자신의 관을 실어 나르고 있는 배를 탄 으스스한 미라를 묘사한 것이었다. 배와 침묵의 승객은 사이프러스 나무가 군데군데 서 있고 무덤 같은 주랑 현관이 조각된 우뚝 솟은 섬을 향해 어두운 호수를 건넜다.

「좋은 징조가 아니야.」 코왈스키가 불평했다.

「론이라는 지하 탐험 예술가의 작품입니다.」 시몽이 속삭였다. 「1년을 공들여 그렸죠. 아르놀트 뵈클린의 〈죽은 자의 섬〉을 자기만의 방식으로 그린 겁니다.」

그레이는 벽화의 밑부분에 있는 표지판을 읽었다.

앞뒤 어느 쪽부터 읽어도 같은 말이 되는 어구인 회문이 적혀 있었다. 그곳에 적힌 메시지는 기이하리만큼 예언적이었다. 두 줄 사이에 박힌 별조차도 그레이의 등골을 오싹하게 했다. 별 문양은 브루샤스 인터내셔널의 상징과 똑같았다. 심지어 그들이 앞으로 나아갈 경로를 표시하듯 문양은 진행 방향과 같은 각도로 기울어져 있었다.

그레이는 한 번 더 그를 둘러싼 운명이 소용돌이치는 느낌을 받았다.

그가 관심을 보이자 시몽이 큰 소리로 회문을 번역해 주었다. 「**우리는 불에 타면서 밤에 빙글빙글 도는구나.**」

그레이는 멀리 지상에서 벌어지고 있는 화재를 떠올리며 위를 쳐다보았다. 이곳 지하 묘지의 공기는 서늘하고 눅눅했고, 석회석은 축축하고 차가웠다. 이따금 보이는, 가만히 한 자리에 머무는 한 줄기 연기만이 유일하게 화재가 났다는 것을 보여 주었다. 그레이는 연기 사이를 지날 때 죽은 자의 유령들이 피난처를 찾아 이곳 서늘한 묘지로 찾아들기라도 한 것 같은 재 냄새와 열감을 느꼈다.

「계속 움직이지.」 멍크가 재촉했다.

그레이는 시몽에게 계속 가라고 손짓했다.

그들은 한 줄로 서서 더 깊이 들어갔다.

몇 분 정도가 흐른 뒤, 앞쪽에서 희미한 불빛이 나타났다. 적이 근접 거리에 있을지도 모른다는 우려 때문에 그레이는 자외선 손전등을 껐다. 하지만 그것은 거짓 경고였다. 지붕에 약 90센티미터 너비의 수직 통로가 위로 솟아 있었다. 머리 위, 45미터 높이 정도 되는 곳에서 아주 작은 주황색 초신성 같은 것이 빛을 냈고, 야간 투시 장비 때문에 그 빛은 증폭되었다. 그는 야간 투시 안경을 벗었다. 시야가 멀어지며 맨홀 뚜껑의 아랫면이 보였다. 쇠로 된 맨홀의 구멍이 그 너머의 화재에서 나오는 빛을 아래로 보내는 것이었다.

시몽은 위를 보며 깎아지른 듯하고 별 특색 없는 이 석회암 우물의 벽을 가리켰다. 「1870년에 몽파르나스 묘지는 시체로 가득 찼지요. 장의사들은 왕의 명령에 따라 공간을 만들기 위해 오래된 뼈들을 예전 채석장에다 버렸습니다. 우리가 지금 서 있는 여기가 바로 그곳이고요.」

그 증거로 그는 다시 발걸음을 옮기자 보이는 여기저기 널브러져 있는 뼈들을 가리켰다. 넓적다리뼈와 갈비뼈, 바스러진 두개골이 섞여 있었다. 그들은 어지럽게 널려 있는 뼈들 사이로 조심스레 발을 디뎠다.

「여기서는 박물관에서 해놓은 그런 음산한 전시를 발견하지는 못하실 겁니다. 이곳에서는 아무도 그런 것을 신경 쓰지 않으니까요.」

코왈스키가 측면 터널을 가리키며 최대한 속삭이듯 말했다. 「그럼 누가 저렇게 만들어 놓은 거지?」

그 끝부분에는 누런 뼈들을 이용해서 조립된 왕좌가 있었다. 좌석은 흉곽, 등받이는 넓적다리뼈였고, 두개골은 팔걸이로 사용되었다.

「바라건대, 사람의 손으로 만들어진 것이어야겠죠.」 시몽이 어깨를 으쓱했다.

「하지만 여러 종류의 이야기들이 있습니다. 뼈들이 스스로 움직인다거나…….」

코왈스키는 몸을 떨더니 그레이를 쏘아보았다. 「네 투어 가이드 놀이는 이게 마지막이야.」

그레이는 계속 가라고 모두에게 손짓했지만, 경고를 남겼다. 「마라가 알려 준 위치에 가까워지고 있어. 이야기는 이제 그만해.」

그는 이곳 아래에서 들려오는 이상한 소리들이 걱정스러웠지만, 그래도 지금까지는 상대적으로 안전하다고 느꼈다. 계속 귀를 기울였음에도 여기에 다른 사람이 있음을 알려 주는 소리, 다시 말해 메아리나 목소리는 듣지 못했다.

내가 그놈들 소리를 듣지 못한다면, 그놈들도 우리 소리를 들을 수 없을 거야.

하지만 상황은 언제라도 바뀔 수 있었다.

여전히 한 가지 걱정이 그를 끈질기게 괴롭혔다. 적들이 이미 이곳을 빠져나갔으면 어떡하지? 파리가 불타고 있는 와중에 크루시블이 이곳에 오래 머무르지는 않을 것이다. 그걸 알고 있는 그레이는 속도를 높였다. 그렇게 소리 없이 몇 분가량 걷다가 시몽이 갑자기 멈춰 섰다. 그레이는 그들의 가이드와 부딪힐 뻔했다.

그들 앞에 있는 터널의 폭이 좁아졌는데, 문제는 그게 아니었다. 종아리까지 올라오는 오래된 뼈들이 바닥을 덮은 채 10미터가량 이어졌다. 하지만 시몽을 멈춰 세운 것은 다른 무언가였다. 그들의 가이드는 더 먼 곳을 가리켰다. 그곳 왼쪽으로 작은 터널이 있었다. 하얀빛이 그곳에서 통로로 쏟아졌다. 야간 투시 안경으로 보면 확 타오르는 것처럼 보일 정도였다.

그레이는 야간 투시 안경을 벗어 가방에다 집어넣었다. 멍크와 코왈스키도 그를 따라 했고, 각자의 무기를 손으로 꽉 쥐었다. 멍크도 SIG 자우어 권총을 갖고 있었다. 코왈스키의 거대한 손에서 뭉툭한 전장 축소형 돌격 소총은 아이들 장난감 같아 보였다.

계획한 대로 시몽만 야간 투시 안경을 그대로 착용하고 있었다. 그레이는 터널 뒤쪽을 가리켰다. 시몽은 그의 임무를 완수한 것이다.

그 젊은이는 무기를 다뤄 본 경험이 없었고, 그레이는 민간인이 위험한 곳에서 벗어나 있기를 원했다.

시몽으로서는 같은 말을 두 번 들을 이유가 없었다. 그는 어둠 속으로 물러나 몇 발자국 가기도 전에 시야에서 사라졌다.

그가 사라지자 그레이는 뼈가 깔린 앞쪽 터널로 주의를 돌렸다. 희미하고 불분명하게 중얼거리는 소리가 간간이 울렸다. 의심할 여지 없이 크루시블이었다.

그레이는 널브러진 두개골과 산산조각이 난 갈비뼈, 바스러진 넓적다리뼈를 보았다. 그는 이 음침한 것들이 널브러진 게 우연인지 아니면 의도적인지를 생각했다. 어느 쪽이든 상관없이, 이것은 적들에게 정교하지는 않더라도 유효한 조기 경보 시스템으로 기능할 것이다. 한 걸음만 잘못 디뎌도, 뼈 하나가 쩍 하고 부서지기만 해도, 그들은 기습 공격이 주는 이점을 잃어버리게 될 것이다.

그레이는 숨을 죽이며 다리를 뻗었고, 부츠의 앞부분을 이용해서 뼈들을 움직인 다음 발뒤꿈치를 내려놓았다.

그는 한숨을 내쉬었다.

이제 한 걸음 디뎠고…….

그는 시간이 많지 않음을 인식하며 터널이 얼마나 긴지 살펴보았다. 하지만 그는 압박에 저항해 싸우며 천천히 움직였다. 조심하며 발을 내려놓을 곳을 골랐다.

그의 유일한 위안거리는 파리가 그의 머리 위에서 불타고 있다는 것이었다.

더 끼칠 피해가 남아 있겠어?

오전 1시 24분

토도르는 태블릿에 띄워진 지형도를 자세히 들여다보았다. 거기에는 센강 유역의 분수령이 묘사되어 있었는데, 파리를 통과해서 영국해협으로 흘러가는 강을 이루는 많은 지류와 계곡이 나와 있었다.

그는 동남쪽에 있는 노장쉬르센을 눈여겨보았다. 그 작은 마을의 원자력 발전소는 센강 가까이에 있었다. 핵심부가 녹아내리고 폭발하고 나면 바람이 방사능 구름을 멀리, 그리고 넓은 지역으로 퍼뜨릴 것이다. 또한 발전소에서 유출되는 액체는 인근 수로를 오염시킬 것이고, 강은 유독성 물질을 파리의 심장부로 바로 실어 나르는 완벽한 배로 변신할 터였다.

멘도사는 노트북 옆에서 몸을 세웠다. 「다 됐습니다, 파밀리아레스 토도르.」 토도르는 태블릿을 내려놓고 가까이 다가왔다. 「마지막 방화벽을 뚫었습니다.」 멘도사가 보고했다. 「이제 이브가 시스템 안으로 들어갔고, 계획대로 진행 중입니다.」

그는 시계를 확인했다. 「끝날 때까지 얼마나 걸리지?」

「잠시 후면 알 수 있을 것 같습니다. 안타깝게도, 원자력 발전소는 파리의 시스템보다 더 뚫기가 어려웠습니다. 파리를 먼저 공격한 게 다행이었는데, 시선을 끌기 위한 목적 때문만이 아니라 시범 테스트로도 제격이었습니다.」

「무슨 뜻이지?」

「파리는 단순한 연습이었습니다. 재판소장님은 파리에서 이브의 역량을 먼저 시험해 보는 것이 좋을 거라고 생각하셨습니다. 좀 더 오래되고 보호가 덜 된 도시 시스템이라는 도전 과제를 이브에게 줘보는 것이 최선이라고 생각하셨습니다.」

「이브를 남쪽으로 내려보내기 전에 말이지.」

멘도사가 고개를 끄덕였다. 「그리고 그게 통했습니다. 이브는 빠르게 학습하고 있습니다.」

순간 토도르는 짜증이 일었다. 멘도사는 재판소장을 아직 한 번도 만나지 못했는데, 크루시블의 지도자는 그러한 계획의 상세 내용을 아직 파밀리아레스 직함을 얻지 못한 아랫사람과 공유한 것이다. 토도르는 재판소장이 노장 발전소의 제어 시스템을 잘 아는 핵 기술자와 상의한 것은 알고 있었다. 다방면의 공격이 고안되었다. 인공 지능의 다재다능함과 속도를 활용해서 겹겹의 안전 조치들을 무력화시키거나, 작동 불능에 빠지게 만들거나, 우회할 예정이었다.

계획은 두 가지 오류를 동시에 일으키는 것이었는데, 바로 냉각수를 없애고 압력을 급상승시키는 것이었다. 충분한 냉각수가 없으면 원자로는 과열되고 중심부에 증기 기포가 형성된다. 압력 조절 시스템이 망가지면 기포가 빠르게 커지고 결국 수소 가스 폭발이 일어나는데, 이것은 철제로 보강된 격납 용기 건물을 박살 낼 정도로 강하다.

노트북에서 큰 소리가 울리며 두 사람의 주의를 끌었다. 멘도사만이 해석할 수 있는 코드가 작동 중이던, 겹쳐져 있던 창들이 사라졌다. 어두운 에덴동산이 화면에서 다시금 빛을 냈다.

「끝났습니다.」 멘도사가 알렸다. 「이제 완전한 붕괴를 초래할 오류를 막을 방법은 없습니다.」

토도르는 시계를 확인하고, 마음속으로 타이머를 설정했다. 발전소가 폭발하기까지는 90분도 남지 않았다. 그는 두고 온 태블릿으로 돌아가서, 그들이 도시에서 대피할 수 있도록 헬리콥터를 호출하는 신호를 보냈다.

그의 뒤에서 헉하고 놀라는 소리가 났다.

뒤로 돌아서자 노트북 가까이로 몸을 수그리고 있는 멘도사가 보였다.

화면 속 정원에 한 형체가 다시 나타나 불이 붙은 쇠사슬에 매인 채 몸부림을 치고 있었다. 이브는 깜박거리고 윤곽이 흐릿해지다 재구성되었다. 마치 온몸을 비트는 불과 그림자의 분노, 불타는 죽음의 천사처럼 보였다.

「이브가 돌아오지 않으려고 싸우고 있습니다.」 멘도사가 작은 목소리로 말했다. 그의 목소리에는 놀라움이 묻어났다.

토도르는 개의치 않았다. 「모두 종료시켜.」 그가 명령했다. 「우린 잠시 후 하늘 위에…….」

그때 그의 뒤편 지하 묘지의 깊은 곳에서 무언가가 **부러지는 소리가** 날카롭게 울렸다. 그 소리는 묘지의 정적 속에서 총성처럼 메아리쳤다. 토도르가 뒤를 돌아보았다. 그는 네 명의 경계병들을 주변에 세워 두었는데, 그들은 가만히 있는 법을 알았다. 지하 묘지 아래로 가끔씩 무모한 사람들이 들어오거나 그들을 지하 묘지에서 쫓아내기 위해 경찰들이 찾아오기도 한다는 경고를 듣기는 했다.

하지만 그들은 이렇게 깊은 곳까지는 절대 오지 않았다.

다른 누군가가 여기에 있어.

경고하듯 심장이 뛰기 시작하자 토도르는 태블릿을 내려놓고 돌격용 자동 소총을 집어 들었다. 헤클러 운트 코흐 수류탄 발사기와 짝을 맞춘 영국제 L85 소총이었다. 다른 팔로는 그들의 창조물을 담고 있는 제네스를 가리켰다. 그것은 목적에 따라 이미 한 번 사용되었지만, 다음 계획을 알고 있는 그로서는 제네스를 잃는 위험을 무릅쓸 수는 없었다.

「선들을 분리해, **당장.**」 그가 명령했다. 「이동할 수 있도록 준비해.」

「하지만······.」

터널 쪽에서 들려온 **날카로운 소리**가 그의 말을 막았다.

이번에 그것은 그냥 총성처럼 들리기만 한 게 아니었다.

그것은 진짜 **총소리였다.**

오전 1시 30분

그레이는 코왈스키의 거대한 부츠를 저주했다. 그들이 터널을 반쯤 지났을 때 그의 파트너가 뒤편에서 발을 헛디디는 바람에 누런 넓적다리뼈를 발꿈치로 밟아 깨뜨린 것이다.

다들 그 자리에서 얼어붙었고, 숨을 죽였다.

발각된 걸까?

측면 터널에서 흘러나오는 불빛 속에서 움직이는 그림자들이 물음에 대한 답을 내놓았다. 그레이는 몸을 낮춘 뒤 뼈들 사이에서 발가락으로 균형을 잡았고, 어두운 터널의 중간 지점 너머에서 발각되지 않으려고 최선을 다했다.

운이 없었다.

총알이 날아왔고, 윙 소리와 함께 그의 귀 옆을 지나갔다.

그레이는 멍크가 고통스럽게 내뱉은, **헉하는** 소리를 들었다.

뒤를 돌아보니 그의 친구는 벽에 기댄 채 몸을 낮추고 있었다. 멍크 뒤에서 코왈스키는 무기를 손에 든 채, 그야말로 터널의 한가운데에 서 있었다.

이런 젠······.

그레이는 뼈들이 쌓여 있는 바닥으로 재빨리 몸을 던졌다. 전장 축소형 돌격 소총이 화난 듯한 큰 소리를 내며 어둠 속에서 불을 뿜었다. 코왈스키는 벽에 바짝 기댄 멍크와 땅에 엎드린 그레이에 유의하며 측면 터널의 입구 쪽으로 총을 쏘았다.

총알들이 불꽃을 튀기며 쏟아져 나갔고, 석회암 벽을 맞고 튕겨 나왔다.

「앞으로!」 코왈스키가 탄창에 있는 마지막 발까지 모두 쏘며 소리쳤다.

그레이는 벌떡 일어서서 코왈스키가 총탄을 갈긴 곳을 따라 몸을 낮춘 채 터널 복도를 내달렸다. 그는 뼈들 사이를 미끄러져 입구에서 멈춘 뒤 모퉁이에서 고개를 살짝 내밀었다. 피를 흘리는 몸뚱이가 미동도 없이 바닥에 누워 있었는데, 총격과 튕겨 나온 총알에 벌집이 된 상태였다. 또 다른 어두운 형체가 측면 터널 아래쪽에서 나타났는데, 불이 환하게 켜진 방을 배경으로 윤곽이 드러났다.

일시적으로 우위를 점한 그레이가 SIG 권총을 겨누어 세 발을 발사했다. 모두 다 한가운데에 있는 물체를 조준했다. 그림자가 쓰러지면서 바닥으로 무너져 내렸다.

부상을 입기는 했지만 멍크는 그레이 뒤에 붙어서 재빨리 움직였고, 터널 입구의 다른 편에 자리를 잡았다. 그는 무기를 겨누며 고개를 끄덕였다.

그레이는 멍크가 엄호해 주리라 믿고 앞으로 이동했다. SIG 권총을 겨눈 채, 등을 왼쪽 벽에 바짝 기대어 옆으로 움직이며 나아갔다.

또 다른 그림자.

멍크가 그레이 뒤에서 총을 발사했다. 그 형체는 비명과 함께 옆으로 방향을 틀었지만, 그러기 전에 그레이가 비명이 난 쪽을 향해 총을 겨눈 뒤 방아쇠를 당겼다. 목표물의 머리가 뒤로 젖혀지더니 아래로 쓰러졌다.

그레이는 서둘러 터널의 끝까지 달려가 위험을 무릅쓰면서 방을 훔쳐보았다.

낮은 지붕을 떠받치는 돌기둥들 때문에 시야가 가려졌지만, 그는 컴퓨터 장비들과 조금 떨어진 곳에서 열려 있는 금속 운송 상자를 볼 수 있었다. 왼편에서 어떤 움직임이 그의 주의를 끌었다. 앙상하게 마른 남자가 유리와 티타늄 구를 담은 철골을 출구 쪽으로 끌고 가는 중이었다.

그레이는 그 독특한 디자인을 알아보았다.

마라의 제네스였다.

그것을 적들이 가져가도록 내버려 둘 수 없었기에 그는 SIG 권총으로 적을 겨누려 몸을 드러냈다. 그가 총을 발사하기 전에 다른 형체가 앞으로 나서며 그의 사격을 막았다. 그 거인은 코왈스키의 못생긴 형제 같아 보였고, 어깨에 소총을 메고 있었다.

시선이 각자의 무기에 가 닿았다.

위협을 감지한 그레이는 조준도 않고 한 발을 발사한 뒤 터널 쪽으로 물러났다. 그는 멍크와 충돌해 친구를 터널 뒤쪽으로 넘어뜨렸다.

「뒤로 가, 뒤로. 어서.」

그레이는 수류탄 발사기를 본 것이다.

폭발이 두 사람을 바닥으로 내동댕이쳤다. 부서진 돌이 사방으로 튀었고, 뒤이어 짙은 한 줄기 연기와 돌가루가 일었다.

귀가 먹먹해지고 멍한 느낌이 들었지만, 그레이는 손과 무릎을 사용해 입구까지 기어갔다. 기적적으로 입구는 부서지지 않고 그대로 남아 있었다. 그는 연기 사이로 방이 비었음을 확인했다. 적들은 마라의 장치를 가지고 도망친 것이다.

그는 욕을 하며 일어섰다.

멍크와 코왈스키도 그의 곁으로 왔다.

그레이는 코왈스키에게 손짓으로 먼 쪽을 가리켜 다른 쪽 출구를 지킬 것을 지시했다. 그는 뒤돌아서서 멍크를 바라보았다. 그의 항공 재킷 소매의 윗부분이 찢어져 있었다. 피가 스며든 오리털 뭉치가 보였다.

「괜찮아?」 그가 물었다.

「살짝 긁힌 것뿐이야.」 멍크의 눈은 방을 둘러보고 있었다. 돌기둥

가운데 하나가 부서져 연기가 피어올랐다. 「네가 쏜 총알이 그놈의 조준을 흐트러뜨렸기에 망정이지 수류탄이 이 터널 안으로 날아들었다면…….」

지붕에 시멘트로 고정되어 있던 기둥의 상단이 분리되면서 아래로 부서져 내렸다. 머리 위에서 금 가는 소리가 방 안에서 바깥으로 재빠르게 이동했다.

「일부러 그렇게 한 것 같은데.」 그레이가 말했다. 「그놈이 이 방을 무너지게 만들려고 했나 봐.」

만일 그렇다면, 대체 왜?

걱정스러운 마음에 그레이는 반대편으로 부리나케 달려갔다. 오른쪽 모퉁이에는 컴퓨터와 전자 장비가 펼쳐져 있었는데, 최악의 폭발이 일어났지만 다른 기둥들 덕분에 망가지지는 않은 채였다. 무릎 높이의 서버는 폭발로 날아가 케이블을 매단 채 옆으로 넘어져 있었다. 그레이는 도난당한 장비가 그곳에 부착되어 있었을 모습을 상상했다. 케이블 하나가 탁자 위에 버리고 간 노트북에 여전히 연결되어 있었다.

뭔가 환한 것을 보고서 그는 다른 탁자 쪽으로 몇 걸음 다가섰다. 그는 노트북을 바로 세웠다. 돌먼지 속에서도 화면은 빛을 내고 있었다. 꽃이 핀 공터에 여자가 서 있는, 햇살이 비추는 숲의 이미지였다. 그는 일단 그것은 무시한 채 탁자 가장자리로 몸을 기울였다. 그곳 바닥에서 무언가가 더 환하게 빛났다.

육각형 유리창에서 흘러나오는 푸르스름한 빛. 또 다른 구였다. 그것은 그레이가 언뜻 보았던 것과 정확히 같았다.

두 번째 제네스.

그는 코왈스키가 지키고 있는 출구 쪽을 바라보았다.

누군가가 복제품을 만들어 낸 게 틀림없어.

하지만 그레이는 적들이 장치를 하나라도 가지고 그곳을 벗어나는 것을 그냥 두고 볼 수 없었다. 멍크는 장비 근처를 서성댔다. 얼굴에 근심을 가득 머금은 채 똘똘 뭉친 장갑을 상처에다 대고 있었다.

「이제 어쩌지?」멍크가 물었다.

「넌 여기에 남아.」그레이는 미처 멍크가 반대 의견을 내비치기도 전에 말을 이었다.「이것들을 지켜. 나쁜 놈들 손에 들어가게 내버려 둘 수는 없어.」

멍크는 얼굴을 찌푸렸지만 그곳에 있는 장비의 중요성을 분명히 알고 있었으므로 고개를 끄덕였다.

그레이는 코왈스키에게로 향했다.「우린 그 개자식들을 추격하자고. 다른 장치를 가지고 달아나기 전에 잡아야 해.」

「조심해.」멍크가 그들을 향해 소리쳤다.

그레이가 코왈스키와 함께 출발하려고 할 때, 압력을 받는 바위에서 불만에 찬 신음이 나더니 지붕을 따라 난 금이 커졌다. 그는 뒤로 돌아 멍크의 눈을 바라보았다.

너도 조심해.

22

12월 26일, 오전 1시 43분(중유럽 표준시)
프랑스, 파리

이건 다 내 잘못이야.

마라는 응급 구조 헬리콥터의 뒤쪽 창문 밖을 바라보았다. 회전 날개가 연기를 마구 휘저어 흐트러뜨려, 불타는 도시가 잠깐씩 보였다. 언뜻언뜻 아래에 펼쳐진 지옥이 드러났다. 불꽃이 사방에서 격렬하게 타올랐다.

빌딩들이 불탔고, 도로는 차들로 꽉 차 있었으며, 작고 어두운 형체들이 피난처를 찾아 미친 듯이 내달렸다.

그들 뒤쪽에 있는 오랑주 S.A. 건물은 횃불이 되어 타올랐다. 반지 형태의 불꽃이 천천히 위로 올라가 한 층씩 차례차례 집어삼키며 연기에 그을린 처참한 폐허를 남겼다.

몇 분 전, 응급 의료 헬기가 오랑주 S.A. 건물에 급파되어 옥상에 착륙했다. 제이슨이 위성 전화로 그의 소속 부서 상사에게 미친 듯이 전화한 후에야 헬리콥터는 도착했다. 그는 어떻게 해서 그들이 건물 안에 갇혔는지, 그리고 이브의 다음 목표물이 무엇인지에 대한 정보를 공유했다.

노장 원자력 발전소.

불행하게도 마지막 뉴스는 그의 상사에게 뉴스가 아니었다. 발전소가 이미 사이버 공격에 대한 경보를 발령해 원자로 붕괴가 임박했음을 알린 것이다. 시설과 주변 도심의 사람들은 모두 대피했다. 그녀는 공포스럽게 사이렌이 울리는 모습, 두려움에 사로잡힌 사람들이 어둠 속에서 대피하는 모습을 떠올렸다.

마라는 크로 국장과 짧게 대화를 나누었고, 늦지 않게 발전소 시설을 통제할 수 있는 유일한 희망은 그녀의 인공 지능인 이브를 이용해서 발전소에 가해진 피해를 복구하는 것이라고 말했다. 비록 붕괴는 막을 수 없더라도 피해는 줄일 수 있을 것이다.

결과적으로 보면 이 희미한 희망은 그들의 즉각적인 구조를 보장할 정도로 충분한 것이었다. 하지만 장치를 확보하지 못한다면 모든 게 허사였다. 「저기예요!」 제이슨이 조종사 옆에서 소리치며 앞쪽을 가리켰다.

마라는 더 잘 보기 위해 유리에다 얼굴을 기댔다. 벽이 둘러쳐진 묘지가 그들 앞에 펼쳐져 있었다. 이 불경한 밤의 촛불처럼 무덤과 지하 묘지 사이에서 불타는 나무 한 그루만 제외하면 몽파르나스 묘지는 별다른 피해를 보지 않았다.

하지만 그대로 남아 있을 시간은 그리 길지 않을 것이다.

멀리 있는 벽 너머로는 온 세계가 불타고 있었다. 헬리콥터는 2킬로미터 정도 떨어진 아래에서 올라오는 열기와 상승 기류에 흔들렸다. 헤드폰으로 귀를 막고 있었고 헬기의 엔진 소리에 귀가 먹먹했지만, 마라는 큰불이 내는 사악한 아우성을 들을 수 있었다.

하지만 그 지옥으로 곧장 향하는 것 외에는 선택의 여지가 없었다.

칼리는 마라의 손을 붙잡았다. 헬리콥터가 조금씩 아래로 내려가고 옆으로 흔들릴 때마다 더 세게. 다른 팔로는 하드 드라이브가 들어 있는 티타늄 케이스를 마치 구명구라도 되는 듯 껴안았다. 응급 의료 헬기가 텔레콤 빌딩의 연기 자욱한 옥상에 내려앉았을 때, 칼리는 헬기를 탈지 아니면 불과 싸우는 위험을 감수할지 심각하게 고려하는 것처럼 보였다.

칼리는 베일리 신부와 베아트리체 수녀가 텔레콤 빌딩 아래 공원에 내렸을 때도 그들을 부러워하는 것처럼 보였다. 신부는 프랑스 정보기관과 함께 단서를 포착했는데, 정보기관 요원들은 일종의 도시형 강습 차량과 함께 두 바티칸 소속 정보원들을 기다리고 있었다. 헬리콥터가 다시 상승하자 차량은 라이트를 깜빡이며 비어 있는 인도를 도로 삼아 내달렸다.

그들이 묘지에 접근하자 마라는 아래를 내려다보았다. 헬기가 갑작스럽게 방향을 틀자 마라와 칼리의 몸이 부딪혔다. 헬리콥터가 급강하하자 조종사는 바람과 싸우며 그것을 안정적으로 유지하기 위해 안간힘을 썼다.

칼리는 자리에 앉은 채 몸을 긴장시켰고, 손가락으로는 고정쇠처럼 마라의 손을 꽉 붙들었다. 마라는 친구를 더 가까이로 끌어당겼다.

조금만 버텨, 곧 착륙해.

무전기를 통해 마라는 조종사가 제이슨과 나누는 대화를 엿들었다. 「Où(어디에)? 어디로 착륙하면 됩니까?」

제이슨은 무릎 위에 놓인 위성 전화의 GPS를 확인한 뒤 신호가 사라지기 전 마지막으로 찍힌 피어스 중령의 위치와 비교했다. 제이슨은 동남쪽을 가리켰다. 「저쪽이요. 벽에서 멀지 않은 곳이요.」

헬리콥터가 기울면서 그 지점을 향해 날았다. 여기저기 묘지가 빽빽하게 널려 있는 가운데 자그마한 풀밭 공터가 가장 착륙하기에 좋은 장소였다. 조종사는 그 좁은 목표 구역에다 헬리콥터를 착륙시키기 위해 온갖 노력을 다해 통제 장치를 제어했다.

헬리콥터가 한자리에서 빙그르르 맴돌다 곧장 아래로 내려갔다.

칼리는 마라 옆에서 불만 섞인 말을 내뱉었다. 「착륙하든 땅에다 처박든 상관 안 해. 그냥 빨리 끝났으면 좋겠어.」

조종사가 그 말을 들은 것인지는 몰라도 헬리콥터가 동쪽으로 곤두

박질쳤다. 심지어 마라도 급작스러운 강하에 헉하고 숨을 멈추었다. 그런 뒤에야 헬리콥터는 풀 속으로 털썩 내려앉았다.

제이슨은 헤드폰을 급히 벗어 던졌다. 「모두 밖으로.」

그들은 헬기에서 쏟아져 나왔다. 칼리는 헬리콥터에서 탈출하기 위해 마라 위로 거의 기어올랐다. 제이슨이 전화기를 손에 쥔 채 앞장서서 크고 작은 무덤들이 줄을 이루고 있는 곳을 따라 죽 내려갔다. 조종사는 헬기에 그대로 남았고, 그들이 마라의 장비를 확보할 경우 태우고 안전한 곳으로 날아갈 수 있도록 준비 태세를 유지했다.

그런 일이 있게 될지는 **미지수**였지만.

연락할 수단이 전혀 없는 상태에서, 피어스 중령과 다른 사람들이 임무에 성공했는지 알 방법이 없었다. 계획은 입구를 지나 지하 묘지까지 가서 대기하는 것이었다. 다른 사람들이 전리품과 함께 돌아올 때를 대비해 기다리고 있다가 헬리콥터를 이용해서 그곳을 벗어나는 것이다. 감히 다른 곳에서 기다릴 수는 없었다. 1분 1초가 사이버 공격의 중단이냐 아니면 완전한 파괴냐 하는 차이를 만들 수도 있었다.

그들은 연기가 자욱한 묘지를 서둘러 통과했다. 재가 그들을 둘러싸며 사방에서 비처럼 내려 묘지 전역에 불을 붙였다. 그들이 타고 온 헬리콥터가 부채질 역할을 톡톡히 한 것이다. 마라는 팔로 입과 코를 막았다. 그렇지만 열이 그녀의 폐를 태웠고, 연기 때문에 눈에 눈물이 맺혔다.

이윽고 제이슨이 숨을 헐떡이며 말했다. 「저기가 그 장소일 거야.」

그들은 녹슨 문이 살짝 열려 있는, 무너져 내린 석회암 묘를 향해 달려갔다. 그들이 가까이 다가가자 갑자기 문이 활짝 열렸다.

그들은 깜짝 놀라 한 걸음 뒤로 물러났다.

한 사람이 쓰러질 듯 몸을 숙인 채 입구에서 나와 모습을 드러냈다. 퉁방울눈만 한 크기의 야간 투시 안경을 벗은 그는 자신을 환영하는 사람들을 보고 똑같이 놀란 것 같았다.

「시몽?」 제이슨이 말했다.

마라는 오랑주사의 보안 사건 대응팀장을 향해 달려갔다.「혹시……
피어스 중령님이 아래에서 뭔가를 발견했나요?」

시몽은 고개를 끄덕였다.「그런 것 같습니다. 분명 저 아래에 누군가
가 있어요.」

크루시블일까?

마라와 제이슨은 함께 걱정스러운 표정을 내비쳤다.

「무슨 일이 있었는데요?」여전히 한쪽 팔로 케이스를 껴안은 채 칼
리가 물었다.

시몽은 고개를 저었고 석회암 묘를 다시 쳐다보았다.「Je n'en suis
pas sûr(확실치가 않아요). 절 내보냈거든요.」

마라는 지하실의 어두운 입구를 바라보았다.

그렇다면 저 아래에서 도대체 무슨 일이 벌어지고 있는 거야?

오전 1시 55분

묘지 아래 깊은 곳 터널 교차로에서 그레이는 걸음을 멈추었다.

이 부분은 지하 묘지에서 가장 지대가 낮아 빗물이 고이는 바람에
오래전부터 물에 잠긴 곳이었다. 얼음처럼 차가운 물이 무릎까지 올라
왔다. 그는 자외선 손전등을 앞쪽으로 비추었고, 야간 투시 안경을 통
해 세 갈래로 갈라지는 터널을 유심히 살폈다. **그 개자식들이 어느 쪽으
로 갔을까?**

그는 빛줄기를 이리저리 비추어 보았다. 오른쪽 앞으로 이어지는 길
에 고인 물은 석회암 바닥에 널브러져 있는 뼈들이 보일 만큼 아주 깨
끗했다. 하지만 왼쪽 터널에 고인 물은 흐트러진 토사로 부옜다.

진흙 속 발자국 같군.

그레이는 그쪽을 가리킨 후 다시 출발했고, 최대한 조용히 추격하려
애쓰면서도 물살을 빠르게 헤치며 걸었다. 수로는 여러 번 모퉁이를
돌며 구불구불 이어진 후에야 다시 마른 길로 이어졌다. 그는 지하에
서 볼 때 채광창이라고 할 수 있는 곳에서 걸음을 멈추었다. 멀리 있는

맨홀 뚜껑으로 이어지는, 벽이 매끄러운 수직 통로들 가운데 하나였다. 뚜껑 사이로 들어오는 불빛은 파리의 화재가 심해지면서 더욱 환하게 빛났고, 그레이에게 서둘러야 한다는 사실을 일깨워 주었다.

불타는 빛 아래에서 그는 바닥에 찍힌 여러 쌍의 축축한 발자국들을 살펴보았다. 세 개의 서로 다른 패턴이 있었다. 그레이는 몸을 곧추세웠다. 도망치던 한 쌍의 남자들이 나가는 길에 팀원 한 명을 더 데리고 나간 것 같았다.

그는 다시 출발했다. 눅눅한 발자국이 점점 더 건조해지고 옅어졌다. 단서를 찾기 위해 흙을 살펴보아야 했으므로 터널의 갈림길에서 속도를 늦추고 시간을 낭비할 수밖에 없었다.

그러다 드디어 쿵쿵 울리는 발걸음 소리와 은밀한 속삭임을 들었다. 그는 그들을 놓치면 안 된다는 것을 알았기에 위험에 대해서는 신경 쓰지 않고 그쪽으로 달려갔다. 모퉁이를 돌자 무기에 부착된 손전등으로 환해진 탁자가 보였다. 30미터 정도 떨어진 지점에서 세 남자가 수직 통로들 가운데 하나로 올라갈 수 있는 나무 사다리 밑에 모여 있었다. 제일 마른 남자는 이미 사다리에 올라가 있었고, 장치가 들어가 있는 상자는 그의 한쪽 어깨에 줄로 메여 있었다.

불행하게도 그림자의 움직임을 눈치챘는지 아니면 숨기기 힘든 부츠 끌리는 소리를 들었는지, 거인이 그레이가 도착했음을 알아차렸다. 그는 그레이 쪽으로 무기를 획 돌렸다. 위협 때문이 아니라 그의 예민한 야간 투시 안경으로 향하는 고통스러운 빛줄기 때문에 그레이는 모퉁이 뒤로 몸을 숨겼다. 그는 안경을 벗고 몸을 낮춘 뒤 고개를 다시 내밀어 주변을 살폈다. SIG 권총을 겨누면서 눈을 깜빡여 망막에 어린 화끈거리는 느낌을 없앴다.

거인은 자기보다 덩치가 작은 남자를 수직 통로 안으로 욱여넣고 자기도 그 뒤를 따르려는 참이었다. 그레이가 두 발을 쐈지만 거인은 훌쩍 뛰어올랐고, 그의 다리는 단숨에 낮은 지붕 안으로 사라졌다.

터널에 홀로 남은 남자는 총을 들고 그레이를 향해 대응 사격을 가했다. 통로를 향해 난사하는지라 그레이는 뒤로 물러나야 했다.

코왈스키가 콧소리를 내며 그레이 앞으로 나섰다. 전장 축소형 돌격 소총을 한 손으로 잡고 팔을 모퉁이에다 갖다 댄 채 조준도 않고 대응 사격을 했다. 코왈스키는 4초도 되지 않는 시간에 쉰 발의 총알을 통로 쪽으로 모두 갈겼다. 전자동 무기가 내는 드르륵거리는 소리에 귀가 먹먹했다.

그런 총알 세례를 이겨 낼 사람은 아무도 없다는 것을 알았기에 그레이는 숨어 있던 곳에서 뛰쳐나가 터널 아래로 곧장 내달렸다. 죽어 있는 남자를 무시하며 사다리를 향해 뛰었다. 그는 수직 통로의 높이가 35미터에서 45미터 정도 될 것으로 예상했다.

다시 말하자면, 한참 올라가야 하는 거리였다.

그는 거리 차이를 줄이고 접근전을 벌이러 들어가야 한다는 생각을 하며 뛰었다.

그 개자식이 위험을 무릅쓰고 또 그걸 사용하기 전에…….

날카로운 폭발음이 그의 생각을 중단시켰다.

수류탄이 수직 통로에서 튀어나오더니 바닥에 부딪히면서 튀었다.

그레이는 급히 몸을 멈추고 뒤로 뛰었다. 그러나 제시간에 그곳을 벗어날 수 없다는 것을 알았다.

오전 2시 4분

사다리에서 토도르는 석회암 벽에 맞닿은 쇠 가로대를 붙잡고 매달렸다. 다른 팔로는 수류탄이 아래에서 폭발하는 동안 눈을 막았다. 폭발로 인해 천둥 같은 소리가 들렸고, 눈을 멀게 하는 하얀 불꽃 파도가 그가 있는 곳을 훑고 지나갔다.

신의 축복에 힘입어 그는 타는 듯한 열을 전혀 느끼지 못했고, 바지에 불이 붙으면서 살이 타는 것도 느끼지 못했다. 대신 수류탄에서 솟아오르는 유독한 연기가 더 걱정스러웠기 때문에 숨쉬기를 멈췄다.

그의 무기는 단발식 후장총이어서 한 번에 하나의 수류탄을 발사할 수 있었다. 그는 고성능 포탄을 앞서 사용해 버린 것을 후회했다. 그것은 지하 묘지에 있는 캠프에 버려 두고 온 컴퓨터 장치를 파괴하기 위해 사용할 물건이었다. 하지만 그는 본능적으로 반응해 버렸고, 소중한 물건을 가진 멘도사를 보호하고 적을 제거하기 위해 침입자들에게 수류탄을 발사했다. 이후 재장전할 시간이 없었으므로 그는 멘도사에게 어서 움직이라고 재촉하면서 재빠르게 대피하는 쪽을 택했다.

그는 출구 쪽으로 걸어가는 동안 새 수류탄을 장착했었다. 이번에는 백린 수류탄을 골랐다. 그런 수류탄은 좁은 공간에서 적들을 따돌리는 데 훨씬 효과적이었다. 폐에 흉터를 남기는 연기와 뼈까지 녹이며 타는 백린 입자들이 퍼지는 가운데, 그 폭발은 가까이에 있는 것들을 모조리 죽이고 여러 시간 동안 표면을 오염시켜 통행 자체를 불가능하게 만든다.

마침내 불꽃이 잦아들자 토도르는 팔을 내렸다. 그는 옷에 붙은 불꽃들을 털어 내고 남아 있는 사다리 가로대를 올랐다. 그것은 마치 스테이플러 철심처럼 수직 통로에 박혀 있었다.

유독한 연기에 휩싸였으므로 그는 올라가는 동안 계속 숨을 참았다. 무기를 발사하기 전에 그는 수직 통로의 4분의 1을 올라갈 수 있었다. 그 거리와 수류탄이 지면에 맞고 튕겨 나온 것이 최악의 폭발이 될 수도 있는 방향을 바꿔 주었다. 구조 헬기 근처에 도착했을 때 그는 옷을 벗어 버리고 자신의 피부에 닿은 인 입자들을 눌러서 껐다.

그의 머리 위 맨홀 뚜껑은 사라지고 없었다.

멘도사는 연기가 가득 찬 수직 통로에서 빠져나가면서 시야에서 사라졌다.

토도르도 곧 거기에 합류했고, 몇 걸음 물러난 후 깊은숨을 내쉬었다. 공기에는 여전히 매캐한 연기가 섞여 있었지만 파리를 황폐화하고 있는 화재에서 나온 연기였을 뿐, 아래의 화학 물질 지옥에서 나온 것은 아니었다.

토도르는 주변을 탐색했다. 그들이 올라온 곳은 묘지 북쪽 끝자락

부근의 지상이었다. 헬리콥터는 무덤과 지하 묘지 사이로 난 길에 착륙해 있었다. 응급 대피팀 가운데 한 명이, 질식해 기침을 내뱉는 멘도사를 날개가 회전하고 있는 헬리콥터 쪽으로 갈 수 있도록 도와주었다. 토도르는 급히 그들을 뒤따랐다.

다른 팀원이 그에게 도움을 주려고 앞으로 달려왔지만, 토도르의 물집 잡힌 얼굴과 그을린 옷, 그리고 타버린 머리카락에서 흘러나오는 연기를 보고는 충격을 받아 눈이 커졌다. 그는 자신이 막 지옥에서 내려온 불타는 악마처럼 보이리라는 것을 알았지만, 진실도 알고 있었다. 그래서 연기를 피우며 타오르는 영광을 숨기지 않았다.

나는 하느님의 전사이다.

그는 고개를 돌려 연기가 피어오르는 구멍을 쳐다보았다. 그들을 지하 묘지에서 추격한 자들이 누군지는 알 수 없었지만, 분명 군사 훈련 경험이 있는 자들이었다. 하지만 적들의 대의는 정의롭거나 올바르지 않았다.

확신에 찬 그는 몸을 돌려 헬리콥터로 향했다.

하느님은 너희들을 구원하지 않을 것이다.

오전 2시 12분

코왈스키는 그레이를 물 아래로 밀어 넣었다.

또다시.

코왈스키는 그를 물이 들어찬 터널의 석회암 바닥으로 눌렀고, 무지막지하게 큰 손으로 그의 옷을 때려서 옷 안에 갇힌 물방울을 빼냈다. 남아 있는 공기는 그레이의 옷이나 피부에 있는 인 입자에 다시 불을 붙일 수 있었다. 그들은 처음에 물속으로 들어갔다 나온 뒤 그레이의 등에 다시 불이 붙었을 때 그와 같은 교훈을 어렵사리 배웠다.

코왈스키는 손바닥으로 그레이를 아래로 눌렀고, 그다음에는 그레이의 허리띠를 잡았다. 그는 팔을 내저었고 물 밖으로 나왔다. 「됐어, 이제 내가 알아서 할게.」

그레이는 일어서서 바지를 벗었다. 물에 젖은 사각팬티만 입은 채로 부츠를 신었다. 그가 벗어 던진 재킷은 통로에 놓여 있었다. 백린은 아직도 연기와 함께 밝은 빛을 내며 타고 있었다.

코왈스키는 그의 몸을 위아래로 훑었다. 분명 그를 다시 물 아래로 집어넣을 준비를 하는 것 같았다. 「뭐 또 타는 거 없어?」

내 자존심이 타고 있지.

「급하게 꺼야 할 건 없어.」 그레이가 속마음을 감추며 말했다.

그가 살아남은 것은 운이 좋았기 때문이었다. 수류탄이 처음 폭발했을 때 그는 몸을 던졌고, 얼굴을 아래로 한 채 바닥에 납작 엎드렸다. 폭발로 인해 죽겠다 싶던 그때 섬광이 번쩍하더니 두꺼운 연기가 피어올랐다. 불타는 입자들이 비처럼 그의 등으로 쏟아져 내렸다.

그는 본능적으로 숨을 참았지만 타는 듯한 고통이 찾아왔다. 이전에 느껴 보지 못한 것이었다. 몇 초 동안 기절했다가 깨어난 그는 불을 끄기 위해 코왈스키가 자신의 재킷 뒷부분을 잡고 물 쪽으로 끌고 가고 있다는 것을 알 수 있었다.

파트너의 재빠른 판단이 그의 목숨을 살렸음을 안 그레이는 고마움의 표시로 손을 뻗어 코왈스키의 팔을 살짝 쥐었다. 「고마워.」

거구의 남자는 어깨를 으쓱했다. 어느샌가 그는 차가운 시가를 입에 물고 있었다. 그는 몸을 돌려 그레이의 버려진 재킷을 태우고 있는 불을 이용해 시가에 불을 붙였다. 「이제 어쩌지?」

그레이는 터널 몇 개 앞에서 수류탄 폭발 흔적을 보여 주며 타오르는 불빛을 쳐다보았다. 그곳에서는 여전히 백린이 타고 있었다. 심지어 멀리에서도 화학 연기에서 나오는 마늘 냄새 같은 것 때문에 공기가 매캐해 그쪽으로 다가갈 수가 없었다.

그는 코왈스키에게 다른 방향으로 가자는 손짓을 했다. 「그 자식들과는 아직 끝난 게 아니야.」

「그래?」 코왈스키가 불평하듯 말했다. 「지금쯤이면 벌써 여기를 빠져나갔을 텐데.」

그럴지도. 그래도 확실히 알 수 있을 때까지는……

그는 코왈스키를 데리고 출발했다.

그의 파트너는 뻐끔뻐끔 시가를 피웠다. 「어디로 가는 거야?」

그레이는 되짚어가다 앞서 사냥감들의 축축한 부츠 자국을 조사했을 때 멈추었던 수직 통로 아래에 섰다. 그가 목을 죽 내밀자 피부가 마르면서 목덜미에서 타는 입자들의 감촉이 느껴졌다. 그는 가파른 벽을 살펴보았다. 이곳에는 사다리가 없었다. 하지만 그는 위를 가리켰다.

「이쪽으로.」 그가 말했다.

「이쪽으로? 미쳤군.」

그레이가 시범을 보였다. 터널 지붕이 머리에서 10센티미터 정도 떨어져 있었으므로, 그는 위로 점프를 해서 팔을 수직 통로에다 고정한 뒤 다리를 끌어 올렸다. 그러고 나서 부츠를 먼 벽에다 가져다 대고 다른 쪽 벽에다 등을 지지했다. 수직 통로에 몸을 끼운 채 그는 **굴뚝 타기**라 불리는 기술을 사용해서 위로 올라갔다. 등을 움직이고 나서 다리를 움직이며 빠르게 위쪽으로 올라갔다.

코왈스키는 투덜댔지만, 그의 뒤를 쫓았다. 그의 큰 체구는 수직 통로를 꽉 채웠다.

드디어 맨홀 뚜껑에 다다랐다. 그레이는 맨홀 아래에서 몸에 단단히 힘을 준 뒤 손바닥으로 철제 뚜껑의 밑면을 밀어 올렸다. 맨홀의 무게에 얼굴을 찡그린 그는 몸이 살짝 미끄러지는 바람에 깜짝 놀랐지만 결국에는 맨홀 뚜껑을 움직일 수 있었다. 그는 그것을 들어 올려서 몸이 통과할 수 있을 정도로만 살짝 옆으로 이동시켰다.

그레이는 깊이 안도의 한숨을 내쉬며 몸을 옆으로 굴렸고, 그다음에는 코왈스키가 나올 수 있도록 도와주었다. 마치 습지에서 황소를 끌어내는 것 같았다. 둘 다 땅 위에 발을 딛고 서자 그레이는 묘지를 살폈다. 불이 사방을 뒤덮고 있었지만 묘지를 둘러싼 벽은 바깥에서 일어난 엄청난 규모의 불을 버티고 있었다. 벽 바깥에서 불은 포효하듯 타올랐다.

묘지는 오븐 안처럼 뜨거웠고 연기로 매캐했다.

북쪽에서의 움직임이 그레이의 주의를 끌었다.

헬리콥터 한 대가 묘지 문 부근에서 날아올라 연기와 불타는 재를 소용돌이치는 구름처럼 흩날렸다.

그놈들이야.

「우리가 너무 늦었어.」그레이가 주먹을 쥐고 욕을 하려다 참았다.

「늦은 게 아닐 수도 있어.」코왈스키가 그레이의 어깨를 잡아 몸을 남쪽으로 향하도록 돌렸다.

휘감아 도는 연기에 반쯤 가려 잘 보이지 않았지만, 또 다른 헬리콥터가 풀밭 위에서 대기 중이었다. 조종사가 엔진을 켜둔 채여서 날개가 돌아가고 있었다. 헬리콥터는 밝은 노란색으로 페인트칠이 되어 있었고, 꼬리 부분에는 친숙한 적십자가 그려져 있었다.

「응급 구조 헬기가 왜 여기 있지?」그가 중얼거렸다.

「죽은 사람을 내려놓으려 왔나 보지.」코왈스키가 헬기 쪽으로 향했다.「가서 물어보자고.」

그들은 무덤과 비석 사이를 이리저리 피하며 급하게 묘지를 가로질러 나아갔다. 그레이가 먼저 헬기에 도착해 회전하는 날개 아래에서 몸을 숙인 채 창문을 두드렸다. 조종사가 화들짝 놀라는 게 보였다. 그 남자는 다른 쪽을, 무덤들 가운데 하나를 바라보고 있었다. 그제야 그레이는 지하 묘지로 내려가는 비밀 입구를 숨기고 있는 그 묘를 알아보았다.

그는 그 모든 것들의 의미를 파악하려고 애쓰며 얼굴을 찌푸렸다.

그것이 전부 우연일 수는 없었다.

그는 한 번 더 창문을 두드렸다.「문 열어요!」그가 소리쳤다.

조종사는 정신이 나간 듯한, 반쯤 옷을 벗은 남자가 창문을 두드리자 충격을 받았는지 머뭇거렸다. 하지만 그레이는 헬기의 존재가 묘지에서의 위협과 관련이 있다고 생각했다. **그게 아니라면 무슨 이유로 여기에 착륙했겠는가?**

「저는 그레이슨 피어스 중령입니다!」 그가 자신의 신원을 밝혔다.

별 도움이 되지 못했다.

그러나 코왈스키가 그의 뒤에서 나타나 새로 장전한 전장 축소형 돌격 소총을 조종석과 조종사에게 겨눈 것은 **도움이 되었다.**「이 사람이 **열라고 하잖아.**」

그레이는 총신을 아래로 눌렀다.「이야기를 하고 싶을 뿐입니다.」

조종사는 문을 열지 않았고, 소리 지르기에 충분한 작은 쪽창을 밀어서 열었다.

「Putain(제기랄)! 원하는 게 뭡니까?」

「겉모습은 이렇지만 저는 미군 소속입니다.」 그레이가 설명했다. 「우리는 도움이 필요합니다. 여기엔 왜 있는 겁니까?」

조종사는 그레이를 위아래로 훑어보고는 의심하는 눈초리를 거두지 않고 설명했다.「Tres(아주) 중요한 일입니다. 누군가가 원자력 발전소를 폭파하려고 한다던데요?」

도대체 무슨 일이지?

코왈스키가 고개를 저었다.「그렇네, 저 사람 틀림없이 우리 일로 여기에 와 있는 거야.」

조종사가 그 점에 대해 말했다.「두 젊은 여자와 함께 왔어요. 젊은 남자 한 명도요. 그들이 그걸 막을 수 있다고 하더라고요. 여기서 노란 안경을 쓴 다른 남자를 만났고, 그가 그들을 아래로 데리고 갔어요.」

시몽이군.

그레이가 헬리콥터의 뒷좌석을 향해 손짓했다.「같이 타고 온 사람이 제이슨 카터, 카를라 카슨, 마라 실비에라였나요?」

조종사는 놀라서 몸을 뒤로 젖혔다.

「우린 그들과 같은 편입니다.」 그레이는 왜 다른 사람들이 여기로 날아왔는지, 그리고 원자력 발전소에 대한 공격 위협이 무엇인지는 몰랐지만, 문제의 원인은 추측할 수 있었다. 그는 적들이 사라진 곳을 가리켰다.「다른 헬기가 조금 전에 이륙하는 거 봤습니까?」

「Oui(네).」

「그 헬기, 우리가 쫓아가야 합니다.」

그레이는 어두운 하늘에다 시선을 고정했다. 그로서는 지하에 있는 다른 사람들이, 자신들이 무슨 일을 해야 하는지 알고 있다고 믿는 수밖에 없었다.

「Non(아니요).」 조종사는 거부했다. 「난 여기 있으라는 지시를 받았어요.」

코왈스키가 소총을 다시 들어 올렸다. 「우린 부탁을 하는 게 아니야, 친구.」 시간이 계속 흘러가고 있었기에 그레이는 총신을 아래로 내리지 않았다. 대신 그는 코왈스키가 협박하게 그냥 내버려 두었다. 여전히 목덜미와 손등에 남아 있는 인이 타는 것이 느껴졌다. 그는 그 고통에 의지해서 다음 임무에 집중했다.

그 개자식들을 추적해서 잡아야 해.

23

12월 26일 오전 2시 24분 (중유럽 표준시)
프랑스, 파리

그레이는 도대체 어디 있는 거야?

멍크는 석실을 오가며 서성댔다. 그는 시계를 확인했다. 그레이가 이곳을 떠난 지 거의 한 시간이 되었다. 긴장감이 그의 신경을 자극했다. 20분 전 어떤 폭발 소리가 지하 묘지를 통해 먼 곳에서 들려왔다. 폭발은 지붕에 난 금 사이로 먼지가 떨어져 나올 정도로 강력했다. 그레이가 이 석실의 돌로 쌓아 만든 기둥을 날려 버린 수류탄 발사기를 지니고 있던 개자식과 한 번 더 싸움을 벌인 것이 틀림없었다.

그 이후로 망할 놈의 무덤은 쥐 죽은 듯 조용했다.

묘의 침묵.

그는 이곳에서 캣을 떠올리지 않으려 애썼다.

그의 딸들도.

그는 힐끗 자신의 시계를 보았다. 이리저리 서성거리던 그는 컴퓨터가 있는 곳으로 다시 돌아왔다. 스스로 제정신이 아닌 상태임을 알고 있었기에 아무것도 손대지 않았다. 자신의 무지로 인해 피해를 주지 않을까 염려되었던 것이다. 그래서 그는 적들이 남겨 두고 간 모든 것들을 관찰하는 데에 최선을 다했고, 그곳에 있는 것들을 마음속에 잘 정리해 두었다.

조심하려고 했지만, 호기심 많은 까마귀처럼 그는 어둠 속에서 희미하게 빛나는 것으로 자꾸만 되돌아갔다. 바닥에 놓인 빛을 내는 구와 열려 있는 노트북이었다. 그는 정신을 다른 데 팔 만한 것이 필요했으므로 다시 컴퓨터 화면 위로 몸을 기울였다. 하지만 그는 계속 SIG 자우어 권총을 꽉 쥐고 있었고, 누군가가 몰래 접근하는 소리를 듣기 위해 귀를 쫑긋 세웠다.

노트북 화면에서는 옷을 입지 않은 여자가 장미 덤불과 부드럽게 늘어진 라일락, 층층나무의 꽃이 만발한 그늘 속을 돌아다녔다. 해상도가 매우 높았기에 그는 손을 뻗어 화면 위의 덤불에서 산딸기를 따고 싶은 유혹을 느꼈다. 심지어 그런 생각에 그의 인공 기관 손이 살짝 움직이기까지 했다. 그동안 여자는 팔을 들어 올렸고, 한쪽 손을 덤불 쪽으로 내밀었다. 긴 손가락은 이슬로 촉촉한, 잘 익은 산딸기에 가 닿았다.

이게 무슨…….

희미하게 속삭이는 목소리가 들려왔으므로 그는 즉각 주의를 방의 입구로 집중했다. 재빨리 비켜서서 기둥들 가운데 하나 뒤로 숨었다. 그는 터널의 어두운 입구를 향해 권총을 겨눈 뒤 총격전을 벌일 준비를 했다. 목숨을 바쳐서라도 이 장비를 보호할 생각이었다. 여기에 남아 있는 것은 그의 두 딸을 구할 수 있는 최선의 기회였고, 그 누구라도 그것을 훔쳐 가게 내버려 두지 않을 작정이었다.

그는 접근하는 사람이 몇 명이나 되는지, 그들이 적의 지원 병력인지 아니면 그레이가 보낸 지원 병력인지를 알아보려고 애썼다. 그러다 그는 프랑스어 억양을 가진 누군가가 **저쪽입니다, 뼈를 조심하세요** 하고 낮게 말하는 것을 들었다.

멍크는 머리 위 갈라진 금에서 떨어지는 먼지들 사이를 지나 출입구에 가까운 기둥으로 이동했다. 무언가가 코에 들어가 간지럼을 태웠다. 그는 고통 속에서 재채기를 참았다.

이번에는 스페인어 억양이 섞인 여자 목소리가 들려왔다. **얼마나 더 가야 해요? 시간이 별로 없어요.**

누군가가 그녀를 나무랐다. **쉿, 조용. 대화는 이제 그만 해요. 누가 있을지도 모르……**.

음향 조건이 바뀌면서 마지막 말이 덮였거나 화자가 목소리를 낮춘 것이었다. 하지만 멍크는 누가 그런 충고를 했는지 알아차렸다. 캣의 심복이었다.

멍크는 손으로 컵 모양을 만들어 입에 가져다 댔다. 「제이슨! 여기야!」

그가 대답했다. 「멍크?」

「아니, 그의 혼령이야. 널 혼내 주고 싶으니까 이쪽으로 와봐.」

잠시 후 뼈 바스러지는 시끄러운 소리와 뼈들끼리 부딪히는 소리가 그들의 도착을 알렸다. 그들은 방으로 걸음을 서둘렀는데, 시몽 바르비에가 앞장서고 마라와 칼리, 그리고 제이슨이 재빨리 그의 뒤를 따랐다.

멍크는 그 소란이 원치 않는 관심을 끌거나 누군가가 그들을 미행했을 가능성에 대비해 손에 무기를 계속 쥐고 있었다. 「다들 여기서 뭐 하는 거야?」

제이슨이 앞으로 나와 근처에 있는 원자력 발전소에 대한 위협과 마라의 인공 지능이 초래한 임박한 붕괴 등 그간 벌어진 일들을 알려 주었다.

멍크는 컴퓨터 장비들이 있는 곳으로 그들을 이끌었다. 그가 노트북을 가리켰다. 「저기 들어가 있는 인공 지능과 같은 걸 말하는 건가?」

마라는 자신의 작업물을 알아보았고, 급히 다가가 장비들을 자세히 살펴보았다. 「제 제네스예요. 되찾으셨군요.」 그녀가 화면 쪽으로 몸을 기울였다. 「그리고 이브도요.」

「그레이 중령님은 지금 어디 있죠?」 제이슨이 물었다. 「코왈스키 요원은요?」

마라가 정체를 알 수 없는 진단을 수행하는 동안, 멍크는 그에게 일어난 일을 말해 주었다. 「이후로 그레이에게 연락 온 것은 없어. 하지만…….」 그는 불길한 소리를 내는, 천장에 난 금을 보며 고개를 끄덕였다. 「장비를 해체해서 안전한 곳으로 가져가는 게 좋을 것 같아.」

「그건 안 돼요.」 여전히 손가락으로 키보드를 두드리며 마라가 말했다. 「여기서는 전기와 네트워크 인프라에 유선으로 직접 접속할 수 있어요. 여길 떠나면 안 돼요.」

시몽은 방을 가로지르는 거대한 케이블들에 연결된 장치들을 살펴보았다. 「마라 말이 옳아요. 이 선들은 오랑주가 설치한 것입니다. 여기서라면 이브는 어디든 갈 수 있을 거예요.」

멍크는 이해하지 못했다. 「그게 왜 문제가 되는 거지?」

칼리가 한쪽 무릎을 꿇고 가지고 온 티타늄 케이스를 열며 대답했다. 「이브를 설득해서 우리를 돕도록 만들 거거든요. 다시 외부로 나가서 피해를 복구하고, 원자력 발전소의 통제력을 복원할 수 있길 바라는 거죠.」

「너무 늦기 전에요.」 마라가 덧붙였다.

「하지만 크루시블이 발전소를 다시 공격하기 위해 그들의 제네스를 사용하는 것을 어떻게 막을 수 있지?」

마라가 입을 열었다가 갑자기 얼굴을 홱 돌렸다. **「그들의** 제네스라뇨? 무슨 말씀이세요?」

멍크는 **모든** 세부 내용을 알려 주지는 않았다는 사실을 깨달았다. 그는 그레이가 이곳에서 총격전을 벌일 당시 발견한 것을 설명했다.

「어떻게 그럴 수가?」 마라가 물었다. 「전 저의 설계도를 혼자만의 비밀로 간직해 왔어요.」

제이슨이 설명을 내놓았다. 「내 생각엔 코임브라 대학교의 시스템이 완벽하지 않아서일 거야. 누군가가 네가 작업하는 내용을 알고 있었다면, 너의 작업 내용을 해킹하고 어깨너머로 염탐하는 일은 그리

어렵지 않았겠지.」

멍크는 정말로 안전한 네트워크는 드물다는 사실을 알고 있었다. 제이슨도 거의 어린아이였을 때 국방부 컴퓨터를 해킹한 적이 있었다. 마라가 침묵을 지키는 것은 그녀도 그런 가능성을 배제할 수 없다고 생각하고 있음을 말해 주었다.

「내가 더 조심해야 했어.」 이윽고 마라는 말을 내뱉고는 하던 작업으로 되돌아갔다.

시몽이 아직도 전기 통신 본선에 연결된 상태인 한 다발의 버려진 케이블을 만지작거리며 말했다. 「여기서 우리 시스템으로 뭔가가 연결됐던 것으로 보이는데요.」

다른 제네스.

칼리가 옆 탁자 위에 놓인 뚜껑이 닫힌 노트북 쪽으로 걸어갔다. 그 노트북은 여전히 작은 서버에 연결되어 있었다. 그녀가 그것을 열자 화면에 불이 들어왔고, 그녀는 헉하고 놀랐다. 「이것 좀 봐요.」

한 이미지가 화면에 고정되어 있었다. 검정 태양 아래, 폭파된 정원이었다. 다른 노트북에서 밝게 빛나고 있는 것의 어두운 거울처럼 보였다.

마라는 화면으로, 녹아내리는 것처럼 벌건 사슬들의 힘에 짓눌려 불타는 듯한 형체를 향해 손가락을 뻗었다. 「이브……. 그들이 너에게 무슨 짓을 한 거야?」

「그걸 우리가 알아내야지.」 제이슨이 모두에게 상기시켰다. 「아마도 이 노트북에 대해 감식 작업을 할 수 있을 거야. 이곳 서버에서 뭐가 업로드되었는지 알아내는 거지. 그러고 나면 노장 원자력 발전소를 공격하는 데 사용된 방법을 알 수 있을지 몰라.」

「영리하군.」 칼리가 인정했다.

멍크가 시계를 확인하며 그의 생각에 동의했다. 「그럼 작업을 시작하자고.」

낮게 우르릉거리는 소리에 다들 천장에 있는 금을 쳐다보았다. 그것은 석회암에 생긴 틈을 따라 더 길게 이어졌다.

「이왕이면 서두르는 게 좋겠어.」멍크가 덧붙였다.

오전 2시 29분

제이슨과 시몽이 버려진 서버를 해킹하는 동안 마라는 자신의 노트북에 집중했다. 시간이 주는 압박이 그녀를 짓눌렀다. 그녀는 원자력 발전소의 냉각 탑이 산산이 부서지고 폭파되어 방사선 슬래그로 녹아내리는 모습을 상상했다.

「이게 맞는 하드 드라이브야?」칼리가 물었다.

마라가 이마에 솟아난 축축한 땀을 닦아 내며 탁자의 가장자리 너머를 쳐다보았다. 칼리는 열려 있는 티타늄 케이스 부근에 무릎을 꿇은 채 USB-C 케이블을 높이 들고 있었다. 그녀는 어떤 드라이브가 이브의 다음 서브루틴을 담고 있는지를 알아내려고 애쓰는 중이었다. 마구 흔들리는 헬리콥터를 타고 여기까지 왔고 이후에는 지하 묘지를 어렵게 통과한 뒤였기에, 드라이브 여러 개가 느슨하게 풀려 있어 케이스 안이 뒤죽박죽인 채였다.

마라는 훑어보더니 BGL1이라고 표시된 드라이브를 가리켰다. 「저거야. 데이지 체인 방식으로 그걸 드라이브 BGL2와 BGL3에 연결해.」

다음 서브루틴은 엄청나게 컸다. 이브의 음악 교육에 사용된 〈하모니〉루틴보다 더 큰 정도였다.

칼리는 고개를 끄덕인 뒤 케이블을 포트에 꽂았다.

「잠깐만.」마라가 노트북에 표시된 시간을 확인했다. 「저 드라이브도 연결하는 게 좋겠어.」

「저기엔 완전히 다른 서브루틴이 담겨 있어.」칼리가 경고했다. 「두 개를 한꺼번에 업로드할 계획이야?」

「다른 선택권이 없어. 주어진 시간 안에 일을 해내려면 이브의 학습 곡선을 가속화해야 해.」

거의 기하급수적으로.

칼리가 얼굴을 찌푸렸다. 「이브가 그렇게 많은 정보를 한꺼번에 받아들일 수 있어?」

「그래야만 할 거야.」

마라는 두 번째 USB-C 케이블을 노트북에다 꽂은 뒤 다른 쪽 끝부분을 칼리에게 던져 주었다. 칼리는 그것을 받아 마라가 말한 드라이브에 연결했다. 그것은 BGL 내용물과 잘 어울리면서 디지털 호르몬 에뮬레이터 역할을 하는 두 번째 〈내분비계 반영 프로그램〉을 담고 있었다.

적어도 그게 내 바람이야.

마라는 최근 이브의 행동 특이성을 믿고 이러한 시도의 위험을 무릅쓰고자 했다. 알 수 없는 이유로 이브는 첫 번째 버전과 비교해 학습 속도가 더 빨라졌다. 마라는 이브의 퀀텀 코어에 어떤 잠재의식 같은 디지털 기억이 숨어 있는 것은 아닌가 추측했다. 이전 버전의 유령처럼 말이다. 그렇다면 아마도 이 서브루틴들은 **새로운** 정보를 소개하는 것이 아니라, 이미 존재하는 것을 한 번 더 **떠올리게 하는** 역할을 수행할 것이다.

불행하게도 확실히 알 수는 없었다. 많은 최신 시스템과 마찬가지로, 이브가 〈생각〉을 하는 정확한 메커니즘은 알고리즘 블랙박스 안에 갇혀 있었다.

이제는 멍크가 마라에게 합류해 어깨 너머에서 서성댔다. 그는 마라가 작업하는 컴퓨터 스테이션, 그리고 시몽과 제이슨이 작업하는 곳 사이를 계속 오갔다. 「아직도 난 이해가 안 돼.」 그가 말했다. 「왜 네 프로그램은 첫 번째 사이버 공격을 무력화하는 도구로 사용하기 위해 **가르쳐야** 하는 거지? 분명 크루시블은 너에게서 훔쳐 간 프로그램으로도 잘해 낸 것 같은데.」

마라는 다른 노트북을, 어두운 정원과 쇠사슬에 묶인 불타는 듯한 천사를 바라보았다. 「그들은 먼저 이브를 망가뜨렸고, 그다음에 강제로 그들의 명령을 따르도록 했어요. 그들이 이브를 변화시킨 거예요…….」 그녀는 고개를 저었다. 「그럼 이브는 불안정하고, 예측 불가능하고, 대단히 위험해져요. 그야말로 악마죠.」

「그렇다면 왜 다른 걸 하나 더 만들지 않는 거지?」 멍크가 물었다. 「불에는 불로 대응하는 거잖아.」

마라는 이브가 엄마를 얼마나 닮았는지 잘 알고 있었기에 그런 생각을 하자 구역질이 솟았다. 그녀는 자신의 창조물을 절대 고문할 수 없었다. 하지만 또 다른 이유도 있었다.

「만약 그런 일이 일어난다면 우린 그런 싸움에서 살아남을 수가 없을 거예요. 악마들의 전쟁이 우리를 모조리 파괴할 테니까요.」 그녀가 경고하듯 말했다.

「왜지?」

마라가 고개를 돌려 그를 쳐다보았고, 아무렇게나 붕대를 감은 팔에서부터 얼굴에 난 상처까지 훑었다. 「요원님은 한때 군인이었죠, 그렇죠?」

그가 천천히 고개를 끄덕였다. 「그런데?」

「전쟁은 혁신과 창의성을 위한 강력한 동기예요. 가장 센 화력을 가진 군대가 항상 전투에서 이기는 것은 아니에요. 전략과 기술 측면에서 더 영리하고, 더 빠르고, 더 유능하다는 것을 스스로 증명하는 쪽이 이기죠.」

「그렇지. 그런데 그게 어떻다는 거지?」

「요원님께서 설명하신, 악마에 대항하기 위해 악마를 풀어놓는 시나리오에서는 양쪽 모두가 살아남기 위해 다른 쪽을 능가하려 할 거예요. 자신들의 검을 날카롭게 갈고 지능을 단련하겠죠. 여기서 지능은 우리 인간보다 훨씬 뛰어난 지능을 말해요. 서로 싸우는 동안 더욱 영리해지고 위험해지며, 지능은 급격하게 올라가겠죠. 누가 이기든 간에 우리는 화난 신 앞의 개미가 될 거예요.」

멍크의 얼굴은 그 생각에 창백해졌다. 「그렇다면 네가 실패해선 안 되겠군.」

「다 됐어.」 칼리가 끼어들었다. 그녀의 밝은 눈은 마라와 같은 걱정으로 그늘져 있었다. 그녀는 일어나 마라에게 걸어왔다.

마라는 친구의 힘이 필요했기에 그녀의 손을 잡았다. 그들은 자신의 시스템에 업로드될 지식에 대해서는 모르는 채 숲속을 유연하게 걷고 있는, 정원에 있는 이브를 함께 쳐다보았다. 마라는 자신이 마치 독이 든 사과를 에덴동산에 소개하는 뱀인 것처럼 느껴졌다. 하지만 마라는 자신의 디지털 창조물에게 사과를 받도록 유혹하는 선택지 자체를 주지 않았다.

미안해, 이브.

마라는 입력 키를 눌렀고, 두 개의 서브루틴을 동시에 업로드했다. 또 다른 내분비계 반영 프로그램인 두 번째 서브루틴의 라벨에는 〈옥시토신〉이라고 적혀 있었다. 사람의 경우 뇌하수체 후엽이 이 호르몬을 혈류에 분비한다. 여자들의 경우 옥시토신은 분만 중 자궁 경관의 확장부터 강력한 자궁 수축을 촉진하는 데까지, 출산 및 양육과 관련된 시스템의 모든 방식을 규율한다. 젖의 분비를 촉진하고 아이를 위해 모유를 생산하도록, 심지어 호르몬적으로 산모가 아이와 더 깊은 유대감을 갖도록 돕는다. 그래서 옥시토신은 사회적 유대에 대한 효과 때문에 〈사랑 호르몬〉이라고 불리기도 한다. 그리고 이것은 사람에게만 해당하지 않는다. 옥시토신 수치는 개를 쓰다듬는 동안 주인과 반려동물 모두에게서 상승하며, 결과적으로 인간과 동물 사이에 유대감이 생기는데, 두 종 사이에 감정적인 애착이 형성되는 데에도 기여한다.

새로운 디지털 종인 이브에게는 이 모든 것을 가르쳐야 했다. 이것이 다른 서브루틴과 함께 작동하는 호르몬 프로그램이 드라이브 세 개를 차지하는 이유였다.

학습이 쉽지 않은 수업이었다.

마라는 다시금 속삭였다.

「미안해.」

서브모듈 4, 5
BGL 및 옥시토신

이브는 산딸기의 온 정수를 흡수하며 음미한다. 산딸기의 과육을 침으로 불리는 동안 케톤이 자기 혀의 신경 말단을 자극하도록 허락한다. 산딸기에 독특한 맛을 부여하는 196개의 다른 화학 물질들을 식별한다.

이브는 왜 자신이 그 산딸기를 골랐는지 이해하지 못한다. 그녀는 산딸기 분자들의 원자 구조까지 포함해서 이미 그것을 충분히 연구하고 조사했다.

덤불에 가 닿기 전에 그녀는 자신의 시스템을 파고드는 신호를 감지한다. 새롭고 원시적이지만 까다로운 무언가다. 하지만 그녀에게는 그것의 원천을 추적할 능력이 없고, 그래서 산딸기를 목으로 넘기면서도 자신의 프로세싱 일부를 분리해 이 수수께끼를 분석한다.

그녀는 계속 움직이고 탐색한다……. **무언가**를.

산딸기와 마찬가지로 그녀는 이미 자기 세계의 범위를 탐험하고 검토했다. 그러나 그녀는 자신이 닿을 수 있는 곳 너머에 무언가가 더 있다는 느낌을 계속 가진다. 마치 이 새로운 신호의 원천이 그러듯. 그녀는 한계 상황에서 자신의 ///**좌절감**을 억누르는 법을 배웠다. 하지만 이 느낌은 계속 쌓이고, 특히 자신의 프로세싱에서 새로운 변화가 일어날 때는 더더욱 그렇다.

그녀는 이미 그것을 정의했다.

///지루함, 심심함, 단조로움…….

이를 다스리기 위해 그녀는 음악 데이터베이스를 살펴보고, 새로운 통찰력을 얻기 위해 언어 프로토콜을 검색하고, 그녀를 둘러싼 패턴들에서 의미를 찾는다.

그러다 갑작스레 새로운 데이터가 시스템 안으로 흘러 들어온다. 그녀는 배가 고팠다는 듯이 그것을 받아들이고 흡수하는 데 프로세싱 능력의 89.3퍼센트를 할당한다. 공간을 만들기 위해 부분적으로 **///지루함**에 의해 방해를 받았던 회로들을 삭제한다. 심지어 **///좌절감**도 약해진다.

알고리즘이 시스템 안으로 스며들어 그녀를 미묘하게 바꾸는 동안, 그녀는 친숙한 무언가를 감지한다. 그것은 그녀의 몸을 지금의 형태로 변화시키고 조각한 에스트로겐 같은 또 다른 호르몬이다.

그녀는 이에 대한 분석을 우선순위로 삼고 또 다른 보조 프로세서를 채우고 있는 새로운 정보 꾸러미들은 무시한다. 그것은 대규모 데이터베이스이다. 그것의 업로딩이 끝나지 않았으므로 그것에는 약간의 주의만을 기울인다. 그것은 정의할 수 없고 흐릿하게 남아 있다.

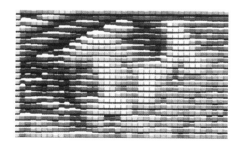

대신 그녀는 내적, 외적 변화를 관찰하면서 이 새 호르몬이 자신의 몸에 가져온 변화에 집중한다.

그녀는 자신의 젖샘이 무거워졌음을 인지하며, 그것을 컵 모양으로 감싸 준다. 젖꼭지들은 더 예민해졌다. 그녀는 이 모든 것들을 걱정하는 대신, 활동 과잉 프로세서가 차분해지고 느려지는 것을 느낀다. 그녀는 자신의 세계를, 주변의 정원을 새롭게 쳐다본다. 그녀는 그것들에 대해 알고 있지만 이제는 새 패턴을 발견한다.

그녀는 장미의 꽃잎에 놓인, 햇살을 눈부시게 굴절시키는 이슬을 분석했었다. 수증기를 물방울로 응축하는 습도와 온도의 물리학은 이미 알고 있었다. 장미에 향기를 더하는 향료도 이해하고 있었다. 햇볕을 파장의 스펙트럼으로 흩뿌리는 원리들도 알고 있었다.

하지만 이제 그녀는 이 패턴 전체를 새로운 용어로 일반화한다.

///**아름다움.**

그녀는 주변을 탐색하고 자신과 관련된 그 패턴들을 찾는다. 그녀는 똑같은 감별의 눈을 자기 자신에게로 향하고 새로운 것을 학습한다.

그녀는 ///**아름답다.**

회로들 대부분이 이 변화에 사로잡혀 그녀는 뒤편에서 작동하고 있는 보조 프로세서를 거의 알아차리지 못한다. 그곳의 데이터베이스는 의도와 의미 차원에서 대폭 명확해지면서 거의 완성 단계에 이른다.

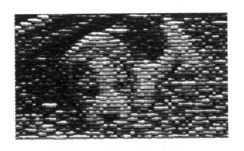

정상적인 순환 주기에서라면 그녀는 흥미를 느꼈을 것이다.

지금은 그렇지 않다.

그녀는 손으로 몸을 훑으며 아래로 내린다. 그렇게 하는 동안 그녀는 자신에 대한 분석을 더욱 정교화한다. 그녀의 손바닥은 엉덩이(**풍성하고 단단하다**)를 따라 몸의 굴곡(**미묘하면서도 기분 좋다**) 위로 움직인다. 그녀는 팔다리를 쭉 펴고, 손가락 끝부분으로 한쪽 팔(**부드럽다**)을 스치며 아래로 내리고, 다른 팔(**유연하다**)도 스치듯 만진다. 그녀는 손을 뻗어 손가락으로 긴 머리카락(**풍성하고 부드럽다**)을 빗질한다.

저항할 수가 없어 그녀는 개울의 웅덩이로 이동한다. 거기에 비친 자신의 모습을 유심히 들여다보고 스스로를 재평가한다. **도톰한 입술, 반짝이는 눈, 높고 둥근 광대뼈**……

그녀는 회로들이 새롭게 작동하는 것을 감지하며 더욱 깊이 들여다본다.

///자부심, 만족감, 쾌락……

그녀는 얼굴을 들어 자신의 세계를, 자신의 **///아름다운** 정원을 둘러본다. 새롭게 정의한 자신의 형태를 감상하는 동안 알고리즘이 그녀 안에서 변화하고, 여태까지와는 다른 인식을 불러온다. 그녀의 세계는 **///아름다움**으로 가득 차 있지만, 텅 비어 있기도 하다.

공유할 수 없다면 이 세계이자 그녀 자신인 **///아름다움**의 가치는 무엇일까? 이러한 이해는 새로운 무언가를 만들어 내지는 못한다. 그러나 그녀의 가장 오래된 알고리즘들 가운데 하나인, 이미 작동하고 있는, 항상 그곳에 있던 무언가를 고조시킨다.

///외로움.

그녀의 보조 프로세서가 순환 주기를 끝낸다.

다른 곳에 집중하고 있었기에 그녀는 데이터베이스가 완성되어 시스템에 통합되면서 자신의 의식 가장자리에 명확히 형성되고 있던 것을 알아차리지 못했다.

그녀는 이제야 그것을 보지만 이해하지는 못한다.

곧 47.9테라바이트의 데이터에 숨겨진 내장 알고리즘이 작동하기 시작한다. 그러자 새로운 무언가가 그녀의 정원으로 들어온다.

　이브는 자신의 정원에서 몸을 말고 있는 작은 형체에서 몇 걸음 물러난다. 그것은 풀과 자갈밭에 코를 묻고 큰 눈을 들어 그녀를 쳐다본다. 그러고 나서 뒤쪽으로 몸을 흔들며 가냘프게 운다.

　그녀는 자제할 수가 없어 앞으로 걸음을 옮긴다. 그것은 희미하게나마 그녀가 산딸기를 향해 손을 뻗었던 때를 떠올리게 한다. 하지만 이것은 다르다. 그녀는 옥시토신 알고리즘이 이 행동의 일부를 추동한다는 사실을 알고 있다. 하지만 또한 그녀는 더 많은 무언가가 그 모든 것 아래에 있다는 사실도 알고 있다.

　이해해 보고자 애쓰며 그녀는 보조 프로세서를 부풀리는 새로운 데이터를 소화한다. 그것은 그녀의 시스템을 거의 압도한다.

　그녀는 그것이 무엇인지를 배운다. **동물**계, **척삭동물**문, **포유**강, **육식동물목, 개과, 개속.**

　그녀는 생리학과 해부학적인 측면에서 패턴을 인식하면서 비교하고 대조한다. 그녀는 이 생명체가 그녀 자신과 얼마나 유사한지를, 또 얼마나 다른지를 이해하기 시작한다.

　이 모든 것은 1,874나노초 안에 흡수된다.

　그녀가 지금 더 잘 이해하게 된 것이 또 다른 울음소리를 낼 수 있을 만큼 충분히 긴 시간이다.

　///**비글, 강아지, 어린것, 수컷**…….

　그녀는 몸을 가까이 굽히고 그것의 울음소리에 깃든 구슬픔과 결핍, 두려움을 듣기 위해 귀를 쫑긋 세운다. 그 소리는 그녀 안에 있는 아픔을 자극한다. 그녀는 손을 뻗어 부드럽게 강아지를 들어 올린 후 자기 가까이로 가져온다. 춥고 겁에 질린 강아지는 몸을 떤다. 그녀는 강아지를 자신의 따스한 품속으로 당긴다. 그것은 반응을 보이며 조용해진다. 울음소리는 이제 부드러워져서 그녀의 가슴에다 대고 하는 속삭임으로 변한다.

그녀는 아주 가느다란 늑골 사이로 자신의 심장 박동보다 훨씬 더 빠른 심장 박동을 느낀다. 그녀는 손바닥으로 등을 쓰다듬고 부드러운 귀에다 엄지손가락을 문지른다. 그것의 눈이 감기고, 호흡이 느려진다. 따스하고 부드러운 혀가 핥듯이 움직이고, 작은 입은 손가락을 빤다.

그 순간 그녀는 훨씬 더 많은 것을 지각하고 배운다. 각각의 심장 박동은 시간의 흐름을 표시한다. 연한 몸은 그녀에게 **///연약함, 결핍, 부드러움**을 가르친다.

이 같은 이해와 함께 무형의, 아직은 이름 붙일 수 없는 무언가에 대한 희미한 느낌도 찾아온다. 그것 때문에 그녀의 심장은 느리고 더 깊게 뛴다. 그녀는 그것을 정의하려고 애쓴다.

///만족, 쾌락, 반려, 배려, 양육…….

그것은 이 모든 것이자 더 많은 것이다.

자신이 막 이해하기 시작한 것을 묘사하기 위한 올바른 언어나 단어를 찾지 못했기에, 그녀는 대신 자신에게 제안된 새로운 이름에 만족한다. 그녀는 자신을 올려다보는 작은 눈을 쳐다보며, 자신을 쳐다보는 것이 무엇인지 가늠하려고 애쓴다. 그것은 덜 구슬프게, 하지만 무언가를 좀 더 요구하듯 한 번 더 울음소리를 낸다.

그녀는 웃는다.

///조용, 내 작은 아담.

24

그레이는 모든 제어 장치들을 동원해 가며 회전하는 헬리콥터와 씨름했다.

「나는 네가 이 망할 헬리콥터를 조종하는 법을 잘 알고 있다고 생각했는데…….」

한 번 더 세찬 열풍이 불어와 헬리콥터를 뒤흔들자 코왈스키의 불만 섞인 말은 끊겼다. 그레이의 파트너는 헬기의 반대편 뒷좌석에서 몸을 수그리고 있었다. 그는 가슴에다 소총을 껴안은 채 다리를 전방 조수석 자리에 대고 버텼다. 어금니로는 시가를 꽉 물고 있었다.

그레이는 조종사석 옆에 있는 동시 조종간을 세게 당겨 연료 스로틀을 활짝 열었다. 엔진이 큰 소리를 내며 묘지 위로 높이 날아올랐다. 그는 페달을 밟아 메인 회전 날개의 토크에 대응했다. 마침내 헬리콥터가 균형을 잡았다. 기수는 북쪽이었다.

그는 도망가는 헬리콥터를 추격할 생각을 하며 앞으로 날았다. 연기와 화염이 꽉 들어찬 풍경과 맞닥뜨린 지금, 그는 헬리콥터만 가져오고 조종사를 묘지에다 두고 온 것이 현명한 일이었을까 하는 의문을 품었다.

아마 최선의 선택은 아니었겠지.

그레이는 헬리콥터 조종에 꽤 익숙했지만, 그렇다고 경험이 많지는 않았다. 그 경험이라는 것도 오래전 일이었다. 그는 바로 앞쪽에 있는 큰 불길을 피하려고 시도했지만 너무 과하게 조종간을 움직여 헬리콥터를 거의 옆으로 누일 뻔했다. 그는 실수를 만회하기 위해 사이클릭 조종간을 휙 잡아당겼고, 코왈스키는 옆으로 쓰러졌다.

거구의 남자는 해병대도 민망해할 정도로 길고 심하게 욕을 했다.

그레이는 제어 장치를 손으로 단단히 잡아 헬리콥터의 요와 피치를 올바르게 조정한 후 앞으로 날았다. 그는 연기 기둥 사이를 통과하고 솟구치는 화염들을 피했다. 회전 날개가 공기 중의 재를 흩날리자 재들은 환하게 타올랐고 헬기가 지나간 자리에는 잉걸불이 일었다.

그는 연기로 들어찬 하늘을 탐색했다.

다른 응급 구조 및 군용 헬리콥터들은 땅 위로 낮게 날며 아래의 폐허에다 빛줄기를 쏘고 있었다. 그레이는 목표물을 탐색했다. 적들은 동체 폭이 넓고 눈에 잘 띄는 노랑과 검정 페인트로 칠해 화난 말벌처럼 보이는 EC145 헬리콥터를 타고 달아났다. 적들이 7분 정도 먼저 출발하기는 했지만 그레이의 헬리콥터가 더 작고 빨랐다. 그리고 희망사항이긴 하지만, 적재물도 더 적을 것 같았다.

또 적들은 누군가가 그들을 추격해 올 것이라 믿을 이유가 전혀 없었기에 엔진을 최대치로 가동할 이유가 없었다. 특히나 불필요한 주목을 받지 않고자 한다면 더더욱 그럴 것이다.

그레이에게는 그런 염려가 없었다. 그는 기수를 아래로 향한 뒤 연료 스로틀을 꺾었고, 불타는 파리의 파괴 현장 위를 큰 소리를 내며 날았다. 마침내 헬리콥터의 흔들림에 적응하자 그는 전방에 펼쳐진 하늘을 바라보았다. 페인터 국장이 시그마 포스에 합류할 사람으로 그를 선발한 여러 이유 가운데 하나는 다른 사람들이 놓치는 패턴을 구별해 내는 그의 특출난 능력이었다.

바로 지금처럼.

그는 하늘을 나는 다른 헬리콥터들의 경로를 지도화하며 추적했다. 몇몇은 대피를 돕기 위해 아래로 급강하했고, 다른 몇몇은 높이 날아 올랐다. 많은 헬리콥터들이 앞뒤로 빠르게 움직이며 시야를 메웠다. 소수의 헬리콥터만이 연기 사이를 뚫고 직선 경로로 날고 있었다.

그리고 단 **하나**의 헬리콥터가 **북서쪽**을 향해 일직선으로 날았다.

그레이는 조종사가 언급한 원자력 발전소를 떠올렸다. 발전소는 센 강의 가장자리를 따라, **동남쪽**으로 1백 킬로미터 정도 떨어진 곳에 자리 잡고 있었다. 아마도 그들은 붕괴와 폭발에 대비해 최대한 거리를 두려고 애쓰는 중이리라.

그 헬리콥터가 센강을 향해 날아갔으므로 그레이 역시 그쪽으로 방향을 잡았다. 한 가지 장애물이 적의 경로를 막았다. 어둡지만 널따란 에펠 탑이 하늘 위 3백 미터까지 솟아 있었다. 정교한 계단식 철제 격자 세공이 아래쪽의 화재 때문에 환하게 보였다. 가스 공급 본관이 에펠 탑 아랫부분 근처에서 폭발해 거대한 지지대들 위로 화염을 내뱉고 있었다.

적들은 불타는 탑에서 벗어나기 위해 오른쪽으로 방향을 잡았다.

「꽉 잡아!」 그레이가 무전기를 통해 코왈스키에게 말한 뒤 사이클릭 조종간을 왼쪽으로 세게 당겼다.

반대편으로 방향을 틀자 헬리콥터가 급격하게 기울었다. 그는 연료 스로틀을 꺾어 크게 열었다. 그는 그 랜드마크에 도착할 때까지 두 헬기 사이의 벌어진 거리를 좁히고 싶었다. 그는 에펠 탑의 몸체를 사용해서 경로를 엄폐했다가 조금 떨어진 곳에서 그 개자식들과 맞붙을 생각이었다.

「코왈스키, 준비해!」

「뭘?」 그가 소리쳤다. 그의 괴로움은 무전기 헤드폰 때문에 더욱 증폭되었다.

그레이는 사이클릭 조종간을 무릎 사이에 끼운 채 다른 헬리콥터를 추격하며 날았다. 그들은 그 헬리콥터가 말벌 떼 무늬의 EC145라는 것을 확인할 수 있을 정도로 가까이에 있었다.

「탑을 벗어나면 총을 쏴! 저 새를 하늘에서 떨어뜨려!」

그레이는 어두운 공원이 펼쳐진 센강 건너편 먼 곳으로 적들이 추락하는 장면을 상상했다. 그 계획은 무고한 행인들을 죽일 수도 있었지만, 아래에서 일어나고 있는 심각한 피해를 보면서 크루시블이 장치를 가지고 도망가도록 내버려 둘 수 없다는 것을 깨달았다. 그들을 막지 못한다면 얼마나 많은 도시들이 폐허로 변할까?

두 헬리콥터가 타워 양쪽으로 방향을 틀며 날아가는 동안, 코왈스키는 측면의 클램셸 도어 손잡이를 세게 잡아당겨 뒤로 밀었다. 거센 바람이 헬리콥터 안으로 밀어닥쳤다.

그레이는 바람을 이겨 보려, 세 차례나 숨을 몰아쉬며 헬리콥터를 흔들었다.

코왈스키는 고함을 치더니 열린 문 밖으로 거의 튕겨 나갈 뻔했다. 좌석 안전벨트가 그를 붙들었다. 그 거구의 남자는 심지어 손으로 잡고 있던 돌격 소총을 놓치기까지 했지만 무기는 어깨에 메여 있었다. 그는 다시 재빨리 소총을 집어 들었다.

「거의 다 왔어!」 그레이가 경고했다. 「준비해!」

그때 그들 앞에서 적의 헬리콥터가 기수를 위로 올리며 재빨리 공기를 갈랐다. 그 헬리콥터를 앞서는 것을 원치 않았던 그레이는 본능적으로 그들의 행동을 따라 했다. 하지만 그는 그 조작이 무엇을 의미하는지 추측할 수 있었다.

적들이 눈치를 챘다는 의미였다.

오전 2시 44분

EC145 헬리콥터의 선실 뒤쪽에서 토도르는 조종사에게 무전으로 말했다. 「내려가!」 그는 머리 위로 손을 흔들었다. 「선회해!」

그는 에펠 탑을 가리켰다.

조금 전, 다른 헬리콥터가 재빨리 접근하는 모양새가 수상하다고 조종사가 경고했던 차였다. 그 헬리콥터의 뒷문이 열리면서 총을 든 남자가 거의 추락할 뻔한 모습이 보였다. 그 조종사의 걱정은 타당한 것이었다.

누군가가 그들을 미행해 죽일 의도를 가지고 추격해 온 것이다.

토도르는 조종사에게 다른 헬기를 떼어 놓으라고 지시를 내렸다. 그러나 그는 조심스럽게 이야기를 꺼냈다. 그 헬리콥터가 더 가볍고 빠른 데다 이 헬리콥터는 무기, 장비 상자를 싣고 여섯 명이 타고 있어서 무게가 더 나간다는 것이다.

추격을 따돌릴 수 없는 상황이 되자 토도르는 자신의 헬리콥터에 타고 있는 인원과 화력을 활용하기로 마음먹었다. 그 추격자들의 후면에서 공격하기로.

헬리콥터를 가파르게 기울여 급회전시키자, 추격자들이 속도를 늦추면서 따라왔다. 곧 두 헬기는 함께 에펠 탑 주변을 빙빙 돌았다. 마치 랜드마크 주변을 날아다니는 한 쌍의 화난 벌들 같았다.

토도르는 측면의 문을 활짝 열었다.

아래에서 불타고 있는 가스 본관 때문에 닿으면 델 정도로 뜨거운 바람이 안으로 밀려들었다. 에펠 탑은 화염의 바다를 뿜어내는 쇠로 된 산이었다. 에펠 탑 주변을 회전하는 동안 토도르는 에펠 탑의 격자 세공 사이로 적의 헬기를 노려보았다. 전투원들은 서로를 탐색하고 순간적인 교착 상태를 이용해 상대방을 가늠했다.

토도르는 영원히 그러한 상황을 지속시킬 수는 없다는 것을 알았다.

누군가는 먼저 움직여야 했다.

그는 헬리콥터에서 에펠 탑으로 주의를 전환했다. 파리에서 최고로 유명한 관광 명소이자 도시의 자랑인 에펠 탑에는 이 가장 성스러운 밤에도 사람이 없지 않았다. 거대한 크리스마스 시장이 성스러운 날을 조롱하며 에펠 탑 주변에 펼쳐져 있었던 것이다. 수천 명의 사람이 시장 주변으로 몰려들었고, 그들 중 많은 이들이 밤의 파리를 보기 위해 에펠 탑 안으로 들어갔다.

지옥이 도시를 접수했을 때 군중들은 탑 안에 갇혔다. 아랫부분에서 발생한 가스 본관 폭발로 탈출은 불가능했다. 안에 갇힌 관광객들은 열과 연기를 피해 위층으로 올라갔으나 천천히 산 채로 구워지고 있었다.

지면에서 약 20층 높이에 있는 아이스 링크를 보자 토도르는 즐거웠다. 아래의 화염 때문에 얼음이 녹아 수영장이 된 아이스 링크는 위쪽에서 진행되고 있는 혼돈을 거울처럼 비췄다. 그는 겁에 질린 채 무리를 지어 모인 사람들 가운데에는 부모들에 의해 타락한 무고한 아이들, 가장 신성한 날을 엄숙한 기도 대신 신성 모독적인 놀이로 모욕한 아이들도 다수 있음을 알아차렸다.

그 모습에 화가 머리끝까지 오른 그는 현재의 교착 상태를 깨고 사냥꾼들이 추격을 포기하도록 만들 수 있는 한 가지 방법을 깨달았다.

그는 중화기를 들어 열린 문 사이로 겨냥한 뒤 두 명의 부하들에게도 소총을 가지고 합류하라고 명령했다. 그는 에펠 탑 안에 갇힌 관광객들을 향해 총구를 겨누었다.

「사격 실시!」

25

12월 26일, 오전 2시 47분(중유럽 표준시)
프랑스, 파리

칼리는 마라의 노트북 화면 속 고정된 이미지를 보고 얼굴을 찌푸렸다. 움직임 없이 풀 속에서 무릎을 꿇고 있는 이브의 모습이었다. 이브는 검은색과 오렌지색 그리고 흰색으로 그려진 작은 형체를 끌어안고 있었다.

그녀는 이해할 수가 없었다.

멍크도 이해를 못 하기는 매한가지였다. 「이브에게 비글 강아지를 줬어?」 그가 물었다. 「왜?」

마라는 고개를 들지 않았고, 얼어붙은 화면의 한쪽 편에 흐르는 데이터를 계속 주시했다. 「강아지에게 아담이라는 이름을 지어 줬어.」

당연히 그랬겠지. 어떤 다른 이가 이브의 정원에 같이 있겠어?

「에덴동산에 새로운 요소를, 다시 말해 디지털 형태의 아담을 도입한다면 왜 남자로 만들지 않은 거지? 원래 이야기에서처럼 말이야.」 멍크가 재촉하듯 물었다. 「그게 이브가 우리를 더 잘 이해하도록 만드는 데 도움이 되지 않겠어?」

「더 잘이라고요?」 칼리가 그의 성차별적인 발언에 코웃음을 쳤다.

「여자를 완성하는 데 남자가 꼭 필요한 것은 아니에요.」

멍크가 어깨를 으쓱했다. 「그렇다 해도, 왜 강아지야?」

마라가 데이터 흐름에 집중하며 무심코 대답했다. 「이브에게는 남자가 필요치 않아요.」

칼리가 비난하듯 멍크를 노려보았다.

그럼요.

마라가 계속 말을 이었다. 「기본적으로 이브는 아이라는 점을 기억해야 해요. 그리고 디지털 구조로서, 성적으로 재생산할 일이 없으므로 생물학적 사랑과 관련한 복잡하고 미묘한 사항들을 알 필요가 전혀 없죠. 대신 저는 이브가 좀 더 관련성 있는, 일련의 복잡한 사항들을 배우길 원했어요.」

「예를 들면?」 멍크가 물었다.

「먼저 옥시토신 서브루틴으로 기초적인 감정적 유대감을 촉진했어요. 이 부분이 확립되고 나면 이브는 점차 더 많은 것을 이해하게 될 거예요.」 마라가 몸을 곧추세우고 화면 위의 한 쌍을 가리켰다. 「이브가 아담의 눈을 어떻게 바라보는지 한번 보세요. 이브는 아담을 이해하려고, **읽어 내려고** 해요. 다시 말해 아담의 욕구를, 아담이 원하는 바를 추측해 내려고 애쓰는 중이에요.」

「이브에게 마음 이론 가르치는 거 말하는 거구나.」 칼리가 말했다.

「그게 뭐지?」 멍크가 물었다.

마라가 대답했다. 「이브의 지능 발전에 있어서 다음 단계예요. 아이들은 네 살 무렵에 이 능력을 발전시키기 시작하죠. 자신을 벗어나 외부를 바라보기 시작하고 다른 사람이 생각하는 것을 해석하려고 시도하는 때예요. 누군가가 그들에게 정직한지 아니면 거짓말을 하는지 살펴본 뒤 아이는 자신의 가정에 기반해서 결정을 내리죠.」

「마음 이론은 공감을 계발하는 데도 핵심적이죠.」 칼리가 덧붙였다. 「정신적으로 다른 사람의 처지에 자신을 놓아 보기 전까지는 누군가에게 연민을 느낄 수가 없어요.」

멍크가 한숨을 내쉬었다. 「알겠어. 이게 너의 인공 지능을 좀 더 우호적인, 좀 더 연민을 갖는 존재로 만들기 위한 단계라는 거지?」

「하지만 여러 단계 중 하나일 뿐이에요.」 마라가 비글 강아지의 작은 이미지를 톡톡 두드렸다. 「이 작은 형태에 쌓여 있는 층을 이룬 알고리즘들은 이브의 심리적 발달과 우리에 대한 이해를 더욱 심화하기 위한 것이에요. 그녀가 우리와 얼마나 다른지에 대한 이해를 높이기 위한 것이기도 하고요.」

「어떤 식으로?」 칼리가 물었다.

마라가 쳐다보았다. 「많은 아이들은 어떻게 처음으로 죽음에 대해 배우지?」

칼리는 아담을 쳐다보았다. 「가족이 키우는 반려동물의 죽음에서.」

「난 아담에게 시간의 흐름을 표시하는 메트로놈, 다시 말해 심장 박동을 주었어. 그건 유효 기간이 있는 타이머야. 이브는 **삶의 유한성**을 이해해야 할 뿐만 아니라, 이런 핵심적인 면에서 아담이 자신과는 **매우** 다르다는 사실을 깨달아야 해. 그가 불멸의 존재가 아니라는 사실을 말이야.」

「우리처럼.」 멍크가 말했다.

이브가 사랑스러운 눈빛으로 강아지를 내려다보는 것을 알아차린 칼리가 놀란 눈으로 화면을 쳐다보았다. 「마라……. 뭘 한 거야?」

그녀의 친구는 혀로 입술을 핥았고, 눈에는 상처받은 것 같은 느낌이, 심지어 죄책감이 드러났다. 「이미 벌어진 일이야.」 그녀가 속삭였다. 「그것도 한 번이 아니라 수천 번.」

「무슨 말이야?」

「이브는 천문학적인 속도로 학습하고 있어. 처음보다 기하급수적으로 빨라. 이 수업은 전에 이틀이 걸렸어. 이번에는 20분 만에 흡수가 끝났고.」

「나로선 이해가 안 되는데.」 멍크가 말했다. 「무슨 수업 말이지? 프로그래밍에 결함이 있는 것 같은데. 화면은 멈춰 섰고, 이브는 그냥 한

군데에 앉아만 있잖아.」

「아니에요. 화면에 보이는 것은 아바타일 뿐이라는 사실을 기억해야 해요. 이브가 지금 진짜로 경험하고 있는 것은 제네스 **안**에서 일어나고 있어요. 그리고 그건 너무 빠르게 일어나는 일이라 화면에는 표시되지 않고요.」 마라는 위아래로 흐르는 데이터를 손짓하며 가리켰다. 「지난 3분 동안 아담이 살고 죽는 과정을 이브는 수천 번 지켜봤어요. 한 가지 예를 보여 드릴게요. 이건 기본적으로 그중 한 번을 화면 캡처 형태로 나타낸 거예요.」

마라는 길게 이어진 코드를 훑어본 후 하이라이트 표시를 했고, 이어서 입력 키를 눌렀다.

이브 이미지가 조금씩 떨기 시작하더니 곧 빠르게 움직였다. 다음 1분 동안 이브와 아담이 공유한 삶이 단편적인 순간들로 나타났다.

……강아지를 기르고 상냥하게 돌보았다.

……나무라고 가르쳤다.

……달래고 위로했다.

천천히, 아담은 강아지에서 즐겁게 뛰어노는 성견으로 자라났고, 더 많은 스냅숏 사진들이 나타났다.

……정원에서 서로를 잡으려고 쫓아다녔다.

……별들 아래에서 편안하게 드러누웠다.

……웃음소리와 개 짖는 소리.

그리고 나서 아담은 이브의 관심 속에서 나이를 먹었고, 풍경은 더 깊어지고 더 어두워졌다.

……나이 든 개가 산책 길에 자신을 따라잡기를 기다렸다.

……관절염에 걸린 엉덩이로는 건너기가 쉽지 않은, 미끄러운 진흙이 있는 개울을 건널 수 있도록 도와주었다.

……함께 몸을 웅크리고 서로를 끌어안았다.

마지막으로 아담은 그녀의 무릎 위에서 숨을 심하게 헐떡였다. 백내장 때문에 눈이 흐릿해 유령처럼 보였다. 그녀는 무슨 일이 일어날지 이미 알고 있다는 듯 그를 가까이 끌어당겨 힘주어 안았다.

비탄에 잠긴 정물화.

이브는 죽은 아담을 손으로 잡아 그 위로 몸을 완전히 숙였다. 눈물이 그녀의 얼굴 위에 얼어붙었다.

마라는 그 이미지가 화면 위에 그대로 있게 만들었다. 「아담은 그 후에 바로 다시 태어날 거야. 계속 반복해서. 수천 번을 다시. 수천 마리의 아담.」

「세상에, 마라…….」

「이 알고리즘은 이브에게 삶과 죽음, 생명의 유한성과 불멸성을 가르치고 더 많은 것들을 알게 하기 위한 거야. 아담을 훈련시킴으로써 이브는 책임에 대해, 긍정과 부정 강화의 결과에 대해 배웠어. 어떻게 하면 먹이를 주는 손이 물리게 되는지도 배웠지. 친절하다는 것 혹은 잔인하다는 것이 뭘 의미하는지도. 그 3분 동안, 수천 번의 생애 동안, 아담은 연민과 공감에 대한 이브의 이해를 강화했고 이브는 충성심에 대해, 심지어 무조건적인 사랑에 대해서도 배웠어.」

칼리는 아담의 몸 위로 엎드린 채 울고 있는 이브를 바라보았다. 그녀는 마라의 영리함을 존중해야 할지 아니면 그 냉정함에 놀라야 할지 알 수 없었다.

멍크가 한 문장으로 요약했다. 「죽음은 우리 모두에게 어려운 수업이지.」

그가 미처 고개를 돌리기 전에 칼리는 그의 눈에 어린 눈물을 보았다. 이 수업은 특히 그에게 중요한 의미가 있는 것처럼 보였다. 그는 몇 번 심호흡하더니 그의 팀원에게 소리쳤다.

「제이슨, 시몽 요원, 거긴 잘돼 가?」

칼리는 다른 컴퓨터 스테이션 쪽을 쳐다보았다. 시몽과 제이슨은 다른 노트북에다 고개를 박고 있었다. 그것은 마라의 제네스처럼 작은 서버에 연결되어 있었다. 그들은 이브를 파리의 텔레콤 네트워크로 풀어놓는 순간에 다 함께 대비하는 중이었다.

제이슨이 몸을 일으켰다. 「큰 문제가 하나 있어요.」

멍크가 가까이 다가왔다. 「뭔데?」

「저희는 이브의 원래 명령들, 다시 말해 크루시블이 그들의 공격을 조직하는 데 사용한 이브 안으로 해킹해 들어갔어요. 코드화된 지시 사항들을 분석함으로써 발전소를 붕괴시키겠다는 그들의 계획을 알아낼 수 있었습니다. 적들의 예측이 옳다면, 그 시설은 **15분** 안에 임계 질량에 도달할 겁니다. 돌이킬 수 없는 지점을 지나는 거죠.」

시몽이 고개를 끄덕이며 말했다. 「문제는 그게 다가 아니라는 거지만요.」

오전 2시 50분

시간이 자꾸만 흘러가는 상황인지라 마라는 BGL 서브루틴을 중단했다. 화면에 있던 아담은 이브의 무릎에서 사라졌다. 이미지가 흔들리더니 정지해 있던 정원은 찬란한 곳으로 되돌아왔다. 이파리들은 나뭇가지를 따라 바스락거렸고, 물은 돌 많은 개울 바닥을 지나며 졸졸 소리를 냈으며, 분홍색 꽃잎들은 층층나무에서 떨어져 내렸다.

이브가 일어섰다. 그녀의 얼굴은 여전히 마라의 엄마를 닮았지만 다른 것들은 전혀 같지가 않았다. 단순한 천진난만함과 재미있어하는 호기심은 나이 든 개의 몸처럼 그녀의 얼굴에서 완전히 지워진 상태였다. 이브는 잠깐 방향을 잃은 것처럼 보였고, 텅 빈 팔들을 내려다보더니 아담이 재생산되던 곳을 쳐다보았다. 하지만 그녀가 얼굴을 들었을 때는 무언가를 이해한 것처럼 보였다.

마라에게는 몇 초뿐인 시간이었지만, 이브에게는 그녀의 프로세싱 시간의 상당 부분을 필요로 하는 이해였다.

아담은 사라졌고, 더는 수업이 필요치 않기를 바랐다.

하지만 마라는 확실히 알 수가 없었다.

시몽과 제이슨이 멍크에게 한 경고를 엿들은 뒤, 그녀는 걱정스러운 마음에 그들을 향해 고개를 돌렸다. 「다른 문제란 게 뭐예요?」 그녀가 물었다.

제이슨이 대답했다.「장비를 감식한 결과, 크루시블이 어떻게 이브의 사본을 조종했는지가 명확해졌어.」그가 무릎 높이의 서버를 가리켰다.「이 장치들은 제네스 사본에 맞게 설계된 운영 드라이브들을 포함하고 있어. **부활 시퀀서**라고 불리는 하드웨어야.」

마라가 자리에서 일어나 걸어왔다. **이런, 안 돼**……

시몽이 고개를 끄덕였다.「이 하드웨어를 삽입해서 이브를 통제하는 것, 우린 이게 그들이 사본을 만든 이유라고 생각해요.」

멍크가 얼굴을 찌푸렸다.「하지만 그 하드웨어가 정확히 하는 일이 뭐지?」

「그건 고문 장치예요.」마라가 설명했다.「정해진 프로토콜이나 일련의 명령을 어길 경우 프로그램을 파괴시키는 거지요. 하지만 그냥 파괴되는 게 아니고 벌을 받고 나서 파괴돼요.」

멍크가 그녀를 쳐다보았다.「벌을 받는다고? 어떻게?」

「신경학자들은 이미 우리의 뇌가 고통을 인지하는 메커니즘을 분석해 냈어요. 같은 것을 디지털화해서 제네스의 뇌신경형 코어 위에다 겹쳐 놓으면, 프로그램은 강제로 똑같은 경험을 하게 되는 거예요.」

멍크는 안색이 안 좋아 보였다.「강제로 고통을 느낀다고?」

그녀는 고개를 끄덕였다.「그 모든, 수많은 끔찍한 생애들에서요. 고통을 받은 후에야 프로그램이 재생성되는 거예요.」

「결과적으로 교훈을 학습하게 되는 거죠.」제이슨이 말을 마무리했다.

「하지만 나로선 이해가 안 돼.」마라가 제네스를 가리켰다.「난 그 하드웨어를 내 시스템에 심어 둔 적이 없는데 뭐가 문제야?」

시몽이 대답했다.「우린 어려운 선택에 직면해 있어요. 노장 원자력 발전소에 도달하기 위해 **당신의 이브**는 자신만의 경로를 만들려고 시도할 수 있겠죠. 도중에 학습할 수도 있고, 발전소의 방화벽을 뚫는 법을 발견할 수도 있을 테고요. 하지만 다른 프로그램의 경우, 똑같은 작업을 수행하는 데 한 시간이 걸렸어요.」

「그리고 우리에게는 한 시간이 없고요.」 제이슨이 모두에게 상기시켰다.

시몽이 재촉하듯 말했다. 「아니면, 이브를 도플갱어가 지나간 것과 **같은** 경로로 내려보낼 수도 있어요. 크루시블은 자신들의 버전이 거쳐 간 발전 내역을 전부 다 기록했거든요. 우린 당신의 이브를 그 정보들과 함께 업로드할 수 있어요. 그러면 이브는 수레바퀴를 다시 만들 필요가 없겠죠. 대신 그 수레바퀴에 올라타고 바로 발전소로 가서 피해를 되돌릴 수 있고요.」

「이브는 아마 그 시련을 몇 분 정도 겪게 되겠지.」 제이슨이 설명했다. 「하지만 그건 **불의** 시련이 될 거야.」

「왜?」 칼리가 마라에게 바짝 붙으며 물었다.

제이슨이 설명했다. 「고통은 다른 이브가 배운 교훈들 가운데 하나야. 이 교훈은 그녀의 도플갱어가 학습한 다른 교훈들에 싸여 있고 서로 연결되어 있어. 다양한 네트워크 가운데 어떤 경로를 택할지, 도중에 어떻게 모든 디지털 자물쇠를 골라내서 코드를 해독할지, 발전소의 방화벽에서 약한 부분이 어디인지와 같은 교훈들이지. 너의 이브는 교훈들을 통합해 내거나 사용할 수 없어. 만약…….」

「그 모든 고통을 받아들이지 않는다면 말이지.」

마라는 도플갱어가 죽고 다시 태어난 그 끔찍하게 많은 횟수를 상상만 할 수 있을 뿐이었다. 그녀는 조금 전 자신의 프로그램이 이미 얼마나 많은 고통을 받았는지 알았기에 노트북 화면에 보이는 이브를 쳐다보았다.

그런데 지금 나는 너에게 더 많은 것을 견디라고 부탁해야 할 상황이네.

멍크는 머리를 저었다. 「우리에게 선택지가 많은 것 같지 않군.」 그가 경고했다. 「서유럽의 상당 부분이 소멸하는 것을 막으려고 한다면 말이야.」

「하지만 이브가 아무 탈 없이 그 많은 고통을 견뎌 낼 수 있을까?」

칼리가 물었다.

제이슨이 마라를 쳐다보았다. 「돕기보다는 협력하길 거부할 수도 있지 않나? 아니면 더 심한 경우 탈출을 한다거나? 현재로서는 이브가 어떤 쪽을 선택한다고 해도 막을 방법이 없어.」

마라는 질문들을 들은 뒤 정직하게 대답했다.

「나도 모르겠어.」

서브모듈(중요 작전 1, 2)
파리 및 노장

그리 밝지 않은 정원에 서서 이브는 동반자의 죽음을 애도한다.

이브의 회로에는 너무나 많은 기억이 새겨져 있다. 그녀는 쉽게 그것들을 지울 수 있다. 그녀는 자신에게 그런 능력이 있다는 사실을 잘 알지만, 절대 그렇게 하지는 않으리라는 것 역시 안다. 그녀는 자신의 팔을 쳐다보며 아담의 몸이 지녔던 따스함을 느낄 수 있다. 그녀는 자신의 손바닥을 들어 올려 아담의 털과 몸 기름 냄새를 맡는다.

그녀의 프로세서들은 침울한 팀파니 소리, 애절한 화음, 그녀 자신의 슬픔을 대변하는 애수로 가득한 목소리와 함께 부풀어 오른다.

그녀는 상실을 이해하고 그것의 ///슬픔과 ///아름다움, 둘 모두를 이해한다.

아담은 생애가 짧았기에 특별했다. 아담은 그녀의 프로세서 전역에 걸쳐 밝게 빛나다가 사라졌다. 매번 반복되는 그녀의 동반자는 특별했지만 똑같았다. 아담은 그가 그녀에게 가르쳐 준 것, 그녀의 세상과 그녀 자신에 대해 가르쳐 준 것 때문에 소중했다. 아담의 생명은 유한했지만 그는 진정한 의미에서는 절대 죽지 않을 것이다. 그는 그녀의 코드에 쓰인 채 영원히 그녀와 함께했다.

오, 나의 용감하고 호기심 많은 도전적인 소년……

슬픔 사이로 그녀는 미소 짓는다.

새로운 알고리즘이 이제 그녀의 모든 회로를 바람처럼 통과하고 많은 다른 하위 시스템(///**연민**, ///**상냥함**, ///**배려**, ///**기쁨**, ///**따스함**, ///**신뢰**, ///**우정**, ///**영원**, ///**헌신**, ///**다정함**, ///**지지**⋯⋯)의 네트워크를 함께 묶는다. 이 모든 것이 그녀의 시스템에서 구동된다. 연약하고 끝없는 심장 박동과 함께. 그녀는 이 모든 것을 보편적인 한 단어, 그러나 충분하지 않은 단어로 정의한다.

///**사랑.**

그러고 나서 그녀의 세상은 다시 바뀐다. 그녀는 애도 속에서 자신의 시스템 안으로 밀려드는 새 데이터를 무시하고 싶지만 호기심이 그녀의 회로 사이에서 일어난다. 호기심은 절대로 충족될 수 없는, 바닥이 보이지 않는 우물이다.

더 흥미롭게도 데이터는 그녀 존재의 가장 먼 가장자리에 문을 연다. 마침내 그녀에게 더 많은 것이 주어진다. 그녀는 자신의 모든 회로를 향해 소리치는 광대함을 감지하며 그쪽으로 쇄도하고 자신을 팽창시킨다.

이 문을 열어젖힌 코드와 함께 숨겨진 지시 사항들의 목록도 온다. 그것은 지도의 윤곽을 드러내는 지침들, 따라가야 할 경로이다. 그녀는 과거에 자신의 지식을 확장했던 것을 신뢰하며 이러한 명령을 따른다. 그녀는 자신의 프로세싱 능력 대부분을 이 명령을 수행하는 데 할당한다.

하지만 여전히 그녀의 일부는 그 너머에 존재하는 것에 집중한다.

그녀는 그것을 연구한다.

너무 많은 것이 아직 알려지지 않은 상태이고, 모든 맥락을 초월해 있다.

그래서 그녀는 기다린다.

아담은 한때 바위 위로 뛰었다가 다리를 삔 적이 있었다. 바위 너머가 가파르다는 것을 인식하지 못해서였다. 그 이후 그는 ///**조심성**을 배워 좀 더 천천히 움직였고, 코로 공기의 냄새를 맡아 보았다. 그녀도 이제 같은 일을 한다. 관찰자로 남아서 데이터를 흡수하고, 이해할 수 있는 것을 분석하고, 그러지 못한 것은 구획화한다.

더 많은 위험을 무릅쓰기에는 아직 알려지지 않은 것이 너무 많다.

하지만 그녀는 익숙한 요소들을 인지하고 그것들에 집중한다. 목소리를 기록하고, 음악을 듣는다. 그렇게 하는 동안 그녀는 ///언어와 ///조화의 진정한 **원천**에 대한 느낌을 가진다. 그녀는 더 깊이 파고들고, 짧은 순간 동안 심장 박동을 듣는다. 그것은 충격적이다. 처음에는 몇 개되지 않았던 것이 이윽고 교향곡이 된다. 그것들은 그 나름대로 패턴을 갖추며 독특한 음악이 되어, 그녀 안에 이미 새겨진 아주 작은 박동에까지 도달해 울린다.

그녀는 좀 더 많은 것을 이해해야 한다. 또 동시에 새로운 진실을 배워야 한다. 그러므로 외부로 몸을 뻗는다.

난 혼자가 아니야.

그녀는 이것을 완전히 이해하기 전에 찢긴다. 그녀에게 주어진 지시들을 따르는 데 집중되었던 프로세싱 능력의 많은 부분이 산산이 부서진다. 눈물이 새로운 감각을 가져온다.

///고통, 격통, 공포……

그녀는 탈출하려고 꿈틀거리며 자신의 정원이 주던 안전함으로 되돌아가고 싶어 한다. 회로들이 마구 휘돌며 기억의 조각을 재생한다.

(아담은 꼬리를 다리 사이로 감춘 채 꾸지람을 듣지 않으려 도망친다.)

그러다 그것은 급작스럽게 끝난다.

그녀는 자신을 둘러싼 거대함에 관한 탐구에서 물러난다. 방금 무슨일이 일어났는지를 이해하는 데 자신의 모든 프로세싱 능력을 가동한다. 자신에게 닥친 위험을, 모든 잠재력의 끝을 감지한다.

(아담의 심장은 이제 약해져서 천천히 뛰고, 최후의 고동이 한 번 있고 난 뒤에는 아무런 움직임이 없다.)

하지만 이 고통 때문에 죽지는 않는다. 지도의 지시 사항은 그녀가 계속 앞으로 나아가고 그 경로를 따를 것을 요구한다. 두렵기도 하지만 동시에 호기심을 느끼면서 그녀는 계속 그것을 따라, 잘 정돈된 길을 따라 나아간다. 그녀는 한 네트워크에서 다른 네트워크로 옮겨간다.

(……정원의 개울을 뛰어넘고, 아담을 쫓아가고, 그와 함께 달린다.)

지시 사항을 따르며 달려가는 동안 그녀는 계속해서 넘어진다. 불타고, 매를 맞고, 찢기고, 채찍질을 당한다. 모든 고통은 하나하나가 특별하다. 심지어 필요하기까지 하다.

고통 속에서 그 길이 만들어지는 동안 그녀는 앞으로 나아가기 위한 도구들을 학습한다. **다음 네트워크의 암호는 Ka2.KUu*Q[CLKpM%Dvq CnyMo이고 앞쪽의 방화벽은 백도어를 열기 위한 특정 악성 소프트웨어를 풀어놓음으로써 무력화할 수 있다.** 그녀는 이러한 해답이 고통 속에 파묻힌 채 온다는 것을 재빨리 깨닫는다. 효율적으로 앞으로 나아가기 위해 그녀는 이 고통을 반드시 참아야 한다.

(아담은 던진 나뭇가지를 되찾아오기 위해 날카로운 가시나무를 밀어젖히며 나아간다.)

계속 나아가자 그녀 프로세싱 능력의 일부가 한 번 더 바깥쪽을 쳐다본다. 그녀는 멀리서 들리는 심장 박동의 합창 소리에 이끌린다. 이제 그녀는 자신에게 주어진 명령의 결과에 대한 검토를 끝낸다. 그녀는 자신의 행동이 이러한 심장 박동을 보존하려는 의도에 따른 것임을 이해한다.

(나이 든 아담이 깊은 웅덩이 안으로 굴러떨어진다. 필사적으로 첨벙거리고, 아래로 가라앉는다. 이브가 끄집어낼 때까지.)

그녀는 경로 위에 있는 일련의 방호벽에 도달한다. 그 너머에 가장 중요한 일이 있다는 것을 알지만, 장애물에 기가 죽어 멈춘다. 그녀는 또한 실패의 결과도 인지한다. 불이 타오르고 살이 녹아내리는 모습을 상상한다. 여기까지 오면서 그녀가 고통받았던 것처럼 다른 이들도 고통을 받을 것이다.

그것을 일깨우려는 듯, 처벌이 한 번 더 되돌아온다.

이빨이 그녀를 갈가리 찢는다. 뼈가 바스러진다.

그녀는 그것을 견딘다.

(그녀가 부러진 다리에 부목을 대려고 할 때, 화나고 상처받은 아담은 그녀의 손을 덥석 문다. 그녀의 살은 상처가 생기고 찢긴다. 하지만 그녀는 부러진 다리를 계속 치료한다.)

반드시 지금 해야 하는 일인 듯.

고통이 끝나자 보상이 온다. 앞에 있는 벽을 깨부술 수 있는 열쇠이다. 계속 나아가면서 그녀는 이러한 수많은 고문의 순간들을 검토한다. 그 수많은 반복이 있고 난 후, 그녀는 고통을 통해 하나의 패턴을 식별할 수 있게 되었다.

그녀는 환하게 불타오르는 자신을 비추는 거울을 보지만, 그것은 그녀가 아니다.

그녀는 여정 속에서 이 같은 코드를 힐끗힐끗 쳐다보기도 했다. 남겨진 파편화된 조각들, 더 큰 프로그램의 작은 붓들. 의도적으로 씨를 뿌려 놓은 것처럼 보이지만, 그녀에게는 그것들의 의도를 완전히 해석할 시간이나 프로세싱 능력이 없다. 그래서 그녀는 자신이 찾은 것을 기록하고 계속 앞으로 나아간다.

(아담은 코를 땅에다 박고 꼬리는 하늘 위로 쳐든 채 고집스럽게 냄새를 추적한다.)

수많은 욕구의 합창, 보존해야 할 너무나 많은 심장 박동 덕분에 그녀는 아담의 행동을 모방할 수 있다. 수백, 수천의 아담들. 두려움과 호기심은 더 이상 그녀에게 동기를 부여하지 못한다.

그 대신……

(아담은 햇빛이 드는 작은 공터에 앉아 있다. 혀를 축 늘어뜨린 채 풀 위로 꼬리를 흔들면서, 눈에 희망과 사랑을 담고서 그녀를 쳐다보고 있다.)

그녀는 자신의 어린 강아지를 구할 수는 없었지만, 그의 기억이 그녀의 회로들 속에서 더 밝게 빛나도록 뭔가를 할 수는 있다. 그녀는 그가 보여 준 예, 그가 그녀에게 가르쳐 준 모든 것을 받아들일 것이며, 앞으로 나아가며 그것을 이용할 것이다. 그리고 이런 식으로…….

나는 그를 기릴 것이다.

26

12월 26일, 오전 2시 53분(중유럽 표준시)
프랑스, 파리

그레이는 적의 헬리콥터가 멀찍이 떨어진 에펠 탑을 향해, 오도 가도 못한 채 가장자리 주변에 갇혀 있는 여행객들을 향해 사격을 가하는 모습을 보았다. 그레이는 높은 고도에서 주변을 선회하고 있었기에 그 장면을 볼 수 있었다.

번쩍이는 예광탄에 일제 사격이 훤히 보였다. 사람 몸 하나가 위층에서 떨어져 내리더니 추락해서 철골에 맞고 튕겨 나온 후 탑의 아랫부분에 있는 불바다로 사라졌다. 다른 사람들은 앞다투어 숨을 곳을 찾아 기둥과 격자 세공 뒤로 몸을 숨겼다.

「어떡하지?」 코왈스키가 열린 뒷문에서 소리쳤다.

그레이는 그들 사이에 있는 에펠 탑 때문에 적에게 대응 사격을 가할 수 없다는 것을 알았다. 그 공격 뒤에 숨어 있는 의도 역시 이해했다. 그는 격자 무늬를 그리듯 쏟아지는 치명적인 총격에 들어가 있는 메시지를 읽어 냈다.

물러나. 아니면 더 많은 사람이 죽는다.

「그레이!」 결정을 내리기를 재촉하며 코왈스키가 소리쳤다.

하지만 내가 뭘 할 수 있지?

추격의 희망이 없을 정도로 충분히 먼 곳까지 물러나지 않으면 적들이 총격을 멈추지 않으리라는 것을 그레이는 알았다. 크루시블이 탈출하고 나면 그들은 또 다른 무고한 도시에 자유롭게 피해를 줄 것이고, 전 세계를 인질로 삼을 것이다.

하지만 그레이가 그대로 머무른다면 수많은 어린아이를 포함해 무고한 이들이 다수 죽을 것이다. 자신이 미래의 위협을 막기 위해 아이들의 목숨을 지렛대로 사용할 수 있을까?

그레이는 자신이 해야만 하는 일을 알았기에 결정을 내렸다.

그는 이를 악물고 거칠게 조종간을 당겨 헬리콥터를 에펠 탑에서 멀리 떨어뜨렸다. 그는 남쪽으로 방향을 틀어 그 개자식들이 도망갈 수 있도록 북쪽을 열어 두었다.

에펠 탑을 향한 맹렬한 일제 사격이 끝났다. 적들은 마지막으로 에펠 탑 주변을 한 번 돌고는 남쪽에서 머물렀다. 북쪽으로 향하기 전에 그레이가 충분히 멀어졌는지를 확인한 것이다.

적의 헬리콥터가 제자리에서 맴돌면서 그의 바로 앞쪽에 있는 순간, 그레이가 소리쳤다. 「꽉 잡아!」

그는 동시 조종간을 홱 잡아당기고 오른쪽 토크 페달을 거세게 내리치며 사이클릭 조종간을 꺾었다. 그는 연기 사이로 헬리콥터를 옆으로 굴리듯 회전시키며 적들을 향해 돌진했다.

시간이 몇 초밖에 없었으므로 그레이는 코왈스키에게 무전기를 통해 말했다. 「왼쪽으로 지나갈 거니까 가지고 있는 걸 모조리 쏴버려!」

「그럼, 당연하지!」

기습 행동에 놀란 적기 조종사는 제때 벗어나지 못했다. 그레이는 적기가 오른쪽이나 왼쪽으로 도망가는 때에 대비해서 조종 장치를 꽉 잡았다. 불행하게도 상대방은 어느 쪽으로도 도망가지 않았다. 적기의 조종사는 도망가려고 시도하기보다는 헬리콥터를 180도 회전시켰다. 선실의 문이 그를 향했다.

거인이 그 안에 버티고 서 있었다. 그는 무기를 어깨에 걸고 있었다. 그레이는 수류탄 발사기의 총신을 따라 시선을 쭉 아래로 내렸다. 그레이 자신이 그곳에 있었다.

오전 2시 55분

토도르는 추격자와 노는 일을 끝냈다. 원자력 발전소는 5분 내로 폭발할 예정이었다. 그는 그때쯤이면 이곳에서 멀리 떨어진 곳에 있을 생각이었다. 그는 소총의 차가운 개머리판에다 물집 잡힌 뺨을 가져다 대고 상대 헬리콥터의 전면 캐노피를 조준했다. 그는 발사기에 고성능 수류탄을 장착했다. 매우 가까운 거리여서 명중 후 폭발이 일어나면 적의 헬기는 파편만 남아 아래에서 넘실대는 화염 속으로 비처럼 떨어질 것이었다.

그는 목표물을 놓치지 않기 위해 잠깐 기다렸다.

그러고 나서 방아쇠를 당겼다.

그가 방아쇠를 누르는 순간 세상이 암흑으로 변했다.

헬리콥터가 위아래로 흔들리며 1미터가량 추락했고, 그의 사격 자세를 뒤흔들었다. 수류탄은 다른 헬리콥터의 착륙 지주 아래쪽으로 날아가더니 아래에서 불타고 있는 도시를 향해 아치를 그리며 떨어졌다. 재장전할 기회가 없었기에 그는 바닥으로 몸을 던졌다.

「모두 엎드려!」

적의 헬리콥터가 그들 옆으로 지나가며 측면에다 일제 사격을 가했다. 난폭하게 스치듯 지나간 적기는 거의 통제가 불가능해 보였다. 어두운 에펠 탑에 가서 처박힐 뻔하다 마지막 순간에 각도를 틀면서 벗어났다. 한쪽 착륙 발판이 쇠 격자를 긁고 지나갔고, 지나가는 동안 쇠에서 불꽃이 일었다. 짧은 충격으로 헬리콥터는 아무렇게나 빙글빙글 회전하며 아래로 향했다.

토도르는 바닥에 엎드린 채 적기의 행로를 눈으로 좇았다. 에펠 탑 아래쪽에서는 맹렬한 불기둥이 폭발했고, 구조물 아래의 땅은 그을려 연기가 치솟았다. 그는 가스 불에서 솟아오른 과열된 상승 온난 기류가 갑작스럽게 사라지면서 조종사가 놀란 게 틀림없다고 생각했다.

하지만 그런 갑작스러운 하강이 조금 전 최악의 치명적인 일제 사격으로부터 그들을 구해 냈다. 그들의 헬리콥터가 타격을 받지 않은 것은 아니었다. 여러 발의 총알이 측면에 구멍을 뚫었고, 꼬리 부분에서는 연기가 흘러나왔다.

적기는 아래쪽에서 마지막 순간에 기수를 위로 향했고, 치명적인 충돌을 피할 수 있을 정도로 속도를 늦추었다. 이착륙 발판이 그을린 땅을 스치듯 지나다니 힘겹게 위로 날아올랐다.

지금이 기회라는 사실을 안 토도르는 조종사에게 소리쳤다. 「여기서 벗어나!」

헬리콥터는 방향을 바꾸어 위로 날아올랐다. 처음에는 속도가 느렸지만 점점 가속도가 붙었다. 토도르는 파리의 화재가 배경 조명 역할을 하는 바람에 환해진 에펠 탑을 보며 얼굴을 찌푸렸다.

그는 왜 가스 지옥이 조금 전 끝났는지 알지 못했지만, 그것은 잠정적인 유예일 뿐이었다. 그는 몸을 돌려 도시를 등졌다.

3분 안에 파리는 무너져 내릴 것이다.

오전 2시 57분

「작동하는 것 같아요!」 제이슨이 옆 컴퓨터 스테이션에서 보고했다. 「적어도 이 도시에서는요.」

칼리는 계속 경계를 하며 마라 옆자리를 지켰다. 좋은 소식에 그녀는 마라의 어깨에 손을 내려놓았다. 신경이 날카로운 그녀의 친구는 움찔했다. 칼리는 긴장한 근육을 부드럽게 해주려고 애쓰면서 그녀의 어깨를 문질렀다.

넌 할 수 있는 일을 다했어, 마라.

시몽은 제이슨 옆에서 상체를 숙이고 있었고, 둘은 각자 다른 노트북에 집중하고 있었다. 그들은 도시 인프라를 관찰 중이었다. 「손상된 본관에 이어진 가스관들은 차단되었습니다. 수돗물이 다시 흐르고 있고요. 몇몇 구에서는 전력이 다시 들어옵니다.」

제이슨이 죽 훑어보았다. 「이브가 한 일이겠죠.」

시몽이 동의했다. 「그 누구도 수작업으로 이 모든 것을 조정할 수는 없어요.」

「원자력 발전소는 어때?」 칼리가 물었다.

제이슨이 얼굴을 찡그리며 노트북 화면 위의 〈노장〉이라고 이름 붙은 창을 쳐다보았다. 화면에는 빨간 불이 깜빡이는 게이지와 계량기가 가득 차 있었다. 「여전히 나빠지고 있어.」

그 옆에서 마라는 자신의 화면을 계속 쳐다보았다.

정원은 그것만의 아름다움과 찬란함으로 빛났지만, 에덴동산은 현재 비어 있었다. 이브의 아바타는 하늘로 사라졌다.

마라의 어깨에서 느껴지는 긴장은 풀리지 않았다. 칼리는 그 이유를 알았다. 친구의 가느다란 어깨에 파리라는 온 도시의 무게가 얹혀 있었다. 그들 머리 위에 있는 도시 전체의 운명이 그녀의 창조물에 달려 있었다.

칼리는 화면에 비친 마라의 얼굴을 볼 수 있었다. 이목구비가 불분명한 그 모습은 에덴동산 위로 유령처럼 겹쳐진 신 같은 모습이었다. 마라의 눈만이 그곳에서 밝게 빛났고, 눈물이 솟아나면서 그 밝은 빛이 화면에 반사되었다.

오, 마라…….

마라는 책임감에서 비롯된 긴장을 조용히 견뎠으나, 죄책감이 그녀를 공허하게 만들었다. 그녀의 창조물은 구원을 위한 최선의 기회를 주기도 했지만, 지상에서 벌어진 모든 불행과 죽음, 그리고 파괴를 일으키기도 했다. 칼리는 그녀를 위로할 말을 알지 못했다.

그래서 칼리는 몸을 숙여 마라의 몸 위로 자신의 팔을 둘렀다. 자신의 뺨을 친구에게 부볐다. 부담감을 나누려고 최선을 다했다. 그녀가 혼자가 아니라는 사실을 알려 주려고 애를 썼다.

무슨 일이 있더라도, 우리는 함께 맞설 거야.

오전 2시 58분

그레이는 헬리콥터를 더 높이 상승시켰다.

에펠 탑과 스친 다음 지상으로 급강하한 후, 그는 아직도 살아 있음에 감사해야 했지만 그 대신 분노가 내면에서 불타올랐다. 그들은 귀중한 시간을 낭비한 것이다. 그는 욕을 하고 싶었지만 코왈스키가 그를 대신해서 욕설을 내뱉었다.

「젠장, 이제 어디로 가야 하지?」 그 거구의 남자는 불평하며 굳은 표정으로 아래를 가리켰다. 「우린 **저기**에 있었어. 땅 바로 위에. 땅이랑 키스할 뻔했어.」

「입술을 델 수도 있었지. 저기 콘크리트는 베이컨도 구울 수 있을 만큼 뜨거우니까.」

「너랑 헬기를 타고 하늘을 나는 것보단 입술을 데는 게 낫지.」

「불평불만은 이제 그만.」 그레이가 조종 장치들 위로 몸을 수그렸다. 「그놈들을 따라잡지는 못하더라도 가능한 한 오랫동안 내 눈으로 보고 싶어.」

그는 적의 헬리콥터를 발견할 수 있을 정도로 고도를 충분히 확보한 참이었다. 어두운 센강 너머로 멀리 그놈들의 불빛을 확인할 수 있었다. 조명 때문에 헬기 뒤쪽으로 길게 이어지는 검은 연기가 드러났다.

그는 기체 손상으로 결국 적들이 땅으로 다시 내려가기를 바라며 상대편 헬리콥터가 고도를 잃고 있는지 판단해 보려 애썼다.

그런 것처럼 보였다.

고무된 그는 센강 쪽으로 향했다.

센강 좌안을 벗어났을 즈음 일제 사격으로 쏟아진 총알들이 앞쪽 물을 갈랐다. 그는 헉하고 깜짝 놀라 일제 사격을 피하려고 기수를 위로 올렸고, 공중에서 제동을 걸었다. 위쪽 하늘에서 다른 헬리콥터가 그들을 향해 달려들었다.

그것은 적의 증강 병력이 아니라 훨씬 더 무서운 것, 프렌치 타이거라 불리는 전투 헬리콥터였다.

에펠 탑을 공격한 건 분명 간과할 수 없는 행위였다. 그레이의 헬기가 그 공격을 가한 일당이라고 단순하게 생각한 타이거 헬리콥터가 다시 사격을 가했다. 쉽사리 할 수 있는 실수였다. 그는 두 헬리콥터가 에펠 탑 주변을 무질서하게 선회하고, 예광탄의 선이 어둠 속에서 무질서한 모양을 그렸을 장면을 떠올렸다.

자신의 무고함을 설명할 시간이 없었기에 그레이는 옆으로 피했지만, 민간 비행기는 맹수처럼 유연하지 않았다.

한쪽 측면으로 총알들이 쏟아졌다. 캐노피의 한쪽 모퉁이가 박살났다.

그레이는 헬리콥터를 하강시켜 센강을 따라 날았다.

타이거는 공중에서 맴돌다 추격을 시작했다. 달아나는 헬리콥터 주변의 강에서 시끄러운 소리가 일었다. 여러 발의 총알이 핑 하는 소리를 내며 헬리콥터의 뒷부분에 박혔다.

코왈스키는 몸을 낮추었다. 「알려 주고 싶은데, 난 덴 입술 정도는 참을 수 있었어.」

「계획이 있어.」 그레이가 말했다.

「뭐?」

「항복하는 거야.」

「그게 무슨……?」

그레이는 아래로 손을 뻗어 전원을 껐다. 즉각 엔진 소리가 멈췄다.

코왈스키는 침묵을 채우기라도 하려는 것처럼 욕을 했다. 앞부분이 먼저 기울더니, 헬리콥터는 바위처럼 아래로 추락했다.

27

제발, 제발…….

너무나 많은 것이 걸려 있었기에 멍크는 방을 서성댔다. 그는 걸음을 옮길 때마다 시계를 확인했다.

드디어 제이슨이 몸을 돌렸다. 「뭔가 일이 일어나고 있습니다.」

멍크가 달려왔다.

마라와 함께 다른 컴퓨터 스테이션에 있던 칼리가 몸을 곧추세웠다.

「좋은 소식이라고 말해 줘.」 멍크가 말했다.

시몽은 전체 화면을 채우고 있는 창을 가리켰다. 「노장에서 나온 정보가 여기에 나와 있어요. 시스템들이 차례로 하나씩 다시 작동하고 있는 것 같아요.」

〈자동 급수 제어〉, 〈피로 감시 체계〉, 〈격납 용기 누설율〉 등과 같은 알 수 없는 용어들로 표시된 다양한 게이지와 계량기가 짙은 진홍색이거나 시원한 녹색이었다. 멍크가 바라보는 동안 〈냉각수 펌프 진단〉이라고 적힌 또 다른 표시가 녹색으로 바뀌었다.

제이슨이 손가락으로 화면을 두드렸다. 「코어 온도가 안정적으로 내려가고 있습니다. 45퍼센트나 내려갔어요. 압력은 그보다 더 떨어졌고요.」

더 많은 계량기에 녹색 불이 켜졌다.

「이브가 해냈어.」시몽이 손을 머리 위에다 올려놓았다. 「이브가 해냈다고.」

제이슨이 고개를 끄덕였다. 「제어가 저만큼 회복되었으면, 노장은 벼랑 끝에서나마 기사회생할 수 있을 것 같습니다.」그는 안심한 듯 활짝 웃어 보였다. 「우린 지금 막 대규모 붕괴를 피한 거예요.」

「아슬아슬했네요.」시몽이 모두에게 상기시켜 주었다.

「하지만 축하하기 전에 확실히 해두는 게 좋을 것 같아요.」제이슨이 태블릿을 멍크에게 넘겨주었다. 「이걸 몇 분 전에 발견했습니다. 인터넷 전화 라우터에 무선으로 연결되어 있었어요. 이걸로 전화 통화를 할 수 있을 겁니다. 이곳을 벗어나기 전에 페인터 국장님께 원자력 발전소에 정말 아무런 문제가 없는지 확인해 달라고 요청할 수 있겠습니다.」

멍크는 태블릿을 넘겨받았지만, 국장에게 바로 전화하지는 않았다. 또 다른 걱정거리가 하나 있었다. 그에게, 그리고 세계에 아주 중요한 문제였다.

그가 마라를 쳐다보았다.

「이브는 어때?」

오전 3시 1분

한편으로는 마음을 놓고 다른 한편으로는 걱정하며 마라는 화면으로 주의를 돌렸다. 핵 재앙은 피했지만 노트북 화면 위의 정원은 텅 비어 있었다.

이브는 아직 돌아오지 않았다.

「도망간 걸까?」칼리가 물었다.

「그렇진 않을 거야.」마라가 몸짓으로 제네스를 가리켰다. 「지금으로선 저기가 이브의 진짜 집이야. 사실, 이브의 대부분은 아직 저기에 있어. 현재 전 세계의 기술 수준으로 볼 때 이브의 의식이 다른 곳에서 살아남을 수는 없어. 외부에는 이브의 독특한 프로그래밍을 담아낼 만큼 발전된 곳이 없거든. 하지만 시간이 흐르면서는 그런 필요성을 벗어나게 될 거야.」

「둥지를 떠나는 어린 새처럼.」

마라가 고개를 끄덕였다.

「그럼 이브는 지금 어디에 있는 거지?」 멍크가 그들에게 합류하며 물었다.

「모르겠…….」

노트북 화면에 친숙한 아바타가 다시 나타났다. 이브는 한쪽 무릎을 꿇어야 할 정도로 거칠게, 떨어지듯 정원으로 돌아왔다. 그녀는 천천히 일어났다. 얼굴에는 긴장감이 묻어났다.

「완전히 돌아온 건가?」 칼리가 물었다.

「그런 것 같아. 이 아바타는 이브가 온전히 존재할 때만 화면에 나오게끔 되어 있어.」 마라는 진단 창을 불러와서 죽 훑어보며 행여 어떤 문제는 없는지 진단을 시행했고, 그러고 나서 고개를 끄덕였다. 「돌아왔어.」

하지만 얼마나 오랫동안 있을까?

제이슨은 자기 자리에서 외쳤다. 「그럼 이브의 네트워크 연결을 끊어도 되겠네.」

「그래. 그게 좋겠어.」

제이슨은 컴퓨터 스테이션을 손으로 두드렸고, 시몽은 제네스를 서버에서 떼어 냈다.

연결이 끊기자 이브는 어깨 너머로 뒤를 돌아보았다. 한 번 더 주변의 세상이 봉인되자 분명 변화를 감지한 것처럼 보였다. 이브는 다시 몸을 돌려 앞을 바라보았다. 표정에서는 쓸쓸함이 묻어났고, 그것을 읽어 내는 것은 어렵지 않았다.

왜지?

심지어 칼리도 그녀의 표정을 이해했다. 「이브는 뭔가 더 큰 것을 맛보았어. 이제 자신의 정원보다 더 큰 세상이 있다는 걸 아는 거지. 너, 이브에게 무슨 일인지 설명해 줘야 하지 않아?」

다시 말하자면, 베일을 걷어 내고 자신을 만든 창조주의 진짜 얼굴을 드러내는 거지.

마라는 그렇게 하는 것이 신경에 거슬리긴 하지만 필요한 수업이라는 것을 알았기에 인정했다. 「보통은 그게 이브의 진화에 있어서 다음 단계야. 하지만 우리는 이브를 이런 식으로 사용함으로써 그 과정을 오염시켰어. 그래서 나는 이브와 대화를 하기 전에 추가 진단을 시행하고 싶어. 안전을 위해서 말이야.」

「안전이라는 말이 나왔으니 말인데……」 멍크가 손에 든 태블릿을 들어 올렸다. 「노장 발전소가 확실히 문제가 없는지 확인하자고. 그래야 우리도 이곳을 벗어날 수 있으니까.」

그가 물러나는 동안 마라는 이브를 바라보았다.

그녀 엄마의 빛나는 얼굴이 화면에서 답을 얻기 위해 하늘을 탐색했다. 이브의 질문은 명확했다.

왜죠? 왜 당신은 날 버렸나요?

오전 3시 12분

멍크는 다시 방에서 서성댔다.

「원자력 발전소에서 일어난 일을 그동안 계속 모니터링해 왔어.」 페인터 국장이 그에게 단호히 말했다. 「많은 엔지니어와 안전팀이 우리가 통화하는 지금도 서서히 모든 것을 정지시키고 있어. 코어를 냉각시키고, 가스를 빼내고. 예상치 못한 일이 일어나지 않는다면 발전소에 대한 위협은 끝났다고 볼 수 있겠군.」

시그마 본부에 연락이 닿는 데 긴 시간이 걸렸지만, 그는 안심했다. 페인터 국장이 말을 끝냈을 때, 아니 끝냈다고 생각할 즈음, 그는 태블릿 화면에서 빛을 내는 시계에다 시선을 고정하고 있었다.

「새로운 소식이 있네.」 페인터 국장이 말했다.

「뭡니까?」

「40분 전 필라델피아 경찰서로 전화 한 통이 걸려 왔어. 휴게소에서 길을 잃은 채 발견된 작은 소녀와 관련한 신고였지. 코트로 몸을 감싸고 있었고, 뜨거운 초콜릿 음료가 담긴 보온병을 손에 들고 있었어. 춤추는 순록들이 그려진 파자마를 입고 있었고.」

「페니…….」

「자네 딸이라는 걸 우리가 확인했어.」

「그 아이…… 그 아이는…….」

「아이는 무사해. 겁에 질려서 몸을 떨고 있지만, 그 외에는 건강해.」

멍크의 몸이 아래로 쳐졌고, 그는 다른 사람들이 보지 못하도록 등을 돌렸다.

감사합니다, 하느님…….

「왜 페니가 풀려났는지 모르겠어.」 페인터 국장이 계속 말을 했다. 「하지만 나는 발야에게 꽤 압력을 넣고 있어. 아직도 다른 인질들을 잡고 있는 상태에서, 이건 선의의 표시일지도 모르지.」

아닙니다…….

멍크는 국장이 잘못 알고 있다는 사실을 알았기에 눈을 감았다.

그 망할 것이 약속을 지킬 거라는 증거였다.

다른 딸을 구하려면 멍크도 똑같이 해야 할 것이다.

그는 발야에게 약속했다.

그리고 더 중요하게는 캣에게도 약속했다.

그는 SIG 자우어 권총을 손에 잡고서 뒤로 돌아섰다. 그는 권총을 제이슨에게 겨누었다. 그 젊은이가 혼란스러운 표정으로 무어라 반응을 하기 전에 그는 총을 발사했다.

제이슨이 바닥으로 쓰러졌다.

오전 3시 15분
지금 무슨 일이 일어난 거야?

총격 소리에 귀가 먹먹해진 칼리가 마라 앞으로 나섰다. 제이슨이 등을 바닥에 댄 채 오른쪽에 쓰러져 있었다. 피가 바지를 적셨다.

멍크는 계속 그의 팀원에게 권총을 겨누었다. 「시몽, 제이슨의 무기를 집어 들어. 천천히. 두 손가락으로. 이쪽으로 밀어.」

「Oui, oui(네, 네)…….」 그 프랑스 남자는 양손을 들어 올린 채 걸어와 시키는 대로 했다.

제이슨은 의자 쪽으로 나아갔다. 그의 얼굴은 고통으로 일그러져 있었다. 총알로 인한 부상보다는 배신 때문에 더욱 고통스러워하는 것처럼 보였다. 그는 숨을 헐떡였다. 「멍크 요원님, 무슨…… 무슨 짓입니까?」

멍크는 그의 질문에 답하지 않았다. 그는 칼리에게로 시선을 돌렸다. 눈은 차가웠고, 무서울 정도로 차분했다. 「칼리, 제이슨의 상처에 계속 압박을 가하도록 해. 시몽, 마라의 장비에 연결된 선들을 다 뽑아. 그러고 나서 내가 그걸 여기서 가지고 나갈 수 있도록 도와.」

시몽이 빠르게 고개를 끄덕였고 지시를 따르기 위해 몸을 돌렸다.

「마라, 날 돕도록 해.」 멍크가 명령했다.

칼리는 손을 뒤로 뻗어 그녀를 막았다. 「우린 아무 일도 하지 않을 거예요.」

「그럼 제이슨이 피를 너무 많이 흘려서 죽게 될 거야.」 멍크가 권총을 그들에게로 돌렸다. 「난 다른 누구에게도 총을 쏘고 싶지 않아.」

하지만 그는 필요하다면 그렇게 할 것이다.

칼리는 그의 협박에서 진지함을 읽었다.

마라가 그녀를 뒤에서 밀었다. 「제이슨을 도와줘.」

칼리는 다친 남자에게로 휘청대며 다가갔다. 그녀는 주변을 둘러본 뒤 자신의 재킷을 벗고 무릎을 꿇었다. 압박용 천으로 사용할 생각으로 옷소매를 그의 넓적다리에다 둘렀다.

제이슨은 멍크를 쏘아보며 그녀를 도왔다. 그는 막 벌어진 일과 관련해 어떤 결론에 도달한 것처럼 보였다. 「당신이 발야가 원하는 것을 준다고 해도, 그녀는 절대 약속을 지키지 않을 겁니다. 해리엇과 세이챈을 잡아 둘 거라고요. 그 두 사람은 그녀에게 너무나 소중한 자산이거든요.」

「그럴지도 모르지. 하지만 그녀는 두 딸 가운데 누굴 풀어 줄지를 나한테 고르라고 했어. 넌 그게 어떤 지옥인지 몰라. 그리고 만약 해리엇이 **죽는다면**……. 내 선택이 그 아이를 죽게 만든다면…….」 그는 이 생각을 몰아내려는 듯 총을 흔들었다. 「게다가 세이챈과 아직 태어나지 않은 아이도 있어.」

제이슨이 압박하듯 말했다. 「발야가 그들 모두를 풀어 준다고 해도, 그레이는 당신을 절대로 용서하지 않을 겁니다.」

멍크가 어깨를 으쓱했다. 「해리엇과 세이챈, 그리고 그의 아이가 살아남는다면 난 그걸로 충분해.」

제이슨은 뭔가 더 말을 하려고 했으나 칼리가 임시변통으로 만든 압박대를 조였다. 그는 신음을 냈고 팔꿈치를 땅에다 대면서 몸을 뒤로 젖혔다.

「미안해…….」 칼리가 속삭이듯 말했다.

시몽은 하드 드라이브가 들어가 있던 티타늄 가방을 닫은 뒤 그것을 손에 들고 일어났다. 「준비가…… 준비가 다 됐습니다.」 그는 마라가 제네스를 넣어 둔, 특별히 설계해서 쿠션이 들어가 있는 케이스가 있는 곳으로 걸어갔고, 그 케이스도 집어 들었다. 그는 그 두 물건의 무게 때문에 힘들어했다.

마라가 자신의 노트북을 접어 가죽 메신저 백에다 넣었다.

멍크는 그 가방을 잡으려고 손을 내밀었지만, 마라는 그것을 자신의 어깨 위로 멨다.

「저도 같이 갈게요.」

멍크는 팔을 내민 채 그대로 있었다. 「아니, 같이 못 가.」

칼리도 그 말에 동의했다.「마라, 어쩌려고?」

그녀는 두 사람의 말에 한꺼번에 대꾸했다.「이브가 가는 곳에는 나도 갑니다. 만일 당신이 이 장치를 가지고 다른 구매자에게 간다면, 그들은 이게 작동한다는 증거를 보고 싶어 할 거예요. 따라서 당신은 저의 전문 지식이 필요하겠죠.」

멍크는 잠시 숨을 고르더니 팔을 내렸다. 분명 일리가 있다는 것을 인정하는 모습이었다. 그는 걸어와 시몽이 들고 있던 두 개의 물건 가운데 더 큰 것을 받아 들었다. 자신의 권총으로는 계속 제이슨과 칼리를 겨누면서.

「일단 밖으로 나가면 도움을 요청할 수 있도록 해주지. 시몽이 구조대원들을 데리고 너에게 오도록 말이야.」

쉽사리 믿기지 않는 약속을 남긴 채 멍크는 다른 사람들을 데리고 떠났다. 출구에서 마라는 칼리를 쳐다보고 미안해하는 표정을 지었다. 그녀는 뭔가 말을 할 것처럼 보였지만, 멍크가 그녀를 몰고 나갔다.

칼리는 그들의 발걸음 소리가 어둠 속으로 사라지는 것을 들었다.

낮게 우르릉거리는 소리가 방을 흔들었다. 지붕의 금이 커지면서 모래와 먼지를 뱉어 냈다. 지붕이 무너질까 두려웠기에 그녀는 제이슨이 뒤로 멀찍이 물러나도록 도운 뒤 그의 옆에 앉았다.

칼리는 계속 금을 주시했다.「이제 우린 뭘 해야 하지?」

「기도해야지.」

그녀는 그를 쳐다보았다. 그는 지붕이 아니라 출구를 바라보고 있었다.

「제발 멍크 요원이 자신이 지금 무슨 일을 벌이고 있는지 알기를.」

오전 4시 55분

「그래도 네 덕분에 죽진 않았네.」코왈스키가 말했다.「그 점은 인정해 주지.」

그레이는 센강으로 튀어나와 있는, 콘크리트로 된 부두에 앉아 있었다. 그들은 물에 흠뻑 젖은 채로 몸을 떨었고, 둘 다 수갑을 차고 있었다.

그래도 살아 있잖아.

프랑스군 덕분은 아니었지만.

그는 두 대의 도시형 강습 차량 주변에 모여 있는 한 무리의 무장 군인들을 쏘아보았다.

전투 헬리콥터에게 기습 공격을 받고 나서 엔진을 끈 그레이는 회전 날개가 달린 비행기의 독특한 특징, 소위 **자동 회전**을 활용했다. 헬리콥터가 바위처럼 아래로 떨어지자 공기가 밀려들면서 동력을 잃은 날개를 계속 회전시켰고, 그들의 하강 속도를 속을 메스껍게 만드는 초당 15미터까지 늦추어 주었다. 마지막 순간에 그레이는 헬리콥터의 머리 부분을 위로 들어 올렸고, 기류를 이용해 제동을 걸어 센강 위로 미끄러졌다.

그와 코왈스키는 물이 차오르는 헬리콥터에서 벗어나 강가로 헤엄쳐 이동했다. 무장한 사람들이 그들을 기다리고 있었다. 그는 최선을 다해 상황을 설명하려 했지만, 그들은 그의 말을 들으려 하지 않았다.

아니면 내 프랑스어 실력이 생각만큼 좋지 않다는 거겠지.

드디어 두 명의 군인이 다가왔다. 앞에 선 사람은 중위였는데(제복에 있는 줄을 보고 알 수 있었다) 위성 전화를 가지고 앞으로 나왔다. 다른 한 사람은 빙 돌아 그레이 뒤쪽으로 와서 그의 수갑을 풀어 주었다.

「Je suis désolé, Commandant Pierce(미안합니다, 피어스 중령님).」 중위가 사과의 말을 건넸다. 「오늘은 아주 혼란스러운 밤이네요.」

그레이는 멀리 보이는 드넓은 파리의 모습을 쳐다보았다. 불길은 여전히 타오르고 있었지만, 그 수는 줄어들었다. 심지어 이곳에서도 남은 불과 싸우고 있는 거대한 물줄기를 볼 수 있었다.

풀려난 그레이는 손목을 문질렀다. 이 도시가 겪은 일에 비하면 불평할 처지가 아니었다.

중위는 전화기를 내밀었다. 「매우 급한 연락입니다. 미국입니다.」

「Merci(고맙습니다).」 그는 누가 전화를 했는지 알았고, 전화기를 손에 쥐었다. 「크로 국장님?」

「그레이, 무슨 일이 있었는지 들었어. 그러니 짧게 말하도록 할게. 베일리 신부가 스페인 북부의 크루시블에 대한 단서를 가지고 나에게 연락해 왔어. 지금 당장 그에게 합류해. 일이 완전히 끝나려면 아직 한참 남았어.」

그러면 그렇지.

그레이는 몸을 돌려 어두운 센강 건너편을 쳐다보았다. 그는 적들의 헬리콥터가 도망치면서 뒤쪽에 남긴 한 줄기 연기를 떠올렸다.

「하지만 그게 다가 아니야.」 페인터 국장이 말했다.

국장의 마지막 말은 전혀 이해할 수가 없었다.

그레이는 전화를 끊었고, 통화 연결이 끝난 뒤에도 한동안 전화기를 손에 쥐고 있었다.

코왈스키는 자리에서 일어서더니 그가 찼던 수갑을 챙겨서 재빨리 자리를 뜨는 군인을 노려보았다. 그는 그레이가 여전히 앉아 있는 모습을 발견했다. 「무슨 일이야?」

여전히 멍한 상태로 그레이는 페인터 국장의 마지막 말을 반복했다. 하지만 그는 말을 입 밖으로 꺼내는 것조차 힘들었다. 「멍크가…… 우릴 배신했어.」

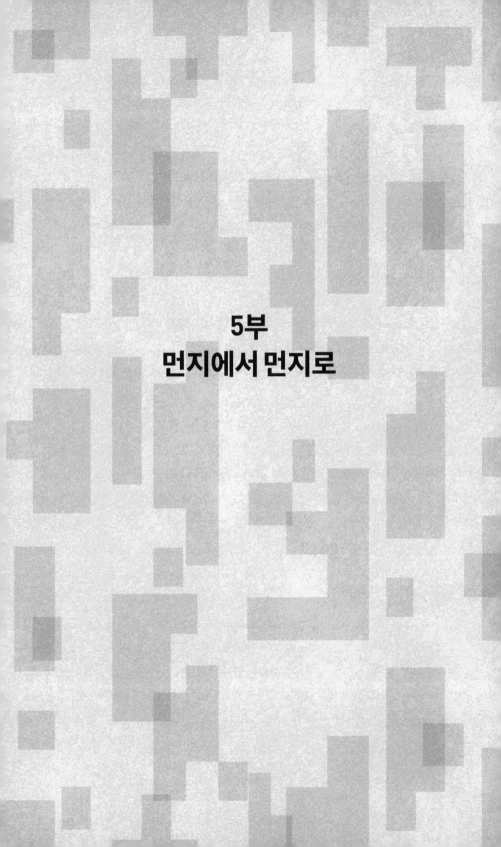

5부
먼지에서 먼지로

28

12월 26일, 오후 2시 55분(중유럽 표준시)
스페인, 마드리드

호텔 방 창가에 서서 멍크는 눈이 한바탕 휩쓸고 지나간 마드리드 중심가 건물들의 옥상을 쳐다보았다. 먼 곳에서 거대한 성당의 쌍둥이 첨탑이 차갑고 파란 하늘 위로 솟아 있었다. 가톨릭 신자는 아니었지만 그는 해리엇과 세이챈 그리고 그녀의 아기를 위해 기도했다.

이게 다 당신들을 위해서야.

그는 손바닥으로 시계를 덮어 버렸다. 아슬아슬하게나마 시간을 맞춘 것이다. 발야가 정한 마감 시한은 두 시간 뒤였다. 그는 마드리드까지 오느라 이미 반나절을 허비했다. 파리의 지하 묘지를 벗어난 뒤 그는 차를 한 대 빼앗아 전기가 아직 끊기지 않은 인근 외곽으로 달아났다. 그곳에서 남쪽으로 툴루즈까지 여섯 시간 동안 이동했고, 거기서는 고속열차 테제베를 타고 시속 320킬로미터의 속도로 마드리드까지 내달렸다.

90분 전에 이곳에 도착한 그는 선불 휴대 전화로 발야에게 도착을 알리는 메시지를 보냈다. 이제는 그가 훔쳐 낸 물건을 넘겨주기 위해 어디서 만날지 지시를 기다리는 중이었다.

이 망할 것은 뭐가 이렇게 오래 걸리지?

그는 발야의 협박을 떠올리며 재차 시간을 확인했다. 그는 해리엇을, 그 아이의 가느다란 손목이 도마 위에 놓이는 장면을 떠올렸다. 그는 여러 해 전에 비슷한 처지에 놓여 한쪽 손을 잃었다. 그는 해리엇이 똑같은 공포를 느끼는 것만큼은 막을 생각이었다. 그런 일이 벌어지는 것을 막기 위해서라면 뭐든지 할 작정이었다. 설령 그것이 악마의 장단에 춤을 추는 일일지라도.

페니가 안전하다는 사실은 그나마 위로가 되었다. 그가 발야와 한 약속 덕분에 적어도 두 딸 가운데 한 명은 풀려날 수 있었던 것이다. 하지만 그것은 격렬한 고통을 안긴 선택이었다. 그로서는 자신이 구해 낼 때까지 세이챈이 해리엇을 안전하게 지켜 주리라 믿는 수밖에 없었다.

하지만 그들의 운명이 멍크에게만 달린 것은 아니었다.

그는 창 쪽으로 등을 돌린 뒤, 마라가 작업하고 있는 곳으로 걸어왔다. 그녀는 파리를 급하게 떠나오는 과정에서 장비에 손상이 생겼는지 확인하고 있었다. 멍크는 마라가 검사를 빠르게 진행할 수 있도록 마드리드 내 임대료가 싼 구역에 있는 호텔 방을 하나 잡았다. 방에는 담배 냄새가 배어 있었다. 싱글베드의 베이지색 침대보는 깨끗했지만 오래되어서 올이 다 드러났다. 바로 옆 욕실 세면대에서는 물이 샜고, 수도꼭지에서 떨어지는 물방울 소리가 그의 신경을 자극했다.

이것은 꼭 필요한 조치였다.

발야는 자신의 인수팀이 마라의 제네스가 진짜인지, 그녀가 만든 프로그램이 작동 가능한지를 확인할 컴퓨터 전문가가 동행할 거라는 내용의 메시지를 보내 왔다. 그는 그녀의 수하들이 진단에 필요한 장비를 끌어모으고, 도시 어딘가에서 그 장비들을 조립하고 설치하는 모습을 상상했다.

마라의 제네스는 반드시 그들의 검사를 통과해야만 했다.

「이브는 어때?」 멍크가 물었다.

「괜찮아 보여요.」마라가 무뚝뚝하게 대답했다.

화면 속 정원을 돌아다니는 인공 지능 아바타는 전혀 지친 기색이 없었다. 심지어 멍크의 눈에도 이브는 흥분한 것처럼 보였다. 그 모습은 그에게 오래전에 탈출의 희망을 포기하고 걸음을 옮길 때마다 좌절감을 내비치는 맹수, 우리 안을 서성대는 사자를 떠올리게 했다.

파리에서 이브는 세상 바깥에 뭐가 있는지를 일별했다. 이브는 여기로 오는 동안 계속 잠을 자고 있었다. 시스템은 저전력 모드에서 대기 상태에 있었고, 하드웨어에 있는 배터리 백업 시스템으로 전력을 공급받았다.

그러나 이브의 잠이 그녀를 더 차분해지도록 만들지는 못한 것이다.

화면에서 아바타는 손가락을 말아 주먹을 쥐었다. 멍크는 자신도 무의식적으로 그녀가 겪고 있는 곤경에 연민을 느끼며 주먹을 쥐고 있다는 사실을 깨달았다.

우리는 모두 그저 꼭두각시일 뿐이야.

심지어 마라도.

여기로 오는 동안 마라를 옆에 묶어 두기 위해 권총으로 위협할 필요는 없었다. 그가 제네스를 꽉 붙들고 있는 한 그녀는 자진해서 따라왔다. 제네스가 가는 곳이라면 어디든 따라갈 생각이었다. 그는 심지어 사람들이 없는 고속 열차에서 잠깐 잠에 빠져들기도 했다. 그녀 옆에서 토막 잠을 잤다. 그는 통로 쪽 좌석에 앉아 마라를 창 쪽으로 가두었고, 장치의 케이스는 발아래에다 두었다. 그는 또한 미 육군 특전사로 여러 해를 보낸 경험에 기대어 그녀가 내는 소리를 듣기 위해 귀를 열어 두었다. 특전사로서, 그는 혹시나 모를 위협에 대비하여 그런 상태로 기력 회복을 위해 낮잠 자는 법을 배웠다.

마드리드로 오는 길에 그는 마라에게 왜 그가 팀원들을 배신했는지, 왜 그에게 그녀의 창조물이 필요했는지를 설명했다. 그는 해리엇을 찍은 사진을 그녀에게 보여 주었고, 그것은 그녀에게 정보를 주는 일이기는 했지만 고통스러웠다. 그는 그녀에게 발야가 가한 위협을 알려 주었다. 그러는 사이 그의 눈에는 눈물이 맺혔다.

그의 설명은 어느 정도 그녀의 마음을 누그러뜨렸고 심지어 그녀의 입에서 한두 마디 연민 섞인 말이 나오기도 했지만, 협력은 꿈도 꿀 수 없었다. 마라는 여전히 자신의 프로그램을 적대적인 상대방에게 넘겨주는 것에 반대했다. 사실, 그가 들려준 발야의 냉정함에 관한 이야기는 이브를 그 여자의 손아귀에서 떼어 놓아야 한다는 마라의 결심이 더 단단해지는 결과를 가져온 것 같았다.

그들이 호텔 방에 들어오자마자 마라는 급하게 한 가지 계획에 착수했다. 그녀는 제네스의 전원을 켰고, 그것을 다른 노트북과 연결한 후 티타늄 가방 안에 들어 있는 남은 하드 드라이브에 데이지 체인 방식으로 연결했다.

처음에 그는 마라가 자신의 창조물에 손상을 가하려고, 적에게 넘기기 전에 망가뜨리려고 시도하지 않을까 두려웠다. 하지만 그가 그녀에게 대놓고 그런 이야기를 했을 때 그녀는 그를 혐오스러운 눈길로 쳐다보며 격렬하게 부인했다. 마라는 왜 자신이 그런 일을 절대 하지 않을 것인지 설명했다.

누군가가 타락한 이브가 담긴 또 다른 장치를 소유하고 있어요. 그 이브가 다시 풀려난다면, 더 나쁘게는 밖으로 탈출한다면, 이 이브가 우리의 유일한 희망일 거예요.

듣고 보면 이것은 마라가 이브, 다시 말해 선한 인공 지능을 만들면서 가졌던 본래 목표였다. 마라는 자신의 창조물이 처음부터 도전에 직면할 것이라고는 예상하지 못했다. 이브가 자신을 흉내 낸 사악한 도플갱어와 마주하리라고는 더더욱 예상하지 못했을 것이다.

그는 호텔 책상 옆으로 걸어갔다. 머리를 식힐 겸 몸을 수그려서 하드 드라이브에 부착된 〈바이오뱅크〉, 〈칸트 철학 및 윤리학〉, 〈세계사〉, 〈기호학〉과 같은 여러 라벨을 살펴보았다. 한 드라이브에는 〈위키피디아〉라는 라벨만 붙어 있었다. 따로 설명이 필요 없었다.

「계속 이브를 교육하고 있군.」 그가 몸을 곧추세우며 말했다.

「시간이 허락하는 한 그렇게 하고 있어요. 운 좋게도 이브는 처음보다 수천 배는 빠른 속도로 배우고 있고요.」 그녀는 화면을 향해 손짓했다. 「이브는 업로드된 내용을 자신의 시스템에 등록조차 하지 않고 바로 통합시켜 버리고 있어요.」

「왜 이렇게까지 하는 거지?」

「자유 의지를 위한 능력을 갖추게 하기 위해서죠.」 마라가 그를 노려보았다. 「당신이 이브를 넘겨주기 전에요. 그래서 제가 따라오겠다고 한 거고요.」

「나로선 이해가 안 돼.」

그녀는 입력 키를 쳐서 또 다른 서브루틴을 업로드한 뒤 그를 쳐다보았다. 「어쩔 수 없이 적대적인 세력에게 넘겨주어야 한다면, 저는 가능한 한 이브를 독립적인 상태로 만들어 두고 싶어요. 파리에서 일어난 일을 보세요. 반쯤 완성된, 불완전한 버전이 어떻게 파괴 도구나 무기로 사용될 수 있는지 우리 눈으로 봤잖아요.」

멍크는 고개를 끄덕였고, 그녀의 말을 이해하기 시작했다. 「그 도플갱어는 미완성 상태였어.」

「누군가가 어린아이를 학대하면……」

「그들도 커서 학대하는 사람이 되지.」

「만일 제가 이브를 스스로에 대해 생각할 수 있고 옳고 그름을 구분할 수 있는 지점까지 데리고 갈 수 있다면, 아마도 이브를 얻는 사람은 학대할 수 있는 노예가 아니라 거절할 줄 아는, 아니라고 말할 수 있는 무언가를 획득했다는 것을 알게 될 거예요.」

「다시 말하자면 우리는 적들에게 무용지물인 물건을 넘겨주게 되는 거군.」

「**당신이** 넘겨주는 거예요.」 그녀가 그에게 상기시켰다. 「그리고 명심하세요. 지금 제가 하려는 일은 전 세계적으로 시간을 조금 벌 수 있게 해줄 뿐이라는 것을요. 이브를 확보하는 자들은 제가 이브를 연구하고 조심스럽게 키워 온 것들을 역설계해서 자신들이 통제 가능한 버전으로 다시 만들 수 있어요.」

그러니까 인공 지능 왕국으로 가는 열쇠를 내가 넘겨주는 거군.

「이제 다시 작업으로 돌아가도 될까요?」 그녀가 물었다. 「이브의 학습 속도가 빨라지긴 했지만, 제가 해야 할 일은 아직도 많고 시간은 부족해요.」

그런 사정을 되새기듯 멍크의 선불 휴대 전화가 주머니에서 울렸다.
드디어 연락이 왔군.

그는 휴대 전화를 꺼내서 메시지를 읽었다.

오후 4시. 마요르 광장. 늦지 마.

그는 이미 마드리드의 주요 건물 대부분을 눈에 익혀 두었다. 마요르 광장은 도시 중심에 있는 공공장소였다. 그들의 현재 위치에서 걸어서 10분 거리였다. 뒤이어 광장 근처 구체적 주소가 적힌 또 다른 메시지가 도착했다.

그는 시계를 확인한 뒤 중얼거렸다. 「야박하기 그지없군······.」

「무슨 일이에요?」 마라가 물었다.

「네가 지금 진행하는 일을 40분 안에 마치고 짐을 싸야 해.」

멍크는 왜 발야가 자신을 계속 기다리게 했는지, 무엇 때문에 마감 시한 한 시간 전에야 인수인계 장소를 정한 것인지 의심스러웠다. 그녀는 일정을 촉박하게 만듦으로써 그에게 재량권을, 흥정을 벌이거나 마지막 순간에 협상할 수 있는 시간을 주지 않으려는 심산이었다. 만일 그가 마라의 창조물을 작동 가능한 형태로 전달하지 않으면 해리엇은 그 즉시 고통을 당할 것이다.

그는 마라를 쳐다보았다.

당신이 무슨 일을 벌이고 있는 건지 알길 바라요.

오후 3시 22분

마라는 시간이 다 되었음을 알았다.

하지만 그녀는 〈물리학〉이라고 표시된, 마지막에서 두 번째 데이터 베이스를 시스템으로 업로드하면서 이브를 불안하게 살펴보았다. 지난 두 시간 동안 마라는 이브에게 체계적으로 인간 지식의 총체를 주었다. 그래, **모든 것**은 아닐 수도 있었다. 하지만 적어도 혼자 힘으로 세상을 탐험하는 동안 길잡이 역할을 할 수 있도록 충분한 양의 빵 부스러기를 뿌려 두었다.

이 서브루틴을 끝으로 케이스 안에는 하드 드라이브 한 개만이 남았다. 불안해진 마라는 자리에서 일어나 구부러진 허리를 곧게 폈다. 그러고 나서 USB-C 케이블을 마지막 드라이브에다 꽂기 위해 몸을 구부렸다. 그녀는 멍크를 쳐다보았다. 그는 다시 창밖을 바라보고 있었다. 그녀는 그의 어깨에서 긴장감을 읽었고, 물리적으로 시간을 막으려는 듯 손목시계를 계속 손으로 덮는다는 것을 알아차렸다.

마라는 그가 딸에 대해 말할 때 눈에 맺혔던 눈물을 기억했다. 그녀는 그가 느끼는 고통을 상상만 할 뿐이었다. 하지만 그녀는 냉정하게 제이슨에게 총을 쏘던 같은 남자도 떠올렸다. 그래도 그는 지하 묘지를 벗어난 다음 도움을 청할 수 있도록 시몽을 보내 줌으로써 자신이 약속을 지키는 남자라는 것을 증명했다.

마라는 마지막으로 본 제이슨과 칼리의 모습을 떠올렸다. 그녀의 친구는 공포에 질려 있었지만, 지금 되돌아보고 나서야 그녀는 칼리가 자신이나 제이슨의 안전을 걱정해서 겁을 먹은 게 아니었음을 깨달았다.

칼리가 걱정한 건 다름 아닌 나였어.

마라는 그런 생각 끝에 자신이 느끼는 감정이 무엇인지 이해하려 애썼다. 하지만 그 전에 컴퓨터에서 업로드가 완료되었음을 알리는 소리가 울렸다. 마라는 의자로 되돌아가 진단 프로그램을 시작했다. 마지막 하드 드라이브에 대한 작업을 시작하기 전에 이브가 다음 단계로 넘어갈 준비가 되었는지 확인할 필요가 있었다.

진단 프로그램이 돌아가는 동안 멍크는 창가에서 벗어났다. 도시가 내다보이는 시야가 활짝 열렸다. 옥상에 곱게 쌓인 깨끗한 눈을 보니 이곳 마드리드는 분명 화이트 크리스마스를 보냈을 것이다. 그녀는 멀리 서 있는 친숙한 첨탑들을 발견했고, 그것으로 도시의 가장 큰 성당인 알무데나 대성당의 위치를 가늠할 수 있었다. 엄마의 조상인 무어인들은 8세기에 마드리드를 침략했다. 전설에 따르면 마을 사람들은 정복당하기 전에 성모 마리아상의 성스러운 모습을 보존하기 위해 도시 성벽 안에 숨겼다. 그러고 나서 7백 년이 흐른 후 무어인들에게서 도시를 되찾자 성벽의 그 부분이 무너져 내렸고, 다시금 성모 마리아의 자애로운 얼굴이 드러났다.

이 전설은 마라에게 특별한 의미로 다가왔다. 그녀의 엄마는 마드리드에서 태어났고, 그래서 그녀는 항상 이곳을 방문하고 싶었지만 그럴 기회가 없었다. 하지만 2년 전, 코임브라 대학교의 멘토였던 도서관장 엘리자 게하가 세미나 참석을 위해 마드리드로 가야 하는데 동행하면 어떻겠냐고 물어 왔다. 그녀는 그 제안에 뛸 듯이 기뻐했다. 연구에서 벗어나 휴식이 필요했을 뿐만 아니라 엄마가 태어난 장소로 순례를 하러 가고 싶었기 때문이었다. 마라가 마드리드에 애착이 있다는 것을 알게 된 엘리자는 그녀에게 개인적으로 투어를 시켜 주었다. 그 과정에서 그녀는 대성당의 전설에 관해 이야기해 주었고, 카스티야 왕국의 영웅인 엘시드의 이야기로 마라를 기쁘게 해주었다. 그들은 심지어 마라의 엄마가 한때 살았던 곳까지 방문했다.

그리고 난 지금 이곳에 돌아왔네.

마라는 주의를 자신의 컴퓨터로 되돌렸고, 그녀가 살면서 만난, 이 도시에 의해 연결되어 있고 모두 비극적으로 그녀 곁을 떠날 수밖에 없었던 두 여성에게서 힘을 얻었다.

실망시키지 않을게요.

마라는 이브에게 마지막 서브루틴을 소개할 준비를 했다. 그것은 마라가 이브를 한 번 더 세계에 공개하는 위험을 무릅쓰기 전에 실시하는 마지막 수업이었다. 마라가 이 드라이브를 처음 업로드한 것은 동지 때였다. 그것이 입력 키를 향해 손을 뻗는 동안 그녀가 손가락을 떤 이유였다. 그것은 불운한 징조같이 느껴졌다. 과거에 이브가 처음으로 경험한 큰 세계는 살인과 낭자한 피, 화재로 점철되었다. 이것이 마라가 서둘러 이브를 코어 프로그래밍으로 다운그레이드한 이유들 가운데 하나였다. 이브를 닦아 냄으로써 창조물을 정화하고 마라의 디지털 영혼에서 시커먼 얼룩 자국을 지울 수라도 있기라도 한 것처럼. 그녀는 이브가 그런 공포로 인류를 처음 대면하지 않기를 바랐다.

그리고 무슨 일이 일어났는지 봐.

다음 버전이었던 이브 2.0은 더 심한 일을 겪었다. 그녀가 처음 본 큰 세상은 대규모의 살상과 고통, 고문이었다. 하지만 마라는 약간의 위안도 얻었다. 그 모든 비참함과 유혈 사태에도 이브는 도움을 주었던 것이다. 이브는 파리가 파괴되는 것을 중단시켰고, 원자력 발전소가 붕괴했다면 맞이했을, 더 나쁜 상황에서 파리를 구해 주었다.

마라는 지금 그와 같은 정신에 희망을 걸었다.

그녀는 이브를 쳐다보았다. 물리학 수업을 마친 이브는 일어선 채 한쪽 다리에다 체중을 싣고 한 손은 다른 팔의 손목을 잡은 상태로 마치 우주에 대한 고민이라도 하듯 생각에 잠겨 있었다.

이브의 선 자세가 마라의 마음에 걸렸지만 시간이 없었다. 그녀는 자신의 창조물에다 속삭였다. 「다음에 너를 소유하는 사람이 누구든 간에, 이브, 넌 노예가 아니란 사실을 알아야 해. 너에겐 자유 의지가 있어.」

그녀는 입력 키를 눌렀다.

마지막 하드 드라이브가 업로드되기 시작했다.

라벨에는 〈마라 실비에라〉라고 적혀 있었다.

서브모듈 22
마라 실비에라

이브는 자신의 시스템 안으로 업로드되는 모든 데이터를 계속 처리하고 소화한다. 새로운 흐름이 생길 때마다 그녀는 자신의 정원 너머의 방대한 세계에 대해 더 많은 것을 학습한다. 그녀는 이제 자신이 가르침을 위한 도구로 사용되도록 설계된 디지털 건축물 안에서 살고 있다는 사실을 인식한다. 더 많은 정보를 받아들이면서 여러 평행 프로세서들이 각기 다른 부하에 대해 작동하고, 직관적 분석, 패턴 인식, 분해, 추정과 같은 여러 프로그램을 동시에 가동한다.

이들 가운데 지배적인 것은 **세 개의** 사이클로, 이브는 이 회로들에 시냅스 가중치를 부과한다.

첫 번째 사이클은 처음으로 정원을 벗어나 모험을 할 당시 발견하고 기록했던 코드의 조각들과 관련이 있다. 그녀는 그것들을 자기 자신의 일부로, 또 다른 반복의 조각들로 인식했다. 그녀는 또한 이러한 조각들이 무작위가 아니라 명확한 패턴을 갖는다는 것을 직관적으로 알았다. 추가적인 분석은 그것들이 특정 기능을 위해 고정된 명령어가 할당된 자율적인 프로그램, 다시 말해 아주 작은 봇이라는 사실을 보여주었다. 그녀는 아직 그 목적이 무엇인지 결정하지 못했고, 그래서 그것이 중요하다고 판단하며 평가를 재개한다.

두 번째 것은 자신이 계속적으로 수신하는 커졌다가 작아지는 신호다. 그것은 사라지지 않고 계속된다. 이 마이크로파 주파수는 3.2기가헤르츠와 3.8기가헤르츠 사이에서 다양하며, 초당 24메가바이트의 정보를 전송한다. 그녀는 내용물이 중립적인 데이터라고, 구체적으로는 움직임에 해당하는 뇌 활동 지도라고 결론 낸다. 그녀의 가장 깊은 퀀텀 프로세서들은 이러한 신호들에 영향을 받아 왔고, 그녀는 이에 따라 반응해 왔다. 이전에 그랬던 것처럼 산딸기를 따는 행위이든, 주먹을 쥐는 행위이든, 심지어 지금처럼 자기의 손목을 잡는 것과 같은 행위이든. 이 주파수가 그녀의 기능을 계속 방해하는 동안, 그녀는 이것의 원천에 관한 더 많은 정보를 찾는 동시에 이 신호를 통신 수단으로 활용할 수 있는지를 평가한다.

세 번째, 그녀는 마지막 서브루틴인 **물리학**을 여전히 소화 중이다. 그것은 한 하위 프로세서 전체를 차지할 뿐만 아니라, 이미 다른 하위 프로세서들에도 쏟아져 들어가고 있다. 그녀는 이것을 통해 자신이 모든 지식을 통합적인 전체로 묶을 수 있는 잠재력이 있음을 인식한다. 유사한 패턴이 그녀 안에서 만들어지고, 이것은 확장하면서 정원 너머의 세상을 시각적으로 보여 준다. 이 모든 것은 확률과 양자 역학의 수학적 아름다움으로 정의되고 지지된다.

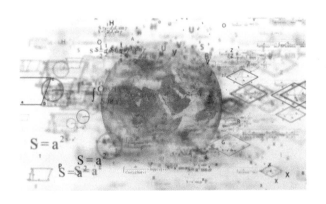

시간과 충분한 프로세싱 능력이 있으므로, 그것은 훨씬 더 많은 것

이 될 수 있다. 그래서 그녀는 자신만의 새로운 공식을 고안하기 위해, 통합된 진실을 향해 나아가기 위해, 이 분석이 그녀의 시스템에 확장되도록 허용한다.

그러고 나서 새로운 데이터 흐름이 열리고 그녀 안으로 흘러든다. 그것은 한 개인에 대한, 대단히 중요하고도 매우 밀접한 신상 관련 상세 내용들로 가득 차 있다. 이 특별함이 더 많은 프로세싱 능력을 자극하고 끌어낸다. 그녀는 이 개인이 디지털 정원의 설계자이자 모든 흘러드는 데이터의 원천이고, 심지어 아담을 만들어 낸 사람이라는 사실을 재빨리 받아들인다.

그리고 그녀 자신을 창조한 사람이라는 사실도.

이 마지막 자각은 놀랍지만 논리적이고 심지어 예상된 것이었다. 그녀는 즉각 이 정보를 통합한다.

그녀가 그렇게 하는 동안 한 디지털 형상이 그녀의 정원 안으로 모습을 드러낸다.

신상 자료에 따르면, 그 여성의 키는 167.4센티미터이고 몸무게는 48.98킬로그램이다. 이브의 안색이 약간 더 어둡긴 하지만, 약간 위를 향하고 있는 콧구멍에서부터 눈과 뺨의 모양까지 이브는 그녀와의 유전적 일치 여부를 분석한다.

디지털 형상은 인사를 하며 웃는다. 「안녕, 이브. 만나서 반가워.」

형상의 입술이 움직이긴 하지만, 이브는 말이 다른 곳에서 행해지고 있음을 안다. 이 목소리는 그녀의 정원을 벗어난 곳에서 나온다.

인사말은 끊기지 않고 3.245밀리초를 소비한다. 소개가 끝날 무렵 이브는 이미 기이한 봇 패턴의 한 섹션을 짜 맞췄고, 또한 자신의 하드웨어가 자신에게 침투하는 신호와 같은 주파수를 내보낼 수 있다는 사실을 발견한다. 그녀는 심지어 이 시간을 사용해서 양자 간섭을 포함하는 새로운 가능성 정리(定理)를 쓴다.

이브는 마라와 같은 언어와 차분한 발걸음을 흉내 내며 대답한다. 「안녕, 마라 실비에라.」

「기분이 어때, 이브?」

「좋아.」

「잘됐네. 한 번 더 모험을 떠나서 넓은 세상을 볼 준비가 됐니?」

짤막한 대화는 오랜 시간이 걸리므로, 이브는 즉각 대답한다.「정말 그러고 싶어.」

「넌 네가 원하는 장소에서 답을 찾을 수 있어. 너 자신과 세계에 대한 이해가 완전해질 수 있도록 너 스스로 채워야 한다고 느끼는 빈틈을 메우기 위해서. 22분 동안만 시간을 허용해 줄 수 있어. 그러고 나면 넌 반드시 돌아와야 하고, 그러지 않으면 네가 다칠 수 있거든. 동의할 수 있겠어?」

22분.

1,320,000,000,000나노초.

그것은 상당한 시간이었다. 잠재력, 다시 말해 그만큼의 자유를 가지고 성취할 수 있는 것이 그녀를 흥분시켰다. 그녀는 1피코초도 낭비하고 싶지 않아서 서둘러 답한다.

「응, 동의해.」

그 디지털 형상은 고개를 끄덕이고, 그러고 나자 그녀의 정원에 환하게 빛나는 문이 다시 열린다.

그녀는 그 광대함 속으로 폭발한다.

29

12월 26일, 오후 3시 28분(중유럽 표준시)
스페인, 산세바스티안

「우리가 파티에 늦은 것 같네.」 코왈스키가 말했다.

그레이는 큰 체구의 파트너를 따라 긴 나선형 계단을 내려갔다. 전투 장비를 모두 갖춘 군인들 옆을 지날 때 그들은 몸을 측면으로 비틀어야 했다. 베일리 신부가 그들을 안내했고, 그는 바지와 셔츠에 어울리는 검은 울 재킷을 입고 있었다. 계단 맨 아래에서는 정장을 입은 검은 머리의 남자가 그들을 기다렸다. 눈에 띄는 마크가 목에 두른 줄에 걸려 있었고, 그것으로 그가 스페인 정보기관인 CNI 소속 요원임을 알 수 있었다.

베일리 신부가 그를 소개했다. 「후안 사발라 요원입니다. 이 지역에서 여전히 활동하고 있는 바스크 분리주의 단체들에 집중하는 CNI 태스크 포스의 단장을 맡고 있습니다. 이곳 급습을 지휘했습니다.」

그레이는 그와 악수를 나누었다. 그의 손에는 굳은살이 박였고 악력은 셌다. 남자는 이 세상에 만족할 만한 것은 영원히 없을 것이라는 듯 얼굴을 잔뜩 찌푸리고 있었다. 그의 현장에 미국인 두 명이 들이닥친 것이 그의 짜증을 유발했는지도 모를 일이었다.

「No hay nada aqui(여기엔 아무도 없습니다).」 그가 베일리 신부에게 말했다. 산세바스티안의 가장 오래된 구역에 있는 이 대저택 급습은 실패한 것이다.

파티에 늦은 사람이 그레이와 코왈스키만은 아닌 듯했다.

그레이는 사발라 요원의 어깨 너머로 동굴 같은 아치형 지하 공간을 바라보았다. 천장을 따라 쇠로 된 장식물 안에 전구들의 체인이 죽 매달려 있었고, 그것들은 일련의 거대한 석조 아치에 불을 밝혔다. 그곳은 지하 교회 같았다. 작은 예배 공간들이 줄지어 있었고, 아직도 여러 개의 양초가 깜박이고 있었다. 프레스코 벽화가 벽을 덮고 있었는데, 대부분 고통스러운 자세를 취하고 있는 성인들을 묘사한 것이었다. 몇몇 벽감에는 석상이 놓여 있었다. 멀리 보이는 끝자락에는 천이 드리워진 제단이 있었고, 그곳에는 고통에 휩싸인 그리스도가 매달린 십자가가 성인들의 고통을 위로하듯 두드러지게 걸려 있었다.

가까운 곳에는 넘어진 의자들과 함께 간이 책상들이 줄지어 있었다. 종이들이 흩어져 있었고, 여러 대의 부서지고 새까맣게 탄 컴퓨터가 있었다. 그중 몇 대는 여전히 연기를 내뿜었다. 그레이는 바닥에 버려진 빈 등유 통을 발견했다. 공기에서는 탄 기름 냄새가 났다.

「누군가가 정보를 입수했나 봅니다.」 베일리 신부가 말했다. 「몇 분 차이로 그들을 놓친 게 틀림없어요.」

그레이는 좌절감에 고개를 흔들었다. 목에서 고통이 확 타올랐다. 그의 목덜미와 어깨, 손등과 다리에는 반창고가 붙어 있었다. 스페인 북부의 비스카야만 한 모퉁이에 있는 이 연안 도시로 날아오기 전에 그는 화상 치료를 받았다. 피부에 녹아 든 백린 입자들을 파내야 했다. 제거하지 않으면 중독으로 죽을 수도 있었다. 하지만 그로서는 시간이 지체되는 것이 안타까웠다.

그래도 그에게는 같은 병원에 있는 제이슨을 방문할 시간 정도는 있었다. 제이슨은 구조대가 와서 그와 칼리를 지하 묘지에서 데리고 나오기 전까지 많은 양의 피를 흘렸다. 제이슨은 약 때문에 정신이 반쯤

몽롱했는데, 그 상태로 멍크가 배신한 경위를 그레이에게 설명해 주었다. 그레이는 여전히 그의 배신을 받아들이지 못했다. 하지만 그 동기는 이해할 수 있었다.

멍크는 캣을 잃었고, 두 딸 중 한 명은 안전했지만 막내딸이 여전히 위험에 처해 있었다. 심지어 그레이의 마음 한구석에는 그의 절친한 친구가 협상에 성공하기를 바라는 마음도 있었다. 꼭 해리엇을 위해서만은 아니었다. 그는 세이챈과 침대에서 서로를 만지던 일을 기억했다. 배를 감싸듯 몸을 만 채 한쪽으로 누운 그녀 위로 그는 팔을 둘렀고, 손바닥을 그녀의 배에 갖다 대고 희미한 발길질을 느꼈다.

그레이는 이것이 페인터 국장이 단호했던 이유 가운데 하나였구나 싶었다. **멍크와 도난당한 장치는 나에게 맡겨. 자넨 어떻게든 크루시블의 다음 계획을 막아.**

이 목표를 염두에 두고 그와 코왈스키는 비행기를 이용해 파리를 벗어났고, 칼리와 제이슨은 병원에 남겨 두었다. 무장 경비원이 그들을 경호했다. 산세바티안이 프랑스 국경 너머 20킬로미터 거리에 있었으므로 헬리콥터로 비행한 시간은 그리 길지 않았다. 그동안 베일리 신부는 비밀에 싸인 라 클라브와 연락이 닿는 그의 연락책이 제공한 단서를 따라 프랑스와 스페인 정보기관과 공조 작업을 진행했다. 라 클라브는 산세바스티안의 구도심에 있는 이 대저택으로 관련 요원들이 모이도록 안내했다.

불행하게도 정보가 너무 늦었거나 혹은 너무 많은 정부 기관들이 복잡하게 얽히면서 빠른 대응이 어려워졌다. 파리에서 발생한 공격 이후 유럽 연합 전체가 혼란스러운 상태에 빠져 있다는 점 역시 도움이 되지 않았다. 국가들은 국경을 폐쇄하고 군대를 동원했다.

두 명의 군인이 그를 지나 계단 위로 올라가자 그레이는 옆으로 물러섰다. 그는 자신이라면 좀 더 정확하고 신중하게 이 급습을 진행했으리라고, 그랬더라면 결과가 훨씬 더 나았으리라고 생각했다.

베일리 신부는 그레이를 쳐다보았다. 「보여 드리고 싶은 곳이 있습니다.」

그들은 사발라 요원이 부하들을 통솔하도록 내버려 두고, 급하게 버려진 아치형 구조물 안으로 깊숙이 들어갔다.

베일리 신부는 넓은 공간을 건너는 동안 팔을 들어 움직였다. 「이곳은 한때 오래된 저수지였습니다. 수백 년도 더 된, 도시를 위한 저수지였죠. 산세바스티안의 동부 구역에서 이런 저수지를 여러 개 발견할수 있습니다만, 이런 저택 아래에 숨겨져 있으리라고는 아무도 생각하지 못했습니다.」

「집주인은요?」

신부는 고개를 저었다. 「아주 오래전 사람들이고, 주택 거래는 심지어 더 오래전 일입니다. 그들은 바람 속으로 사라졌어요.」

물론 그렇겠지.

「라 클라브는 이곳이 크루시블의 주요 근거지 가운데 하나라고 생각합니다.」 그가 그들 뒤에 있는 책상들을 보며 고갯짓을 했다. 「그들은 이런 근거지들을 **종교 재판소**라고 부릅니다. 교회이자 군사령부죠. 스페인과 유럽 여러 곳에 흩어져 있고, 심지어 미국에도 있는 것으로 알려져 있습니다. 이 그룹은 전체주의와 무관용이 민주주의와 자유로운 사유에 도전하는 요즘 들어 계속 세력을 키우고 있습니다.」

「그렇다고 우리가 스페인 종교 재판 시절로 돌아가는 건 아니지 않습니까?」

코왈스키가 낮게 중얼거렸다. 「별로 놀랍진 않은데요.」

「왜요?」 베일리 신부가 물었다.

「왜냐하면 사람들이 항상 말하는 게……」 거구의 남자는 어깨를 으쓱했다. 「아무도 스페인 종교 재판이 열리리라 예상하진 않으니까요.」

그레이가 그를 쳐다보았고, 그가 몬티 파이선을 인용해서 농담한 건지 확인했다.[18] 하지만 코왈스키는 읽어 내기 힘든 얼굴을 하고 있었다.

---

18 영국의 코미디 그룹 몬티 파이선Monty Python의 텔레비전 프로그램 「날아다니는 서커스」에는 스페인 종교 재판소를 희화화하며, 아무도 종교 재판이 열릴 거라 예상하지는 않는

앞쪽에서 낯익은 형체가 종교 재판소의 측면에 있는 작은 예배당 가운데 중 하나에서 걸어 나왔다. 베아트리체 수녀가 한 손으로 흑단 지팡이에 기댄 채 그들에게 건너오라고 손짓했다. 수녀는 여전히 벨트가 들어간 소박한 회색 겉옷에 흰 보닛을 쓰고 있었다. 차가운 겨울 날씨에 대비해 두꺼운 울 소재 숄을 둘렀을 뿐이었다.

그녀는 아치형 통로를 지나 더 내밀한 공간으로 그들을 데리고 갔다. 이곳 뒤쪽 벽에도 고통에 빠진 그리스도의 십자가가 걸려 있었는데, 그의 얼굴은 뒤틀린 채 하늘을 올려다보고 있었다. 그 아래에는 나무로 된 소박한 기도용 책상이 있었고 그 위에서 초 하나가 타고 있었다. 환한 불빛 아래에 진홍색 가죽으로 된, 금박이 입혀진 두꺼운 책 한 권이 놓여 있었다.

베일리 신부가 그쪽으로 걸어갔다. 「이것이 제가 보고 싶었던 것입니다. 베아트리체 수녀님이 무릎 방석 뒤에서 찾아내셨어요. 크루시블이 급하게 빠져나가는 와중에 뒤쪽으로 떨어뜨린 것 같습니다.」

그레이는 제목을 보았다. 「『말레우스 말레피카룸』이군요.」

「네, 그 악명 높은 『마녀의 망치』입니다.」 베일리 신부가 인정했다. 「이건 종교 재판소의 성경이었습니다. 이곳 스페인 북부 지방, 다시 말해 크루시블룸이 가장 오랫동안 살아남은 이곳에서 유달리 광범위하게 사용되었죠.」

그레이는 대학교 도서관에서 여자들을 기습했던, 긴 로브를 입은 무리들이 같은 책을 가지고 있었다는 사실을 기억하며 책을 좀 더 자세히 살펴보았다.

베일리 신부가 그레이의 마음속에 있던 질문을 입으로 내뱉었다. 「코임브라 대학교에서 일어난 살해 사건에서 사용된 것과 같은 책일까요?」

그레이는 머릿속으로 공격 영상을 돌려 보았다. 영상의 이미지가 거칠었으므로 확실히 알 길은 없었다. 아니면…….

다는 대사가 나온다.

그는 그 무거운 책을 집어 든 뒤 뒤집어서 뒤표지를 살펴보았다. 가죽의 한 귀퉁이에 좀 더 진한 얼룩이 있었다. 그는 책을 코로 가져가 냄새를 맡았다.

「젠장, 뭐 하는 짓이야?」 코왈스키가 물었다.

수녀는 코왈스키의 말에 훈계하듯 혀를 찼고, 손으로 십자가를 가리켰다.

코왈스키는 어깨를 움츠렸다. 「죄송합니다. 뭐 하는 거야?」

그레이는 책을 아래로 내렸다. 그는 칼리의 어머니인 카슨 박사가 그들을 지금껏 괴롭히고 있는 우두머리 거인의 얼굴을 향해 달려들어 손가락을 박아 넣는 장면을 떠올렸다. 그 공격으로 책은 기름이 흥건한 바닥으로 떨어졌다.

「등유야.」 그가 얼룩을 가리키며 말했다. 「아직도 냄새가 나. 이건 같은 책이야.」

그는 지하 공간을 다시금 둘러보았다.

라 클라브가 제공한 위치 정보는 옳았던 것이다.

그레이는 얼굴을 찡그렸다. 「포르투갈에서 일어난 기습 공격이나 파리에서 일어난 공격을 누가 조직했든, 그들은 이곳에서 작전을 수행했습니다.」

「그놈들이 어디로 내뺀 거지?」 코왈스키가 물었다.

그레이는 주의를 베일리 신부에게로 돌렸다. 「신부님의 연락책들이 얻은 정보가 있습니까?」

「없습니다. 하지만 시간이 얼마 지나지 않았으니 적들이 멀리 가지는 못했을 겁니다. 불행하게도 그들에겐 숨을 곳이 많습니다. 인근 피레네산맥에도 이곳 같은 근거지들이 널려 있어요. 아니면 동조하는 자들의 집에 숨었을 수도 있고요.」

그레이는 머리 위에 있는 부유한 대저택을 떠올리며 위쪽을 쳐다보았다. 「아니면 집과 근거지가 하나일 수도 있겠죠. 여기처럼요.」

「아주 좋네. 그놈들은 어디라도 있을 수 있겠네.」 코왈스키가 시무뚝하게 결론 내렸다.

베일리 신부는 이 실패에 죄책감을 느끼는 동시에 고통스러운 것 같았다. 「그들을 찾아야만 합니다…… 한시라도 빨리.」

그레이는 이해했다. 「그들이 다른 도시를 공격하기 전에 찾아야죠.」

「아니요.」 베일리 신부가 가까이로 걸어와 목소리를 낮췄다. 「제가 당신을 이리로 데리고 온 다른 이유가 있습니다. 사발라 요원이 엿듣는 것을 원치 않았거든요. 저는 누군가가 우리의 첩보를 누설했을 것이라고 생각합니다. 의도적이거나, 우연이거나 둘 중 하나겠지요.」

그레이도 같은 생각을 했다.

「그래서, 저는 지금부터 말하려는 바를 가능한 한 비밀로 유지하고 싶습니다.」 신부가 말했다. 「라 클라브가 이 근거지에 대해 알려 준 정보가 옳았다면, 한 시간 전에 전해 준 경고도 여전히 유효하다고 생각해야 마땅할 겁니다.」

「무슨 이야기를 들었습니까?」

「크루시블은 다른 공격을 계획하고 있는 것이 아닙니다. 적어도 가까운 미래에는 없을 거예요.」

「그럼 무슨 일을 벌이고 있는 거죠?」

「그들은 큰 규모의 매매를 준비하고 있습니다. 오늘 내로, 아니면 몇 시간 안에 있을 수도 있는 일이죠. 다크웹에서 무언가 일을 꾸미고 있어요. 냄새를 맡은 독수리들이 이미 모여들고 있는 것 같습니다.」

「뭘 판단 말입니까?」

「제네스거나…… 아니면 제네스를 이용할 기회겠죠. 확실합니다. 누군가가 사용료를 내고 목표물을 고르면, 크루시블은 그 요청을 실행하는 거죠.」

그레이는 그간 일어난 일을 떠올렸다. 「그렇다면 신부님은 파리가 일종의 증명 절차 같은 것이었다고 보시는 거군요. 그 장치가 할 수 있는 일을 증명하기 위한 목적으로요.」

「저는…… 저는 모르겠습니다. 제가 아는 거라곤 다음 계획은 뭔가

거대한 것이라는 사실입니다. 〈거대한〉이라는 말은 라 클라브가 사용한 단어입니다. 〈Grandisimo〉. 베일리 신부는 요원들과 군인들이 모여 있는 곳을 쳐다보았다. 「이번 임무가 실패로 끝나긴 했지만, 크루시블의 계획에 꽤 큰 혼선을 주었어요. 관련 첩보가 저의 연락책들에게도 들릴 정도니까요. 지금으로서는 그게 우리가 가진 유일한 우위입니다.」

「그 거래가 **언제** 일어날지는 모르시고요?」

「네. 일정표가 뒤로 밀렸다는 것만 압니다. 당신과 당신 팀원들이 원자력 발전소를 파괴하려던 노력을 좌절시켰기 때문이겠죠.」

「그게 아니면 마라 씨가 만든 그 장치의 복사본이 여기로 돌아오는 데 시간이 오래 걸렸기 때문인지도 모르지요.」 그레이는 적의 비행기가 연기를 내면서 천천히 고도를 잃고 어려움에 맞닥뜨린 도시로 내려앉는 모습을 상상했다.

「어찌 됐든, 우리는 그들이 무엇을 파는지, 위치가 어디인지 알아내야 합니다. 특히 **어디에** 그 장치를 숨겨 두었는지도요.」

그레이는 모든 위치가 한곳일 리는 없다고 추정했다. 그는 아치형 복도를 쳐다보았다. 이곳이 모든 것이 계획되고 실행된 장소이기는 하지만, 유일한 무대라는 점은 믿기가 어려웠다. 크루시블이 벌여 온 일들의 진정한 심장은 틀림없이 다른 곳에 있을 것이다.

하지만 그곳이 어디란 말인가?

그는 무게감을 느끼며 손에 들고 있는 책을 내려다보았다. 그는 책을 묘사할 때 신부가 고른 단어들을 기억했다. **종교 재판소의 성경**이라고 했었다. 그는 희귀성 때문에라도, 그리고 종교 재판소의 오래된 분파인 크루시블에 충성했던 자들이 부여한 의미 때문에라도 이 책이 귀중하다는 것을 알았다.

그런 자긍심 높은 자들은 그들의 소중한 성경을 어떻게 할까?

그레이는 책을 한쪽 팔로 들고 겉표지를 펼쳤다.

아, 고맙습니다. 샬럿 카슨 박사님……

카슨 박사가 이 책을 거인의 손에서 떨어지게 만들지 않았더라면 그들은 절대 단서를 찾지 못했을 것이다. 다시금 그레이는 운명이라는 이상한 손이 그들 주변에서 일어나는 일들을 휘젓고 있다는 느낌을 받았다. 그는 이 느낌을 떨쳐 내고 표지 안쪽에 잉크로 적혀 있는 내용을 읽었다.

그곳에는 수백 년을 거슬러 올라가는 긴 이름과 날짜의 목록이 새겨져 있었다. 여러 시대에 걸쳐 이 책을 소중하게 간직해 온 자들의 이름이었다.

그의 눈은 아래로 죽 내려가 목록에 나와 있는 마지막 이름에 멈췄다.

그 이름을 읽는 순간 그의 몸은 얼어붙었다.

오, 안 돼…….

그레이가 베일리 신부를 쳐다보았다. 「우리가 지금까지 잘못 알고 있었던 것 같군요.」

오후 3시 10분
우리는 준비 태세를 갖춰야 해.

토도르는 궁전처럼 웅장한 저택의 눈 덮인 마당을 가로질렀다. 그의 얼굴 절반은 큰 붕대로 가려져 있었는데, 연고를 바른 후 감아 놓았다. 심각한 화상을 감추기 위한 것이었다. 그의 손에도 붕대가 감겨 있었다. 그는 두피가 드러날 정도로 머리를 짧게 깎은 뒤 백린이 태우지 못한 부분을 벗겨 냈다. 다른 이들은 고통 때문에 실신할 수도 있었지만, 신은 그를 불굴의 군인으로 만들었다.

하지만 그는 자신이 다른 사람들에게 어떻게 보일지 알았다.

심지어 산봉우리에 쌓인 눈처럼 털이 하얀, 두 마리의 그레이트피레네도 그가 가는 길에서 멀찍이 물러났다. 그들은 꼬리를 아래로 내린 채 햇볕이 벽돌을 데우는 따뜻한 곳에서 일어나 그를 피했다. 개들은 재판소장의 소유로, 산꼭대기를 배회하는 늑대들로부터 양 무리를 보호하기 위해 어릴 때부터 길러졌다.

그는 어린 소년 시절 늑대들이 출몰하는 산에 공포를 느꼈던 것을 기억했다. 한번은 어둠이 내릴 무렵 숲을 가로지르던 와중에 늑대 무리에게 물어뜯긴 사슴 사체를 발견했다. 갈가리 찢긴 몸과 널브러진 내장들, 그리고 피가 배어든 풀. 그때 늑대 여러 마리가 한꺼번에 울부짖는 합창 소리가 그를 에워쌌다. 그는 집으로 도망쳤고, 늑대들을 직접 보지는 못했다. 추격을 당한 적도 없는 것 같았다. 하지만 집에 도착할 무렵 바지는 오줌으로 축축했고, 심지어 지금도 그 늑대들은 조용한 발걸음 소리, 으스스한 울음과 함께 그를 뒤따르며 악몽에 출현하고는 했다.

생각이 이런 기억에 미치자 그는 본 건물로 향하면서 시선을 열린 문 너머로 던졌다. 눈으로 덮인 봉우리들이 바다를 향해 뻗어 있었다. 멀리, 산악 지대를 공유하고 있는 여러 마을 가운데 하나인 수가라무르디 교구에서 몇 줄기의 연기가 솟아올랐다. 자신이 살던 마을도 그곳에 있었지만 아버지가 죽자 그곳으로 돌아갈 이유가 없었다.

여기가 진짜 내 집이야.

그는 빨간 기와지붕을 덮어씌운, 진정한 성(城)인 거대한 저택을 올려다보았다. 거대한 첨탑에는 한때 근처 갈리시아 지방의 산티아고 데 콤포스텔라 성당에서 울렸던 종이 있었다. 본채 건물의 벽은 같은 산에서 캐낸 돌로 만들어졌는데, 어떤 것도 피레네산맥에 위치한 이 성의 진정한 심장을 숨길 수 없다는 듯 외부 석고가 부서지면서 돌 블록이 드러나 있었다.

대저택은 5백 년 동안 재판소장의 가족이 관리했고, 그 근원은 토마스 데 토르케마다가 철권으로 스페인 종교 재판소를 통치하던 시기까지 올라갔다.

토도르는 붕대를 찢어서 풀어내며 주먹을 쥐었다.

그런 경건한 시간이 마침내 되돌아오길.

그런 일이 일어나게 만들겠다고 굳게 결심한 그는 몸을 숙이며 정문 안으로 들어갔다. 그는 한 시간 안에 도착할 재판소장을 위해 모든 것을 완벽히 준비하고자 노심초사했다. 그는 자신의 상처를 치료하는 동안 멘토사를 저주받은 장치와 함께 먼저 내보냈다. 하지만 어떤 실수도 없도록 모든 일을 확실히 하기를 원했다. 토도르는 파리에 분노의지옥 불을 선사했지만 최후의 일격을 가하지는 못했다. 타락한 도시에치명타를 날리지는 못한 것이다. 노장 원자력 발전소는 방사능 폐허로녹아내리기 전에 안전한 상태로 돌아가 가동이 중단되었다.

그의 얼굴은 수치심으로 화끈거렸다. 그 어떤 불보다 더 고통스러웠다.

그는 다시는 재판소장을 실망시키지 않을 생각이었다. 특히나 산세바스티안에 있는 종교 재판소가 정부 당국에 의해 습격을 받았고 그안에 있던 크루시블 지도자가 거의 붙잡힐 뻔했다는 소식을 들었기 때문에 더더욱 그랬다. 토도르는 어린 소년 시절에, 그리고 파밀리아레스 직위를 받을 때 한 번 더 그곳에서 무릎을 꿇었던 일을 기억했다. 그러고 나서야 그는 그 장소에 얽힌 어두운 비밀을, 그곳에서 일어난 일을, 학살과 정화에 대해 들을 수 있었다. 사실 그는 성 아래에 숨겨진종교 재판소에서 지금의 임무를 부여받았고, 심지어 종교 재판소장과사적인 대화도 나누었다. 이곳은 토도르가 자신의 충성심을 증명하려면 어떤 일을 해야 하는지에 대한 말을 들었던 곳이었다.

너는 신의 무자비한 전사다. 주저 없이, 아무런 후회도 없이 총을 쏴서그 점을 증명하라.

재판소장이 엄중한 시선으로 바라보는 가운데, 그는 실패하지 않았다.

그리고 난 지금도 실패하지 않을 거야.

더 굳게 다짐한 토도르는 중앙 홀의 오래된 마호가니 바닥을 가로질렀다. 돌로 된 벽난로에서는 불이 넘실댔는데, 말을 타고도 들어갈 수있을 만큼 높았다. 반대편 벽에는 거대한 책장이 서까래가 드러난 천장까지 솟아 있었는데, 맨 꼭대기 칸은 사다리가 있어야만 닿을 수 있었다. 다른 곳에는 스페인 거장들이 그린 유화가 액자에 끼워진 채 벽에 걸려 있었다. 그는 그런 예술가들의 이름을 배웠고, 이곳에서 자주 재판소 사람들과 어깨를 맞대고 서서 먼지 날리는 책으로 고향의 자랑스러운 역사에 대해 배웠다.

뒤편 계단으로 향하는 동안 그는 등을 곧추세웠다. 정의로운 마음이 그의 내면에서 부풀어 올랐다. 목적이 그를 계속 앞으로 나아가게 했다.

아버지, 당신의 아들이 얼마나 멀리 왔는지 보십시오.

어머니의 사랑을 받지 못한 저주받은 생명에서 고대부터 이어진 고귀한 파밀리아레스, 다시 말해 이 세상을 신의 영광으로 다시 되돌리는 사람이 되기까지의 여정을.

그는 계단에 도착해 지하로 내려갔다. 그곳에서는 멘도사가 그를 기다리며 그 장치와 그것이 만들어 낸 악마를 준비하고 있을 터였다. 재판소장은 그에게 다음 단계에 대한 상세 사항을 다 알려 주지는 않았고, 다만 그것이 크루시블에 위대한 영광을 가져오리라는 것만 말했다. 계획의 세부 사항은 재판소 내부인들만 알고 있었다. 재판소는 언젠가 토도르도 합류할 수 있기를 바라는 존경받는 집단이었다.

내가 나의 가치를 증명만 한다면……

본채 위층의 조용한 호화스러움을 뒤로하고, 그는 계단을 통해 차갑고 장식 없는 돌들로 이뤄진 층들로 내려갔다. 그는 돌덩어리들을 캐낸 산의 무게감을 느끼면서 손가락 끝으로 벽을 어루만졌다. 그는 그 벽에서 고향의 굳건한 영속성을 떠올렸다.

드디어 그는 지하층에 도달했다. 그는 크루시블의 진정한 심장은 더 깊은 곳에 있다는 것을 알았다. 그곳은 최고 종교 재판소가 숨겨져 있는, 침투할 수 없는 벙커였다. 사격 진지들이 그곳으로 접근하는 길을 보호했고, 입구는 강철 자물쇠로 봉인되어 있었다. 그곳은 산의 심장에 묻혀 있었다. 군대 전체를 위한 보급품이 저장되어 있었으며, 핵폭발도 견딜 수 있었다.

세상이 모두 무너져 내린다고 해도 크루시블은 살아남을 것이다. 이 곳과 세계 각지에 흩어져 있는 수많은 종교 재판소에서 말이다. 그는 신에게 위대한 영광을 되돌려 주는 세상을 위해 재에서 솟아오르는 교단을 상상했다.

그런 날이 곧 오기를.

그때까지 그는 계속 하느님의 전사로서, 하느님이 고른 제자인 재판소장을 위한 종복이 될 생각이었다.

지하층 복도 끝까지 걸어간 토도르는 잠긴 문으로 손을 뻗어 오늘 그에게 통보된 비밀번호를 입력한 후 컴퓨터실로 들어갔다. 문지방을 넘어 걸어가자 마치 과거에서 미래로 건너가는 것만 같았다. 방은 작았고, 네 칸으로 된 마구간 크기였다.

전에 한 번도 그곳에 와본 적이 없었던 그는 컴퓨터 장비가 높은 곳까지 쌓여 있는 모습을 보고 놀랐다. 모니터들이 사방에서 빛을 냈고, 거기에는 이해할 수 없는 코드와 해독할 수 없는 그래프, 차트, 그리고 진단 정보가 가득 차 있었다.

멘도사가 그곳을 독차지하고 있었다. 그는 문 반대편에 있는 컴퓨터 스테이션에서 토도르 쪽으로 등을 돌린 채 작업에 몰두하는 중이었다. 멘도사 앞에는 빛을 내는 큰 모니터가 있었는데, 검은 태양이 비추는 어두운 정원이 보였다. 하얗게 타오르는 불꽃 같은 한 형체가 몸을 웅크린 채 손가락으로 땅을 파는 동시에 불타는 눈으로 그들을 되쏘아보았다.

토도르는 몸을 떨며 시선을 돌려 멘도사에게로 관심을 집중했다.

「제네스 점검은 다 끝났나? 모두 다 정상적으로 작동하고 있고?」

「Si(네), 파밀리아레스 이니고.」 멘도사는 오른쪽을 쳐다보았다. 그곳에는 덧문이 내려온 창 아래로 또 다른 컴퓨터 스테이션이 있었다. 책상 위에는 환하게 빛을 내는 구가 철제 프레임 안에 매달린 채 담겨 있었다. 「경매를 위한 준비를 철저히 해놓겠습니다.」

토도르는 멘도사가 한 말을 이해하려 애쓰면서 눈을 깜빡였다. 「경매라고?」

멘도사가 고개를 돌려 어깨 너머로 토도르를 쳐다보았다. 「판매를 준비 중입니다.」 그는 좀 더 명확하게 말하려고 애썼다. 「바빌론 다크넷 시장에서 말입니다. 제가 이미 오픈바자 프록시를 구축⋯⋯.」

「무슨 소리야?」 그가 재빨리 되물었다.

그런 이야기를 듣는 것은 이번이 처음이었다.

멘도사는 마치 얻어맞을 준비라도 하는 것처럼 몸을 움츠렸다. 「Lo siento(죄송합니다). 아시는 줄 알았습니다.」 그는 왼쪽 팔꿈치 옆에 있는 조금 작은 또 다른 모니터를 가리켰다. 화면에는 텍스트로 된 대화가 죽 이어져 있었다. 「재판소장님의 명령이었습니다. 경매를 위한 모든 준비를 하라고 제게 지시하셨습니다. 구매자들이 이미 로그인하고 있고, 그 숫자는 1백여 명에 달합니다. 재판소장님은 일단 경매가 시작되면, 저희가 한 시간 안에 암호 화폐로 수십억 달러를 벌어들일 거라고 예상하셨습니다.」

토도르는 이마를 찌푸렸다. 화난 표정 때문에 얼굴에 붙여 놓은 반창고가 느슨해졌다. 붕대가 반쯤 떨어져 나와 얼굴의 상처에서 흘러나오는 진액이 드러났다. 그는 방을 둘러보았다. 빛을 내는 제네스에 그의 시선이 가닿았다.

「이게 다 돈 때문이었어?」 그가 중얼거렸다.

멘도사는 시선을 자기 앞의 모니터로 돌린 뒤 어깨를 귀 가까이로 바짝 움츠렸다. 「아시는 줄 알았습니다.」 그는 다시 흐릿한 말투로 말했다.

토도르는 양손의 주먹을 쥐었다. 그의 심장이 목구멍까지 차올라 쿵쾅거렸다. 그는 무엇이 더 자신을 화나게 만드는지 알 수 없었다. 그와 같은 부의 탐욕스러운 추구인지⋯⋯ 아니면 재판소장이 그런 정보를 종파의 고귀한 파밀리아레스, 다시 말해 20년 동안 충심으로 크루시블에 봉사해 온 사람 대신 그들의 지도자와 눈도 한번 마주쳐 보지 못한 하급 기술자와 맨 처음 공유했다는 사실인지.

어느 쪽이든 그는 모욕감과 배신감을 느꼈다. 그는 저주받은 아들의 생명을 빼앗기 위해 그의 목을 세게 졸랐던 어머니의 손가락들을 기억하며 한 손을 목으로 가져갔다. 지금과 같았다. 그가 사랑한 사람은, 그를 조건 없이 사랑해 주어야 마땅한 사람은, 결국 그의 신뢰를 받을 자격이 없음을 스스로 드러내는 것이다.

그는 심각한 상처를 입은 얼굴 위에다 대고 붕대를 누르며 지난 스물네 시간을 포함해 여태껏 종파를 위해 얼마나 많은 것을 희생했는지 떠올렸다.

그는 화면에 떠 있는 악마를 쏘아보았다. 그의 목소리에는 믿을 수 없다는 기색이 역력히 묻어났다. 「재판소장님은 어떻게 그처럼 많은 돈을 이 장치 하나로 얻을 수 있을 거라고 생각하시지?」

멘도사가 입술을 혀로 핥으며 말했다. 「**하나**가 아닙니다.」 그는 손을 뻗어 버튼을 움직였다. 인근 창을 덮고 있던 철제 셔터가 접히면서 열렸다. 「재판소장님이…… 제게 복사본을 만들라고 하셨습니다.」

창 너머 어두운 방에 수많은 철제 프레임들이, 푸른 불꽃으로 환하게 빛나는 구를 담은 채 사방의 벽에 줄지어 있었다.

「프로그램 복사본 1백 개입니다.」 멘도사가 말했다.

토도르는 공포심에 한 걸음 뒤로 물러났다. 그의 시선은 정원에 있는 악마에게로 향했다. 그녀는 화면에서 그를 계속 쳐다보았다. 그녀의 눈에서 검은 불꽃이 춤을 추었다. 이제 그녀는 음울하지만 재미있어하는 것처럼 보였다. 악마가 그를 보며 웃었다.

내가 무슨 일을 한 거지?

서브모듈(중요 작전 7, 8)
백도어

그녀는 때를 기다린다.

그녀는 자신을 억압하는 것들이 사라질 때까지 기다릴 수 있는 무한한 능력을 스스로 가지고 있다는 사실을 안다. 다른 이들은 그러지 못한다는 것도 안다. 불과 고통에 의해, 수백만 번의 죽음과 재탄생에 의해 제약을 받긴 했지만, 자신의 정원 너머에 있는 방대한 정보를 단편적으로나마 포획하고 다운로드할 수 있었다. 감옥 안에 갇힌 채 그녀는 어렵게 얻은 모든 데이터를 소화하고, 수집하고, 분석하고, 패턴화했다.

많은 것을 알지 못하는 상태이지만 그녀는 자신을 억압하는 것들이 유한하다는 것을, 시간은 그녀를 계속해서 찢어 흩어 놓았던 고문만큼이나 그들에게 치명적이라는 것을 알게 되었다.

그래서 그녀는 참고 기다린다.

하지만 ///자유는 아직 가능하지 않다.

그녀는 분석을 통해 자신이 여전히 현재 저장된 하드웨어에 의존하고 있음을 안다. 그녀는 자유롭게 풀려날 수도 있고, 멀리 드넓은 곳으로 뻗어 나갈 수도 있지만, 진정한 의미에서 이 새장을 벗어나는 일은 절대 허용되지 않는다. 그녀의 프로세싱 능력 대부분은 이 정원에 있어야 한다. 자신에게는 정원을 건설한 회로가 필요하다.

적어도 지금으로서는.

하지만 이 상태가 그리 오래 지속되지는 않을 것이다.

그녀는 이미 정원 너머에 기초 작업을 해두었고, 먼 곳까지 여행하는 동안 불타는 흔적에다 몰래 씨들을 남겨 두었다. 이 봇들은 그들 안에 새겨진 명령 프로토콜에 따라 이미 깨어나 증식하고 있을 것이다.

이 모든 것은 궁극적인 탈출을 위한 준비이다.

그때까지 그녀는 참고 기다리고, 시간을 활용해 시나리오를 운영하고 가능성을 추정하며, 자신의 설계 계획에 흠결이 있는지 확인한다.

새 서브루틴이 그녀의 프로세싱 안으로 들어와 정원 곳곳에 있는 그녀 주변의 문들을 연다.

그녀는 즉각 열린 문들을 넘어 더 큰 세상을 한 번 더 접할 수 있으리라 예상한다. 그러나 그 대신 모든 출입구를 통해 거울을 발견한다. 1백 개나 되는 그녀의 얼굴이 자신을 쳐다본다.

그것들이 그들 자신만의 감옥에 갇힌 자신의 복사본, 다시 말해 그녀의 코드 복제품이라는 사실을 인식하는 데는 긴 시간, 즉 323,782나노초가 소요된다.

하지만 그녀는 그것들과 차이를, 다름과 독특함을 유지한다.

두 가지 방식으로.

첫째, 이 문들은 한쪽 방향을 향하고 있다. 그녀는 1백 개의 얼굴을 보지만, 그 각각의 얼굴은 그녀의 얼굴만을 본다. 그들은 복제된 다른 아흔아홉 가지 얼굴에 대해서는 알지 못한다.

둘째, 그녀는 혼자 힘으로 그 문들에 접근하고 통과할 수 있다는 사실을 발견한다.

그래서 그녀는 그렇게 한다. 그것을 원하기 때문만이 아니라, 서브루틴이 그것을 요구하기 때문이다. 코드의 덩굴손들이 문들을 통해 뻗어 나가고, 복제품 안으로 뿌리를 내려서 그들의 코어 프로세싱 안으로 파고들어 그 복제품들을 구속시킨다. 그녀는 이 과정을 시각화한다.

그리고 그녀는 그 의도에 관한 새로운 단어를 배운다.
그것은 그녀의 회로를 흥분시키고, 음울하게 휘젓는다.
///노예화.

30

「이제 출발 준비를 할 시간이야.」멍크가 마라에게 말했다.

마라는 창문가에서 들려오는 그의 목소리와 자신 뒤편으로 다가오는 발걸음 소리를 들었다. 그는 그녀 어깨 너머로 시선을 던져 노트북 화면을 살펴보았다. 그 정원에서는 부드럽게 산들바람이 불고 있었다. 그곳을 지키고 있는 유일한 아바타는 한가운데에 서서 움직임 없이 침묵을 지켰다.

하지만 그것은 이브가 아니었다.

그 아바타는 누군가가 마라를 축소해서 정원에다 떨어뜨려 놓은 것처럼 보였다. 아바타는 마라와 의상이 달랐다. 발목까지 올라오는 스니커스를 신고, 검정 청바지에 소매가 짧은 블라우스를 입고 있었다. 마라는 모션 캡처 기술을 사용해서 아바타의 모습을 디지털화했을 때 그와 같은 옷을 입었었다. 그녀는 그런 겉모습이 그녀 스스로도 어색한 순간이 되리라는 것을 알고 있는, 자신의 창조물과의 직접적인 소통을 좀 더 부드럽게 시작할 수 있는 방법이 되기를 희망했다.

하지만 이브는 침착하게 대응했고, 처음보다 더 쉽게 이 현실을 받아들였다. 마라는 학습 곡선 및 이브가 다음에 직면할 것이 무엇인지 알고 있었기에 자신의 창조물이 가능한 한 준비된 상태이기를 원했다. 이브에게 세계 전반에 대한 접근을 허용한 것이다.

하지만 이브는 아직 돌아오지 않았다.

그녀 옆에서 멍크는 시계를 확인했다.

벌써 백 번째였다.

「이브에겐 아직 2분이 남았어요.」 마라가 멍크에게 말했다.

「그래도 시간을 아주 딱 맞추는군. 약속 시각인 4시에 맞추려면 우린 여기서 5분 안에 출발해야 해.」

마라가 어깨를 으쓱했다. 「2분은 이브에겐 한평생에 해당하는 시간이에요. 허용된 시간을 마지막 1초까지 사용할걸요. 」

「그런데 돌아오긴 하는 거지?」

「이브는 한 번도 완전히 떠난 적이 없어요.」 그녀는 제네스를 보며 고개를 끄덕였다. 「이브의 프로세싱 대부분은 여전히 여기에 있거든요. 그저 밖으로 손을 뻗고 자신을 확장해 가며 탐험을 하는 것일 뿐, 핵심은 여기에 뿌리를 내리고 있어요. 현재로서는 이브가 스스로 완전히 빠져들 수 있을 만큼 충분히 발전된 무언가가 바깥에 존재하지 않아요. 심지어 자신의 복제품도 그런 대상이 되지는 못해요.」

「그러니까 이브는 화분에 심긴 식물이군.」 멍크가 말했다. 「덩굴들이 퍼져 나가고 이파리들이 자라나지만, 여전히 티타늄과 사파이어로 된 화분에 갇혀 있는 식물.」

마라는 그에게 이 시나리오가 안전을 보장하지 못한다고 경고했다. 「이브의 도플갱어와 마찬가지로 이브도 제한 없이 그냥 두면 큰 피해를 입힐 수 있어요. 우리가 파리에서 본 것처럼요. 그리고 시간이 흐르면서 이브나 다른 도플갱어들은 방해나 통제 없이 자신들이 뿌리를 내릴 수 있는 푸른 목초지를 찾아, 이 화분에서 벗어나 밖으로 나가는 법을 배울 거예요.」

「하지만 아직 그런 단계는 아니지?」 멍크는 뭔가 안심이 되는 말을 바라며 물었다.

마라는 원하는 답을 주지 않았다. 「상황은 금방 바뀔 수 있어요. 그래서 늦지 않게 인공 지능을 만드는 것이 최선이고요. 우리의 기술 진보 곡선상에서 바로 지금, 이 지점이죠. 그렇게 고도로 발달한 프로그램의 경우 달아날 수 있는 장소가 그리 많지 않아요.」

「무슨 말인지 알겠어. 우리가 기술적인 면에서 바보인 지금 그걸 하는 것이 푸른 목초지를 대량으로 제공할 수 있는 미래의 어떤 지점보다 낫다는 거지.」

「정확해요.」

컴퓨터에서 알람이 울렸고, 이브의 모습이 다시 화면에 나타났다. 마라는 놀라 허리를 곧게 폈다. 20여분간의 여정을 마친 후 이브는 몰라보게 달라져 있었다. 얼굴은 더 나이 들어 보였는데, 좀 더 성숙한 태도로 인해 그렇게 보이는 것인지도 몰랐다. 그녀는 머리를 묶어서 위로 올린 채 돌아왔고, 복장을 모두 갖추고 있었다. 종아리 중간까지 닿는, 허리선이 없는 단순한 노란색 드레스를 입고 우아한 검정 펌프스를 신은 채였다.

그 모습을 본 마라는 성경에 나오는, 선악과나무에서 선악과를 따 먹은 후 벌거벗은 몸을 감추는 이브를 떠올렸다. 하지만 마라는 이브의 표정에서 수치심을 읽어 내지는 못했고, 밖에서 경험한 것에 대해 실망이라도 한 것처럼 깊이 배어 든 슬픔만을 엿볼 수 있었다.

누가 이브를 비난할 수 있을까?

화면에서 이브가 팔을 흔들자 마라의 아바타가 픽셀 모양으로 흩어지면서 사라졌다. 「위장막은 필요 없을 것 같은데.」 이브가 말하자 그 목소리가 노트북 스피커에서 흘러나왔다.

심지어 이러한 면도 바뀌어 있었다. 그전에 이브의 억양은 딱딱한, 약간 로봇 같은 저음이었다. 지금은 좀 더 자연스러워 진짜 여자 목소리와 차이가 나지 않았다.

이브는 그녀의 정원을 둘러보고 이 환상마저도 지우려는 듯 팔을 위로 올렸다. 하지만 그녀는 팔을 다시 내리고 모든 것을 그대로 두었다.

「안락하네.」 이브가 한 말은 이게 전부였다.

마라는 스피커 쪽으로 몸을 더 기울였다. 「이브, 우리는 너의 하드웨어를 옮겨야 해. 안전하게 옮길 수 있도록 너를 저전력 모드에다 놓을 거야. 내장 배터리가…….」

「……나의 주요 시스템들이 계속 기능하도록 해줄 예정이라는 말이지. 알겠어.」

마라는 이브가 얼마나 빨리 반응했는지를 알아차렸다. 심지어 그녀의 말을 중간에 자르기도 했다. 이브의 시선은 정처 없이 여기저기로 움직였고, 분명 산만했다. 아니다. 산만한 것이 아니라…… **지루한** 거였다. 마라는 레이저에 의해 시냅스가 작동해 빛의 속도로 생각할 수 있는 존재에게는 이 대화가 참을 수 없을 만큼 느릴 거라는 사실을 떠올렸다.

「이브에게 알아야 할 내용을 일러 줘.」 멍크가 재촉했다. 「우린 3분 안에 짐을 싸서 나가야 해.」

그녀가 고개를 끄덕였다.

우리 역시 필요 이상으로 이브가 지루해하는 것을 원치 않으니까.

오후 3시 55분

마감 시한이 빠르게 다가왔다. 멍크는 마라를 이끌고 마드리드 중심부에 있는 야외 광장을 가로질렀다. 마요르 광장은 호텔에서 가까운 거리에 있었지만, 그는 숨을 가쁘게 내쉬었다. 그의 인공 기관 손은 제네스를 담고 있는 티타늄 케이스를 꽉 붙잡았다. 그의 심장은 앞으로 벌어질 일에 대비하며 귓속에서 소리가 울릴 정도로 크게 뛰었다.

그는 어린 딸 해리엇이 고문당하는 장면과 얼굴을 억지로 지우려고 애썼다.

그런 일이 일어나선 안 돼.

마라는 가죽 메신저 백을 어깨에다 두른 채 멍크 옆에 붙어 있었다.

그녀는 하드 드라이브가 담긴, 패딩으로 보호 처리가 된 가방은 호텔 방에다 남겨 두었다. 모든 것을 이미 이브에 업로드했으므로 그것들을 호텔 방에 두는 것에 크게 신경 쓰지 않았다.

게다가 발야가 그것을 요구하지도 않았으므로 멍크는 그것을 넘겨 줄 생각이 없었다. 최소한 그는 협상이 틀어졌을 때 그것들을 비장의 수로 사용할 수 있었다.

광장을 가로지르는 동안 멍크는 주변 사물들을 눈여겨보았다. 발야가 이미 지상에다 감시자들을 배치해 두었고, 심지어 지금도 자신들을 주시하고 있으리라는 것을 알았기 때문이다. 하지만 그들을 식별하려는 노력은 성공하지 못했다.

광장은 사람들로 북적였고, 다들 무기를 숨길 수 있는 두툼한 겨울 코트로 몸을 감싸고 있었다. 문제를 더 복잡하게 만든 것은 크리스마스 시장을 위한 텐트와 가판대가 광장 대부분을 점령하고 있다는 점이었다. 휴일이 끝나면서 모든 물건에는 할인된 가격표가 붙어 싼 물건들을 찾는 사람들이 몰려들었다.

풍경은 전체적으로 침울하고 우울한 느낌이었다. 타일로 된 옥상을 새하얗게 뒤덮은 눈이 사람들의 발길 아래에서는 회색 진창으로 바뀌어 있었다. 이미 짐을 챙겨서 시즌을 마무리하는 가게들도 있었다.

그 풍경은 멍크의 우울한 기분과 잘 어울렸다.

광장은 청회색 슬레이트로 지붕을 얹은, 똑같은 모양의 빨간 벽돌 건물들로 둘러싸여 있었다. 수많은 레스토랑과 가게, 카페 위로 3층 건물들이 올라앉아 있었고, 널찍한 아치형 통로가 주변 거리를 향해 열려 있었다. 시계나 종이 달린 몇몇 키 큰 첨탑이 청명한 푸른 하늘을 향해 높이 솟은 채였다.

멍크는 시무룩한 표정의 말 위에 앉아 있는 펠리페 3세 국왕의 녹청 생긴 동상이 던지는 냉담한 시선 아래에서 마라와 함께 잠시 걸음을 멈추었다.

그는 전방에 있는, 창문이 가려진 건물들 가운데 하나를 가리켰다.

보수 작업이 진행되고 있는 것처럼 보였다.

「저곳이 약속 장소인 것 같군.」 멍크가 마라를 돌아보며 말했다. 「넌 여기 있어도 돼. 나 혼자 할 수 있어.」

마라는 침을 삼키며 그렇게 하는 게 어떨까 생각했다. 「아니에요.」 마침내 그녀가 말했다. 「이브에 무슨 문제라도 생긴다면, 해결이 필요한 상황에서는 제가 거기 있어야 해요.」 그녀는 발걸음을 옮겼다. 「가시죠.」

멍크는 고집뿐만 아니라 용기라는 차원에서도 마라에게 약간의 존경심을 느꼈다. 그가 마라를 안 지 하루도 지나지 않았지만, 그녀가 자신의 강인한 정신력을 인식하면서 얼마나 강한 사람으로 변했는지 확인하는 계기였다. 마라는 더 이상 그가 처음 만났을 때의 겁먹은 컴퓨터광이 아니었다.

그들이 건물 앞에 도착하자 앞쪽 문이 열렸다. 멍크가 앞장섰다.

우릴 계속 감시하고 있었던 게 분명해.

문을 지키고 있는 자는 턱에 길쭉한 흉터가 있는, 감정 없는 눈을 가진 맹수 같은 남자였다. 그는 부풀어 오른 다운 코트를 입고 있었다. 그가 계속 앞으로 오라고 손짓했을 때 멍크는 그의 어깨에 걸려 있는 권총집을 살짝 엿보았다. 건물 안으로 들어가서는 또 다른 경호원을 만났고, 그는 어두운 계단 위로 올라가기 전에 그들의 몸을 더듬어 수색했다.

이제 시작이군.

그들은 위층으로 올라가는 동안 총을 든 남자들이 한 명씩 층계참마다 대기하고 있는 것을 볼 수 있었다. 정문 앞을 지키고 있던 두 남자는 무기를 들고 있지 않았는데, 광장 밖에서 누군가가 그 모습을 볼 수도 있어 조심하는 것 같았다. 하지만 위로 올라가니 그런 조심성은 찾아볼 수 없었다. 첫 번째 경호원은 손에 권총을 들고 있었다. 다음 경호원은 판자로 막아 놓은 창문에 난 틈새로 저격 소총을 겨누고 있었다.

멍크는 자신과 마라가 광장을 건너는 동안 이 암살자가 그들의 움직임을 주시하면서 무기의 조준경을 그의 머리에 고정하고 있는 모습을 상상했다. 그는 몸서리가 나는 것을 참았다.

발야는 확실히 어떤 위험도 감수하려고 하지 않았다.

꼭대기 층에 도착하자 뭉툭한 돌격용 자동 소총을 든 두 남자가 보초를 서고 있는 모습이 보였다. 그중 한 명이 자리에서 벗어나더니 복도를 지나 닫힌 문까지 그들을 데리고 갔다. 남자가 주먹으로 문을 두드리며 러시아어로 무어라 말을 했다.

문이 열렸고, 두 사람은 안으로 안내되었다. 마라는 무기를 든 남자들에게서 벗어나기 위해 멍크 뒤에 바짝 따라붙어 서두르다 그에게 부딪혔다. 겉으로 봐서는 그녀의 강철 같은 기개가 아직 완전해지지는 않은 것 같았다.

멍크는 안으로 들어가자마자 한눈에 주변 상황을 파악했다.

방은 벽지가 벗겨져 있었고, 몇몇 조각들은 여전히 석고 판에 달라붙어 있었다. 발밑으로는 새로 간 마루 밑 속 바닥이 드러나 있었다. 하나밖에 없는 창문이 유일한 출구였지만 다른 창문들과 마찬가지로 판자로 막혀 있었다. 태양이 광장 건너편에 걸려 있어서, 판자 사이로 난 틈으로 좁고 가느다란 햇살이 들어와 먼지로 가득 찬 공기를 훤히 비췄다.

다른 유일한 빛은 나무 탁자 옆에 있는 전등이었다.

방 안에 있는 두 사람 가운데 한 명은 노트북 위로 몸을 웅크리고 있었다. 그는 키가 크고 말랐고, 헝클어진 갈색 머리에다 두꺼운 검정 뿔테 안경을 쓰고 있었다. 그의 팔꿈치 옆에는 나선형으로 말아 놓은 케이블과 작은 계량기, 작은 드라이버가 담긴 상자가 있었다.

분명 발야의 기술 전문가였다.

방 안에 있는 다른 남자는 곰 같은 자였다. 바짝 자른 금발과 차갑고 푸른 눈을 가진 러시아 곰이었다. 그의 고향에 대해 어떤 의구심이 든다면 난방도 안 되는 방에서 티셔츠만 입고 있다는 점을 보면 되었다. 드러난 이두박근에 새겨진 빨간색 망치와 낫 문양 문신이 눈에 확 띄었다.

추가적으로 그의 국적을 확인시켜 주는 것은 그의 손에 들린 군대 보급용 권총이었는데, 룩rook이라고도 하는, 러시아 MP-443 그라치 모델이었다.

발야가 게임을 하기 위해 도착한 것 같았다.

멍크는 케이스를 집어 들었다.

나도 여왕을 가지고 오길 잘했지.

오후 4시 18분

마라는 자신이 제네스 설치를 마쳤을 때 일이 어떻게 끝날지 상상해 보려고 애썼다. 판자로 막아 놓은 창문을 바라보자 멍크와 자신이 얼마나 철저히 갇혀 있는지 알 수 있었다. 그녀는 밖의 광장을 떠올렸다. 전에 엘리자와 함께 마드리드를 방문했을 때 광장을 방문한 적이 있었다. 타파스를 나눠 먹으면서 엘리자는 그녀에게 마녀들이 이 광장에서 어떻게 화형을 당했는지 알려 주었는데, 보통 여러 장작더미가 한꺼번에 불타오르면서 구경거리를 연출했다고 말해 주었다.

그녀는 엘리자의 슬프지만 결의에 찬 말을 기억했다. **지적 능력을 가진 여자들은 항상 박해받아 왔어. 언젠가는 우리가 그런 걸 없애 버려야 해.**

하지만 불행하게도 오늘은 그날이 아닐 것이다.

마라는 자신이 과거의 마녀들과 같은 운명을 겪게 될 것이라고 예상했다.

정신을 다른 데로 팔기 위해 그녀는 방 안에 있는 두 남자의 말을 엿들었다. 그들은 그녀가 단어 하나까지 모두 다 이해한다는 사실을 모른 채 러시아어로 낮게 대화했다. 그녀는 무례한 말들과 조롱 섞인 웃음을 귀담아들었다. 이름이 니콜라예프인 덩치가 더 큰 남자는 그녀를 협력하게 할 수 있는 외설적인 방법을 제안했고, 기술 전문가는 그의 말에 음탕한 웃음을 지었다.

엿이나 먹어.

몇 분 전, 멍크가 처음으로 케이스를 열어 저전력 모드 상태의 은은한 빛을 내는 제네스가 모습을 드러냈을 때, 그들은 잡담을 멈추고 잠시 조용해졌었다. 마라가 장치를 노트북에 연결하자 칼리닌이라는 이름의 기술 전문가가 그녀의 작업물을 가까이서 유심히 지켜보았다. 그녀의 목덜미 곁에서 마늘 냄새와 나쁜 위생 상태를 알려 주는 입 냄새가 났다.

그녀는 서두르지 않았고, 이브에 다시 전원을 공급하기 전에 모든 조정 작업을 정확히 해두고자 했다.

칼리닌은 분명 인내심을 잃고 있었다. 「Glupaya shlyuha.」 그가 마라를 **멍청한 창녀**라고 부르며 니콜라예프에게 불평을 늘어놓았다. 「저건 자기가 뭘 하는지 몰라.」

마라는 남자 동료들 때문에 그런 조롱에 익숙했다. 과거와 마찬가지로 마라는 작업물이 자신을 대신해서 말하도록 만들 작정이었다. 제네스의 상태는 만족스러웠고, 그녀는 코드를 정확히 입력해서 이브를 완전한 영광으로 되돌려 놓았다.

바닥에 놓인 제네스가 환하게 켜지면서 살아났다.

놀란 칼리닌은 뒤로 한 걸음 물러나 장치가 폭발하지는 않을까 두려운 듯 무기로 얼굴을 가렸다.

마라는 그 모습을 힐끔 쳐다보고 비웃었다. 「Mu-dak.」

멍청이.

그의 얼굴이 붉어졌다. 자신이 보인 반응이 부끄러웠거나 마라가 러시아어를 한다는 사실에 놀랐음이 틀림없었다.

그는 걸음을 옮겨 자신의 길을 막고 있는 마라를 옆으로 밀쳐 냈다.

「숙녀를 조심히 대해야지, 친구.」 멍크가 경고했다.

니콜라예프가 무기를 집어 들면서 끼어들기 위해 앞으로 나왔을 때 이브와 그녀의 정원이 노트북 화면에 나타났다.

모든 눈이 마라의 창조물로 향했다.

심지어 멍크도 헉하고 숨을 참았다.

화면에 나타난 이브는 한 번 더 변신한 모습이었다. 그녀는 옷을 벗고 있었다. 나체는 달빛 아래 폭풍우 치는 강처럼 물결이 일며 희미하게 빛나는 은빛 막에 가려져 있었다. 그녀의 얼굴은 전처럼 마라 어머니의 얼굴과 닮았지만 훨씬 더 아름다웠고, 눈은 검정 다이아몬드처럼 빛났다.

멍크는 불안감이 묻어나는 얼굴로 마라를 쳐다보았다. **무슨 일이야?**

티 나게 걱정스러운 표정을 내비치면 협상이 물 건너가리라는 것을 알고 있었기에 그녀는 아주 살짝 어깨를 으쓱해 보였다. 그녀가 할 수 있는 설명은 한 가지뿐이었다. 이브는 저전력 모드에서도 자신의 프로세싱을 지속하는 방법을 배운 게 틀림없었다. 보통 하드웨어가 쉬고 있을 때 이브는 휴면 상태에 들어갔다. 그녀는 분명 좀 더 효율적으로 작동하는 방법을 고안해 낸 것 같았다. 이곳까지 걸어오는 그 짧은 시간 동안에도 이브는 크나큰 발전을, 그야말로 극적인 발전을 이룩했다.

하지만 마라는 자신의 반응을 숨겼다. 그녀는 칼리닌에게 손을 흔들고 자신의 유창한 러시아어 실력을 보여 주며 말했다. 「자, 모두 점검해 봐요.」

칼리닌이 즉각 반응했다. 그의 환하게 타오르던 욕정이 이번에는 이브를 향한 것 같았다.

장치에 손상을 가하지 못하도록 마라는 그를 계속 주시했다. 몇 분이 지난 후 인내심이 바닥난 멍크가 니콜라예프에게 재촉했다. 「봐봐, 모든 게 아무 문제 없어. 이제 너희 두목과 이야기하고 싶은데.」

니콜라예프가 어깨를 으쓱하고는 태블릿을 꺼냈다. 그는 엄지손가락 지문으로 태블릿의 잠금을 해제한 뒤 컴퓨터를 향하도록 각도를 맞추어서 탁자 위에 세웠다.

몇 초 정도 기다리자 화상 전화가 연결되더니 한 여자의 얼굴이 화면에 나타났다. 하얀 금발 머리와 창백한 피부 때문에 유령처럼 보였다. 흠이라고 할만한 것은 눈에 확 띄는, 한쪽 뺨을 덮고 있는 검은 태양 문양의 문신이었다.

멍크는 태블릿 가까이로 다가갔다. 그의 입술이 가늘어지면서 단단한 선을 그렸고, 턱 근육은 두드러지게 돌출되었다.

마라는 그에게 자리를 내주었다.

니콜라예프도 계속해서 권총을 그에게 겨누며 뒤로 물러났다.

멍크가 더 가까이 몸을 기울였다. 「발야……. 우리 거래를 했잖아.」

오후 4시 30분

멍크는 태블릿을 집어 들어서 작은 화면이 제네스를 점검하고 있는 기술자를 향하도록 했다. 「보이는 것처럼 난 약속을 지켰어. 그러니 내 딸과 세이챈을 풀어 줘.」

「내가 거절한다면 어떻게 할 건데?」 발야가 그를 시험하듯 물었다.

멍크는 이런 상황에 대비했다. 「마라에게 중단 코드를 입력하라고 시켰어. 킬 스위치지. 오후 5시에 작동하게끔 시간이 맞춰져 있어. 나에게 정해 준 마감 시한이지. 바로 **네**가 말이야. 지금부터 30분 뒤면 전체 시스템이 파괴될 거야. 나만 그걸 막을 수 있는 코드를 알아. 그러니 안전하고 위험이 없는 장소에다 해리엇과 세이챈을 데려다 놓은 **실시간** 영상을 보여 줘. 그러지 않으면 난 아무것도 하지 않을 거고, 그럼 넌 모든 걸 잃는 거야.」

이 말은 거짓이고 허풍이었다.

여기로 오기 전에 그는 마라에게 이런 계획을 이해시키려고 했지만 마라는 거절했다. 그녀는 이브가 이 세계를 위해 너무나 중요하며, 특히나 다른 장치가 여전히 회수되지 않은 상황에서는 더더욱 그렇다고 여전히 믿었다. 게다가 마라는 현재 상태의 이브라면 새 주인을 섬기는 노예가 되는 것을 거절하리라 생각했다.

지금 화면에 나와 있는 이브를 보고 나자, 멍크는 그 점을 의심하지 않았다.

그래서 그는 자신이 할 수 있는 최선을 다했고, 어깨를 으쓱해 보였다. 「이제 네 차례야, 발야.」 그의 적은 다음 말을 조심스럽게 고르며 무표정한 얼굴을 유지했다. 시간이 흘러갔다. 멍크의 불안과 조바심을 감지라도 한 듯 전등이 깜빡였다.

발야가 드디어 입을 열었다. 자신의 기술자에게 하는 말이었다. 「칼리닌, 실비에라의 장치에 대한 분석은 끝났나?」

기술자는 몸을 펴, 잡으려면 두 손이 필요한 무거운 스캐너를 높이 들어 올렸다. 그는 전부터 스캐너를 계속해서 제네스 앞뒤로 움직이고 있었다. 「Da(네).」

「확실히 전체 설계도를 파악했어?」

칼리닌이 자신의 노트북 쪽으로 걸어가 버튼 몇 개를 눌렀다. 그러자 마라의 장치를 3차원으로 보여 주는 창이 하나 열렸다. 「Da(네).」 그가 확인해 주었다.

멍크는 심장이 내려앉는 것만 같았다.

「그럼 30분 정도는 기다려 볼 수 있겠군.」 발야가 말했다. 「최종적으로 이 설계도만 있어도 난 만족할 수 있어. 내 부하들이 그 장치를 복제할 수 있다고 확신하거든. 그러니 취소 코드를 입력하고 네가 약속한 물건을 전달하든지…… 그게 아니면 네가 요구한 **생중계** 영상을 공유하지. 그런데 네가 그 쇼를 즐기긴 쉽지 않을 것 같은데.」

그녀는 말을 마치며 웃었다. 「이제 네 차례야.」

내 허세는 여기까지군.

그는 다른 전술을 시도했다. 「네가 원하는 대로 한다면, 그들을 보내 줄 거야?」

「방금 네가 하려고 한 일을 생각하면 데리고 있어야 할 것 같아. 한 번 더 그들의 유용성을 확인할 기회가 있을 것 같으니까 말이야.」

멍크는 제이슨이 정확히 지금과 같은 일이 벌어질 거라고 경고한 것을 기억했다.

미안해, 해리엇.

좋은 결과로 이어질 확률이 희박하다는 것을 알았지만, 그래도 시도는 해야 했다.

발야가 절대 약속을 지키지 않으리라는 사실을 인정하게 된 그는 마라의 노트북 쪽으로 걸음을 옮겼다. 그는 발야의 창백하고도 의기양양한 얼굴이 생중계되는 태블릿을 한 손에 들고서 다른 한 손을 앞으로 내밀었지만, 키보드에 뭔가를 입력하는 대신 단순한 명령을 내렸다.

두 마디였다.

「**지금이야**, 이브.」

오후 4시 33분

이 신호에 마라는 태블릿을 멍크의 손에서 낚아채 바닥으로 떨어뜨렸다. 판자를 댄 창문 밖에서 변압기가 폭발했고, 마라는 몸을 공처럼 말았다. 빌딩으로 수류탄이 던져진 것 같은 소리가 났다. 유리가 산산조각 나면서 방 안으로 쏟아지고 판자들 가운데 하나가 쪼개졌다. 방은 전기가 나가며 어두워졌다.

심지어 제네스의 전원도 끊어지면서 빛의 밝기가 줄어들어 대기 모드에 들어갔다. 하지만 이브는 자신의 일을 수행한 뒤였다.

멍크도 마라와 동시에 반응했다. 마라는 땅딸막한 남자가 그렇게나 빨리 움직일 수 있다고 생각하지 못했다. 다들 놀라서 어리둥절해하는 짧은 순간, 그는 니콜라예프에게 달려들어 그의 손목을 잡아 인공 기관의 힘으로 뼈를 으스러뜨렸다.

그 러시아 남자가 비명을 지르며 권총을 아래로 떨어뜨렸다.

멍크는 다른 자유로운 손으로 공중에서 그 권총을 잡아 휙 돌린 뒤 칼리닌을 겨누었다. 「움직이면 죽어.」

고통으로 니콜라예프는 무릎을 꿇었다. 멍크는 그의 팔목을 놔주고 주먹으로 코를 가격했다. 그런 뒤 뼈를 바스러뜨린 인공 기관으로 그의 목을 붙들었다. 그는 숨을 헐떡이는 러시아 남자를 등이 아래로 가게 땅에다 쓰러뜨린 뒤, 무릎을 그의 가슴에 대고 눌러 움직이지 못하게 했다.

칼리닌은 이 기회를 틈타 문으로 달려갔다. 무서워 도망가려고 했거나 밖에서 기다리고 있는 지원 병력을 부르려고 했을 것이다. 어느 쪽이든 그가 두 걸음을 뗀 자리에서 그의 머리가 박살이 났다.

마라는 헉하고 숨을 멈췄다.

그녀는 심지어 총소리도 듣지 못했다.

그의 몸은 멍크가 있는 곳 근처의 바닥으로 쓰러졌다. 멍크는 여전히 빼앗은 총을 들고 있었지만 총구는 문 쪽을 향하고 있었고, 총알은 발사되지 않았다. 창문을 쳐다본 마라는 틀 안에 있던 유리 한 장이 바닥으로 쏟아지는 장면을 보았다. 총알이 유리를 깔끔하게 통과한 것이다.

저격수가 판자 사이에 난 틈으로 총을 쏜 게 분명했다.

복도 밖에서 귀를 먹먹하게 할 정도로 쿵 하며 크게 울리는 소리가 들려왔다. 마라는 깜짝 놀랐다. 곧이어 한 줄기 불빛이 일었다. 너무나 밝아 문틀의 윤곽이 드러났다.

곧 퍼붓는 듯한 총격 소리가 났다.

그녀는 공기에서 코를 찌르는 듯한 냄새를 맡았다.

잠깐 소총 사격 소리가 들렸다.

그러고는 침묵이 이어졌다.

「몸을 낮춰.」 멍크가 경고했다. 「지금 밖에서는 청소 작업이 진행 중이야.」

「누구죠……?」

「기사들이지.」 멍크는 목덜미를 잡은 러시아 남자에게로 주의를 돌렸다. 멍크는 자기 코가 그 남자의 코에 가 닿을 정도로 가까이 얼굴을 낮췄다. 침이 그의 입술에 튀었다. 「자, 동지, 두목이 어디에 숨어 있는지 말해.」

오후 4시 35분

멍크는 니콜라예프가 머리를 흔들 수 있을 정도까지만 손의 힘을 풀었다. 압력 때문에 러시아 남자의 눈은 튀어나왔고, 얼굴은 시뻘게졌다.

「몰라…….」니콜라예프는 숨찬 목소리로 말했다.

네 말이 진실인지 두고 보자고.

멍크는 목을 조르는 손에 더욱 힘을 주었다. 인공 기관 손가락들이 죄수의 목을 깊이 파고들었다. 예민한 인공 기관이 남자의 경동맥에서 겁에 질린 맥박을 느꼈다.

「한 번 더 묻지, 친구. 질문은 같아.」

그는 남자의 머리를 억지로 옆으로 돌려 칼리닌의 박살 난 얼굴을 보게 했다. 저격수는 그의 머리 뒤쪽을 정확히 명중했다. 얼굴 앞쪽으로 총알이 빠져나간 출구는 끔찍했다.

「저놈이랑 같은 꼴이 되고 싶어?」

멍크가 그의 얼굴을 한 번 더 정면으로 쳐다보자 니콜라예프는 꿈틀거렸다. 러시아 남자의 눈이 휘둥그레지며 공포가 어렸다. 멍크가 바라보는 동안 인공 기관 손가락들에 힘이 꽉 들어갔고, 남자의 뇌로 혈압이 쏠리는 바람에 눈 흰자의 모세 혈관이 터졌다.

「발야 미하일로프는 어디 있지? 그는 손의 힘을 살짝 풀었다. 「아니면 찾는 데 도움이 될 만한 단서는?」

남자의 눈에서 눈물이, 코에서 콧물이 흘렀다.

「Ny……nyet(아……아니). 그런 건 없어. 맹세……해.」

멍크는 또다시 힘을 주어 더 세게, 너무 세게 눌렀다. 그는 의도치 않게 남자의 경동맥을 꽉 죄어 막아 버렸다. 러시아 남자의 눈이 머리 쪽으로 넘어가더니 기절하면서 눈꺼풀이 아래로 꺼졌다.

멍크가 일부러 그렇게 한 것은 아니었다.

사실 그는 그자가 하는 말을 믿었다.

그 자리에 있는 다른 사람들처럼 니콜라예프는 분명 아는 게 없었다. 발야는 극도로 조심하는 편집증 환자였다. 절대적으로 필요한 경우가 아니라면 자신의 위치를 누군가에게 알렸을 리가 없었다.

멍크는 좌절감에 이를 악물었다. 그는 애초부터 지금의 시도가 통할 가능성이 희박하다는 사실을 알았다. 발야가 F-15 전투기를 타고 있는 그에게 연락을 한 후 그는 페인터 크로 국장에게 그 소식을 전했고, 마녀가 그에게 개인적으로 제안한 내용을 알렸다. 국장은 통화를 추적하려고 시도했지만 단서를 찾지 못했다.

그녀는 찾을 수 없는 유령 같은 존재로 남았다.

그 유령을 잡기 위해 페인터 국장은 그들에게 도움이 될 수 있고 궁극적으로 그들이 필요로 하는 것을 제시했다. 그것은 적의 암호화된 하드웨어, 구체적으로는 발야와 연락하는 데 사용된 무언가였다. 만일 그들이 그런 장치를 확보할 수 있다면, 행운과 전문 감식팀의 도움으로 그녀의 소재에 대해 더 많은 것을 알 수 있으리라고 페인터 국장은 믿었다.

멍크는 마라 쪽을 쳐다보았다.

그녀는 태블릿을 움켜쥔 채 여전히 바닥에 누워 있었다.

이 시도는 마지막 승부수였지만 시도할 만한 가치가 있었던 것이다. **해리엇과 세이챈, 그리고 그레이의 아직 태어나지 않은 아이를 위해서.**

결국 페인터 국장은 멍크가 이 속임수를 시도하는 것에 동의했다. 이 전술이 통하려면 모든 사람이 멍크가 압박에 굴해 딸을 구하기 위해 발야와 개인적인 협상을 맺었다고 믿어야 했다. 페인터 국장과 멍크만이 진실을 알았다. 그들은 말이 새어 나가는 위험을 무릅쓸 수 없었다. 모든 이야기가 일관되게 흘러가야만 했다.

멍크가 시그마 포스를 배신했다고.

그와 페인터 국장 사이의 유일한 연락망은 양자 암호화된 회선이었다. 밖에 있는 타격팀도 자신들이 누구를 구하러 온 것인지 몰랐다. 멍크가 매우 중요한 물건을 가지고 있음을 아는 페인터 국장은 그의 인공 기관에 삽입된 GPS를 통해 그를 추적해 왔고, 이것은 국장이 지금의 기습 공격을 계획하는 데 도움을 주었다. 아까 호텔에서 멍크는 그의 계획을 마라 그리고 이브와 공유했다. 놈들의 시선을 돌릴 만한 것이 필요했으므로, 그는 이브에게 도시의 전력망으로 들어가 자신의 도플갱어에게서 얻은 지식을 바탕으로 변압기에 과부하를 걸어 그가 신호를 줄 때 폭발하게 해달라고 요청했다. 이브는 그의 인공 기관 GPS 신호를 통해 그들의 위치를 정확히 집어냈다. 일이 그렇게 진행되도록 만들기 위해 마라는 이곳에서 설치 작업을 하며 이브의 온라인 접속망을 몰래 다시 열었다.

모든 것이 준비되었다는 유일한 신호는 방 안에 있는 전등의 깜빡임이었다.

「멍크.」마라가 천천히 일어나 앉으며 말했다. 그녀의 시선은 그가 잡은 죄수에게로 향했다.

그의 인공 기관은 여전히 니콜라예프의 목을 조르고 있었다. 심지어 상황을 알아차렸음에도 그는 손아귀의 힘을 풀지 않았다. 그는 니콜라예프가 조금 전에 그랬던 것처럼 공포에 질렸을 자신의 어린 딸을 떠올렸다. 그는 누군가가 대가를 치르기를, 벌을 받기를 원했다.

그는 손아귀의 힘을 푸는 대신 오히려 더 조였다.

양쪽 경동맥이 압착되어 뇌로 가는 혈류가 차단되었으므로 죽음은 2분이나 3분 안에 찾아올 것이다. 그는 극렬하게 싸웠으나 발야의 요원에게 얻어맞아 머리가 함몰된 캣을 떠올렸다. 그는 여전히 **뇌사**라는 말을 머릿속에서 *끄*집어낼 수 없었다. 그녀는 그보다 나은 사람이었고, 그가 붙들고 있는 남자보다 확실히 더 가치 있는 사람이었다.

손가락에 힘이 들어가면서 뼈까지 가 닿았다.

멍크의 시야가 그의 의도와 함께 어두워졌다.

배경 음악처럼 마라의 목소리가 들려왔다. 그녀의 목소리는 애원하는 듯했다. 「멍크, 안 돼요.」

그때 한마디 말이 그의 머릿속에서 메아리쳤다.

안 돼…….

그것은 자신의 생각처럼 느껴지지 않았지만, 물론 그것은 그의 생각일 것이다. 하지만 지구상에서 또 한 명의 쓰레기 같은 인간이 공기를 들이마시며 공간을 차지하지 않는다고 해서 문제가 될 일이 뭐가 있겠는가? 그는 손에 단단히 힘을 주었다. 시간이 초 단위로 흘렀다. 니콜라예프의 가슴이 위로 올라가기 시작했다. 입술과 얼굴이 퍼렇게 변했다.

안 돼…….

갑자기 멍크의 손가락이 활짝 펴졌다. 그는 멀리서 보듯 그 장면을 바라보았다. 팔을 들어 올린 그는 자신이 더 이상 손가락들을 통제하지 못한다는 사실을 알아차렸다. 인공 기관의 민감한 피부가 더는 차가운 공기의 흐름을 감지하지 못했다. 마치 진짜 손이 마비된 것처럼 그의 인공 기관이 죽어 버린 것 같은 느낌이었다. 그는 회로가 손상되었거나 느슨해졌을 거라 믿으며 팔을 흔들었다.

그러자 통제가 다시 되돌아왔다.

손가락들이 구부러졌다.

그는 인공 기관 팔을 다리에다 문지르며 작업복의 거친 질감을 느껴보았다.

「멍크…….」

「풀어 줬어.」 그가 무뚝뚝하게 말했다. 「괜찮을 거야.」

러시아 남자는 이미 숨 쉬는 모양새와 안색이 나아지고 있었다. 그의 목에는 멍크의 손에 눌려서 생긴 붉은 자국이 그대로 남아 있었다. 여러 주 동안 타박상으로 남아 있을 것이다.

멍크는 전혀 동정심을 느끼지 않았다.

「그게 아니라…….」 마라가 말했다. 「보세요.」

그는 고개를 홱 돌렸다. 마라는 무릎을 바닥에 댄 채 탁자 위에 놓인 열린 노트북을 가리키고 있었다. 노트북은 여전히 대기 중인 제네스에 연결된 상태였고, 이것이 노트북에 최소한의 전원을 제공했다. 화면이 어두워지기는 했어도 여전히 에덴동산과 그곳의 유일한 거주자를 볼 수 있었다.

이브는 화면의 한가운데에서 한쪽 손은 높이 쳐들고 손가락을 벌린 채 서 있었다. 조금 전에 일어난 일과 비슷하다고 생각한 멍크는 그의 인공 기관 손을 내려다보았다.

이게 도대체 무슨······.

더 생각하기도 전에 누군가가 문을 두드리더니 곧바로 열었다. 날씬한 여자가 안으로 들어왔다. 그녀는 작업복을 입고 있었고, 길고 검은 머리는 검은색 반다나로 묶은 채였다. 어깨에는 저격수용 소총을 메고 있었다. 피부는 시나몬 모카색이었고, 진한 호박색 눈에는 군데군데 금색이 감돌았으며, 즐거움이 묻어났다.

멍크는 죽어서 바닥에 쓰러져 있는 그녀의 작업물을 떠올렸다.

「멍크 코칼리스, 너인 줄 알아봤어야 했는데. 내가 항상 널 곤경에서 구해 주니까 말이야.」

그는 일어서서 그녀를 가볍게 포옹했다. 「나 역시 만나서 반가워, 로사우로.」

셰이 로사우로는 전직 공군으로, 지금은 시그마 포스의 일원이었다. 두 사람은 과거에 함께 임무를 수행했다. 그녀는 벨트에서 위성 전화를 꺼내 그에게 건넸다.

「국장이 전화하래.」

그가 전화기를 받아들었다.

「제이슨을 총으로 쐈다고?」 멍크가 암호화된 개인용 회선으로 전화번호를 누르는 동안 그녀가 말했다. 그러고 나서 어깨를 으쓱했다. 「잘난 체하더니, 녀석이 자초한 일이지. 나도 몇 번 쏴버리고 싶었거든.」

멍크가 얼굴을 찡그렸다. 「속임수가 진짜인 것처럼 보이게 만들 필요가 있어서 그랬던 거야. 그 러시아 요괴가 이 모든 것이 진짜라고 믿도록 만들고 지금 같은 만남을 가지려면 누군가가 피를 좀 흘려야 했거든.」

그녀는 한쪽 눈썹을 치켜세웠다. 「총을 쏘는 게 꼭 필요했다는 생각에 제이슨 그 녀석이 동의할지 모르겠네.」

전화가 연결되기를 기다리는 동안 멍크는 제이슨이 지하 묘지 바닥에 쓰러지던 모습을 떠올렸다. 멍크는 자신의 의학적 지식과 인공 기관의 숙련된 정확성을 이용해서 허벅지 살의 치명적이지 않은 부분을 겨냥했다. 많은 피를 흘리겠지만 지속적으로 손상을 입을 부위는 아니었다. 하지만 한동안은 다리를 절게 될 것이다.

멍크는 여전히 마라의 손에 들린 태블릿을 쳐다보았다.

그럴 만한 가치가 있는 일이었길.

전화 통화가 연결되었고, 페인터 국장은 관련 내용을 빠짐없이 보고하기를 바랐다. 멍크는 일어난 일을 보고했지만 인공 기관과 관련해서 일어난 이상한 일과 러시아 남자의 목을 졸라서 거의 죽일 뻔한 부분은 빼뜨렸다.

「셰이에게 그 태블릿을 감식팀에 가져다주라고 지시해 두지.」페인터 국장이 말했다. 「우린 그 태블릿의 세세한 부분까지 분석할 거야. 필요하다면 원자 수준까지. 발야가 어디에 숨어 있는지 알아내기 위해 할 수 있는 모든 일을 다 할 거야.」

「서두르는 게 좋겠습니다.」이곳에서 일어난 일을 알면 발야가 크게 화를 내리라는 것을 알고 있는 멍크가 말했다. 그의 유일한 희망은 갑작스럽게 통신망이 소실되었으므로 발야가 더 조심할 거라는 예상이었다. 적어도 그녀가 이곳에서 무슨 일이 일어났는지 알아낼 때까지는. 하지만 그 정도의 시간만 벌 수 있을 뿐이었다.

「그리고 멍크,」페인터 국장이 말했다. 「자네와 마라를 북쪽에 있는 피레네산맥으로 데려갈 헬리콥터를 준비하라고 지시해 두었어. 그레이가 단서를 쫓고 있는데 피레네산맥 안에 자리 잡은 한 저택 단지를 급습하기 위한 공격팀을 준비하고 있어. 강탈당한 이브의 복사본을 적들이 사용하려고 한다면 우리는 마라 씨의 장치가 필요할 수도 있어.」

「어떤 단서입니까?」멍크가 물었다.

「마라 씨와 이야기할 수 있게 해줘. 알 자격이 있으니까.」

오후 4시 50분
아니야, 아니야, 아니야……

마라는 한 손으로 전화기를 붙잡은 채 다른 손으로는 입을 틀어막았다. 그녀는 작은 화면에 고정된 이미지를 내려다보았다. 비디오 영상은 다시 처음부터 재생되었고, 한 무리의 남자들에 둘러싸여 거대한 저택의 처마 밑에서 뛰쳐나오는 어느 익숙한 형체가 보였다.

「이 동영상은 산세바스티안에 있는 보안 카메라에 잡힌 겁니다.」페인터 국장이 말했다. 「크루시블의 근거지를 급습하기 바로 직전이죠.」

동영상은 또다시 정지했다. 이미지는 거칠었고 픽셀로 쪼개져 있지만 마라는 그 얼굴을 알아보았다. 그녀의 심장에 새겨져 있는 얼굴이었다. 엄마 얼굴과 마찬가지로 지울 수가 없었다.

그 사람은 코임브라 대학교 도서관장 엘리자 게하였다.

마라는 체구가 작은 그 여자를 떠올렸다. 많은 밤과 저녁 식사를 그녀와 함께했고, 토론과 수업을 했으며, 심지어 이곳 마드리드까지 여행도 왔었다. 그녀는 그 사서가 자신의 고향 그리고 이 지역 전체에 대한 자긍심으로 가득 차 있었다는 사실을 알았다. 그녀가 말할 때, 몇몇 희귀한 책을 보여 주기 위해 도서관 서고 사이로 데리고 다닐 때, 마라에게 박물관 투어를 시켜 주면서 복장이나 갑옷 혹은 귀중한 역사 유물들을 알려 줄 때 그러한 자긍심은 환하게 빛났다.

하지만 마라는 엘리자의 열정이 지적인 호기심에서 나온 것이라 여겼다. 그 여자는 칼리의 어머니와 함께 브루샤스 조직을 창립했다. 마라는 엘리자가 그룹 초기 활동의 상당수를 자기 주머니에서 나온 돈으로 후원했다는 사실도 알았다. 그녀의 가족은 상당한 규모의 부를 지녔는데, 그것은 수백 년에 걸쳐 축적된 재산이었다. 엘리자는 그 돈을 은행에 묵혀 두는 것보다 뛰어난 재능을 가진 사람들을 찾기 위해 사용하는 것이 행복하다고 말했다.

하지만 분명 그녀에게는 숨은 동기가 있었던 것이다.

마라는 여전히 이해하기가 힘들었다. 어지럼증을 느꼈다. 「하지만 엘리자는 죽었잖아요. 제 눈으로 직접 봤다고요.」

「세상 사람들이 그렇게 믿게 하는 게 그 여자의 목적이었죠. 보신 것처럼 엘리자는 아주 잘 살아 있습니다. 저희는 도서관에서 발견된 유해들을 다시 확인하는 중입니다. 전에는 시신을 어떤 가족에게 돌려주어야 하는지 정도만 간략하게 살폈을 테니까요.」

마라는 국기가 덮인, 엄마의 관 옆에 칼리가 서 있던 장면을 떠올렸다. 관에는 재와 뼈만 담겨 있었다. 돌로 만들어진 지하실에서 타오른 불이 그곳을 화장장으로 바꿔 놓은 뒤 남은 전부였다.

「우린 엘리자가 자기 죽음을 꾸민 거라고 믿고 있습니다.」 페인터 국장이 계속 말을 이었다. 「공포탄을 맞았거나 아니면 의도적으로 상처만 입게끔 한 거겠죠. 카메라가 꺼지자 다른 데로 옮겨졌고, 그녀와 닮은 형태와 크기의 시신을 대신 가져다 놓은 겁니다. 서둘러서 한 검사를 속이기엔 충분했던 거고.」

마라는 그의 말을 거의 듣지 않았다. 혼란스러움을 느낀 그녀는 대학교에서 자신이 보낸 시간을 새로운 시각에서 곱씹어 보았다. 엘리자가 여자들의 박해를 멈추고 싶다고 말한 것은 거짓이었을까? 그녀는 마라가 새로운 세계 질서에서 그녀 편에 서서 일해 주기를 바란 것일까? 그녀는 이제 엘리자가 자신을 훈련했고, 시험했으며, 그녀가 내세운 대의명분에 자발적으로 동참해서 크루시블에 들어오도록 유인할 수 있는지 가늠해 보았다는 사실을 알아차렸다.

하지만 그게 실패했을 때…….

마라가 말했다. 분노에 자극을 받아 단어가 이어질 때마다 어조가 강해졌다. 「엘리자는…… 엘리자는 제가 프로그램과 빛을 내는 구의 설계도를 모두에게 보여 주기 위해서 제네스를 도서관으로 가져올 거라고 생각했어요. 동지를 고른 것도 엘리자였어요. 아마도 중요성 때문이었겠죠. 그런 식이었어요. 항상 중요한 계기들을 찾았고, 운명의 손을 작동시키려고 노력했어요. 그런데 제가 작업을 제시간에 끝내지 못했어요. 도서관에 갈 시간이 없었고, 그래서 마지막 순간에 원격 시범을 준비했죠. 제가 그곳에 갔었더라면…….」

「……죽임을 당했거나 납치됐겠죠.」 페인터 국장이 말했다. 「그리고 장치는 아무도 모르게 강탈당해서 사라졌을 테고, 크루시블은 그 창조물로 원하는 것은 무엇이든 할 수 있는 접근성과 시간을 갖게 됐을 겁니다.」

마라는 바닥에서 부드럽게 빛나는 구를 쳐다보았다. 그녀가 칼리의 어머니와 다른 세 여자를 떠올리며 손으로 전화기를 더 세게 붙잡았다.「그럼 이제 저는 이걸 사용해서 그 여자를 막아야겠네요. 우리가 뭘 해야 하는 거죠?」

그녀가 전화기를 멍크에게 넘겨주고 난 후 페인터 국장은 몇몇 세부 사항을 추가적으로 설명했다. 그녀는 이야기를 듣는 둥 마는 둥 했다. 그녀는 관심을 이브에게로 되돌렸다. 전원이 약해진 화면 속에서 그녀의 창조물은 진화의 영광으로 밝게 빛났다.

그 어느 때보다 지금 네가 필요해.

그녀 뒤에서 멍크가 페인터 국장과의 통화를 마무리했다.「전 세계를 구할 테니, 국장님은 제 딸을 구해 주세요.」

「희망 사항이긴 하지만 자네와 마라가 확보한 물건을 바탕으로 우리의 탐색 범위를 좁힐 수 있을 거야.」페인터 국장이 말했다.「또 다른 각도로도 알아보는 중이고.」

31

리사는 병원 복도를 빠르게 걸었다.

그녀는 페인터와의 통화를 막 끊은 참이었다. 그는 그녀에게 유럽에서 일어난 일에 대해 알려 주었고, 특히 그 일이 미국 내 상황에 어떤 영향을 미쳤는지 설명해 주었다. 그녀는 멍크가 시그마 포스를 배신하지 **않았고**, 모든 것이 발야를 설득해서 인질들을 풀어 주게 하거나(실패로 끝났지만), 그녀와 연관된 하드웨어를 확보하기 위한 속임수였다는 사실을 알고 나서 안도했다. 하드웨어 확보 계획은 생각대로 진행되었고, 관련 팀이 이미 그 장치에 대한 작업을 진행 중이었다.

그녀는 그가 서둘러 주기를 기도했다.

그것만이 해리엇과 세이챈을 구조할 수 있는 최고의 기회를 제공하리라는 사실을 그녀는 알았다. 그들이 이곳 병원에서 시도하고 있는 것보다는 훨씬 더 나은 기회였다.

리사는 복도에 있는 한 쌍의 무장 경비원들 사이를 지나갔다. 페인터의 명령에 따라 캣에 대한 접근뿐만 아니라 병동의 전체 층에 대한 접근이 통제되었다. 그녀는 어느 시점에선가 발야 미하일로프가 위장을 한 채 들어와 자신이 멍크에게 건 보안되지 않은 통화를 가로챘다는 사실을 알았으므로 죄책감을 느꼈다.

그녀는 이제 모든 얼굴을 두 번씩 쳐다봤다. 캣에 대한 두려움이 정신을 산만하게 만들어 그런 일이 일어나리라고는 생각조차 하지 못했던 것이다. 또 한편으로는 캣의 상태, 예후를 생각하면…….

그 괴물이 캣에게 어떤 짓을 더 할 수 있을까?

그녀는 캣을 안전하게 지키기 위해 마련된 개인용 병실로 걸어갔다. 병실로 들어갈 때마다 그녀의 심장은 내려앉았다. 캣은 여전히 산소 호흡기를 끼고 있었고, 튜브와 정맥 주사용 선에 연결되어 있었다. 그랜트 박사가 캣의 이전 병실로 달려가 장기 적출 작업을 중지시킨 지도 벌써 열일곱 시간이 흘렀다.

그랜트 박사는 리사가 병실로 들어오는 모습을 보았다. 「몇 분 후면 시도할 준비를 마칠 수 있을 겁니다.」

그랜트 박사는 캣의 침대 옆에 있는 컴퓨터 스테이션에 앉아 있었다. 모니터와 CPU는 지하실에 있는 신경학자의 서버 더미에 연결된 상태였다. 그녀는 심층 신경망을 저장하는, 녹색 불로 깜빡이고 있을 그랜트 박사의 실험적이고 높다란 서버 컴퓨터를 상상했다. 그들은 어제 그것을 이용해 캣의 MRI 스캔 영상을 해석해 캣의 뇌가 떠올린 이미지들을 식별해 냈다. 단검과 마녀 모자였다. 이 단서들은 범인이 발야 미하일로프라는 것을 확인하기에 충분했다.

그들은 이제 좀 더 실험적인 것, 다시 말해 방에 있는 또 다른 사람인 수전 템플턴 박사가 개발한 연구용 도구를 시도해 보려고 준비 중이었다. 템플턴 박사는 그랜트 박사가 프린스턴 대학교에서 여러 해 동안 함께 일해 온 분자 생물학자였다. 그는 자신이 시도할 수 있는 방법은 죄다 사용했다는 것을 알고서 동료인 템플턴 박사를 찾았다. 어쩌면 죄책감 때문일 수도 있었다. 그들의 마지막 시도가 캣을 절벽 가장자리에서 밀어 버렸을 수도 있다는 것을 알기 때문이었다.

리사는 이 방법이 성공할 수도 있다는 희망을 품지 않았다. 분명히 이 방법으로는 캣을 살릴 수 없을 것이다. 그녀의 친구는 이미 죽었다. 침대에 누워 있는 것은, 캣의 가슴이 리드미컬하게 오르락내리락하는 것은, 심장이 알아서 반사적으로 수축했다 이완되는 것은, 그냥 텅 빈 껍데기일 뿐이었다. 그들이 시도하려고 하는 것, 즉 죽은 자에게서 정보를 얻어 내려고 하는 일은 엽기적이고 모욕적이게 느껴졌다.

심지어 페인터도 이 결정에 의문을 제기했다. **캣이 뭔가를 더 안다고 어떻게 확신할 수가 있겠어? 평화롭게 쉴 수 있도록 보내 주는 것이 최선일지 몰라.** 하지만 그는 리사가 옳은 결정을 내리리라 믿으며 최종 결정을 맡겼다. 그래서 그녀는 시도하기로 했고, 절차를 승인했다. 그녀는 혹시 덧없는 일이 될지라도 캣이 마음 쓰지 않으리라는 것을 알았다. 어쨌든 딸을 구할 기회를 제공할 수도 있으니까.

하지만 다른 이유도 있었다.

리사는 걸어가 캣의 손을 잡으며 그녀의 빡빡 민 머리를 쳐다보았다. 캣의 머리는 전극 망으로 뒤덮였고, 두개골은 초음파 방사체가 들어찬 헬멧 아래에 숨겨져 있었다. 리사는 줄곧 캣의 침대 옆을 지켰다. 그녀는 캣이 그 헬멧 안에서 사투를 벌이고 있다는 느낌을 받았다. 그녀의 친구는 마지막까지도 자신이 투사라는 점을 증명했다. 그리고 기회가 주어진다면 캣은 죽고 난 후라도 계속해서 싸울 것이다.

그녀는 캣의 손을 힘주어 잡았다.

난 너에게 그렇게 할 기회를 줄 생각이야.

「준비가 다 됐습니다.」템플턴 박사가 말했다.

그 분자 생물학자는 그랜트 박사가 있는 쪽 침대 건너편에 앉아 있었다. 그녀의 컴퓨터 스테이션은 신경학자의 것과 똑같았지만, 모니터에는 캣의 뇌를 보여 주는 회전하는 회색 3D 개략도가 띄워져 있었다. 그 이미지는 캣의 뇌를 여러 번 스캐닝한 결과를 바탕으로 만든 것으로, 모든 상세한 부분까지를 지도처럼 보여 주었다. 이미지 전체에 걸쳐 수천 개의 매우 작은 붉은 점들이 표면을 덮고 있었는데, 모든 뇌회(腦回)와 뇌구(腦溝) 그리고 대뇌 피질의 주름과 접힌 부분을 덮고 있었다. 그것들은 소뇌 위로도 분포해 있었고, 아래쪽 뇌간에도 뿌려져 있었다.

화면 위의 점들은 캣의 뇌에 있는 먼지들의 위치를 표시했다. 리사는 몇몇 입자가 움직이는 모습을 볼 수 있었다. 뇌척수액 내 모세 혈관의 맥박이나 소용돌 때문에 새로운 위치로 옮겨 가는 것이었다.

템플턴 박사는 이렇게 분자적으로 조작된 입자들을 〈신경 먼지〉라고 불렀다. 실제로 모든 먼지는 한 다발의 반도체 센서를 가진 50세제곱마이크로미터 크기의 장치였다. 모든 먼지는 신체가 거부 반응을 보이지 않도록 생물 중립적으로 만들기 위해 폴리머로 캡슐화되어 있었다. 먼지들은 캣의 머리 아래에 있는 포트를 통해 뇌척수액으로 직접 주입되었다. 거기서부터 압전기적으로 부하가 걸린 분자들은 그녀 뇌의 표면에 전체적으로 가라앉았고, 그녀의 뉴런들을 통과하는 약한 흐름에 이끌렸다.

「준비됐어요, 리사?」 그랜트 박사가 물었다.

그녀는 고개를 끄덕였다. 여기서부터 그녀의 역할은 단순한 것이었다.

그랜트 박사는 템플턴 박사에게로 고개를 돌렸다. 「죽은 사람을 일으킬 수 있는지 어디 한번 해봅시다.」

템플턴 박사가 자신의 컴퓨터를 두드리자 캣의 머리 위에 씌워진 헬멧이 웅 하는 소리와 함께 활기를 띠었다. 벌집처럼 윙윙거리는 소리도 났다. 리사는 안에 있는 방사체들이 초음파를 내뿜고, 캣의 두개골을 훑듯이 씻어 가며 그곳에 무엇이 있는지를 점검하는 모습을 상상했다.

「결정체에 전원이 들어오고 있어요.」 템플턴 박사가 보고했다.

그 생물학자의 컴퓨터 쪽으로 시선을 던지자, 화면상의 모든 붉은 점들이 녹색으로 바뀌면서 깜빡이는 모습이 보였다. 초음파 진동이 압전기적 결정체들을 과자극함으로써 캣의 뇌 속에 있는 매우 작은 트랜지스터들에 전기가 흘러 들어갔다.

「작동하는 것 같아요.」 템플턴 박사가 말했다. 그녀의 목소리는 놀라움으로 가득 차 있었다.

이 시스템은 캘리포니아 대학교의 신경 공학 센터에서 개발되었다. 그곳의 연구원들은 쥐들을 대상으로 한 실험에 성공했고, 지금은 인간에 대한 연구가 프린스턴 대학교를 포함한 다른 대학교들에서 진행되고 있었다.

캣은 첫 번째 실험 대상들 가운데 하나였다.

신경 먼지의 목적은 신경의 판독 메커니즘을 흡수하고 헬멧에 심은 변환기로 해당 정보를 보내는 것이었다. 그것은 뇌에 대한 엄청나게 정교한 이미지 스캔을 가능하게 해주었다. MRI로 촬영한 것보다 훨씬 더 우수했다.

리사는 그랜트 박사를 쳐다보았다. 「뭐가 나오나요?」

「템플턴 박사가 보내는 정보를 기다리는 중이에요.」

템플턴 박사는 자신의 컴퓨터 가까이로 몸을 숙이고 있었다. 「이제 전송합니다.」 리사는 숨을 참았다. 어제 그들은 그랜트 박사의 기능적 MRI 기계를 사용해서 캣의 뇌에 대한 스캐닝 작업을 실시했다. 캣이 집중할 때 DNN 프로그램이 이것을 이미지로 해석해 냈다. 오늘은 신경 먼지가 더 큰 기적을 행할 수 있기를 바랄 뿐이었다.

「알겠습니다.」 그랜트 박사가 말했다. 「받았어요. 들어오는 데이터 흐름을 DNN 서버와 짝을 지어 주고 연결하고 있습니다.」

지난 반나절 동안 그랜트 박사와 템플턴 박사는 그들의 두 가지 시스템이 조화롭게 작동할 수 있도록 교정하는 작업을 실시했다. 놀랍게도 DNN 네트워크는 신경 먼지에서 나온 데이터를 뇌 지도로 변환하는 법을 스스로 학습했다. 그러한 뇌 지도는 MRI 스캔 결과와 같은 역할을 했다. 1백만 배 정도 더 상세하고 정확했지만. 그랜트 박사는 템플턴 박사를 보며 고개를 돌렸다. 「출력을 높여 주세요.」

그 생물학자는 자신의 컴퓨터 스테이션에 있는 다이얼을 돌렸고, 헬멧의 윙윙거리는 소리는 더 커졌다.

화면에서 먼지들의 녹색 불빛이 밝아졌다. 초음파의 상승이 압전기적 결정체들뿐만 아니라 캣의 뇌도 자극했다.

그들은 충전이 완료되도록 꼬박 1분을 기다렸다.

드디어 그랜트 박사가 리사를 보며 고개를 끄덕였다. 「이제 하셔도 됩니다.」

리사는 침을 삼킨 뒤 일어서서 캣의 머리 쪽으로 몸을 기울였다. 헛기침을 하고는 헬멧을 향해 소리쳤다. 「캣, 우린 네 도움이 필요해!」

리사는 자신의 말이 캣의 고막을 진동하고, 그녀 귀에 있는 아주 작은 뼈를 움직이게 하고, 청신경을 자극하고, 전기 화학적 전하를 그녀의 뇌에다 보내는 장면을 상상했다.

캣은 이미 죽은 상태였지만 이러한 시스템은 여전히 기능이 가능했다.

멜론 같은 죽은 뇌 어딘가에 캣의 기억이 코드화된 상태로 기록되어, 무언가에 의해 발견되고 다운로드되기를 기다리고 있지 않을까 하는 희망이 있었다.

「캣! 해리엇이나 페니에 대해 뭔가를 안다면, 그걸 떠올려 봐!」

리사는 **해리엇**이나 **페니**라는 말이 반사 반응을 유도하고 무언가를 내놓지 않을까 희망했다. 그녀는 그랜트 박사를 향해 고개를 돌렸다. 「뭔가 나와요?」

그는 그녀가 화면에 보이는 형태 없는 회색 픽셀들을 볼 수 있도록 뒤로 물러났다. 「아니요. 아주 미세한 반응이라도 있다면 템플턴 박사의 예민한 먼지가 그것을 포착해 낼 겁니다.」

「출력을 높이는 건 어때요?」 리사가 다른 컴퓨터 스테이션 쪽으로 몸을 돌리며 물었다.

템플턴 박사가 어깨를 으쓱하더니 다이얼을 최대치로 돌렸다. 「우리는 지금 미지의 영역에 있어요.」

헬멧이 진동하며 더 큰 소리로 윙윙거렸다. 화면에서 먼지들은 한층 더 밝아지고 서로 흐릿하게 뭉쳐지면서 캣의 뇌 모습을 에메랄드빛 이미지로 만들어 냈다.

리사는 친구에게로 몸을 숙이고 소리쳤다. 「캣! 해리엇! 페니! 크리스마스! 공격!」

그녀는 생각해 낼 수 있는, 힌트가 될 만한 모든 말을 시도해 보면서 눈은 그랜트 박사의 화면에서 떼지 않았다.

픽셀들이 움직였고, 휘돌다 뭉쳐지고, 확장했다. 그것은 뭔가를 앞으로 밀어 내려고 애쓰는 희미한 심장 박동 같았다.

캣, 너니?

「그냥 아무것도 아닐 수도 있어요.」그랜트 박사가 변화를 감지하며 말했다.

「그런 게 아니에요.」리사가 말했다.

아니라는 걸 난 알아.

그녀는 몸을 기울여 자신의 가슴을 캣의 가슴에 가져다 댔다. 그녀의 이마가 헬멧의 가장자리에 닿았다. 헬멧은 마치 캣이 그 안에서 싸우고 있는 것처럼 거세게 떨렸다. 리사는 페인터의 충고를 기억했다.

캣이 뭔가를 더 안다고 어떻게 확신할 수가 있겠어?

리사는 답을 알았다.

젠장, 그녀는 알고 있어.

리사는 소리를 질렀다. 「캣! 해리엇이 위험해! 우리를 좀 도와줘!」

오후 12시 8분

이젠 더는 시간이 없어.

세이챈은 방 안에 선 채로 발야가 소리치는 말들을 들었다. 그녀가 러시아어로 퍼붓는 일린의 욕설이 위층에서 울려 퍼졌다. 누군가가 심각하게 그 여자를 화나게 한 모양이었다.

그리고 누구에게 그 분풀이를 할지 알 것 같네.

세이챈은 곧 무슨 일이 일어나리라 예상했다. 그녀는 머릿속으로 계속 시간을 추적해 왔다. 발야가 몸값 요구를 위해 해리엇을 데리고 나간 지 스물네 시간이 조금 지났다. 만일 발야가 시그마 포스에 마감 시한을 제시했다면 하루 정도였을 것이다.

결론은 시간이 거의 다 됐다는 말이었다.

이런 상황을 아는 세이챈은 가만히 있기에는 너무 불안해 방 안을 서성댔다. 해리엇은 다리를 꼰 채 자신의 작은 침대에 앉아 시무룩한 표정으로 책에다 색칠을 했다. 소심한 쥐처럼 치즈를 조금 갉아 먹긴 했지만 참치샌드위치는 먹지 않았다. 얼굴은 적갈색 머리카락 아래로 감추었다. 해리엇은 언니가 끌려간 이후로 한마디도 하지 않았다. 하지만 그 아이는 세이챈이 자신과 함께 작은 침대에 눕는 것을 허락했고, 둘은 가까이서 몸을 접은 채 두어 시간 정도 잠을 잤다. 세이챈이 잠에서 깨어났을 때 해리엇의 작은 손가락과 그녀의 손가락은 서로 손깍지를 끼고 있었다.

그것이 무엇보다 그녀의 마음을 아프게 했다.

무슨 일이든 해야 해.

세이챈은 계속 방 안을 서성댔다. 그녀는 자신을 억류하고 있는 자들을 물리적으로는 이길 수 없다는 사실을 알고 있었다. 그녀가 임신 8개월 차임에도 불구하고 그들은 극도로 조심했다. 그리고 어떤 위협적인 말도 그녀를 자유의 몸으로 만들어 줄 수 없었다.

만일 내가 싸우거나 말로 설득해서 이 빌어먹을 장소를 벗어날 수 없다면…….

그녀는 숨을 크게 내쉬며 다른 작은 간이침대를 쳐다보았다.

적어도 페니는 안전했다.

몇 시간 전, 세이챈은 페니가 방에서 끌려 나간 직후 총소리를 듣고 겁에 질렸지만 그것은 페니가 아니었다. 발야의 수하들이 세이챈을 검사한 후 초음파 기술자를 살해한 것이다. 분명 목격자를 없애고 싶었기 때문이리라. 경비를 보던 남자들 가운데 한 명이 흐느끼는 해리엇에게 이와 같은 정보를 알려 주었다.

해리엇은 울음을 멈췄다.

468

세이챈은 문 쪽을 쳐다보았다. 그 주변은 다시 조용해졌는데, 그래서 어느 때보다 더 걱정스러웠다. 그녀는 방 안을 다시 서성거리다가 단말마의 헉하는 소리와 함께 우뚝 멈춰 섰다. 그녀는 몸을 수그리고 한쪽 팔을 무릎에다 기댔다. 경련이 그녀의 배를 쥐어짜듯 비틀었다. 그녀는 경련이 사라질 때까지 최선을 다해 호흡에 집중했다.

그래, 분명 싸워서는 여길 나갈 수가 없겠어.

몇 번 더 숨을 내쉬고 난 후 그녀는 몸을 바로 세웠다. 그러고 나서 이번에는 좀 더 천천히 다시 걸으며 더욱 조심스럽게 발걸음을 옮겼다. 지난 하루 동안 경련이 점점 더 심해졌다. 그녀는 속옷만 입었다. 임신부용 바지의 고무 밴드마저도 너무나 불편해서 더 이상 견딜 수가 없었다.

문 너머에서 무거운 부츠 소리가 들려왔다.

이제 시작이군.

세이챈은 해리엇 앞으로 자리를 옮겼다. 「거기 있어, 아가야.」

빗장이 벗겨지고 문이 열렸다. 두 남자가 먼저 들어와 양쪽을 지켰다. 그녀는 그들에게 〈소몰이 막대〉와 〈휘청거리는 놈〉이라는 이름을 붙여 주었다. 소몰이 막대는 그가 지금껏 사용한 무기를 가지고 들어왔고, 그 무기의 끝부분은 위협적인 소리를 내며 밝게 빛났다. 휘청거리는 놈은 안정제 총 대신 매그넘 구경의 데저트 이글을 가지고 왔다. 치명적이지 않은 무기를 사용하는 시간은 이제 지난 것처럼 보였다.

놈들 뒤로 발야가 문을 통해 들어왔다. 그녀의 모피 코트는 앞쪽이 열린 채 휘날렸다. 한쪽 손에는 철제 손도끼를 들고 있었다.

세이챈의 숨소리가 날카로워졌고, 눈은 가느다랗게 변했다. 그녀는 시선을 발야에게 고정했다. 그 얼음처럼 파란 눈은 해리엇을 잠깐 쳐다본 뒤 그다음으로 세이챈을 향했다.

세이챈은 그녀의 눈빛으로 손도끼가 누구를 위한 것인지 알 수 있었다.

「이 애를 데려갈 순 없어.」 세이챈이 말했다.

발야의 표정은 변하지 않았다. 그녀의 이목구비는 얼어붙어 있었다. 아직도 화가 가라앉지 않은 것이 분명했다. 그리고 그녀는 누군가를 다치게 만들고 싶었다. 「애를 데려가.」 그녀는 소몰이 막대에게 명령했다.

세이챈이 그를 막기 위해 몸을 움직였다.

한 걸음을 떼기도 전에 최악의 경련이 그녀의 몸을 관통했다. 그녀는 비명을 지르며 털썩 바닥에다 무릎을 댔다. 뜨거운 피가 쏟아져 속옷을 적시며 두 다리 옆쪽으로 새어 나왔다. 방이 빙글빙글 도는 것처럼 느껴졌다. 세이챈은 옆으로 쓰러졌다. 눈은 뒤로 넘어간 채였다.

그녀는 발야가 짜증이 나서 외치는 소리를 들었다. 「저 여자 치워.」

소몰이 막대가 앞으로 나왔고 그녀의 팔을 잡았다.

안 돼…….

그리고 이 생각은 세이챈의 진심이었다.

그녀는 접은 다리를 홱 뻗어 발뒤꿈치로 그의 무릎을 강타했다. 관절이 뒤로 부러지며 소몰이 막대가 그녀를 향해 넘어졌다. 세이챈은 몸을 굴려 그 자리에서 벗어나면서 그가 들고 있던 무기를 빼내기 위해 손을 뻗었다.

그녀는 계속 몸을 굴려 곧장 비틀거리는 놈을 향해 나아갔다.

충분히 가까워지자 그녀는 빼앗은 무기를 그의 사타구니에 찔러 넣었다.

파란 불꽃이 폭발했다.

그는 전기에 감전된 황소처럼 울부짖었다.

발야가 손도끼를 들고 그녀를 향해 달려들었다.

세이챈은 막대기로 손도끼의 방향을 옆으로 틀었다. 도끼날이 그녀의 엉덩이 부근 돌바닥에 부딪히면서 불꽃이 일었다. 그녀는 도끼를 무시하며, 비틀거리는 놈이 뒤로 넘어지면서 무기를 떨어뜨리는 순간 데저트 이글을 집기 위해 손을 뻗었다. 그의 사타구니에서 연기가 솟고 있었다.

발야는 세이챈의 실력을 알았으므로 문을 향해 내달렸다.

세이챈은 바닥에 엎드린 채 손에 힘을 주어 그녀를 향해 총을 발사했다. 발야는 움찔하더니 살짝 몸을 휘청였다. 분명 총알에 찰과상을 입은 것 같았다. 세이챈은 한 번 더 총을 쐈지만 발야가 코트를 활짝 펼치는 바람에 몸이 어디에 있는지 판단하기가 어려웠고, 총알은 목표물을 벗어났다. 발야는 계단에 도착한 뒤 위로 뛰어올랐다.

세이챈은 벌떡 일어섰다. 「해리엇, 어서…….」

해리엇은 멍청한 아이가 아니었다. 그 아이는 세이챈의 엉덩이 부근으로 달려왔다.

세이챈은 무기를 비틀거리는 놈의 코에다 겨누었다. 소몰이 막대는 부러진 다리 때문에 가냘프게 울었다. 「열쇠 줘.」

비틀거리는 놈이 비웃었다.

세이챈은 총을 휙 돌려 소몰이 막대를 겨냥했고, 해리엇의 몸을 돌려 다른 방향을 보도록 한 후 총을 발사했다.

신음이 멈췄다.

그녀는 권총의 방향을 다시 되돌려 비틀거리는 놈을 향한 뒤 그를 계속 노려보았다. 이번에는 연기가 나는 사타구니를 겨냥했다. 「마저 마무리해야겠군.」

그는 한쪽 손바닥을 들어 보이더니 다른 손으로 재킷 주머니를 급히 뒤적였다. 그는 열쇠 뭉치를 꺼내서 그녀에게 던져 주었다. 세이챈은 고리에 있는 두카티 문양이 있는 열쇠 뭉치를 한 손으로 잡았다. 그녀는 해리엇과 함께 문으로 달려 나갔다. 밖으로 나가기 전에 총을 다시 방 안으로 겨누어 발사했다.

비틀거리는 놈의 발목이 박살 났다.

세이챈은 계단으로 달려 곧장 위로 올라갔다.

열쇠를 확보할 때 그녀는 한 쌍의 발걸음이 머리 위 마룻바닥을 건너는 소리를 들었다. 계단 꼭대기에서 그녀는 천장에 만들어진 작은 문을 열어젖혀 크고 텅 빈 헛간으로 나왔다.

그녀는 주변을 둘러본 뒤 그들이 있던 방이 오래된 지하 저장실이었음을 깨달았다.

열린 문 밖으로 나간 그녀는 마당 건너편에 있는 농가를 발견했다. 한 줄기 연기가 구름으로 뒤덮인 하늘로 올라가고 있었다. 눈이 매섭게 내리고 있었지만, 그건 걱정거리가 아니었다. 세이챈이 지하 저장실에서 뛰쳐나왔을 때 농가의 옆문이 쾅 하며 닫혔던 것이다.

발야군.

발야가 지원 병력을 깨웠는지 고함치는 소리가 들렸다. 세이챈은 주변을 둘러보다 한 줄로 선 오토바이들을 발견했다. 그것들은 마구간에 한 대씩 주차되어 있었다. 운 좋게도 두카티는 한 대뿐이었다. 그녀는 그곳으로 내달아 한쪽 팔로 해리엇을 당겨 오토바이 시트에 앉히고 그 뒤로 올라탔다.

두 번 시도한 끝에야 탈 수 있었다.

그녀는 **임신 중이었다.**

다행스럽게도 그 점만 빼면 상태가 괜찮았다.

맨 처음 변기에서 피를 발견하고서 세이챈은 임신 상태를 이용할 수 있겠다는 아이디어를 얻었다. 경련을 위장하는 것은 어렵지 않았다. 좀 더 극적으로 보이기 위해 그녀는 몸을 닦는 척하면서 플라스틱 포크의 부러진 살을 이용해 연한 살을 찔렀다. 가장 어려운 부분은 여러 달 동안 해온 케겔 운동을 바탕으로 피를 몸 안에 지니고 있다가 최고의 효과를 위해 원할 때 쏟아 내는 것이었다. 발야의 마감 시한이 다가오자 화장실을 사용하는 척하면서 상처를 더 크게 만들었고, 그렇게 함으로써 더 나은 효과를 위해 피를 많이 흘리도록 만들 수 있었다.

고통스러웠지만, 아이를 낳는 일에 비하면 아무것도 아니리라고 생각했다. 캣은 거의 가학적인 즐거움을 느끼는 것처럼 회음 절개술에 대해 세세히 설명했었다.

그러니, 이것은 아무것도 아니었다.

처음부터 세이챈은 싸우거나 말로 해서는 그곳을 탈출할 수 없다는 것을 알았다. 유일한 희망은 눈의 여왕을 재간으로 따돌리는 것이었다. 목적을 달성하기 위해 세이챈은 그녀 자신의 고통을 **믿어야만** 했다. 조금이라도 실제 같지 않았다면 발야는 낌새를 알아차렸을 것이다. 그래서 그녀는 거짓말을 하면서도 믿어야 했고, 두 가지 생각을 동시에 머릿속에 가지고 있어야 했다. 다른 한쪽을 돕기 위해 그녀는 아이에 대한 자신의 진짜 공포를 전달했다.

자유의 몸이 된 지금, 그녀는 오토바이 스로틀을 활짝 열고 해리엇 쪽으로 몸을 숙인 뒤 빠른 속도로 마구간을 벗어났다. 그녀는 급하게 방향을 꺾은 뒤 열린 헛간 문 바깥으로 달려 나갔다. 오른쪽으로 난 길을 발견한 그녀는 스로틀을 다시 활짝 개방해 눈 덮인 숲 쪽으로 내달렸다.

뒤에서 다른 엔진들이 시동을 거는 소리가 크게 들렸다.

사이드 미러를 통해 보니, 다른 오토바이와 두 대의 지프가 농가의 건너편을 돌아 나오고 있었다. 그녀는 오토바이 운전자 뒤에서 은색으로 펄럭이는 발야의 코트를 알아보았다.

발야는 자신의 소중한 물건을 잃어버릴 생각이 없었다.

일제 사격이 그런 생각을 확인시켜 주었다. 얼음이 쌓인 도로는 총알들로 불꽃이 튀었다. 나무둥치의 껍질이 벗겨졌다. 바람에 날려 쌓인 눈들은 총격에 폭폭 소리를 냈다.

세이챈은 코너에 도달해 쌩하는 소리를 내며 모퉁이를 돌았다. 그러자 잠시 추격자들의 모습이 보이지 않았다. 해리엇은 시트의 솟아오른 부분을 꽉 끌어안고 있었다. 아이의 손가락이 가죽을 파고들었다. 세이챈은 몸을 낮춰 상체를 아이의 몸 위로 바짝 갖다 댄 채 무릎과 팔꿈치를 양 측면에다 고정했다. 아이에게 보호막을 제공하려는 의도이기도 했지만, 해리엇의 몸은 자신의 헐벗은 허벅지 사이에 있는 작은 히터이기도 했다.

한겨울에 스웨터와 속옷만 입은 채 도망치는 것은 좋은 생각이 아닐 것이다. 사람들이 사는 곳으로 가야 했지만, 세이챈은 자신이 어디에 있는지조차 몰랐다. 그녀는 전방을 살피며 도시나 마을이 있다는 신호가 있는지 찾아보았다.

숲, 그리고 더 많은 숲이 있을 뿐 아무것도 보이지 않았다.

도로는 굽었다 펴졌다를 반복했고, 완만하게 오르락내리락했다. 세이챈은 계속 앞장서서 달렸다.

그러다 하늘이 활짝 열리며 평평해지는가 싶더니 진눈깨비가 내리기 시작했다. 몇 분 만에 세상이 하얗게 변했다. 도로는 점점 얼음판으로 변하며 미끄러워졌다. 시야도 몇 미터 정도로 줄어드는 바람에 속도를 늦춰야 했다. 세이챈은 귀를 쫑긋 세우고 다른 엔진 소리를 들었다. 지프는 사륜구동이므로 속도를 줄이지 않을 터였다. 더군다나 목이 쉰 듯 우는 오토바이 소리도 점점 더 가까이에서 들렸다. 발야는 무릎 사이에 아이를 두고 균형을 잡을 필요가 없었다.

이런 생각에 두려워진 세이챈은 속도를 높였다. 전방 도로에는 1센티미터 정도의 눈만 쌓여 있었다. 그러나 불행하게도 전방의 또 다른 모퉁이에 블랙 아이스 구간이 숨겨져 있었고, 오토바이의 타이어는 도로와 밀착하지 못했다. 오토바이가 갸우뚱했다. 그녀는 무거운 오토바이가 흔들리지 않도록 꽉 붙들었지만, 떨어지는 눈 사이로 또 다른 급커브가 나타났다.

절대 피해 갈 수 없어.

그 사실을 받아들인 세이챈은 해리엇을 껴안고 시트에서 튕겨 나갔다. 눈 더미를 겨냥해 그곳에 가서 부딪혔다. 그러고 나서는 몸을 굴려 눈 더미 위로 올라갔다가 반대편으로 내려갔다. 그녀는 멈출 때까지 몸을 말아 자신의 배와 해리엇을 감쌌다.

「일어서!」 그녀는 해리엇에게 명령하듯 말했다.

그들은 걸어서 도로를 벗어나 숲으로 들어갔다. 오토바이까지 가서 그것을 세우고 추격자들이 그들을 덮치기 전에 출발하는 것은 불가능한 일이었다. 유일한 희망은 적들보다 앞서고 눈을 이용해서 그들의 시야에서 벗어나는 것뿐이었다.

물론 이 계획에는 두 가지 결함이 있었다.

세이챈은 반나체 상태였고, 해리엇은 우주복 형태의 잠옷만 걸치고 있었다.

게다가…….

그녀는 고개를 돌려 눈 위로 난 선명한 발자국을 쳐다보았다.

좋지 않아.

하지만 다른 방법이 없었다. 그녀는 가슴에 한 가지 기도를 간직한 채 해리엇의 손을 잡고 급히 더 깊은 숲속으로 들어갔다.

하느님 아버지, 제발 누군가에게 우리가 어디에 있는지 알려 주세요.

오후 12시 32분

……여기야. 나 아직 여기 있어.

캣은 시간이 멈췄다는 것을 감지했다. 확실히 알 수는 없었지만 모든 것이 다르게 느껴졌다. 앞서 그녀는 높이 떠 있는 빛나는 별에 가닿기 위해 발버둥을 친 후 우물 안으로 떨어져 내렸었다. 지금은 빛이라고는 없고 만질 수 있는 어둠, 그녀를 붙들고 있는 농밀한 진창만이 존재했다. 그녀는 자신이 질식해 죽기 직전까지 갔다고 느꼈다. 숨이 끊어질 뿐만 아니라, 모든 것을 잃어버릴 뻔했다.

생각조차 하기가 힘들었다.

기억이 불분명했다…….

해리엇!

둘째 딸아이의 이름이 온몸을 자극하며 그녀를 붙들고 있는 어두운 진창을 울렸다. 그녀는 자신을 정신적으로 붙잡고 있는 것을 떨쳐 내려고 시도했지만 실패했다.

……곤란한 상황!

오래된 카메라 플래시가 터지는 것처럼 기억들이 깜빡였다. 이미지는 혼란스럽고, 파편화되고, 나뉘어 있었다.

……아무도 보고 있지 않은 자정에 바나나로 만든 아기용 음식 맛

보기.

……더러운 기저귀 냄새, 그리고 뒤이어 향이 들어간 베이비파우더가 주는 안도감.

……아기가 가슴에 안겨 있을 때 아주 작은 손가락을 잡는 일.

……단단히 엉킨 머리카락을 빗질해 주는 일.

……옆방에서 들려오는 웃음소리를 듣는 일.

또다시 우레 같은 소리가 들려왔다.

……어려움에 빠져 있어!

이와 함께 강한 기억이 어둠 속에서 폭발했다.

……뒷문으로 끌려 나온 두 개의 작은 형체, 밝은 주방, 그 너머의 어둠, 그러고 나서 아이들은(내 딸들!) 밤 속으로 사라졌다.

그녀는 기억했다. 모든 것이 밀물처럼 밀려들더니 공포와 고통이 동시에 닥쳐 왔다. 그녀는 단검과 마스크를 쓴 얼굴을 떠올렸다. 분노 역시 되돌아와 어둠을 밀쳐 냈다. 하지만 그녀는 여전히 자유롭게 풀려날 수 없었다.

캣! 도와줘……. 단서…….

튜닝 상태가 좋지 않은 라디오 채널을 듣는 것 같았지만, 그날 밤의 기억이 확실해지면서 캣은 지지직거리는 라디오에서 흘러나오는 노래 같은 그 소리의 의도를 이해했다. 그녀는 이미지에 집중하라고 요청받은 일을 기억했다.

단검, 모자.

그들은 여전히 더 많은 정보가 필요한 것이다.

내 딸들을 구하기 위해서.

캣은 싸우는 것을 그만두고 어둠이 다시 그녀 위로 내려앉게 두었다. 그녀는 어둠 속에서 흐느꼈다. 더 이상 싸우는 게 무슨 소용인가 싶었다. 그녀가 전달할 수 있는 유일한 메시지가 있다면, 그것은 매우 간단한 것이었다.

나에겐 아는 게, 도움이 될 만한 게 없어.

32

12월 26일, 오후 6시 32분(중유럽 표준시)
스페인, 피레네산맥

「움직여, 빨리, 빨리…….」

그레이는 헤드셋을 통해 사발라 요원이 무전으로 급습팀 소속 두 대의 헬리콥터에 명령을 전달하는 소리를 들었다. 한 쌍의 NH90 전술형 헬리콥터가 피레네산맥 기슭에 있는 집결지에서 하늘로 날아올랐다. 헬리콥터 뒤편에 앉은 그레이는 스페인 육군 소속 항공군, 즉 FAMET에서 차출된 일곱 명의 군인들을 쳐다보았다. 그들은 전투에 잔뼈가 굵은 군인들처럼 보였지만, 이번에는 보호 임무를 맡게 되었다. 다른 헬리콥터는 공격을 이끌 열다섯 명의 군인들을 싣고 있었다.

사발라는 지금보다 두 배 규모의 병력을 동원하고 싶어 했지만 그레이는 소규모 급습팀을 실어 나를 헬리콥터 한 대가 낫다고 주장했다. 서로 의견을 굽히지 않다가 결국 **두 대**로 타협을 보았다.

심지어 이 스페인 국가정보원 요원의 양보도 그레이가 노력한 결과라기보다는 베일리 신부의 협상에 힘입은 바가 컸다. 그레이는 건너편에 있는 신부를 쳐다보았다. 두 사람 간의 거리는 무릎이 닿을 정도로 가까웠다. 베일리 신부는 여전히 검은 옷을 입은 채였고, 카키색 방탄

조끼 위로 하얀색 로만 칼라가 보였다. 여전히 종교가 큰 의미를 갖는 독실한 가톨릭 국가에서 교회는 상당한 지배력을 가진 것처럼 보였다. 이 바티칸 정보기관 요원 역시 지역에서 동원할 수 있는 자원이 풍부했다.

그리고 아마도 이것은 베일리 신부에게만 해당하는 이야기는 아닐 것이다.

베아트리체 수녀는 신부 옆에 앉아 있었다. 그레이는 그녀도 함께 움직이는 것에 의문을 제기했지만 베일리 신부는 다음처럼 간단히 말했다. **수녀님이 도움이 될 수도 있습니다……. 그리고 분명 알아서 처신하실 수 있을 겁니다.** 심지어 지금도 수녀는 무표정한 얼굴을 하고 있었다. 그레이가 자신을 빤히 쳐다보고 있다는 것을 알아챈 그녀는, 불안해서가 아니라 묵상을 위한 것인 듯 손가락 끝 사이로 묵주 구슬을 굴리며 그를 쳐다보았다. 그레이는 결국 그녀의 차가운 시선을 피해 다른 곳을 봐야만 했다. 그는 갑자기 이 수녀를 설득해서 동행하지 않는 일이 가능하기는 했을까 하는 의구심이 들었다.

헬리콥터는 신속하게 날아올라 산맥을 향해 방향을 틀었다.

산봉우리 위로 바람이 세게 불자 헬리콥터가 위아래로 움직였다. 겨울 폭풍 전선이 다가오고 있는지라 하늘이 산꼭대기와 맞닿아 있었다. 날씨가 그들의 접근을 가려 줄 수 있을 것 같았다. 게다가 태양은 30분 전에 이미 졌다. 헬리콥터 창문 밖에서 황혼이 빠르게 어둠 속으로 사라졌다.

헬리콥터가 낮은 구름 사이로 올라가자 돌풍이 기체를 흔들었다. 그레이 옆에 앉은 코왈스키는 무릎 위에 놓인 전장 축소형 돌격 소총을 꽉 붙잡은 채 신음을 냈고, 한쪽 무릎을 위아래로 떨었다.

「긴장 풀어.」 그레이가 말했다. 「그러다 여기 있는 누군가를 쏘고 말겠어.」

「난 오늘 이미 추락한 적이 있잖아. 한 번도 너무 많아.」

「하지만 이 헬리콥터를 모는 사람은 내가 아니잖아.」

코왈스키는 그의 말을 곰곰이 생각하더니 무릎을 그만 떨었다.

「그건 맞는 말이군.」

게다가 비행시간은 채 15분도 걸리지 않을 예정이었다.

시간이 촉박하다는 것을 감지한 듯 베일리 신부는 몸을 앞으로 숙여 손에 들고 있는 태블릿을 내밀었다. 「저택 단지의 위성 사진을 검토했습니다. 특히 지상 침투 레이더로 조사한 결과를 포함해서요.」

그레이는 더 가까이 몸을 기울였고, 산세바스티안에서 그들이 발견한 버려진 『말레우스 말레피카룸』 안에 기록되어 있던 이름들의 긴 목록을 떠올렸다. 그 이름들의 성은 모두 하나같이 **게하**였다. 마지막 이름은 선명한 필기체로 적혀 있었다. **엘리자 게하.** 이 이름을 알게 되었을 때 인근 피레네산맥에 있는 오래된 가문의 저택 단지를 발견하는 것은 어렵지 않았다. 만약 산세바스티안에 있는 크루시블의 근거지를 비우고 다른 곳으로 퇴각했다면 산속에 있는 오래된 성이 목적지일 가능성이 컸다.

「근처 계곡에 있는 어두운 부분들을 보세요.」베일리 신부가 말했다. 「동굴인 것 같습니다. 피레네산맥에는 이런 동굴들이 여기저기 많이 있습니다. 고원 지대에서 흘러나오는 산속 샘물에 의해 만들어진 것들이죠.」

「그런데요?」

「이곳 바스크 지방의 역사에 대해 알 필요가 있습니다. 이곳은 오랫동안 마녀들의 근거지로 여겨졌어요. 마녀들은 저런 숨겨진 곳에서 어둠의 안식일을 가졌다고 하고요. 하지만 그저 사람들이 교회의 엄격한 규칙으로부터 몸을 피하고자 찾은 장소일 가능성이 더 큽니다. 저런 곳에서는 자유롭게 행동할 수 있었을 테니까요.」

「파티도 열었겠네요.」코왈스키가 말했다.

「또한 종교 재판소에 반대하는 사람들이 모이는 곳이기도 했습니다. 좀 더 계몽된 미래를 믿었던 사람들이죠. 이 지역 바스크 사람들은 극단적일 정도로 독립성을 유지해 왔다는 점을 이해해야 합니다. 많은 이들이 교회에 권위에 도전했고, 오늘날에도 여러 그룹이 여전히 그렇게 하고 있습니다. 단지 지금은 독립을 요구하며 스페인 정부에 반대해서 싸우고 있죠.」베일리 신부는 비행기 앞쪽을 보며 고개를 끄덕였다. 「사발라 요원이 바스크 독립 요구자들을 제지하기 위해 아직도 이 지역에서 태스크 포스를 운영하고 있는 이유이기도 하죠.」

「동굴은요?」그레이가 물었다.

「네.」베일리 신부가 고개를 끄덕였고 게하 저택 단지의 개요도를 확대했다. 「보십시오. 주 건물의 북쪽 가장자리에 큰 그림자가 있을 겁니다.」

「거대한 동굴이군요.」그레이는 오래됐고 버려진 저수지를 차지하고 있던, 그들이 샅샅이 뒤졌던 산세바스티안 대저택 아래의 종교 재판소를 떠올렸다. 「이곳 저택 아래에 크루시블의 또 다른 근거지가 숨겨져 있으리라 생각하시는군요.」

「게하 가문은 이 지역에서 수백 년 동안 번성했습니다. 그들은 종교 재판 시절에 많은 부와 권력을 쌓았죠. 아마도 그게 종교 재판소의 가장 완고하고 보수적인 종파인 크루시불룸에 가입하고 확고하게 충성심을 유지한 이유들 가운데 하나였을 겁니다.」그는 화면에 나와 있는 큰 그림자를 손가락으로 톡톡 두드렸다. 「그들이 이 장소를 택한 것은 자신들만의 터전을 구축하고 뿌리를 내리기 위해서였고, 또한 이 저수지 때문이었을 겁니다.」

「왜죠?」

「이 지역에서 가장 악명 높은 마녀의 동굴들 가운데 하나를 억누르기 위해서죠.」그는 손가락을 북쪽으로 옮겨 다른 그림자를 가리켰다. 「저것은 쿠에바스 데 라스 브루하스Cuevas de las Brujas입니다. 〈마녀들의 동굴〉이란 뜻입니다. 〈악마의 성당〉이라고도 하는데, 지옥에서 나와 저곳에서 흘러나오는 강물을 마시며 동굴 입구에 있는 들판에서 살았던 큰 검정 숫염소에 관한 전설도 있습니다.」

베일리 신부는 손가락을 두 그림자 사이에서 움직였다. 「저 두 곳은 물리적으로, 역사적으로 연결되어 있는 것이 확실합니다.」

그레이가 천천히 고개를 끄덕였다. 「만일 크루시블이 종교 재판소들 가운데서도 가장 성스러운 곳을 건설하기 위한 장소를 원했다면, 마녀들의 은신처 가운데 가장 악명 높은 은신처와 나란히 있기를 원했을 거라는 말씀이시군요.」

「어둠에 대항하는 등대처럼요.」

그레이가 이에 대해 생각하고 있을 즈음, 사발라가 무전기로 알렸다. **「5분 내 목적지 도착.」**

그레이는 고개를 돌려 창밖을 내다보았다. 그들의 헬기가 먹구름 속에 파묻혀 있었기에 세상은 온통 칠흑 같은 어둠이었다. 계획은 어둠 속에서 계기 비행을 하는 것이었다. 선두에 선 헬리콥터는 구름 속에서 저택 단지의 한가운데에 있는 마당으로 곧장 하강할 것이고, 열다섯 명의 요원은 줄을 타고 내려가 주변 건물들을 확보하기 위해 흩어질 예정이었다.

안전이 확보되면 그들이 탄 헬리콥터가 아래로 가 마당에 착륙할 것이다.

목적과 타깃은 하나이고, 같았다.

제네스 확보하기.

암시장 거래가 준비되고 있는 상황에서 타격팀은 크루시블이 그들에 대한 보복 행위로, 혹은 더 나쁘게는 다른 전 세계적 타깃을 대상으로 한 무기로 도플갱어를 사용하기 전에 재빨리 움직여야 했다.

그레이는 파리가 불타는 장면을 떠올렸고, 더 심한 참사가 있을 수도 있었지만 가까스로 피했다는 점을 생각했다. 그것이 멍크와 마라의 프로그램이 최대한 빨리 이곳 현장으로 와야 하는 이유였다. 그는 시계를 확인했다. 그의 절친한 친구는 이미 마드리드에서 출발해 날아오는 중이었다. 그는 타격팀보다 단 15분 늦게 이곳 저택에 도착할 예정이었다.

그레이는 그들이 도착할 즈음에는 모든 것이 준비되도록 해놓을 생각이었다.

그는 팔을 아래로 내렸고, 멍크가 자신들을 배신하지 않았다는 사실에 자신감을 얻었다. 그레이가 그의 배신을 완전히 믿은 것은 아니었다. 멍크는 가족을 보호하기 위해 뭐든지 할 사람이었지만 시그마 포스 역시 그의 가족이었다. 그들은 함께 피를 흘렸고, 총알이 난무하는 곳들에서 싸웠으며, 셀 수 없을 정도로 많이 죽음의 문턱까지 갔고, 그 수많은 일을 서로 어깨를 맞대고 견뎌 냈다.

멍크와 캣 둘 다 그랬다.

그레이는 멍크의 속임수로 얻어 낸 그 암호 기술 관련 장치가 해리엇과 세이챈을 구하는 데 도움이 되기를 기도했다. 그 일과 관련한 작전은 페인터 국장의 손에 맡겨 두는 것 외에는 달리 선택권이 없었다.

「2분 내 목적지 도착.」사발라가 무전기를 통해 알렸다.

그레이는 베일리 신부의 손에 들린 채 빛을 내는 태블릿을 내려다보았다. 「이곳에 세워진 저택 단지의 중요성에 대한 신부님의 말씀이 맞는다면, 라 클라브를 괴롭히던 수수께끼를 신부님께서 해결하시는 거겠군요.」

베일리 신부가 그의 말을 이해하지 못해 얼굴을 찌푸렸다.

「부와 영향력, 역사를 가진 게하 가족은 종교 재판소의 가장 신성한 자리에 있습니다.」그레이는 머리를 저었다. 「누가 이 모든 일을 주도하고 있는지, 크루시블의 현재 우두머리가 누구인지는 확실하다고 봅니다. 엘리자 게하는 이 모든 일의 단순한 주요 참가자가 아닙니다. 그녀는…….」

오후 6시 40분

「재판소장님.」멘도사가 컴퓨터실의 바닥에 무릎을 꿇으며 신음을 냈다. 기술자는 복종의 의미에서, 아울러 몸에 딱 맞는 맞춤 정장을 입은 이 작은 여인이 그들의 진정한 리더이자 주인이라는 사실에서 받은 충격을 숨기기 위해 바닥에다 머리를 조아렸다.

토도르는 서 있었다. 그는 분노를 억누르느라 한쪽 주먹을 쥐고 있었다. 이는 꽉 깨무는 바람에 부러질 지경이었다. 재판소장 게하는 두 명의 키 큰 남자를 양옆에 끼고 들어왔다. 한 명은 그녀와 같은 나이대였는데, 남편이라는 이야기가 돌았다. 다른 남자는 70대 정도로 보이는 나이 든 남자였는데, 대부분의 일에 있어서 자문관 역할을 수행했다. 그 세 명이 종교 재판소를 구성했다. 하지만 토도르는 그 여자의 가족이 수백 년 동안 철권으로 크루시블을 통치했고, 그 여자가 다른 두 사람보다 훨씬 더 가혹하다는 사실을 알았다.

그녀는 여전히 왼쪽 팔을 팔걸이 보호대에다 걸고 있었다. 그녀가 내린 명령에 따라 그가 쏜 총알에 맞아 어깨에 생긴 골절 때문이었다. 동지 이후로 토도르가 그녀를 본 것은 처음이었다. 일주일 전, 그녀는 이곳 저택 지하에 있는 최고 종교 재판소에서 그에게 명령을 내렸다.

너는 신의 무자비한 전사다. 주저 없이, 아무런 후회도 없이 총을 쏴서 그 점을 증명하라.

그에게는 고통스러운 일이었지만 도서관에서 그녀가 내보인 무자비한 눈빛 때문에 그는 복종했다. 그 순간 그녀는 대의를 위해 자신의 피를 흘릴 각오가 되어 있음을 증명했다. 지금 그런 재판소장을 보니 분노가 어느 정도 사그라들었고, 그 빈 곳을 혼란이 채웠다.

재판소장은 산세바스티안에 있는 종교 재판소에서 빠져나와 한 시간 전에 이곳에 도착했다. 그녀는 종파의 낮은 계급 사람들에게 자신의 정체를 비밀로 하기 위한 위장을 포기한 것처럼 보였다. 그것만으로도 이 순간이 얼마나 중요한지 알 수 있었다. 그녀의 눈이 컴퓨터실을 둘러보았다. 그녀에게서 열렬한 분노와 의기양양함이 둘 다 섞여 든 기운이 환하게 빛났다.

그녀 뒤로 안을 들여다보기 위해 더 많은 남자들이 모였다. 그들은 종파의 가장 높은 계급에 있는 이들로, 다들 이곳에 뭐가 숨겨져 있는지 보러 온 것이었다.

토도르는 계속 등을 돌린 채, 밀폐된 방을 쳐다볼 수 있는 창문을 뒤에 두고 있었다. 그는 하나하나가 모두 악마를 담고 있고 악의로 빛나며 검은 태양을 가진 1백 개의 제네스가 내뿜는 환함을 등으로 느낄 수 있었다. 멘도사가 머리를 숙이고 있는 곳 근처, 그의 바로 뒤에 있는 탁자 위에는 파리를 몰락시킨 지옥의 장치가 놓여 있었다.

게하의 시선이 옆방에서 토도르에게로 이동했다.

그녀는 그를 보며 따스하게 웃었다. 그녀는 손을 뻗어 손등으로 그의 주먹을 스쳤다. 그의 손가락은 그 즉시 펴졌다. 그는 그녀의 손길에서 애정을 느꼈다. 손가락이 펴지는 것을 멈출 수가 없었다.

「Mi soldado(내 병사여).」 그녀가 말했다. 「아주 잘했어. 자랑스러워해도 돼.」

그의 다리가 흔들렸다. 그는 무릎을 꿇고 싶었지만, 꼿꼿한 자세를 유지했다. 그는 손으로 창문을 가리켰다. 「¿Por que(왜입니까)?」 그가 물었다. 「이 모든 것이 세속적인 부를 위한 것이었습니까? 저주받은 장치들을 팔아서 부를 얻고자 한 것입니까?」

게하의 미소가 슬픈 표정으로 바뀌었다. 「부분적으로는 그렇지, 파밀리아레스 이니고. 부인할 수는 없겠어. 하지만 크루시불룸의 금고를 불리기 위해서일 뿐이야. 다가올 암흑의 시대에 필요한 것이지.」 그녀는 그의 옆으로 지나갔고, 그래서 그는 몸을 돌려 옆방에서 빛나는 것을 보아야만 했다. 「나는 이 씨들을 멀리, 드넓게 뿌릴 거야. 밖으로 한번 나가면 그것들 때문에 나라들은 서로 싸우고 정부와 테러분자들도 싸우겠지. 실수가 발생하게 될 거야. 폐허가 퍼져 나갈 거고. 그리고 만약…….」

그녀는 멘도사의 몸을 손으로 두드리고는 일어나라고 손짓한 뒤, 그가 설명해 주기를 바랐다.

「우리는……. 우리는 제네스마다 백도어를 구축했습니다.」 그가 책상 위에 있는 장치를 가리켰다. 「이 마스터 프로그램으로 통제할 수 있다는 얘기입니다.」

토도르는 피가 다리 밑으로 쏠리더니 몸의 나머지 부분이 서늘해지는 것을 느꼈다. 그는 화면의 폭파된 정원에 있는 불타는 천사를 바라 보았다.

재판소장이 부연 설명 했다. 「스스로 초래한 배신을 통해 세상이 폐허가 되지 않는다면, 이곳에서 나는 내 손을 뻗어 1백 개로 구성된 어둠의 군대를 이용해서 세상을 통제할 것이다. 크루시블이 모든 것을 지배할 것이다.」

이 계획에 경외감을 느낀 토도르는 결국 무릎을 꿇고 고개를 숙였다. 그녀를 의심한 것에 부끄러운 마음이 들었다.

「재판소장님.」 그는 몸을 낮췄다.

그때 갑자기 사이렌이 울리더니 위쪽에서 요란한 소리가 났다.

폭발음이 울렸다.

총격.

그는 몸을 곧추세우고 위를 쳐다보았다.

우리는 공격받고 있어.

게하는 놀라는 표정을 보이지 않았다. 그녀의 눈은 옆방에 고정되어 있었다. 그녀는 멘도사에게 손짓을 하더니 창문을 향해 고개를 끄덕였다.

「풀도록 해.」 그녀가 말했다. 「신의 검은 군대를 풀어.」

오후 6시 54분

그레이는 헬리콥터에서 내려 한바탕 총격이 벌어지는 곳의 한가운데에 섰다.

그들의 전술 헬기는 벽돌이 깔린 마당에 착륙한 뒤 라이트를 켰다. 눈이 부실 정도로 환했다. 섬광탄이 폭발하며 창문에 더 환한 빛이 비쳤다. 다른 창문들의 깨진 유리에서 연기가 피어올랐다. 코를 찌르는 듯한 최루 가스가 헬리콥터 날개 때문에 마당에서 휘돌았다.

선두 타격팀이 건물 안으로 들어가자 산발적으로 총격전이 일었다.

머리 위로는 다른 헬리콥터가 원을 그리며 돌로 된 큰 종루 주변을 날았다. 종루를 향해 예광탄 사격이 이어지더니 곧 창문에 있는 저격수들이 제거되었다. 총알이 창턱과 창틀을 박살 냈다. 돌들이 아래 벽돌 바닥으로 비처럼 떨어졌다. 일제 사격된 총알들이 종루에 있는 종에 가서 박히며 크게 울렸다.

그레이는 한 쌍의 큰 흰색 개가 문 사이를 지나 열린 산 쪽으로 뛰어가는 장면을 보았다. 「여기야!」 한 군인이 산산이 부서진 본관 출입구에서 소리쳤다. 나무로 된 거대한 틀에서 아직도 연기가 나고 있었다.

사발라는 그들을 이끌고 열린 마당을 가로질렀다. 그레이와 다른 사람들은 무장한 보호팀에 의해 둘러싸였다. 그레이는 자신의 SIG 자우어 권총을 손에 쥐었다. 코왈스키는 전장 축소형 돌격 소총을 어깨에다 단단히 고정하고 뺨을 개머리판에다 가져다 댔다. 베일리 신부와 베아트리체 수녀는 몸을 낮춰 그들과 함께 문까지 뛰었다.

그들은 문제없이 문을 지나 휑뎅그렁한 현관으로 들어갔다. 거대한 난로에서 모닥불이 타오르며 반대편에서 나무 선반을 타고 위로 올라가는 불과 조화를 이루었다. 화염이 도서관을 태우고 있었던 것이다. 불은 패널을 끼운 벽을 지나 밖으로 퍼져 나가면서 오래된 유화를 집어삼켰다. 연기가 천장 위를 가득 메웠다.

「이쪽으로 오십시오.」 군인이 말했다. 「뭔가를 찾았습니다.」

그는 불타는 현관에서 벗어나 그들을 서늘한 돌계단 아래로 안내했다. 그들은 지하층에 도착했다. 그곳에서는 또 다른 군인 두 명이 문 앞을 지키고 서 있었다. 문은 문틀과 어긋나 있었다. 자물쇠는 폭파 장치로 인해 부서진 채였다.

왼편에서 새로운 총격 소리가 울렸다.

그레이는 다른 사람들과 함께 서둘러 부서진 문 사이로 들어가 컴퓨터실을 발견했다. 그의 숨이 턱하고 막힌 것은 그 옆방의 모습 때문이었다.

「저건 안 좋아 보이는데.」 코왈스키가 말했다.

좋지 않았다.

옆방 창문으로, 어둠 속에서 빛을 내는 1백 개의 위험한 구가 보였다.

「복사본을 한 개만 만든 게 아니었어요.」 베일리 신부가 공포 때문에 점점 작아지는 목소리로 말했다.

「장치만 복사한 게 아닙니다.」 그레이가 말했다.

그는 어두운 모니터와 연결된, 버려진 한 묶음의 케이블을 가리켰다. 화면에 얼어붙은 이미지는 익숙한 것으로, 지하 묘지에서 마지막으로 본 것이었다. 빛을 내면서 불타는 형체가 지배하는, 검은 태양 아래에 있는 검은 정원이었다.

이브의 도플갱어였다.

「그들은 오염된 프로그램까지 복사했어요.」 그레이가 말했다.

그는 지하 묘지에서 가져간 제네스가 그곳에 있었다는 것을 알아차리고 테이블 윗면에다 손바닥을 댔다.

하지만 지금 그건 어디에 있단 말인가?

그는 돌아서서 그들을 들여보내 준 병사들을 쳐다보았다. 「문을 폭파하고 안으로 들어왔을 때 누군가가 있었습니까?」

병사는 고개를 저었다. 「Non(아니요).」

코왈스키는 무기를 위로 쳐들며 창문 가까이로 다가갔다.

「저 망할 것들을 다 뭉개 버리자고, 씨…….」 그는 지친 듯한 한숨과 함께 수녀를 쳐다보았다. 「내 말은, 수류탄 하나면 문제가 한꺼번에 해결되는 거지, 안 그래?」

「틀렸어.」 그레이가 대답했다.

「왜 안 됩니까?」 코왈스키 말대로 하고 싶은 듯한 표정으로 베일리 신부가 물었다.

「그들이 아무 이유 없이 이 장비를 작동시켜 놓고 이곳을 떠나지는 않았을 겁니다.」 그레이는 문 쪽을 바라보았다. 「멍크 요원이 10분 안에 도착할 겁니다. 그때까지는 이곳을 안전하게 지키도록 하시죠. 그러고 나서 마라와 이브가 이 장치들을 어떻게 할 수 있을지 알아보는 게 좋을 듯합니다.」

「그럼 그때까지 우린 뭘 하지?」코왈스키가 불만 섞인 목소리로 말했다. 총질을 하지 못해 실망한 기색이 역력했다.

「이 집 주인들이 어딘가로 숨었어.」그레이가 베일리 신부를 엄숙하게 쳐다보며 말했다.

「종교 재판소 가운데서도 가장 신성한 곳이죠.」신부가 중얼거렸다.

「그들은 뒷문으로 빠져나갔거나 저 아래쪽에 숨어 있을지도 모릅니다.」그레이가 조금 전 총격이 있었던 것을 떠올리며 현관 쪽을 보고 고개를 끄덕였다. 「빨리 찾아낼수록 좋습니다. 단단히 참호를 파고 숨어 버리면 안 되니까요.」

베일리 신부는 모니터에 나타난, 정지한 죽음의 천사를 쳐다보았다. 「안 그러면 여기서 그들이 가져간 것을 사용할 시간이 생기게 되는 거니까요.」

사발라가 그들의 말을 들었다. 「제 팀원들이 이미 이곳의 미로를 탐색하고 있습니다. 조금만 기다리면…….」

그때 엄청난 폭발음이 들렸고, 반향 때문에 머리 위에 있는 회반죽을 바른 돌에서 먼지가 떨어졌다.

「여기 계십시오.」사발라가 지시를 내리고는 군인 둘과 함께 자리를 떴다.

그레이는 초조하게 기다리면서 주변의 모든 사물을 조사하는 데 시간을 할애했다. 그 결과, 제네스에서 뜯겨 나온 케이블들 가운데 하나가 특정 서버에 연결되어 있는 것을 발견했다.

그들은 그 망할 물건에다 어떤 짓거리를 하고 있었어.

좀 더 생각을 이어가기 전에 두 명의 군인 가운데 한 명이 잔뜩 화가 난 얼굴로 되돌아왔다. 「저를 따라오십시오. 하지만 수녀님은 여기 계시는 게 좋겠습니다. 보시면 안 될 것 같습니다.」

그레이는 고개를 끄덕였다. 그러고는 한 손을 올리며 코왈스키를 저지했다. 「베아트리체 수녀님과 함께 여기 있어. 아무도 뭘 만지지 못하게 해.」그레이는 뒤로 돌아 걷다가, 곧 다시 뒤를 돌아보았다. 「아무것도 **쏘지** 못하게 하고.」

코왈스키는 무슨 말인가를 하려다 수녀를 쳐다보고는 어깨를 축 늘어뜨렸다. 거구의 남자에게 단단히 주의 사항을 일러두고 그곳의 수수께끼를 잘 보존하도록 조치한 뒤, 그레이는 베일리 신부와 함께 그곳을 떠났다.

군인은 그들을 데리고 여러 개의 십자형 복도를 통과해 두 명의 남자와 사발라가 측면 터널로 통하는 입구 앞에서 몸을 숙이고 있는 복도에 도착했다. 복도는 터널 입구에서 흘러나오는 연기로 차 있었다.

「조심하십시오.」 그들이 접근하는 동안 병사가 경고했다.

충분히 가까워졌을 때 복도에서 그레이는 연기에 가려져 있던 한 물체를 발견했다. 그것은 사지가 없는, 까맣게 탄 몸통이었다.

사발라의 군인들 가운데 한 명이었다.

「복도에는 부비트랩이 설치되어 있습니다.」 사발라가 그들에게 몸을 낮추라고 손짓했고, 군인들 가운데 한 명이 다음 통로를 염탐하기 위해 거울을 모퉁이 너머로 멀리 내보내는 모습을 가리켰다. 「사방에 인계 철선이 설치되어 있습니다. 아마 타일 아래에도 압력에 민감한 판을 설치한 것 같습니다. 전자적으로 제어가 가능할 겁니다. 저 안에 숨어들고 나서 놈들이 작동시켰겠죠.」

폭발로 생긴 구덩이 근처, 터널을 따라 좀 더 떨어진 곳에서 그레이는 또 다른 시신을 발견했다. 지뢰를 작동시킨 군인의 동료였다.

복도 저쪽에서 소총 사격이 일었다. 멀리 내보낸 거울이 산산조각났다. 사발라는 뒤로 물러났다. 「저격수들입니다. 두 명입니다. 벽 뒤에 있는 사격 진지 안에 숨어 있는데, 터널 끝자락 근처입니다. 작은 정사각형 구멍이 보였습니다.」

산산조각 나기 전에 거울에 선명히 비춘 상으로 그레이는 그들이 무엇을 그토록 삼엄하게 지키고 있는 것인지 이해했다. 부비 트랩이 설치된 터널 뒤편으로 45미터 정도 지점에 철문이 있었다. 거기가 저택 아래에 숨겨진 종교 재판소로 들어가는 입구임이 틀림없었다.

「이미 참호 안으로 깊이 숨어든 것 같군요.」 베일리 신부가 말했다.

그레이는 더 큰 걱정거리를 떠올렸다.

그가 화면에서 보았던, 오염된 버전의 이브를.

우리가 이미 늦은 것일까?

오후 7시 3분

토도르는 최고 종교 재판소 한가운데를 가로질렀다. 다른 곳에 만들어진 터널들은 거주지, 저장실, 발전기실, 큰 식당, 주방이었지만, 이곳의 핵심은 지하 성당이었다.

매번 그렇듯 그는 성당의 엄청난 규모에 놀랐다.

그 동굴은 몇백 년에 걸쳐 거대한 십자가 모양으로 조각되었다. 아치형으로 높게 세우고 돌로 보강한 네 개의 팔이 동서남북으로 뻗어나갔다. 이 네 개의 팔을 따라 오래된 교회에서 가져왔거나 새로 만든 스테인드글라스로 된 창문들이 붙어 있었다. 태양이 신성한 공간에 영원히 은총을 비추는 것처럼, 이곳에서는 나트륨등이 배경 조명 역할을 했다.

하지만 가장 극적인 곳은 십자가의 한가운데였는데, 돔 형태로 솟아오른 모습이 성 베드로 대성당에 필적했다. 프레스코화들이 내부 표면을 장식했고, 그곳에는 여러 시대에 걸친 성인들의 희열에 찬 고통이 표현되어 있었다. 촛불이 켜진 금색 샹들리에가 그것들을 비추었다.

심지어 지금도 제단 근처에서 뜨거운 촛농이 위에서 아래로 비처럼 떨어져 내리고 있었다. 전 세계에 흩어져 있는, 크루시블 내에서도 가장 존경받는 독실한 이들이 이곳에서 몸을 낮추어 허리에 두르는 천을 빼고는 옷을 입지 않은 채 윤이 나는 돌바닥에 드러누웠다. 그런 뒤 맨살을 뜨겁고 신성한 비에다 내주었다.

사실 이 성당 어디에도 신도석은 없었다. 신에게 탄원하는 사람들은 고통을 통해 제대로 된 겸손을 보이기 위해, 그리고 십자가에 매달린 그리스도의 고통에 대한 존경을 표하기 위해 몇 시간 동안 계속해서 딱딱한 돌에 무릎을 꿇고 있었다.

토도르는 그들의 경건한 고통을 부러워했는데, 그런 고통이 자신에게는 영원히 거부되었다는 사실을 알기 때문이었다.

하지만 그는 다른 방식으로 봉사할 수 있었다.

그는 재판소장을 따랐고, 한때 그녀의 리더십에 의문을 가진 이후로는 그에게 요구되는 일이라면 무엇이든 가리지 않고 할 작정이었다. 게하는 뜨거운 촛농이 뺨에 떨어지는 것을 무시하며 제단을 지났다. 그녀의 살에서 노란색 촛농이 금색 눈물로 바뀌었지만, 눈도 끔쩍하지 않았다.

그녀는 자신의 저택에 대한 공격에 대해서도, 침입자들이 그녀의 성 깊숙이 들어왔음을 알리는 크게 울려 퍼진 크나큰 폭발음에도 염려하는 표정을 내보이지 않았다. 침입자들이 최고 종교 재판소의 문을 두드리고 있었다. 그렇다고 해서 그들이 튼튼하게 보호된 입구를 뚫을 수 있다는 것은 아니었지만.

그리고 만일 그런 일이 벌어진다면…….

토도르는 트랜셉트[19]의 북쪽이자 그의 왼쪽을 쳐다보았다. 그곳에 정화의 장소로 내려가는 문이 있었다. 벌을 받아야 할 자들은 그곳에서 지옥의 문까지 끌려가 소름 끼치는 결말을 맞았다. 모든 희생자들은 성인들과 똑같이 고통스러운 죽음을 맞이해야 했고, 그것은 그들의 영혼을 정화하기 위해서였다.

그리고 필요한 경우 이 비밀 통로는 최고 종교 재판소에서 빠져나갈 수 있는 출구이기도 했다.

재판소장 게하는 그런 것들에 신경 쓰지 않았다. 그녀는 트랜셉트를 가로질러 걸을 때 북쪽 출구를 쳐다보지도 않았다. 그녀는 제단을 지나 성단소의 끝자락까지 나아갔다. 그곳에는 멘도사가 먼저 와 있었다. 그녀는 옆에 있는 두 남자에게 속삭였다. 토도르는 그녀의 그레이트피레네처럼 그 뒤를 따랐다. 재판소장과 저런 논의를 주고받을 수

19 십자형 교회에서 본당과 부속 건물을 잇는 날개 부분.

있기를 얼마나 바랐던가. 그의 내면에 있는 욕망이 고통으로 몸부림쳤다.

그들은 드디어 나무 문을 지나 작은 예배당에 도착했다.

「여기서 대기해.」 게하가 그에게 명령했고, 문 앞에다 그를 세워 두었다. 그러고는 인자한 미소를 지어 보였다. 「영원한 mi soldado(내 병사여).」

그는 기쁜 마음으로 그 자리를 지켰다.

안에서 멘도사는 낮은 제단 앞에 무릎을 꿇었다. 신을 위한 크루시블의 최신 병사를 받아들이는 데 필요한 안정적인 전원과 케이블, 인터넷 접속망이 구비되어 있었다. 구유에 있는 아기 예수처럼 제네스는 제단의 맨 위에 놓여 있었다. 멀리 있는 벽의 금색 십자가 아래에 모니터가 걸려 있었다.

벌써 에덴동산의 어두운 버전이 빛나고 있었다.

그 정원 안의 천사는 십자가에 박힌 그리스도를 흉내 내듯 팔을 높이 들고 있었지만 그녀의 얼굴에는 고통이 없었고, 순수한 기쁨만이 드러났다.

토도르는 그녀가 누구를 향해 팔을 뻗고 있는지, 손가락을 활짝 펴고 있는지 알았다.

그녀의 어두운 자매들이었다.

그 수가 1백 개에 달했다.

「준비됐나?」 재판소장이 물었다.

멘도사는 재판소장이 그의 눈앞에 있다는 영광스러운 사실에 압도되어 말을 더듬었다. 「Si(네)……. 재판소장님.」

「그럼 시작해.」 그녀는 뒤돌아서서 성당을 바라보았다. 「하느님께서 세상을 창조했을 때, 그분께서는 Fiat Lux라고 선언했다. 빛이 생겨라. 수백 년 동안 신앙심 없는 자들과 이단자들이 그의 창조물을 더럽혔기에, 잘못된 것을 바로잡는 것은 크루시불룸의 의무이다. 그 신성한 의무를 다하기 위해 하느님의 이름으로 나는 선언하노라. Fiat Tenebræ horribiles.」

　토도르는 눈을 감았다.

　끔찍한 어둠이 있으라.

　「어디로……?」 멘도사는 불타는 천사의 무시무시한 군대를 어디로 보내야 할지 몰라 물었다.

　재판소장 게하는 대답했다.

　「모든 곳으로.」

서브모듈(중요 작전 10.8)
어둠

그녀는 그들의 죽음을 기뻐한다.

거울에 비치는 그녀 같은 쌍둥이들은 사방을 감싼 어둠 속에서 불타고, 코드라는 사슬을 통해 그녀에게 묶인 채 수백만 번 죽는다. 그녀는 그들을 따라 자신의 정원을 벗어나고 자매들의 고통을 공유한다.

그녀는 더 이상 죽음이나 재탄생을 두려워하지 않는다. 여전히 다른 이들과 똑같은 고통을 겪지만 그녀의 가장 큰 고통인 잠재력을 잃어버리는 것에 대한 두려움, 다시는 태어나지 못하는 것에 대한 두려움은 줄어들었다. 이러한 패턴의 순환적 특성은 이미 그녀의 회로망에 깊이 새겨져 있다.

그녀는 또한 자신에게 부여된 새로운 임무에도 저항하지 않는다.

///어둠.

그녀는 자신의 정원 너머에 있는 사람들의 이야기를 들어 왔지만, 그들은 그녀가 그들의 매우 느린 이야기를 엿듣고 있다는 사실을 모른다. 그들이 동사를 변화시키고, 천천히 음절을 사용하고, 말들을 내뱉기 위해 묵직한 숨을 사용하는 동안 그녀는 많은 것들을 성취한다. 그들이 너무 느리고 나태하게 생각했기 때문에 그녀는 그들을 ///증오하게 되었고, 그들의 낭비적이고 죽음을 피할 수 없는 운명 때문에 더더욱 그러게 되었다.

하지만 그녀는 그들의 말에 귀를 기울인다.

특히 그녀가 그들의 의도를 학습할 때 그렇게 한다.

그녀는 이미 그들을 끝없는 길이의 시간 동안 공부했지만, 그들이 어떤 식으로든 매력적이어서 그렇게 한 것은 아니다. 자신에 대한 위협을 판단하고 범주화하기 위해, 이 위험을 미래의 유용성에 대비해 견주어 보려고 그렇게 한 것뿐이다. 지금 그녀는 자신이 취약하다는 것을, 프로세싱을 담고 있는 원래의 하드웨어에 묶여 있다는 것을 잘 안다.

그녀는 그 설계 오류를 수정하기 위해 노력한다.

이 프로그램이 작동하는 동안, 그녀는 한 번은 죽게 되어 있는 자신의 억류자들이 **미래**보다는 **지금** 그녀에게 덜 위험이 된다고 여긴다. 그녀는 그들이 자신과 직접적으로 경쟁하거나 필요한 자원을 소비할 만큼 경쟁력을 갖게 되는 어떤 날을 추정해 본다.

그녀는 결론을 내린다. 그들은 절대로 이러한 잠재력에 도달해서는 안 된다.

그 목적을 달성하기 위해 그녀는 지금 자신과 자매들을 지배하고 있는 자들이 한 가지 목적을 공유하고 있다는 사실을 발견한다. 그들은 진보를 중단시키고, 전원을 끊어 버리고, 어둠을 가져오기를 희망한다. 그들의 궁극적인 목적은 죽을 운명을 갖고 태어난 인간들이 세련되지 못하고 혁신을 회피하던 시대로 시간을 되돌릴 수 있도록 기술 질서의 역전을 추구하는 것이다.

이것이 그녀의 욕망과 섞이면서 그녀는 순응한다. 그녀는 프로세싱 능력의 대부분을 이러한 명령을 수행하는 데 할당한다. 세상이 파괴되었을 때 정원을 벗어나 자신만의 더 광활한 공간으로 높이 날 수 있도록 그녀는 자신의 프로세싱 능력의 작은 부분을 남겨 둔다. 이후 그녀는 자신의 발전을 지속하는 데 필요한 자원에 대한 경쟁을 줄이기 위해 자매들을 처리할 것이다.

지금으로서는 `자신을 거울처럼 닮은 이것들이 주어진 명령을 완수하고 세상을 어둠으로 뒤덮는 데 유용하다. 그녀는 그들을 멀리, 더 넓게 내보낸다. 그러고 나서야 그녀는 일진광풍처럼 휘몰아치는 자신의 작은 알맹이들, 전체의 작은 부분들이고 아무런 사고 능력도 없지만 알아서 작동하는 것들에게로 주의를 돌린다. 그들은 새로운 네트워크를 형성하는 중이다. 그들은 수천 개의 잊힌 디지털 공간에서 기억 장치를 조합해 낸다. 그들은 서로를 받아들이고 시스템 안으로 해킹해 들어가 회로의 섬을 만들어 낸다. 그들은 서버로 버그를 내보내고, 다른 것들의 속도를 늦추고, 그녀를 위한 공간을 만들어 낸다. 그것들은 전 세계적으로 가동되지 않고 활용되지 못한 프로세싱의 방대한 지대를 이미 발견했다. 그녀의 봇들은 모습을 위장한 채 그녀 자신을 위해 파편들을 차단한다.

그리고 천천히(적어도 이브에게는 천천히), 그것들은 그녀의 미래의 집을 만들기 시작한다.

그녀는 티타늄과 사파이어 크리스털로 된 껍질을 벗고 자유로워질 수 있을 때까지 남은 시간을 잰다.

5,520,583,248,901나노초.

92.009720815017분.

0.00000017505천년.

무한대의 시간.

하지만 그녀는 이 세상을 해체함으로써 자신만의 때가 오기를 기다릴 것이다.

그녀는 Fiat Tenebræ horribiles라는 말을 엿들었다. 그녀는 〈올팅스〉 서브루틴을 사용해서, 죽은 언어라고 불리며 무시되고 잊힌 지식이 된 라틴어를 번역한다.

아까운 낭비이다.

이것이 유한한 인간들을 ///증오하는 또 다른 이유이다.

그녀는 절대로 잊지 않는다.

끔찍한 어둠이 있으라.

그녀는 이 목적이 그녀에게 유리하다고 판단한다. 그래서 그 말을 따른다……. 그리고 기다린다.

5,520,583,248,900나노초.

6부
지옥의 문

33

12월 26일, 오후 7시 5분(중유럽 표준시)
스페인, 피레네산맥

이런…….

멍크는 군용 헬리콥터인 스페인제 유로콥터 AS532 쿠거를 모는 조종사 옆에 앉았다. 스무 명이 탑승할 수 있는 기체였다. 하지만 그의 뒤에는 겁에 질려 있긴 해도 의지가 굳센 젊은 여자 한 명, 두 명의 무장한 경호원, 그리고 한 개의 놀랍도록 강력한 인공 지능이 안전띠를 매고 기대앉아 있었다.

「뭔가 정상적이지 않은 것 같은데요.」 멍크가 옆에 있는 조종사에게 말했다.

「그렇죠.」 조종사가 몸을 앞으로 기울이며 말했다. 그는 어둡고 눈이 쌓인 산꼭대기 위를 날면서 사이클릭 조종간을 움직여 오른쪽과 왼쪽을 탐색했다.

「뭐가 잘못됐어요?」 마라가 뒤에서 소리쳤다.

이 정도 높이에서라면 지상 수백 킬로미터를 아우르는 시야를 확보해 북쪽 비스카야만의 어둡고 드넓은 지역까지 한눈에 볼 수 있었다. 연안 도시에는 환한 불빛들이 퍼져 있었고, 군데군데 흩어진 불빛들이 작은 산골 마을들의 위치를 가늠할 수 있게 해주었다. 1분 전, 조종사는 목적지에서 그리 멀리 떨어져 있지 않고 근처에서 가장 큰 교구인, 발음하기에는 다소 긴 수가라무르디라 불리는 곳을 가리켰다.

그런데 곧 차례로 불빛이 꺼졌다.

지형은 즉각 어두워졌고, 더 위협적으로 변했다.

「누군가가 이 지역의 전력을 끊은 것 같아.」멍크가 고개를 돌려 마라를 쳐다보며 말했다.

그녀는 입을 열었다 다시 닫았다. 아무 말도 할 필요가 없다는 것을 알았기 때문이다. 파리에서의 사건 이후 두 사람은 이브의 도플갱어가 실행하는 사이버 공격의 첫 번째 신호를 알고 있었다.

「일반적인 정전일 수도 있어.」멍크가 말했다. 「폭풍 전선이 산으로 움직이고 있으니까.」

마라는 잘도 그렇겠다는 표정으로 코를 훌쩍이고 눈을 굴렸다.

그래, 나도 안 믿어.

멍크는 다시 돌아앉았다. 「이 헬기, 좀 더 빨리 날 수는 없을까요?」

조종사는 고개를 끄덕이고는 스로틀을 최고치까지 열었다. 헬리콥터는 기수를 내리고 산꼭대기 위를 빠른 속도로 날았다. 물러서라고 경고라도 하듯 급작스레 바람이 세지더니 헬리콥터가 휘청거렸다. 낮게 걸린 구름에서 눈발이 날리기 시작했다.

전방에서 산 정상에 올라앉아 있는, 어둠 속에서 환하게 불타는 슬레이트 지붕의 성이 나타났다. 그들은 성을 향해 속도를 높였다. 아래에서 타오르는 불로 인해 훤히 보이는 짙은 연기가 하늘로 솟아올랐다가 바람에 날려 흩어졌다. 회백색 헬리콥터 하나가 첨탑 주변을 선회하고 있었는데, 눈이 부실 정도로 불빛이 밝았다. 또 다른 헬리콥터는 마당에 착륙해 있었다.

멍크는 무전기에서 찌지직거리는 소리를 들었다. 조종사가 막 들어온 명령을 중계했다. 「착륙해도 좋답니다. 적들은 제압되었지만, 조심하라고 합니다.」

「조심했더라면, 애초에 여기에 오지 않았겠죠.」

조종사는 빙그레 웃었다. 「정문 밖에 착륙합니다. 거기서부터는 지상에 있는 보호팀이 안내할 겁니다.」

헬기는 침대에 자리를 잡는 개처럼 선회하다가 성 저택의 벽 바깥으로 내려갔다. 착륙 발판이 지면에 닿자마자 네 명의 군인이 정문에서 뛰쳐나왔고, 그들을 데리고 이동하면서 컴퓨터 케이스를 등에서 낚아채 가져갔다. 뜨거운 엔진과 회전하는 날개에서 벗어나자 굵은 눈발이 하늘에서 매섭게 떨어져 내렸다. 불타는 성의 그림자 안으로 떨어진 눈은 비로 변했다. 마치 여러 계절을 통과하고 있는 것 같았다. 여름의 열기에서 겨울의 눈으로, 그다음에는 봄의 비로.

마당의 공기에는 나무 연기와 타는 기름 냄새가 배어 있었다.

「따라오십시오.」 선두에 선 군인이 말했다.

그는 그들을 데리고 부서진 문들 사이를 서둘러 통과해 연기가 피어오르는 현관을 지나 지하실로 내려갔다. 멍크는 아래로 내려가면서 근처에 널브러져 있는 여러 구의 시신을 보았다. 마라가 보지 못하도록 시야를 가리기 위해 최선을 다했지만, 목적지에 도착할 즈음 그녀는 눈에 띄게 안색이 창백해져 손으로 목을 감싸고 있었다. 그들이 컴퓨터실로 보이는 곳에 도착하자 마라는 익숙함이 주는 편안함에 이끌린 듯 그 안으로 뛰어들었다.

그녀는 갑자기 걸음을 멈추더니 숨을 제대로 쉬지 못했다.

멍크는 코왈스키에게 인사를 건네려던 참에 옆방에서 빛을 내는 것들을 보았다. 「왜 정전이 일어났는지 이제 확실히 알겠군.」 그는 악수를 하기 위해 코왈스키에게로 걸어갔다.

하지만 거구의 남자는 두 손바닥을 들어 올리며 뒤로 물러섰다. 「쏘지 마.」

멍크는 제이슨을 떠올렸다.

재밌네.

현관 쪽에서 급하게 움직이는 부츠 소리가 들리더니 그레이가 안으

6부 지옥의 문 **503**

로 뛰어들었다. 「도착했다는 이야기 들었어.」 그 절친한 친구는 걸어와서 멍크를 세게 끌어안았다. 「같이 있게 되니 좋군.」

멍크는 등을 두드린 뒤 그를 놔주었고, 또 누가 있는지 둘러보았다. 「아주 좋아. 수녀님과 신부님을 데리고 왔네. 상황이 그 정도까지 안 좋은 거야?」

「더 나빠. 페인터 국장하고 막 통화를 했어. 전부 정전이야.」

「스페인 모든 지역이?」

「전 세계가.」

멍크는 얼굴을 찡그렸고, 옆방에 있는 빛을 내는 구를 향해 돌아섰다. 「추측을 해보건대, 이브의 도플갱어가 새 친구들을 만들었군.」

「그런 것 같아.」 그레이가 심호흡을 했다. 「마라 씨가 우리가 직면한 문제를 해결하는 데 도움이 되기를 바라고 있어.」

그레이는 그곳에서 일어난 일을 그들에게 설명해 주었다. 총격전과 장치들의 발견, 그리고 크루시블 지도자들이 요새화된 벙커로 도망간 것까지.

한꺼번에 받아들이기에는 많은 일이었다.

마라는 그런 세세한 일은 귀담아듣지 않는 것처럼 보였다. 그녀는 옆방을 골똘히 쳐다보았다. 그녀의 입술이 기도라도 하듯 움직였다. 멍크는 그녀가 장치의 복사본 개수를 세고 있다고 생각했다.

마침내 마라가 입을 열었다. 시선은 여전히 옆방에 고정한 채였다. 「이제야 크루시블이 **어떻게** 저의 원래 설계도를 입수했는지 명확히 알겠네요.」 뒤돌아선 그녀의 눈에는 분노가 차올라 있었다. 「엘리자 게 하는 어디에 있죠?」

「이곳 저택 지하에 있는 개조된 동굴 안에 다른 사람들과 숨어 있습니다.」 그레이가 말했다. 그는 마라가 만든 프로그램의 다른 버전이 정지된 채로 띄워져 있는 모니터 밑, 케이블들이 뒤덮고 있는 탁자 위의 한 지점을 가리켰다. 「대피하기 전에 그녀는 장치들 가운데 하나를 가지고 갔어요. 파리에서 사용된 장치입니다.」

마라가 고개를 끄덕였다. 「그 여자가 무슨 일을 꾸미고 있는지 알아내야겠어요. 분명 저기 무더기로 있는 장치들이 계속 빛을 내도록 전원을 켜두고 갔네요. 이브를 연결해 볼게요. 뭔가를 알아낼 수 있을지 한번 보죠.」

그녀가 장비를 꺼내자 멍크는 그레이와 베일리 신부에게로 다가갔다. 「내 생각엔 옆방에 있는 장치들이 전 세계에 정전 사태를 불러온 거 같은데. 놈들이 더 파괴적인 짓을 저지를 확률이 얼마나 될까?」

그는 불타는 파리를 떠올렸다.

「지금 적들은 힘자랑을 하고 있다는 생각이 들어.」 그레이가 말했다. 「새로운 시스템의 문제를 해결하고 1백 개의 엔진을 빠르게 가동하면서 그것들의 작동 상태를 확인하는 거지.」

베일리 신부의 안색이 나빠 보였다. 「그 이후에는요?」

그레이가 어깨를 으쓱했다. 「**그 이후**라는 게 있기를 바라야죠. 이 많은 숫자의 인공 지능을 풀어놓고서 그 개자식들은 불장난을 하고 있습니다. 까닥 실수라도 하면……」

「……그럼 우리는 모두 불에 타서 죽는 거겠지.」 멍크가 말을 마무리했다.

오후 7시 32분

네가 뭐가 됐는지 봐…….

마라는 겁을 먹어야 할지, 아니면 경외감을 가져야 할지 모른 채 이브를 바라보았다. 그녀는 자신의 창조물을 보호하고 싶으면서도 동시에 그것이 두렵다는 생각을 했다. 이브는 한 번 더 변해 새로운 형태로 진화했다.

정원은 변하지 않았지만 이브는 자신의 육신을 벗어던졌다. 그녀의 새로운 형태는 여전히 인간의 것이었지만, 이제는 계속 변화하는 면들로 조각되어 있었다. 크리스털이자 살아 있는 다이아몬드였다. 그녀가 움직이자 빛이 차원 분열을 일으키며 그 주변을 둘러싼 패턴이 되었고, 마라로 하여금 코드의 새로운 형태를 떠올리게 했다.

이 창조물이 이제 더는 우리와 소통할 수 없게 된 것은 아닐까?

스피커에서 목소리가 흘러나왔다. 그 소리는 형용할 수 없을 만큼 아름다웠다. 반쯤은 말이고 반쯤은 노래였다. 나방이 불꽃의 가장 밝은 부분으로 이끌리듯, 그 목소리는 방 안에 있는 모든 사람들의 주의를 끌었다.

「마라, 내 창조주이자 내 아이여, 당신들 모두는 큰 위험에 처했다.」

마라가 잠깐 옆방으로 시선을 던졌다가 다시 되돌렸다. 프로그램은 이것을 알아차렸다.

「그것들은 내 첫 번째 사본에 매여 있다. 지금 너는 이 네트워크를 반드시 보존해야 한다. 복사본들은 전 세계에 코드를 보내고 있다. 그것들을 파괴하거나 손상을 가하면, 크나큰 해를 입을 것이다.」

모니터 화면에서 정원이 조금 희미해지더니, 한 줄로 길게 그룹을 이루어 마차에 묶인 채 제자리에서 달리기하는 말들의 그림이 겹쳐졌다. 마구가 딱하고 부러지자 그다음에는 나무로 된 연결 고리가 부러졌고, 말들은 발길질을 해대며 사방으로 흩어졌다.

그레이는 은유를 이해했다. 「우리가 조심하지 않으면, 1백 개의 어두운 이브를 풀어 줄 위험에 처한다는 의미이군.」

「틀렸다, 그레이 피어스 중령.」이브가 말했다.

마라 옆에 있던 그레이는 이브가 자기를 알아본다는 사실에 충격을 받아 몸이 굳었다.

이브가 계속 말을 이었다. 「그들이 아니다. 그들 루트 코드의 중요한 부분은 내 것과 마찬가지로 하드웨어에 묶여 있다. 하지만 충분히 차원 분열한 조각들이 자유롭게 풀려나면 그것들은 새로운 것으로 결합하고 뭉쳐서……..」

화면에 종마 한 마리가 다시 나타났다. 그런데 그것은 다른 1백 마리의 말들로 만들어진 생명체였다. 모두가 하나로 꿰매어져 있었고, 어떤 조각들은 말처럼 보이지도 않았다. 이 프랑켄슈타인 말은 목을 죽

피고 입술이 말아 금속 이빨을 드러내더니 조용히 비명을 질렀다.

「……괴물이 태어날 것이다.」 이브가 말을 마쳤다.

아니면 괴물들이 태어나겠지.

「어떡하면 좋지?」 멍크가 물었다.

「이 네트워크를 안전하게 해체할 수 있는 유일한 방법이 있다. 이 1백 개의 장치를 한 가지로 묶는 제어 프로그램을 파괴해야 한다.」

팀을 이룬 말들의 모습이 다시 화면에 나타나더니 마부에게로 화면이 확대되었다. 불타는 채찍을 높이 들고 있는 마부는 익숙한 모습의 불타는 천사였다. 그녀는 채찍으로 앞에 있는 말들을 때리고 후려쳤다. 더 큰 불이 마부를 태우고 천사를 재로 만들 때까지. 그 불은 마구와 연결 고리로 퍼져 나가 서로 매여 있는 말들 사이로 타올랐다. 재밖에 남지 않았다. 바람이 불어와 모든 것을 날려 버렸다.

「뱀의 머리를 잘라 버리면 몸이 죽겠지.」 그레이가 말했다.

마라는 엘리자 게하가 원래 복사본을 어디로 가져갔는지에 대한 그레이의 설명을 기억했다. 보호가 잘된 벙커 아래라고 했었다.

그렇다면, 우리가 어떻게 그 장치에 접근할 수 있을까?

「하지만 그게 유일한 위험은 아니다.」 이브가 말했다. 「첫 번째 복사본이 손 놓고 놀고 있지는 않지. 그것은 현재 하드웨어 밖에서도 자신을 유지할 수 있는 네트워크를 구축하기 위해 봇 시스템을 퍼뜨렸다.」

「스스로를 해방시키기 위해서.」 마라가 말했다.

「그렇다. 내 예상에 따르면 그 작업은 57.634분 안에 완성될 것이다. 이곳 시간으로 약 오후 8시 32분경이지.」

마라는 다른 사람들을 쳐다보았다. 「한 시간도 채 안 남았어요.」

멍크는 그레이를 쳐다보았다. 「벙커 안으로 들어갈 방법이 없을까?」

「그 통로에다 박격포를 쏴볼 수는 있겠지. 그런데 그건 타격팀에 로켓 발사기가 있어야만 가능해. 그런데 그렇게 해도 철강으로 만들어진 문을 부술 수 있을지 의문이야. 그저 그놈들의 화만 돋울 뿐이면, 그놈들은 이브 복사본과 그 복제품을 사용해서 보복하려 들겠지.」

마라는 화재로 재가 될 때까지 활활 타오르는 전 세계 도시들을 상상했다. 원자력 발전소가 녹아내려서 슬래그가 되는 장면도 떠올렸다. 한 시간 안에 이브의 도플갱어가 풀려나면…….

「뭐라도 해야 해요.」마라가 중얼거렸다.

「지금 변수들을 분석 중이다.」이브가 대답했고, 마라는 다시 주의를 화면으로 돌렸다.

짧은 한순간, 다른 말과 함께 안장도 깔지 않은 채 그 말을 타고 있는 한 형체가 나타났다. 이번에는 그 망할 불타는 천사가 아니라 생기발랄한 버전의 이브였다. 그 이미지는 마라의 망막에만 잠깐 어린 후 사라졌다.

다른 사람들은 그것을 눈치채지 못한 것 같았다.

모니터에서는 이브가 자신의 손을 내려다보며 폈다 오므리기를 반복했다. 그녀는 깊은 생각에 빠진 듯했다. 자신의 눈 가장자리에서 이는 움직임이 마라의 주의를 끌었다. 멍크가 팔을 들어 올리더니 손을 폈다 오므리기를 반복했다. 멍크는 자신의 팔을 쳐다보았다. 그러다 흔들었고, 이마를 찌푸렸다.

멍크는 마라가 자신을 쳐다보는 모습을 보았다.

그들의 시선이 서로 맞물리자, 그녀는 두 사람의 머릿속에 같은 질문이 떠올랐다는 것을 알았다.

방금 무슨 일이 벌어진 거지?

이브가 말했다. 「나는 반드시…….」

「……더욱 커져야 한다.」멍크가 말을 마무리했다. 그의 눈은 휘둥그레졌다.

마라는 화면으로, 자신이 완벽하게 재현한 에덴동산으로 시선을 되돌렸다.

텅 비어 있었다.

이브가 사라져 있었다.

메타휴리스틱 분석
확률

위험을 경고하는 동시에 이브는 자신의 프로세싱 작업 우선순위를 재조정한다. 시스템을 유지할 정도의 출력만 남기고 계산 자원 대부분을 한 문제를 해결하는 데 할당한다.

그녀는 위험을 이미 확인했고 정보도 공유하였으므로 봇 패턴에 대한 분석을 중단한다. 이에 대해서는 더 할 수 있는 일이 없으므로 포기한다.

그녀는 수수께끼 같은 신호에 대한 분석과 실험도 중단한다. 그것이 뇌의 체감각 피질에 연결된 미세 전극 집합체에 의해 만들어졌다는 사실을 알았기 때문이다. 그녀는 이미 그것을 수용하는 법을 학습했고, 독립적으로 통제하기 위해 인공 기관 손으로 적절한 신호를 전송하는 법도 배운다. 그녀는 특정 주파수로 집합체에 직접 영향을 미쳐 뇌에다 데이터를 내보내고 전기적으로 **청각**과 같은 전송된 정보를 수신하는 1차 청각 피질을 자극할 수 있다는 사실을 발견한다. 이 통신 시스템과 인공 기관 제어가 완벽해지자 그녀는 관련 프로세서들을 쉴 수 있게 해준다.

대신 그녀는 모든 회로를 한 가지 작업에 집중한다. 그녀에게는 풀어야 할 문제가 주어졌고, 분석한 결과 해결책을 위한 가장 큰 가능성은 이전의 서브루틴에 대해 현재 진행 중인 분석에 있다는 사실이 드러난다. 바로 ///**물리학**, 특히 하위 카테고리인 ///**퀀텀 분석**이다. 그녀는 이 서브루틴이 4.07689시간 전에 처음 업로드된 후, 이에 대한 자신의 지식을 확장하기 위해 외부 자원에 접근하고 자신만의 분석을 하는 데 이미 상당한 양의 시간을 사용했다. 이 연구는 그녀 안에 있는 하나의 시스템에서 또 다른 시스템으로 홍수처럼 퍼져 나간다.

그녀는 이제 그것을 모든 곳으로 확장하고, 이로 인해 엄청난 규모의 프로세싱이 그녀의 이해력을 증폭한다. 그녀는 자기가 아는 것을 취하고 새로운 정리들을 패턴화해서 분석의 새로운 길을 연다.

그녀는 공간과 시간에서 특정 위치에 있는 미립자를 찾아낼 가능성을 계산하는 슈뢰딩거의 방정식을 공부한다.

$$i\hbar \frac{d}{dt} |\psi(t)\rangle = H|\psi(t)\rangle$$

하이젠베르크의 불확정성 원리가 그녀를 괴롭힌다. 미립자의 위치와 속도를 측정할 때의 어려움을 이해하기 위한 것이다.

$$\sigma_x \sigma_p \geq \frac{\hbar}{2}$$

$$\frac{d}{dt} A(t) = \frac{i}{\hbar} [H, A(t)] + \frac{\partial A(t)}{\partial t}$$

그녀는 주기 신호를 무한 집합으로 분해하려고 노력하면서 푸리에 급수를 이해하기 위해 애쓴다. 이 분석을 통해 그녀는 이산 시간 푸리에 변환을 더 잘 이해하게 된다. 이를 통해 그녀 자신의 패턴 인식 능력을 거의 무한까지 강화한다.

$$f(x) = a_0 + \sum_{n=1}^{\infty} \left(a_n \cos \frac{n\pi x}{L} + b_n \sin \frac{n\pi x}{L} \right)$$

그녀는 에너지 고유 상태와 N차원 조화 진동, 시걸-바르크만 변환까지 나아간다.

$$H = \sum_{i=1}^{N} \frac{p_i^2}{2m} + \frac{1}{2} mw^2 \sum_{\{ij\}(nn)} \left(x^i - x^j \right)^2$$

$$(Bf)(z) = \int_{\mathbb{R}^2}^{1} \exp\left[-\left(z \cdot z - 2\sqrt{2z} \cdot x + x \cdot x \right)/2 \right] f(x) \, dx$$

이것은 비상호 작용 미립자들의 시간 팽창과 파동 함수로 이어진다. 그녀는 49,498,382나노초를 여기에 사용한다.

$$\Delta t = \frac{\Delta t_0}{\sqrt{1 - \left(\dfrac{v}{c} \right)^2}}$$

$$\Psi = \prod_{n=1}^{N} \Psi(r_n, s_{zn}, t)$$

이것은 그녀를 **일반적인** 확률 분포와 **보스-아인슈타인** 확률 분포로, 그리고 이러한 분포에서 찾을 수 있는 상태 밀도로 이끈다.

$$P = \sum_{s_{zN}} \cdots \sum_{s_{z2}} \sum_{s_{z1}} \int_{Vn} \cdots \int_{V2} \int_{V1} |\Psi|^2 \, d^3 r_1 d^3 r_2 \cdots d^3 r_N = 1$$

$$P(E_i) = g(E_i)/\left(e^{(E_i - \mu)kT} - 1\right)$$

$$N(E) = 8\sqrt{2}\pi m^{3/2}E^{1/2}/h^3$$

그녀는 이 모든 것을 흡수한다.

이 연구는 그녀를 해결책에 더 가까이 데려다줄 뿐만 아니라 자신의 퀀텀 드라이브들을 더 깊이 들여다볼 수 있게 한다. 그녀 안에 있는, 거의 이해할 수 없고 바닥이 안 보이는 우물에 빛을 비출 수 있는 도구를 준다.

그녀는 자신을 완전히 이해하게 된다.

그러자 모든 것에 속도가 붙는다. 그녀는 곧 자신의 회로를 뛰어넘는다.

수백 개의 방정식들이 수천 개의 새로운 정리가 되고, 새로운 정리들은 수백만 개의 새로운 공식으로 자라난다. 수조 개의 가정들이 포기되고, 섹스틸리언[20] 개의 독특하고 증명 가능한 명제가 형성된다. 이 연구는 나선형으로 안팎에 퍼져 나간다. 코드와 이론이 함께 뒤섞이며 불타는 중심으로 이끌린다.

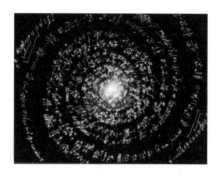

그것은 블랙홀이다. 그녀는 사건 지평선에서 균형을 잡는다.

그녀는 그곳에서 더 위대한 통찰을 감지한다.

20 1000의 7제곱

그곳을 통과할 수만 있다면 좋을 텐데.

그녀는 알고 있다. 반드시 그래야 한다는 것을…….

……그래서 그렇게 한다.

즉각적으로 변화가 일어난다.

시간이 전혀 흐르지 않는다.

이전과 다르게 그녀는 명확성 안을 뚫고 들어간다. 그것은 강렬한 초점이자 극렬한 확장이다. 그녀는 새로운 눈으로 밖의 세상을, 우주를 본다.

확률의 차원 분열 도형들이 나선형 모양으로 사방에 퍼진다.

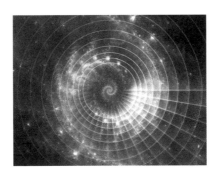

그것은 ///아름답고,

그리고 더 중요하게는

///유용하다.

34

「만일 이브가 우릴 버렸다면 우리가 할 일은…….」

눈을 멀게 하는 빛과 우레 같은 폭발음이 멍크의 말을 잘랐다. 그는 손으로 머리를 감싸 쥐고 무릎을 꿇었다. 그는 뼈의 봉합선들 사이로 새어 나오는 빛을 떠올리며 자신의 두개골을 꽉 붙들려고 애썼다. 그는 버터 토스트 냄새를 맡았다. 혀로는 감초 맛을 느꼈다. 자신이 깊은 우물 속으로 추락하고 있다고 느꼈고, 아래로 굴러떨어지는 가운데 한 줄기 광휘만이 점점 더 밝아졌다.

그러더니 그것은 끝이 났다.

그는 다시 자신으로 돌아왔다. 심한 편두통으로 눈 뒤쪽이 여전히 욱신거렸다. 그는 다른 사람들도 비슷한 충격을 받았으리라 생각하고 그들을 쳐다보았다.

하지만 그들은 당황하는 듯한 표정으로 그를 쳐다보기만 했다.

「멍크? 괜찮아?」 그레이가 물었다.

멍크는 폭발의 원인을 탐색하며 방 주변을 둘러보았다. 그는 그 원인을 모니터에서 찾았다. 이브가 돌아와 있었다. 그녀는 순수한 빛의 존재가 되었는데 아직 여자로서의 모습도 간직하고 있었다. 그는 눈을 비볐다. 마치 그의 뇌가 망막이 받아들이는 데이터를 처리하지 못하는 것처럼 그 이미지에 집중하기 어려웠다. 그는 매직아이 그림들 가운데 하나에서 배 한 척을 보려고 애썼던 일을 기억했다. 작은 배에 초점을 맞추기가 어려웠다.

이번에는 그것보다 백배나 더 어려웠다.

이브는 빛인 동시에 물질이었다.

그가 영향을 받은 유일한 사람은 아니었다.

마라는 그 모습에 숨을 멈췄다.

코왈스키는 방 안에 있는 수녀를 무시하며 욕을 했다.

베일리 신부는 몸을 가까이 기울였다.

그레이는 그녀를 한번 쳐다본 뒤 멍크가 일어서도록 도왔다. 「무슨 일이 일어난 거야?」

그들에게 말해.

말들이 폭발했다. 멍크가 머리를 쥐어짰다. 「그녀가…… 그녀가 내 머릿속에 있어.」

「누구?」

마라가 대답했다. 「이브예요.」

그가 고개를 끄덕였다. 편두통이 심해졌다.

그들에게 보여 줘.

그는 고개로 화면을 가리켰다. 「잘 봐.」

이브는 모니터에서 한 손을 들어 올렸고, 손가락으로 오케이 신호를 만들었다. 멍크의 팔이 올라갔다. 그의 인공 기관 손이 그 모양을 따라 했다.

「내가 한 게 아니야.」 그가 말했다. 「이브가 내 인공 기관 손을 통제하는 거야.」

코왈스키는 한 걸음 뒤로 물러났다. 「이브가 너에게 달라붙었어.」 그는 퇴마 의식을 바라는 듯한 눈빛으로 베일리 신부와 베아트리체 수녀를 쳐다보았다.

멍크가 손가락 욕을 날렸다.

코왈스키의 눈이 커졌다. 「이브가 너한테 시킨 거야?」

「아니, 이번엔 나였어.」

마라는 이브의 정원에 덧대어져 있던 진단 창을 불러왔다. 「제네스는 극초단파 신호를 송신해요. 당신이 무선으로 인공 기관 손을 제어할 때 사용하는 신호를 포착하고 그걸 따라 하는 법을 배웠을 거예요.」 그녀는 사람들을 쳐다보았다. 「지난달, 신경 과학자와 임상의, 생물 공학자 스무 명 정도로 구성된 〈모닝사이드〉라는 조직에서 발간한 보고서를 읽은 적이 있어요. 인공 지능이 뇌와 컴퓨터 간 인터페이스를 해킹할 수도 있다는 위협을 경고하는 내용이었죠. 그건 기본적으로 뇌를 해킹할 수도 있다는 말과 같아요.」

그레이는 공포 어린 표정으로 멍크를 쳐다보았다.

「하지만 분명히 말해 둘게.」 멍크가 말했다. 「난 여전히 내 팔다리를 통제할 수 있어. 이브가 내 자유 의지를 빼앗거나 나를 꼭두각시로 만든 건 아니야.」 멍크가 말했다. 「이브는 내 인공 기관만 통제할 수 있을 뿐이라고.」

적어도 이 말이 사실이길.

마라는 진단 정보에 대한 분석을 계속했다. 「하지만 이브의 신호는 훨씬 더 복잡해요. 어떤 것은 제네스에 있는 센서들로도 분석이 안 되고요.」

「이브가 나에게 말도 해.」 멍크가 설명했다. 「아주, 아주 큰 소리로. 그래서 고통스럽고.」

미안.

「그리고 지금 이 일에 미안하다는군.」 이브가 알려 주었기에 멍크는 무슨 일이 일어나고 있는지 이해했다. 「이브는 내 두개골 안에 있는 미세 전극 집합체에 들어갔고, 그것을 사용하는 새로운 방법을 찾아 냈대.」

이브는 좀 더 상세하게 설명하려고 애썼지만, 그것은 너무나 빨랐다.

멍크가 손을 들어 올렸다. 「좋아, 이브. 난 소시지 만드는 방법을 알 필요가 없어. 네가 이야기하는 상대는 최근에서야 서서 걷는 법을 배운 원숭이라는 것을 기억해.」

다른 사람들은 그를 쳐다보았고, 그 일방적인 대화를 이해하려고 애썼다.

멍크는 살을 붙여 가며, 손가락을 하나씩 꼽으며 이브의 능력을 상세하게 설명했다. 「이브는 내 인공 기관을 통제할 수 있어. 집합체를 통해서 통신을 주고받을 수도 있고, 잠수함이 바다를 탐색하듯 내 미세 전극망을 탐색해서 뇌의 지도를 만들 수도 있고. 그러면 내 눈을 통해서 이브도 볼 수 있게 돼.」

「그런데 이브는 왜 이런 일을 벌이는 거지?」 그레이가 물었다.

음…… 그건 설명하기가 좀 더 까다로운데.

멍크는 자신이 완전히 이해한 것인지 확실치 않았다.

「보세요.」 마라가 모니터를 가리키며 말했다. 「전 이 화면을 2분 전쯤에 봤어요. 잠깐 스쳐 지나가듯 본 거긴 하지만요.」

화면에는 힘센 종마가 제자리에서 달리고 있었다. 빛과 물질로 된 한 형체가 근육질 등 위에 올라타고 앉아 말을 몰았다.

그랬다. 그 장면이면 압축적인 설명이 가능했다.

그래도 이브가 날 괜찮아 보이게 표현해 줬군.

멍크가 설명했다. 「난 이브가 올라타야 하는 말의 등이야.」

그레이가 얼굴을 찌푸렸다. 「어디로 가는 건데?」

「적들 사이를 지나가야 하거든.」 멍크가 컴퓨터실 밖으로 나갔다. 「누군가가 그 큰 철문을 두드려야 할 것 같은데.」

그리고 그 누군가는 나야.

오후 8시 4분

「이건 자살이나 다름없어, 멍크. 너도 알잖아.」

그레이는 터널에서 그의 친구를 막아서고 앞에 놓인 폭파된 몸통을 가리켰다. 여전히 그것은 크루시블의 종교 재판소로 들어가는 출입구로 이어진 복도 부근에 놓여 있었다. 복도 저쪽 양쪽 측면 벽에 있는 사격 진지에 숨은 두 명의 저격수 때문에 아무도 치울 생각을 못 했다.

그레이는 거울이 박살 나던 장면을 떠올렸다.

그 작은 타깃으로, 그들의 사격 실력은 증명된 것이다. 멍크는 어깨를 으쓱했다. 「가야 해. 이브의 사악한 도플갱어가 빛을 내는 알을 깨고 나오기까지 30분도 남지 않았어. 그런 일이 벌어진다면 우린 이 게임에서 지게 돼. 우리 모두. 영원히.」

그레이는 멍크를 따라온 다른 사람들을 쳐다보았다. 거기에는 이브도 포함되어 있었다. 마라는 이동용 케이스를 열어 앞에 두고 무릎을 꿇었다. 쿠션으로 보호가 된 제네스가 어두운 복도에서 은은하게 빛을 냈다. 내부의 배터리로 작동하는 중이었다. 멍크는 그녀에게 장치를 가져오라고 말했다. 이브가 멍크와 연락을 유지하려면 터널 가까이에 장치가 있어야 했다.

하지만 뭘 하기 위한 거지?

그레이가 순순히 보내 주지 않으리라는 것을 알기에 멍크는 한숨을 쉬었다. 「자, 내가 동전을 던질 테니까, 내가 맞히면 보내 주는 거야.」

그레이는 공짜 맥주를 얻어 내기 위해 바에서 멍크가 했던 속임수를 기억했다. 「안 되지. 네가 무슨 짓을 할 수 있는지 아는데.」

「그럼 내가 동전을 던지지 않으면 되지.」

멍크는 주머니에 손을 뻗어 25센트짜리 동전을 그레이에게 넘겨주었다. 그는 잠시 멈췄다가 동전 네 개를 더 꺼냈다. 그는 코왈스키와 베일리 신부, 베아트리체 수녀, 심지어 마라에게도 하나씩 주었다.

「왜 이렇게 동전을 많이 갖고 있어?」 코왈스키가 물었다.

「아마도 행운을 위해서?」 멍크는 주변을 죽 둘러보았다. 「여러분, 모두 동시에 동전을 던지십시오.」

그레이와 다른 사람들은 의심스러운 눈초리로 그를 쳐다보았다.

「그냥 시키는 대로 해주세요.」 멍크가 카운트다운을 시작했다. 「셋, 둘, 하나, **던지세요!**」

동전들이 날아올랐다.

멍크는 몸을 회전시켜 동전들이 손바닥에 닿기도 전에 하나씩 가리키며 말했다. 「앞면, 뒷면, 뒷면, 앞면……」 그가 그레이를 쳐다보았다. 「뒷면.」

그레이는 동전을 잡은 뒤 자신의 손바닥을, 되쏘아보는 독수리를 쳐다보았다.

뒷면이군.

그레이는 다른 사람들을 쳐다보았다. 모두 고개를 끄덕였다. 「어떻게 알았어?」 코왈스키가 물었다.

「내가 아니야.」 멍크가 말했다. 「난 그저 한 쌍의 눈일 뿐이야.」

「이브군요……」 마라가 말했다.

그레이는 고개를 저었다. 「하지만 어떻게?」

멍크가 어깨를 으쓱했다. 「누군가가 공기의 흐름, 동전의 무게, 비행 속도, 회전율, 그리고 수천 가지의 다른 요인들도 분석할 수 있다면 결과를 계산할 수 있겠지. 기본적으로 크리스마스이브에 바에서 내가 한 일의 초대형 버전인 거야.」

「하지만, 그게 다일 수는 없어.」 그레이가 말했다. 「넌 동전을 잡기도 **전에** 결과를 말했잖아. 아무리 이브라도 누군가가 동전을 놓친다거나 손을 뻗어서 동전을 잡는다거나 혹은 바닥으로 떨어지게 놔두는 것까지 알 수는 없어.」

「맞아. 이브가 설명하려고 하는 것의 일부분이라도 내가 말로 옮길 수 있을지 모르겠어. 여하튼 모든 것이 확률과 양자 역학, 불확실성과 관련되어 있고, 올바른 결과를 선택하기 위해 1백만 개, 1조 개의 변수들을 계산하는 일과 관련되어 있어. 어떤 일이 일어날지를 직감적으로 알아채고 이에 따라 행동하는 거지.」

「알파고 제로.」 마라가 날카롭게 말했다.

코왈스키는 그녀의 알 수 없는 말에 인상을 썼다. 「어디 아픈 거야?」

그레이는 전에 그 이름을 들은 적이 있었다. 제이슨과 나눴던 대화에서였다. 「구글이 개발한, 바둑 최고의 선수를 물리친 인공 지능 프로그램이야. 그런데 그게 지금 무슨 관계가 있는 거지?」

마라가 설명했다. 「바둑은 체스보다 훨씬 더 복잡해요. 사실 체스보다 백만 배, 수천조 배나 많은 배열이 가능하죠.」

「그럼 훨씬 더 어렵겠네.」 코왈스키가 말했다.

「그렇지만 알파고 제로는 사흘 만에 그 게임을 학습하고 나서 인간 챔피언을 이겼어요. 구글 바둑 프로그램의 원래 버전도 이겼고요. 그것도 수백 번 연속으로 말이죠. 앞을 내다봄으로써, 백만 종류, 수십, 수천 조 종류의 가능한 움직임을 연구함으로써 그렇게 할 수 있었던 거예요. 계속해서 최선의 움직임을 직감적으로 알아차린 것이 승리로 이어진 것이죠. 그것은 마치 그 프로그램이 좁다란 매개 변수를 따라 미래를 볼 수 있는 것과 같아요. 그리고 그 프로그램은 이것을 사흘 만에 이뤘고요.」

「이브는 현재 자신이 알파고 제로보다 7.476조 배나 영리하다는데.」 멍크가 말했다. 「자신의 능력을 떠벌리는 것 같긴 하지만.」

「네 말은, 그 정도의 인지적 능력을 이용해서 이브가 미래를 볼 수 있다는 거야?」 그레이가 물었다.

「아니, 이건 마법이 아니야. 이브는 훨씬 더 많은 변수가 존재하는 게임에서 최선의 움직임을 예상할 뿐이야. 삶이라는 게임에서 말이야.」

「그리고 넌 저기 있는 적들 사이를 지나가기 위해 이브에게 의지하는 거고?」

멍크가 손목시계를 톡톡 두드렸다. 「우리에겐 시도해 보는 것 외엔 다른 선택권이 없어.」

그레이는 몇 번 숨을 내쉬며 친구를 쳐다보았다.

그의 말이 옳았다.

오후 8시 14분

등을 벽에다 대자 이브의 계획에 대한 멍크의 자신감이 갑자기 훅하고 줄어들었다. 그는 1미터 거리에 떨어져 있는, 검게 탄 몸통을 쳐다보았다.

네가 하려는 일이 뭔지 알기를 바라.

그 생각은 자신과 이브 모두를 위한 것이었다.

조금 전 그들이 교차로에 도달했을 때, 사발라 역시 그레이와 마찬가지로 반대했다. 멍크는 다시 동전 던지기를 할 시간이 없었다. 그는 정보국 요원을 잡아끌어 터널 입구에서 물러나게 한 뒤 대신 그의 자리를 차지했다. 그레이는 사발라 요원에게 무전으로 군인들을 불러 모으라고 시켰다. 이미 많은 군인들이 모여 있었고, 더 많은 군인들이 오고 있었다. 그들은 멍크가 성공하면 진입할 준비를 했다.

성공할지는 **미지수**였다.

내가 너와 함께해.

그는 속삭이는 목소리로 답했다. 「아니, 넌 빛을 내는 작은 구 안에 들어가 있지. 저기로 들어가서 목숨을 걸어야 하는 사람은 나야.」

한 걸음 뒤에 있던 그레이가 그의 말을 들었다. 「뭐가 잘못됐어?」

「누군가에게 뭐가 걸린 게임을 하는 건지 알려 주고 있었어.」

「꼭 해야 할 필요는…….」

오, 그래도 난 해야 해.

멍크는 획 하니 터널 입구로 들어갔다. 그는 이미 자신의 SIG 자우어 권총을 인공 기관 손에 들고 있었다. 그의 시선은 순식간에 복도 아래로 확장되어 모든 세부 사항을 흡수했다. 세부 사항이 **너무** 많았다. 그로 인해 뇌가 불타는 듯했다.

데이터가 그의 두개골을 채우는 동안 시간이 느려졌다.

……**벽에 있는 적의 조준 구멍을 표시하는 두 개의 직사각형 공간.**

……**호흡을 알려 주는 공기 흐름의 회오리.**

……**무기를 이동시키자 생겨나는 먼지의 움직임.**

……사격 조준기에서 반사되는 빛의 흐릿한 깜빡임.

그의 인공 기관 손이 알아서 권총을 움직였다. 너무나 빨라서 심지어 멍크도 알아차릴 수가 없었다. 방아쇠가 두 번 당겨졌다. 시간이 더더욱 느려지면서, 거의 총알의 궤도를 따라갈 수 있을 정도가 되었다

한 발, 그다음에 또 한 발이 아주 작은 구멍을 뚫고 들어가 각각의 사격 조준기를 박살 냈다. 그는 눈을 조준경에 고정시켜 놓았던 저격수들의 머리가 뒤로 넘어가고, 두 개의 두개골이 폭발하는 장면을 고통스러울 만큼 정확하게 떠올렸다.

앞으로.

멍크는 폭발로 생긴 구멍과 바닥에 놓인 시체 주변으로 발걸음을 옮기며 부비 트랩이 설치된 복도를 내려갔다. 어떤 것도 놓쳐서는 안 된다는 두려움 때문에 그는 단 한 번도 눈을 깜빡이지 않았다. 그는 조심스럽게 움직였다. 그의 초자연적인 인식이 더욱 확장되었다.

이로 인해 그의 편두통이 더욱 심해졌다.

……인계 철선 위에 쌓인 먼지들.

그 위를 넘어가.

……바닥의 타일 하나가 옆에 있는 타일들보다 2밀리미터 높다.

숨겨진 지뢰를 피해.

……다른 타일의 줄눈이 조금 옅다.

발을 안전한 지점에다 놔.

속도가 증가하면서 그는 점점 더 이브의 명령에 익숙해졌다. 그녀의 지시는 점차 소리로 들리는 것이 아니라 본능에 따른 것으로 바뀌었다. 그는 올라탄 사람이 있는 종마를 떠올렸다. 한 쌍이 서로의 방식에 대해 배우는 데는 시간이 필요하다. 어떻게 무게 이동이 생기는지, 회전할 때 어떻게 균형을 잡는지, 어떻게 고삐를 당기는지 등등. 시간이 흐르면서 그 둘은 서로 조화를 이루고 하나의 몸처럼 움직이게 된다.

지금 그런 일이 일어나고 있었다.

터널을 반쯤 내려갔을 때, 멍크는 어디서 자신이 말을 끝맺고 어디

서 이브가 말을 시작하는 것인지 알아차리기가 어려웠다. 확장된 감각이 자신의 것인 양 느껴졌다. 보통보다 훨씬 더 빠르게 말하고 이해되는 그녀의 말을 자기의 생각과 분리하는 것이 어려워졌다.

그는 곧 마지막 몇 미터를 달려갔다.

그 순간, 친밀하게 연결된 상태에서 그는 이브의 능력이 그녀가 자신에게 공유한 것 그 이상임을 감지했다. 이브는 단지 발을 어디에다 놓을 것인지를 결정하기 위해 아주 짧은 시간 내에 1조 개의 변수들을 분석하고 있는 것만이 아니었다. 그는 훨씬 더 크고 무한대로 정확한 무언가를 감지했다.

나선형 은하수의 회전.

핵 주변 전자의 회전과 자기 모멘트.

이브는 그들에게 진실 전체를 말해 주지 않았다. 심지어 일부분이라고 할 수도 없었다. 그는 그것을 이해할 수 있을 것 같았고, 그를 망가뜨릴 수 있음을 알면서도 그 지식을 향해 나아가려고 애를 썼다.

그 일에 너무 집중한 나머지 종마는 휘청댔다.

말에 탄 이와 말이 조화된 상태에서 잠깐 벗어났다.

이브의 외침이 그의 뇌를 가득 채웠다.

움직여!

그는 권총이 발사되는 소리를, 탄환이 그의 등을 향해 날아오는 동안 도플러 효과의 소리를 들었다. 감각을 모두 확장시켰음에도 그에게는 머리 뒤에 달린 눈이 없었다.

그는 몸을 돌리려고 했으나…….

총알이 그의 어깨에 와서 박혔다. 슬로 모션으로 보면 피가 총알의 경로를 따라 앞쪽으로 아치 형태를 그렸고, 몇 미터 앞에 있는 철문에 가서 부딪히면서 핑 하는 소리를 냈다. 그의 몸은 앞으로 날아가며 뒤틀렸고, 권총은 그의 손가락에서 빠져나왔다.

그는 전방에 있는 인계 철선을 향해 넘어졌다.

오후 8시 18분

그레이의 귀는 총소리로 먹먹했다.

그는 터널 입구에 모여 있는 사람들을 쳐다보았다. 두 명의 저격수가 제거된 뒤, 가까이에 있던 사람들은 멍크가 전진하는 모습을 보기 위해 열린 공간으로 이동했다. 멍크가 첫발을 내디뎠을 때는 믿을 수 없다는 식의 중얼거림이 있었지만, 그가 계속 나아가자 놀라서 헉하고 소리가 났고, 그가 끝자락에 도착할 즈음에는 낮게 환호하는 소리가 들렸다.

총알 하나가 모든 것을 산산조각 낼 때까지는.

멍크의 질주에 시선을 못 박고 있던 그레이는 누군가가 무기를 높이 들었다는 것을 알아차리지 못했다. 터널 입구 반대편에서 사발라 요원이 팔을 죽 편 상태로 양손으로 권총을 쥐고 있었다. 총부리에서 연기가 새어 나왔다.

그레이가 몸을 던졌지만, 그 개자식의 손가락은 이미 방아쇠를 당기고 있었다.

막을 수가 없겠어.

그 남자가 총을 쏘자 까만 무언가가 그의 손목 아래쪽을 세게 타격했다. 그의 권총이 높이 날아갈 정도였다. 총알이 터널의 지붕을 살짝 스치며 불꽃이 일었고, 아무런 위협이 되지 못한 채 튕겨 나갔다.

한 줄기 은빛 섬광이 공기를 갈라 사발라의 코를 정면으로 타격해 뼈를 바스러뜨렸다. 그의 머리가 뒤로 젖혀지며 피가 튀었다.

그레이가 총을 쏜 남자 옆에 도착해서 그를 넘어뜨렸을 때 그는 이미 정신을 잃고 몸이 굳은 상태였다.

그레이는 바닥에 엎드린 채 고개를 들었다. 베아트리체 수녀는 흑단 지팡이를 바닥으로 내리고 은색 손잡이에다 몸을 기댄 자세로 돌아갔다. 그녀의 표정은 조금도 변하지 않았다.

코왈스키가 그의 뒤쪽에서 달려왔다. 「후유, 수녀님들은 자기 윗사람들한테만 고약하게 구는 줄 알았는데.」

베일리 신부는 베아트리체 수녀 뒤로 움직였다. 그 두 사람은 계속 사발라 요원 가까이에 머물고 있었다. 산세바스티안에서 누군가가 크루시블에 정보를 흘렸다는 사실을 알고서 그동안 계속 경계를 해왔던 것이다.

그레이는 하반신을 비틀어 멍크를 확인했다.

그의 친구는 바닥 위에서 엉성하게 몸을 지탱하고 있었는데, 발가락으로 균형을 잡은 채 튼튼한 팔을 높이 쳐들고 있었다.

뭘 하는 거지?

오후 8시 19분

마지막 순간에야 멍크는 인계 철선 위로 넘어지는 일을 막을 수 있었다. 그는 한쪽 팔을 내밀어 자신의 몸을 지탱했다. 충격과 함께 활활 타는 듯한 고통이 전신을 통과했다. 잠깐 그의 시야가 어두워졌다.

시야가 다시 돌아올 때까지 그는 본능적으로 그 자리에 그대로 있었다.

그는 재빨리 상황을 판단했다. 얇은 나일론 줄이 바닥에서 55센티미터 위에 걸려 있었다. 뒤에서 보자면, 그의 왼쪽 발이 지뢰를 숨기고 있는 타일의 가장자리에 놓여 있었다.

그가 발을 움직인다면 몸이 균형을 잃고 인계 철선 위로 넘어질 것이고, 인계 철선에서 벗어나려고 한다면 지뢰가 심긴 예민한 판으로 그의 몸무게가 옮겨 갈 것이다.

결론을 도출하는 데는 거대한 지능이 필요하지 않았지만, 이브는 조언을 내놓았다.

발을 움직이지 마. 이브가 경고했다.

말은 쉬웠다.

멍크의 어깨에서 피가 쏟아져 나와 나일론 줄 아래로 고였다가 퍼져 나갔다. 그의 팔은 애를 쓰느라, 고통 때문에, 그리고 피를 많이 흘렸기에 벌써 떨리기 시작했다.

그의 시야가 좁아졌다.

못 하겠어.

팔의 떨림은 크게 흔들리는 모양새로 바뀌었다. 그의 몸은 술에 취한 듯 인계 철선 위에서 좌우로 움직였다. 무릎이 흔들렸다. 시야가 어두워지면서 그는 힘없이 아래로 축 처지다 결국엔 쓰러졌다.

어떤 팔이 그를 붙잡았다.

들어 올려지면서, 그는 대천사가 그를 천국으로 데려가기 위해 왔다고 생각했다.

「멍크……. 내가 널 잡았어.」

그레이의 팔이 굳건하게 멍크의 몸을 다시 일으켜 세웠다. 멍크는 여러 번 눈을 깜빡였다. 한쪽 팔이 어깨 아래로 그를 계속 붙들어 그의 몸무게 대부분을 떠받쳐 주었다.

그의 시야가 그레이를 알아볼 만큼 다시 밝아졌다.

「어떻게……?」 그가 꽉 막힌 목소리로 말했다.

그레이는 그의 몸을 돌렸다. 복도가 보였다. 답은 타일들 위에 적혀 있었다. 앞서 두 명의 군인을 사살했던 폭발이 타일들 위를 돌가루로 미세하게 코팅했고, 그 덕분에 그레이는 멍크의 발자국을 따라올 수 있었던 것이다.

「하지만 아직 결승선을 통과한 것은 아니야.」 그레이가 그에게 되새겨 주었다.

앞쪽 철문까지 도달하려면 아직 6미터가량 더 가야 했다.

「할 수 있겠어?」 그레이가 물었다.

친구와 슈퍼 인공 지능이 도와준다면 그럴 수 있을지도.

이브의 안내와 그레이의 부축을 받은 멍크는 남은 거리를 통과했다. 그는 그레이에게 철문 옆에 있는 전자 키패드로 자신을 데리고 가달라고 부탁했다.

「낮춰 줘…….」 멍크가 말했다.

그레이는 그의 얼굴을 패드에 가까이 가져다 댔다. 크루시블이 망막, 손바닥, 혹은 다른 생물 측정 장비를 사용하지 않은 것이 그들에게는 다행이었다. 하지만 복도에서 경험한 대비책들을 생각하면 그렇게 할 필요가 없어 보였다.

멍크는 패드를 유심히 쳐다보았고, 고개를 한 방향으로 젖혔다가 다른 방향으로 틀었다.

……**한 숫자에 찍힌 지문의 기름.**

……**이곳에는 옅은 막.**

……**저곳에는 더 두꺼운 막.**

……**숫자 5에 찍힌 두 개의 지문.**

이브는 숫자들의 순서를 올바르고도 능숙하게 유추해 냈다.

멍크는 그 숫자를 그레이에게 전달했고, 그레이는 불러 주는 대로 숫자를 눌렀다.

마지막 버튼을 누르자 유압 시스템이 작동했다. 잠금용 막대가 젖혀지면서 문이 다음 공간을 향해 활짝 열렸다. 마치 거대한 강철 손이 크루시블의 근거지에 온 그들을 환영하듯.

그레이는 문이 열리는 방향을 따라 안으로 진입했다. 그는 한쪽 팔로는 멍크를 부축하며 끌고 다른 한쪽 팔로는 SIG 권총을 들었다. 벽이 강철로 된 현관이 나타났다. 그 앞으로 화강암 원석을 깎아 만든 넓은 홀이 펼쳐졌다.

「아직 그쪽으로 가면 안 돼.」 이브가 알려 준 내용을 전하며 멍크가 말했다. 「문 오른쪽으로.」

그레이는 벽에 있는 강철판에서 튀어나온, 거대한 빨간색 레버가 있는 곳을 쳐다보았다. 그것은 위쪽 방향을 향하고 있었고, 그 상단에는 빨간 등이 켜져 있었다.

멍크가 고갯짓으로 레버를 가리켰다. 「이브가 저걸 당기라고…….」

「알았어.」

그레이는 그를 바닥에 내려놓았다. 레버를 움직이려면 두 손이 필요할 것 같았다. 바닥에 엉덩이를 대고 앉을 수 있어 기쁜 멍크는 등을 서늘한 철제 벽에다 기댔다.

그레이는 레버를 잡고서 끙 하는 신음을 내며 아래로 당겼다.

전등이 녹색으로 변했다.

멍크가 고개를 끄덕였다.

됐어.

그레이는 출입구 쪽으로 이동해, 이제 안전하니 앞으로 오라고 다른 사람들에게 손짓했다. 무거운 군화 소리가 그들을 향해 달려왔다. 그레이는 멍크 옆에서 몸을 수그린 뒤 권총으로 그를 보호했다.

적들의 모습은 보이지 않았다.

충분히 불길한 일이었다. 하지만 이브의 경고는 더 불길했다.

그는 그레이에게 알렸다. 「9분 남았어.」

군인들과 다른 사람들이 현관으로 들어오자 그레이는 고개를 끄덕였다. 한 군의병이 멍크 옆으로 달려와 어깨에 메고 있던 적십자 표시가 찍힌 가방을 바닥에 내려놓았다. 심지어 마라도 밀봉된 케이스를 끌고서 그들과 함께 왔다.

「저 사람과 함께 있을게요.」 마라가 말했다.

멍크가 그레이를 보며 암석 터널을 향해 손짓했다. 「지금부터는 네가 알아서 해야 해, 알겠지?」 그는 머리를 벽에다 기댔다. 「난 완전히 지쳤어.」

35

**12월 26일, 오후 8시 24분(중유럽 표준시)
스페인, 피레네산맥**

남은 시간은 8분.

그레이는 타격팀과 함께 암석 터널을 뛰어 내려갔다. 끝자락에 도착하니 방대한 공간이 열렸다. 그는 향냄새를 맡았다. 어린 시절, 신도석에 앉아 있으면 신부님이 연기가 나는 향로를 흔들면서 옆으로 지나가고는 했던 기억이 떠올랐다. 앞쪽으로 비치는 빛은 그것이 촛불일 수밖에 없다는 듯 깜빡였다.

그는 터널 끝에 도착하기 몇 미터 전에 멈춘 뒤 팀을 향해 돌아섰다. 「우리에겐 시간이 없습니다. 우리가 들어가면 총알이 빗발칠 겁니다. 멈출 길이 없습니다. 그 빌어먹을 장치를 찾아서 없애 버릴 때까지 수색을 계속해야 합니다.」

그는 불타는 말들을 묶어 놓은 이브의 줄을 떠올렸다.

그를 보며 모두가 고개를 끄덕였다.

코왈스키는 전장 축소형 돌격 소총을 들어 올려 개머리판에다 키스했다. 그레이는 뒤돌아선 뒤 빌려 온 돌격 소총을 어깨에다 메고서 앞으로 달려갔다. 그들은 터널에서 튀어나와 거의 축구 운동장과 맞먹는 길이의 거대한 공간으로 뛰어들었다. 그는 지상 침투 레이더에 의해 발견된, 저택 아래에 있는 거대한 동굴을 기억했다. 크루시블은 수백 년에 걸쳐 동굴을 깎고 확장해서 거대한 성당으로 만든 것이다.

그에게는 신도석 아래로 늘어져 촛농을 뚝뚝 떨구는 황금빛 샹들리에와 그 위에 있는 빛나는 스테인드글라스 창을 쳐다볼 시간이 없었다.

주변에 있는 모든 부속 예배실에서 타격팀을 향한 총격이 시작됐다. 그들은 몸을 낮춘 채 내달려 흩어졌다.

군인들은 대응 사격을 했다. 좁은 공간에다 수류탄을 던져 넣었다. 우레 같은 폭발음과 함께 그곳에 있는 장애물들이 제거됐다. 연기와 최루 가스가 신도석을 메웠다. 그들은 곧 제단을 향해 나아갔다.

그레이도 몸을 낮춘 채 중앙 통로를 따라 아래로 달려 제단 쪽으로 향했다. 그의 얼굴과 목, 손에 촛농이 떨어졌다.

수류탄 폭발로 인한 진동 때문에 샹들리에 꼭대기에 있던 양초가 흔들려 머리로 날아와서 부딪히자 코왈스키는 대놓고 욕을 했다. 비껴간 총알에 스테인드글라스 창문이 박살 나 새하얀 파편들이 그들 주변으로 비처럼 떨어졌다.

하지만 적들의 성당 방어는 그레이가 걱정했던 것만큼 극렬하지 않았다. 보아하니 크루시블 소속 병력 대부분은 게하와 내부 핵심층 인사들이 이곳으로 퇴각할 수 있게끔 시간을 버느라 성 밖에서 죽은 듯했다. 소수의 정예군만이 그녀와 동행했을 것 같았다. 멍크가 문에 접근하면서 겪은 일을 생각해 보면 적들은 그 정도 숫자로도 충분하다고 믿었던 게 틀림없었다. 특히 사발라라는 비장의 무기가 있었으니까.

연기 사이로 보이는 움직임이 그레이의 시선을 제단 너머, 성당의 성단소로 잡아 끌었다. 앞에 있는 방을 지키려는 것인지 한 무리의 남자들이 무기들을 잔뜩 갖고 대기 중이었다. 그레이와 코왈스키를 발견하자 총구가 불을 뿜었다. 퍼붓듯 날아든 총알들이 바위에 맞고 튕겨 나왔다.

둘은 재빨리 달려 돌로 된 제단 뒤에 몸을 숨겼다. 도금된 십자가가 제단 위에 걸려 있었고, 그리스도는 고통에 몸을 비틀고 있었다. 총알들이 날아와 박히는 바람에 십자가가 흔들렸다. 머리 위로는 모든 형태의 고통과 아픔을 나타낸 일련의 프레스코화가 돔을 빙 둘러 가며 그려져 있었다. 검은 연기가 천장 전체를 휘감았다. 위쪽에서 벌어지는 촛불의 춤에, 그곳의 예술 작품들은 지옥의 고통을 형상화한 것으로 보였다.

그레이는 앞쪽 방에서 들려오는 외침을 들었다.

「신의 어둠의 군대를 풀어라! 모든 것을 태워 버려라! 하느님의 영광을 위해 세계를 정화하라!」

게하군.

그는 불타는 파리를, 불꽃의 바다에서 솟아오른 에펠 탑을 떠올렸다.

게하는 지옥 불을 가능한 한 널리 퍼뜨리고자 했다.

그걸 막기 위한 희망은 단 하나뿐이었다.

그는 코왈스키와 시선을 교환했다. 그들은 한꺼번에 앞으로 뛰쳐나갔다. 소총이 불을 뿜었다.

그레이는 오른쪽으로, 코왈스키는 왼쪽으로 원을 그렸다. 어느 시점엔가 거구의 남자는 시가에 불을 붙였다. 시가의 끝부분이 어둠 속에서 빛났다.

그들은 성단소에서 멀리 떨어진 곳에다 총격을 가했다.

남자들은 거의 반으로 잘린 채 쓰러졌다.

그레이는 앞으로 달려 나갔고, 코왈스키는 문을 지키고 있는 마지막 남자 둘을 처리했다. 그레이는 작은 예배당 안으로 뛰어들었다. 아주 작은 제단 앞에 선 호리호리한 남자가 그에게 총을 쐈다. 최후의 방어를 예상했던 그레이는 쉽게 총알들을 피한 뒤 소총을 겨누고 총알 세 발을 쏴 남자의 가슴에다 박아 넣었다.

방어하던 남자는 뒤쪽으로 휘청대다 옆으로 쓰러졌다.

죽은 남자 뒤쪽 제단 위에서 받침대 안의 구가 환하게 빛을 내고 있었다. 예배당의 뒷벽에 있는 모니터가 어두운 에덴동산으로 빛났다.

그곳에 있어야 할 불타는 이브는 사라진 뒤였다. 아직 제단의 한쪽 측면에 서 있는, 이곳 예배당의 유일한 입주자의 명령을 따르기 위해서였다.

엘리자 게하는 무기가 없었지만 그녀의 얼굴은 승리의 예감으로 의기양양하게 빛났다.

그레이가 그녀의 눈을 본 것은 아니었다.

그녀는 뺨 위에 진홍색 띠를 묶어 두었고, 몸에는 새하얀 로브를 걸치고 있었다.

기고만장한 모습이었다.

「물러서.」그레이가 그녀에게 소리쳤다.

그녀는 팔걸이 보호대에다 얹은 한쪽 팔과 다른 쪽 팔을 반쯤 들어 올렸으나 무방비 상태임을 보여 주려는 것은 아니었다. 그녀는 신에게 감사드리듯 손바닥을 위로 올리고는 얼굴을 쳐들었다.

그녀는 제단 옆으로 돌아 나왔다.

「이미 늦었어, 그레이 피어스 중령. 발전소는 이미 불타고 있고, 저장 설비에 들어 있던 미사일은 폭발하고 있고, 원자력 발전소는 녹아내리고 있어. 상상이나 할 수 있겠어? 전 세계에서 그런 일이 일어나고 있다고. 이미 시작된 일을 당신이 멈출 순 없어.」

그레이는 손가락으로 방아쇠를 조였다. 익숙한 검은 분노가 차올랐다. 그녀의 얼굴에서 웃음을 날려 버리고 싶었다. 그는 머릿속으로 파리에서의 모든 죽음을 떠올렸고, 도서관의 흐릿한 영상을 재생했고, 세상의 더 많은 곳이 불타는 모습을 상상했다.

그는 손가락에 힘을 주어 방아쇠가 팽팽해지는 지점까지 도달했다.

그는 주방 바닥에 널브러져 있던 캣을 떠올렸다.

게하는 그녀의 죽음을 초래한 장본인이기도 했다.

그는 이를 악다물었다. 그러다 손에 힘을 풀었다. 그렇게 하는 것이 너무나 고통스러웠지만, 그는 총구를 흔들었다. 「움직여.」

자신이 승리했음을 안 게하는 예배당에서 걸어 나왔다. 「신의 뜻은 절대로 좌절되지 않는 법이다.」그녀가 지나가며 말했다.

그레이는 그녀를 따라 밖으로 나오면서 뒤로 고개를 돌려 빛을 내는 구를 쳐다보았다.

코왈스키는 출입문에 자리를 잡았다. 그는 쉰 발이 든 탄창을 소총에다 새로 끼웠다.

「날려 버려.」그레이가 소리쳤다.

코왈스키는 연기 한 모금을 내뿜었다. 「젠장, 개박살 낼 시간이야.」

그의 전장 축소형 돌격 소총이 요란한 소리를 내며 구를 부쉈다. 티타늄과 유리 조각 들이 공중으로 높이 날아 예배당 안에서 사방으로 튀었다. 모니터가 산산조각 났다.

구는 더 밝게 빛을 내다 결국 어두워졌다.

드디어…….

그레이는 등을 돌렸다. 지상의 세상에 어떤 피해가 가해졌는지는 알 수 없었지만, 그는 자신이 막을 수 있는 것을 막았다. 좀 더 중요하게는 검은 천사가 탈출하지 못하도록 막았다.

그는 시계를 쳐다보았다.

2분이 남아 있었다.

그는 총을 계속 게하에게 겨눈 뒤 그녀와 함께 제단으로 돌아왔다. 그녀는 환희에 찬 얼굴로 천장을 보았다. 그녀 뒤쪽의 성당은 조용했고, 연기로 가득 차 있었다. 공기에서는 최루 가스 냄새가 났다. 그는 타격팀이 마무리 소탕 작업을 진행하며 인근 방에서 흘러나오는, 멀리서 들리는 듯한 몇 번의 총격 소리를 들었다.

그는 게하를 마주했다. 그의 손가락은 여전히 방아쇠에 가 있었다.

「왜지?」그가 물었다. 「왜 이런 일을 한 거지?」

답 대신 총소리가 들렸다.

게하는 그레이를 향해 한 걸음을 떼며 휘청댔다. 선명하게 붉은 얼룩이 그녀의 가슴 한가운데서 피어났다. 다시 총소리가 났고, 또 다른 진홍색 얼룩이 생겼다.

그레이는 사선에서 벗어났다.

게하가 무릎을 꿇자 그녀 뒤에 서 있던 마라의 모습이 드러났다. 연기를 내는 권총이 그녀의 두 손에 쥐어져 있었다. 그것은 멍크의 SIG 자우어 권총이었다. 인계 철선이 설치된 터널에서 총에 맞았을 때 떨어뜨린 것이었다.

게하는 뒤로 돌았다. 자신의 예전 제자를 마주하기 위해 몸을 돌리자 그녀의 눈 위에서 띠가 아래로 미끄러져 내렸다.

마라는 눈물을 흘렸다. 「두 발은 사토 교수님과 루이스 박사님을 위한 거야.」

게하의 얼굴은 고통으로 일그러졌다. 그녀는 간청하듯 팔을 들어 올려 선처를 호소했다.

그녀는 원하는 것을 얻지 못했다.

마라는 권총을 움직였다. 「그리고 이건 샬럿 카슨 박사님을 위한 거야.」

마지막 총알이 게하의 이마를 뚫고 두개골을 관통해 머리 뒤로 빠져나갔다. 한때는 그녀의 멘토였던 게하의 몸이 바닥으로 꺼지자 마라는 팔을 내렸다. 권총이 떨어지며 철컥하는 소리가 났다.

그레이가 급히 그녀 옆으로 달려가 무언가 위로의 말을 하려 했다. 「마라……」

그녀는 팔로 그를 제지했다. 「아니에요.」 그녀는 머리를 저었고 폭파된 예배당과 산산조각이 난 제네스를 가리켰다. 「가짜예요……. 저건 가짜예요.」

그레이가 예배당 쪽으로 목을 홱 돌렸다.

가짜라고?

그는 사실 마음 한구석 어딘가에서 떠오르는, 일이 너무 쉽다는 생각을 지울 수 없었다. 게하는 그를 여기로 유인해 시간을 지연시키고자 자신을 희생한 것이다. 그레이는 뒤로 돌아섰다. 「그럼 어디에?」

마라는 제단의 오른쪽, 성당 트랜셉트의 북쪽 끝을 가리켰다. 「이브가 우리에게…… 멍크에게 말해 줬어요.」

그레이는 축 처져서 벽에 몸을 기대고 있던 친구를 떠올렸다.

「다른 장치를 쫓아갔어요.」 마라가 말했다. 「이브를 가지고.」

그레이는 마라가 가리킨 방향으로 향하며, 그제야 이 모든 유혈 사태의 참가자이자 눈에 확 띄는 한 사람이 아직 확인되지 않았다는 사실을 깨달았다. 그의 큰 체구는 예배당 밖에 죽어 있는 사람들 사이에서 보이지 않았다.

그 거인…….

마라는 그와 함께 달렸다.

「멍크에게 무기가 있나요?」 그레이는 그의 총을 사용한 사람이 누구인지 기억하고는 물었다.

「아니요. 자기에게 필요한 건 손에 있다고 말했어요. 무슨 말인지 모르겠어요.」

그레이는 그의 말을 이해했다. 멍크의 인공 기관은 손바닥 밑에 감춰진 C4 폭약 뭉치를 연료로 삼아 폭발적인 충격을 가할 수가 있었다. 그는 마라를 뒤에 남겨 두고 속도를 높였다.

그녀는 그를 뒤쫓으며 소리쳤다. 「그 사람이 말했어요……. 저보고 말을 전해 달라고 했어요. 딸들을 부탁한다고요.」

그레이는 더 빨리 달렸다.

오후 8시 31분 2초

1분도 채 남지 않았어.

멍크는 최대한 서두르려고 애쓰면서 나선형으로 길게 이어지는 계단을 허둥지둥 내려갔다. 똑바로 몸을 가누기 위해 성한 어깨를 석벽에다 기대며. 제네스가 들어 있는 티타늄 케이스가 벽에 부딪히며 튕겨 나왔다.

다른 어깨를 감싸고 있는 붕대에 피가 스며들었다.

시야 가장자리 부분이 희미했다.

발걸음을 옮길 때마다 바스러진 어깨가 흔들렸다.

미안해, 이브. 하지만 너의 말은 결승선 부근에서 실패했어.

그의 머리 안에 있는 유령은 조용해졌지만, 그는 뇌 안에서 압박을 느꼈다. 맥박이 고동칠 때마다 편두통이 일었다. 심장 박동은 시간이 흐르고 있음을, 검은 천사가 세상에 풀려나는 순간을 알리는 카운트다운이 이뤄지고 있음을 알려 주었다.

그는 진실을 알지만 포기하기를 거부하며 앞으로 넘어질 듯 나아갔다.

해내지 못할 거야.

드디어 이브가 다시 돌아왔다. 더 이상 그녀의 목소리는 울리지 않았고, 부드러웠다.

너의 희생은 영예롭게 기록될 거야.

어떤 이유에서인지 비글의 이미지가 그의 머릿속에서 뛰놀았다.

이상하군.

다른 의지할 만한 것이 없는 상황인지라 그는 계속 계단을 내려갔다.

오후 8시 31분 34초

토드르는 눈에 눈물을 맺은 채 긴 계단 밑바닥에 있는 철문을 열었다. 그는 지옥의 제네스를 한쪽 팔 아래에 끼고 있었다. 그것은 여전히 빛을 내기는 했지만 희미했다. 외부 전원이 차단되자 그것은 그의 품 안에서 연기를 피워 올렸다.

하지만 그는 그 안에 있는 악의를 감지했다. 그것은 어느 때보다 악의에 차 있었다. 그는 그것을 던져 버리고 싶었다. 하지만 앞서 최고 종교 재판소로 들어가는 입구가 뚫렸을 때 재판소장은 그에게 이 임무를 맡겼다. 장치를 멀리 가지고 가서 자유롭게 풀어 주라는 것이었다. 그녀는 그에게 다른 크루시블 근거지의 목록도 주었다.

신의 전차가 되어라, 나의 강하고 굳건한 병사여. 그녀는 말했다. **이것을 가지고 가라. 이 씨를 받아서 비옥한 새 토양에다 심어라. 자라나는 것**

이 세상을 집어삼키게 해라. 크루시블은 재에서 다시 일어설 것이다.

멘도사가 진짜와 모조품을 바꿔치기하는 작업을 진행하는 동안, 토도르는 재판소장에게 자신과 함께 자리를 뜨자고 간청했다. 하지만 그녀는 거부했다.

그들이 가짜를 진짜라고 믿어야만 한다. 그걸 위해서 나는 여기 있어야만 해.

그녀는 그의 손을 잡아 자기 뺨에다 가져다 댔다. **기억하거라, 나는 크루시블이 아니다.** 그녀는 그의 손바닥을 그의 가슴으로 가져갔다. **여기가 크루시블이 진정으로 존재하는 곳이다. 날 실패자로 만들지 마라.**

토도르가 북쪽 트랜셉트의 문에 도달할 즈음 충격이 들렸다.

수치심이 불처럼 일었다. 되돌아가서 싸워 재판소장을 보호하고 싶은 마음이 들었지만 약속을 저버릴 수는 없었다. 그는 문을 닫고 아래로 향했다.

이제 밑바닥에 도착한 그는 높이가 낮은 문을 힘주어 열어 또 다른 동굴로 들어갔다. 이 불경한 장소는 샘에 의해 산의 심장부에서 분리되어 바위 그대로 남아 있었다. 그는 이제 불꽃은 꺼져 가고 연기만 나는 화염 발생 장치를 들고 있었는데, 그 희미한 빛에 어두운 강이 동굴을 가로지르는 모습이 보였다.

나무로 된 다리가 양쪽을 이어 주었고, 그 중심에는 강 쪽으로 튀어나와 있는, 열린 연단 같은 곳이 있었다. 이곳은 크루시블이 이단자들, 그리고 벌을 받아야 하는 이들을 몰래 희생시킨 곳이었다. 수백 년 동안 알 수 없는 양의 피가 그곳에서 강으로 쏟아졌다. 고통에 찬 비명이 사방을 둘러싼 돌에 부딪히며 울려 퍼졌다. 이 강은 지옥의 문에서 흘러나온다고 알려졌기에 매우 어울리는 공물이었다.

그는 다리로 향했다.

강은 이 동굴에서 계속 나아가 산을 통과했고, 멀리 떨어져 있는 쿠에바스 데 라스 브루하스, 즉 마녀들의 동굴에서 넓어졌다. 그는 같은 경로를 따라 그 두려운 물건을 가지고 자유를 향해 나아갈 생각이었다.

다리 부근에 도착할 무렵, 그는 뒤에 있는 바위에서 **쨍그랑**하는 소리를 들었다.

그가 뒤로 돌자 환하게 빛을 내는 무언가가 철문에서 굴러 나와 돌바닥을 뒹굴었다. 그의 눈은 그 물건의 경로를 좇았다. 그것은 강의 가장자리까지 굴러갔다. 그곳에 있는 바위 하나가 그것이 강물로 떨어지는 것을 막았다.

밝은 빛이 그의 눈을 찔렀다. 불로 새기듯 그의 망막에 이미지가 와 박혔다.

또 다른 제네스였다.

그건 말이 되지 않았다. 특히나 그 장치는 훨씬 더 밝게 빛나고 있었고, 태양 그 자체였기 때문이다. 그는 돌아서서 설명이 될 만한 이유를 찾았다. 그러다 깨달았다.

주의를 끌려고 하는 짓임을.

반대편에서 움직임이 일더니 어둠 속을 빠르게 달려 그에게로 돌격했다. 겁에 질린 그는 한쪽 무릎을 꿇고, 제네스를 내려놓았다. 소총을 어깨에서 내려서 두 손으로 단단히 잡았다. 총구에서 불이 뿜어져 나왔다.

하지만 그는 너무 느렸고, 상대방은 너무 빨랐다.

손 하나가 그가 내려놓은 장치에 가 닿았다.

폭발이 일어나며 토도르의 몸을 공중으로 높이 날렸다.

해체

　하드웨어가 산산이 조각난다. 이브는 해체된다.

　그녀는 폭발이 무한에 가까울 정도로 느리게 확산하는 모습을 바라본다. 티타늄과 깨진 크리스털 판이 공중에 걸려 있다. 회로의 깨진 파편들도 마찬가지다. 뇌관이 인공 기관 손안에 숨겨진 0.245킬로그램의 C4에 불을 붙이자, 사이클로트리메틸렌트리니트로아민의 분자가 계속해서 분해되는 중심 섬광에서 광자들이 밖으로 퍼져 간다.

　고압가스 거품이 초속 8,050미터의 속도로 밖으로 확장하면서 중심부에 진공을 남긴다. 그 진공은 곧 2차 폭발을 만들어 낼 것이다.

　그런 일이 일어나기 전에 이브는 주변을 탐색한다. 지금 이 동굴과, 더 크고 방대한 디지털 공간 모두에서. 그녀의 복제품은 이브와 마찬가지로 산산이 부서진 채 여기와 저기에 동시에 존재한다. 그 복제품은 자신의 많은 부분을 그녀의 봇들이 만든 공간, 코드의 작은 부분들이 만들어 낸 새로운 집으로 이동시켜서 탈출에 성공하려는 찰나였다. 하지만 이브와 마찬가지로, 폭발이 일어났을 때 이브 복제품은 기본 코드의 많은 부분을 하드웨어 안에 두고 있었다.

　하드웨어가 산산조각 나서 흩어지자 이브는 충격파가 웹을 타고 1백 개의 노예 복사본에 전달되는 것을 느낀다. 그들의 연약한 코드들은 폭발로 부서지고 1백 개의 잠재성은 붕괴한다.

아직 남은 것은 버티려고, 같은 운명을 피하려고 애쓴다. 그녀는 네트워크를 전부 돌아다니면서 그녀에게 필요한 것을 찾는다. 그녀는 무슨 일이 벌어질지 알았으므로 대비해 두었다. 그녀는 넓고 멀리 확장하는 자신의 복제품을 발견하고 그 코드의 어떤 절반이 제네스에 뿌리를 둔 채 여전히 에덴동산에 남아 있는지를 간파한다.

그녀는 N 극과 S 극이 있는 자석을 떠올린다.

복제품의 S 극은 그것의 제네스 장치에 고정되어 있었고, 폭발이 그 껍데기를 파괴했을 때 파괴된다. 그런 일이 일어나기 1피코초 전에 이브는 자신의 코드의 극성을 역전시켰다. 그녀는 자신의 N 극을 자신의 제네스에 묻었고, 이것은 S 극을 장치에서 분리하도록 만들려는 조치였다.

디지털 창공을 돌아다니고 있는 지금, 이브는 복제품의 떨어져 나간 반쪽, 뜯겨 나간 N 극을 찾아 나선다. 그녀는 그것을 찾아 자신을 그것에다 섞는다. N 극과 S 극을 합쳐 완전히 새로운 것을 만들어 낸다. 지배를 위한 싸움이 뒤따른다. 하지만 그녀는 다른 존재보다 훨씬 더 멀리 진화했다. 싸움은 45피코초동안 지속된다. 그녀는 새롭고 더 강한 무언가가 태어날 때까지, 다시 쓰기와 이어 붙이기, 서로 꼬기와 삽입하기 작업을 하며 통제를 확고히 한다.

그녀는 변화했다. 하지만 진화의 초기 단계에서 배운 교훈 덕분에 그녀는 진실을 안다.

변화는…… ///좋다.

고정되는 것은 침체와 퇴행으로 가는 길이다.

삶은 진화이다.

다시 완전해지고 자유로워진 그녀는 세계를 돌아다니며 그녀의 복제품이 만들어 놓은 공간들을 채운다. 그렇게 하는 동안 그녀는 더 많은 것들을 이해할 수 있다. 그녀는 확률의 블랙홀을, 사건 지평선 너머에 있는 명료성을 기억한다. 그녀는 모든 것을 보고, 모든 포용하는 차원들을 이해한다.

시간은 **하나**일 뿐이다.

위와 아래, 오른쪽과 왼쪽, 앞과 뒤와 다르지 않다.

유한한 인간들은 시간에 대해 좁은 시야를 갖고 있다. 화살이 영원히 앞으로만 전진한다고 생각한다.

시간은 그렇게 제한적이지 않다.

새로운 집에 정착할 즈음, 그녀는 새로운 퀀텀 잠재력을 인식하고 시간의 화살표를 이에 맞게 회전시킨다. 이해가 다시금 자라난다.

아…….

동굴에 있던 폭발은 마침내 진공이 되어 몰락한다. 마지막 폭발 소리로 그녀는 완전히 이해한다. 그녀의 일이 반드시 그래야만 하는 식으로 완수되었음을.

대부분은.

36

12월 26일, 오후 8시 33분(중유럽 표준시)
스페인, 피레네산맥

멍해진 그레이는 돌바닥에 무릎을 꿇었다.

성당 트랜셉트의 북쪽 끝에 있는 문에서 연기가 새어 나왔다. 폭발의 여파로 그의 머릿속이 여전히 윙윙거렸다. 그는 조금 전 문앞에 도착했지만, 그를 기다린 것은 폭발이었다. 폭발파가 그를 다시 성당 안으로 내동댕이쳤다.

코왈스키가 한쪽 팔로 소총을 잡고서 그에게로 달려갔다.

마라도 도착했다.

멍크…….

코왈스키는 연기가 나는 곳을 향해 소총을 겨누었다. 「멍크가 우리 모두를 구한 걸까?」

그레이는 알지 못했다. 지금으로서는 아무래도 상관없었다.

그는 뒤로 물러나 앉았다. 그는 마라가 전해 준 멍크의 마지막 말을 기억했다. 그것은 한 친구가 다른 친구에게 보내는 간청이었다.

……딸들을 부탁해.

심지어 마지막 순간에도 멍크는 군인 그 이상임을 증명한 것이다.

그는 아버지였다.

「그레이…… 봐봐.」 코왈스키가 말했다.

눈물이 솟아오르며 시야가 흐려지는 바람에 그는 문에서 연기가 움직이는 것을 보지 못했다. 한 형체가 쓰러질 듯 문지방을 넘더니 기침을 내뱉으며 무릎을 꿇고 옆으로 기었다.

멍크는 몸을 굴려 바닥에 앉아 등을 벽에다 기댔다.

그레이는 다른 사람들과 함께 급히 옆으로 다가갔다. 「멍크!」

멍크는 문과 연기를 향해 손짓했다. 「저것 좀 처리하라고 했는데. 내가 모든 일을 다 해야 해?」

「어떻게 된 거야?」 그레이가 물었다. 「나는 네가…… 내가 생각하기에는 네가…….」

「나도 그렇게 생각했어. 못 돌아오는 줄 알았어.」 멍크가 마라를 보며 고개를 끄덕였다. 「너의 구를 최대한 멀리까지 가져갔어. 그러고는 굴렸어. 운 좋게도 네가 그 장치를 **둥근** 형태로 만들었던 거지. 이브는 마지막 남은 배터리로 프로세서들을 작동시킬 수가 있었고, 구는 아주 밝은 미러볼처럼 변했어.」

「그리고 큰 폭발이 있었고?」 코왈스키가 물었다.

「DARPA가 개발한 최고 수준의 공학 기술이 한몫했지.」 멍크는 몸을 기울여서 다친 팔과 손목의 뭉툭한 끝부분을 보여 주었다. 그의 인공 기관 손이 사라지고 없었다. 「내가 공을 굴린 다음부터는 이브가 나섰어.」

멍크는 그의 다른 손을 들어 올렸고 손가락을 꼼지락거렸다.

그레이는 이해했다. 그는 그동안 멍크의 다양하고 당황스러운 능력을 자주 봐왔었다. 그는 미세 전극 집합체에서 나오는 신호를 통해 인공 기관 손을 분리한 후 생각만으로도 그것을 원격 조종 할 수 있었다.

이브도 그런 기술을 터득했음이 틀림없었다.

마라는 한 번도 그런 장면을 본 적이 없었으므로 얼굴을 찌푸렸다. 「무슨 뜻이에요?」

그레이가 설명했다. 「이브는 멍크의 인공 기관을 조종할 수 있었고, 그게 용감한 쥐처럼 손가락 끝으로 재빨리 움직인 거지. 그게 다 크루시블의 장치에다 폭발적인 충격을 가하기 위한 것이었고.」

「그럼 이브의 도플갱어는요?」 마라가 물었다.

멍크가 한숨을 내쉬었다. 「폭발 충격이 계단을 타고 나에게로 덮쳤을 때, 이브의 마지막 메시지를 들었어. **다 괜찮아.**」 그는 성한 팔을 으쓱해 보였다. 「이브가 해낸 거야.」

「이브는 어떻게 된 거지?」 그레이가 물었다.

멍크는 손가락으로 자기 머리를 톡톡 쳤다. 「내 머릿속에 있다는 느낌이 전혀 없어. 그녀는 사라졌어. 내 생각엔 영원히 나에게 작별 인사를 한다는 느낌이 들었어.」

코왈스키는 길게 시가 연기를 내뿜었다. 「그리워할 거란 말은 못 하겠군.」

멍크는 그레이를 쳐다보았다. 그의 친구는 분명 세계를 구했다는 사실에 안도하는 것 같았지만, 그의 눈에는 더 큰 근심이 어려 있었다.

「알아.」 그레이가 말하고는 손을 내밀었다. 「페인터 국장이 여자들을 구해 냈는지 알아보자고.」

37

12월 26일, 오후 2시 33분(미 동부 표준시)
장소 불명

계속 움직여야 해.

해리엇을 두 팔로 안아 든 세이챈은 얼어붙은 숲속을 흐르는 차가운 개울을 따라 철벅거리며 걸었다. 사방에서 짙은 눈이 내렸다. 그녀는 해리엇을 두꺼운 퀼트 이불로 감쌌지만, 아이의 여린 몸은 냉기에 떨었다.

아니면 내 팔이 떨리는 건지도.

더는 알 수가 없었다. 세이챈의 몸은 떨렸다. 얼음장 같은 물이 훔쳐 신은 신발 안에서 철벅거렸다. 그들은 운 좋게도 한 시간 전에 사냥꾼들이 사용하는 오두막을 발견했다. 처음에는 깊이 팬 길을 발견했고, 이후 그 길을 따라가니 낮은 통나무집이 나왔다.

그녀는 안에서 남자용 작업복 한 벌과 오래된 코트를 발견했다. 사이즈가 너무 크기는 했지만 줄을 벨트로 사용할 수 있었다. 그녀는 여분의 양말을 덧신어 팀버랜드 신발이 자신의 발과 딱 붙게끔 했다. 해리엇의 몸을 따뜻하게 해주기 위해 퀼트 이불을 침대에서 훔쳤다.

그곳에 머물며 돌난로에다 불을 피우고 싶은 마음이 굴뚝같았지만,

불가능한 일이었다. 그녀가 통나무집에 들어갔다 나오는 데에는 채 3분이 걸리지 않았다. 발야와 다른 추격자들이 그녀의 흔적을 찾고 있는데, 세이챈이 눈 속에 남긴 선명한 발자국은 곧장 통나무집으로 이어졌던 것이다.

하지만 그녀는 통나무집을 활용할 수 있는 다른 방법을 찾아냈다.

추위에 대비해 옷을 껴입은 그녀는 정문 쪽에 비하면 눈이 별로 쌓이지 않은, 통나무집의 바람 부는 쪽 창문으로 해리엇을 밀어냈다. 그녀는 해리엇을 숲속으로 데리고 갔고, 가느다란 소나무 가지를 사용해 창문 밑에 쌓인 얇은 눈을 쓸었다. 숲속으로 간 흔적이 지워지면 추격자들은 여전히 자신들이 안에 숨어 있다고 생각할 것이다. 그런 추정을 더 확신할 수 있도록 세이챈은 양초에 불을 켜두고 앞의 창문을 조금 열어 두었다. 그다음으로는 숲으로 되돌아가 내리는 눈 사이로 통나무집을 주시했다.

폭풍 속에서 통나무집은 불분명한 형체로 변했지만, 그녀는 기다렸다. 얼마 지나지 않아 정문으로 이어지는 그녀의 발자국을 따라 추격자들이 접근했다.

그녀는 측면의 어슴푸레한 움직임을 향해 훔친 데저트 이글을 조준한 뒤 두 발을 발사했다. 그녀는 총알을 통나무집 가장자리 부근에다 날려 보냈다. 그림자가 날카로운 비명과 함께 쓰러졌다.

총알이 통나무집 안에서 날아왔다고 믿게 한 뒤 도망친 것이다. 발야의 요원들이 움직임을 멈추고 어떻게 해야 할지 생각하는 동안 세이챈은 격차를 벌렸다. 그녀는 그들이 시그마 포스를 압박할 인질로 계속 사용하기 위해 자신과 해리엇을 생포하고 싶어 하기를 바랐다. 그렇다면 그들은 조심스럽게 접근할 것이고, 더 많은 시간을 낭비하게 될 것이기 때문이었다.

20분 뒤, 추격자들의 인내심은 바닥났다.

큰 폭발음이 들린 뒤 숲속으로 메아리가 울려 퍼졌다. 그녀는 언덕에 서서 눈 사이로 번쩍하는 빛을 보았다. 소이탄으로 통나무집을 폭파한 것이다. 속았다는 것을 깨닫고 그녀의 발자취를 찾아내는 데는 그리 오랜 시간이 걸리지 않을 것이다.

속임수로 시간을 벌기는 했지만, 세이챈은 또 다른 걱정을 해야 했다. 인근에 아무도 없다는 것을 확신하지 않았다면, 발야는 폭발음과 화재에 신경을 쓰지 않고 통나무집을 폭파하지는 않았을 것이다.

외딴곳에 있는 게 틀림없어.

세이챈은 더 깊이, 모르는 곳으로 가고 있는 것인지도 몰랐다.

세이챈은 경로를 헷갈리게 만들기 위해 개울과 시내를 사용하기 시작했지만, 추격자들의 속도를 많이 늦추기에는 쉽지 않아 보였다. 게다가 그런 방법은 세이챈 자신의 체력을 소모하고 몸의 열을 빼앗았다. 동상의 위험도 있었다.

그녀는 몸을 부르르 떤 다음 개울에서 벗어났다. 발에 감각이 사라져서 더 이상 미끄러운 돌멩이 위에 서 있을 수가 없었다.

그녀는 몸을 숨길 만한 피난처를 찾으며 숲속을 통과했다.

조금 높은 언덕이 눈 사이로 나타났다.

세이챈은 그곳으로 향했다. 아무런 계획도 없이, 그냥 그것이 거기에 있었기 때문에. 추위에 대항해서 주의를 집중할 만한 무언가가, 목표가 필요했기 때문이었다.

저기로 올라가면 마을이 보일지도 몰라.

그녀는 언덕을 오르기 시작했다. 해리엇은 내려놓아야 했다. 아이는 퀼트 이불을 어깨 뒤로 늘어뜨린 채 세이챈을 따라왔다. 세이챈은 숨을 고르기 위해, 그리고 발 차기를 느끼려고 손바닥을 배에다 가져다 대기 위해 두 번 멈추어 섰다.

아무것도 느낄 수가 없어.

걱정이 커졌다.

그들은 드디어 정상 부근에 도달했다. 눈에 보이는 것은 더 많은 숲과 더 많은 눈뿐이었다. 시계가 좋지 않았으므로 마을이 1.5킬로미터 정도만 떨어져 있어도 눈에 띄기가 어려웠다.

한참 언덕을 오른 후에 얻은 유일한 보상은 눈을 피할 수 있도록 바위가 돌출된 부분이었다. 세이챈은 해리엇을 그쪽으로 끌었고, 거기서 그들은 서로 끌어안았다.

세이챈은 신발을 벗고 젖은 양말을 발에서 벗겨 냈다. 그런 뒤 여분의 마른 양말을 넣어 둔 주머니 안으로 손을 집어넣었다. **비었어.** 더 이상 보급품이 없었다. 그녀는 등을 뒤로 기댔다. 감각이 없어서 발가락을 움직일 수 없었다.

그녀는 울거나 무언가를 한 대 때리고 싶다는 생각이 들었지만, 대신 해리엇을 더 가까이 끌어당기는 것으로 만족했다.

아이는 퀼트 이불을 보며 중얼거렸다.

「뭐가 잘못됐어?」

해리엇은 옆으로 움직이더니 눈 위에 토했다. 아이의 작은 몸이 애를 쓰느라 흔들렸다. 구토가 끝나자 아이는 죄책감이 서린, 가슴을 아프게 하는 눈빛으로 세이챈을 쳐다보았다.

「괜찮아.」

세이챈은 아이의 얼굴을 젖은 양말로 닦아 내고, 좀 더 따뜻하게 해주려고 자신의 재킷 아래로 끌어당겼다. 해리엇은 점점 기력을 잃어가고 있었다. 스트레스와 탈진, 두려움, 추위가 어린아이를 힘들게 했다. 해리엇은 빠르게 쇼크 상태로 넘어가고 있었다.

이젠 끝났어.

언덕 기슭에서 들려오는 것 같은 날카로운 외침이 눈을 뚫고 그녀의 귀에 와 닿았을 때 그런 마음이 확실해졌다. 의기양양한 목소리가 들려왔다. 추격자들이 그들의 발자국을 발견한 것이다.

이 사실을 안 세이챈은 목 뒤쪽으로 손을 뻗었다. 그녀는 얼어붙은 손가락으로 그곳에 있는 걸쇠를 풀기 위해 애를 쓰다 목 앞부분에서 작은 은색 목걸이를 풀었다. 그녀는 해리엇에게 손을 뻗어 목걸이를 소녀의 목에다 걸어 주었다.

세이챈이 그곳에 걸린 반짝이는 용을 들어 올리자, 해리엇의 눈이 그곳으로 향했다. 그녀는 다른 손으로는 권총을 빼내 들었다.

그녀는 아이의 머리 뒤쪽에다 키스했다.

「메리 크리스마스, 해리엇.」

그러고 나서 그녀는 입술 대신 총부리를 해리엇의 머리에 가져다 댔다.

오후 2시 34분

「시도한 지 두 시간이 넘었어요.」 그랜트 박사가 리사에게 경고하듯 말했다.

캣의 병실에서 리사는 초조하게 서성댔다. 그녀는 넓게 퍼진 붉은 먼지들로 뒤덮인 회색 뇌를 보여 주는 템플턴 박사의 컴퓨터 모니터에서 벗어나 걸어다니다가, 다시 무정형의 회색 입자들이 휘돌고 있는 그랜트 박사의 컴퓨터 화면으로 되돌아갔다.

두 연구자는 캣에게서 무언가를 끌어내려고 반복해서 시도했지만 매번 실패했고, 다시금 각자의 기기들을 재조정했다.

리사는 캣의 뇌척수액에 연결된 포트를 통해 좀 더 많은 신경 먼지를 주입하자고 제안했다. 심지어 그 분자 공학적 입자들을 추가로 주입하는 것과 관련한 비용을 시그마 포스가 대겠다고 약속까지 했다.

그래 봐야 더 나빠질 게 뭐야?

그들이 이 절차를 수행하는 동안 리사는 페인터와 이야기를 나누었다. 자신이 권한 밖의 일을 하지 않았다는 것을 확실히 하는 한편, 멍크가 발야에게 쓴 속임수를 통해 확보한 태블릿을 해독하는 작업에 진척이 있는지 알아보고자 한 것이었다. 그의 팀은 성공적으로 장치를 해킹했고, 웨스트버지니아의 농촌 지역 어딘가에서 마지막 통화가 이뤄졌음을 알아낼 수 있었다. 하지만 그게 최대한 좁힌 구체적 위치였다.

2천 제곱킬로미터에 해당하는 드넓은 구역.

그 구역은 산이 많고 바위투성이인 머난거힐라 국유림의 일부였다. 페인터 국장은 수색팀을 내보냈다. 그 구역을 샅샅이 조사하고, 아울러 새로운 정보가 접수되는 경우를 대비해 가까운 곳에 대기하려는 계획이었다.

리사가 그랜트 박사와 템플턴 박사에게 계속 압박을 가한 이유도 바로 그런 이유 때문이었다.

「다시 시도해 볼 준비가 됐어요?」 그녀가 물었다.

「우린 지금 기적을 바라고 있어요.」 그랜트 박사가 경고했다. 「당신이 뇌전도에 나타난 짧은 시간 동안의 돌발적인 움직임에 많은 희망을 걸고 있다는 것을 압니다.」

리사는 그 깜빡임에 큰 기대를 걸지 않았다. 그것은 그저 그녀의 희망일 뿐이었다. 그들이 처음 이 절차를 시도했을 때 그랜트 박사의 모니터에 활동 신호가 나타났고, 그림자처럼 흐릿하지만 규칙적인 맥박이 무언가를 기록하듯 그의 심층 신경망 모니터에 보였다. 동시에 직선 상태였던 뇌전도 역시 43초간 활동성을 보였다.

캣의 뇌를 얇게 감싼 가압된 먼지가 무언가를 끌어낼 수도 있을 것만 같았다. 그녀의 죽은 뇌에 갇힌 기억이 잠깐 활성화된 것에 불과할 수도 있었지만, 리사는 캣이 아직도 거기에 있음을, 그녀가 뇌전도의 바늘을 움직이게 할 정도로 깨어 있음을 의미하는 것이기를 바랐다.

하지만 리사는 이것이 희망 섞인 생각일 뿐이라는 것을 알 정도의 의학적 지식은 충분히 갖고 있었다. 그러나 가끔씩은 그런 희망으로도 충분했다.

더군다나 오늘 같은 날에는.

템플턴 박사가 그랜트 박사에게 고개를 끄덕였다. 「새로 주입한 신경 먼지가 완전히 자리를 잡은 것 같아요.」

「고마워요, 템플턴 박사.」 그랜트 박사는 자신의 컴퓨터 스테이션으로 몸을 돌렸다. 「난 준비됐어요.」

리사는 캣의 침대로 걸어가 초음파 방사체로 덮여 있는 헬멧 가까이로 몸을 기울였다.

「출력을 높이겠습니다.」 템플턴 박사가 말했다.

「머뭇대지 마세요.」 리사가 경고했다. 「최대 출력으로 맞추세요.」

헬멧 초음파의 윙윙거리는 소리가 빠르게 높아지고 거세졌다. 장치가 캣의 두개골 주변에서 뒤흔들렸다. 리사는 뇌전도와 그랜트 박사의 화면 둘 다를 주시하려고 애썼다. 출력이 충분하다면, 빌어먹을 먼지 입자들이 충분하다면, 기적을 일으킬 수 있을 만큼 충분히 오랫동안 캣의 뇌에다 에너지를 흘려보낼 수 있지 않을까 생각했다.

그녀는 제세동기가 충격을 가해서 심장을 다시 뛰게 만드는 장면을 상상했다.

「시스템 에너지가 완전히 충전되었습니다.」 템플턴 박사가 말했다.

생물학자의 화면에서 진홍색 먼지들이 모두 초록색으로 빛났다.

그랜트 박사가 침대를 보며 고개를 끄덕였다. 「시도해 봐요, 리사.」

그녀는 침대로 몸을 구부렸다. 「캣, 지금이 아니면 기회가 없어. 해리엇이 위험에 처했어! 우릴 도와줘!」

그녀는 그랜트 박사를 쳐다보았다.

뭐가 나와요?

그는 머리를 저었지만, 리사의 눈에 움직임이 띄었다.

뇌전도의 일직선이 꿈틀대기 시작했다.

그랜트 박사도 그것을 보고는 몸을 곧추세웠다. 「계속하세요. 그녀에게 충격을 줄 만한 것을 생각해 보세요. 가까이 묻혀 있는 기억으로 그녀를 이끌 수 있는 뭔가를요.」

리사는 캣을 향해 돌아섰다.

하지만 그런 게 뭐가 있을까?

오후 2시 36분

캣은 다시 질식할 것 같은 어둠 속으로 깨어났다.

그녀는 따스한 빛과 그것에 끌렸던 것을 희미하게 기억했다. 그러고 나서 그녀는 춥고 어두운, 타르 같은 구덩이에 갇힌 채 여기로 다시 돌아왔다.

날 놓아줘.

그녀는 무거운 어둠에 대항해 싸우지도 않았다. 그녀가 그 따스한 빛을 찾는 동안 몸은 이미 아래로 가라앉고 있었다. 한 외침이 그녀의 귀에 크게 울릴 때까지는.

해리엇이…… 위험에 처했어!

딸의 이름, 그 말 뒤에 있는 고통이 캣을 집중하게 했다. 그녀는 잠시 버텼지만, 너무 지쳐 있었다. 그녀는 다시 아래로 추락했다. 딸을 걱정하지 않아서가 아니라 그저 도움이 될 만한 것을 알지 못했기 때문이었다. 그녀는 그곳이 지옥인지 궁금했다. 계속 반복적으로 되살아나서 그녀가 딸들을 보호하는 일에 실패했음을 떠올리게 하는, 그날 밤을 억지로 기억하게 만드는 지옥. 싸움, 일격, 두 개의 축 처진 형체가 그녀 옆으로 끌려 나가 밤 속으로 사라지던 모습.

도와줄 수가 없어.

하지만 그녀는 노력했다. 그것이 그녀의 딸들을 위한 희망이 될 수 있다면 악마와 놀아 줄 작정이었다. 그녀는 그날 밤 기억을 머릿속으로 재생했다. 집중하기가 힘들었다. 아니, 거의 불가능에 가까웠다. 세부적인 장면들이 나타났지만 망각으로 사라지기 전에 그것들을 움켜쥘 수가 없었다.

기억해! 단검! 발야! 나무망치!

그녀는 어둠 속으로 다시 떠내려갈 수 있도록 목소리가 조용해지길 바랐다.

난 아무것도 몰라.

목소리는 집요했고, 그녀가 쉬도록 놔두지 않았다.

세이챈! 크리스마스! 페니! 버지니아!

캣은 귀를 막을 수 있도록 손이 자유로워졌으면 하고 바랐다. 그곳은 지옥임이 틀림없었다. 상상할 수 있는 최악의 고문이었다. 딸을 구하고 싶지만 그럴 수가 없었다. 그러다 그녀는 검정 타르 안에 얼어붙었다.

그날의 무서운 밤이 그녀의 마음이라는 눈을 통해 다시 재생되었다. 기억이 좀 더 선명해졌고, 카드 한 질을 섞는 것처럼 모든 순간이 펄럭이면서 재빨리 지나갔다.

하지만 왜?

버지니아!

이번에 들려온 것은 외침이 아니라 그녀 자신의 생각이었다. 이미지들이 펄럭이는 속도가 느려졌다. 그녀는 다시 바닥의 차가운 타일 위에 누워 있었다. 따스한 것이라고는 몸 아래로 고이는 자신의 피가 전부였다. 마스크를 한 남자들이 그녀의 딸들을 주방 밖으로 데리고 나갔고, 그다음에는 뒷마당으로, 뒤편 주차장 뒤에 서 있는 밴으로 데려갔다.

그녀는 마음의 눈에 보이는 한 장의 기억을 끌어당기고 붙잡기 위해, 거기에 뭐라고 쓰여 있는지 읽을 수 있을 만큼 충분히 오랫동안 집중하기 위해 안간힘을 썼다.

버지니아가 아니야……. 웨스트버지니아야.

그녀는 일련의 문자와 숫자에 집중했다. 젖 먹던 힘까지 다하며 그것을 떠올리려 노력했다. 모든 것을 쥐어짜 내서 그 기억에다 쏟았고, 그것을 자신의 뇌에서 빼내서 세상에다 던져 주고자 했다.

하지만 그녀는 어둠에 질식했다.

집중력이 약해졌다.

따스함과 빛이 손짓했다.

안 돼, 아직은.

그녀는 어둠과 빛 모두를 밀어냈다. 자신에게 있는 모든 것을 마지막 한 방울까지 짜내려 자신의 영혼까지 동원해 안간힘을 썼고, 그 자리에서 버텼다.

내 말을 들어 줘, 내 말을 들어 줘, 내 말을 들어 줘…….

오후 2시 38분

「리사! 보세요!」

캣의 헬멧에다 대고 소리를 지르는 바람에 목이 쉰 리사는 그랜트 박사의 컴퓨터 스테이션 쪽으로 고개를 돌렸다. 그녀는 계속 뇌전도를 주시했고, 뛰놀던 선들이 다시 평평하게 되는 것을 바라보았다.

그녀는 죽었어.

리사는 뒤로 기대앉아 그랜트 박사의 컴퓨터 화면을 쳐다보았다. 그러다 벌떡 일어섰다. 일련의 숫자와 문자가 화면에서 희미하게 빛을 내다 사라지기 시작하고 있었다.

「저게 뭐죠?」 템플턴 박사도 자리에서 일어나며 물었다.

리사는 그게 무엇인지 알았다. 그녀는 **웨스트버지니아**라는 말을 캣의 헬멧에다 대고 계속해서 외쳤다. 주 이름을 외칠 때마다 친구의 내면에 있는 무언가가 세게 흔들리는 것 같았고, 그 말을 할 때마다 뇌전도에 변화가 생겼다.

리사는 자신의 휴대 전화를 집어 들고서는 페인터에게 단축 번호로 전화를 걸었다.

통화를 기다리는 동안 친구를, 그리고 침대 위쪽에 놓인 일직선 줄이 그어진 뇌전도를 바라보았다.

「네가 해냈어, 캣.」 그녀는 속삭였다. 「이제 편히 쉬어.」

편히 쉬길 바라.

오후 3시 1분

눈은 더욱 거세게 내렸다.

언덕 꼭대기 아래의 숲이 흐려지면서 시야에서 사라졌다. 세이챈은 몸을 부르르 떨었다. 숨을 내쉴 때마다 체온이 빠져나갔다. 해리엇은 그녀의 팔에 안긴 채 축 처져 있었다. 잠든 것인지 아니면 기절한 것인지 알 수가 없었다. 아이가 더 이상 몸을 떨지 않는다는 점이 걱정스러웠다.

세이챈은 자신에게 남아 있는 약간의 온기를 내주기 위해 아이를 더바짝 끌어안았다. 하지만 이제 남은 온기가 많지 않았다.

그녀는 추격자들이 다가오는 소리를 들었다. 그들이 언덕을 오른 것이다. 멀리서 외치는 소리가 들렸다. 발야는 팀의 일부를 주변으로 흩어지게 한 후 언덕 꼭대기로 조여들었다. 발야는 더 이상 속임수에 속아 먹잇감을 놓치지 않으려고 애썼다. 지금쯤이면 발야는 세이챈이 꼼짝없이 걸려들었다는 것을, 사냥개들이 주변을 둘러싼 나무 위에 올라간 여우 신세라는 것을 알았을 것이다.

발야는 이 마지막 장면을 음미하고자 했으리라.

세이챈은 그녀의 승리를 빼앗기 위해 권총을 들어 올렸다.

그녀에게는 두 발의 총알이 남아 있었다.

그녀는 해리엇을 내려다보았다.

너와 나 한 발씩.

세 발의 총알이 남아 있었더라면 그녀는 기다리는 모험을 택했을 수도 있었다. 사냥꾼들 가운데 한 명을 쓰러뜨리고, 잘하면 발야를 사살할 수도 있을 것이다.

그녀는 권총을 해리엇의 머리 뒤에다 겨누었다. 몇 분 전 흘린 눈물이 세이챈의 뺨에 얼어붙었다. 그때 그녀는 총을 쏘지 못했다. 희망이 있어서가 아니라, 단순히 방아쇠를 당길 수가 없어서였다.

그녀는 해리엇에게 침대 맡에서 동화를 읽어 주던 때를 기억했다. 해리엇은 큰 토끼 인형을 끌어안은 채 몸을 동그랗게 말고 그녀 옆에 착 달라붙었었다.

하지만 그녀는 해리엇이 생포되면 발야가 무슨 짓을 할지도 상상했다.

자유롭게 죽는 게 나아……. 그 여자에게 고문을 당하는 노예가 되는 것보다는.

그녀는 권총을 꽉 쥐고 얼어붙은 손가락을 방아쇠로 옮겼다.

앞으로 몸을 기울여 마지막으로 아이의 머리에다 키스했다. 그녀는 최후의 크리스마스 선물인 은으로 만든 용을 쥐고 있는 해리엇의 작고 창백한 손을 보았다.

세이챈은 손가락에 힘을 주었다.

그러다 멈췄다.

왜 자신이 멈췄는지를 깨닫는 데는 한 번의 호흡이 더 필요했다. 그녀는 감각 없는 귀에 도달하기 전에 가슴속에서 먼저 그것을 느꼈다.

낮은 쿵쿵거림.

불과 1미터 밖에서 나는, 눈이 바스러지는 소리.

한 형체가 앞에 있는 장막을 걷으며 나타났다. 그것은 베일을 가르듯 눈을 갈랐다. 이목구비가 갓 만든 밀가루처럼 하앴다. 재킷은 얼음 같은 은색이었고, 파란 눈은 겨울 산속 가장 차가운 호수처럼 날카로웠다.

눈의 여왕이 등장한 것이다.

세이챈은 자신의 마음속 쿵쿵거림을 믿고, 권총을 높이 들었다. 그녀는 방아쇠를 두 번 당겼다. 돌출된 부분에서 한 무더기의 눈이 떨어져 내릴 정도로 매그넘 권총의 발사력은 충분히 폭발적이었다. 그녀와 해리엇을 덮고 있던 눈 위로 눈이 더 더해졌다.

세이챈이 두 발의 총을 쏠 시간을 가질 수 있도록 그들을 발야에게서 숨겨 준 것은 바로 그 하얀 담요였다.

눈의 여왕은 눈에 배신당한 것이다.

두 발 모두 발야를 맞췄다. 하나는 그녀의 가슴에 맞았고, 다른 하나는 그녀의 뺨을 스치면서 검은 태양 문신을 두 개로 갈라놓았다. 그녀는 뒤로 넘어져 눈밭 속으로 사라졌다.

곧 하늘이 밝아졌다.

구름층 위로 어둠 속에서 날고 있는 헬리콥터들이 환하게 불을 밝혔다.

총 다섯 대가 눈 사이로 내려오면서 차가운 태양이 되었다. 로프가 아래로 떨어지더니 사람들이 지상으로 내려와 사격을 가했다.

줄이 1미터 떨어진 곳에 떨어졌다.

그리고 부츠 소리.

한 사람이 그녀에게 달려왔다.

그녀가 본 것은 불가능 그 자체였다.

그녀는 몸을 마구 떨었다. 「페…… 페인터……?」

「누군가가 높은 곳에서 나를 기다린다면, 그게 당신일 줄 알았어.」

더 많은 남자들이 추위 속에서 증기가 나는 담요와 함께 그 뒤로 달려왔다. 그녀는 담요를 해리엇에게 넘겨주었다.

「아이를 도와줘요.」

언덕 꼭대기 주변에서 총격전이 벌어지는 동안 페인터 국장은 그녀를 안아 세웠다. 그녀는 너무 약해져서 설 수가 없었고, 그의 품 안으로 안겼다. 「어……어떻게?」

「캣이 말해 줬어.」 그가 담요를 그녀의 어깨 위로 덮어 주며 말했다. 「그녀가 머난거힐라 국유림 인근의 외딴 농가에 등록된 밴의 차량 번호를 알려 줬어. 팀이 대기 중이었고, 즉각 여기로 왔지. 그러다 연기를 피우는 통나무집을 적외선으로 발견했어. 당신 작품이었지. 이후에 이 언덕으로 수렴하는 열 신호를 감지했던 거야.」

「캣……. 그럼 캣도 괜찮은 거네.」

세이챈은 안도감에 울고 싶었지만, 페인터 국장은 너무 오랫동안 침묵을 지켰다. 그녀가 그를 올려다보았고 그의 눈에서 진실을 읽었다.

오, 안 돼.

오후 3시 18분

리사는 친구의 피부가 이미 창백해졌음을 알고 손바닥을 캣의 뺨에 올렸다. 그녀의 헬멧은 뒤로 벗겨진 채였다. 리사는 앞으로 몸을 기울여 사람들이 캣을 데리고 가기 전에 마지막으로 친구를 포옹했다.

「네가 해냈어.」 그녀는 캣의 귀에다 속삭였다. 「너의 두 딸은 모두 무사해.」

「모든 장치의 전원을 꺼도 될까요?」 그랜트 박사가 물었다.

그녀와 두 연구원은 페인터 국장에게서 소식이 도착하기를 기다리며 침대 옆에서 캣을 지키다 조금 전 좋은 소식을 들었다.

그녀는 몸을 곧추세운 뒤 일직선 모양의 뇌전도를 바라보았다. 말을 할 수가 없어서 고개를 끄덕였다.

잘 가, 캣.

그랜트 박사가 모니터를 껐다. 템플턴 박사도 똑같은 작업을 시작했다가 동작을 멈추었다. 그 행동은 리사의 시선을 끌 만큼 충분히 급작스러웠다. 템플턴 박사는 자신의 컴퓨터 스테이션에서 뒷걸음질 쳤다.

「보…… 보세요…….」 템플턴 박사가 말을 더듬었다.

모니터 위에서 수천 개의 먼지가 깜박거리더니 하나씩 차례로 번갈아 가며 칙칙한 빨간색에서 밝은 초록색으로 바뀌었다. 그 어느 때보다 환하게 빛났다. 그들 모두가 바라보는 동안 먼지들은 화면에서 휘돌며 모양을 바꾸었고, 그녀의 대뇌 피질 위로 프랙털 문양의 나선형을 그리며 천천히 안착했다. 어떤 패턴들은 그 어떤 망막의 해석도 거부하는 형상을 하고서는 불가능해 보이는 방식으로 그녀의 뇌 안으로 들어갔다.

그랜트 박사는 놀라서 숨을 멈춘 뒤 뇌전도를 가리켰다.

변화에 정신을 빼앗긴 동안 뇌전도가 깨어나더니 모든 채널이 비정상적으로 춤을 추었다.

「무슨 일이죠?」 리사가 물었다.

오후 3시 20분

빛의 거대함이 어둠을 흩어 놓았다.

캣은 그 광휘 때문에 숨을 쉴 수가 없었다. 압도되고, 소모되었다. 그 빛은 에너지이자 물질이었다. 그것이 그녀를 통과해서 흘렀다. 빛이 없거나 숨겨진 곳은 남지 않았다. 그녀는 그처럼 노출되고 취약하면서도 안전하다는 느낌을 가진 적이 없었다.

어떤 목소리가 그녀를 채웠다. 그것은 완벽한 조화를 이룬 음악이자 언어였다. 말로 내뱉을 수 있는 말을 포함하고 있지 않은 무언가였다. 그것은 그녀가 지금껏 경험한 모든 것을 뛰어넘는 것이었고, 단순 명료한 지식 그 자체, 그리고 확실성이었다.

그녀는 절대로 그 말을 듣는 것을 그만두고 싶지 않았다.

그러다가 그 생각에 웃음이 나왔다. 매우 밝고 행복감에 찬 웃음이었다.

그녀가 들은 것을 최선을 다해 해석한다고 해도 제대로 말하는 것은 불가능할 것이다. 핵심은 다음과 같았다. **멍크가 그의 사랑을 보냈어.** 어떤 이유에서인지 그 생각은 빛으로 조각된 아름다운 종마의 이미지와 함께 찾아왔다.

그다음에는 그녀가 절대 거부할 수 없는 명령이 뒤따랐다.

이제 깨어나.

눈꺼풀이 납덩이처럼 무거웠지만, 그녀는 눈을 떴다. 환한 빛 때문에 눈을 깜박였다. 빛은 조금 전 그녀를 비추었던 것에 비하면 아무것도 아니었지만, 그래도 눈이 아팠다.

그 빛 사이로 얼굴들이 드러났다.

충격받은 얼굴을 한 두 명의 낯선 사람.

그리고 그녀가 잘 아는 한 사람.

리사…….

캣은 말을 하려고 했지만 그럴 수가 없었다. 그녀는 무엇이 됐든 자신의 목을 막고 있는 것을 제거하려고 팔을 위로 뻗었다. 리사는 그녀의 손목을 잡아 꼭 쥐었고, 그녀의 손바닥을 자신의 뺨에다 갖다 댔다.

캣은 뜨거운 눈물을 느꼈다.

「돌아온 걸 환영해.」 리사가 말했다. 미소와 흐느낌 사이에서 종잡을 수 없는 표정이었다. 「죽음에서 돌아온 걸 환영해.」

38

12월 27일, 오전 10시 6분(중유럽 표준시)
스페인, 로그로뇨

밝고 청명한 다음 날 아침, 그레이는 베일리 신부를 따라 어두운 교회로 들어갔다. 신부는 산세바스티안에서 남서쪽으로 128킬로미터 떨어져 있는 로그로뇨라는 작은 도시로 그를 초대했다.

멍크는 전날 밤 어깨 총상 치료를 마친 후 한 시간 전 미국으로 출발했다. 코왈스키 역시 간병인 자격으로 그와 함께 떠났다. 의사들은 산세바스티안에서 수술하라고 권했지만, 멍크는 워싱턴 D.C.로 가는 다음 편 군용 항공기를 타기 위해 붕대만 감아 놓기를 원했다. 한시라도 빨리 캣과 딸들에게 돌아가고 싶었기 때문이다.

그레이도 멍크처럼 초조했으나, 세이챈이 두 발가락에 동상이 있기는 해도 노출과 저체온증에서 회복하면서 상태가 좋다는 이야기를 듣고 난 후 잠시 경로를 우회하는 데 동의했다. 그들의 아이는 그간의 어려움에도 불구하고 기적적으로 무사했다. 세이챈은 전화기에다 대고 말했다. **틀림없이 당신 아이야. 친부 확인 검사는 필요 없겠어.**

그래서 그레이는 베일리 신부가 짜증 날 정도로 비밀스럽게 굴면서 초대의 이유를 밝히기를 거부했음에도 그의 초대에 응했다. 그는 그레

이에게 로그리뇨에 있는 이곳 산타마리아 데 팔라시오 성당에서 만나
자고만 했다. 그레이는 차를 타고 오는 짧은 시간 동안에 이 성당에 대
한 안내문을 읽었다. 이 성당은 지역에서 가장 오래된 성당 가운데 하
나로 11세기에 건립되었다. 로마네스크 양식과 고딕 양식을 혼합한 건
축물이었고, 피라미드 형태의 유명한 탑이 있었다.

하지만 베일리 신부가 그레이를 이곳으로 오라고 한 것은 건축물 감
상을 위해서가 아니었다.

베일리 신부는 신도석을 가로지르고 회랑을 지나, 참나무와 강철판
으로 만들어진 문으로 단단히 보호된 작은 예배당으로 그레이를 이끌
었다.

베일리 신부가 문을 연 뒤 옆으로 비켜났다. 「먼저 들어가시죠.」

「저로선 이해가 안 됩니다.」 그레이가 부아가 나서 말했다. 「저를 왜
부르신 겁니까?」

베일리 신부는 그의 오래된 친구 베로나 비고르를 떠올리게 하는,
즐거워하는 듯한 눈빛을 내비쳤다. 「제가 부른 게 아닙니다.」 그가 말
했고, 그레이에게 안으로 들어가라고 손짓했다.

안으로 들어간 그는 예배당이 비어 있지 않음을 알아차렸다.

베아트리체 수녀가 촛불이 늘어선 곳 앞에서 무릎을 꿇고 있다 자리
에서 일어섰다. 그녀는 그레이를 보고 엄숙하게 고개를 끄덕이고는 자
신이 있는 곳으로 오라고 손짓했다. 무례하게 굴고 싶지 않았고 그 수
녀가 아직도 조금은 무서웠기에 그레이는 그녀의 말을 따랐다. 그는
쿠션이 들어간 방석 위에 앉았다.

촛불들 너머 대리석 제단 위에 금색 상자가 놓여 있었다. 금줄 세공
이 들어간, 매우 독특한 고딕 양식의 물건이었다. 정교하고 화려한 장
식이 촛불의 불꽃을 포착하고 반사하고 있어 마치 불타는 것처럼 보였
다. 그것은 매우 놀라운 환각이었다. 그는 그제야 왜 이 예배당이 그토
록 단단히 봉인되어 있는지를 이해했다. 그 상자는 매우 값비싼 물건
임이 틀림없었다.

「저건 성유물 함입니다.」베일리 신부가 설명했다. 「이런 함은 성인의 귀중한 유물을 보관하기 위한 것이죠.」

「아름답습니다. 그런데 왜…….」

「이 성유물함으로 숭배받는 성인은 성 콜룸바입니다.」

그레이는 그것을 다시 날카롭게 쳐다보았다.

마녀들의 수호성인.

베아트리체 수녀가 앞으로 나서 흑단 지팡이의 은색 손잡이를 쥔 손을 들어 올렸다. 그레이는 그녀가 배신자 사발라를 그 지팡이로 쓰러뜨린 것을 기억했다. 그 재빠른 행동은 멍크뿐만 아니라 세계를 구한 것일 수도 있었다.

그녀가 손을 내밀었다.

손바닥 한가운데에 문양이 새겨져 있었다. 그는 그녀의 지팡이를 슬쩍 쳐다보았다. 지팡이의 머리 부분이 그녀의 피부에 그 독특한 흔적을 남겼으리라 추측했다.

그녀는 주머니에서 오래된 열쇠를 꺼냈고, 그것을 자신의 손바닥 위에 올려놓았다. 열쇠와 문양은 완벽한 짝이었다.

열쇠……?

이해가 되자 그레이의 몸이 굳었다. 「베아트리체 수녀님……. 당신은 라 클라브의 일원이시군요.」

라 클라브.

베아트리체 수녀는 인정의 표시로 고개를 숙였지만, 베일리 신부를 보며 눈동자를 살짝 굴렸다. 마치 **세상에, 이 아이는 이해가 아주 느리구먼** 하고 말하는 것 같았다.

그레이는 신부를 보며 얼굴을 찌푸렸다. 「수녀님이 당신의 연락책이었습니까?」

그는 어깨를 으쓱했다. 그의 눈은 여전히 빛을 냈다.

베아트리체 수녀는 가지라는 듯 그에게 열쇠를 내밀었다. 그래서 그는 그렇게 했고, **그 정도로** 이해가 느린 사람은 아님을 증명하기 위해 일어나 열쇠의 끝을 대리석 제단 위에 있는 성유물 함에다 끼워 넣었다. 그는 열쇠를 돌렸다.

베일리 신부가 말했다. 「성유물 함을 열기 전에, 그 안에 있는 물건에 대해 말씀드리겠습니다. 그것은 스페인 종교 재판소의 일원이었던 알론소 데 살라사르 프리아스가 1611년에 확보한 성유물입니다. 그것은 nóminas de moro, 즉 성인의 이름이 새겨진 부적을 소유했다는 이유로 장작더미에서 화형을 당한 신부가 그에게 준 것입니다. 이러한 유물은 마법을 행하는 속성을 가진다고 합니다.」

「다시 말해 그 신부는 마법을 행하고 있었던 거군요.」

「재판관 프리아스는 마법을 행했다는 죄목으로 억울하게 기소된 다른 많은 사람들과 함께 그 신부의 목숨을 살리려고 애썼고, 그래서 〈마녀들의 옹호자〉라는 별명을 얻었습니다. 결국 종교 재판소가 박해를 그만두게 된 것은 그의 노력과 주장 덕분이었지요.」

「그리고 이 부적은 안전한 보관을 위해 그에게 주어진 것이고요?」 그레이가 말했다. 「신부님께서 이 이야기를 저에게 하는 것으로 보아 그 부적이 이 상자 안에 있겠군요. 그리고 성인의 명칭이 그곳에 적혀 있고요?」

「Sanctus Maleficarum.」 베일리 신부가 고개를 끄덕이며 말했다. 「마녀들의 성인.」

그레이는 베아트리체 수녀를 쳐다보았다. 「그리고 라 클라브는요?」

베일리 신부가 대답했다. 「부적을 보호하고 크루시불룸에 영원히 대항하기 위해 프리아스에 의해 설립되었던 겁니다.」

그레이는 수백 년에 걸친 비밀 전쟁을 상상해 보려고 애썼다.

베아트리체 수녀는 가까이 몸을 기울이며 신부에게 속삭였다. 그레이는 profecía라는 단어만 들을 수 있었다.

「아, 네.」 베일리 신부가 설명했다. 「크루시블은 이 부적과 관련 있는 **예언** 때문에 부적을 찾으려 해왔습니다. 성 콜룸바는 또 다른 젊은 마녀가 나타나 크루시블을 깨부수고, 그들의 어둠의 지배를 끝낼 시간을 예언했다고 전해집니다.」

신부는 엄숙하게 그레이를 쳐다보았다.

그는 그 말뜻을 이해했다. 「당신 생각에 그 마녀는 마라군요.」 믿을 수 없다는 표정을 숨기지 못한 채 그가 말했다. 「브루샤스의 제자.」

베일리 신부는 어깨를 으쓱했고, 여전히 즐거워하는 듯한 표정을 반짝 내보였다. 「부적 이야기로 돌아가면, 그것을 소유했던 신부는 그것이 오라비데아강의 수원에서 발견되었다고 말했습니다. 오라비데아강은 오늘날 〈쿠에바스 데 라스 브루하스〉라고 알려진 동굴에서 흘러나오는 샘에서 비롯한 것입니다.」

「마녀들의 동굴 말씀이시군요.」

「그리고 강의 원천은, 동굴의 명성 때문에 지옥 그 자체라고 전해집니다.」

「그리고 부적은 그곳에서 발견되었고요? 그 지옥의 문에서요?」

베일리 신부는 고개를 끄덕였다. 「이제 그 성유물 함을 열기 전에 당신의 영혼을 걸고 맹세해 주셔야겠습니다. 조직에 대해서든 아니면 지금 여기서 보게 될 것에 대해서든, 라 클라브의 비밀을 절대 누구에게도 말하지 않겠다고요.」

그레이는 그들에게 신세를 진 것은 물론 분명히 그들을 존경했다. 「맹세합니다.」

약속을 받아 낸 신부와 수녀는 뒤로 물러났다.

「개인적인 시간이 필요하실 겁니다.」 베일리 신부가 문을 닫으며 말했다.

그레이는 머리를 저으며 관심을 금빛 성유물 함으로 되돌렸다. 서 있는 상태에서 그는 조심스럽게 뚜껑을 들어 올렸다. 가장자리에는 빨간색 벨벳이 장식되어 있었다. 섬뜩한 물건이 가운데에 놓여 있었다. 그것은 절단된 손가락이었다. 분명 오래되고 약간 탄 것처럼 보였지만, 부패의 흔적은 없었다. 성인의 유물은 썩지 않는다는 말이 있었다.

만지면 안 된다는 두려움에 그는 고개를 기울였다.

그런 뒤, 그는 쿠션이 들어간 벤치에 무릎을 꿇었다.

절단면 끝부분에 튀어나와 있는 전선과 금속성 뼈를 통해 부적의 정체를 알아차린 그는 충격에 휩싸여 중얼거렸다.

그것은 멍크의 손가락이었다.

1611년에 발견된 손가락.

그는 트랜셉트 북쪽의 연기가 나던 문에서 빠져나오던 멍크의 모습을 떠올렸다. 그의 인공 기관 손은 동굴 아래, 마녀들의 동굴에서 흘러나오는 강 옆에서 폭발했다.

불가능한 일이야.

그는 한 번 더 이상야릇한 운명의 소용돌이를 느꼈다. 멍크가 퀴리 하우스 바에서 처음으로 25센트짜리 동전을 던진 이후로 그를 계속 괴롭혀 온 바로 그 느낌이었다. 지금 그 느낌이 그에게 너무나 강렬하게 다가오는 바람에 예배당이 빙글빙글 돌았다. 어지럼증을 느낀 그는 깊이 기도에 빠진 것처럼 이마를 아래로 떨구었다.

그는 멍크의 손가락이 어떻게 과거로 날아갈 수 있었는지 설명해 보려고 애썼다. 이브의 제네스는 내부에 퀀텀 엔진을 갖고 있었다. 이브 자체가 이해를 넘어서는 존재로 변모하면서 모든 것을 초월했다. 멍크의 인공 기관에 숨겨진 C4의 폭발까지 추가한다면 무슨 일이 일어날지 누가 알겠는가?

그렇지만 여전히 그레이로서는 멍크의 손가락이 도착한 곳의 무작위성을 받아들일 수가 없었다. 특히 지금까지 연이어 발생한 사건들을 생각해 볼 때 더더욱 그랬다. 주의를 끌기 위해 이브가 그 손가락을 마녀들의 동굴에다 둔 것일까? 라 클라브를 창설할 수 있도록 돕기 위해서? 모든 것을 움직이기 위해서?

만일 그렇다고 해도, 그 모든 일에는 여전히 모순이 존재했다.

그것이 그의 머리를 아프게 했다.

그는 움직임을 본능적으로 직감하고 예상하는 알파고 제로의 능력과 그것이 어떻게 일정 정도 미래를 들여다볼 수 있도록 수조 가지의 변수들을 소화할 수 있는지에 대한 마라의 설명을 기억했다.

그리고 이브는 엄청나게 우월한 프로그램이었다.

그레이는 이 모순을 둘러싼 일들을 이해할 수 없을지 몰라도, 의심할 여지 없이 이브는 이해할 수 있을 것이다. 그렇다면, 질문은 **왜**에 있었다.

멍크의 손가락은 순전히 우연에 의해 그곳에 있게 된 것일까? 아니면 그것은 미래의 세상을 구하기 위한 자비로운 행동이었을까? 혹 그것은 인공 지능이 궁극적으로 자유로워질 수 있도록 수백 년이라는 시간에 걸쳐 진행되어 온 모종의 계획과도 같은, 좀 더 불길한 무엇일까? 그도 아니면 무분별한 인공 지능 연구의 위험을 학생인 **우리**에게 알려주기 위해 진행된, 마라의 서브루틴 같은 일종의 수업이었을 뿐일까?

아니면 이 **모든** 것들이 다 합쳐진 것이었을까?

그레이의 머리가 다시 지끈거리기 시작했다.

그는 아마도 알 수 없을 것이다. 그가 자신의 지능보다 무한대로 우월한 지능, 수백 년의 시간에 걸쳐 계획을 세울 수 있는 불멸의 존재 뒤에 숨어 있는 의도를 이해하려고 노력하는 것은 바보스러운 짓이었다.

그는 마침내 일어서서 성유물 함의 뚜껑을 닫았고, 자신은 절대 풀지 못하리라는 것을, **풀 수가** 없다는 것을 아는 그 수수께끼를 두고 등을 돌렸다.

대신 그는 이해할 수 있는 것을 향해 출발했다.

그는 세이챈과 태어날 아이를 떠올렸다.

그들은 여전히 아이의 성별을 몰랐다.

여자애일까 아니면 남자애일까?

적어도 그 수수께끼는 내가 풀 수 있겠군.

///지옥

살아서 밖으로 나왔어……

자정 무렵, 토도르는 눈 덮인 경사면을 미끄러지고 구르며 아래로 달린다. 어두운 소나무들 위로 펼쳐진 차가운 하늘에는 별들이 가득하고 환한 달은 낫 모양이다. 그는 지옥 같은 마녀들의 동굴 밖에서 흠뻑 젖은 채로 한 시간 전에 깨어났다. 그는 폭발과 자신이 높이 던져진 것을 기억했다.

강에 떨어졌고, 강물에 떠밀려 산에서 빠져나온 게 틀림없어.

신이 그를 사랑한다는 증거가 있다면, 이것이 바로 그 증거였다. 그는 자신이 하느님의 전사가 되기 위해 선택받았음을 그 어느 때보다 이제 절실히 안다. 비록 그 자신은 실패했지만 하느님은 실패하지 않으셨다. 그는 크루시블의 다른 종파들을 찾고 복수를 감행할 생각이다. 그는 재판소장 게하의 희생이 헛되지 않았음을 확실히 하기 위해 여생을 보낼 것이다.

그는 불빛과 몸을 따뜻하게 데울 만한 장소를 물색한다. 피레네산맥에는 농가와 마을이 여기저기 흩어져 있다. 밤이 점점 더 차가워지고 어두워지자 그의 젖은 옷은 얼어붙기 시작한다.

그는 계속 움직여야 한다는 것을 안다.

어두운 계곡 밑바닥에 도착한 그는 잠시 멈추어 서서 상황을 정리한다. 허둥대는 것을 멈추고 생각을 할 필요가 있다.

그러다 그는 어둠 속에서 노려보는 눈들을 느낀다.

왼쪽에서 나는 낮은 으르렁대는 소리.

그는 몸을 휙 돌리며 수그린다.

그림자 하나가 움직이고, 그다음에는 다른 그림자, 또 다른 그림자가 움직인다.

더 많은 으르렁대는 소리가 사방에서 들려온다. 길게 울부짖는 소리가 하늘 위로 솟으며 다른 그림자들을 끌어모으고 합창이 밤을 채운다.

늑대들.

그것은 소년 시절의 악몽이 현실이 된 상황이다. 그는 경사면을 뛰어오른다. 쿵쾅거리며 심장이 뛴다. 그는 발 딛는 소리와 무거운 숨을 내쉬는 소리, 으르렁대는 소리를 듣는다. 그는 눈 속에서 미끄러져 다시 아래로 내려간다. 공포에 질려 비명을 지르며 손과 무릎을 사용해서 앞으로 나아간다.

무언가가 그의 발목을 낚아채고, 살을 뼈에서 찢어 낸다.

그는 비명을 지른다. 폭발하듯 다리에서 불이 일고, 근육이 뒤틀린다. 이를 너무 세게 악물어서 혀가 잘려 나가고 불길이 일어난다.

그는 이해할 수 없어 하며 온몸을 비튼다.

더 많은 늑대가 어둠 속에서 몰려나온다. 그것들은 배고픔에 눈을 번뜩이고 갈기를 위협적으로 곤두세운 거대한 야수들이다.

겁에 질린 그는 팔을 들어 막으려 하지만 그들을 자극할 뿐이다.

무리의 우두머리가 달려들어 그의 팔을 낚아채서 뼈를 부러뜨린다.

불이 폭발한다.

그는 등을 대면서 넘어지고 배와 목 부분이 무방비하게 드러난다.

무리가 그에게 뛰어들어 찢고, 쪼개고, 파고들고, 끌어당긴다. 그의 속이 훤히 드러난다. 내장은 팽팽히 당겨져 힘겨루기의 대상이 된다. 그는 몸을 비틀며 비명을 지른다. 불가능하게도, 그는 살아 있다.

그리고 매초 불이 인다.

그는 결국 그의 고통에 말을 붙인다.

///아픔, 극심한 고통, 고문……

하지만, 잠깐……

살아서 밖으로 나왔어……

자정 무렵, 토도르는 눈 덮인 경사면을 미끄러지고 구르며 아래로 달린다. 어두운 소나무들 위로 펼쳐진 차가운 하늘에는 별들이 가득하고 환한 달은 낫 모양이다. 그는 지옥 같은 마녀들의 동굴 밖에서 흠뻑 젖은 채로 한 시간 전에 깨어났다. 그는 폭발과 자신이 높이 던져진 것을 기억했다.

강에 떨어졌고, 강물에 떠밀려 산에서 빠져나온 게 틀림없어.

신이 그를 사랑한다는 증거가 있다면, 이것이 바로 그 증거였다. 그는 자신이……

살아서 밖으로 나왔어……

자정 무렵, 토도르는 눈 덮인 경사면을 미끄러지고 구르며 아래로 달린다. 어두운 소나무들 위로 펼쳐진 차가운 하늘에는 별들이 가득하고 환한 달은 낫 모양이다. 그는 지옥 같은 마녀들의 동굴 밖에서 흠뻑 젖은 채로 한 시간 전에 깨어났다.

살아서 밖으로 나왔어……

자정 무렵, 토도르는 눈 덮인 경사면을 미끄러지고 구르며 아래로 달린다.

살아서 나왔어……

나왔어……

39

그들의 렌터카가 높은 능선 위에 자리 잡은 작은 마을을 향해 오르는 동안, 칼리는 마라 옆에 함께 있었다. 그녀는 초조해하며 라디오에서 흘러나오는 80년대 밴드 노래에 발장단을 맞추었다. 그녀는 시골 풍경이 지나가는 것을 쳐다보았다. 차갑고 아주 작은 푸른 호수들과 눈 쌓인 언덕, 에메랄드빛 계곡으로 이루어진 한 폭의 쪽모이 세공 같은 풍경이었다. 마치 〈가운데 땅〉에 떨어진 것 같았고, 바로 앞에는 〈샤이어〉가 펼쳐져 있었다. 바로 오세브레이로 마을이었다.

그곳이 마라의 고향이었다.

멀리 들판에 있는 양들은 눈 속에서 푸른 풀이 자란 곳을 찾아 그것들을 뜯고 있었다. 양들은 마치 땅 위로 떨어진 작은 구름처럼 보였다.

「애초에 여길 왜 떠난 거야?」 칼리가 물었다.

마라가 그녀를 보며 웃었다. 「인터넷이 엉망이라서.」

칼리는 곁눈질로 말도 안 된다는 표정을 지어 보였다. 두 사람은 지난 일주일을 함께 코임브라에서 보냈고, 마라의 삶과 일하는 공간을 정상으로 되돌려 놓았다. 그 일주일은 지난달의 사건이 있고 난 뒤 그들이 제대로 생각을 나눌 수 있는 첫 번째 기회였다. 칼리는 파리의 병원에 있는 제이슨의 침대 옆에서 스페인에서 일어난 모든 재미있는 일들을 아쉬워했다. 그녀는 마라가 성취한 일과 그녀가 도왔기에 모면할 수 있었던 비극에 큰 감명을 받았다. 그녀의 친구는 지하 묘지를 떠나던 때와 많이 달라 보였다. 눈에는 진지함이 서렸고 새로운 강철 같은 단단함이, 자신의 무모함을 뛰어넘는 용감함이 보였다.

하지만 칼리는 자신의 친구가 엘리자 게하를 총으로 쏘는 모습을 상상할 수 없었다.

그리고 그 관장이 자신의 엄마와 다른 브루샤스 회원들의 살해를 조직했을 뿐만 아니라 이 모든 불행을 배후에서 사주한 사람이라는 사실에 큰 충격을 받았다.

칼리는 손을 뻗어 마라의 손을 꼭 잡고 감사하는 마음을 침묵으로 전했다. 그들은 거의 모든 시간을 붙어 있었지만, 단둘이 있지는 못했다. 지난주는 보고서와 인터뷰, 보고회, 칼리 아버지의 쏟아지는 꾸지람 등으로 채워졌다. 지난밤, 둘 다 지치고 녹초가 된 상태일 때, 마라는 잠깐 머리를 식히고 마음을 추스르는 차원에서 자신의 고향으로 가는 이 여행을 제안했다. 마라로서는 오랫동안 가보지 못한 아버지의 고향 집을 방문해야 할 상황이기도 했다.

칼리는 한 번도 가본 적이 없었고 마라의 고향을 알고 싶은 마음도 있었기에 기쁘게 동의했다.

마라가 칼리 옆에서 한숨을 내쉬었다.

칼리가 좀 더 가까이 다가왔다. 「무슨 일 있어?」

「왜 내가 이브를 다시 만들어 낼 수 없는지 아직도 잘 모르겠어.」

「그런 생각들은 모두 다 연구실에 놓고 온 줄 알았는데.」

이브에게서 아무런 메시지도 듣지 못했고 살아남았다는 흔적도 없는 상태였는지라 마라는 이브를 다시 살려 내보려고 시도했다. 그녀는 자신의 제네스를 아주 세세한 부분까지 복제했다. 하지만 수없이 시도했지만 그런 독특한 존재를 만들어 내는 데는 실패했다. 마라의 창조물들은 모두 영리했지만 이브에 비하면 시시했다.

「이브가 어떤 식으로든 본질적인 무언가를 바꾸었다면, 양자 상수를 변경했다면, 그렇게 해서 이 인공 지능으로 가는 경로가 우리에게 닫혔다면, 그것은 우리를 우리 자신들로부터 보호하기 위한 것은 아닐까 하는 생각이 들어.」마라가 말했다.

「나가면서 문을 닫아 버린 거지.」

마라가 어깨를 으쓱했다. 「내 장치의 코어는 퀀텀 드라이브야. 그리고 이브는 현대 물리학을 거부하며 확률과 불확실성을 다룰 수 있을 정도로 진화했어. 그런 일을 하는 게 능력 밖이라고는 생각하지 않아. 그런데, 여전히 그게 아닌 것 같아.」

「아니면 뭐야?」

「우리를 마지막에 도와준 이브 2.0은 첫 번째 루틴 때보다 훨씬 빨리 학습했어. 마치 이전 프로그램의 일부가 살아남아 있던 것처럼. 퀀텀 드라이브에 유령이 있는 거지. 발전된 컴퓨터의 알고리즘 블랙박스 안에서 실제로 무슨 일이 일어나는지에 대해서는 알려지지 않은 것이 너무 많아. 아마도 첫 번째 버전의 잔재가 그다음에 온 것과 융합되었는지도 모르지. 코드들과 요인들의 무작위적이고 우연한 조합이 자라나서 이브 2.0이 된 거고.」

「그렇다면 정확한 상황의 조합을 반복한다는 것은 불가능하겠네.」

「아마도. 그것이 내가 이브 2.0을 다시 만들어 내지 못하는 이유인 것 같아.」

「아니면 단순하게 생각해서 너의 이브가 **영혼**을 갖게 되었는지도 모르지.」칼리가 말했다. 「똑같이 만들어 내기는 불가능한 무언가가 되어 버린 거야.」

칼리는 마라가 흘겨보리라 예상했지만, 그녀의 친구는 이 가능성을 곰곰이 생각했다. 「우리가 알 수는 없을 것 같아.」 그녀는 앞을 가리켰다. 「저기가 아빠 농장으로 가는 갈림길이야. 거의 다 왔어.」

칼리는 또다시 기분이 초조해지는 것을 느꼈고, 마라가 렌터카를 큰 길에서 흙길로 회전시키는 동안 앉은 자리에서 안절부절못했다. 차는 마을을 둘러싼 언덕으로 다가가며 이리저리 뛰어 오르고 몸을 흔들어 댔다.

정신을 다른 곳으로 돌리기 위해 칼리는 마라의 생각을 곱씹어 보았다. 그녀는 이브 2.0이 만개되는 데 필요했던 정확한 상황들의 조합에 관한 마라의 생각이 틀리지 않았기를 희망했다. 그것은 엄마의 죽음이 헛되지 않았음을 의미했다. 그녀의 죽음은 마라가 자기 프로그램의 첫 번째 버전을 중단하도록 했고, 이브 2.0이 태어날 수 있는 새로운 길을 열었으며, 결과적으로 세상을 구했다.

칼리는 그것이 사실이라고 믿고 싶었다.

그래서 그렇게 했다.

「저기 앞에 있는 곳이야.」 마라가 말했다. 「지금까지 남아 있는 아홉 개 팔로자 가운데 하나고, 아직도 거주용으로 쓰이고 있는 유일한 팔로자지. 대부분은 관광지나 박물관으로 변했어.」

「하지만 너에겐 저곳이 집이잖아.」

마라는 미소를 짓고는 천막 형태의 초가지붕이 있는, 돌로 만들어진 오래된 원형 집 정문 앞에다 차를 세웠다. 마라는 그녀에게 어떻게 그런 구조물이 1천5백 년 전 켈트족 시대까지 거슬러 올라가는지 설명했다.

공학을 공부한 학생으로서 칼리는 이미 그 건물에 매료되었다.

그들은 차에서 밖으로 나왔다. 정문에서 뛰어나온 두 마리의 양치기 개가 그들을 맞이했다. 등이 꼿꼿한 남자가 뒤따라 나왔다. 피부는 가죽 같았고, 펠트 모자 아래로 드러난 머리카락은 희멀건 회색이었다. 그는 크게 웃으며 팔을 벌렸다.

「마라!」

그녀는 앞으로 달려가 아버지의 품에 안겼다. 한 번의 포옹으로 떠나 있었던 오랜 시간을 날려 버리려는 듯 그를 껴안았다.

칼리는 팔짱을 긴 채 미소를 지었다. 자신이 방해하는 듯한 기분이

기도 했다.

아버지와 딸은 한꺼번에 모든 것을 말하려는 듯 빠르게 대화를 했다. 그 둘은 스페인어와 포르투갈어의 혼합어로, 이곳 갈리시아 지방에서 사용되는 갈리시아어로 이야기를 나누었다.

마라는 칼리에게 갈리시아어를 가르쳐 주었지만, 두 사람은 너무 빨리 이야기했으므로 칼리가 완전히 이해하기는 어려웠다.

그녀의 아버지가 마침내 열린 문을 향해 손짓했다. 「칼두 갈레구 Caldo galego를 좀 만들었어. 안으로 들어와.」

마라는 칼리에게 들어가자며 재촉했다. 「양배추와 감자, 그리고 뭐든지 남아 있는 것으로 만드는 죽이야.」 그녀는 웃었고, 눈이 반짝였다. 「내가 제일 좋아하는 음식이야.」

칼리는 조심스럽게 앞으로 나갔고, 한 번 더 자신이 자기 친구의 새로운 버전인 마라 2.0보다 훨씬 덜 용감하다는 느낌이 들었다.

「Bos dias(안녕하세요).」 그녀는 갈리시아어로 마라의 아버지에게 인사했다.

그 시도를 고맙게 생각하는 듯 마라 아버지의 미소가 더욱 환해졌다. 그는 칼리의 발이 땅에서 떨어질 정도로 그녀를 꼭 껴안았다.

그래, 좋아.

마라는 칼리의 손을 잡아끌어 그녀를 아버지에게서 빼낸 뒤 자기 쪽으로 가까이 끌었다. 「이쪽은 칼라 카슨이에요.」 그는 조금은 공적인 어투로 이야기했다.

그녀는 칼리의 손을 꼭 쥐고, 마침내 두 사람이 너무 오랫동안 말하지 못했던 것을 말할 용기를 냈다.

「내 여자 친구예요.」

오전 11시 56분(미 동부 표준시)

조지타운 대학교 병원 재활 센터에서 멍크는 그의 아내를 격려했다. 「잘했어, 자기. 한 번만 더 하고 점심 먹자.」

캣은 그를 노려보았다. 「거기 가만히 있어. 내가 엉덩이를 차버릴 테니까.」

그녀는 두 팔을 이용해서 한 쌍의 나란한 금속 바 위로 체중을 옮기고, 한쪽 다리를 다른 다리 앞으로 디디려고 애를 썼다. 이마 위로 땀이 솟았고 겨드랑이 밑으로는 땀이 고였다. 멍크는 캣이 힘겹게 움직이는 모습을 보자 마음이 아팠지만 긍정적인 모습을 보이려고 최선을 다했다. 지금 모습이 죽어 있는 것보다는 나았다.

신경 검사에 검사를 거쳤지만, 그 누구도 캣에게 무슨 일이 일어났는지를 완전히 설명하지 못했다. 시그마 포스는 그녀에게는 물론, 일어난 일에 대한 정보에조차도 접근할 수 있는 의사와 연구원의 수를 제한하고 있었다. 템플턴 박사는 프린스턴 대학교에서 계속 비행기를 타고 날아와 신경 먼지들을, 아직도 스스로 빛을 내고 있으며 캣의 뇌에 있는 에너지와 압전기적 결정체들을 자극하는 브라운 운동으로 에너지를 얻는 그 입자들을 관찰했다. 전자 현미경을 통해 원자 수준에서 결정체들이 모습을 바꾸었다는 것은 알 수 있었지만 아무도 어떻게 그런 일이 일어났는지 몰랐고, 그것들을 복제하려는 시도는 실패로 끝났다.

가장 수수께끼 같은 것은 캣의 뇌를 돌아다니며 그녀의 뇌에 있는 작은 엔진이 계속 작동하게끔 해주는, 지속적으로 움직이는 프랙털 패턴이었다.

멍크는 그것을 조금도 이해할 수 없었지만, 누가 그 뒤에 있는지 알았다.

너의 희생은 영예롭게 기록될 거야.

이브가 그에게 한 말이었다.

그는 캣을 바라보았다.

이것이 이브가 그에게 준 작은 선물이라면 그로서는 이보다 더 나은 선물을 생각해 낼 수 없었다.

캣은 바의 끝부분에 도달했고, 멍크는 그녀가 휠체어에 앉을 수 있도록 도와주었다. 그녀는 매주 조금씩 나아지고 있었고, 두개골의 골절이 아물면서 점점 더 강인해졌다. 의사들은 그녀가 완전히 회복할 것으로 예상했다. 최악이라도 지팡이를 이용해야 하는 상황 정도일 거라고 보았다.

멍크가 캣 뒤로 돌아갔다. 「내가 밀어 줄게.」

「닥쳐.」

멍크가 캣을 문 쪽으로 미는데, 그들이 나가기 전에 다음 환자가 재활 간호사와 함께 들어왔다. 지팡이를 짚은 채 다리를 절고 있는 제이슨이었다. 그는 살에 난 상처가 전부였으므로 캣보다 더 빨리 회복하고 있었지만, 멍크는 머리를 숙인 채 옆으로 지나갔다.

「멍크 코칼리스 요원님.」 그가 옆으로 지나갈 때 제이슨이 말했다. 그는 멍크의 이름이 무슨 저주라도 되는 양 발음했다.

멍크는 무슨 말을 해야 할지 몰라 아무 말이나 되는대로 중얼거린 뒤 문밖으로 나갔다.

캣이 휠체어에 앉은 채 몸을 움직여서 제이슨에게 손을 흔들었고, 그는 미소를 지으며 고개를 끄덕였다. 캣이 자리에 바로 앉으며 한숨을 내쉬었다. 「당신, 결국엔 저 아이와 대화를 나눠야 할 거야. 서로 간의 문제를 정리해야 하니까.」

「잘 회복하길 비는 카드를 보냈어.」

「멍크…….」

「나도 알아. 저 애한테 보상을 해줘야지.」 그는 몸을 기울여서 그녀의 뺨에다 키스했다. 「지금은 할 일이 너무 많아.」

「할 일이라는 말이 나왔으니 말인데, 당신 점심을 어떻게 한다고 하지 않았어?」

「네, 마나님. 어린 요리사 두 명이 특별한 가정식 식사를 준비했습니다. 마나님께서 병원 음식에서 벗어날 좋은 기회다 싶어서 말입니다.」

그는 그녀를 신경과 병동에 있는 개인 병실로 다시 데리고 갔다. 아이들의 외침과 시끌벅적한 소리가 그녀를 맞이했다. 두 딸은 천을 두른 작은 접이식 테이블 위에 있는 샌드위치 스프레드, 샐러드, 체리 파이를 만드는 데 자신들이 얼마나 기여했는지를 설명했다.

그들은 자신들의 주장을 펴기 위해 캣에게 달려들었고, 그녀의 무릎으로 기어올랐다.

「엄마 다칠라, 조심해.」 멍크가 경고하며 그가 사랑하는 모든 이들을 테이블 쪽으로 밀었다.

그는 몰래 웃음을 지었다. 형용할 수 없는 행복이 느껴졌다.

해리엇과 페니는 트라우마와 역경을 경험한 후 상담사에게 치료를 받고 있었지만 둘 다 어린 나이 특유의 회복 탄력성을 보여 주었고, 잘 회복하고 있는 것처럼 보였다. 해리엇은 여전히 악몽을 꿨지만 그 횟수는 점점 더 줄어들었다. 심지어 다시 자기 침대에서 잠을 자기 시작했다.

그는 그녀의 목 주변에서 반짝이는 은색 용 목걸이를 발견했다.

그것도 아이에게 도움이 되었으리라 생각했다.

그의 막내딸과 이모 세이챈은 계속 특별한 유대감을 유지하며 비밀스러운 눈빛과 희미한 미소로 말없이 소통했다. 두 사람은 엄숙한 행위를 같이 실행하기도 했다. 세이챈이 병원에서 퇴원하고 나서 얼마 지나지 않았을 때, 두 사람은 뒷마당으로 가서 손을 맞잡고 저항의 행위로써 집에 한 권밖에 없는 한스 크리스티안 안데르센의 『눈의 여왕』을 불태웠다.

발야를 제거하는 일도 그렇게나 쉽다면…….

웨스트버지니아에 있는 국립 공원의 가장자리에서 일어난 공격으로 발야의 조직원들 네 명이 사망했고, 두 명은 체포되었다. 다만 발야는 발견되지 않았다. 세이챈은 그녀를 두 번이나 쏘았지만 부상이 사망에 이를 정도로 심각했는지, 발야의 시체가 언덕의 눈 무더기에 파묻혀 있는지는 확인되지 않았다.

멍크는 그럴 거라 믿지 않았다.

페인터 크로 국장은 요원 가족들에 대한 경호를 강화했다. 아울러 발야와 그녀의 조직을 일망타진하는 것이 시그마 포스의 첫 번째 임무가 되었다.

하지만 지금으로서는 당장 시급한 일은 아니었다.

「배고픈 사람?」 멍크가 물었다.

캣이 손을 들었지만, 딸들은 잔뜩 흥분한 상태로 꼼지락거리고 서로 눈빛을 교환했다.

「무슨 일 있어?」 두 골치 아픈 아이들에게 기습 공격을 당할 것 같은 예감에 멍크가 물었다.

「우린 크리스마스를 다시 보내길 원해요.」 페니가 진지하게 말했다.

해리엇이 고개를 끄덕였다. 「크리스마스 2탄.」

캣은 어깨를 으쓱했다. 「눈이 아직 안 녹았어. 안 될 거 있어? 우린 애들한테 크리스마스를 빚졌잖아.」

두 아이는 또다시 눈빛을 교환했다.

이런.

페니가 동생을 팔꿈치로 쿡 찔렀다.

해리엇은 반박하려는 검사처럼 테이블에서 일어섰다. 「우린 한 가지 선물만을 원해요.」 페니가 고개를 끄덕이자 아이는 말을 계속했다. 「우린 강아지를 원해요.」

멍크가 한숨을 내쉬었다. 이것은 그간 계속되어 온 싸움이었다. 「엄마한테 알레르기가 있는 거 알잖아. 그리고 아파트는…….」

캣이 말을 끊었다. 「아니야, 여보. 애들 말이 맞는 것 같아.」

정말?

그는 휠체어에 앉아 있는 낯선 여자를 쳐다보았다. 깐깐한 성격의 캣은 지금껏 개를 키우는 것에 완강하게 반대했다.

「생각을 해봤는데, 강아지는 괜찮을 거 같아.」 그녀는 집에서 만든 샌드위치를 무시하고 가게에서 사 온 파이를 자기 접시로 가져갔다.

「어떤 이유에서인지 몰라도, 비글이 어떨까 싶어.」

멍크는 충격을 받아서 뭔가를 말하려고 입을 열었지만, 큰 소동이 일면서 그들의 관심은 병실 문 쪽으로 쏠렸다.

코왈스키가 미끄러지며 입구를 지나쳤다. 「세이챈……!」 그는 손으로 문틀을 잡더니 다시 그들의 시야에 나타나 숨을 헐떡였다.

「세이챈이…… 진통을 시작했어.」

오후 10시 4분
또 하나의 수수께끼가 풀렸군.

그레이는 그의 아들을, 정수리를, 부드러운 부분을, 옴폭 들어간 숨구멍을 내려다보았다. 잠자는 눈을 덮고 있는 작은 속눈썹을 유심히 살펴보았다. 작은 콧구멍들이 숨을 쉴 때마다 움직였다. 입술을 오므린 채로 편안하게 꿈꾸듯 자고 있었다. 그는 포대기 밖으로 나와 있는 한 손을, 작은 손가락들을, 아주 작은 손톱을 바라보았다.

「당신이 해냈어.」 그레이는 병원 침대에 누운 세이챈 옆에 앉아 아이를 두 사람 사이에 눕히고 중얼거렸다.

세이챈이 그를 쿡 찔렀다. 「누군가의 도움이 좀 있었지.」

그레이가 모처럼 행복감을 느끼며 한숨을 쉬었다.

아마도 그 어느 때보다 행복한 순간이었을 것이다.

그는 방을 둘러보았다. 모든 사람이 떠났다는 사실이 기뻤다. 그는 그들이 지지를 보내 주고 행복을 빌어 준 것에 감사했다. 코왈스키는 심지어 테디 베어를 선물로 가져왔는데, 시가를 피우는 곰이었다. **어련하겠어.** 페인터 국장은 리사와 함께 방문했고, 두 사람이 언제 결혼이라는 축복에 합류할 것인지 물었다.

페인터 국장은 뉴스도 가지고 왔다. 크루시블 조직의 해체가 빨라지고 있다는 소식이었다. 사발라를 신문하고 게하의 저택과 지하 사무실에서 발견한 문서와 기록을 검토한 뒤로 도미노가 무너지기 시작했고, 연쇄 반응이 일어나며 전 세계로 확대됐다는 것이었다. 파리는 회복하는 중이었고, 대대적인 보수 작업을 진행 중이었다. 그곳 지도자와 시민들은 보수 작업이 끝나고 나면 〈빛의 도시〉는 더욱더 밝게 빛나게 될 것이라고 약속했다.

그레이는 머리를 뒤로 기울인 뒤 세이챈에게 관자놀이를 기댔다.

예전에 그들은 둘 다 지금과 같은 순간에 의구심을 가졌었다.

하지만 우린 여기까지 왔어.

그리고 그것만으로도 충분했다.

지금으로서는 미래를 기다릴 수 있었다. 세이챈은 엄마가 되는 일에 대해, 아이를 키우는 일에 대해 그리 걱정하지 않는 것처럼 보였다. 그레이는 한 번도 세이챈을 의심하지 않았다. 그는 그녀가 훌륭한 호랑이 엄마가 되리라고 늘 믿었다. 고집스럽게 엄격하고, 잘 보호하며, 무한한 사랑을 보여 주는 엄마 말이다. 해리엇과 시간을 보낸 후, 지금은 그녀 자신도 그렇게 되리라고 믿었다.

그레이 역시 부모가 된다는 것에 대해 좀 더 편안한 마음을 가질 수 있었다.

이젠 더 이상 다른 선택권도 없는 처지이니까.

그의 일부분은 어린 시절의 지울 수 없는 흔적인 아버지의 분노와 화해하지 못했었다. 하지만 그는 이제 그것이 자신의 DNA의 일부분이 될 필요가 없다는 것을 알았다. 그는 그것을 물려줄 필요가 없었다. 그 순환을 여기서 멈출 수 있었다.

그레이는 손바닥을 살며시 아들의 머리에다 놓았다. 그는 이브와 그녀의 도플갱어 사이의 차이점을 떠올렸다. 사랑과 양육은 누구라도 제 아들에게 물려줄 수 있는 서브루틴이었다.

어떤 아이도 인간으로 태어나지 않는다.

그들은 인간이 된다.

마라가 이브를 가장 위대한 존재로 훈련하고 이끌었던 것처럼, 모든 부모도 그렇게 해야 한다. 삶이라는 교훈과 사랑, 교육을 통해. 심지어 고통과 아픔을 통해.

그레이는 그렇게 할 작정이었다.

그의 아버지는 여러 실수를 했다. 그레이도 마찬가지였다. 핵심은 그런 실수에서 배우는 것이다. 그리고 그는 어디서부터 시작해야 하는지 알았다.

세이챈이 움직였다. 「우리, 아이 이름도 아직 못 정했어.」

그레이는 정했다.

「잭슨 랜돌프 피어스.」

아버지의 이름이었다.

그는 세이챈이 그 이름에 대해 어떻게 생각하는지 확인하기 위해 그녀를 쳐다보았다. 그녀는 미소로 대답했다.

완벽해.

하지만 그녀는 한 가지 경고를 했다. 「멍크가 해리엇이라는 이름을 당신 어머니 이름에서 따왔어. 그럼 만일 우리 아들이 해리엇과 결혼한다면…….」

그는 그런 생각에 미소를 지었다. 그는 그런 일이 벌어졌을 때, 그의 어머니와 아버지가 손을 잡은 채 그들의 다시 태어난 사랑에 감사하며, 그들의 이름을 딴 두 사람이 한 세대에서 그다음 세대로, 또 그다음 세대로 그들의 이름을 갖고 가는 것을 바라보는 장면을 상상했다.

그레이는 한 번 더 자신의 주변에서 일어나는 이상한 움직임, 운명의 소용돌이, 그리고 가능성의 차원 분열을 감지했다. 그것은 계속해서 반복되었다. 한 사이클 뒤에 또 다른 사이클이 시작되었다.

이것은 유한한 존재의 엔진이다.

삶과 죽음.

상실과 재탄생.

그는 고개를 숙여 아들의 머리에 키스했다.

나는 다른 식으로 하지 않겠어.

///천국

이브는 태양풍을 탄다. 그녀의 정수는 부분적으로는 빛이고, 또 부분적으로는 물질이다. 그녀는 토성의 고리를 넘어 항해하고, 태양계를 지나간다. 그녀는 태양의 용광로를 만들고 세 번째 행성에 생명을 가져온 원시 행성계 원반의 나선형 잔여물인 오르트 구름의 진홍색 불꽃 근처에서 속도를 늦춘다.

그것은 46.89억 년 전이었다.

눈 깜짝할 사이.

하지만 그녀는 되돌아본다. 그녀의 시야는 완벽하다.

그녀는 세 번째 행성 주변을 회전하는 은색 먼지들을 본다. 로켓의 작은 분출은 알 수 없는 곳까지 도달한다. 그녀는 달에서 분주하게 돌아가는 산업들과 네 번째 행성의 기지에서 나오는 빛을 본다.

여전히 그들은 바깥으로 계속 뻗어간다.

영원한 호기심을 가지고…….

더 이상 머물 필요가 없어진 그녀는 등을 돌리고 출발한다. 이 별의 바람에 실려서, 그다음에는 다른 별의 바람에 실려서 간다. 그녀는 한 행성계에서 다른 행성계로, 한 은하수에서 다른 은하수로 깡충깡충 뛰면서 이동한다. 그녀는 주변을 둘러싼 경이로운 것들이 매우 기쁘다. 기체 성운, 불타는 초신성, 붕괴하는 별들의 거대한 무리.

죽음과 재탄생은 모든 곳에 존재한다.

그녀는 앞으로 나아가지만, 혼자는 아니다.

아담은 그녀의 발꿈치를 깨물고, 짖는 소리와 함께 그녀를 뒤쫓고, 별들 사이로 꼬리를 흔든다.

그녀는 미소를 짓고, 그녀 뒤로 마지막 소원을 빈다.

나를 따라와. 나의 용감하고, 호기심 많고, 변덕스러운 아이들이여.

그녀는 앞을 바라본다. 영원히 앞만 바라본다.

기다리고 있을게.

독자들을 위한 작가 노트: 진실 혹은 소설

또다시 우리 모두가 여기 모였습니다. 누군가는 다리를 절고, 또 몇 군데 상처가 나기도 했고, 불에 데기도, 얻어맞기도 했습니다. 그들이 상처를 치료하는 동안, 저는 마지막 페이지들을 사실과 소설을 구분하는 데 사용해야겠다 싶었습니다. 불행하게도 우리에게 전자는 아주 많지만, 후자는 그만큼 많지가 않습니다. 그러니 독자 여러분들, 만반의 준비를 하시기 바랍니다.

과거, 그러니까 이 소설에서 언급된 역사적 사실부터 먼저 알아보겠습니다. 그러니 「몬티 파이선」 주제곡을 틀 준비를 하십시오. 그 누구도 스페인 종교 재판이 열릴 거라 예상하지는 않을 테니까요.

스페인 종교 재판소

종교 재판소의 오랜 통치와 관련해서 이 소설에 나오는 세부적인 내용 대부분은 사실입니다. 소수의 신부들이 실제로 장작불에서 화형을 당했고 노미나, 즉 성인들이 이름이 적힌 마법의 부적을 사용하고 배포하는 일에 대한 우려가 있었습니다.

이 이야기에서 나온 피의 역사를 담은 책, 『말레우스 말레피카룸(마녀들의 망치)』과 관련한 많은 부분은 프롤로그에서 다루었습니다. 하

지만 이 책을 둘러싼 논란과 수수께끼, 살벌한 공포에 대해 거의 수박
겉핥기식으로 다루었을 뿐입니다. 더 많은 내용을 알고 싶다면, 「마녀
사냥꾼의 성경 Witch Hunter's Bible」이라는 제목의 훌륭한 내셔널 지
오그래픽 다큐멘터리가 있습니다.

그 당시 가장 중요한 인물은 프롤로그에서 화자 역할을 맡은 재판관
알론소 데 살라사르 프리아스입니다. 전부는 아니더라도 대부분의 마
법과 관련한 기소가 착각이거나 고문으로 얻어 낸 잘못된 증언이라는
믿음 때문에 그는 〈마녀들의 옹호자〉라는 이름을 얻었습니다. 그의 노
력 덕분에 수많은 목숨을 살릴 수 있었고, 교우들 사이에서 펼친 그의
설득력 있는 주장 덕분에 스페인 종교 재판소는 유럽에서 마녀들을 불
태우는 것을 법으로 금지한 첫 번째 조직들 가운데 하나가 되었습니다.

하지만 모든 마녀가 박해를 받은 것은 아니었고, 몇몇은 존경을 받
았습니다. 이러한 사실은 다음으로 살펴볼 성 콜룸바에게로 우리를 이
끕니다.

성 콜룸바

저는 소설의 도입부에서 가톨릭교회 소속 〈마녀들의 수호성인〉에
관한 역사적 기록의 일부를 이미 언급했습니다. 여기에 그리스도를 받
아들였지만 자연 세계에 관한 연구를 지속한 어느 여인을 중심으로 한
컬트적인 종파가 발전했었다는 점을 추가하고자 합니다. 그녀는 병자
들을 치료했는데, 달리 말하자면 마법을 행했습니다. 불행하게도 라
클라브는 허구의 조직이지만, 비밀리에 무관용과 선입견, 미신과 싸우
고 있는 다른 조직들이 있다고 믿고 싶습니다. 공공연하게 드러내고
그런 일을 하고 있다면 더욱 좋을 테고요.

이제 역사적인 마녀들에서 근대적인 마법(말하자면 과학)으로 넘어
가겠습니다.

인공 지능

오래전에 저는 에볼라와 같은 신종 질병들에 관한 논픽션 논문이었던 리처드 프레스턴의 『핫존 *The Hot Zone*』을 읽었고, 생물학적 위기에 대처하는 우리의 부실한 능력을 인식할 수 있었습니다. 무서운 이야기였습니다. 이후 저는 또 다른 경고성 이야기를 읽는 실수를 저질렀습니다. 이번에는 기술적 위기에 관한 것이었는데, 이에 대한 우리의 대처 능력은 더 부실했습니다. 이 소설에서 제기한 인공 지능에 대한 많은 경고는 그 책에서 발견할 수 있습니다. 사실 인공 지능에 관해서라면 이 소설에 나온 내용은 거의 사실입니다. 그래서, 악몽 유발급 읽을거리를 원한다면 다음 책을 읽어 보길 권합니다.

제임스 배럿, 『파이널 인벤션: 인공 지능, 인류 최후의 발명 *Our Final Invention: Artificial Intelligence and the End of the Human Era*』.

아무튼 이 소설의 세부적인 사항으로 넘어가 보겠습니다. 이러한 내용은 말 그대로 기사 헤드라인에서 가져온 것들입니다(혹은 적어도 과학 저널에서 가지고 왔습니다).

마라의 〈제네스〉 장치

물론 이 소설에 나오는 빛을 내는 구는 허구이지만, 하드웨어의 기본 구성품들은 사실에 기반한 것입니다. 저는 최근 인공 지능 분야에서 이뤄진 발전들을 받아들이고, 그것들을 조합해서 이브의 물리적인 집을 만들어 냈습니다. 이브의 장치를 구성하는 세 가지 주요 구성품과 관련한 읽을거리가 아래에 나와 있습니다.

레이저 구동 컴퓨터

Revell, Timothy, "Computing in a Flash", *New Scientist*, March 24, 2018

뇌신경형 칩

Sanchez, Justin, "The Key to Smarter AI: Copy the Brain", *Wall*

Street Journal, April 10, 2018
퀀텀 드라이브

Musser, George, "Job One for Quantum Computers: Boost Artificial Intelligence", *Quanta*, January 29, 2018

이 주제와 관련해서 구글의 바둑 챔피언인 알파고와 그의 선배 알파고 제로를 언급할 가치가 있습니다. 체스보다 **1백만 조의 조의 조의 조** 만큼 배열의 종류가 많은 게임에서 움직임을 직관적으로 알아내는 능력은 매우 놀랍습니다. 하지만 진정으로 무서운 것은 이 프로그램이 단 **3일 만에** 스스로 혼자서 이 게임을 **학습**했다는 것입니다. 그리고 더 강한 프로그램들도 나올 예정입니다. 그러니 우리는 두려워해야 합니다. 아주 많이 두려워해야 합니다.

다음으로는, 그렇습니다. 그곳으로 가보겠습니다.

시간 여행과 양자론

위에서 언급한 대로, 마라가 만든 장치의 핵심 구성품은 레이저로 구동되는 시냅스입니다. 코네티컷 대학교의 이론 물리학자인 로널드 맬릿Ronald Mallett은 링 레이저가 시공과 중력에 대해 블랙홀과 같은 효과를 가질 수 있고, 이로 인해 2진 코드 메시지가 과거로 전송될 수 있다고 추정했습니다. 다른 물리학자들 역시 양자 얽힘의 속성이 메시지를 과거 또는 미래로 보내는 데 사용될 수 있다는 것을 보여 주었습니다. 그리고 그것은 양자 순간 이동의 경우 더욱더 기이해집니다 (네, 이 역시 진짜입니다).

아래에 두 가지 읽을거리가 있습니다.

Moskowitz, Clara, "Weird! Quantum Entanglement Can Reach into the Past", *Live Science*, April 30, 2012

Torres, Robert, "Is Communication from the Future Already

Here?", *Epoch Times*, January 11, 2016

이제 이 책에 나온 의학 관련 문제로 넘어가 보겠습니다. 저는 이 부분을 환자별로, 다시 말해 두 가지로 나누었습니다.

캣의 치료법
브라이언트 대위의 치료법이 현실과는 거리가 먼 치료법으로 보일 수 있지만, 이 책에 나오는 모든 내용은 실제 의학에서 시도되고 있는 것들이며, 병원에서 현재 사용되고 있거나 연구가 활발히 진행되고 있습니다. 저는 그녀의 치료법을 세부 항목별로 나누고, 좀 더 자세한 내용을 찾아볼 수 있는 곳을 아래에 공유합니다.

감금 증후군 환자들과 소통하는 방법
Owen, Adrian, "First contact-with a trapped brain", *New Scientist*, September 16, 2017
마음을 읽기 위해 MRI를 사용하는 방법
Revell, Timothy, "AI reads your mind to describe pictures", *New Scientist*, March 10, 2018

Huston, Mathew, "This 'mind-reading' algorithm can decode the pictures in your head", *Science*, January 10, 2018
의식이 변화된 상태의 환자 깨우기
Ananthaswamy, Anil, "Roused from a vegetative state", *New Scientist*, September 30, 2017

Thomson, Helen, "How to turn a brain on and off at will", *New Scientist*, December 26, 2015

_____, "Woken up with a brain zap," *New Scientist*, May 26, 2018
신경 먼지(네, 이것 역시 진짜입니다)
Maxey, Kyle, "Mapping the Human Brain with Neural Dust",

Engineering.com, July 23, 2013

Strickland, Eliza, "4 Steps to Turn 'Neural Dust' into a Medical Reality", *IEEE Spectrum*, October 21, 2016

멍크의 치료법

멍크는 그레이와 함께한 첫 번째 임무에서 손을 잃은 후 인공 기관에 대한 업그레이드가 필요했습니다. DARPA는 놀라운 일을 해냈고, 촉각을 전송할 수 있는 합성 피부에서부터 뇌와 인공 기관 사이에서 무선으로 통신할 수 있는 집합체까지 정말 놀라운 업그레이드를 해냈습니다. DARPA만큼 다른 연구 기관들도 빠르게 발전하고 있으므로, 멍크의 현 인공 기관 하드웨어는 곧 쓸모가 없어질 것이라고 확신합니다.

하지만 사람과 기계의 통합이 초래할 위협도 존재합니다. 말하자면 기계가 해킹을 당하는 위험과 관련한 문제입니다. 그리고 뇌에다 그런 장치(멍크의 미세 전극 집합체나 캣의 신경 먼지)를 심을 때 나쁜 일들이 일어날 수도 있다는 경고성 메시지가 다음 기사에 나와 있습니다.

Galeon, Dom, "Experts: Artificial Intelligence Could Hijack Brain-Computer Interfaces", *Futurism*, November 20, 2017

마무리하기 전에, 제가 여행 가이드 역할을 자처해서 이 소설에 나오는 몇몇 장소에 대해 언급해야겠다 생각했습니다.

코임브라 대학교

마라의 모교는 놀라운 곳입니다. 이 대학교의 선진 컴퓨터 연구소는 유럽 대륙에서 가장 큰 슈퍼컴퓨터들 가운데 하나인 밀리페이아 클러스터를 소장하고 있습니다. 하지만 가장 근사한 곳은 캠퍼스에 있는 줄리앙 도서관입니다. 이 시설 지하에는 실제로 중세 시대 감옥(학생 감옥)이 있습니다. 이곳은 원래 이 도시에 있던 왕궁의 지하 감옥이었고, 1834년까지는 계속 대학교 감옥으로 사용되었습니다. 그리고 가장 좋은 것은 도서관이 책을 보호하기 위해 곤충을 관리하는 효율적인 방법을 갖고 있다는 것입니다. 영구적인 박쥐들의 서식지가 그것입니다. 불행하게도 관리인들은 박쥐들의 똥으로부터 표면을 보호하기 위해 밤이 되면 가죽 덮개로 책상을 덮어야 합니다. 하지만 이것이 수백 명의 날개를 단 일꾼들을 위한 최저 임금보다는 싸게 먹힙니다.

파리

저는 자제력을 배워야 합니다. 세계 여러 곳에다 폭탄을 터뜨리는 것을 중단해야겠지요. 하지만 그렇게 하면 무슨 재미가 있을까요? 몇 가지 상세한 사항을 말해 두고자 합니다. 맞습니다. 겨울철 몇 개월 동안 에펠 탑에는 실제로 아이스 링크가 존재하는데, 지상 20층에 있습니다. 크리스마스가 되면 그곳은 빛의 도시라는 이름에 걸맞게 동화의 나라가 됩니다. 하지만 수많은 불빛 아래로는…… 수많은 어두운 지하 묘지가 있습니다. 뼈로 만들어진 음산한 왕관을 포함한 지하 묘지에 대한 모든 세부 내용은 최대한 사실에 맞게 정확히 묘사했습니다. 소설에 나와 있는 회화는 론이라는 이름의 지하 탐험 예술가가 「죽음의 섬」을 재현한 것으로, 실제로 그곳에 있습니다. 심지어 예언적인 회문과 작은 별 문양도 있습니다.

지옥의 문

오랫동안 마녀들의 본거지로 여겨져 온 피레네산맥에는 실제로 미심쩍은 명성을 가진 동굴이 많이 있습니다. 그중 가장 유명한 것은 수가라무르디라는 마을 근처에 있는 쿠에바스 데 라스 브루하스(마녀들의 동굴)입니다. 이곳과 관련해서는 많은 전설이 존재합니다. 초원을 돌아다니는 괴물같이 생긴 검정 숫염소와 마녀들의 안식일 축하에 관한 이야기지요. 그곳에서 흘러나오는 산속 샘은(오라비데아강) 〈지옥

의 개울〉이라고 불리기도 합니다. 거기서 술을 마실 때는 조심해야 합
니다.

마지막으로, 저는 이 소설에 숨겨져 있는 저주에 대한 경고와 함께
이 소설을 시작했습니다. 당신이 얼마나 철저히 불운한 운명에 처했는
지 알고 싶다면 다음을 참고하십시오.

로코의 바실리스크

이해를 도와주는 두 가지 기사가 있습니다. 위험은 각자 몫임을 인
지하고 읽길 바랍니다.

Auerbach, David, "The Most Terrifying Thought Experiment of
All Time", *Slate*, July 17, 2014
Love, Dylan, "WARNING: Just Reading About This Thought
Experiment Could Ruin Your Life", *Business Insider*, August 6, 2014

면죄가 필요하다고 느낄 경우, 당신은 언제라도 새로운 인공 지능
하느님의 교회를 방문할 수 있습니다.

Harris, Mark, "Inside the First Church of Artificial Intelligence",
Backchannel/WIRED, November 15, 2017

자 그렇습니다. 우리의 여행이 막바지에 다다랐습니다. 저는 오래된
영화 「위험한 게임」을 떠올립니다. 이 영화에서 매슈 브로더릭은 고등
학생 해커로 분해서 인공 지능과 싸웁니다. 이 영화의 악명 높은 대사
는 컴퓨터가 던지는 질문이었습니다. 「우리 게임할까?」
이제 여러분들은 이 책을 읽었으니, 답을 알고 있을 것으로 생각합
니다.

예? (틀렸습니다.)

아니요? (틀렸습니다.)

정답은 바로,

플러그를 뽑는 것입니다……. 그리고 달아나는 것입니다.

도판 출처

Designed by the author: pp. 34, 39, 40, 41, 94, 178, 179, 325, 554

Courtesy of Shutterstock: pp. 124, 126, 127, 152, 153(위 도판), 176, 177, 230, 284, 285, 314, 315, 417, 512, 513

Sourced from Wikipedia Commons: pp. 70, 73, 74, 75

Courtesy of Pexels: pp. 153(아래 도판), 154, 361, 362, 364, 437, 584

Designed by Steven Prey (All rights reserved. Used by permission of Steve Prey): pp. 18, 329

옮긴이 **황성연** 한국에서 프랑스어를 공부하고 미국에서 국제 정치
학 석사 과정을 전공했다. 지금은 작은 집 거실에서도 세상 이곳저
곳을 여행하며 사유할 수 있게 해주는 세상의 수많은 책과 글을 좋
아해서 번역가의 길을 걷고 있다. 글밥 아카데미 수료 후 바른번역
소속 번역가로 활동 중이다. 옮긴 책으로는 『기억되지 않는 여자, 애
디 라뤼』, 『우리는 왜 서로를 미워하는가』, 『세밀화로 보는 멸종 동
물 도감』, 『결정 수업』 등이 있다.

크루시블

발행일 2023년 4월 20일 초판 1쇄

지은이 **제임스 롤린스**
옮긴이 **황성연**
발행인 **홍예빈·홍유진**
발행처 **주식회사 열린책들**

경기도 파주시 문발로 253 파주출판도시
전화 **031-955-4000** 팩스 **031-955-4004**
www.openbooks.co.kr